勇者物语（上）

〔日〕宫部美雪 著
林青华 译

南海出版公司

新经典文化股份有限公司
www.readinglife.com
出　品

目录

第一部

第二部

第一部

一　幽灵大厦

那种事情，最初谁也不相信。一点儿也不相信。这就是流言。

大概是新学期刚开始那阵子吧。是谁最先说的，到如今已经不知道了。这就是流言。

不过，所有人都清清楚楚记得自己听到的事。也还记得是在什么地方、听谁说的。可尽管如此，源头和起点依然弄不清楚。这就是流言。

“在小舟町，三桥神社旁边正在建大楼吧？那里有幽灵出没哩。”

三谷亘是从“小村”酒馆的阿克处听说的。阿克就是小村克美。“克美”这个名字，父母在他出生前早早定好，都盼着是个女儿，在做超声波检查时，妇产科的医生也说，小村太太腹中是个女孩子。然而，在十一年前的四月九日，比预产期早一周降生的，是个中气十足的男婴。他响亮的哭声有个特点，就是妇产医院里的任何人都能在走廊另一头一下子就听出是他，那个有点儿嘶哑的声音。

“我爸说了，我恐怕是在娘胎里就吸上烟了。”

顺带说一句，小村克美君脸色稍黑。据说这也是自婴儿时起就如此，说不准是在妈妈肚子里时，就是一边抽烟一边赶海的。亘心想，这小子有这种事并不奇怪。说起来呢，那年十二月，他戴着和大家一样的黄帽子上城东第一小学，说是因为教室实在太冷，他便整个儿趴在已烧不大旺的旧暖炉上，老师进入教室之后，他仍贴着炉子不动。老师喝令他回座位，他竟自作聪明地说：

“老师不必理我，您赶紧上课吧，赶紧赶紧。”

他就是这么个孩子。亘目睹这一幕，觉得实在离谱，回家后说了此事，连听者都认为纯属编造，也是情有可原。这件逸事已成为经典，即便到亘他们升上五年级的今天，还有老师来开玩笑说：

“小村‘赶紧赶紧’做作业了吗？”

阿克把幽灵流言告诉亘时，声音一如既往的嘶哑。也许他有点儿兴奋吧，当发“幽灵”的音时，就暴露出来了。

“是因为阿克喜欢幽灵故事吧。”

“不单是我，人人都在说。有人半夜里走过那个地方，真的看见了，落荒而逃，结果被追着跑。”

“那幽灵什么样子？”

“说是模样像个老头。”

老头幽灵不稀奇吧？

“打扮成什么样？”

阿克使劲抹几下鼻子下方，压低嘶哑的声音说：“说是穿斗篷。黑色的斗篷。蒙得紧紧的，像这样。”他做了一个从头顶往下包严的动作。

“岂不是看不见脸了吗？怎么知道是老头呢？”

阿克一时表情难堪。在超市或车站偶遇阿克和他爸在一起时，他爸——小村叔叔也呈现同样的表情，向亘打招呼：“哎，你好吗！”

“这还用说吗，幽灵不都是这样的吗？”

阿克说着，咧嘴一笑。

“那种地方你死抠它干啥？死脑筋。不愧是钢筋佬的儿子。”

亘的父亲三谷明在钢铁厂工作。在制造业当中，炼钢和造船等业务也随着基础产业作用的缩小，不得不把业务扩展到本业以外的领域，谋求公司的灵活性。所以今年三十八岁的三谷明，也只是在刚进公司的极短期间内在炼钢现场待过，很快就转而负责研究及宣传的工作。目前调职到专事开发旅游胜地的小公司。而阿克却只因他仍属钢铁厂，仍以“钢筋佬”称呼。阿克和亘从幼儿园起就一起玩，凭印象马虎记得就是了。

不过，亘也确有脑子不够灵活的地方——这是有可能的。道理上说不通，亘就死活不接受——这是有可能的。他自己几乎不觉得，但已有不少这样的说法。而他这种性格，明显是父亲的遗传。最早就一针见血地指出来的，是房总的奶奶，是约三年前的事。亘暑假里去探亲，在海里玩够之后，被禁止吃刨冰，理由是身体是凉的。亘不服顶嘴，引起了争吵。当时，千叶的奶奶这样说道：

“哎哟哟，这孩子跟阿明一模一样。嘴硬是不饶人哩。看样子邦子也真够受啦。”

这时，亘的妈妈，对奶奶而言的“媳妇邦子”——三谷邦子，装作完全没听见。

“妈妈从千叶奶奶处得到那样体贴的话，是结婚十年来第二回。”妈妈事后说过这样的话。

亘被问及为何与奶奶争吵，便答道：“我问奶奶，既然海水浴之后不能吃刨冰，那奶奶怎么还在卖刨冰呢？”

妈妈听了笑出了声。三谷明的老家在房总半岛的海水浴场开了家饮食店，叫“大滨”，拥有海边服务设施的经营权。最繁忙的时候，连奶奶都出马制作刨冰。

“你说得有道理。”

邦子摩挲着亘的头，说道：“你也没说错，可是太抠死理。遗传上你爸的脑筋了。”

据说为父的三谷明本人日后听说了此事，神情略有不快，说那事纯属小孩子强词夺理，跟爱讲道理、讨厌不合理的事完全不是一码事。不妨说，得罪人之处在于抠死理。

总而言之，在这种性格的亘说来，这一类幽灵流言，存在许多离奇古怪的地方。

而所提及的三桥神社旁的大厦，准确地说，是在建的大厦，还没有落成。它位于亘上学的半路，亘每天都经过那里。所以亘也很熟悉。流言首先在这一点上就不准确。

说实在的，这栋大厦一直处于在建状态。开始施工是自亘由二年级升上三年级的春假，所以已是两年多前的事了。地面八层楼的钢筋骨架已搭好，整个地面用蓝色乙烯防水布包严了，至此为止进展顺利，但此后工程却完全停顿下来了。仅以亘所留意的情况来看，工程人员不见了踪影，工程所使用的重型机械也不再出出入入。没多久，蓝色的乙烯防水布换了另一种。上面印着的工程公司的名字变了。

然而，用邦子的话来说，之后防水布又换了一次。工程公司的名字也随之改变。不过之后便毫无变化，在建中的大楼没有竣工，依旧蓝布掩面怯于示人，它俯视四周的房屋，瑟瑟而立。原先挂在前面的牌子——“建筑计划通告”，也自某日起看不见了，从此消失。

“恐怕是施工队和承包公司之间发生纠纷，工程停止了吧。近来这种事情并不稀罕。”

亘碰巧听见父亲这么说，只觉得新鲜，而且，随即就忘记了。不过，邦子后来听说了许多情况。

三谷家住在有近三百户人家的大型公寓楼里。公寓住宅是亘一出生时就买下，搬了进来。三谷夫妇不爱与左邻右舍打交道，所以选择了公寓住宅，但既然有了孩子，因孩子而必须的交往也就少不了。亘也在公寓楼里交了几个好朋友，一起搭幼儿园的交通车。邦子也有了“孩子的妈”朋友圈子。这样认识的邻近朋友之中，有一位是当地房地产公司的社长夫人，她对本地区的情况很了解。邦子有一天与她闲聊几句，顺便就获悉三桥神社旁的“可怜的大楼”的详情。

“我一直很在意的，不过那栋大楼并不属于三桥神社。”

三桥神社在当地历史悠久，据说出现在江户时代的古地图上，渊源甚正。

“神社占地很大吧？说是要维持下去太难了，于是就在翻修神社大殿时，把空着的地卖掉了。大楼就建在出售的地皮上，所以拥有者不是神社。”

据说买地建大楼的是总公司位于神田的“大松大厦”公司，这家公司是做包租大厦的。大松大厦还在东京各处拥有物业，既然达到神社与之交易的程度，可见是可靠的，但却不是大企业。据说是家社长一人说了算的私人公司，社长名叫大松三郎，给人颇为旧派的印象。

亘一家所住的区域，在东京东面，属所谓的“下町”——平民区。从前尽是街道小工厂，但其实上下班到市中心的时间仅三十分钟左右，有出入方便的好处，所以近十年来公寓住宅的开发急速发展。市街面貌随之大变，社长夫人身为本地人，称之为“整个区域简直就像是嫁入豪门了。刮目相看啊”。

亘的父亲是千叶出身，母亲的乡下是小田原，所以并不能百分之百地体会当地人的感触，但也有一些实际感受，例如“此地还是热闹而易于居住的”。雨后春笋般涌现的新公寓楼，售价绝不比市内旺地逊色，只需看看广告就很清楚了。所以，买下神社旁的地皮建包租大楼的主意，感觉上不坏。事实上，大松大厦公司是花了很大价钱的。

“既然旁边是神社，承租者不慎重筛选可不行啦。那边虽然是商业区，但紧挨的就是第一种住宅专用区。”

邦子将从社长夫人处学来的词儿现炒现卖，做出说明。

“不过，什么咖啡馆、美容院、补习班之类的，好像都盯上这儿了。据说高层预定做出租公寓。不过嘛——”

钢筋骨架搭起之后不久，第一家承建的承包公司便破了产。大松大厦连忙寻找下一家承包公司，但这种工程半途接手，动起工来似乎比正常情况下要麻烦得多。为此又要花上相应的钱，所以总是找不到条件合适的对象。于是出现了约两个月的空白期，好不容易才找到了新的承建公司，可以继续工程了。这时候，便更换了蓝色的防水布。

“可新公司虽然接手了……”

据说仅仅几个月后，接手的承建公司竟然又破产了。

“大松的社长也愁死了，四处奔走寻找承建单位。于是找到了第三家公司，可这家规模比前两家都要小，社长是个忙前忙后的人，这一点与大松大厦公司很相似。怎么说好呢？算是意气相投或者帮人一把吧，总之是把合同签了。”

然而，签约仅三天，这家承建公司的社长便急病身亡。据说是脑溢血。

“小的承建公司嘛，没了社长就动不了啦，也没接任的人。据说社长的儿子才是个大学生。最终，施工合同成了一张废纸，大厦还是栋烂尾楼。”

接下来就是现在的状况。

“大松的社长拼老命寻找新的承包公司——咳，还是有门路的吧。而且市道这么不景气，不见得找不到接手的单位。可是，要是找了经营状态很艰难，一见有这种活儿就扑上来的公司，说不定一下子又要破产，又得浪费时间和金钱了。而且，建筑这个行当里，有讲究风水之类的说法，在许多方面要讲究吉利不吉利。因此，大松公司的那栋包租大厦是出了名的坏兆头，人家避之不及。于是也就谈不下来。

仅以亘每天上学、放学途中所见，这栋建了一半丢下的、不走运的大厦很明显情况越来越糟。混凝土干燥开裂，钢支架任风吹雨打污迹斑斑。防水布周围散布着不明事理者乱扔的垃圾，猫粪狗粪触目皆是。

早春时节，强风吹掉了一块防水布。自此以后，钢支架的一部分和上二楼的铁制楼梯拐弯平台，从路旁都能看得很清楚。不过，路人得以窥探防水布里头的情况，也只能从这个地方，所以，议论中的幽灵，恐怕就是出没于此吧。

究竟幽灵来自何方，是谁的幽灵呢？因为流言说幽灵是个老人，按说与大厦相关、迄今不走运的人，能想起来的，也就是第三家接手工程却突发脑溢血死亡的承建公司的社长。据说他戴着风帽？承建公司的社长原是那种打扮吗？退一万步说，即便那位社长生前喜欢带风帽的外套，因此就成了这样打扮的幽灵了，那么，它出来想干什么？因为担心工程进展？签订了合同却未能开展工作，感觉很抱歉？好守约的佳话啊。而且，身为同行，该不会不知道自己变成幽灵出没，会让讲究兆头的建筑公司更加难以接手工程，反而让大松的社长更加为难吧?

带着这样的想法，到今天休息时间又谈起幽灵的话题时，亘便陈述了自己的意见。这一来，班上的女孩子们便说，出现在那栋大楼的，是“死于非命的幽灵”。

“因为交通事故之类的原因而死去的人的灵魂，附在那个地方不能离开哩。”

这样说也很奇怪吧？那地皮之前一直属于神社，不可能发生什么交通事故。

“要不就是有人在神社的地皮上自杀了，一定是。”女孩子反驳道，“那个人的灵魂在游荡哩。”

“我但凡去那神社，后背就不寒而栗，两腿发颤。是叫‘不祥的预感’吗？我就有这样的感觉。”另一个女孩子说。而其他女孩子则一味点头：“对对对，我也是的。”

“证实过神社范围内真有人自杀吗？”亘问她们，“问神主吧？”

女孩子们七嘴八舌起来。

“发神经啊！”

“怎么可能做那种事呢？”

“为什么非我们去问不可？”

“那种神社，走近它都恶心。”

亘不屈服地固执己见：“可是，不去就不可能了解事实啊。”

最早说话的女孩子嘟起嘴：“那地方出了幽灵，就是因为有死于非命的幽灵嘛。说什么事实、耍什么架子嘛。所以大家都讨厌你哩！你怎么老是抠死理呢。”

“你说那种话对神灵不敬，你会受到诅咒的呀。”

“讨厌的家伙！”

女孩子们气呼呼地回到自己的座位上。亘很受打击，沉默地坐在桌前。无论认为对方说的话多么不合理，一句“大家最讨厌你”实在够受的，仿佛心头被猛砍一刀。

回家的路上，亘和阿克一起走，无论阿克谈到什么话题，即便阿克把话题转到日本足球队和伊朗足球队昨晚势均力敌的大战上，如此激动人心的事，亘也几乎没有聊的心情，因为课间休息时的争执还影响着他。一旁的阿克却情绪高涨，两手在空中挥舞着拳头，盛赞中田神勇，小野帅气。即使是没看昨夜球赛的人，听一遍阿克的演说，也能明了比赛经过了吧。

二人走近那栋“问题大楼”。若在平时，阿克在前一个路口便向右拐，说一声“拜拜”。今天似乎是因为忘情于电视转播解说，忘记回家了。

“哎，阿克。”

亘开口说话时，阿克正就上半场三十二分钟中田的一个直传的角度，配合身体动作进行解说。他一只脚抬起，却扭过头来问：

“嗯？怎么啦？”

“就是这里了吧……”

亘抬头仰望被防水布覆盖的大楼。大楼像一个由钢支架搭成的细长空箱子，披着褴褛的布块，无精打采。今天仍属五月好天气，晴空碧蓝，更显得脏兮兮的尼龙防水布凄凉无助。遭遗弃好寂寞。

“你说什么呀，这么认真。”

阿克转过身来，窥探一下亘的神色。

“我要把它弄清楚。看是否真的有幽灵出没，有的话是怎样的幽灵。”

阿克眨巴眨巴眼睛，亘的话让他目瞪口呆。然后，他也学亘的样子，仰望瘦骨毕现的大楼。他这样看了一会儿，因亘没有往下说，便挠着头回头问：

“你准备怎么办？”

“晚上潜入。”亘说着，快步走起来，“你有个大手电对吧？那东西可以借给我吗？”

阿克跑着追上去说："可以呀，但很难往外拿。老爸说那是非常时期用的，随便拿他会生气的。"

阿克的父亲，即小村叔叔，出生在神户。尽管来东京已经多年，且阿克也是在此出生，但故乡曾遭遇的大地震，仍给予叔叔心灵极大冲击。小村家的防灾对策是力求万全：一有动静，就可以跑出都厅一带。

"那好吧，"亘脚下越发快起来，头也不回地说，"我自己想办法。"

"等一等嘛。好吧，我拿出来给你。"

阿克开始有点儿慌了。大概是因为亘太着迷的缘故吧。

"你怎么啦？怎么就那么在乎幽灵嘛？"

在乎的并不是幽灵，而是被女孩子们说"最讨厌"三个字。他只想知道，"死抠道理"就那么不好吗？他只不过觉得她们的话不合逻辑，怪怪的，说出了自己心中自然产生的疑问而已。

即便是正确的意见，因为大家不相信就不该说出来吗？不能让众人心情愉快、不是随声附和的意见，就非得咽下闷着不说出来吗？否则就会讨人嫌，被女孩子白眼相待吗？

可这些事情都有损形象说不出口。所以亘沉默不语，怒冲冲地继续走路。

"几点钟呀？"走在后面的阿克说道，"喂，你回答我呀。"

亘停下步子，问："什么几点？"

"潜入大楼啊。我陪你去。"

亘高兴起来了，他甚至有点难为情。

"深夜才行吧。"

"十二点吗？"阿克笑道，"我们家是夜猫子的生意，肯定没问题，可你那边能抽身出来吗？"

阿克说得没错，对于亘而言，要在接近凌晨零时走出家门，现实中几乎不可能。

亘的家虽说是父母和亘三人的家庭，但一年之中约有两百天是母子二人过日子。父亲三谷明回家很晚，休息日也总是外出，不是有这事就是有那事。自从转向开发旅游点的工作后，长期出差也多起来了，忙起来的话，一个月有一半时间归家就已经蛮不错了。所以，三谷明迄今一次也没有出席过亘的周日观摩课或运动会，总是到临近活动时还说“要去要去”的，但这种承诺从没有兑现过。

咳，周日观摩课就无所谓了。亘不是小孩子，不会总为这种事唠叨。父亲很忙碌，工作是误不得的。而眼下的问题，今晚父亲又百分之百深夜才归。母亲将会等待父亲。母亲会打打毛线、读读杂志，若深夜电视无聊，也有租录像带来看的。不等夜归的父亲洗过澡、吃完夜宵，她再收拾完碗筷，母亲是绝对不会睡的。怎样才能瞒过她走出家门呢？

亘一边吃饭，一边祈求出现奇迹。但愿父亲今天早归，说已疲惫不堪，他们早早上床吧。待二人入睡之后，他就可以蹑手蹑脚出门了。万一父母来察看房间，他把绒毛小熊玩具塞到被子下面做替身即可。绒毛小熊是三谷明去年年底公司聚餐时抽签抽中的奖品，但从来都没能赢得过亘的青睐，这回总算派上用场了吧。

然而，现实就是现实。一如往常地和母亲一起吃晚饭，被教训“作业得认真做呀，今天发回来的作文且不说文章和内容，汉字的错误太多啦”，亘有一个小时被绑在桌子上，之后洗澡，洗好出来时，母亲说“小村君来过电话”。

“看来没什么急事，因为他说明天在学校跟你说。妈妈之前说过的，妈妈不赞成小学生晚上过了九点还打电话。”

母亲双手叉在腰间。

“小村家是做揽客生意的，也许看法会有不同吧。”

一听母亲又说这种话，亘总是“又来了，真没劲”的心情。那感觉就像胸口皮肤最薄的地方被人家的指甲尖挠了一下。母亲不必怒形于色，亘也明白母亲不喜欢阿克，也明知母亲讨厌小村的父母。要说为什么，不外就是小村家开小酒馆，“没有教养、粗俗，不是好人进出的地方”。

可对于亘来说，阿克是他的朋友。

小村他爸也许的确是粗俗之人。某次学校开放日，他喝得醉醺醺、脸红红地出现，以致挨老师说。他妈爱化浓妆，甚至在商店街的另一侧都闻到那味儿。连阿克本人也曾取笑说，俺家老妈脸盘大，涂得又厚实，打粉底得比普通人多一倍，所以是化妆品店的客户。可亘并不讨厌叔叔婶婶。运动会的时候，他们都来给亘鼓劲，在三年级春天的参观日，遇到亘在算术上解决了一个稍难的问题，叔叔大声夸奖道“好啊，了不起”，尽管惹得旁人窃笑，他也完全不在乎。亘受到如此的赞扬还是头一回，所以那天的事情就如同混在土堆里的彩色玻璃碎片一样，很长时间都在亘的心头闪烁。

当母亲显出瞧不起小村家的神色时，亘虽然马上就想顶她，但话总在喉间无力地消失。这样一来，他就感觉自己背叛了小村家叔叔婶婶乃至阿克。而他之所以没能反驳，也许是内心某处也认可妈妈的话有一定道理。对出入“小村”的顾客，亘虽然知之不详，他从阿克嘴里听说的，的确感觉与父亲公司的人大不相同。若进而被问及“你想当小酒店老板吗”的话，亘应该是摇头否定的吧。虽然还说不具体，但亘想将来成为在大学做研究的人，或者当律师。尽管说法不一，归根结底，母亲就是说，三谷家和小村家不是一回事，这话亘也能理解。

阿克的电话是想确认我今晚是否真能脱身吧。因三谷家的电话安在起居室，亘不可能不为人知地打电话。他感到很内疚，很惨。

实在窝囊啊，我。

亘双肘支在桌面，手托下巴，怔怔地望着贴在桌面的课程表。明天第一节课是语文。阿克没写好作文？他最烦作文，总要向亘问三问四。

可如果今天晚上爽约，明天他会发怒，不理我了吧？肯定会的。

“没关系，不会的。”

突然，身后有人这样说道。一个甜甜的女孩的声音。

亘大吃一惊，直蹦起来，把椅子弄得嘎吱一声。回头一看——理所当然地，六叠大的儿童房间里什么人也没有。去年夏天因期末成绩出乎意料的好，在亘再三央求下买来的十四英寸电视机，此刻也没有打开。

四下打量一番之后，亘重新坐下来，目光前视，像刚才一样。是因为迷迷糊糊之中打瞌睡了吧？最近有学者在电视上说，这种时候做梦印象鲜明，是真是假难以分辨。

然而，同样的声音又来搭讪了。

"今晚能出去的呀。所以你趁现在先睡一下为好。"

这一次亘从椅子上滚下来了。他连忙立定，环视房中。蒙着蓝色方格纹床罩的床。在参考书和童话书后面藏着漫画书的书架。电视机旁的游戏机上，盖上了花手帕。亘虽然很喜欢玩电视游戏，但由于只能玩母亲准许的软件——不用说买，连借也得母亲批准——丢在一边马上就会落满灰尘。脚下的地毯只在椅子小脚轮接触处有磨损，亘脱下的拖鞋扔在桌子后面。

没有任何人。除了亘以外的任何人。

"你想找我也看不见我呀。"

女孩子的声音回响在亘的脑子里。

"现在还不行嘛。"

亘心脏怦怦跳。是类似妖怪的模样吗？

"你是、是谁？"

亘出声了，向熟悉的房间、熟悉的空气发问，像说悄悄话似的。笨蛋才会在没人处自言自语。脑子里出现声音可真怪。可是，发出小小声音的话，多少可以抵消自己怕得发抖的惭愧感。

"哎，是谁呀？"

看不见人影的女孩子传出愉快的笑声。

"你还不如早点钻被窝吧。深夜出动不睡好可不行。明天上学该迟到啦。"

各种推想一下子搅在一起。要说数量的话，几乎比在博物馆见过的进化系统树的分枝数目还要多，不过，亘选择了最孩子气的反应。他冲出了房间。

“你怎么回事呀？”

邦子正在厨房的桌子旁削苹果。

“要吃一个吗？吃完就刷牙，该睡觉啦。”

几乎吓瘫的亘抱住柱子。

“哟，怎么回事，脸色很差啊。”邦子说着，把菜刀搁在桌上，微侧着头看亘，“噢，早上有点咳嗽对吧？感冒了吗？”

因为亘没有回答，母亲站起身走过来。她用凉凉滑滑的手去摸亘的额头。

“看来没有发烧……在发冷汗？不舒服吗？想吐？”

没没没关系，晚安，睡啦——亘似乎说了这样的话。他摇摇晃晃地回到房间，关上门，靠在门上。后背响起敲门声。

“亘？怎么啦？真的没事吗？哎。”

“没事啦。我没有不舒服。”

亘好不容易定下神来，答道。他本想向母亲解释一下，又觉得会越说越麻烦。

敲门声终于停下来了，亘离开房门，躺到床上。由于情绪太激动，他几乎喘不过气，真的头晕眼花起来。

“好可怜呀，对不起啦。”又传来了女孩子的声音，“没打算要吓唬你的。”

亘两手塞住耳朵，紧闭双眼。接下来像要昏厥的样子，他任由四周暗下来。

亘似乎入睡了，虽然他并没有打算睡。当他从黑暗中猛醒来，床边的闹钟指着十一时五十分。亘猛地爬起来。由于穿着衣服睡，虽然时间不长，身上有点汗津津的感觉，可又有点寒意。

他悄悄打开房间门，窥探一下厨房。电视机开着，正播放着新闻。是母亲常看的节目。

但是，母亲自己却睡着了。她伏在厨房的桌子上，睡得正香。

离幽灵大厦一个街区的南侧，是公园的入口。阿克先来到了约定的地点，他一般都提早到。这可能也是遗传了父母的急性子吧。

"我、来晚、啦，抱、抱歉！"

亘上气不接下气，语不成句。跑这么点路就气喘吁吁，似乎说不过去，但就是止不住。恐怕是把怪事留在家里、闷着没说出来的缘故吧。

"阿姨把话说得那么凶，你竟然还成功地溜出来了呀！"阿克攀上公园的栅栏，像猴子一样麻利地移动着，说道。

"是说电话吧？抱歉抱歉。"

"没事啦。你妈对我家一向是那种态度啦。"

阿克说得干脆，但亘低下头，感到亏心。连阿克也很清楚地察觉到，母亲对小村家的人态度尤其生硬。

"阿姨先睡着了吗？不会吧？在叔叔回来之前，还是不换衣服地等着吧？你是怎么脱身的？"

阿克像树上果子般漆黑的瞳仁在街灯的光线下闪烁着，充满惊异和好奇。看他那副模样，亘此刻更加切实地感到母亲的情况异乎寻常。

亘不禁回头望向家的方向。

"她——睡着了。"

"感冒了？"

亘摇摇头，没有作声。好几个理不清头绪的问题已涌至喉间，他硬是把它们咽回去，就像吞下难以下咽的大药丸一样。阿克，你试过不是睡着，而是眼前漆黑、昏厥过去吗？你试过在无人之处，有一个声音向你搭话吗？这是异常现象吗？如果是女孩子的声音，就更不对劲吧？最要命的是，小村的爸爸妈妈会趴在厨房桌子上酣然大睡吗，推呀拉呀也纹丝不动，在耳边喊叫也不醒，简直就像被魔导士施了睡魔法一样吗？我几乎要去查看他们头上是否出现了“ZZZ”的标记。有见过谁会那样昏睡的吗？好怪哩，我真的有点害怕。

“咳，算啦，行动吧。”

阿克从公园的栅栏上方跳下。因阿克这一句话，亘咽下了心中的疑问。说声“好”，跑了起来。

二　安静的姑娘

此时此刻，幽灵大厦的蓝色防水布在街灯的映照下，显得怪怪的，一副破落相。周围的人家都已熄灭门灯，窗户灯光也所剩无几，一片静谧。旁边的三桥神社也在漆黑浓密的树丛包围之中，寂静无声。光线反倒像在强调幽灵大厦进退失据的境况。

听着运动鞋蹬地的跑动声，即使是很短的距离，亘也来情绪了，他终于清晰地意识到今晚的目的：幽灵真的会出来吗？要亲眼确认。

可是，当跑过神社前面，亘要跑向大厦时，跟前的阿克突然止步，手一扬拦下亘，“有人哩”。

阿克压低声音倾听，后背靠在神社的围墙上。亘也反射似的模仿他的举动，但不见人影。

“在哪里？”

阿克指一指。“大厦对面。道路那里看见灯光吧？”

“哪里？那不是街灯吗？”

“不是！停着车哩。”

亘凝神注目，但看不真切。他离开神社的围墙，迅速迈开步子。

“过去瞧瞧嘛，有什么关系？我们又不是在做坏事。”

首先，也许仅仅是停着车而已——他想，就在他走向幽灵大楼跟前时，人影从那里出现了。

亘“哇”地大喊一声连忙后退。哐当一声，防水布降至地面，尘埃顿起，飞舞。

“哟痛痛痛……”防水布说道。不，是防水布里头传出这样的声音。

“怎么、怎么啦？”冲上来的阿克扳住亘的肩头。此时，防水布又一次被撩起，人影现身了。他抬眼望望亘二人，发出故作不解似的声音。

“什么事呀——咦？你们在干什么？”

这是个极年轻的男子，约二十岁吧。他钻过拉绳和防水布，来到路边。这一来，看得出他个子很高。皱皱巴巴的T恤衫配牛仔裤，戴眼镜，短发，右手持手电筒。

在刚才阿克指说“停着车”的方向，传来大型客货车的滑动门开关的声音。紧接着传来了人声：“则之，怎么啦？”

这一次是中年男子的声音。一个矮胖、笨拙的身影出现了。

亘一时心乱如麻，身子反而动弹不得。这些人是小偷吗？巡夜人？是在寻找什么东西吗？埋藏着什么东西吗？打算在此纵火吗？

“怎么，这不是两个孩子吗？这么晚了，在干什么？”

新出现的人物从声音可以想象是个严厉的大叔。他来到叫“则之”的大哥哥身边，打量着亘和阿克的脸。在说“这么晚”的时候，他看了一眼手表，像是确认时间似的。那是一块表带是朴素的黑色皮革的手表。

“不会是迷路的孩子吧。”戴眼镜的大哥哥嘴角微微一咧，“不会是在上补习后回家的路上吧？”

“啊嘿——”阿克发出声音。

亘焦急之余，未想好便已张口要说话了。而混乱的心中，那时碰巧最接近嘴边的话，像爆米花似的蹦出来。

“叫、叫警察了啊！”

戴眼镜的大哥哥也好、严厉的大叔也好，都吓了一跳。然后二人面面相觑，又不约而同地看着亘。

亘一看，连阿克也张大了嘴巴盯着自己的面孔。

然后，停了一拍，阿克问道：“为什么？”

此问一出，严厉的大叔和戴眼镜的大哥哥都捧腹大笑起来。

“爸，声音太大啦。”

大哥哥一边拍打着严厉的大叔的肩头，一边大笑道：“吵着附近的人啦。”

“学生哥、学生哥，”严厉的大叔一边朝亘挥动短粗的手臂，一边说道，“我们并不是可疑的人呀。所以不必那么害怕。”

阿克用力拉拉亘的手肘，说：“真的，不要紧的哩，这些人。”

亘睁开眼睛定定地看着阿克。回看他的阿克渐渐收住了笑容，又憋不住笑起来。亘这才发觉，眼下并非二对二，而是三对一。大笑的三人和被笑的一人。他脸上热辣辣起来。

“哎，不好不好。”大哥哥止住笑，朝严厉的大叔来的方向跑去，“留下香织一个人啦。”

很快，从大哥哥消失的方向，开过来一辆淡茶色的大型客货车。拐过角，在幽灵大厦前停下。

“嗬嗬，这辆新车。好大哩！”看着闪亮的车身，阿克发出了赞叹，“好贵吧……”

可是，亘吃惊于另一个发现，在客货车一侧有公司的名字——“株式会社大松”。

亘用力眨眨眼。然后再次望着严厉的大叔的脸。

“大叔是——大松三郎先生吗？”

他不由得问了一句。严厉的大叔笑得太厉害，抹起泪来了。他突然嘴角一抿，俯视着亘。

即使得不到回答，仅以这副表情，亘就明白，此人正是不走运的、幽灵大厦的业主大松三郎社长。而戴眼镜的大哥哥，是大松社长的儿子。

客货车的车门开了。响起了机械的声音。从车里头伸出来铁轨似的东西。铁轨上滑出了一辆轮椅。当轮椅停住时，铁轨下降至地面上。

轮椅上坐着一位扎马尾辫的苗条姑娘，随着铁轨和轮椅的活动，细长脖子上的美丽头颅摇晃着。

“从附近的人那里听说我了吧？”大松社长问亘，随即又自己作答，“没错，我就是这大楼的业主。那是我儿子则之。”

眼镜哥哥推着轮椅过来。轮椅上的姑娘既没有望向亘他们那边，也没有望向大叔那边，只是摇晃着脑袋。她的眼睛虽然睁着，但似乎什么也没看。

“噢，这是我女儿香织。”

大松社长在推过来的轮椅扶手上，轻轻地敲了一下。香织的两手藏在浅红色的盖膝毯下面，看不见。她对父亲的举动也完全没有回应。

“我们并不是怪人，真的。”

大松则之笑吟吟地说道，表达了安抚亘的用心。刚才我竟恐惧失态至此啊——亘几乎想咬舌自尽了。

“我带妹妹出来散步，顺便来看看大楼的情况。现状如此，自然有很多问题：丢垃圾呀、野猫野狗出没呀，等等。”

“原来是这样，对不起啦。”

因为实在太不好意思，亘深深地低头致歉，以避免视线与社长或则之，甚至阿克相遇。真想就这么不跟人打照面，直接向后转逃回家去。

“这么晚出来散步？”

阿克不知道亘的心思，提出了这样的疑问。未等亘捅他一下，暗示他别冒傻气之前，大松社长已回答了问题。

“哦……我女儿情况不大好，人太多时带她外出的话，她不高兴的。”

“是这样……晚上的确很安静。”

阿克未加思索便认可了，但亘看见大松父子悄悄碰了一下视线，有点被掐了一把似的神情。

大松香织是个漂亮的姑娘。当被周围的人指点着，评价为“真漂亮”时，拥有这“漂亮”的心，一定无比自豪、高兴得不得了吧。被夸奖者也许会害羞地说：“哎呀，我也不至于那么漂亮呀。”她就是这种程度的“漂亮”。

亘迄今十一年的人生中，第一次遇见如此美丽的姑娘。也是第一次见到如此像玩具娃娃的女孩子。不说话，不笑。对外界完全没有反应。视线虚幻，只有两眼眨动。虽说眼睛是心灵的窗户，但这扇窗户是玩具娃娃的家的窗户。

“香织念初中一年级，”则之向妹妹俯一俯身，说道，“是你们学姐了吧？你们念几年级？”

一瞬间，亘想答“六年级”。因为亘和阿克都是小个子，若自称“初中生”，这谎言是过不了关的。不过，他好想被看成大人，即便大一年也好。

然而，死心眼的阿克答了：

“五年级。是城东的学生。”

“念城东第一小学？噢噢，是这样。那你们也是幽灵探险队的啦？”

则之笑起来。大松社长也笑了。壮实的社长笑得肚皮直晃，连他搁着手的香织的轮椅也一起摇晃起来。香织的脑袋摇摇晃晃。

“您说探险队……”

“有传言说，这大厦里出了幽灵，对吧？为了证实这一点，孩子们深夜里跑到这附近，或者钻进大厦里。你们不是头一批啦。城东第一小学的家长会批评我们啦，说这样很危险，我们得好好管起来。”

“是什么时候的事呢？”

大松父子思索着。则之答道：“有半个月了吧。”

亘失望了：早就被人占先了啊。

“我们也是来调查实情的。”

“幽灵探险队来拍照啦。叫什么‘灵异照片’？”

则之点点头：“带着拍立得相机哩。”

“我们可不是闹着玩的，真是来确认幽灵正身的。”

“哦，对啦！”阿克突然拍着手喊了起来，“幽灵探险队那些家伙，应该是六年级学生吧？不是听说他们曾把幽灵的照片送到电视台了吗？”

“对对，就是那回事。”则之带着几分苦笑猛点头，“那个领头的——

叫什么名字，那个态度恶劣的小子。”

“是石冈吧？石冈健儿。”

“没错！你很清楚呀，是朋友吗？”

“不认识。不过我老爸和他老爸是垂钓伙伴。听我老爸说，他老爸说石冈君他们要在电视台的灵异照片栏目露面什么的。哈，我说得乱七八糟的，听明白了吗？”

石冈健儿和他的几个伙伴，是六年级的捣乱分子。他们原先属于要重点注意的学生，从四年级下学期起不断弄出事端，现在已成了整个城东第一小学的难题。

石冈一伙原来就不明白为何上学。他们不听课，随意进出教室。迟到、早退、无故缺勤是家常便饭，还闹事妨碍老师上课。偷窃文具用品，搞破坏，欺负班上同学，勒索金钱。虽身为小学生，几乎与为非作歹的高中生无异。

只是，可悲的是，这种程度的问题少年，近来每个年级都有一两个。石冈他们闹事超越了本年级，一下子成为“全国级”人物，是在去年暑假校园开放时，他把停放在学校正门旁的校长私家车发动起来，驾车在校园里转悠，到处追逐来玩的低年级同学，致使三人受伤。

事件的翌日，校方在学校礼堂紧急召开家长会，校长在说明事件经过的同时，几乎头抵在讲台上谢罪道歉。谢罪的意思是，无论停放多么短暂的时间，自己在那么个地方把车钥匙留在车上，确是轻率大意的行为。

据说那天校长是因为在家里使用的眼镜坏了，来取放在校长室抽屉里的备用眼镜。要紧事仅此而已，而且已急急忙忙向前赶。具讽刺意味的是，他是在赴什么教育委员会召开的会议途中。

虽然是六年级学生引发的事件，但五年级受伤者中也有亘的同班同学，所以邦子也出席了家长会。她气呼呼地回到家里。

“校长为何要那样子谢罪？不觉得奇怪吗？”母亲很不满。

“什么‘是我停车不当’？这不是问题所在，而是擅自开跑了车的孩子不对！”

不过，据说在家长会上，追究校长责任的意见占绝对优势。

“说什么‘孩子就是爱瞎闹的,大人不留神就是不对’。这很不正常嘛。根本不是那么回事。有人指出来嘛，身为小学生，却会驾驶汽车，很不得了的啊。这社会简直就是不可救药。”

也许是因为受伤的三个学生仅仅是擦伤而已吧，事件没有再扩大。当然没有惊动警方，也没有见报，校长保住了职位。这么一折腾，反倒助长了石冈他们的气焰，他们越发瞧不起校方了。

就是这么一帮家伙。亘觉得奇怪：石冈和灵异照片？怎么看都扯不到一起。

“那些六年级学生一开始就是以在电视台的灵异照片节目露面为目的。”

“我也有这种感觉，”则之答道，他斜眼望一下大厦，“还说如果拍不到好照片，捣鼓捣鼓也行。”

“好过分啊，那些家伙也是在这里遇上大松先生你们吗？”

“噢。不过，当时不光是孩子们，还有两个大人在一起。”

“那些大人该不是电视台的人吧？”大松社长抱起胳膊。

“有可能哩。”则之点点头，“和我们碰面的时候，也许是时机不对吧，他们一副保护人的面孔，应该就是电视台的人吧。”

亘扭头转向阿克道：“这方面的情况没听大叔提起过吗？”

阿克晃晃脑袋：“没听说。不过，说是定下要上电视的，很了不起的样子。”

“看过那个节目？”则之问道。

“没看过。最近，石冈的大叔也没来我家——哎，我家是开小酒馆的嘛。”阿克显示一下招揽生意式的笑容，“说来那个节目不是流产了吧？我老爸也不提了。”

“要不就是以后才播吧。”

“哦，有可能。电视节目嘛，挺费时间的吧？一定是的。”

风刮过来，蓝色防水布吧嗒吧嗒响。众人一瞬间怔住了。

“怎么连我们也吓一跳啊。”

则之笑着说道。他这才发现，众人都仰望着大厦。

“我们最清楚了，这里不可能有什么幽灵出没的。可竟然连我父亲也是那种表情哩。”

大松社长难为情地抹抹前额。做那样的动作，也就很明白他已经谢顶了。

“没错，跟什么幽灵比起来，活人可怕得多吧。”

这是随口说的话，至少在亘听来是那样的。大人不同于小孩子，他们就爱说这种话，教训那些怕神怕鬼的小孩子。

可是，说话的大松社长也好，听见这话的则之也好，却像做了丢脸的事似的，随即垂下了视线。

“哎，该回家了吧。”

则之绕到香织轮椅后面，打开制动器。车轮吱地响起来。

“对啦，你们也上车吧。我送你们到家。”

“我们没关系，就那边。”

“那可不行，大人要负责任的。好啦，快上车，快上车。”

最终，亘和阿克都被塞进客货车里。在车里，亘挨着香织坐，香织的轮椅整个固定在座位上。她的头发散发着洗发水的香气。在汽车里嗅女孩子头发味儿，少算也早了五年的样子，但与其因此吃惊，不如说是为之心痛。香织一动不动，不言不笑，只像人偶似的坐着。而她的头发却如此芬芳。她美丽的脸庞，乳白光滑的肌肤，修长的手足，反更添其辛酸。

因“小村”近，先送了阿克，然后前往亘的公寓楼。

“我在附近下车就行了。”

驾车的大松社长笑道：“车停近了，声音太大，会暴露你半夜离家的事情，对吧？”

亘道出心中不安："我爸总是很晚回家，说不准要在公寓大门口碰上呢……"

"可是，你悄悄潜入家中，误把你当成小偷不是很麻烦吗？"

结果，亘在大楼入口前的路边下了车。公寓楼前连人影也不见一个。整栋建筑物沉睡于静谧中。目送着亘跑到电梯前，大松父子的大型客货车才闪亮一下车头灯，悄然离去。

翌日。

"没有露馅吗？"

第一节课刚下课，阿克就赶紧凑过来。

"不会是回家时阿姨还没睡，训了你一个晚上吧？"

亘摇摇头。他蹑手蹑脚地回到家里，母亲竟然还趴在桌上酣睡，父亲还没回家。

"嘿，太棒了不是？可是，你为什么还是一脸没睡好的样子呢？"

"你睡得好吗？"

"一回去就睡了。"

"你那是什么神经呀。"

阿克眼睛瞪得圆圆的："你没睡好，是有什么不对劲的吗？"

亘是想着香织了。他觉得大松社长和则之的态度殊不可解，分明是有所隐瞒，别有内情。回家定下神来，越想越觉得可疑，以致天快亮还没入睡。

"噢，他们都是挺好的人。"

"对，他们待人友善。可是，不觉得太友善了吗？"

"为什么？"

"在那种地方碰上我们这样的孩子，大人一般都会很生气。可他们一直笑着，完全没有训斥我们。"

"不会是之前有过石冈他们的事，所以也能接受了吧？"

“不会的。”

亘说着，两眼定定地盯着桌子。新学期分配的这张桌子，光洁的桌面上有前一年使用它的高一年级学生刻下的赠言——“极恶”。为什么刻这两个字呢？这样做很有意思吗？

“对大松他们来说，一定有什么事情比来探寻幽灵的小孩子重要得多。因为他们的心思全在那上面，所以半夜遇上别家小孩子，也就懒得理会，和和气气就算了。”

阿克嘎吱嘎吱地抠着他几乎剪成了和尚头的脑袋，一脸困惑。这种情形迄今常有。亘较真的事，却无从传达给阿克。亘因此而心急火燎地拿阿克出气，自己这种时候的神色，就跟说“小村他们是做揽客生意的”的母亲邦子一模一样——他完全没有察觉这一事实。

“你无非就为了香织那女孩吧？”

阿克小声嘀咕着。因为肯定错了，所以不被亘听见为好，不过如果事有万一，最好就那个时候听见吧——也就那么大小的声音。

竟然就猜对了。

“不用说的，就是那样。还能有其他的吗？”

因为阿克猜对了，亘更加生气。我要说的话，他怎么会猜到呢？

“那女孩有病吧。”阿克有气无力地嘀咕道，“光看她的脸挺好的样子，可她为何一言不发呢？”

亘思考着。所谓的“散步”，也很奇怪。如果讨厌人杂，去公园或水边即可。为何非要在半夜里带她出来呢？首先，具体地说，香织是哪里有毛病呢？

说不定，那女孩变成这个样子，和幽灵大厦陷入僵局之间存在某种关系？正因为如此，大松社长才选择在深夜里不事声张地，特地将香织带到那个地方去？

因为亘陷入沉默之中，阿克越发感到困惑，手足无措。

“对啦，石冈他们上电视的事情，今早我问老爸了。我问他自那以后，石冈他爸说过什么吗？”

因为生意的关系，小村的父母都属夜猫子，但唯有早餐要全家人一起吃，这是习惯。“一天一次，全家围坐饭桌”，类似的套话很受小村家各人的喜爱。诸如“一日一善”、“感情好、心情就好”等等。

“老爸说不知道，石冈他爸一直没来。所以，他们要上电视的事就不清楚了。”

“噢噢。”亘哼哼着回答。

“那大楼有幽灵的事，就此了结了吧？”阿克讨好地说道，“和石冈他们干同样的事，傻傻的。”

亘不吱声。阿克还在嘎吱嘎吱挠头，边说着“就那样啦”之类，边返回座位。上课铃响起。

亘望着阿克的背影。据说那脑袋是小村叔叔用理发推子弄的，大多数情况下都会有点“瘌痢头”。“瘌痢头”的地方每次都有点改变，形状也改变。尽管如此，阿克从没有抱怨过。

亘想起了香织头发的洗发水香味。

小村叔叔每两周替阿克理一次发，他嘴里嘟哝着笑着，边理发边威胁说“动可就连耳朵也剪掉哟”。可想而知，也有人像小村叔叔那样边对毫无表情的香织说话，边对她笑着，往她的头发倒洗发水，吹干、梳头、扎成马尾辫。大概是她妈妈吧。香织不能回应妈妈，妈妈一定很伤心，活着却跟死了似的……

香织究竟是怎么了呢？

对亘而言，如果发挥和之前同样的想象力，绝对无法理解大松家三人的生活。虽然亘的一家是上班族家庭，但能够想象开店的阿克家的生活情形。班上同桌的女孩子，父母亲都是教师。教师之家的情形他也能够想象。同样地，父亲是消防员的家庭、父母离婚后跟母亲过的家庭、父亲出国单身赴任的家庭，亘都能够想象。既便他的想象与实情相去甚远，但只要亘认定“就是那样、这样的吧”，他就安心了。

可大松家的人就不是那样。家里有个可爱的女孩子这样子窝着，是某种原因让她落到这地步，大家一起承担着这个结果——这样的生活，这样的家庭，存在于亘的想象限度之外。连推想一番“大概是这种情况吧”的感觉他都找不到。在孩子长大成人期间，要经历种种形式的挫折，而这些挫折的大部分，根源于遭遇自己力不能及的东西——以自己迄今学习并形成的价值观或想象力，还处理不了。

这样的成长公式，亘在此是第一次遇上。当然啦，他自己没有察觉这一点。所以也就不明白自己为何焦躁不安，为何那么在意。

那天课上他也完全心不在焉。回到家，邦子正在熨衣物，摆了一起居室都是。她的手机械地动着，熨着衬衣和裤子，眼睛却不离电视机。就这样熨得平平整整，没有折痕。爸爸称之为“妈妈的杂技”。

要在平时，亘连“我回来了”也是匆匆一句，直接就回房间了。上补习班前的时间，亘可以看电视、玩游戏机度过，但今天亘止了步，对母亲说话。

“妈，三桥神社旁的幽灵大厦，最近听说什么了吗？”

邦子心不在焉地随口应道：“什么呀？”

“那栋在建的大楼，有个叫大松的社长是业主吧？那人的家里，据说有个念初中的女孩。”

邦子砰砰地敲着衬衣的领子，嘴上说：“对呀对呀。”她的目光仅仅一瞬间离开了荧屏，扫一眼手头，将黏着的线头拈去，然后又返回到电视上。

“妈妈的那位地产商太太朋友，了解那家人的情况吗？”

邦子眼盯着电视，没有回答。好像在放情节剧——打开没上锁的门，进入有女主人公的房间。那里躺着一具尸体。一声惊叫——广告。邦子这才望向亘这边来。

“你说什么？怎么回事？”

亘本想重复一次问题，但突然烦了。他看着脚下说了一句：“没什么。”

“这怪孩子。冰箱里有奶酪蛋糕哩。今天上补习班吧？不要骑车去了，今天在三叶草桥的地方搞工程。洗手了吗？漱口水用完了的话，洗脸台下的抽屉放着新的。”

这种时候，总令人怀疑亘早上上学、下午回家时，只须喊一声“我回来了”，即使他变成山上的小狐狸，她也不在乎。赶快拿了奶酪蛋糕回房间吧——他刚站起身，电话铃响了。

“快，你接你接。”

坐在熨衣板前的邦子一下子站不起来。她最近跟别人讲电话的时候说，今年胖了两公斤，结果盘腿坐时，一下子就腿脚麻痹，真头疼。

亘走到起居室一角的挂壁电话，取下话筒。“你好，是三谷家。”

寂静无声。

“喂喂，这里是三谷家。”

还是寂静无声。他再一次“喂喂”地呼唤，确认没有回音后，把话筒放回。

“打错电话？”邦子问道。

“好像是。”

“最近挺多的。接了电话，却没人讲话，过一会儿就挂断了。”

来到电话旁，顺便就想给阿克打过去，想跟他说抱歉今天心情不好，更抱歉的是放学时自己一个人走掉了。但亘最终没有打电话。

这时，电话铃又响起来，第一次铃声还没完，亘已拿起了话筒。

“喂喂。”

又是寂静无声，今天可遇上心情不佳的亘，他对着话筒大吼起来：

“没事别乱打，混账！”

亘啪地扣上话筒，邦子抬眼往这边看了看。那目光与其说是显得担心，毋宁说是感兴趣。

那天也没有集中精神上补习班，这在亘来说是罕见的事，两个小时里，他竟被老师说了三次。第三次的时候，他被问道：“你身体不舒服吗？”

亘自己也弄不明白。一想事，昨晚的事便复活在脑海里。当大松社长怜爱地拍一下轮椅的扶手时，香织修长的颈脖便摇晃起来。幽灵大厦映出难看的包装防水布的色彩，她显得脸颊苍白，简直就像肺病患者一样，而她的头发散发着洁净的洗发水香气。相同的情景反复不断在心中回放，是一种病吗？如果是摄录机，毫无疑问得修理，可人呢？该怎么办？

茫茫然地踏上回家之路，心中又想：去一下幽灵大厦吗？因为补习班和学校方向相反，所以不但是绕远路，还得路过自己家。尽管那样，他还想去看一眼。如果不是在看得见公寓大门口的地方意外地被人叫住，他一定已付诸行动了。

“回来啦，今天上补习班？”

亘一抬头，爸爸三谷明站在面前仅两三米的地方。他右手提包，左手拿折伞。说起来，今天市中心那边是下过骤雨。

“您回来啦。”亘也说道，走近父亲。明等待亘走上来，一同慢步走上通往公寓大门口的斜坡。

“爸爸，今天很早呀。”

亘左手腕上的数字手表显示是晚上八时四十三分。这是去年秋天三谷明因公出差洛杉矶时买给亘的礼物，手表的数字忙碌地闪烁着，自百分之一秒起显示。表底刻有很受欢迎的篮球队的标志。其实亘对篮球一点也不感兴趣，并不太喜欢这只手表。他更想要的是华纳公司别出心裁的产品。所以平时他几乎不使用这只手表。今晚很走运。父亲一定以为亘喜欢这只手表。

“学校怎么样？”

“还好。”亘答道，仅此而已。这一问一答，已成为近一年来父子之间的保留项目。即使亘在“还好”之后又说了话，父亲恐怕也只是听着，而明即使在“怎么样”后面加了具体的内容，亘听了也只会答一句“还好”吧。实际上这样的事还一次也没有过。

三谷明原本就话少，一方面是邦子太爱说。以亘所见，二人说话是一对十的比例，邦子占绝对优势。在日常生活中，发言量的多寡，直接关系到发言者意见的权威性，简言之，是“话多者胜”。也就是说，三谷家是由邦子主导。

只不过，当事情不是“日常”，而是关系到“日常的基础”时，情形便为之一变。平日缄默的三谷明，在这种局面下往往像千叶的奶奶所说“好辩得叫人冒火”。买现在的房子时，就是这样。邦子想让亘进私立小学时，也是这样。决定亘上哪个补习班时是这样，换座驾时也是这样。明对于眼前的问题会做许多背景调查，深思熟虑之后选择最可行的结论。这里面不可有模糊之处，诸如暧昧的“凭感觉”呀、“好像那样比较好”呀、“大家都那样做”呀、“跟别人一样”等等，都行不通。如果要决定的是汽车，则必考虑燃料费和安全性，如果是公寓房子，则查清施工单位和居住环境，如果不能提供清晰的数据，这时的三谷明，是什么人都说不过他的。

说起正好十年前，三谷的老爷子——即亘的祖父——去世时，明的举动，至今仍是亲戚们口中的话题，因为每逢亲戚聚集，就听人家说起那件事，所以连当时只是个小不点儿的亘，也记得一清二楚，仿佛耳闻目睹一般。

不仅丧礼如此，但凡仪式，虽然不知由来和理据，“这种时候就应该这样做”的惯例是不可少的。明对此甚为抵触。为何法号要排次序？为何以金额来定其高下位置？与亡父交恶的亲戚，仅因其亲戚身份，就在守夜时摆架子，绝不可接受，等等——种种事情，真是不看不知道。

既是爷爷的丧礼，丧主自然是奶奶。奶奶最终也发话了：

“咱就好歹让个步，安安静静让丧礼举行了罢。”据说如果不是奶奶含泪发了话，恐怕爷爷的棺材整整一个星期之后都出不了千叶的家一步。

据说经此一役，亲戚们都对明另眼相看了，“这三谷明，原以为他是个聪明、文静的人，其实他一旦出声，可不好对付啦。”

“妈妈早就知道他是那种人，觉得很有趣。”邦子笑着对亘说。

三谷明并非令人害怕的父亲。什么都不懂的婴儿时期或一不看紧就要做危险事的幼儿时期且当别论，自亘明白事理以后，父亲从没有打骂过他，迄今没有对亘使出过他的最后武器——“硬抠死理”。当然啦，太忙顾不上也是一方面的原因。

亘对父亲有一点不明白。只不过这“不明白”并不是不愉快、心情不爽的“不明白”。父亲这扇门不是敞开着的，而今后也绝少敞开着，但亘朦胧地感觉到，那里头的东西，对他来说很重要，父亲也是这么想的——这样说大致可以说明白了吧。

亘挺欣赏父亲的。喜欢吹嘘自己的人多的是——身边也是，电视上也是，学校也是——每天默默地忙碌着的父亲，亘觉得相当有性格。他其实跟这个年龄的孩子一样，对父亲的印象，归根结底，几乎是原原本本地反映出母亲三谷邦子对丈夫三谷明所持的印象。

尽管丈夫只是默默地点头倾听，邦子还是乐此不疲地跟他说有趣的事、生气的事、需要稍微商量的事、虽属事后认可但“已成定局”的事。直到不久前还是“宝贝儿子”的亘也是如此。不过，现在的亘虽像煮成了有嚼头的意大利实心面似的东西，由“宝贝儿子”到作为一个人的“芯”正在形成之中，这条“芯”让亘只说一句“还好，”其余则沉默。这也许是男人和女人的区别。或者说，是邦子身上没有、但亘身上传留的明的遗传因子所为。

尽管如此，今夜在“还好”之后，二人走向电梯间时，亘心中有点动摇。他想跟父亲说说——各种事情。

真的有幽灵吗？大家都信得发狂、热得发烧的事情，即便是子虚乌有的事，自己也附和为好吗？否则会被排斥吗？爸爸不喜欢我这样做吧？可我为何还会被责骂是“最讨厌的三谷”呢？我也会像爸爸那样吗？该怎么做，才能不对的事说不对，也不至和别人吵架呢？

还有，那个——一言不发、似乎与外界隔离的大松香织。哎，爸爸，我见到了一个女孩子，她就像电视游戏里出现的，被禁闭在塔里的公主一样。真的有那样的女孩子。我，有点牵挂那个女孩子。我总在想她是怎么样的。爸爸也有过这种心情吗？

许多话搅和在脑海里，但最终都没有说出口，就到了家。

难得三人一起吃晚饭，邦子忙着向明报告各种事情、商量事情、打听情况，总之很热闹。母亲很高兴，这种心情也传给了亘，晚饭吃得很香。

吃完饭，亘正要把自己的碗碟拿到厨房去，刚站起来，电话铃响了。亘一手拿起话筒。

寂静无声。

“又是那样？”邦子停下筷子问道。

“还是那样。”亘答道，放下话筒。

“这阵子老有这种沉默的电话。”邦子皱着眉头，“好可怕。”

明扭一扭头，往电话那边看一眼。

“大体上在这个时间里打来吗？”

“一般是在白天——昨天也是，对吧，亘？”

“对，连续两次。”

“亘也有接过？”

“哦，我昨天第一次接。”

明把手上的碗放回桌面，又回头望一下电话。

“调成录音留言电话怎么样？”

邦子笑了，“不用啦，又不是什么性骚扰电话。而且，千叶的奶奶打过来时，弄成留言电话的话，事后可得费周折。”

“那也是。”明也笑了一下。亘从冰柜里取出雪糕，拿过一把匙子，正要返回饭桌，此时电话铃又响了。

“我来接！”

亘叫道，扑向话筒。他想跟昨天一样，吼它几句。所以一开始威吓性地来了个粗声粗气的“喂喂”。

这一来，一个极爽朗、真正粗旷的声音回应道：

“哟，亘啊？来劲嘛。”

如假包换，是千叶的悟伯伯。亘泄了气。

"哎呀，原来是'路'伯伯。"

"'哎呀'就算问候啦。你挺好吗？"

"嗯，挺好的。"

"你可是正经上学念书的孩子，没试过拒绝上学吧？"

"没有没有。"

"没被同学欺负、勒索吧？"

"没有没有。"亘笑出声来，"大伯，您看坏新闻太多了吧？"

"是吗？现在的学校，跟江户时代的监牢差不多吧？"

"我也说不上，应该是完全不一样的。"

"是吗？看来电视信不得啦。哎，你有女朋友了吗？"

"怎么可能有呢！"

"落后啦，五年级了吧？初恋得试试啦。周围没有一见钟情的女孩吗？"

悟伯伯近来老拿这话题取笑亘，是见怪不怪的说辞。可是，今晚这话却鲜明地敲击着亘的耳鼓。亘疑心自己的脸红了。心一慌，差点脸红起来。

说到"一见钟情的女孩"，亘的心目中，一瞬间无比清晰地浮现了大松香织的脸。白皙的脸庞，大大的瞳仁。

"没、没有啦。"亘背向父母所在的桌子，慌张地说道，"班上的女孩子一点也不可爱。"

"嗬，那太遗憾啦。"悟伯伯完全没有察觉亘的内心活动，"你妈在吗？"

"在。今天我爸也回来了。"

电话那一头怪腔怪调起来。"世上也真有新鲜事哩。那，让你爸听吧。"

"是'路'伯伯，"亘话音未落，明已来到亘的身后，从亘手上接过话筒，然后少有地正颜厉色告诫亘道："得好好说悟伯伯。"

三谷悟是哥哥，比三谷明大五岁。三谷悟在十六岁的秋天从当地的高中退学，继承家业，现在仍照旧经营着祖业。他和大学毕业后来到东京的明恰成对照，是一步也不愿离开房总的人。对大海、渔船和海上垂钓喜欢得要死。

虽说是兄弟俩，脾性却截然相反。悟伯伯爱侃，说起话来东拉西扯。有条有理的事，好像离他十万八千里，或者说，仿佛根本就不存在。

父亲和悟伯伯体型、长相都完全不相像。中等个子、瘦削的是父亲，高个魁梧的是伯父。父亲长脸，伯伯则是腮帮子鼓鼓的粗犷脸型。据说今年四十三岁的伯伯自幼儿园时起就是那副模样，一直到最近，年龄才赶上了他的外貌。

不知是诸多不顺利，还是他本人的执拗，悟伯伯一直独身。千叶的奶奶私下里为此头疼不已，但他本人倒满不在乎。嘴上说，结婚太麻烦啦。不过，他似乎不讨厌孩子。他经常关照亘，还悄悄地给零花钱什么的。

亘的妈妈那边也各有一位伯伯和叔叔，为了不乱成一团，必须得分开叫。妈妈这边各冠以住地称呼："小田原的伯伯"、"板桥的叔叔"。但不知何故只有悟伯伯不叫作"千叶的伯父"。"路"伯伯的叫法，是亘很小的时候发音不清说的，但至今仍不时说漏嘴跑出来，结果每次都挨训。

悟伯伯电话上说的事情，似乎涉及"法事"之类的复杂事。亘原想等父亲挂电话前再说几句，却被赶出了起居室，得去洗澡。

妈妈说，她经常在泡热水洗澡时独自想许多事情。据说是因为大人绝少一个人独处的时间。可孩子也同样。浴缸是诱人遐想的地方。今天晚上，和沐浴液的芳香一起浮现在亘头脑中的，仍是大松香织的面容。塔里的文静的公主，是被关在里面呢，还是闭门不出呢？

得试试初恋了……吗？

"路"伯伯的话在心中徘徊不去，亘又吓了一跳，热水哗啦地溅起来。

三　转校生

他是在春天连休假期临近时来的。班上的女孩子议论说：学期半中途跑出一个转校生来了。

“听说长得挺帅。”

“成绩很好。”

“据说英语说得很棒。”

“听说因为他爸爸工作上的原因，一直住在外国。”

“据说，据说”引起的热议处处展开。不过，对亘而言，这并非他闻之向往的消息。

转校生当然是很受注目的，但那人是去邻班的。知道有这回事足矣。而所谓的转校生，到他这个标签被撕下、变成习以为常的同学为止的期间，不论是什么萝卜南瓜，常被高看几成。

亘住的这个街区，虽说也处于经济不景气最严重的时刻，但因为大建公寓楼，人来人往极频繁。所以，在亘升上五年级之前，还有过四位转校生。也算充分见识过转校生这回事了。转校生名副其实属“超强”的，其命中率与走在街上被自天而降的陨石砸死不相上下，根本用不着大惊小怪。而不知不觉间，幽灵大厦的传说更让他在意——这样的状态下，说实在的，亘甚至连隔壁班转校生的名字也没记住。

因此，亘和大家话不投机，真头疼。

“据说芦川拍了灵异照片哩！”

“你看过了？跟他要来看的？”

“虽然我没看，但据说拍得很清晰。”

这是偶遇大松家的人正好一周之后的事情。早上，亘强忍哈欠进入教室，听见教室后门聚集的五六名同学正起劲地谈论着这件事。对于自那以来对香织心生牵挂的亘而言，是连幽灵大厦的“幽”字都不肯放过的。

“真的？真的拍到了那样的照片吗？”亘一头扎进这个说话圈子，“是什么时候？”

“听说是前天下午。”

“前天……那是白天啰？”

“上图画手工课时，去画素描写生了嘛。”

图画手工课上有一个要求，是到街上画花的素描写生。

“去三桥神社画杜鹃花了。”

“那……不是我们班啊。”

“所以嘛，听说是芦川拍到的。”

于是，亘这才明白话题的对象是隔壁班的转较生。

“那人叫芦川？”

“没错。美鹤·芦川。总之是在外国长大的。”

一个男同学姓名倒置、洋腔洋调地这么一说，女同学笑翻了。

“笨蛋，并不是把名和姓掉转，就成外国人的哩。”

对亘来说，转校生的来龙去脉无所谓。问题只在于他拍摄的灵异照片。

“那照片可以跟他要来看吗？”

众人吵成一团，都说自己想看。

“据说芦川君说闹大了不好，带回家了。就那样谁也没给看。”

一瞬间，亘心中窃喜。说不准这位转校生和自己看法很接近哩。“闹大了不好”吗？噢，这说法很妙，之前和班上的女孩子理论时，用这种托辞也许就好了。

“隔壁班有人见过实物吗？其他人也一起去画素描写生了吧？”

同学们列举了几个隔壁班学生的名字。一起去画素描写生的，是三个男生两个女生共五人。当中有班委宫原祐太郎。他倒是亘的好友。

“据说拍照的相机是宫原君带的。”

“是为了回家后可以看着照片，完成素描写生的细节啦。”

据说是拍立得相机。由宫原提议，每人按自己确定下来的画面构图，拍一张照片。芦川拍的是从神社内仰视神社林木和旁边幽灵大厦的角度。谁知照片上竟出现了人脸似的东西。

“大家知道在那地方拍照出现了怪物，都闹开了。虽然开头都感到好玩，但后来女孩子哭了起来，大家害怕了，溜回家。不知素描画成什么样子了？”

听到这些已经足矣。下一次课间休息，亘马上跑到隔壁班去了。从向走廊的窗户往里窥探，可以看见宫原的侧脸，他坐在靠窗的最后一个位置，大笑着和前面座位的女生和旁边座位的男生说话。

宫原祐太郎是全年级数一数二的好学生。城东第一小学不实行每学期在走廊公布成绩优秀者名字的做法，不过谁最拔尖，大家自然就明白。这种感觉能力说不定比老师还敏感和准确。

这是不久前的事，父亲三谷明偶尔和邦子议论起学校的优劣，亘听来一知半解。明说得绕来绕去的，他的演说亘大部分没听明白。不过，倒是有那么一句话，亘不仅听明白了，还让他心头一亮，记住了。

“真正优秀的人，是目空一切，不学习也很优秀的。那就是所谓的‘能力’。”

听见父亲这句话，亘很自然就联想起宫原祐太郎。

真的哩——他心想。宫原永远是一副极开朗、快活、满不在乎的样子。他那样成绩就好得不得了。入选接力赛选手毫无争议，据说在幼儿园时上游泳学校也是尖子代表；他电视照样看，游戏机也很精通。丝毫没有拼老命“争当”尖子生的样子。他是天生的尖子。可是，老师们表扬他是“刻苦努力”、“上进心强”。不对劲嘛——亘总有这种感觉。宫原很棒，可他并不刻苦呀，老师们怎么不明白呢？

亘再大一点的话就会明白了。老师们其实很清楚，不过直截了当地说出来的话，只会带来种种麻烦事，所以只好沉默。人天生在能力上就存在差距，这和刻苦努力的重要性、可贵性、快乐完全不是一回事，但却往往被混为一谈，这正是人生的乐趣和难处——这些，怎么对学生解释呢？

宫原正谈在兴头上，教室里又很热闹，悄悄打个招呼的话他根本察觉不到。看看周围，也找不到与亘相熟的面孔。

在小学里，不同班也就不在一个“金鱼缸”，极少能够交流。到了五年级，有一些科目、课程就两个班合班上或者两个班男女分别上，例如音乐课和保健体育等，不同班的同学终于有些往来了，但时间也很有限。亘之所以熟悉宫原，是因为在补习班上同一门课。

亘来到教室后门，徘徊着试图寻找机会，但宫原起劲地说着话，完全没有察觉。亘属于在这种情况下怯场的人，做不到无所畏惧地直闯隔壁班教室。这时铃声响起，休息时间结束了。

没办法，等上补习班再说吧。

亘急急转身。这时，眼前突然有个漆黑的东西挡住，“咚”地撞个正着。

“哎哟！”

亘不禁喊出声来。但他所撞的漆黑的东西并没有吭声，只是透出一缕药品似的气味。

他面前一位穿黑色运动服的少年。一眨眼的工夫，亘还以为在看镜子呢。那少年的身材体态跟亘自己竟然如此相似！

“哎，对不起。”

他条件反射似的这么一说，错觉消失了。搁在那身黑色运动服上的脑袋，跟亘似像非像。

让亘气馁的是，那是个帅呆了的美少年。

亘目瞪口呆地盯着少年的脸。亘即将是少男少女中的一员了，他也一向以被称为“有趣的家伙”为最高荣誉，所以在任何情况下都不忘弄个噱头或来句机灵话，所以他本能地以最快的速度思考起来。这个月照我看是全国美少男美少女月吧？但这话又有点不够意思，所以没有说出口——正想着这种细节时，他注意到对方黑色运动服的胸前别着名牌——“芦川美鹤”。

美鹤·芦川——吃洋面包长大的。

这小子正是他要找的转校生！

正要说话之时，芦川美鹤已灵巧地一闪身，让过亘进了教室。由于对方行动快捷，亘在人家已消失后，仍整整有两秒钟时间回望一下，他背对着隔壁教室的门口呆立着，等他好不容易窥探教室里头时，学生们大半已就座，最后一次钟声已拖着颤动的尾音快消逝了。

亘慌忙冲进自己的教室。心脏奇特地怦怦跳。

巧的是，那天要上补习班。亘回了一趟家，比平时早出门，因为宫原经常早到，找到安静的地方自习。

亘上的“春日共进研习社”位于离亘家骑自行车五分钟之处。研习社租下了四层小楼房的第三层，有三间教室。亘所在的小五补习班每周上三次课，是以语文和算术为主的两个小时补习，教室是最北角那间。

亘猜对了，宫原独自一人在他喜欢的教室角落里学习，桌上摊开着参考书和笔记，是算术课的内容。

宫原家有五口人，父亲经营街头加油站，他下面有上幼儿园的弟弟和还用尿布的妹妹。

宫原的母亲和他的生父很久以前就离婚了。弟弟和妹妹是宫原的母亲和现在的父亲生的，所以和宫原是同母异父关系。并非有人蓄意打听宫原的身世，但这些情况自然而然就传布开了，不知不觉成了周围人所共知的事。真有点像流行感冒一样。

宫原本人很棒，但他家情况如何，亘也不知道。虽然在女孩子们当中传他很疼爱弟弟妹妹，但他和宫原同在一地段、同上一个补习班，生活圈子有一半重叠，却迄今没有见过宫原和弟弟妹妹在一起的情景，所以无从证实。

有一点是确定的，宫原之所以常在补习班自习，是因为家中吵闹无法学习。这是他自己说的。这一点亘也能想象，有婴儿和上幼儿园的孩子的地方，实在难以集中精神学习吧。补习班的老师也考虑到这一点，允许他在教室里学习。当然啦，有幼龄弟弟妹妹的学生不单是宫原，除此之外还有几个人。只是，不以弟弟妹妹吵闹作为偷懒的借口，真的只需一张安静的桌子就能学习的，仅宫原一人而已。所以，一般只有他一个人在这里用功。

亘进入教室，宫原抬起头来，大吃一惊似的瞪着眼。他望向墙上的大钟，仿佛在想“已经到点了？”亘连忙打招呼道：“想跟你说几句话，可以吗？”

“行啊，你想说什么？”

宫原认真倾听的样子，让亘有点难以启齿。那个那个……灵异照片的事……这种话太幼稚了吧？

尽管如此他还是说出来了。

“噢噢，是那件事啊，”宫原随即大松一口气的样子，“好像在全校都出了名啦。”

“真的拍到幽灵了吗？”

“噢。”

宫原在椅子上得意地挺起胸，用手把好好的头发弄得乱蓬蓬。他脸上还笑着。

“在杜鹃花丛中，拍到了类似人的脸，这是确实的。不过，是不是幽灵就不知道了。虽然当时是那么想，但不知是真是假。”

“传说三桥神社旁正在建的大楼有幽灵出没，知道吧？”

“噢，我知道。”

“幽灵和灵异照片之间，会有联系吗？”

“那我就不知道啦。”宫原不禁笑了起来，“三谷，你真的关心这件事？”

亘一下子不好意思起来，当中夹带着几分恼火。我最初也没把那传言当一回事的呀！他很想辩白一番，虽然他并没有受到指责。不知怎的，他赌气似的说出了惹恼了女孩子们的事。

“哦哦，”宫原好像这才认真起来，笑容消失了，“虽然我不信幽灵，但也不因此认为你说得不对，你别往心里去。”

“那就好了……”

亘得到安慰，但没有再谈下去。要把大松香织的事也说出来吗？说自己因为见到了出众的美少女，自那以后心神不定。宫原这人是绝对不会取笑、讽刺人的。

然而，冒出口的却是别的话：“芦川是什么家伙？”

宫原直白地提出疑问：“你说‘什么家伙’，是什么意思？”

“我今天上午第一次看见他，那家伙的脸像木偶似的吧？”

对亘而言，那一次不是“相见”，而是“看见”。

“那家伙不错的。”宫原随即答道。回答得既不勉强，也不含别的意思，“你说他‘木偶似的脸’吧？没错，班上女孩子们吵翻天了。”

宫原不会感觉不快活吧？他可是“人气王”。

“这人挺怪的吧？拍到了灵异照片，还带回家去？还说什么别为这事闹大。挺像装的吧？”

“我不觉得他是装的。”宫原又偷笑起来，“你要是那么在意，打打交道看吧。他要来的。”

“他要来？来这里？”

“对。从今天起。”

据宫原说，芦川问他哪里有好的补习班，宫原告诉他这里，芦川马上决定来这里听课。

“这里的女孩子也得骚动起来吧。”

“可能。不过管它呢，爱骚不骚的。”

“芦川的学习……”

“挺棒的。成绩一定相当好。”

亘看着宫原，他笑嘻嘻地说着话，全不在乎。他是真的不在乎，不是死撑，而是坦然。即使“人气王”的宝座受到竞争，他还是不在乎的吧。

亘察觉宫原没有失去什么东西。无论芦川美鹤多么优秀、多么帅，宫原并不因此变蠢。宫原依然是宫原，学习还是那么好，跑步还是那么快，游泳还是那么棒，又帅又有能耐，这一点是没有变化的。也许只一个人出类拔萃，反不如多一个同样优秀的朋友更有意思。不是争坐“人气王”的宝座，而是携手同坐而已——一定是这样。

这种事情在亘而言完全不同。又帅又强的人越多，自己的地盘就越狭窄。

宫原和芦川就算说了跟亘同样的话，都不会惹恼女孩子。现实就是如此。自己拍下了灵异照片，还说什么“为这种事情议论纷纷可不好”。这话的意思，跟亘惹怒班上女同学时说的话几乎没有区别。可跟芦川在一起的女孩子也好，听说了这件事的女孩子也好，没有一个人要责备他“芦川不相信灵异照片，这家伙讨厌”。

假如宫原说“三谷的话没错，在确认三桥神社是否真死了人以前，我觉得不应该说这就是那人的幽灵”，女孩子们就没话可说了吧。肯定就是这么回事儿。假如是宫原那样说，她们就会说“对呀”。

太不合理，太不公平啦。

亘大为恼火，其他感觉几乎都顾不上了。好在此时有几个女孩子边说着话边进来了，亘便回到座位上。补习班可以先到先占位置，不过各人的座位也相对固定。亘的座位在靠走廊一侧的正中间。

上课前五分钟，任课老师石井先生进入教室，芦川美鹤紧跟在他身后。教室已坐了八成人，大家聊得正欢，但看见芦川的瞬间，一下子都安静下来了。

补习班同学基本上来自三所小学，城东第一小学和城东第三小学，其余是一所私立小学的孩子。城东三小和私立小学的学生们是第一次见芦川美鹤，震动自然也就大吧。

老师和大家互致问候，然后介绍了芦川。

“这位是芦川美鹤同学，从今天起和大家一起学习。城东一小的同学已经认识了吧。”

石井老师二十四岁。他是大学研究生——在这里的教师都是兼职。他个子矮小，有时穿衣打扮像个高中生。但他是脑瓜子极好的老师，擅长表达，课上得很有趣。对亘他们既不糊弄也不压制，大家都喜欢他、尊敬他。

可他跟芦川并排一站，不知何故，老师就——怎么说好呢——略显渺小了。需要亘身上还没有的词汇和方式，才能表达这一点呢——老师略显寒碜了，被比下去了。大概是这个意思吧。从刚才老师带芦川过来时就是这样。不是芦川跟随着老师，看上去只是他出于礼貌，走在后面而已。

“我是芦川。”他说着，略低一低头，感觉他这样做恰到好处。声音很响亮。

芦川在空出的座位坐下时，和宫原对视，微微一笑。宫原也回以一笑。和亘同一排的女孩子们紧挨脑袋看看二人的举动，含笑窃窃议论着，挺高兴的样子。

石井老师主张他的课尽量以个别辅导的方式进行，所以这一天的上课时间，亘不能明确了解芦川是否如宫原所说，学习很棒。不过，他有这种感觉。这小子似乎无愧于“很棒”的说法，是陨石。

下课放学了，宫原和芦川理所当然成了二人组。班上的其他人围绕着二人。不仅是女孩子，男同学也在其中。

亘找不到机会接近二人，他也不想在众人嘻嘻哈哈之时，突然问什么“灵异照片是否是真的”之类的问题。所以他挟起书包就踏上回家之路。

走得那么匆忙，他也觉得像逃走一样。可是他在逃避什么？明知故问。

他一直跑到家，尽管没有这个必要，但他要对自己分辩，他绝不是逃走。“我回来啦。”他打开大门冲进家里时，隔着起居室的玻璃门，看见邦子站在那里。看样子她在接电话。亘开门，见邦子绷着脸，然后重重地丢下了话筒。

“怎么啦？”

“又是无声电话。”邦子赌气说，真生了气的样子。厨房里的铁锅滋滋作响，直冒白色的热气。

“今天第三次了。正忙着准备晚饭呢，好像明知我忙才偏要打来的样子……”

亘这才察觉母亲不仅是生气，也有害怕。

“再打来就由我接。锅里冒烟哩。”

“哎哟，糟糕！”

邦子冲进厨房，亘回到自己房间，整理书包。邦子弄好厨房的事，开始连珠炮似的发问：补习班上得怎么样？今晚吃炒饭，学校饭堂吃的是什么？这是常事，亘也东拉西扯一番，但他心头总搁着一个芦川，提不起劲头说话。

洗过手摆好碗筷，电话铃响起。亘扑过去拿话筒。

“我是小村，亘在家吗？”

是阿克。邦子停下搅拌沙拉的手，望向这边。亘连连摆手示意不是无声电话。

“今天是上补习班的日子吧？”

“对呀，所以这才吃晚饭。”

“那我之后再打来？阿姨会生我气的。”

阿克在非常吵闹的地方打来电话。很难听清。

“我再打来。”

“好，说定了。”

阿克快快挂断电话。很清楚地显示了母亲不欢迎阿克的状态。

如果常打电话来的是尖子生宫原，又将如何？母亲也就不至于一脸不耐烦了吧？“宫原最好的朋友”，这是母亲可以满意的身份吧。

亘自己如何？比起阿克，他也认为宫原祐太郎更好？

虽然宫原很厉害，但对亘而言，交往起来会是很有意思的朋友吗？如果自己总有愧不如人的感觉，那也不能说是“朋友”吧？

如果是宫原那样名声好、阿克那样有趣的朋友就好了。可那是不可能的。就跟挤满人、热闹非凡的东京迪士尼，玩起来又不必排一两个小时队一样，不可能有的。

宫原和芦川。阿克和亘。

仿佛搁在天平上，结果就在眼前一样。不，不一定是亘和阿克一败涂地的，根据不同的天平，亘这一方比较重的情况也会有吧。只不过亘感觉自己并不期待被搁到那种天平上去。

正想着，电话铃又响了。这次该是无声电话了吧。亘一手抄起话筒。

“三谷家！”

“是亘吗？”

声音清晰。

“怎么搞，是爸爸呀。”

“‘怎么搞’？这是问候语吗？”

“又有无声电话打来，妈妈都害怕了。”

停了一下。“今天吗？”

“对，傍晚打来三次。”

因为邦子走到电话旁边来，亘说声“是爸爸”，把话筒递了过去。他返回饭桌。晚饭的碗碟摆好了，今晚又是和妈妈两人吃。

邦子说了一会儿电话之后，急匆匆地答应着什么事：“好、好，明白啦，我去准备。”然后又说声“那您辛苦啦”，便挂断了电话。妈妈在接爸爸打来的电话时，必定有这么一句慰劳的话，亘觉得是理所当然的。

不过，大概在一年前吧。妈妈的一个同学在做化妆品推销员，半玩半工作地上门拜访的时候，这个认识又受到了检验。那位阿姨人很漂亮，但化妆品味儿太浓，亘在一旁直冲鼻孔。所以亘问候阿姨之后，便躲进自己房间里玩游戏机。

妈妈和那位推销员阿姨聊得很开心的时候，爸爸像今天一样打来了电话。妈妈像往常一样应对，像往常一样说了慰劳的话，挂断电话。这一来，推销员阿姨很惊讶。听得见她很大声地说话。

“真是难以置信！刚才是你丈夫吧？现在已经不是明治时代啦。丈夫并不比你伟大呀，为什么那么谦恭？”

“谦恭”是什么意思？亘查了词典，写的是“自己谦卑、恭敬对方”。更加不好明白了。所以，亘更加留神听那位阿姨突然变得有点粗鲁地教训妈妈这样那样。他觉得这样可能更容易听明白。

“按老的做法也行，但对丈夫太宠太惯了可不行。既然结为夫妻，他就有出去工作、供养妻子儿女的义务。这是半斤八两的事，不必感激的。”

妈妈笑着，稍稍反驳道：“也没有特别宠惯啦。”

“丈夫在外面干什么，其实你并不知道。”推销员阿姨说着，狂笑起来，“我们家彼此之间是互不干涉啦。他也不干涉我，我也不干涉他。如果不是有孩子，早就分手了吧。所谓孩子是父母的纽带，真是没错。”

亘感到阿姨越往下说，房间里的空气越混浊。仿佛爱干净的妈妈清洁了地板墙壁，阿姨却不请自来，自作主张地重新挂起脏抹布，说不这样就不算搞过清洁。

那位推销员阿姨没再来过三谷家。亘松了一口气，心想妈妈也不喜欢她吧。

晚饭之后，亘给阿克打了电话，就在轰响的电视机声音中，阿克自己接了电话。

“把音量调小一点好吗？”

“哎，抱歉抱歉。”

原来阿克今天放学回家时遇见了大松社长。

“怎么会？在哪里？”

“在幽灵大厦前。他和穿灰色工作服的人在一起。”

可能找到了接手的施工单位吧。

“只有社长？他儿子呢？”

“没见到——怎么啦？”

“怎么——”亘语塞，“也没有什么特别原因啦。”

阿克就有这么个特点。亘很相信，不论什么事情只要问他“为什么”，马上就能得到答案。这大概就是“单纯”吧。

“社长挺高兴的样子，说是工程可以继续下去。”

不出所料。

“大楼建成的话，怪话也就消失了吧。”亘说道，“那样更好。这么拖下去又有人像隔壁班那个芦川那样，在那里拍个什么灵异照片，自以为得意啦。”

讨厌的说法，而且是撒谎。

明明知道是撒谎，却偏作惊人之语地说了，舌头一下子有辣辣的刺激感，就像香辣调味料。所以，一旦撒谎成了习惯，就停不下来，越往后越是可怕。

可是亘说出口了。不出所料，阿克抓住不放。

“你说什么？灵异照片是怎么回事？”

亘解释了事情。他心里沉甸甸的，明知是谎上加谎。阿克明显是初次听说，大表惊讶。

“不得了哩，真想看看。”

“算了吧。这样闹起来，芦川可就得意啦。”

“我老妈说，二十岁前没见过幽灵的话，就一辈子见不着了。”

“要是那样，干脆别看更好。”

“真的？我二十岁前绝对想看。不看幽灵的日子，过起来多没意思。”

这是阿克自己的理论。亘想逗他说，看幽灵的“素质”，并非开拓有趣人生必不可少的，但他忍住了没说。对阿克说那样的话，只会引来他更加不着边际的回答。亘今晚心神不定。

“好了，我得去洗澡啦。”

阿克还说着什么，亘迅速挂断了电话。邦子问小村有事吗，亘找些话随意答了。他进了自己的房间。关上门独自一人时，他松了一口气。

此时，突然响起了一个女孩子的声音。

“你撒谎。”

亘僵在椅子上，火冒三丈。

四　看不见的女孩

幻听。

这起突发事件和上周遇见大松他们那个晚上，溜出家门前发生的情况相同，口中嗞地干涸起来。

“你这人撒谎。”

再次幻听。虽然听来像一个美妙的女孩的声音，不过应该是耳鸣吧。不，是邻居电视机的声音。爸爸之前曾发牢骚，说这栋公寓的墙壁比设计书上写的要薄。

“装没听见也没用呀。”

像一个任性的女孩子的声音。是电视剧台词。肯定没错。

“为什么向朋友撒那样的谎？你是那种人吗？我很失望。”

亘偷偷环顾四周。再熟悉不过的、自己的房间。看来妈妈今天把床套和枕套换了。由蓝格子图案的换成了黄格子图案了。书脊排列整齐的书柜。书柜下面摆着千叶奶奶为亘上学赠送的《儿童百科事典》。收下放好之后，亘听说这套书竟花了二十万日元，挺懊恼的。为自己花这个钱的话，还不如买的是电脑。他噘着嘴巴这么一说，回答是《儿童百科事典》最适合祝贺孩子念小学。电脑就长大后自己买吧，奶奶没那心思。没办法，得着这么一套光占地方、碍手碍脚的书。

墙上的挂历。地板上的地毯。书桌上橡皮擦的碎屑。天花板上的灯。

亘突然一扭身，窥探桌子底下。动作之猛让带脚轮的椅子滑动了一下。

当然也没有藏着人。

亘猛回头，查看床底下。简直就像闯入罪犯巢穴的FBI特工。身穿带标志的夹克，里面是防弹背心。手枪皮套挎在肩上。

床底下藏着一团圆圆的棉絮。这个在妈妈扫除作战中侥幸生存的游击战士，出乎意料地自投罗网了。

女孩子难为情似的笑声传了过来："我可没躲藏哟。"

亘直起身子，慢慢坐回椅子上。他感到自己的心脏变成了乒乓球大小，怦怦跳着，在全身滚动着。平时容纳心脏的地方空空如也，凉风嗖嗖地吹过。

"你在哪里嘛？"亘低声问道。

真是不可思议。女孩子声音传来的方向根本无从判断。既不是来自天花板，也不是来自墙壁；既不是前也不是后，也不是来自脚下。

可声音回荡在亘的脑子里。但和自己的声音完全不同。

"我没有躲起来。不过你要找我的话，哪里都找不到。"

女孩子说话的声音像唱歌。

"寻找没躲起来的东西，很荒谬。为什么认定了非找不可的东西就是藏起了呢？要找所以藏起来？藏起来所以要找？"

亘愁眉苦脸。他不由得向空中反问道："你是什么？你在说什么？"

女孩子的声音说道："我就在你身边呀。"

亘浑身一震，瞠目结舌。他一下子从椅子上站起来，开门出了房间。起居室里，电视机正播放着欢乐的广告歌曲。看不见邦子的身影。在洗澡？没错。妈妈总是开着电视机就去洗澡。

长沙发边上的小抽屉里，应该放着一个一次性照相机。上个月全家一起上动物园时买的，胶卷可拍二十四张，可最终只拍了三四张就回家了。然后就那么搁着。

到抽屉一找——有了！亘抓起照相机返回房间里。

唉。不行。不能瞎闯。亘后背紧贴门旁的墙壁，调整呼吸，还得用

FBI 方式。但是，此刻的三谷特工没有同僚支援。要孤身出击。他握住门把缓缓转动。轻推，门打开了十厘米。二十厘米。好，悄无声息地潜入！

持照相机的右手收在背后，贴近关上的房门。罪犯没有察觉——这无法弄清楚。总之此凶险罪犯装备了隐身衣——可放出不可视光线的特殊衣服——这说法也许有点怪，总之是强调眼睛看不见的这回事。哎呀呀，要是拿了红外线目镜过来就好啦。

大口深呼吸，确定时机——亘亮出照相机，像扣枪扳机似的——以心情来说——按下了快门。

没有扳胶卷。

这玩意儿就是讨厌。用一次性照相机拍照时，拍完了一张必须马上扳一下胶卷，否则不行！

这可就暴露无遗啦。亘扳上胶卷按下快门，满房间团团转着拍、拍、拍！其间他无暇思索了。拍天花板、拍床底下、拍椅子背后，回头拍、蹲下拍。

胶卷终于一张不剩了，鼻尖上冒出小小汗珠。用指甲刮去，坐在地板上。运动量并不算大，他都大喘粗气。

传来女孩子文静的声音："即便没拍着我，说是拍到了——撒个谎不就行了嘛。"

亘又一次呆住了。手指头一僵硬，照相机掉在膝上。

"即使拍到了我，也说没有拍到，撒个谎不就好了嘛。"

之前的声音感觉来自右边。后一个声音感觉来自左边。

"没有的东西，说有就变成有了；有的东西，说没有就变成没有了。"

这回的声音，听来像是从脚下传来的窃窃私语。

而接下来，声音来自天花板。仿佛小雨自天而降。

"因为你是你的中心，你是世界的中心。"

亘察觉这唱歌似的声调一点一点地变化着。好像是……哀伤的调子。

无从分说但憋不住的情急之下，亘仰头望着天花板，然后出声问道：

"你在哪里？"

心脏好不容易恢复到先前的大小，快快待到平时待的地方去。咚、咚、咚。亘把脚步声数到五下的时候，女孩子答道：

"你明明已经知道了嘛。"

然后——感觉她离开了。这个不见身影，向亘说话时位置飘忽不定的女孩子，却能够感觉到她从这个房间离去。那就像——连接断掉了一样。

回过神来，亘满头满身大汗淋漓。手指头在颤抖。他想拾起掉在两膝间的一次性照相机，两次都没捡起。

你明明已经知道了嘛。

她究竟是谁呢？

突然有一种被人撇下的感觉，与此同时，也有一种撇下了什么似的感觉。

不想将本月剩余的零花钱花在快速冲印店冲印一次性照相机胶卷上面。虽然得隔天取，也只好拿到附近的大药房去冲印。而且，药房在亘上学时尚未开门，所以得放学时过去，更耗时间了。为什么小孩子就那么不方便呢。

书桌旁的书架上摆着一大排喜爱的漫画单行本，在这些书的背后藏了个牛油曲奇的空罐，里面有亘的秘密存款，专为购买九月份推出的《浪漫辛格斯顿·萨加Ⅲ》。动用它的话，快速冲印不成问题。亘犹豫不决。推开漫画书，罐盖的图案呈现眼前，奶油色的小兔欢欢喜喜地吃着曲奇。亘盯视片刻，摇摇头，把漫画书摆回去。现在已是五月过半。此时花掉这笔钱，到《萨加Ⅲ》推出时，绝对赶不及。

最终还是把一次性照相机藏在上学书包里，第二天下午跑去药房了。细长的取件条的"交付时间"栏里，写着对亘而言极残酷的字样："后天下午四时以后"。中间这段时间，该怎样在那房间里度过才好呢？

无精打采地走在商业街上，竟来到了常与阿克来逛的一家游戏软件店前。这家比便利店还要小一号的商店，外围是透明窗玻璃。店内侧密密贴满的电视游戏广告，仿佛要把窗子遮住似的。从各处仅剩的小小空隙，能影影绰绰地看见店内摆设的游戏软件陈列架和公开演示的显示屏。

《浪漫辛格斯顿·萨加Ⅲ》的广告画贴在接近商店正面的、自动门近旁窗子内侧。游戏杂志已经介绍过一部分设计画面和主要出场人物，但广告画更为简洁。湛蓝的天空里，飘浮着朵朵白云，仿佛是撕开的棉絮，中央是一艘帆船，鼓满风帆疾进——这么一幅画。不是在海上而是在蓝天里劈波斩浪行驶的船。当然，这是主人公们乘坐的船。

与广告画相接的正上方，附有手写的长条纸，写着“预计九月二十日发售，八月二十日开始接受预订”。下面用极粗的红色水笔写道“预订价格六千八百日元”。

定睛看看这张字条，亘不由得产生了这样的感觉：还好没有动用曲奇罐里的存款。小学五年级学生的平均零用钱状况如何不得而知，至少对于亘而言，六千八百日元可是笔巨款。所以，当漫画杂志或游戏杂志刊出《萨加Ⅲ》发行日期的信息时，亘马上开始存钱。

在三谷家，原则上央求是无效的。“算术考试一定努力”、“暑假一定早起”——未来担保型央求也好，“本学期学习评价好”、“这次考试成绩好”——成功报酬型央求也好，同样行不通。所以，亘房间里的十四英寸电视机，在央求成功的亘本人看来，也是突如其来的难以置信般的稀有例子。不过，即便是这样，在买的一刻依然附带“理由”：

“亘也该有自己选择想看的节目的机会啦。”

“亘自己会怎么挑节目，父母亲对此很有兴趣哩。”

亘以为是自己央求成功买来的电视机，在父母亲那里却另有想法。

三谷明在这些方面尤其严格。“对亘而言的人生大问题上，我不希望他形成这样的想法：只要做了这样那样的事情，就会有相应的回报，社会就是如此的。”他经常这样说，“努力不是为了回报。努力是自己应该的。”

对这样的三谷父母，阿克两眼瞪圆，评价道：“严厉得不得了。”亘实在是无话可说。既然父母在零花钱方面铁石心肠求不动，也只能面对现实。因为想要的东西和买得起的东西之间常常是绝望般不对等，所以只好挖空心思得到想要的东西。

有一个大人也对亘的处境大表惊讶，反应和阿克一样——“严厉得不得了”。他就是“路”伯伯。

“明，亘还很小嘛，你不时也得稍微宠一下。”

“路”伯伯说过类似的话。

“亘自己有了进步，也想要奖励吧？在朋友面前也有面子呀。”

不过，爸爸对“路”伯伯的那样的意见全不理会。

“大哥没教过小孩，他不明白。光从小孩子角度看问题，是不负责任的做法。”

爸爸就那样反驳了。

不仅关于亘的事情，三谷悟和三谷明两兄弟，在所有问题上都意见相左。一般情况下，都是“路”伯伯一方粗疏、爸爸一方细致，所以，最后总是爸爸的意见取胜。争论和沟通，“路”伯伯都觉得实在太麻烦。

尽管如此，兄弟俩的关系并不坏。他们不吵架，暑假、新年之时，还到千叶奶奶家，开怀喝酒，聊个没完。噢，不妨说，他们是感情很好的哥儿俩。

不过——近来亘不时有所感觉，跟讨论任何其他事情相比，“路”伯伯似乎在关于亘的事情上，争论起来是最顽强的——在伯伯“哎呀，也不是什么了不得的问题啦”这句口头禅说出口之前，比议论其他问题，例如甚至像“法事”这样重要的活动——都要花时间。

这件事投影在亘心上，意义比他自己所理会的更多。只是在现阶段，他还没有对这件事理清头绪，亘爱父母亲，也爱“路”伯伯。

亘去千叶老家玩时，“路”伯伯常常给他零花钱。伯伯悄悄地塞给他，说“别告诉你爸”。不过，亘事后必定向父母公开。尤其自去年以来，“路”伯伯一次性给的零花钱数额大起来，亘要瞒起来心里很不安。于是爸爸妈妈从亘那里接收了那些零花钱，以亘的名义开了银行户口存起来。有时也会让亘看看存折，告诉亘存起多少钱了。这个习惯始于亘四岁的新年，那年亘第一次拿到了叫“压岁钱”的东西。

“我们家不想让孩子手上有太多钱。”

父亲去哪一方亲戚家都作这样的解释。妈妈的老家、小田原的外婆，曾悄悄——她是有点怕爸爸的那种悄悄——给了比“路”伯伯更大一笔零花钱，那笔钱也是同样下场。

这么一来，亘几乎没有任何可以随意花钱的余地。不仅阿克，班上同学听说了这种情况，也有人惊讶地表示“三谷家真严”。被人家一本正经地问“你没有因此变坏吧？”亘也多少有些烦。因为“你没有变坏吧”的问题背后，明显藏着一个“你这人还没个准”的评价。

为此，就零花钱的问题，亘绝无仅有地向邦子打听过一次。我不觉得爸爸妈妈对我很严，但朋友们都说太严，真的太严吗？就算不是，为何我们家的做法，和其他朋友家不同？

正好那时，发生了那件六年级问题学生石冈健儿开走校长座驾的事件，学校一片混乱。所以，也许时机不大好。本来三谷邦子对上一年级学生的事几乎一无所知，也就趁机听了许多石冈家的事情。她对此正大感不满。

在零花钱方面，石冈大手大脚，比亘手头宽松的孩子们跟他比起来，是小巫见大巫。光听说（实在没有心情去跟他本人核实），石冈仅一个月的零花钱，便足以买十套《萨加Ⅲ》。而且，那还是“石冈从父母那里得到的零花钱的平均额”，据说实际上还多得多。听说连石冈本人也不清楚自己一个月花了多少零用钱。也就是说，他花钱是有求必应的。

而且，石冈健儿的母亲似乎还以此为荣。据说她在家长会上盛气凌人地吹嘘什么“从没让孩子花钱不自由”。这里得多嘴插一句：那次家长会正是她儿子石冈健儿开了校长的车，导致低年级同学受伤，因此而召集的会议。她在那里那么一说——那意思照逻辑理解就是：“我家从不限制孩子花钱，也就是说我家很有钱。因此，受伤的笨小孩的治疗费用，我们也照付，不会赖的。没有什么怨言了吧？”总而言之，她感觉不那么说听者不能安心，否则她也没任何必要解释到那个份上，弄出一番“蠢话”来。

三谷邦子对此很气愤。荒唐透顶！真是有什么样的父母必有什么样的子女！开什么玩笑，可是在家长会上——或者说在民主主义国家——思想信念的自由受到保障，无论人家如何口吐狂言，不能因此而把人家打倒。不论你如何生气，不能因此而惩罚对方。因此之故，三谷邦子窝着一股无从发泄的火回了家。

碰巧亘此时问及零用钱方面的疑问。说来就是他不走运。

不出所料，邦子把亘的意思理解为发牢骚，认为“零用钱少，同学们也这么认为”。

邦子反驳道：“你是说，你想像石冈那样要许多零用钱吗？”她变得很情绪化了。

“我跟你说，妈妈最讨厌这种人。我很失望你竟说出那种话来。”

令人失望的一方茫然不知所措。这是很自然的。亘不明不白之下便向母亲道歉说“对不起”，带着被推落海底般的伤感把自己关在房间里。自此以后，他再没有提起过零用钱的问题。

从道理上说——以他从父亲那里遗传的爱讲理的脑瓜子——亘也能理解。让孩子有很多钱是不好的。希望教育孩子：努力是为自己，钱不是目的。好吧，明白了，爸爸。可是，即使我明白了，被同龄朋友指责你们太严厉，我想让你们说明是为什么，好安心下来，也是理所当然的。只要心安理得，因为亘原本就对父母亲完全信任，即便有“我家很严”的说法，亘也引以为自豪。

回想起那时的事情，亘至今感到心痛。虽然只是时机不对，不是亘也不是邦子的错，但确实伤了心。不过，现实就是如此直白。

总之，亘生活在“零用钱少”的现实之中。所以，像这回一样为难的情况也不少，但反过来说，一边一点点地攒钱，一边欣赏《萨加Ⅲ》的广告画，扳指头计算着它的发行日子，心中充满期待，这样的喜悦，比起能够要一张万元大钞去买《萨加Ⅲ》的石冈健儿那样的孩子，自然是大得多了——他也就可以坚守这样的信念。

隔天才能拿到照片的时间里，亘打算克制自己尽量不去想那女孩子甜美的声音，但徒劳无功。想象变得具体起来，思绪在可怕的幻想和粉红色的梦之间不住游走。

她究竟是谁？

她从哪里来到我的身边？

是怎样一个女孩子？

是人吗？

是幽灵吗？

或者——说不定是妖精？

对了，妖精。亘觉得最接近这种情况。杂志透露的情节写道，在《萨加Ⅲ》中，妖精作为主人公领航员出场。在《萨加Ⅱ》里面，起的作用不太大，是一个吉祥物式的存在，但在《萨加Ⅲ》，妖精尼娜是重要的成员之一，在攀越游戏中途的难关“大断崖”时，绝对需要她的力量。亘特别喜爱尼娜，对她悉心栽培，甚至带她去最后地牢，但在和拉斯博斯战斗之前，出现了情况，尼娜说：“往后我们妖精就不能参与了。”

她被排除在成员之外，让亘大失所望，手中遥控器键盘几乎掉在地上。他忍不住给阿克打了电话，对方一句“怎么，你不知道吗？”让他更加愕然。

“拉斯博斯的初级守卫原是从前守护大托玛国的善良妖精首领。如果将妖精放入，自己人中间就会打起来，这是不行的。”

“我没听说过呀！”

“哦，这是说，你还没到诺依泉哩。好可怜，你太不幸啦。”

最终，亘悉心照料的尼娜要回到成长前的数据，重新玩游戏。

大小可置于孩子掌心、后背长着翅膀、穿着如飞舞的芭蕾仙女似的衣饰——出现在《浪漫辛格斯顿·萨加》的妖精，大体是这样的形象。尼娜是一个无可挑剔的人物。绝不是个坏人。又可爱又阳光，待人亲切，虽也有嘴上不饶人的时候，但很懂事，她就这么一副可爱的样子，度过了人类不可相比的漫长岁月。

向亘说话的那个甜美的声音——她也是这样的存在？

期待和不安如此之大，而且如此脱离现实，这件事情不可能告诉阿克。原想假如照片上拍到了东西，马上拿去给他看，但如果只是说听见了看不见身影的女孩子的声音，可能会被阿克笑话，更糟的是，他可能会担心起来。

放学的路上，亘跑步上药房去。一遇上交通信号或过马路停下来，便看手表数时间。秒针在走动——四点差五分，差四分，差三分。

冲进药房站在柜台前时，正好是四点差十秒，亘前面有一位略胖的阿姨，正和穿白衣服的药房店员起劲地说着话。

亘探头去看。有了有了，在柜台后面，立着放有冲印照片的长方形袋子。有好多。大概二十份吧。袋口处写着人名。用眼睛搜寻“MITANI”（三谷）的名字——有了！从前面数第五袋。已经冲印好了。

“可是有点不灵耶。”

略胖的阿姨噘起圆润的小嘴，发着牢骚。

“是听了你们建议才换药试试看的哩。虽然你们更贵。”

白衣店员虽然笑眯眯的，但皱着眉头，挺为难的样子：“是吗……不过，这新药反映挺好的。”

“在你们告诉我之前。我从来没听说过耶。”

“噢，是吗？”

“所以，我想把它换掉啦。没效果嘛。无效的药就毫无意义了嘛。”

“不过，那个……开过封的药，就不便更换了……”

“为什么？不就是打开了或者没打开吗？又不是有效无效的问题，药就是药嘛。拿新的来吧。”

阿姨手上拿着一盒胃药，这种药常在电视上做广告。亘心急起来，环顾店内看有没有其他店员。这是家大店，平时会有三四个穿白衣的人，不知为何今天就是看不见。虽然有一个女收款员，可她是不会理收发照片的。

“那个，我的……”亘急起来，从阿姨身后探出脑袋，向柜台的店员说道，“……照片……”

“很抱歉，请稍等。”

店员笑着致歉。阿姨瞪了亘一眼说：“没到你呢。”

“那么，您想试一下这种药吗？”

白衣店员从柜台下面取出一包药。像是试用品。

“不要那种东西啦。”阿姨嘴上这么说，手上却接过了递过来的东西，“这个，管用吗？”

“它属于中药的新药，对积食和消化不良很有效，服用口感挺好的。”

“真的吗？”阿姨把药包放在鼻尖下嗅着，“怪怪的味道。”

店员只是堆起为难似的笑容，不说话了。亘捕捉着她的目光，试着不出声地表示：“我、的、照、片。”

“好吧，这个我拿走啦。”阿姨把试用品塞进她鼓鼓的超大手袋里。

和店员一样，亘也松了一口气。可是阿姨并没有离去。她稳稳地坐着不动，打量着店员身后的药架。

“那个感冒药——”她发话了，“我因为胃弱，药性强的不适合。嗜睡的也不适合。你们的药尽是嗜睡的，真讨厌，没有什么新的吗？”

亘一咬牙用肘部顶开阿姨，递上窄长的取件单，说道：“请拿照片，是三谷的。”

店员往阿姨那边瞄一眼，但应了一声“好的”，向立着照片袋子那边迈出一步。亘的脖子上呼地吹来一股热烘烘的气流。回头看看是怎么回事，原来是阿姨的鼻息。

“没礼貌的孩子，”阿姨的小眼睛灼灼逼人，从扭歪的嘴角冒出话来，“不是说了没轮到你吗？”

“对不起，我以为说完胃药的情况了。”亘尽量若无其事地大方说道。

“这小子不得了嘛，真想见见他父母是什么样子。”

阿姨发泄过之后，好不容易慢吞吞地转过身子，离开了柜台。

“还跟大人顶嘴！”

白衣店员拿着刚才亘看到的那个长条形袋子，返回柜台。她取出里面的东西，麻利地出示几张抓拍的照片，问道：“是这个吗？”

“对，是这个。”

付钱的时候，还能感觉到刚才那位阿姨的视线和鼻息，但他尽力不去理会。店员好像也是这样。开店也挺够呛的，即使面对那样的顾客，顾客毕竟是顾客。

放照片的袋子攥在手里，跑呀跑，回过神来已到了幽灵大厦跟前。

亘气喘吁吁。双颊发热。手在颤抖。实在不愿在此打开，心想得去一个秘密、安全、静谧的地方，一路跑了过去。

不能带回家。因为自己没有打招呼就用掉了剩下许多胶卷的一次性照相机。不，最最重要的是，上面拍了妖精！这样的东西绝不能给妈妈看见。

亘停住脚步，心脏却感觉仍在奔跑。他调整呼吸，环顾四周。进三桥神社，里面有长椅，光线又好，而且没有人。亘过了马路。

幽灵大厦依旧蒙着防水布，寂静无声。在它前面走过，也听不见一点儿声音。虽然阿克之前说过有进展，但还是没找到愿意把工程进行下去的承建公司吧。那件事可能没有谈成。

经过古旧的红色牌坊，进入神社范围。在红柱绿顶的前殿两侧，有最近才安置的洁净的长椅——左右各一——各一——总是空着的……

不，在左边长椅上坐着一个孩子。

是芦川美鹤，就他一个人。

亘因为满脑子照片的事，根本没在意有人坐在那里，简直是视而不见。猛一醒悟已经晚了。芦川抬起头——他可能听见了脚步声吧——望过来，目光相遇。

芦川在读书，看上去挺厚重的书，书脊约有十厘米厚。书摊开在膝上。

亘张口结舌地望着他。在极短的时间里，他的脑子里掠过长椅上坐着个玩偶的念头，就像广告照片似的。

芦川垂下视线，又开始读书。

他根本不在意亘，仿佛看见鸟儿、猫狗似的。不，小鸟小狗接近他的话，他反而会有诸多反应吧。比小鸟小狗不如。那目光仿佛看见垃圾或者落叶，看清了是废纸、落叶，“哦，没用的东西”——这样的目光。

他可能还不认得亘。亘尽量往好意的方向想。没错，一定是那样。他不认得我，没错。

“哎。”亘搭讪道。

无精打采的声音，连自己都觉得可笑。

一开始，芦川没有抬头。亘心想他没听见刚才那一句话，应该是那样，决定重复一遍；可是亘正要开口时，他终于把视线挪移过来了。小鸟儿叫什么？好吵——他就是那么一种无足轻重的目光。

芦川瞄一眼，真只是瞄一眼而已——张开口正要说话的亘。半秒钟之后，他的视线又返回书本的文字上去。

亘窘得大汗淋漓。好奇怪。失礼的是芦川，亘只是要做合情合理的事——打招呼而已，可为何觉得很丢脸呢？

“我们上同一个补习班吧。”亘又说。他感觉自己的话中有拼命辩解的味道：所以我有资格向你搭话的呀。教官，我不是没得到批准而发言的。

芦川又抬起头，这次比刚才更长的时间看着亘。亘不由得回想起不久前在隔壁教室的走廊与之近距离遭遇时，近在眼前所见的长睫毛。亘心想，那眼睛忽闪着，仿佛验货似的看着我。

一愣神之间，芦川又回到书本上了。柔风吹拂，从前殿屋顶吹向左手边的社务所方向，轻抚着处于二者之间的芦川和亘的头发。

“我叫三谷。”

亘鼓起勇气，压抑着不是勇气的其他东西，不顾一切地说道。

“噢……我是宫原的朋友……噢……”

砰，芦川突然合上书本。是一本深蓝色封面的旧书。

“那么说？”他简短地说。虽然声音清晰，但话语实在太短，就像裁掉的说法，不觉得他是在发问。

而亘却一下子来情绪了。和芦川美鹤说上话啦！

“听宫原说你特聪明，真的很棒，我真是很意外……”

芦川把匀称的脸转过来，不带笑容地又说了一遍：“那么说？”

亘这才明白了他的发问。可是，他不明白芦川想问什么。

也许是明白了这一点吧，芦川特地缓慢地，用对小孩子说话的口吻问：“那、么、说、呢？那么说又如何呢？”

亘觉得汗在唰地往回收。那么说？那么说如何？芦川在问什么？

再简洁不过的表白：没心思交谈，也没心思和亘套近乎。

可是，我没这意思吧？

“我在读书。”芦川说道，轻抚蓝色的封面。从亘站的地方，看不清书名，只是看见排列着汉字。很艰深的书吧。

“啊，哦，明白啦。”亘说话的声音，比最初无精打采的搭讪还要没劲。芦川注视着亘的脸，摊开书，睨视一眼似的，目光又返回书本上。

亘该知难而退了。发火也行。抓一把石子扔过去——反正是打不中的距离——不致因此而遭报应吧。对于想接近而搭话的人，用那种方式应对，该遭报应。

可是，亘还站在那里。他被芦川美鹤的气度所镇服。他感觉到某些“很棒”的东西，是“珍贵”的感觉。他懵然生出莫名的自卑感和向往，实在难以骂一句“哼，感觉好差劲的家伙”，掉头而去。

"听说，你在这里拍了灵异照片。"

慌乱中口不择言地说出来的，是这么一句话。

芦川仍打开着书本，慢慢抬起头来。虽然表情与刚才一致，却让亘很受鼓舞。成功了！吸引到他的注意力啦。

"不过，你说因此闹大可不好，我也这么想哩。"

芦川的眼珠子转了一转。很显然，他对亘的话产生了兴趣。亘也感觉到他嘴角漾起笑意。

"不过嘛，嗯，不容易吧。虽然不必大惊小怪，但不可思议的事情，真的会有吧。对那种事情，可得冷静处理。那个……"

"照片。"芦川说道。

"啊？"

"你，拿着照片吧？"

没错，亘拿着刚从药房取回的照片。原本就是为了检视照片而跑进这里来的。刚刚还想说出这件事呢。芦川竟抢了先。很厉害呀。这家伙有特异功能？

亘像搭了高速电梯一样，又来情绪了。

"我、我，说不准也拍到了灵异照片似的东西哩。"

亘冲到芦川身旁。感觉走的路像腾云驾雾。一个身体里边存在着两个亘：一个怒不可遏，说"好怪哩，这种人值得你激动不已吗"；另一个心花怒放，说"太好啦，这下子可能跟芦川美鹤交上朋友啦"。

"这些照片，拍的是我的房间。"亘焦急地要用颤抖的手指取出照片。

"有妖精对吧？《浪漫辛格斯顿·萨加》里面也出现了吧？我房间里也可能有那样的东西——我听见了声音，不止一次，有两次！"

要在平时，一向重视逻辑、理性和合理性的三谷明的长子三谷亘，如此说话声音走调，兴奋得两颊发红，语无伦次，一定恨不能咬舌自尽。人嘛，偶尔会自己也难以置信地做出与平时截然相反的行为。那种时候大体会在各种意义上，对各种事情，以各种理由大醉一番，但此时的亘，当然还不明白那样的事情。

“一定拍到了，你看看吧，这些！”

费老大劲，抽出拍了自己房间的照片，递给芦川。动作之大，把放在薄塑料袋子里的底片和用同一个照相机在动物园抓拍的照片，哗啦一下都弄掉在脚下的小石子地上。亘收拢拾起，放在长椅子上——芦川身边。芦川一人坐在长椅正中央，没有空出左右的位置，亘无法坐下。

拍亘房间的照片，应该有近二十张。芦川把一沓照片像洗牌那样快捷地理好，一张一张看。看过一遍之后，他才对一旁紧张盯视的亘略展笑容，然后问道：“在哪里？”

花了二三秒钟，亘才明白问的是那玩意儿拍在哪里了。

“没——拍到？”

“都没有，一张都没有。”

说着，芦川的笑容消失了，照片送回到亘鼻尖前。亘慌乱之余，有一两张抓拍照片从指间滑落，飘落在运动鞋的表面上。

拍到的是——亘的房间。墙壁、窗帘，甚至连床套的花纹图案都清晰可见。桌上零乱的情形，以及桌上书挡内排列的参考书和练习册的书脊也好，连书名都能读出。

不过——没有妖精的影子。

女孩子的一根头发也好，白皙的手指头也好，飘飘然的衣裾也好，一点都没拍到。没有那回事儿。Nothing。

亘抬眼望向芦川。芦川在看书，心无旁骛的样子，仿佛亘已不存在。

“……的确听见了的。”

“是女孩子的声音”这几个补充的字眼变成了喃喃细语，消失在亘的口腔内。

“就在我身边，所以，我以为绝对拍到了。”

芦川目光不离细小的印刷字体，说道：“做梦了。”

“咦？”亘朝他走近一步。因为芦川的声音不大，他没有听清。

“梦。你做梦啦。”芦川一边掀书页，一边说，“因为你睡迷糊了，所以听见了不存在的人声。”

“不过，不光是一次，同样的事发生过两次！”

“那么，就是你两次都睡迷糊了嘛。”

芦川掀过一页，可能是读完了一章吧，出现了白页。

芦川轻叹一声，抬起头来，“要踏到啦。”

“嗯？”这次是什么意思？

“照片。你要踏到掉下的照片啦。”

他说得没错。原先掉在鞋面上的照片已踏到了一角，那是在动物园抓拍的照片之一：象栏前大象正接受饲养员的苹果，亘和邦子在笑。

“我没拍到什么灵异照片。”

亘正要俯身去捡起照片时，芦川说道。他说话的时机，好像就是亘把视线从他脸上移开那一刻。

“在这里拍的照片，不可能拍到什么幽灵的。大家之所以大惊小怪，是因为那样子好玩。仅此而已。”

“不过，你……”

“我说了，那样子闹不好。你不也持同样意见吗？你刚才这么说的。”

芦川看上去有点生气。他目光闪烁。

“你说你那么看，可还要拍什么妖精照片，很奇怪嘛。”

亘有点挨训的样子。

“这倒是没错——可能是奇怪，但我真的是在无人之处听见了女孩子的声音。”

心里头想要加强语气解释的，可实际上声音却耷拉下来。

“所以我说了嘛，那是你做梦了吧。要是我就那么想，不会去拍什么照片。”

芦川说完，略歪着脑袋望着亘。

“自己反对自己说过的话，一个人嚷嚷，真奇怪。”

亘想说话，嘴巴又张又合。好像不这样做就要哭出来了。尿憋得慌。

简直就像和大人说话一样。不，比麻烦的大人更甚。拿他没办法。“路”伯伯他们连这一半都不到。要说像谁的话就是像爸爸，最抠死理时的爸爸。

正因为是孩子之间的争吵，所以是很孩子气的做法，很孩子气的想法——这样总结式的辩解，一开始就不行。如果有大人在一旁看，恐怕会那样想吧。

“我倒是想，比起妖精什么的，还有大得多的问题哩。”

芦川不慌不乱，一板一眼地继续说。亘悄悄眨巴一下眼睛，确认不会掉眼泪之后，看着他的脸。

“什么样的问题？”

“因人而异。”

芦川说着，把书一竖，拉出与封面同样色调的书签，夹在摊开的书页处。然后，他又砰地合上书，夹在肋下，站起身。

亘身上掠过一丝寒意。这次见面就这样结束吗？

“你是说我这个人有问题？”

“也不是特别指你。”

“你是说我！”

亘又几乎要哭了，所以叫嚷起来。我很生气！

芦川把脑袋歪向另一边，再次认真打量起亘来，仿佛在观察什么稀奇事物。然后，他视线不动，表情不改，只是嘴一动，说道：

“你家没父亲吗？”

亘大吃一惊：“怎么会这样子问？”

“没有吧？”

“有，有啊。好好的。”

芦川略眨一眨眼。“那，你爸讨厌照相？”

这问题更离奇了。“为什么？”

芦川用他的俊俏下巴示意亘手中的照片。

“没拍你爸呀。一张都没有。”

亘的目光落在照片上。他完全没有注意到这样的事。真是那样吗?

“回家翻翻吧，没拍哩。只有你和你妈。”

亘一下子脱口而出:“我爸喜欢拍照。”

实际上并不是那么回事。不过实话说，在家里从来没有谈论过，三谷明是喜欢拍照，还是讨厌被拍。只是这次去动物园，明的确不拍自己，只拍邦子和亘。所以，这么答复芦川应该是不错的。

更何况，三谷家爱怎么着就怎么着吧。

“哦哦，”芦川哼哼着答一句，“对呀，那不是挺好吗？”

芦川说罢，转过身，随即迈步离开。在亘看来，二人正说着话呢，所以直至芦川走到神社的鸟居旁，他还老老实实立在那里。可是，芦川渐行渐远，亘这才醒悟过来似的猛追几步。

“喂，你站住！”

芦川头也不回。一言不发。

“你说有问题，可只说半截，是什么嘛。”

芦川走过红色的鸟居，出了神社。四周突然安静下来，听得见小鸟鸣啭。

怎么回事嘛，那家伙。

比怪人还怪。

突然无来由地疲惫不堪。亘握紧手中的照片走向刚才芦川坐的长椅子，坐下来。芦川刚才的视野进入亘的眼中。别无特别之处。杜鹃花已过盛放之时，花瓣散落一地。三桥神社毕竟就是三桥神社，里面悄无人声。

一张张审视手中的照片。亘的房间。那个甜美声音的人果真没有拍到。

在动物园的抓拍，以展翅的红鹤群为背景，做滑稽动作的亘，向鸽子扔爆米花的邦子。那天天气好，邦子和亘都笑得很灿烂。

的确如芦川所说，完全没有三谷明的身影。

五　事件的影子

本月不走运。

亘这么想。这个六月是诸事不顺的月份。所以尽发生无聊的事情，尽是烦恼的念头。

老老实实待到暑假吧。

即使没这些事，在一年之中，亘也最讨厌这个六月份。湿漉漉一个劲儿下雨。有时突然降温，弄得鼻涕不断，可到晚上却让人汗流浃背。弄不清是穿长袖好还是穿短袖好，自己中意的衬衣和裤子，一旦洗了就干不了。不明白妈妈为何不买干衣机呢？买这台新洗衣机的时候，明明家电店的老板拼命推销，说配套买的话给便宜价。说什么“我家朝南没必要”，太阳不出来，晾晒的东西就是干不了嘛，而且我觉得在家里晾干衣物挺寒碜的，不喜欢。

在这一点上，可谓“父子同心”吧，三谷明也这么认为。当邦子满屋子晾衣物时，他便面露不快，像孩子那样嘟着嘴发牢骚，说“这是怎么回事嘛”。

“买台干衣机不是挺好吗？”

他也作过和亘同样的提议。可是，邦子不接受。

“那是太奢侈了。所谓梅雨，也并非整个星期或者十天不出太阳呀。”

持续下雨的话，这种小争吵似的交锋，便以早晚的问候语的频率发生在三谷家中。但是，除此之外便大体平安无事，六月静静地——而且湿湿地过去了。亘心想，还是乖乖待着好，于是像小乌龟般缩起脖子，变得更老实了。

幽灵大厦的传闻也完全听不到了，当中也许有亘已不去留意的原因吧。大家都见怪不怪了。自那以后，也没再看见过大松家的人，阿克也说没见过他们家任何一个人。工程依旧停在那里。

芦川美鹤证明了自己不仅在学校，而且在“春日共进研习社”也同样是尖子生。补习班每两个月搞一次实力测验，负责教学的石井老师和补习班负责人说是“为了掌握大家学力进步的情况”。芦川轻易就超越了宫原祐太郎，遥遥领先。据说他的成绩不仅在本届五年级补习生中独占鳌头，在历届中也绝对领先。

无论在补习班或在学校，亘每天都留神不与芦川打照面，略带古意的说法是“萍水相逢”也免了。像那样子单方面被弄得灰头土脸的就省了吧。那也不是全力相搏一败涂地。亘是全豁出去了，而芦川却仿佛只是用剑尖儿晃了亘一下。正因为如此，亘不仅当时受伤，之后每次回想起来，都觉得伤得更深了。避之则吉吧。

六月过半，所幸亘有一个比芦川和幽灵大厦更值得惦记的快乐目标。不是别的，正是整个八月要在千叶老家度过的计划。

迄今的暑假，在七月底至八月第一周——最宜于海水浴的季节里，去千叶奶奶处度过快乐的假期，这已成惯例。一方面是三谷明不能休假，而丈夫工作期间邦子又不能丢下他，所以这种时候，只有亘住在奶奶家。亘从幼儿园时起便已习惯这一安排。为想家啦想见妈妈啦之类动不动哭鼻子的事，他一次也没有，连“路”伯伯也保证道：“亘是大海的孩子。”

为此，今年终于不再小里小气地只去过一周或十天了，计划整个八月在千叶度过。当然啦，既然待那么久，就不能游客似的只顾玩了。奶奶海边的小店，“路”伯伯的工作，亘都得尽量帮忙。

“要真能干活，就给你发相应的工资。”“路”伯伯说过的。亘为此而兴奋不已，“工资”这词儿太棒啦！

在《浪漫辛格斯顿·萨加Ⅲ》之后，可能在十一月中旬，会推出很有趣的电视游戏《仿生洛德》。虽然不是RPG，而是动作游戏，但仅以杂志所提供的信息来看，这个科幻故事情节复杂，悬念重重，主人公特帅，那是亘所喜欢的、令他心动的游戏啊。它的预定售价是七千二百日元，双碟CD。

最初在杂志上看见时，心想只能死了心，距《萨加Ⅲ》不到两个月，绝对无法筹措七千二百日元，毫无办法。

要是阿克，可能找到法子。有两个月的活，零用钱可以筹划一番。小村家叔叔阿姨忙于生意，顾不上阿克，为此在零用钱方面就比三谷家体恤多了。叔叔阿姨也不会严格审查游戏的内容。

不过，有一个根本性的大障碍——阿克不喜欢动作游戏。他是RPG命。“《仿生洛德》？”是什么东西？噢？主人公是电子生化人？痛击了侵略地球的异星人，救出了被关在宇宙殖民地的居民？亘拼命向他吹嘘游戏的有趣之处，阿克似听非听，然后就发问：

“那，不使用魔法吗？”

一答他“不使用”，当时就没戏了。因为对阿克而言，不使用魔法的游戏如同不放梅干的寿司，没有意思。

也就是说，让小村克美买《仿生洛德》，然后借过来玩或者就玩一玩——这一招从一开始就行不通。

呜呜，我需要钱！亘切实地感觉到这一点。正在此时，传来了“路”伯伯的话。想整个八月份都到这儿来？好好干活的话，给你发工资！

我能干活！我当然能干活呀！

亘拼命地说服父母。三谷明和邦子一开始都对儿子整整一个月离家颇为抵触，最多半个月也就好了吧。可是，三十天？那可是有点儿……

“你一直待在千叶奶奶那里的话，光玩不做作业，不行哩。”邦子反对。

“我七月份就做完作业。就练习册嘛，其余的日记和作文，我在千叶也能写。”

“牵牛花的观察呢？”

“那在千叶也能做得到呀。妈妈，你不是说过，在自己天台上放盆栽牵牛花的话，虫子就会来，很讨厌吗？”

邦子“噢噢”地沉吟着。她的确讨厌虫子。虫子会从藤蔓爬到晾晒的衣物上。每年夏天，每逢因亘的作业栽培牵牛花时，天台上都会发生邦子惊呼的事态，在附近大丢面子，毫无办法。

另一方面，三谷明更难对付。

“即使是在亲戚那里，干兼职工作也还过早。亘是小学生，升上初中前还是不行。”

“可‘路’伯伯说可以的呀。”

“那是伯伯的想法，爸爸的意见不同。你还是个孩子，不能为了钱干活儿。”

简直是无从说起。说什么也好，怎么说也好，回答都一样。你还早。亘感到眼前一片漆黑。他每天每天都挖空心思想如何改变爸爸的想法，应该用什么理由说服他，以至于亘晚上都睡不踏实了。

然而——事情就是这样。

“亘，你暑假可以在奶奶和悟伯伯那里过。”

六月最后一个星期天，在迟开了的早餐饭桌上，三谷明突然说出这样的话。明读着报纸，冷不丁就若无其事地说了，与其说是对一个议论了多时，被求了无数次的事情的结论，毋宁说就跟“拿点盐”那么轻而易举似的。亘一下子难以置信，以为自己是不是睡迷糊了，转而望着邦子的脸。妈妈也吃了一惊。

“老公——行吗？”邦子带着一丝笑容，叮问道，“让亘整个八月去千叶？”

“没什么问题吧。”明翻动着报纸，“或者，你也不妨走一趟。”

“那可不行，”邦子笑起来，“把你丢在这儿，我一个人去洗海水浴，嘿！”她对亘点着头。

“也没有什么嘛。”明没有从报纸上抬起视线，很洒脱似的说道，“平时嘛，总是没法合拍，弄得母子家庭似的吧？我也像个孤家寡人似的。”

这说法里头——似乎有那么一点“内容”。亘的确感觉到这一点。昨天星期六，爸爸休息日上班，一整天在外头，回来得很晚，也许有不顺心的事，也许实在太累了，因此而心情不佳吧。

“正因为这样，所以才暑假多抽时间在一起呀，对吧？”

邦子对亘笑道。这次，她的脸上明白无误地写着“帮帮我呀”，“明队长进入了坏心情模式之中，亘二等兵”。

但是，亘很为难。爸爸的承诺是他求之不得的。这回好不容易送上门来，却要站在妈妈一边拒绝它吗？

“而且，亘整个八月去了千叶的话，就见不到小田原的公公外婆啦。”邦子说着，站起身，拿来了咖啡壶，“他们二老都会寂寞的呀。好可怜哩。”

明不做声。非但如此，他还举起报纸挡住脸。邦子又说这说那的。但明只是含糊其辞。饭桌上的气氛也凝重起来。

最终，虽然是一点一点实现的，亘还是获准在暑假里去千叶待一个月。

为能在千叶度过高效、快乐的一个月，必须在人在东京的七月里搞定大部分作业。在这一点上，亘属于安排周全的性格。他订立了计划，在七月份的约十天里，无论有多么强烈的诱惑，也要赶在广播体操的时刻起床，除了每周上两次游泳学习班，便一门心思待在家里做作业。一想到这些，亘就兴奋不已。要在以往，这可是最讨厌的六月份，而且还是讨厌的核心——湿沥沥的雨水和闷热，以及晚间一受凉又堵了鼻孔；可今年，亘对阴郁的梅雨，却丝毫不以为苦。湿漉漉的空气和阴沉的天空上，乐趣无穷的夏天，正为着亘而等候出场。

“你最近心情好得很啊？”

被阿克这么问及，亘透露了开心的秘密，羡慕之情清晰地写在阿克脸上。

“真好啊，我要是能去玩一下就好了。”

“我给你问问‘路’伯伯吧？”

要是阿克一起去，亘就更开心了。

“伯伯他一定说 OK 的。”

“噢……”阿克少见地显出稍微犹豫不决的神色，“不过，我还得给店里帮忙呢。”

“盂兰盆节假期呢？”

“那时候我们一家出去旅行。我家因为老爸老妈很少休息，所以全家旅行是必去的。”

“你那么孝顺吗？”

“你说呢？”

说着，二人笑了。

日子这样过着，到了六月底，再掀一张日历的话，就进入盼望着的七月了——就是这么一个日子的下午。

因为这天要上补习班，亘急急返回家中。他想塞点食物到肚子里，然后出门。

这时，他看见玄关摆着漂亮的女式鞋子，起居室传来说话声，是女人的声音。

悄悄窥探一下，是妈妈的那位朋友——地产公司的社长夫人来了。传来古龙水的香味。

“哟，你回来啦。”邦子发现了亘，打一声招呼。社长夫人也回头来看。时至今日，亘可不想犯错误，让近在眼前的千叶之行告吹，所以，他很照顾妈妈面子地做了一个好孩子式的问好。

也许很满意吧，妈妈麻利地准备好点心，特许亘在自己房间里吃，而不是在客人跟前吃。点心是豪华级糕点，水果堆得小山似的。

“是佐伯夫人送的，你得谢谢阿姨。”

妈妈一边递过托盘，一边向社长夫人展现笑容，说道。对了，社长夫人的公司，叫作“佐伯地产”。

母亲兼女王——邦子的朋友来访时，亘必须同席，一边喝茶一边接受种种询问：学校啦、朋友啦——都是些很没意思的事情，这是第一王子亘担负的使命，是三谷家的法律。今天轻易就免除了，让亘心底轻松起来，但他随即又莫名地觉得奇怪。为何享受到如此超越法律的待遇呢？邦子和佐伯社长夫人继续聊着，嘁嘁喳喳。嘁嘁喳喳。

答案是很清楚的。她们的谈话不想让亘听见。那怎么办？还用说吗，偷听。亘边用手抓起糕点吃着，边贴近门口，竖耳倾听。

“那么警察打算怎么办呢？”邦子低声问道。

亘舔着粘了奶油的手指头，双目圆睁。

“当然正在搜捕罪犯啦。大致有了目标吧。”

“一定是变态的吧。之前也许也干过同样的事。”

“那也是有可能的……听说可能是不良团伙。”

“不良团伙——高中生吗？不会是初中生吧？真能做出来哩。不是连车都能开吗？”

“没错。最近挺多孩子升上高中随即辍学，在家里游游荡荡，这些家伙聚在一起……”

“要出问题哩。唉，何止出问题，是干犯法的事呀。”

“所以在说什么组织治安队嘛。我家和您家一样都是男孩子，可那些有女孩子的家庭就烦恼了，直打哆嗦哩。”

“那是很自然的呀。真是可怜，”社长夫人叹道，“大松家也……。”

亘刚好把放在蛋糕最上面的樱桃放进嘴里，吃惊之余，把果核咽下肚了。

大松？是大松大厦业主大松先生？没错没错。告知在建中的大松大厦详情的，正是这位佐伯社长夫人。

“是初中生吗——他女儿？”

“对。可大松家在事件发生后，并没有马上报警。发生这次事件之后，于是才——说不定劫走小姐的罪犯是同一伙人，于是才说了出来，警方也在到处打听。”

“虽然也明白他们的心情，但他们要是再早点报警就好了。”

“这个呀，听说大松家小姐因事件的打击，说不了话了。怎么说呢，应该是脑子出了问题吧。”

受到打击？邦子沉默了。而贴着门内侧的亘被更大的冲击震撼了，呆立不动。他脸色苍白，跟粘在脸蛋上的奶油一样。

大松家那位念初中的女儿。

不会说话。

脑子坏了。

是香织。不会是其他任何人。

她有一双摄人心魄般美丽却空虚的眼睛，坐在哥哥推的轮椅上。就像一个没有制作完的玩具娃娃一样，纤细的脖子晃动着。

香织——说是她变成那样子，是“出事”的结果，说是与变态者或不良团伙有关的事件，说是出动了警方。

佐伯社长夫人刚才说“劫走了小姐”？香织被谁劫走了？她被绑架了，被损害成那个样子吗？

胃囊缩小成拳头大小，唰地下坠，掉到膝头附近才停下。蛋糕多一口都吃不下了。

亘的年龄虽未达青春期的入口，却可从立足之处看见入口。而且，青春期的入口既无门扉，也无栅栏。从前是有的，但随着时代的进步，逐渐地拆除了。所以，远远就足以充分窥探里面，因入口处和那里头的东西都格外艳丽，亘已经知道的事情，比他父母亲推测他可能已探悉的事情要多一倍。

因此，可以推想，大松香织是为什么、因怎样的经过被损害了。这种事情对女孩子而言是怎么回事。因为是推测，所以细部会不同——也许有相当的差异，但整体而言，是一种可怕的、不祥的、污秽的事情，这样直感的认识倒并不错。

到上补习班的时间了。亘必须把托盘放到厨房，告辞之后出门。不过，不知作何表情为好。妈妈，我认识那女孩。我认识香织。见过她，说实话，一直惦记着她，因为她很可爱呀，就像妖精尼娜。

光是想着这些事，几乎就会哭了。

亘像忍者似的溜出房间，摆脱开妈妈和社长夫人的低声对话，在一股难以言说的力量支撑下，一直跑向补习班。路人也许会惊讶：那男孩子为何那么生气呢？

那天在补习班的整个时间里，即使是静静坐在椅子上——老师为亘解析他作业中算术题做错的地方，或宫原祐太郎一如既往地认真学习的情形令人叹服——亘都感觉自己一个人在不停地奔跑，跑向哪里、为何要跑都不清楚，只是跑啊跑。就像那个英雄一样，坚信只要跑起来，就会知道能帮自己的人在何处；就像那个勇敢的人一样，知道只要跑起来，前方目的地有一只怪物在等着，他必须击败它。

不过，现实中一片茫然，不知路向何方。所以他很孤独。

补习班下课，已过晚上八点。平时会肚子很饿，今天却不觉得没吃东西，只是有些腹中空空的感觉而已。亘也不和朋友聊天，匆匆收拾好参考书和笔记本，默默踏上回家之路。

走着走着，无来由地想去大松大厦，总觉得去了能见到香织。初次相遇是在晚得多的时间，半夜三更。所以这个时间去，她应该不会在。而且连在建中的大松大厦，是否包括在香织平时散步的路线中，尚且不得而知。那个夜晚也许碰巧大松社长带女儿出来散步时，顺路拐过去看一眼建了一半停下来的大厦的情况而已吧。

即便很理性地思考着，脚下已走向大松大厦那边。今天晚上没有发生走到公寓楼大门口被明喊住的偶然。亘径直地、目标明确地走向大松大厦。幸好今晚停雨了。

阿克偶遇大松社长已是约半个月前的事，当时大松社长和穿灰色工作服的人在一起。可是，之后也不见大厦要重新开工的动静，大松大厦精瘦的骨架上套着防水布，虽已临近夏天，却略显清寒地立在那里。

空无一人，不出所料。每天上学放学路过时，相应还有人走动，但这里毕竟邻近神社，四周都是住宅，一眼看不见商店和自助商场，入夜便变得静悄悄。

亘站在街灯下仰望大松大厦。把防水布绑在一起的粗绳，吸收了这几天的雨水，像死蚯蚓似的垂吊着。那边也是，这边也是。数数看。

假如工程进行中的话，在出入口的地方，会盖上格外厚的防水布，只有这块防水布不是用绳，而是用大挂锁扣住，在找到继续开工的施工单位之前，这把挂锁的钥匙一定是由大松社长保管着。上次在此相遇时，可能在亘和阿克到来之前，他们已经开了挂锁，正查看建筑物里面的情况。

试着从防水布之间的缝隙窥探，勉强可见钢筋和类似台阶的东西，有点霉味。

亘的目光落在手表的数字显示上。晚上八时十九分三十二秒……

大松社长为何在那么晚的时间带香织出来散步？这个地方，不是可以白天查看吗？为何特地半夜里——

是因为白天外出的话，明亮的阳光之下，香织的惨状暴露无遗，不可承受吗？是香织自己讨厌白天外出吗？不，说不定她不是害怕阳光，而是害怕街上的陌生人。会使她想起伤害她的家伙？或者，是因为让她想起人们没有伸出援手？

为了消除接踵而来的沉重的疑问，亘很想知道事件的详情。但另一方面，他又不希望知道是怎么回事。

在亘眼中，因一连串不走运而遭半途停工的这栋大厦，与大松香织相重叠显现出来，实在无奈。因不合理的命运而伫立在此，任由风吹雨打，无所事事地丢在一旁，一点一点地消瘦衰弱下去，不单单建筑物是如此，香织之魂不也是如此吗？——亘对此耿耿不能释怀。

因为心中浸满悲哀和激愤，亘的眼睛看不到现实，不能感知眼前的东西。

而当他回过神来时，刚才的一切全都像幻影一般。不是吗，如果那里存在不该有的东西，即使只是小学五年级学生，也明白这是做梦，是幻觉，并非真的……

用挂锁扣住的防水布从内侧轻轻被推开。

看见一只手。

亘张口结舌，呆呆看着那只手。它在动。

白得不同寻常的手。不过不是女人的手，又皱又干巴，跟小田原的外公的手相似。

那只手撩起防水布，空隙拉大，有人从这隙间注视着亘。

“呜哇！”

迟到的惊愕变成了声音，冲口而出。在亘叫喊的同时，撩起防水布的手缩了回去，空隙也闭合了。挂锁摇晃着。

有人在大楼里面。

亘猛地弯腰抓住防水布的下沿，虽然防水布意外的沉重，但他双手往上抬，出现了约三十厘米的空隙。亘从隙间钻进里面，由于身体钻得猛，潮湿的尘土粘在他的脸颊和下颌上，但他全不顾及。

亘在防水布里头跪立着，他发觉似乎此刻尤其昏暗。街灯的光线从防水布与防水布相接之处微弱地射入。就亮光而言仅此而已。混凝土地基，钢筋柱子，右侧近处设置的台阶，全都因有这微弱的光源，反而呈现为黑暗的一团。

有声音传来。在右边。亘猛地向那边转过脸去。

台阶上面——从一楼到二楼，二楼到三楼，三楼到四楼——经拐弯平台再折向上，似乎只设置了三楼到四楼的拐弯平台，往上便没有了。凝神察看，的确没有了。悬空着。

只见一个人影拾级而上。

六　门

跟刚才一样，亘张口结舌。他对眼前所见难以置信，只能一个劲地眨巴眼睛。

在三楼台阶到四楼台阶之间的拐弯平台，踏出平台边就只能掉下来。那人影就站在平台边上，黑色的背影，瘦高个儿。然后——

(那是风帽！)

那人穿着下摆很长的法衣，头戴风帽，左手放在平台的扶手上，右手持杖——足有两米多长的手杖。

手杖顶端套着个圆圆的东西，发着光，闪闪发亮。

是魔导士。

在《浪漫辛格斯顿·萨加》里面，整个系列敌我双方都各有一名强有力的魔导士登场。在《萨加Ⅰ》，我方魔导士相当于敌方魔导士的师父，是个了不起的人物，但脾气大，是个爱挑剔的老爷子。

《萨加Ⅱ》的魔导士一变而为年轻美貌的女子，是敌方魔导士的分身。敌方魔导士也是个妖艳动人的美女，长生不老，已活了几百岁。之所以能这样，是她能把降临自己身上的“衰老”，用强力的魔法变为疫病，转嫁到一无所知的大托玛国的国民身上。我方的美女魔导士明知若打败敌方魔导士，则自己也顿增年岁，一瞬间变成老太婆，但仍为主人公助力。

在《萨加Ⅲ》，仅就目前能了解到的杂志信息，应该又是老爷子魔导士出场。此人似乎被下了咒，为了解咒而要求与主人公同行。从插图来看，他比《萨加Ⅰ》的魔导士慈祥多了，有圣诞老人的感觉。

各具个性的魔导士们穿同样的衣服。戴风帽穿长摆法衣，手中持杖。尽管《萨加Ⅱ》的美女魔导士穿着几乎露出内衣的超短裙，法衣下摆仍有拖地的长度，也就是说，这是规定的制服。

而如今，在幽灵大厦里的昏暗中，断在半空中的台阶拐弯平台上站着的，仍是那样打扮的人物。是魔导士。绝对没错。除此外，你还能想起什么卡通人物吗？

问题是，魔导士不可能是真实存在的。

“哎、哎、哎。”亘回过神来，仰头发出这样的呼唤，“哎、哎，您是……”

看来头上拐弯平台的人影向这边转过脸来。手杖的角度稍微改变了。

“您在那种地方做什么呢？”

沉默。

不过，亘在昏暗中明显地感觉到对方注视这边的视线。

“哎、哎，”亘向前迈出半步，“好危险哩，您在那么高的地方。”

没有回音。

人影没有动。

不好的感觉慢慢变成了蒸汽，笼罩亘全身。

说不定那人根本就不是什么魔导士，该不会是有点心态不平衡的人或者是怪人，这样的人潜入这里了吧？而我竟然和这种人在黑暗中待在一起，而且还是我去搭讪、引起他的注意！

也许有喜欢作魔导士打扮的老人家住在这附近——也并非不可思议的事。

戴风帽的人影向前踏出一步。

亘直冒冷汗。他不是玩扮演卡通人物的老人家——不可能是那样子的！

亘慌慌张张地一猫腰，抓挠似的去掀防水布的下沿，心急反而没弄好。这时，头顶上响起雷鸣般的说话声。

“不用怕，孩子！”

亘僵住了，好几秒钟定格在一个姿势上。

然后，他胆战心惊地回过头来，仰望头顶。

戴风帽的人影仍在刚才的位置，手杖又歪了一些。手杖顶上的珠子承受了从防水布空隙射入的街灯光线，闪闪发光。

这回，头顶上的声音缓和多了。

“你从哪里来？”

他在问我。亘两手抓着防水布的下沿，只能让嘴巴一张一合。

他说的是日语呢。

“名字呢？”那声音又问道。明显是老人的声音。声音有那么一点沙哑。跟抽烟的小田原外公一样。

“咦，你不会说话吗？”

头顶上的人边问边又向前踏出半步。

亘牙床打战。“那、那那、那个……”

“哦，你的名字叫‘那个’吗，孩子！”

不是不是。亘摇晃着脑袋，可是他出不了声。

“那个呀，我要问你：你到这种地方来干什么？”

悄悄抬眼望去，戴风帽的人影正倚靠在三楼台阶转入四楼台阶的平台的扶手上，俯视着亘，手杖扛在肩头。

这人看来挺平易近人。

“那个呀，你也从朋友处听来的吗？”

戴风帽的人影举起手杖笃笃地敲打肩头。

“看来这里变得很有名了吧。”

这些话好不容易抵达了亘的心头，他正因狼狈慌乱大失方寸。

朋友。从朋友处听来的。

很有名了。

“那个——那个——”

亘咿咿呀呀地说着时，头顶上的人影笑着打断了他。

“那个呀，此处并非米达斯王的谒见场所，你发言时可不必一一自报姓名。”

“那个——不，我不是这个意思。”

亘终于能够清晰地说话时，就像解除了咒语一样，他站立起来。

“我的名字不叫‘那个’，我叫‘亘’。”

“亘？”人影似在思索。风帽在动，“啃，是吗。很像嘛。”

怎么？亘心想：“像谁？”

“没有谁。”戴风帽的人影随即答道，“至少他不是你的朋友。”

人影把手杖搁在另一边肩头，又舒适地倚身在扶手上。

他那种轻松自在的样子，令人觉得他随时会从兜里掏出香烟或烟斗，抽上一枝。

“那么亘呀，你来这里干什么呢？”

“噢——你——你刚才从防水布空隙向外看吗？”

“呵呵。”

“当时，我从外面看见了你的手。我想看看是怎么回事，就钻进来了。”

“原来如此。”人影不慌不忙地说道，“那，你来这里干什么？”

“我说了，我看见了你的手……”

从法衣的袖口处唰地出现了一只手。人影竖起手指头左右摇着，示意“No、No”。

“亘呀，你没听清我的问题。明白吗，好好听着：你来这里干什么？”

亘一筹莫展。“我……”

“你在这建筑物前散步？这个时间里？猫头鹰的早晨不是孩子们的夜晚吗？”

噢噢，是这个意思呀。亘总算明白了，“最初来这里是为了想见一个人。”

“来见一个人，”戴风帽的人影复述道，像念唱似的带着节奏，“那个人在哪里？”

这个问题即便不在如此奇特的状况下，也是难以回答的。如何说明大松香织的事情？

“她……不在这里。”

“呵呵。不在吧。”

“是的。不过，之前曾在这里相遇，于是我就……”

“你说之前曾在这里相遇吧。”

“对呀。我知道听起来会很怪，可这是真的……”

戴风帽的人不让亘说完，再次打断他的话：“是怎么样的人？”

“是——女孩子。”

“呵呵，女孩子呀。”

戴风帽的人又念唱似的说完，突然一改姿势，手杖支地。亘心中一惊。

“噢，我得走啦。”

“那个，可是……”

“还有，你弄错了。”

“我吗？什么事？”

“你不能来这里。”

“可是……”

“因此，你不可以见我。”

“可我们已经说过话了……”

“不用担心。我这就把你的时间拨回去。你没在这里。你什么都不记得。”

“请、请等一下……”

戴风帽的人一刻也没等。他听不见亘的话。他一只手扶杖，另一只手伸向空中，发出最初开口说话时洪亮的声音。

“伟大的时间之神克洛诺斯啊，我是您忠实的奴仆，风云和彩虹的使者，我在此向您祈愿！”

是咒语。亘再次瞠目结舌。

“以您的恩宠，留住逝去的时间，让它倒流！让忘泉之水去洗涤！”

呼地，手杖指向空中。

“丹·代尔拉姆·埃科诺·克洛斯·埃伊呀！”

一瞬间，如同无数闪光灯亮起，亘的眼前满布银色的光。当亘因如此炫目不由得眨了一下眼睛时：

“咦？”

自己正坐在昏暗的幽灵大厦防水布里头。亘慌忙抬头仰望，三楼至四楼间的拐弯平台上空无一人。

没有魔导士，也没有角色扮演的老人家。除了亘之外空无一人。不过——

（刚才是怎么回事？）

他心想。这意思是：

（我都记得哩。）

虽然那位爷爷说把时间拨回，我会什么都不记得，但我记得清清楚楚啊。

脑袋突然变得恍恍惚惚，他用一只手扶住额头，发烧了吗？是在做梦吗？捏一把脸蛋试试看——捏了啊。好痛。真的好痛。

亘撩起防水布下沿，终于出到外面。在街灯之下看表。太晚了，要挨妈妈训斥了，怎么解释好呢——

一下子屏住了呼吸。

数字显示是：八时十九分三十二秒。

岂有此理。单单钻进防水布里头，再从里头出来，应该就要花三十秒或者一分钟。

时间没有流动。

（我把你的时间拨回去。）

像是魔法。

不，不是像，正是魔法。

那句咒语——亘努力尝试回想起来。他说了什么“时间之神克洛诺斯”。那位使者——是什么？风和什么？是彩虹吧。最后是什么什么“拉姆”、“埃科诺”什么的——啊啊，更留神听就好了。

那是真正的魔导士。不是做梦或者幻觉。也不是什么喜欢角色扮演的老人家。如假包换、真正的魔导士。

可是，他究竟是从哪里来的？

亘一跃而起，仿佛体内受了抽打似的，他再次钻进防水布内侧。一度已习惯了街灯光线的双眼，在幽灵大厦内的昏暗之中，黑暗得多。不过很显然拐弯平台、钢筋背后、楼梯底下，除亘之外别无他人。

“虽然挺有意思的……好像跟之前所想象的不一样哩。”

阿克说着，将黄色的伞从右肩换到左肩。雨滴淅淅沥沥掉下来。

“跟想象的不一样？”亘问道。

“跟Ⅰ和Ⅱ不一样嘛。现在的日本出现在故事里了，不觉得有点扫兴吗？而且，看故事的发展，大约不进入第三张碟子，就搭不上广告画上的天空之船了吧。”

听到这里，亘才明白了阿克话里的意思。亘大失所望。

“阿克，你以为我刚才说的是《萨加Ⅲ》预告信息？”

阿克的眼珠子滴溜溜转，说：“不是吗？”

放学后，二人待在学校的后院。从图书室近旁的出口往外走，在混凝土台阶的最上方，二人并坐着。今天一大早便下起毛毛雨，一点也没有停雨的迹象。据天气预报说，因一个很大的低气压逼近，西日本可能下暴雨。

亘对阿克说出了一切。在自己房间里待着，有一个声音甜美的女孩子搭话。在幽灵大厦对亘施了魔法的魔导士。亘已尽量字斟句酌地说了，可在阿克脑子里，依然把这一切理解为游戏内容。

不过，也许是没办法的。调换角度的话，也许亘也会那么认为。看不见身影的女孩子，老头儿魔导士，全都是虚构的存在。即便你声称真的见过，真的交谈过，也没有任何证据。

亘疲惫不堪，脑袋木然。一来昨夜几乎不能成眠，二来经过在幽灵大厦的折腾，可能感冒了。

从补习班回家比平时晚，被妈妈狠狠训斥了一通。亘解释说语文练习有弄不明白的地方，问了老师，结果晚了，但妈妈还是气不过。亘虽然担心谎言是否已被识破——但似乎不是那么回事。看样子妈妈在亘回家以前，就一直心情不好。白天妈妈和佐伯社长夫人聊得很尽兴，应该高兴才对。

亘和阿克一样肩扛雨伞，茫然注视着雨势。说不定，我也开始出问题了。

“喂，喂！”

他一直处于半睡半醒状态，直至阿克跟他说话：

“哎，你看呀。”

阿克扯扯亘的手肘，指着图书室的窗户。透过大玻璃窗，可以看见图书室的部分书架。不仅是书架，书架旁似乎还有人。有人影在移动。

因为这边比图书室窗户低，所以即便伸长了脖子，也好不容易才看得见肩部以上。不过，在阿克指出之前，亘已知道书架旁的人影是谁。

“是芦川。”

没错，就是他。他穿着白色的短袖衬衣，POLO 牌子的，这在芦川是极少有的。在补习班见他的时候，他总是穿成一身黑不溜秋。

“不仅芦川哩，”阿克缩缩脖子躲进伞后，避免被图书室那边看见自己，说道，“石冈他们也在。”

的确如此，芦川在窗边书架处停下，从书架上抽出一册书，翻开。这时石冈走过来，阻碍芦川读那本书。和往常一样，石冈身后有两名跟班的六年级生，不离左右。眼看着三人形成了包围芦川的形势。

亘一惊。芦川和石冈健儿。真是奇特的组合。石冈确实是学校的麻烦学生，但与亘他们不同年级。仅以平时回校上课的情形，彼此接触的机会极少。为何这种情形之下，芦川那小子还会被石冈盯上呢？玻璃窗里头的情景，很明显是石冈和他的跟班在欺负芦川。

“我挺讨厌他们这样做的。”亘也压低了声音，然后，一步一步往窗户挪过去。

此时，一直遮挡了视线的石冈，往旁边移了半步，从亘所在之处，可以看见书架前的芦川的侧脸。

芦川没有显示出畏惧的神情。他甚至没有正眼瞧他们。他的视线落在手中的书页上，也许是这缘故吧，他笔直的鼻线显得更加分明。干爽的额发垂在眼睛前方。芦川的发型是女孩子剪短发的那种，作为男孩子属略长。现在还没问题，成为初中生之后就不允许了吧。芦川跟这种发型很配。在补习班的男孩子里面，还有人模仿他留起长发了。隔壁班好像也一样。

(那种长发还是不好的吧。)

一向出风头的石冈，对于比自己风头更劲的存在极为敏感。芦川也得到信息了吧。

这时，窗口对面的石冈伸出手，猛推芦川的肩膀。芦川身体一晃，从亘的视野里面消失了。

“哇，好险！”阿克有点激动地低语道，“今天管图书的老师不在吗？”

应该不在吧。石冈他们在这一点上颇为精明，不会让人当场抓住他们欺负低年级同学。

“得喊人来吧？”

“嘿嘿嘿”的大笑声隔着玻璃也能听见，大概是石冈的跟班在笑吧。又响起咚的一下重物落地声。

“到校长室去……”

阿克刚想站起来，被亘用力拉住了袖口。

“嘘！等一下。”

芦川又回到视野之内。这一次与石冈是面对面。因石冈背对亘他们，所以亘能清楚地看见芦川的表情。

因芦川比石冈个子小，稍微有点仰视的样子。但他并不示弱。

芦川和刚才一样，毫无表情，似乎拒绝对石冈表露哪怕一点点感觉。他的态度有一种威慑力。

石冈后退半步，似是因对方视线的压力。他穿的鲜艳的方格花纹衬衣挡了近半个玻璃窗。亘收起雨伞，变得轻便起来，挪近到窗户跟前。

芦川在说话——嘴唇在动，但听不见他说什么，好不容易听见的是：

“喂，你以为我是谁？”

石冈的声音只是略为回复。

芦川又说话了。可能是声音压得很低吧。亘心里一急，伸了伸脖子。

就在那一瞬间，他和玻璃窗对面的芦川视线碰在一起。

亘缩回脖子，贴紧窗下的墙壁。因芦川发现了窗外的亘，石冈他们必也回头望向这边。那危机真是错误加上危险乘以十。

雨水淅淅沥沥飘在脸上，濡湿头发。

他屏息贴壁，并没有发生什么事。在出口的台阶处，阿克瞪圆了双眼。亘见他要说话，在嘴边竖起一个指头。

然后他数了十下，再贴壁悄悄横移，回到阿克身边。

“不要紧吧？”阿克小声道。

“他发现了。”亘也压低声音回答。

“进去吧，在这里不好。”

亘捡起湿淋淋的雨伞。阿克甩甩雨水折好雨伞。

突然，图书室的窗户嘎一声打开了，芦川美鹤探出头来。亘和阿克一下子呆住了。

芦川什么也没说。只是直直地盯着这边——看着亘的眼睛。

“啊、啊、啊，”阿克说，“怎么啦？”

芦川毫不理会阿克，只是定定地看着亘。亘猛然一惊，虽不明白底细，但可以肯定他是在读取什么东西。但亘又不能挪开视线。

过了几秒钟。芦川微微一笑，仿佛说“这样就行了”，又突然地缩回脑袋，关上窗户。

“哎、哎、哎，”阿克喘息着说，“怎么回事呀，这家伙？”

亘握紧伞柄，手指在颤抖。可怕。那家伙真可怕。

稍微调整一下呼吸，自己让自己镇定下来后，亘不管阿克的制止，向图书室走去。可是，晚了一步。石冈和他的跟班、芦川美鹤都不在了，阅览室里，只有几名女学生在安静地学习。

“芦川那小子，跟石冈他们说什么呢？”

亘自言自语般嘀咕道，阿克回答他：“大概是在谈灵异照片吧。”

亘吃了一惊，猛然回头，因事出突然，阿克被吓得倒退一步。

“灵异照片？三桥神社的？”

“噢，对呀。芦川拍的。”

“石冈他们为何怕那个呢？”

“你不知道？哦，对啦。你最近只想着暑假的事了吧。”

据说石冈建儿想要芦川拍的灵异照片，因此而不断纠缠芦川。

“石冈是想拿那个去电视台呀。”

石冈之前曾因灵异照片的事要上电视，但失败了。果然为此他盯上了芦川的照片。

“很差劲吧？唉，就他干得出来。”

当然很差劲，但不解的首先是，他为何要夺取别人的亲身经历，自己上电视台？

而且……

“芦川也是，如果不喜欢被纠缠，赶快把照片给了他不就完了吗？”

亘发泄道。在三桥神社和芦川打交道的经过此刻又历历在目，就像揭了痂，血又流出来了一样。那时芦川的轻蔑目光，可谓无以复加。他的身体颤抖起来。

“那家伙根本就不相信什么灵异照片，既然如此，丢给石冈不就好了吗？”

亘自顾自愤愤然，阿克摸不着头脑，窘在那里。阿克挠着头，赔着小心说：

“那，就给他建议一下吧？你们不是一起上补习班的吗？”

“我们不在一起！”

阿克大吃一惊：“怎么啦？你们出什么事啦？”

“你很烦哩。什么事都非得一一说明吗？说了你也不懂，蠢蠢的不是？”

亘明知自己胡乱发脾气，却无意道歉，快步走出了图书室。他撇下阿克，独自走过长廊。虽然阿克迟疑着要追上来，但亘加快了脚步，要逃走似的，于是阿克停下了。

“回家吗？”阿克大声问道，“那就拜拜啦。”

亘快步跑起来。出了校门，踏上回家之路时，他已略为冷静，察觉自己的举动太任性、恶劣了，但已后悔莫及。他只好脚步蹒跚地独自走回家。

当晚，吃过晚饭时，千叶的“路”伯伯打来电话。

铃声初响时，正在收拾饭桌的邦子略微吃了一惊。她扭头回望电话机的样子，给人不自然的感觉，但当亘说“我来接吧”，下了椅子时，妈妈说“行啦，妈妈来接”，快捷地拿起了话筒。而当明白对方是“路”伯伯时，她的表情像冰块融化般地缓和下来。

“亘，伯伯有话跟你说。”

亘对自己在图书室的表现自责不已，正翻来覆去地想着明天见了阿克，一定得道歉赔罪。怎么说他才肯原谅自己呢？不要生气嘛……亘为此晚饭也食不甘味。

亘想找个人问一问有关芦川的底细以及其他事情。可是，他不知道这种事情可以跟谁说。

“喂喂，我是亘。”

“呵呵，吃过晚饭啦？”

伯伯一如既往地声音洪亮、中气十足。

“吃什么啦？汉堡包吗？意大利粉？卷心菜卷？不错，味道很好吧？”

一如既往的开场白，以上三种食物是伯伯的至爱。顺便说一句，卷心菜卷他不要白汁酱煮，而是番茄酱煮。

一声“伯伯”刚出口，亘便感觉喉头异样哽咽。连自己也吃惊。因为并不觉得自己悔疚得想哭。“我……”

“其实呀，我打这电话是想你给我参谋参谋哩。”伯伯继续说，他似乎没有觉到亘的腔调异乎平常。

“伯伯小时候的朋友呀，结婚后住在你那边，可上个星期孩子遇到交通事故，正在住院呢。”

那是个小学四年级的男孩子，所幸没有生命危险。他因右股骨折，看来得住院很长时间。

“这样啊，伯伯打算星期六去探病，买什么去好呢？书或者电子游戏？伯伯拿不定主意哩。”

“路”伯伯还有其他一些事，所以打算星期五上午过来。探病的东西也来东京之后购买。“因为这边找不着东京孩子喜爱的时尚东西啦。”

“那么，伯伯住在我们家吗？”亘的声音激动起来，“周六探病的话，要住一晚吧？来我家住吧，好吗？”

亘背对着厨房并不晓得，邦子听他发出邀请，脸色阴沉下来。因为亘喜欢悟伯伯，她不好说出口，其实她最不喜欢这位大伯，觉得他粗鲁，没有教养，吊儿郎当。

而电话那一头，悟伯伯回答了亘满心欢喜的、天真的邀请：“不啦，伯伯有好些要紧事，会弄到很晚，不麻烦你们啦，下次吧。”

三谷悟远比弟妇所认为的心思细密。邦子不喜欢自己这一点，他心里很明白。

“唉……下次下次，您很久没在我们家住了嘛。”亘失望了，垂头丧气，“我小时候，您来东京办事，总是住在我家里嘛。”

“你现在还是很小呀，或者，已经不知不觉变成了哥斯拉似的大家伙？是吗，难怪近来千叶多地震啦。是你轰隆轰隆到处走，连这边都摇晃起来。哎呀呀，又震啦！”

亘“嘿嘿”笑着，大约两年前，亘要伯伯带他看暑期电影《哥斯拉》。那是好莱坞版的哥斯拉，从开头到最后，伯伯都在嚷嚷他不喜欢这个哥斯拉，他宣称这条笨重的巨蜥蜴不是哥斯拉。尽管如此，其中的一幕——仅此一幕，却让伯伯乐开了怀：哥斯拉从远处走近来，地面轰然摇动，出租车、小轿车、行人随着它的脚步声纷纷抛弹起来。在电影结束后与亘的父母汇合，一起到餐厅吃饭时，在回家的电车或出租车里面时，“路”伯伯和亘说着说着就学那一幕的情景，在椅子上或路边蹦来蹦去，玩得好开心。

就这么说着电话的时候，亘变得很想见“路”伯伯。和伯伯相处，他不必担心动辄挨训，所有一切都能说出来，被女孩子说“你好讨厌”而深感受伤；半夜溜出家门的事；自己用掉了一次性照相机的事，被芦川美鹤傲慢羞辱的事；讨厌自己拿阿克撒气的事，等等。伯伯不仅不会训斥亘，也不会取笑他、看低他吧，也不会跟他说教说“得更加努力啊。”

“哎，伯伯，要不，我陪您去买东西吧。”亘说道，“探病买什么好，我现在也一下子想不起来。我星期五只有五节课，也没有补习班，所以能够早回家。之后哪里都能去，比如百货大楼、玩具反斗城什么的。”

电话那头，三谷悟有点迟疑不决。“哦……那倒是个好主意……”

“很好吧，对不？”

“那你问问你妈妈看。就说星期五下午跟伯伯外出两个小时左右。当然啦，伯伯会在晚饭前送亘回家。”

太好啦！这样一来，就可以很从容地跟伯伯说话了。亘用手捂住话筒，向邦子那边探出身子，大声地问："哎，妈妈——"

可是，坐在饭桌前喝茶的邦子不等问题说完，即断然回答道："不行。"

"为什么？没事的呀，星期五嘛，没有补习班的周五嘛。"

"不行。不可以去。"

"为什么？"

"伯伯有事在身，别妨碍伯伯的工作。"

"我可是给伯伯帮忙哩。去买探病的东西……"

邦子放下茶杯，叹一口气。神情更加可怕。亘掠过一个"刁蛮老太婆"的念头。

"说了不行就是不行。把电话给妈妈说。"

"咳，没关系啦，亘，你跟伯伯去吧。"

是三谷明的声音。亘和邦子都吃了一惊，向声音的方向扭过头去。三谷明一身西服，手提公事包，站在起居室门口，无框眼镜在鼻梁上下滑了一点。他目光直视着亘。

"很久没见悟伯伯了吧？你想跟伯伯去就去吧。"

明说着，把包递给一脸惊讶地走过来的邦子。

"暑假要麻烦伯伯，亘在千叶能做什么，好好跟伯伯商量一下。哎，爸爸来说。"

明从亘手上拿过话筒，开始和悟伯伯说话。啊，大哥你好吗？妈妈挺好？噢，我们大家都好。刚才那个事情呀……

突如其来的援军导致形势逆转。亘觉得自己双目熠熠生辉，照亮了身边半径一米的范围。这回他大喜雀跃，不是因为哥斯拉的出现。

"喂，快停下！"邦子手里抱着公事包，眉头紧皱，"太吵啦。"

妈妈因为被技术击倒而恼怒。亘虽然感到疑惑不解，但拼命忍着不显示在脸上。

明说完话，又把话筒交还给亘。"晚饭也跟伯伯一起吃吧。这样就可以从容地买东西啦。”

亘蹦了起来：“谢谢！”

马上就和“路”伯伯商定了：伯伯到家里来接。

亘说好放下电话时，明已经更衣完毕，正要在饭桌前坐下。邦子正在摆碟子。亘兴奋得直想蹦蹦跳跳，但因为邦子绷着脸，便拼命忍着。

“爸爸，谢谢您。”

明一边翻阅晚报，一边说话：“可不能妨碍伯伯干正事啊。”

“嗯，我保证。”

“今晚很早呀。”邦子在饭桌和电冰箱之间来回走，问道。她正生气，不理会亘。

“要能这个时间回来，我们就不吃等你啦。”

“会议突然结束了。”

“啤酒？”

“不，不用了。”

就像邦子不去看亘一样，明也不去看邦子，只是浏览报纸。亘嘴里咕噜着“我去做作业”，撤回自己的房间。

独生子女没有兄弟姐妹——厉害的竞争对手，往往被说成太任性和不理会别人的感受，但这是很片面的看法。如果说孩子必须看父母脸色是不可避免的，独生子女站岗放哨总是单独一个人，没有并肩战斗的伙伴的特点，反而使之对现场气氛更加敏感。独生子女在家里已久经历练。

亘乖乖地坐在桌前翻开作业本，自然不可能马上把心思转换到学习上。一想到若把近来的种种事情向伯伯和盘托出，不知他会是什么表情，就不由得很开心了。伯伯，我见过魔导士哩，这魔导士呀，对我施了拨回时间的魔法！

不过，他好歹按捺住快乐的思绪，应付了算术和语文的听写。出房间去上洗手间时，父母在沙发那边喝咖啡，邦子对亘说了一句“该洗澡啦”。

“好的，我再做两页就洗澡。”

回房时，邦子正说着话。因“戒严令”尚未解除，亘装作漠不关心的样子返回自己房间，但话头话尾还是飘入耳中，似乎是说今天白天也有好几个沉默电话打了进来。原来如此，怪不得妈妈直至弄清是“路”伯伯的来电前，挺紧张的样子。也许她的作梗也是这个原因。真是。

到晚上上床的时候，亘往日的阴郁心绪已一扫而空。

“新年见面才过了半年啊！”

“路”伯伯的大手掌放在亘头顶上。

“又长个儿啦。再过半年，得到我肩头了吧？”

“哪能长那么快呀。”亘笑了。

现在亘的个子好不容易到了伯伯左臂因接种卡介苗而留下的疤痕处。亘之所以知道那里有注射的疤，是因为他已无数次和伯伯一起去游泳。

“路”伯伯是个大块头，高而且壮，长发大胡子，手脚毛茸茸。加上他今天穿着时髦的短袖衫衣，简直就像迪士尼乐园出来和游客逗趣的熊，就这样夹一把班卓琴，扣一顶平顶硬草帽，真可谓一模一样。

“东京真热啊。”“路”伯伯以手拭脸，“跟海边的暑热不一样，大城市的闷热真难受。曾经一个人去买东西，结果半途便受不了了。你来陪我真是太好了。”

此时正值星期五下午四点。亘在近两个小时前回到家里，眼巴巴地等待伯伯到来。当然啦，出发准备已做好了，启用了出门时穿的白衬衣。

“原想梅雨还没过，今天却没有雨，实在太好啦。”

邦子来到窗边，望望天空。虽然一早就是多云天气，过午仍有些许阳光射入。

“这下子雨伞也就白带啦。”“路”伯伯笑一笑，“好了，出发吗，亘？”

“噢，我走啦，妈妈。”

“你得乖呀。拜托啦，他大伯。”

“亘是乖孩子啦，大伯不乖可不行啦。”

伯伯哈哈笑着，先出了门口。邦子送到门前，又加一句“没有好好招待您”。妈妈真的没给大伯送上一杯咖啡。她是这方面特讲究的人，这样做极少见。说来，她多少有点表情僵硬，说话挺生硬的。莫非白天又有沉默电话打来？

此前，亘与阿克恢复了交情，准确地说。昨天对人家道歉说“对不起”，结果阿克的大圆眼瞪得更圆了，问：“咦，为什么？”亘含糊其辞地掩饰过去，但心情轻松了。

“路”伯伯来东京之前，又补充了几条信息。住院的男孩子很喜欢机器人动画。他和亘不一样，几乎不玩电视游戏。似乎因为男孩母亲禁止之故。还有，他近来极想要的、原要根据一个学期的成绩单的结果才能给买的MD机，现已到手。

“要哪样呢？给小学生探病不能买MD机之类的贵东西吧。”

收到新信息，亘提出了方案：“神保町有好多书店，据说其中有家今野书店是专门经营动画书的，就到那里买机器人动画书送他吧。”

“可能这样比较好。不过，你是怎么知道的呢？亘也喜欢机器人动画吗？”

“我不是那么着迷，是补习班朋友中，有人很迷动画，动画方面的事情无所不知。”

据说去神保町书店街在JR线御茶水站下车即可，二人便往车站走。一路上，“路”伯伯打开了话匣子，把新年以来千叶的情况说了一遍，诸如奶奶随着天气愈加闷热，越发啰唆烦人，但说话颠三倒四的，也颇有趣；海水浴场附近新开了大型的游戏中心；千叶老家常订外卖的美味拉面店“蓬莱轩”的大师傅，因为和不良学生打架，脑袋上缝了十针；等等。

在御茶水站下了车，走到神保町书店街一看，书店实在多极了，也大极了，亘对是否能够找到今野书店心里没底了，因为他连今野书店的地址也不知道。

“咳，不要紧啦，过来瞧瞧。”

伯伯进了面对十字路口的书店大厦，向收银处的店员搭话。这位和善的年轻女店员听了伯伯的问题，马上给了他书店街的导购图，她还亲自指示了寻找目标——今野书店的地点。

“最近新闻里尽是恼人的事件，但这世界上呀，毕竟好人还是多得很哩。”“路”伯伯兴致勃勃。

亘是第一次来书店街，真是目不暇接。世界上竟有如此多的书，谁去读呢？

“像我呀，花上一辈子也读不了这里卖的书的万分之一哩。”

“伯伯嘛，一亿分之一也够呛吧。”

“路”伯伯笑得身子发颤。

“究竟是谁在写这么些书啊？写书的人的脑壳里是怎么样的呢？里面大概没有脑浆，塞满了字吧？”

要找的今野书店是栋三层小楼，连店头都满是书和顾客。“路”伯伯挤开一条路，亘紧随其后，四处浏览书架。这里也是令人眼花缭乱的书浪、书山。花近一个小时选好探病用的三本期刊书时，二人都已疲惫不堪。

“哎哟，好需要能量呀。”

“路”伯伯大汗淋漓。

就在亘走出挤满人的今野书店，做一个深呼吸之时，被人从背后咚地猛撞一下。完全出乎意料的撞击，使亘失去了平衡，只“啊”地叫一声，便双手双膝重重地着地，倒下了。

手脚一阵麻痹，他想马上起身，但脚不大听使唤。而接下来的瞬间，一只脏兮兮的旅游鞋踩在亘撑在水泥路的右掌上。

“好疼！”亘叫了起来。

“路”伯伯的粗胳膊揽过亘的身体，把他整个人抱了起来。“没关系吧？亘，你受伤了吗？”

怒喝般的声音。亘因手掌剧痛无法开口，但好歹点了点头，用自己的脚站在地上。于是，伯伯一抬头，大吼着冲了出去。

“喂，你别走，你站住——就是你！”

伯伯从后面扑向一个背向亘他们正要走开的路人。这个男子穿灰色衬衣配牛仔裤，体魄只有半个伯伯的样子。伯伯抓住他的双肩，把他扳转身来，原来是一个很年轻的男子。

“你小子，把小孩撞翻、踩踏了，连道歉都不会吗！”

即使被伯伯揪住胸口，那年轻人却面不改色。他像病人一样气色很差、下巴消瘦，眼白混浊。正是所谓“死鱼般的眼”，亘按着火辣辣痛的掌心，心里头想。

“快回话！你知道自己干什么了吗？哼！”

伯伯越发暴怒，脸色通红。他揪紧了年轻人T恤的领子。

但是，年轻人既不害怕也不慌张，只是沉默地回视伯伯。

“伯伯，我没事了。”亘从旁道。“路”伯伯略略回瞥一眼亘，又对年轻人怒吼起来。

“你刚才撞倒了那孩子。那孩子倒下时——倒在你跟前时，你不但没停下来，反而去踩他的手，想一走了之！你这是怎么回事？你可以若无其事吗？”

年轻人面不改色。他嘴角下抿像在发怒，其实不是。他只是双唇松弛而已。

“你是大人了，对不？在孩子跟前就得有大人的样子。你得向孩子道歉！你得好好说‘对不起，你受伤了吗’！”

这时，年轻人嘴巴动了。从亘的位置听不见他的声音。

但是，伯伯脸色大变。“你说什么？你再说一次试试！”

年轻人照说不误。“真啰唆。”他说。

“你说我‘真啰唆’？”

“啰啰唆唆不知所谓。”年轻人趁伯伯吃惊松手之机，挣脱了伯伯的手，然后用不屑的口吻说，“那小子摔倒了，摔死了我也管不着，谁叫他挡路。”

伯伯目瞪口呆，这回变成脸色苍白。哎呀，不好了。亘觉得天旋地转起来。伯伯、伯伯，你别发火——

就在此时，那个熟悉的甜美的声音在呼唤：

“危险，快制止他！亘，快制止你伯伯！”

亘心头一震，反而不知所措了。又是那女孩子！这回她是从哪里跟我说话的呢？

“挡你的路！”伯伯咬牙切齿般吐出这几个字，“那就是撞翻了孩子也行，是吗？这路是你一个人的吗？啊！”

“不是你家的吧？”年轻人轻蔑地笑笑，“水准太低的家伙就别唠叨啦。”

伯伯两肩一耸——这是要揍他的意思了。啊啊，该怎么办！怎么办才好呢……

亘突然翻滚在地，尖叫起来：“好疼呀！好疼呀！”

效果立竿见影。像火牛般正要横冲直撞的“路”伯伯像碰了壁一样紧急刹车，掉头望向亘这边。

“怎么啦？”

趁伯伯冲到亘的身边，那年轻人趁机溜走，混入人堆里面。

“成功啦！你很棒哩，亘！”那女孩子的声音里充满喜悦之情，“那年轻人带着利刃哩。弄不好事情就严重了。你真有急智呀，亘。”

因为倾听着女孩子的声音，亘没有回应伯伯的呼唤。这就更让伯伯不安了吧。当亘回过神来时，伯伯正扳着他的肩头摇晃着他。

“亘，怎么样？听得见伯伯的声音吗？哎，说话呀！看得见伯伯的脸吗？快回答呀，亘！”

“伯、伯、伯、伯，”亘机械地转动着眼球，“伯、伯，我、能、听见……”

“好好，没关系吗？”伯伯几乎要哭出来的样子。

“没、没关系。您、不、要、摇我了啊。”

“啊，对不起。”伯伯终于松开了手，用手抱着自己的头，“我想关照你，却弄成这样。还让你受了伤……”

“伤已经没事啦。”亘连忙把被踩的手举起来，在伯伯眼前转动着。

“您看，能动能动。骨头没伤，刚才很痛，现在好啦。”

亘这么一示范，伯伯才安下了心。不过，他皮革般常遭日晒的脸颊上，多少还留有暴怒之后的红潮。

“真是——那种人是怎么回事啊？”伯伯把亘扶起，站到路边后，深深叹息，“以为世界围绕着他转呢。一点也不考虑为难了别人，没有为人着想的心思。混账的家伙，岂有此理。”

亘默默眺望着路人。直到刚才还有人朝这边张望，但此刻谁都没事一般，只是急急地走过。

女孩子的声音也听不见了。

“走吧。”亘扯扯伯伯的袖口，“挤累了，我们走吧？”

虽然没到看医生的程度，但亘被踩踏的右手，还是有点儿肿。

“我带着急救包。药布、绷带、药膏都有。酒店里还有冰块，可以冷敷。”

伯伯那么说着，把亘带到下榻的旅馆。这是位于饭田桥站附近的商务旅馆，虽然外观给人便宜旅馆的印象，但房间里却意外地整齐舒适，而且是双人间。亘想起前年的新年，曾和小田原的外公外婆一起去东京迪士尼乐园，在迪士尼乐园附近的酒店住过一个晚上。

“呀——嗬！”亘扑到其中一张床上，反弹起来，“这样子我也能住下了啊。”

“你明天怎么上学？”伯伯笑着劝阻道，但也挺开心，“一个人住双人房，这是我唯一的奢侈啦。住单人房的话，感觉就像被装进了火柴盒一样。”

伯伯除了一个帆布小手提袋之外，还带着公事包。他说在这边有工作，看来是真的。

“伯伯，您来办什么事？已经办好了吗？”伯伯给亘的右手敷上药布，亘问道，“如果您还有事情，我就在这里等。”

要说伯伯急救处理的水平，那真可谓技术精湛。他既有受训进行水难救助的经历，作为海水浴场救生员的经验也很丰富。伯伯是个不爱声张的人。事迹不大为人所知，但迄今他救下的人命，肯定十个指头数不过来。

“我的事已经办好啦。噢，这样就行。”

伯伯给亘的右手缠好了绷带。

“不过这个样子，晚饭就吃不了蟹和烤肉啦。只能拿叉子了啊。”

“我想吃通心粉烤饼。迪尼芝连锁店之类就好了。”

“哟，好省钱的孩子呀。”伯伯兴致颇高地笑着，“好，我们休息一会儿就去逛逛，找一家味道好的店。现在嘛，先喝一口啤酒。”

亘要了冰箱里的啤酒。他靠在床头板上，双腿伸直，就像跟伯伯两人外出旅行似的，还不是在附近，而是走得很远，感觉正适合说不为人知的心事。

“哎，伯伯，”亘开口道，“噢……我想跟您说一些事情。”

要把自己经历过的事情按次序说清楚，中间还相应加插当时自己的感想或心情的变化，是相当不易的事，比站在教室的黑板旁，向三十多位同学报告自己暑假自由研究的成果，还要难一百倍。

好在“路”伯伯没有捣乱或打岔，虽然有时不着边际地插一句，但始终饶有兴趣地听着，亘因此而完成了叙述。声音甜美却看不见人的女孩，幽灵大厦的魔导士，三桥神社的灵异照片。都说了，所有想得起来的事情都说了。

到亘说累了沉默下来的时候，伯伯已将迷你冰箱里的罐装啤酒都喝光了。他轻而易举地捏扁了最后一个空罐，盯视了一阵，说：

“那栋幽灵大厦，离你家很近吗？”

“哦，是在上学的途中。”

“那么，等会儿吃了饭，我送你回家途中，顺路过去大厦看一下，不会麻烦吧？”

亘吃了一惊：“您要进大厦看看？”

“对。你不是挺在乎的嘛，魔导士之类。”

亘根本没想到伯伯会做出这样的反应。

“伯伯不认为我是在编吧？”

“路”伯伯惊讶得直眨眼：“怎么，是你编造的？”

“不、不是，是真的呀。”

“对吧？既是真的，不能置之不理吧。”

伯伯从床上站起来。他因为喝了啤酒脸红红的，但一点也看不出醉意。“路”伯伯酒量惊人。

“伯伯不知道魔导士是什么。因为只有你来玩的时候，家中才出现电视游戏。不过，如果有一个怪老头出入那大厦，对孩子们做些怪诞的事情，那就不能视而不见啦。”

亘嘴里头嘀嘀咕咕。想说什么连自己也不明白。伯伯尽管没有对亘的话一笑了之，却与亘所期待的反应大相径庭。

“所谓孩子们——魔导士见过的人，我觉得目前为止就我一个。”

“不会啦。肯定另外还有。老头儿自己不是说过吗？”

魔导士曾对亘说，“你也是听了朋友说才来的？”“路”伯伯所指就是那一点。

“啊，对呀。”说来也是。魔导士还进而说了这样的话：“这里好像很出名啊。”

“出现在幽灵大厦的妖怪也好，英俊的转校生拍摄的灵异照片的正身也好，或许都是那个老头儿。叫芦川的那孩子糊弄你没给你看照片，他被石冈那些蠢高年级生穷追也不交出照片，理由正在于此。一定是。”

然后，伯伯做了个夸张的表情，啪地击一下掌。“我刚想到的：说不定亘所见的魔导士，是芦川那孩子的爷爷呢。”

亘对芦川家庭成员方面一无所知。不知道他是否和爷爷一起住。不过，亘被施了魔法是真的。因此对亘而言，伯伯的话一点也不好笑。“路”伯伯自己晃着肚皮大笑起来。

“要是那样可有趣啦。这是有可能的哟。有人想闹得天下大乱来取乐哩，无法无天的家伙现在是到处都有哇。”

因为谈论亘的事情花了时间，已经过了傍晚六点半。伯伯提议在亘目击魔导士的同一时间前去幽灵大厦，于是二人在旅馆附近尽快解决了晚饭。原来预定是亘倾吐完心事，尽情享用通心粉烤饼和炸薯条、巧克力冰淇淋的。不过，现实常与预计相违。“路”伯伯不时瞥视一下亘，观察着他。那神情和目光仿佛在说：眼前有一件漂亮、细腻的工艺品，虽然自己手指头笨不知如何摆弄，但这工艺品明显有不对劲的地方，非弄一弄不可。“路”伯伯说，暑假里努一把力，争取用自由式游上二百米；要是到海之家帮忙，那可是重劳动，因为要黎明即起，到了晚上七点新闻结束时，人就会发困，所以在千叶期间，电子游戏要封存起来。

“路”伯伯并不认为亘在瞎编故事。在这一点上，他可能是相信亘的。不过，伯伯把亘倾诉的事情的大部分——除了怪老头儿的存在——都认为只是亘头脑中的幻想。

那么，为何亘抱着那样的幻想呢？也就是说，都怪亘总是抱着电子游戏不放，不到外面去玩。这是伯伯的答案。这可比挨了别瞎想的训斥还坏。

不会是这样子的——亘一边机械地往嘴里送勺子和叉子，一边品味着苦涩的念头。原以为“路”伯伯会明白自己的事情。

晚饭一结束，伯伯便劲头十足地说马上前往幽灵大厦。从时间上看现在过去正好，所以亘便默然跟在他身后。

“怎么啦？无精打采的样子。你害怕啦？没关系呀。伯伯在你身边。”

“路”伯伯说着，用宽厚的手掌拍拍亘的后背。要在平时，就这么一下子，亘就来精神了，但今天晚上，情况却截然不同。今晚的“路”伯伯不是亘喜欢的“路”伯伯，更糟的是，亘有一种预感：自己和“路”伯伯之间的关系，由于即将发生的事情，会发生根本性的改变。

什么都不说就好了。一个人默默承受就好了。不该向大人倾诉心事。

伯伯在餐馆附近的自选商场买了两只手电筒。他付钱时一直背对亘。亘突然掠过“现在就逃掉”的念头。当然，这是不可能付诸实行的。

二人搭出租车来到幽灵大厦附近。对事事讲求节约的伯伯而言，这可是稀罕事。他总是说，人该用自己的腿走路，尤其是小孩子，用不着搭车的；搭公交车时，也因为只付半费，坐椅子实在荒谬。他大概是很想早点看见幽灵大厦，才这样的吧。

实际上，伯伯兴奋得像个孩子。他嘟哝一句“就这里？”抬头仰望防水布包裹着的、没建好的大楼，那神情仿佛怪兽电影的主人公附体在他身上。或者像一个刑侦剧集里的主人公，要追捕出没于无人大楼、伤害孩子们的变态佬。

伯伯环顾四周，确认没有人之后，撩起防水布的下沿。“从这里钻进去？”

“对，没错。”

“好！”伯伯递给亘一只手电筒，“要小心哦。”

亘握紧手电筒，钻过防水布。

“路”伯伯让亘站在楼梯下，自己移动手电筒，四下观察。他虽然体格魁梧，却行动敏捷，没有发生磕磕绊绊的事。在把一楼看完一遍之前，他神情严肃，没有说笑。

“好了，现在上楼梯。”

伯伯说着，脚下留神，开始慢慢登楼。每一步他都用手电筒照着台阶，一边细心观察一边向前走。

“假如有人出入，会掉下东西的吧。”

伯伯在二楼和三楼之间的拐弯平台停下脚步，挠起头来。

“尘埃上面连脚印都没留下……”

听了这话，亘低头看自己脚下，用手电筒去照。祖露的混凝土部分也好、泥地裸露的部分也好，铺了胶合板的部分也好，全都掉满了颗粒粗大的沙土或混凝土渣子。不过，楼梯的台阶，则每一级都干干净净。也就角落里留下一丁点儿尘埃或沙土。像伯伯说的一样，根本没有脚印。

不过，反过来想，台阶之所以这样干净，不正是有人频繁走动的证据吗？为了走上走下时不弄脏鞋子，有人用扫帚或什么东西打扫干净了吧？

这个人就是魔导士提及的“朋友”？

（是芦川——吗？）

“哎，亘，楼梯到此没有了。”

伯伯从头顶上对亘说话。他站在三楼转四楼的楼梯拐弯平台。

“你所见的老爷爷，真的就站在这里吗？”

“噢……”

“这里挺吓人的哩。”伯伯抓住扶手，缓缓环顾四周。“老人或小孩子出入这种地方很成问题啊。应该更严格地禁止进入才行。哎，亘，你忠告那位叫芦川的孩子，在这种在建中的大楼里玩是很危险的呢。”

“芦川未必来这里的。”

“错不了。你想想灵异照片那件事吧。”

“让我乱猜，我不干。”

只会又让芦川瞧不起。

“这事啊，回家得跟亘的父母谈谈才行啦。然后呢，由社区自治会发动一下……”

这时，伯伯前胸口袋里的手机响了起来。

“喂喂？哎？阿明啊。嘿，有点听不清，你等一下。”

伯伯一只手拿手机，另一只手拿手电筒，敏捷地走下楼梯。他下到亘的地方时，把手机举了举，说：“是你、你爸的电话。”

“喂喂？咦，这里也有杂音——哎？听不见吗？喂喂？”

伯伯寻找着电话效果好的地方，最终跑到防水布外头去了。亘心想，这里到处钢筋暴露，可能妨碍了电波吧，他向防水布那边走过去。亘熄灭了手电筒，插在屁股兜上，弯下腰正要双手撩起防水布之时，感觉周围奇异地变得明亮起来了。

面前防水布的连接口清晰可见。

亘弯着腰扭头回望，仰望大厦上方。只见——

他瞠目结舌。

就在刚才伯伯站的地方——之前魔导士站的地方，即由三楼到四楼的楼梯拐弯平台处——

（有门。）

向左右开的门，

（究竟何时有了的？）

上部带有精致的装饰，整体显示出古典的曲线。

（关闭着。）

虽然门扉紧闭，但雪白、炫目的光线分明地映出了它的轮廓和中央的门缝。原先悬空的门扉那一头，一定被这白光照亮，然后——

（从缝隙处泄出。）

将幽灵大厦的内侧，像这样照得朦胧发亮。

亘摇摇晃晃地站起来，走近楼梯，一级一级往上走。每上一级台阶，门扉隙间泄出的光显得更强了。亘不能将视线从门扉挪开，以致好几次踏空了梯级差点摔倒。尽管如此，他仍像被牵着似的向门扉走去。连自己也无法停止。到了三楼时，他变成了爬的姿势。

接近至此，甚至能感受到从门扉周围和中央泄出的光的暖意。无意识之中，笑容呈现在亘脸上。他举起手，亮光照在手上，听得见沙沙声宛如春雨一般。

多么清澈明亮、多么柔和的光啊。

亘来到了拐弯平台。他好不容易站了起来，向门扉伸出双手。

七　门扉的另一边

就像欢迎亘似的，门扉中央的光线明显变粗变强了。门扉——

（要打开了。）

仿佛从那一头，从光明世界的那一头，要朝自己这边推开。眼看就要，眼看就要——

（打开了！）

在巨浪般涌至的强光之下，亘不由得以手遮眉。耀眼的光线甚至使人不能抬头直视。亘全身沐浴着暖和的光，像置身急流般躬着腰，小心地站稳。

光线中，有人笔直地走近来。是一个在白光之中都白得耀眼的小人影。他向着打开的门扉跑啊、跑啊、跑啊……

他跃出白光，突然降临在亘跟前，变成了一个少年的模样。他叫喊道：

“你为什么会在这种地方？”

芦川美鹤站在那里，近得几乎气息相闻。他双目圆睁，叉腿而立，责备似的指着亘。

“你在这里做什么？”

他责备般喊道，然而，未等亘说话，芦川猛然转身，又冲向门里边，银光闪闪的里头。芦川的身影被光吞没，眨眼间消失了。

亘没有多想一想的余地，也没有迟疑、害怕的时间。他略一清醒，便向着门扉、向着光亮，紧随芦川之后跑了起来。

跨越门线时，亘无意识地纵身一跃——

于是，他跳进了雪白的虚空之中。

光的海洋。温暖的气流。

是天空。

从飞机舷窗望见的云海。所见形象在扩张。亘在云中游泳。向下、向下、再向下。往下掉落。耳畔风声呼呼。在空中坠落。可又那么悠然，恍如畅游南海的老海龟。伸出手脚，手指、脚趾被辉耀的光环围绕。亘一改变姿势，光环也随之而来。看来是细微的光粒子在跳舞——亘轻展身姿、面带微笑，回旋翻滚起来。脸朝上，明亮的天空。俯视，光灿灿的云海。

云突然中断，呈现出碧蓝的天空和其下无垠的青色平原。

“哇！”

随着喊叫声，亘掉下来了。

（往下掉！）

像颗小石子一样往地面掉。因速度太快，掠过周围的风景时，只能看见模糊的影子，只能感觉到光亮。速度更加快了，不容分说地加速，掉落、掉落、往下掉——

咚！后背着地。

脑子里万籁俱寂。背部贴着地面，两脚朝天。样子真难看。好没面子。

不过，能那么想，说明自己还活着。

头顶上是高不可测的蓝天。有生以来所见过的，如此美丽的蓝天——只有放在旅行社柜台上的、去夏威夷或关岛旅行的小册子的照片上有，爸爸说过，那些小册子上的照片用了电脑技术处理，使之色彩艳丽，是不可靠的。实际上，在夏威夷也好，关岛也好，塞班也好，没有那样的蓝天。

可这里有。真正一碧如洗的蓝天。

这是在哪里？

亘用手撑起上半身。虽然脑子有点迷糊，但似乎身上并没有受伤。没有流血，手脚能动。是从那么高摔下来的呀。

是一望无际的沙漠。

屁股下的沙子颗粒粗大，干透了，用手捞起，眼看着从指隙间掉下。是这沙子做垫子，使自己免于受伤？

太阳几乎就在头顶上照耀。照射在脖颈和脸上的阳光火辣辣。刚才自空中坠下时窥见的是平原。可这里却是沙漠。怎么回事呢？被气流带走了？

总之是沙漠。但这是什么地方？

只知道是在那扇门扉的里头。

芦川在哪里？那小子在这沙漠里逛吗？出了这里，找个好待点的地方去的话，该上哪儿好？那个平原是在哪里？

亘摇摇晃晃地站起来，沙漠风围绕着他，刮起小小的沙暴。他在脸上拨拉着，抹去沙子。想咳嗽。

此时，亘背后的沙子上，产生了小小的漏斗形小坑，类似蚁狮为捕食蚂蚁弄出的陷阱，无声无息，但迅速变大。

就在亘拍打粘在衬衣裤子上的沙粒时，那漏斗形坑已迅速扩大，坑底越来越深，不久开始产生嗖嗖的声音。

亘因这声音扭过头来。然后连忙闪开。沙地上的坑边马上就要延展到亘脚下，如果再不察觉的话，恐怕要倒栽进坑底了呢。

“这、这是怎么回事？”

就在亘禁不住大喊一声的时候，坑底最深处有一只黝黑动物似的东西拨开沙子，跳了出来。就在它跃到空中之时，亘见是四条腿、长尾巴的动物，心想是一条狗。

它轻轻飞越亘头顶，落在他另一侧。沙尘扬起，这类似狗的动物吼了一声。亘躲开扑面而来的沙粒，看着它几乎吓瘫。

这动物身体像狗，但只有脑袋不是狗。是多伯曼犬的身子，像一只温顺的黑狗，可就是连接脑袋之处古怪得很——该怎么说呢？就是妈妈偶尔在厨房里拔葡萄酒塞子时用的——

对，起瓶器！螺丝状拔瓶塞的用具。这动物的脑袋，就是那副样子！

那怪物又吼一声，把螺丝头朝向亘。吱吱吱吱吱吱锵！在刺耳的咆哮声中，螺丝头怪物整个共振起来。这古怪东西连喉咙嘴巴都没有，是怎么发出叫声的呢？

“哎哟哟，”亘对怪物赔着笑脸说，“看得出你想吃我，可你怎么吃呢？你没有嘴巴呀。”

像回答亘的疑问似的，螺丝头怪物张开了嘴——其实它是把整个螺丝头鼓胀起来，把头顶朝向亘这边。这下子，就看见螺丝的里头了。令人作呕般黏糊、滑腻的黏膜动弹着，周围密密长着牙齿。

“哇”地喊一声，亘拔腿就逃。向右跑，他发觉三步前的地方正在形成新的坑洞。向左跑，原先那个坑洞里跳出了新的螺丝头。

前方的螺丝头怪物又吼叫起来。它一跃上前逼住亘。神呀佛呀，怎么好啊，被螺丝头怪物包围了——

亘双手捂面时，感到有东西咬住他的脖颈。身体飘浮起来。

亘回过神来时，他又在飞行。

没有升得太高，就像在滑雪场坐缆车。只是和缆车不同的是，亘的手脚都无所凭依，在空中乱舞。

螺丝头怪物现在增至五只。狂吠着向上蹦跳，要来啮咬亘的脚。在这期间，沙漠上不断出现坑洞。螺丝头怪物就住在沙子下面，当猎物在上面通过时，它便造出那样的蚁狮坑，把猎物拖下去，或者扑出来袭击猎物吧。

“你真傻，怎么能落在螺丝头狼群中间呢！”

一个高亢的声音在亘的头顶响起。

“要不是老子扑过去，你现在已成为螺丝头狼的腹中之物，变成一团糨糊似的肉汁啦。”

似乎这声音高亢的人此刻正拽着亘飞行。也就是说，他是救命恩人。

“非常感谢。”

亘且说道，因被揪着后衣领，他不能往上看。虽然一开口沙漠的风便往嘴里灌，他还是尽量大声地道谢。

“幸亏您救了我！”

“对呀对呀，”高亢的声音变得更高了，看来兴致很好，“老子在关键时刻撞过去了。”

亘被有翼的不明之物悬吊着飞越沙漠，他遗传的较真劲儿此刻仍支配着脑子，他问道：“哎，刚才您说‘撞过去’，那是‘路过’的意思吗？”

头顶上的有翼动物哼了一声。“绝不可能！老子不会在脏兮兮的地面爬来爬去的！老子都在飞！所以，在任何地方老子都不会模仿路过的下流动作！一定是撞过去，明白吗，小毛孩！”

亘赶紧说“明白”，生怕它一生气丢下自己。

亘被拽着悠然飞行，离地就二层小楼那么高，速度如同骑自行车。虽然周围依然是沙漠，但左前方已见到略为突起的山岩。

“小毛孩，你从何而来？”头顶上高亢的声音问道，“不会是逃亡者吧？”

问题本身就不好回答，又加上“逃亡者”这么一个效果强烈的词，更让亘无从回答了。

“你这家伙太沉啦！”

的确，“老子”扇动羽翼的声音有点凌乱。可能不是特别大的鸟吧。

“在那边岩场就下来啰。”

老子随即飞往左手边的岩场。接近岩场时，飞行高度陡降，呼地丢开似的放下了亘。

“哇，好险啊！”

被放下的亘带着惯性滚到岩场边缘，差点掉了下去。他又被及时地揪住了后领。

“小毛孩，你好迟钝啊。”

亘跌坐地上，一只红色大鸟扇着翅膀降落在他面前。是那种用染料染色、但未配准色调的红色。翼展约一米。身材虽苗条，但三只钩爪强劲锐利，拎起亘这种事情，看来对它是轻而易举。一想到这钩爪刚才抓着自己的衣领，亘心里一颤。

红鸟收起翅膀，略侧着头俯视亘。它脸型虽像鹫，但头顶长着许多金色小羽毛，仿佛桑巴舞者的羽毛装饰。小羽毛在沙漠风吹拂下，优雅地起伏。

“非、非常感谢。”

亘突然喉干舌燥，只能勉强发出声音。因为他面对着——一只鸟。怎么看也是鸟。可它却会说话。

“不必言谢。但你须回答问题。这一带是老子卡鲁拉族的地盘，不欢迎其他种族踏足。”

红鸟一口气说完之后，发出“呵呵”之声，一副此刻恍然大悟的样子。

“哎，你不是人类的小孩子吗！”

“没、没错，我是小孩子。”

“人类的孩子怎么会在这里？在这里做什么？你是怎么来的？”

它一边连续发问，一边扇动翅膀，弄得亘眼睛都睁不开。

“请等、等一等。我这就解释。请不要扑动翅膀。”

红鸟说声“嗬”，收起翅膀。亘做了一个深呼吸，努力平静下来。他的心脏在胸腔里狂跳。

“我、我走过了一扇门，那扇门在某处云彩的上方，我掉了下来。”

亘解释了发生在自己身上的事，红鸟的大眼睛仰望着蓝天。

“原来如此……唔，是要御扉打开了哩。”

“要御扉？”

“没错。分隔此地和彼地的大门。从下往上看的话，不能看到它的顶端。因为它隐没在云里。老子的同伴中，至今也没谁能看到。因为像卡鲁拉族一样拥有强劲翼翅的，此地和彼地都没有，所以简言之，迄今没有任何一族能看见它的顶端。”

一口气说下来，红鸟挺一挺胸，长长的羽毛随风飘动。

“用彼地的时间计算，要御扉是十年开启一次，只打开九十天。现在恐怕正当这个时节吧。老子都忘了。”

“呵……”

“那么说，你是不留神穿过了要御扉，由彼地闯入此地来了，所以就落在螺丝头狼的沙漠里。不错，不错。”

所谓“此地”，就是现在这个地方。所谓“彼地”，就是亘过着日常生活的现实世界吧。不过，亘通过的那扇门，虽然是很气派的两面开的门，也就是大小极普通的门，并不那么巨大。亘一说出来，红鸟又要起威风来了。

“那当然。不从这边看的话，根本不能知道要御扉有多么高大、宽阔。”

“是吗……”

亘终于止住心脏的悸动，他一屁股坐在岩场上，四下里张望。视界三百六十度。但是，触目尽是沙漠。各处凸现着锐利线条的，是和他屁股下一样的岩场。地平线上升腾着浅黄色的热气，看不真切。那些是沙漠风暴吗？

“很吃惊的样子嘛。”红鸟摇动着翅膀，说道。好像在笑。

“咳，也难怪。因为你一无所知嘛。老子是第一次捡到迷童，不过，老子听说过的，迄今为止，在要御扉打开期间，已经有人类的孩子误掉进来的事，也就是说，犯这错误的不仅是你。你可能有点呆，但也不是特别蠢啦。”

它在安慰人呢。刚才幸亏它救了命，好像它还是个很体贴的人——不，鸟。

“那么，嗯……这里是什么地方？”虽然事到如今了，但亘仍问道，“此地也会有名字吧？它叫什么世界呢？”

红鸟马上就回答了：“幻界。”

“幻界……”

亘记得，《萨加Ⅲ》里面会有叫作“幻界致胜”的魔法。是只有名列前茅的魔导士才能使用的特技：魔导士将用魔法制造的幻影推到敌前，幻惑敌人，使敌人自相残杀。

幻界。也就是幻影。

“那么，这里就是魔幻国吗？”

“对你这样的人类孩子而言，就是吧。”

“我此刻是在虚幻之中吗？”

亘摊开双手细看。带沙尘的风扑面刮来，眼睛刺痛。

“这种感觉的风，太阳热烘烘照晒脖子，尘土灌了满嘴，全都是幻觉吗？”

“对你而言是吧。你是人类的孩子嘛。迷童嘛。”

亘尝试在岩场上站起身，但到处支楞突兀，脚下不稳。

“如此一望无际的沙漠，也无一例外，全都是幻觉吗？不是现实？”

“老子没去过叫‘现实’的地方，所以不大明白……”红鸟气昂昂地转动着脖子，“幻觉和现实，是相反的东西吗？”

“对，没错。”

“那么，如果此地是幻界，与此地相对的彼地，就该是现实了。那么，这里就不是现实了。可是啊，人类的孩子，你得马上回到彼地。所以，你不用在意此地。”

“我，要回去？”

“不能留下迷童啊，这是规矩。”

“可我是追赶朋友来的。不能自己一个人回去。”

“从你的话来看，你那位朋友跟你不同，他不是迷童。他能自由出入要御扉，也就是被守门人认可的‘旅客’。所以，你不必担心。”

“可是！”

红鸟展翅腾飞，又要来拎亘的后领。

“等一下！我还不想回去！”

亘一缩脖子，拔腿就逃。他躲过自天而降的锐爪抓捕，急步退向岩场边。就在此时，他右脚没踩稳突兀的岩石，脚踝掠过一阵剧痛，随即“哇”地大叫一声，失去平衡，横着身子栽下岩场边缘。

一瞬间，蓝天的边缘一下子掠过眼角，接下来的瞬间，亘背部着地掉落在另一个岩场上。似乎刚才所在的岩场顶峰之下，有个稍微突起的东西，亘因为落在那上面，没有直摔到底。

得救了！手攀突起处的边缘爬起来，头顶上随即掠过黑影。红鸟在盘旋。动作一慢，又得被它抓走了。

怎么办，总之，不更贴近突起部可不行——亘一边紧张注视头顶上方，一边用手摸索着后退。这时，他的右手指尖摸到了什么东西，触感与岩石不同。他后退时无意中瞥了一眼：螺丝头狼跃入眼帘。

亘惊叫一声，几乎从突起部边缘冲了出去。红鸟的黑影也不失时机出现在上方。所谓“前门拒虎，后门进狼”，就是指这种情况了吧。

不过，螺丝头狼就躺在那里而已，无论亘惊叫或跺脚要踢开它，它都纹丝不动。仔细一看，跟前的螺丝头只是它难看的脑袋，没有了身体部分。

它死了？

凝神看——没错，的确只有脑袋。而且看上去似乎不止一个脑袋——零件、散件落在岩石缝中，这边也有，那边也有。岂止这样！一不留神，自己的衬衣和裤子上，粘满了类似骨屑、碎肉渣子似的东西呢。

“哎呀，怎么回事！”

亘慌忙上下拍打，要拂去身上的那些渣子。当然便放松了对上空的警惕，冷不防被红鸟的利爪抓住了后领，再次双脚离地。

“喂，你得回家啦。”红鸟严肃的口吻像老师一样，“你也听说过，该遵守规则，对吧？”

事到如今抵抗已属徒劳。实际上，亘的心思全在如何弄掉身上黏附的螺丝头狼残骸上面。

“这、这、这究竟是什么呀？”

头顶上传来答话：“螺丝头狼的渣子。”

“那个地方为什么堆积了那么多这种东西？”

“螺丝头狼的肉很香，但脑袋不能吃。而且它们挺凶的，老子们抓到了螺丝头狼，便把它们的脑袋往岩场上砸，把它弄死。这样宰杀既轻松，又弄掉了不好吃的脑袋，真是一举两得。”

“你们以吃螺丝头狼为生？”

“没错。这沙漠是老子们的地盘。”

红鸟说，所谓地盘，就是老子们吃定它了。它悠然扑动翼翅，越飞越高。亘像突然泄了气力，没法挣扎了，任由红鸟把他带走。

飞行了一会儿，他们闯进了厚云层中。亘的脸被柔软的云朵接连抚过，有一点薄荷的气味。云朵有香味——在现实世界里也是这样吗？或者，正因为是幻界才这样？

“好啦，到了。”

红鸟说着，猛扇几下翅膀。亘高速通过云层，呼地被抛了出去，屁股着地落在云上方。

眼前立着巨大、辉煌的银壁。如果没听刚才的话，不会马上就明白这是门扉吧。大，真的好大。亘就像变成了一只小蚂蚁，在仰望酒店的大门。

“这是要御扉。”红鸟轻巧地降落在亘旁边，“你看见两面开的门扉正中间，有一道明亮的白光吧？那就是要御扉打开的标志。在它关闭期间，那道光完全看不见。”

门的形状看上去与来时通过的、往两边开的门极相似。看不见有门把或抓手。

“你走近它，要御扉便自然打开。”

亘迟疑着，仰望着红鸟。大鸟的大瞳仁映着要御扉的耀眼光芒，熠熠有神。

“为什么非回去不可？”

“非回去不可。”

“那，还能再来吗？我想回来。”

“你回不来。”

红鸟简单地回复了亘的问题。

“不是要御扉认可的旅客，就不能再到此地。因为你是彼地的孩子，是人类的孩子。”

“那么，怎么做才能被认可为旅客呢？”

“老子不知道那个。”

“谁会知道呢？刚才说过的，要御扉的看门人？”

红鸟张开双翼，摇晃起来：“你就那么希望被老子甩来甩去吗？”

亘大失所望，想哭。红鸟虽仍目光炯炯，但可能对亘略加同情了吧，稍稍缓和了一下声音说道：

“不用伤心。回到彼地，眺望日出日落之时，就会忘掉此地的事。因为从此地到彼地，是带不走任何东西的，连回忆、记忆都不行。”

亘耷拉着脑袋，垂头丧气地向要御扉慢慢走去。正如红鸟所说，要御扉就像为亘开路一样，悄无声息地打开。门扉本身就像是光源，灿烂炫目，使亘无法抬头。尽管如此，亘却像被吸向两扇门之间似的，走了过去。

“人类的孩子呀，做个明事理的人吧。”

身后红鸟的声音隐约可闻。

“我的名字是卡鲁拉族的基亚。在彼地的夜晚，老子在梦里也许会与你再见。”

亘眼睛睁开着，却一无所见。或者看见了光？光本身、光辉本身。是在走还是停下了？是在前进还是后退？就连这些都不明了，轻飘飘地，随波逐浪似的。

此时亘失去了意识，仿佛被耀眼的光芒吞没。

幻界——

要御扉。

在这里干什么？

为何你在这里？

沙漠的热风和基亚的红羽毛。

那碧蓝的天和碧绿的草原。

谁在呼唤我？亘、亘——

有人拍我的脸。

我是——在哪里？

一睁眼，看见“路”伯伯的脸。

八　现实问题

“亘！你醒醒，亘！”

“路”伯伯把手按在亘额头，俯着身子，就像趴在亘身上似的。他脸部肌肉抽搐，嘴角是哭的模样。

“伯伯……”

亘嘟哝道。伯伯苦着脸说:“呵呵，好啦好啦，认得我吧？哪里疼吗？难受吗？我——我已经……”

“伯伯……我……没事哩。”

亘想要起身。这时，从旁边伸出一只手来，轻轻按住他的肩头。

“还是不要急着起来为好。真的没有哪里疼吗？”

令人吃惊的是，这人是大松社长。他笑眯眯的。

“大松先生……”

亘听见自己的声音憋在耳鼓里，仿佛神智有点儿模糊。他试着眨眨眼睛。

自己身在陌生的房间里，房间天花板比亘家高多了。房间灯是四方形的，带着时尚的金边。

“这里是我家。”大松社长解释道，他注意到亘疑惑不解的表情了吧，“这里是客房，床有点硬吧？”

伯伯哭泣的脸就在大松社长旁边。“你倒在那栋大楼里，还记得吗？伯伯打完电话进来一看，你躺在楼梯下……”

伯伯又哭了起来。大松社长笑着拍拍伯伯的肩膀。

“伯伯太担心你了，真的是痛不欲生啊。”

“这可是……”

在伯伯抽泣声的伴奏下，大松社长说道：“伯伯看见你倒在那里，抱你到外面，打算送医院，碰巧我也去那里，就把伯伯和你带回家了。”

“我真是吓坏了，”“路”伯伯摸着鼻子下面说道，“不过社长说，你情况并不坏，脸色好，呼吸也正常，处于深度睡眠中，让先带回家看看情况再说。”

“因为我看你只是睡着而已，而且看起来心情不错，是做了个好梦吧？嘴角在笑哩。”大松社长补充道。亘能理解：原来自己去“幻界”期间，留在这边世界的身体是睡眠中的样子。

“我没事。对不起大松先生，我们擅自进入了大楼……”

听了亘的话，“路”伯伯也终于拿出大人的姿态，再次诚心诚意地向大松社长致歉。

“实在惭愧之至，擅闯他人的建筑物……”

大松社长大笑起来，“哪里哪里。所以呀，关于这个问题就请不要介意了。三谷，我听你伯伯说了情况啦。无论是谁，如果有人潜入那大楼里恐吓孩子们，我绝不放过他。今后我一定会采取措施。请放心吧。”

社长抬起他粗壮的手，挠挠头。

“迄今已有各种各样关于幽灵的说法，我没太在意。是我掉以轻心了，以为不时转转，看上一眼就行了。”

“社长说今晚也是来巡视一下。”“路”伯伯不好意思地瑟缩着宽大的身躯，“好在社长出现了，我一个人的话，实在是惊慌失措，束手无策。”

大松社长和“路”伯伯说说笑笑，已放下心头大石的样子。亘还是有一点不可理解：“路”伯伯是经验丰富的救生员，都好几次挽救过有生命危险的人了，可为何在我身上，他就慌了手脚，不知所措呢？真有这样的事？

"好啦，亘，身体无碍的话，我们告辞吧。"

伯伯这么一说，亘点头赞同。虽然大松社长说要用车子送，但伯伯郑重地辞谢了。

"很近的，实在不好意思再叨扰了，惭愧惭愧。"

"看您说的，请别介意。好吧，三谷，保重啦。那大厦的事，你就不用担心啦。"

亘对大松社长答了声"好的"，但心里头不是滋味。社长真的严密监控大楼的话，他就不方便接近要御扉了。

事到如今，得尽快见芦川。

找他谈谈才行。我不会再逃避了，你小子也别想躲。既然在要御扉前碰了面，情况就跟以前不同。即便被轻视，我也不再畏缩。

芦川真的是"旅客"吗？若是，他是怎么做到的？是怎么被要御扉的看守人认可的？最重要的是，芦川作为"旅客"，来往于幻界和现实世界，究竟是在做什么？想要答案的疑问多的是。

出了大松家，走在夜间的马路上时，"路"伯伯牵着亘的手。这样把亘当小孩子，亘很不好意思。

"伯伯，我已经没事啦。所以您不用牵着我走啦。"

"路"伯伯俯视着亘，那神色好像有什么事情正想不通。他两眼好像还留有泪痕。

亘想起来了，自己还没好好向伯伯道歉呢，让人家这么担心。

"伯伯，很对不起，我那时太想睡了。我不是感觉不舒服。我是大松先生说的，睡着了而已。不知不觉睡着了。睡得太死了。"

"路"伯伯点点头，说："噢，是那样吧，伯伯沉不住气啦。"

伯伯说着，自己走在前面。亘发现了奇怪的情况。伯伯正往三谷家的相反方向走。

"伯伯，走错啦，我家在相反的方向哩。"

他这一喊，伯伯停住脚步。他低着头，背对亘。

“这个嘛……不，也行啊，这边也行。”

“为什么呢？”

“你今晚跟伯伯住旅馆，出大路叫出租车。”

亘追上伯伯，抬头看他。光凭路灯的光线便看得很清楚，伯伯的脸歪得有点怪，说出话来特别使劲。

“那个电话呢，是你爸爸打来的。”

这是说在幽灵大厦时，打到伯伯手机上的那个电话。

“他说，今天晚上你在我这边住。”

简单的疑问随之而生，亘便说了出来：“可是，明天不是休息日呀。我得上学呢。”

“早点起床，伯伯送你回来。”

“不过，也没有衣服替换……”

亘低头看着衬衣和裤子。他想起了直到刚才还完全置之脑后的事情。螺丝头狼！它们的尸骸渣子粘了一身，还没弄干净吧？

“伯伯，我身上臭吗？有没有奇怪的臭味？”

伯伯默默地看着亘上下拍打衬衣和裤子。亘一心在自己身上，好歹检视一遍，确认身上什么也没粘着，此时，他才察觉伯伯的神色有点不对劲——

“伯伯？”

他看见伯伯用一只手捂着脸。

“怎么啦？伯伯。这回是您身体不舒服吧？”

“路”伯伯的声音从捂着脸的指缝里挤出来：“唉，真是不好，我真不喜欢这种事情。”

“……”

“我不能对你撒谎。伯伯不喜欢做这种角色。”

“伯伯……”

伯伯猛地扬起脸，一把抓住亘的手，近乎粗暴地拉扯着亘，这回是向三谷家的方向走起来。

“走吧，亘。你有权回自己家，也有知道事情的权利。我是这么认为。”

“噢？等、等一等嘛，伯伯。”

“没事，跟我来，回家！”

亘被伯伯拖拉着走起来。一直到公寓大门口为止，伯伯都走得飞快，以致亘几乎一路小跑才跟得上。

然而，伯伯到了正门口却突然慢了下来，明显在迟疑不决。又不顾一切似的到了电梯口，快步进了电梯，到了三谷家那一层，这回又犹豫起来了。他似乎在跟亘看不见的怪物在搏斗，一路击退它，一路前进。

亘害怕起来，突然变得不想回家了。不好的预感在胸中升腾起来，心想刚才伯伯说住旅馆时，自己干干脆脆地接受了，不提什么上学呀替换衣服呀就好了。

伯伯按了三谷家的门铃。宁静的公共走廊里响起门铃尖锐的声音。亘瞥一眼手表：早过了凌晨零时了。

穿拖鞋的脚步声走近房门。咔嚓一声，门开了。挂着门链。

门缝间露出了三谷明的脸。亘吓了一跳。父亲脸色很苍白，一脸疲惫之色，让人感觉他突然间衰老了。

“大哥——”明嘟哝了一声，察觉亘也在一起，便闭口不言。

“太好了，赶得及。应该还在。”伯伯低声道，“我带亘回来了。让我们进去吧。”

明关上门，笨拙地弄出咔嚓咔嚓的声音之后，拿掉了门链，默默地把“路”伯伯让进门。然后，他一转身就返回了起居室。亘没能看见父亲的脸。

起居室亮着灯，但厨房、洗手间漆黑。不见邦子的身影。父母亲的寝室门紧闭着。

“妈妈先睡了吗？”

亘问道，但明不答。直到此时，亘才发现父亲虽然解下了领带，但还是一身西服。

“爸爸，您很晚回家吗？”

饭桌上空无一物。碗碟已洗干净。明没有回答亘的提问。他从西服内兜里掏出香烟，点燃。

沉默地站在亘身后的“路”伯伯发出粗暴的声音：“邦子呢？”

明简短地答了一句：“她睡了。”

好怪呀。总之是很奇怪。好像妈妈病倒了的样子。好像死了人似的。

“亘，”明向亘说话了，“你过来这边，坐下。”

明说着，在沙发上坐下。他伸出手，把还剩老长的香烟摁在烟灰缸里，揉几下弄灭。不像是爸爸的动作。

“明！”“路”伯伯发出威胁的声音，“亘回来了啊，难道你还打算——”

明冷静地打断哥哥的话：“大哥你不要说话。”

“可是……”

“是大哥你让我不得不这样做的吧？没办法。”

亘走近沙发，坐下。膝头在抖。刚才——在幻界遭螺丝头狼袭击，刚经历了惊魂的一刻，可现在更令人恐惧。

“路”伯伯站在亘后面，沉默无言。

“今晚的事原不想让你知道的。”明说道，他的声音略微颤抖，“我想事后由妈妈告诉你。所以让你和伯伯待一个晚上。”

“路”伯伯赶紧说：“我感觉这样不公平，对这孩子也该有个交代——”

明抬头看着哥哥的方向，笑笑。

“正因为不是能跟孩子说明白的事，才拜托哥哥的吧。”

“路”伯伯一时语塞。

“亘，你听我说。”明看着亘的脸。亘也看着父亲的脸，内心深处的一角有一个小小的声音在喊：我不想听，什么都不要告诉我！

三谷明缓缓地说话。

“爸爸要离开这个家。”

离——开——这——个——家。

“和你妈妈离婚。你明白爸爸这话的意思吗？”

离——婚。

“对你妈和你，我觉得很抱歉。不过，爸爸下了决心了。这是犹疑再三之后决定的事，所以我打算付诸实行。”

我——觉——得——很——抱——歉。

“今天晚上，我第一次向你妈表明了态度。我们一直在交谈，但妈妈很震惊——她很受打击。”

亘开口了，原想用平时的方式说话，但声音出口却软弱得令自己吃惊。

“妈妈睡着了吗？”

“可能吧。我刚才看她的时候，她睡着了。”明答道，“以后还得再跟妈妈谈几次吧。这个家的事——你和妈妈今后的生活等等，细节的地方，还有很多地方要决定。”

亘轻轻眨一眨眼，眨了好多次，眼前情景依然如故。频道没有改换。这不是误会，也不是做梦，是现实。此刻自己并非置身幻界。

但是，表明要离家出走的父亲的身影，却比幻界沙漠上的螺丝头狼更显得非现实。

此时必须问、可以问的事肯定多不胜数。可亘却抓不住头绪，仿佛沙漠的沙子从指缝漏掉一样，一切思绪都漏掉了，就像心头失去了承托的底。

终于，亘问道：“爸爸今后要去哪里？”

“安顿下来就告诉你。手机还照样，可以联系的。”

说完这一句，明站了起来。亘茫然地望着父亲。就这样谈完了吗？仅此而已吗？

明弯下腰，从沙发后面拖出一件东西。

是旅行用的手提包，平时出差用的。很熟悉的手提包。

不过，这个手提包鼓成这样子，塞了那么多东西在里面，还是头一次看见。

“明——”“路”伯伯用沙哑的声音喊道，“你没有话说了吗？没有话要交代亘吗？就这样了？”

明没有看着儿子，而是看着哥哥的眼睛说道：“对于亘，我只有歉意。”

“就是这样也……”

“大哥你不明白的。”

“路”伯伯脸色发青，嘴角颤抖。

明拎起手提包。亘不经意地望望它——父亲提包的手，父亲迈向玄关的脚掌。

“大哥，亘拜托你了。”明说道。他的声音已经没有了颤抖。

“我受不起。”“路”伯伯别过脸，很犟地说，“有这样只顾自己的吗？我不接受。”

三谷明缓缓地回望亘。然后用同样缓慢的声调说：“亘，妈妈就拜托你了。”

然后，他迈开步子。拖鞋发出声音。吧嗒吧嗒。吧嗒吧嗒。

我为何不留住爸爸呢？亘茫然地思索着。为何不扑上去拖住他呢？不会哭喊着“不要走”吗？

因为亘很明白这样做是徒劳的，一直都是这样。爸爸是决定了就实行的人。在三谷家，爸爸决定了的事情是说一不二的。爸爸的结论就是判决，怎么哭闹都推翻不了判决的。亘身上养成了这样的规矩，不能任性的。

任性？可这样做是任性吗？

亘从沙发站起，冲向玄关。明正背身穿鞋。

“爸爸。”

听见亘的声音，明的后背微微动了一下。

“爸爸，您丢下妈妈和我吗？”

一瞬间，明停止了动作，拿鞋拔子的手似乎变得苍白。

可是，他随即恢复了穿鞋的动作，把鞋拔子搁在身旁的鞋柜上，然后仍旧背着身说道：

“即使和妈妈离婚，爸爸还是亘的爸爸。不论到哪里，作为爸爸是不会变的。”

“可丢下我们走了，不是吗？”

亘说道。为什么只能发出这种可怜巴巴的声音呢？不能说得更大声吗？怎样才能说出更具说服力的话呢？

“您要丢下我们？”

三谷明打开门。

“对不起，亘。”

说完，他走了。

亘站在那里，眼看着房门关上。他张口结舌、眼眶干涸，下腹隐隐作痛，仿佛憋尿似的。

“路”伯伯默默走过来，双手从后搭在亘肩头。

“对不起。”

“路”伯伯的声音在哭。

“还是——不该带你回来的。和伯伯一起待在旅馆就好了。伯伯错了。对不起，对不起啊。”

我还在睡梦中——亘这样想道。这是在梦中发生的事。我还在幽灵大厦那段尚未修好的楼梯下面，坐在水泥渣子和尘土上面，倚着扶手睡着了。伯伯发现了我，慌忙把我抱出来，此时大松社长来了，现在该把我带到大松先生家去了。

我还在梦中。一醒过来就会恢复原状。亘在心里把这些话像念咒一样反复背诵，是打败妖怪的咒文，驱赶妖怪的咒文，让妖怪消失的咒文。

不，不，不对。念咒文并不灵验，因为我并没有睡着。这是现实。此时此刻发生在眼前的事。

从心底涌起痛楚。那位魔导士念诵的、把时间拨回头的咒文。那是什么语言呢？记住它就好了。现在正用得上。

“伯伯。”

亘的后背感觉得到“路”伯伯的体温，他小声问道：

“伯伯原先就知道？爸爸今晚要出走的事，事前就知道？”

伯伯稍微调整一下呼吸似的喘一口粗气，答道：“在接到那个电话之前，我并不知道。”

“那么，伯伯也吓一跳了吧。”

所以，我只是睡着而已，伯伯也那样惊慌失措。

“太过分了。”伯伯嘟哝道，“怎么会有这种事呢？你该怎么办呢？”

亘默默转身，抱住了伯伯。他使劲搂着伯伯大哭起来。

即便曾如此混乱，如此疲惫，如此伤心，天还是要亮的。灿烂的朝阳落在亘脸上，他醒了。

亘和伯伯二人在起居室里睡着了。沙发容不下“路”伯伯庞大的身躯，他躺在地板上。在长沙发一端，亘像躲避什么似的缩成小小一团。为此，当他醒来起身时，全身骨骼嘎吱嘎吱响。

窗外是爽朗的蓝天。是梅雨已过的原因吧。虽然昨天也没有要下雨的迹象，但今天的天空确实特别，没有一丝云彩。

看看时钟，已近八点。伯伯背对光线，仍在熟睡之中。亘在朦胧之中还记得，在这里躺下睡觉只是几个小时之前的事，如果不硬把伯伯弄醒，他肯定继续睡下去。

父母亲寝室那边也悄无声息。妈妈在干什么呢？是没醒，还是假睡？只是不想起床吗？无论如何，邦子不知道亘昨天晚上回来了。

有一瞬间，亘很想过去说说话，最终还是没去。今天早上不想跟任何人说话，甚至讨厌被任何人看见。就这样无声无息地上学去吧，不赶快的话要迟到了。

洗脸刷牙，抹平头发，换掉皱巴巴的衣服。就在收拾好教科书和笔记本，往书包里塞的时候，他忽然想，不是非上学不可吧，找个地方去待着，不用跑回家就行。

幻界——再次到那里去，把所有一切忘掉？

不，不，不行。好的话是被卡鲁拉族抓住赶回来，差的话就成了螺丝头狼的口粮。

对孩子而言，最终，只有学校好去了。如果他们没有了家的话。

一起上学的队伍早已走掉了。按规定，可以丢下错过集合时间的学生。亘独自走去学校。刚到可以看见校舍的地方，就响起了课前五分钟的预备铃。亘于是向正门跑去。这么一来，好像跟昨天以前没有两样，只是睡过了头没吃早饭而已，就像什么都没有发生过似的。

难以置信的是，教室里在照常上课。任课老师似乎比平时心情好，说什么“梅雨终于要过去了，心情也好啦”之类。

三谷家垮了而已，世道没有变。世界为何会是这样？

稍前曾有一本预言书炒得很热，还上了电视。据说里面的预言来自对石版文字的解读，而这些石版是从超古代文明的遗迹中发现的。石版预言写着：人类将在2024年灭亡。这个节目的嘉宾当中，有一位是亘喜欢的金字塔学者，他发言说，这种预言或关于古代文明的故事，作为想象力来欣赏是不妨的，但不宜正面地接受，他的话让主持人很尴尬。他说，这个世界在将来的何时何地灭亡的问题，与预言是否可信的问题，性质完全不同。这是很堂堂正正的说法，于是亘放心了，他关了电视机，洗过澡，美美地睡了一觉。

尽管如此，个人总是要灭亡的，甚至微不足道得让人发笑。可世界仍在延续——暂且吧。

第一节课结束时，任课老师叫亘出来。

“三谷，刚才你妈妈打来电话，问你是否真的上学了。我答复说：‘他来了，在教室呢’……”

老师不解地眯着眼睛。亘说道：

“我妈感冒卧床了。我今天早上在妈妈起床前就悄悄上学了。”

“啊，是这样。所以你妈妈就担心了呀。不过，你做得很棒。三谷挺懂事的。放学后就直接回家，让妈妈放心吧。”

亘答一句“好，我明白了”，返回座位。然后，那一天余下的课，亘听来就像微风吹过已灭亡了的三谷亘的世界。

过了正午走出学校大门时，正是让人汗流浃背的艳阳天。亘正晃着书包走着，后面有一个吵吵闹闹的声音赶上来，弄得亘耳鼓嗡嗡响。

“喂喂喂，怎么啦？你怎么回事呀，还没睡醒啊？”

是阿克。亘呆呆的。好久没见了，感觉似乎有十年二十年没见面了。

“好奇怪呀，你今天一直在发愣吧。是弄到了《萨加Ⅲ》的体验版？”

“不不，哪有的事。”

“哦？还以为是那回事哩。哎，吃过午饭来我家？老爸玩弹子机赢了奖品，不知咋回事领了足球游戏回来。太对我脾气啦，要玩吗？”

亘默默注视阿克爽朗的面容，想说又不知说什么。只有一个念头，就是“阿克真好”，做阿克就好了。

“怎么啦？那样盯着我的脸？黏着什么东西了吗？”

“没有没有。”亘摇摇头，“今天玩不了，对不起。”

阿克也察觉到有点不对劲似的，平时骨碌碌转个不停的眼睛，停了一下。

“三谷……怎么了？”

“没有什么事——没什么。”

“感冒啦？或者拉肚子？”

“什么都没有啦。”

阿克不住地打量亘的神色。“不过，不对劲吧。”

“哪有不对劲嘛。”

亘笑一笑。阿克稍稍后退。

“那，我回家了。”

“噢。”

"噢——哎，有什么事的话，给我电话。"

"好。"

"我一直在家里的。"

"噢，我知道了。"

"那就拜拜啦。"

阿克一步一回头地走开。等看不见他的身影之后，亘又迈开步子。同道的许多低年级生、同年级生都超越了。亘依然缓缓走着。等回过神时，他发现自己和今早一样，独自一个人。

来到大松先生的幽灵大厦前，亘止住脚步。大楼外貌依然如故。只是防水布亮晃晃，反射着阳光。虽然社长说过要采取措施，但到今天看来，尚未有任何举措。

亘又想起幻界的事。奇异的是，与早上在家里回想起来的时候相比，记忆淡薄了。那只大红鸟——名字叫什么？浮现在脑海里的形象，也像照片褪色一样，逐渐地不那么鲜明了——是什么名字？

"三谷！"

有人叫呢！亘定一定神，是谁？

是芦川美鹤。他倚在三桥神社的鸟居大门柱子上，盯着亘。

芦川做一个"跟我来"的手势，快步走进三桥神社。亘本来已因为昨天的事情身心疲惫，但一瞬间掠过"他在这里干什么"的念头，在要御扉前的情景如电影般清晰再现。亘跑起来，如同那时候追赶芦川一样。

即便亘追了上来，芦川也不瞧他一眼。做沉思状的芦川，笔直的鼻线更加分明。

"坐吧。"

芦川指指神社内的一张长椅，简短地说道。亘按他说的做了。那是之前在此偶遇时，芦川坐的地方。

一坐下来，眼前的景物，与本该十分熟悉的三桥神社却显得大不一样。平时在鸟居大门前走过，或者穿过神社时，看见的不是这样的风景。宽敞宁静，翠绿环绕。甚至连神社旧屋瓦掉落后，用灰浆修复的地方，都别有情趣。平时看这些屋瓦，只觉得寒碜而已。

产生了一种错觉，仿佛到了遥远、陌生的地方。

“景色不错吧？”

芦川站在亘的侧前方，双手抱在胸前说道。

“这里是神域嘛。”

“神域？”

亘这样一反问，芦川兴味索然地答道：“神明所在嘛。”

那么严肃的回答和那么严肃的表情。即便是难得一见的神社神主，也未必在此摆出那么可怕的面孔吧。这里的神主是个笑眯眯的小个子老大爷，也曾在低年级同学放学的时间里，手持一支黄旗子站在大门口的人行横道线上指挥交通。所谓“神明所在”，大概就是“神待的地方”的拗口版，可神主老大爷一定不会用那么拗口的说法吧。

芦川眼望神社方向，怒冲冲似的一言不发。亘正感不自在，坐卧不安地要说些什么话的时候，芦川终于开口了。

“去过一趟啦？”

一个冷淡的提问。

“去哪里？”亘问道。当然，是故意问的。明明知道的。那是那个——那个地方的事呀——唔，叫什么来着？

想不起来。真叫人吃惊，直到刚才还记得的呀。

芦川向亘转过脸来。终于，他正眼看着亘。

“去了一趟幻界吧？门那一头嘛。你明白的。”

亘张口结舌。幻界？所谓幻界，就是那个——那个——对，是沙漠。被某种可怕的野兽袭击过。可是，那不是做梦吧？

芦川盯着亘，踏前一步，瞳仁缩成小小的，手仿佛被寒冷冻僵了。

“我——旁边那幽灵大厦，”亘语无伦次地说道，“是和伯伯一起去的。”

“我们在那里见过吧？”芦川确认地问道，“不就昨天的事吗？”

"那倒是的……"

芦川掉过脸，不屑地哼道：黏黏糊糊的家伙！亘心想，我怎么每次见他都得被他奚落一番？尽管如此，他内心的角落里却冒出一个微弱的声音：这回谈不拢，是自己造成的哩。那是亘身上的小小亘，这个小小亘正手舞足蹈，大声呼喊，要引起亘的注意，但这样的呼喊声渐渐地变小了。

然后，最终消失了。小小亘在他消失之际，依然竭尽全力大声说道——

"在观赏日出日落的时候，就会忘记此地的事情了。"

同样的话，从亘口中冲口而出。然而那不是亘的声音，是低沉而自命不凡的宣言口吻。

不搭理亘的芦川突然扭过头来，他瞠目结舌。亘则因口出怪腔而狼狈不堪，像女孩子一样两手捂嘴。

"是……是吗？"芦川嘴角带着微笑，"你被卡鲁拉族抓住了吧？"

亘手捂嘴巴，眼珠子朝上看芦川。美少年很高兴，几乎要当场跳舞。

"魔导士说得不假，没错，因为你没有资格，所以回这边才过一天，对幻界的记忆便消失殆尽。"

芦川很开心地对亘说话。亘莫名其妙，而芦川则继续兴奋地自言自语。

"记忆在回来后并不会立刻消失，因为立刻消失的话，就产生空白了。不过假如保留一天左右，孩子若说出来，人家会说这孩子做梦了吧，也就完了；如果是大人，也就被人取笑'吃药了吧'而已。"

"没错没错。"芦川拍着手，仰天大笑起来。亘看得目瞪口呆：这小子什么毛病？真讨厌。

"怎么回事嘛。"亘问道，"又来讥讽我吗？"

芦川"嘿嘿"笑着，又抱起胳膊。他摇着头说："没人嘲笑你。"

"你不是吗？"

"什么时候？"

"上次。我说灵异照片那次。"

"哦哦，那次吗？"芦川点点头，"那是因为你说得乱七八糟嘛。我听宫原说‘三谷不笨’，可一说起话来太幼稚了，当时觉得好奇怪。”

芦川又满不在乎地加上句：咳，说这话的宫原也很幼稚吧。这话让亘火冒三丈，他猛地从长椅站起来。

“宫原可不赖！”

芦川仍旧笑嘻嘻。“我可没说他很差劲。”

“你不是说他幼稚吗！”

“事实嘛。首先，幼稚也不是坏事。要是那样，幼儿园孩子岂不糟糕啦。”

“你这是——歪理！”

“嘿嘿。三谷也是对爸爸妈妈那么说，挨剋了吧？”

“爸爸妈妈”这个词不知何故带上了贬义。即使不是贬义，对现在的亘而言，这是最不爱听见的词，这种贬义就更招忌讳。

“我爸爸妈妈又怎么啦！”

亘扑向芦川。他使尽浑身力气挥拳击去，却一下打空了，顺势翻滚在地。

芦川的运动鞋鞋尖就在眼前。如此近距离真切地看，明显可见鞋子穿得很旧、磨损严重。亘一瞬间脑海里掠过“他为何穿如此破烂的鞋”的疑问，又觉得此时不该理会。

亘摔得很重，没能马上站起来。好不容易扭头仰望芦川，他已经不笑了。

“你很烦，别缠着我。”芦川恢复最初那种冷冷的腔调，说道，“我没工夫跟你这种身在福中的孩子打交道。”

身在福中的孩子？谁？

如果没有他这句话，没有这句碍耳的话，亘可能什么也不会说。芦川不友善。他不是阿克那种好友，不是宫原那种心地善良的家伙。跟这种人掏心掏肺，死也别想。

不过，不说受不了。亘抬起蹭了尘土的脸，冲口而出：

“这话才该我说呢，我没心思跟你这种身在福中的孩子交往！”

芦川做作地瞪大双眼。

“咦，你这是什么意思？”

“你很烦！”

亘两手撑地，好不容易爬起来。他又一屁股坐下。嘴角破了呢，火辣辣地疼。

“自以为是地说大话，其实一无所知。你——你知道吗？我爸昨晚离家出走了。于是我就——所以我就——绝对——不是什么身在福中的——孩子……”

疲劳加上挫败感，让亘喉头哽咽。

芦川的腔调一成不变。

“离家出走，就是要和你老妈离婚吗？”

“对啊，还会有别的意思吗？”

“那又如何？”

亘还瘫坐在地上。芦川站着俯视着亘。亘感觉仿佛自己的脑袋被他刚才的话语自上而下痛殴了一番。

“那——”

“我问你那又如何？不就是离婚吗？”

难以置信。

“妈妈和我——被抛弃了啊。”

“所以呢？是不是这样哭啊闹啊，就可以更快被人收容起来？噢，这招也许管用。”

哑口无言。

“也就这种伎俩吧——你和你老妈。”芦川不加隐讳，“能博得社会同情吧。噢，能获得巨大的同情。壁橱也装不下的巨大同情。可是，我什么都给不了你。”

亘只是目瞪口呆，脑子空白，毫无反击余地。

芦川瞥一下亘，随即移开视线，盯着地面说道：“不要再接近旁边的大楼了。比刚才说的情况还要糟呢，一心做自己的事吧。我住在这附近，你要是在这徘徊，我马上就能知道。明白吗？”

芦川离去之后，亘仍好一会儿坐在地上动不了。肩上负了重荷，压得亘无法站立起来。那重物也许是庞大的垃圾，是世界崩溃的残骸。世界要是崩溃了的话，总得有人收拾残局吧。得联系处理工业垃圾的公司的大卡车。可人家一定不干。

“喂，喂！”

老爷爷的声音在喊。亘有意无意地望一下，是神主。他正走过来。他的打扮与新年参拜时一样，白色和服配浅绿裙裤，头发也是白的。

“怎么啦？你摔倒了吗？”

亘身上带着尘土。

“出血了呀。是放学回家吗？和谁打架了吧？”神主在亘身旁弯下腰，亲切地说道。

“就你一个人吗？噢，是——三谷，三谷亘吧。”神主读出亘的姓名牌。

“大叔。”亘说道。

“什么事呢？”

“这里是神社吧？”

“没错，是神社。”

“大叔是拜神的吧？”

“大叔拜神，祀神。”

“神被人拜，会怎么样呢？”

神主窥探一下亘的神色，仿佛说答案是知道的，只是不知亘为何发问，于是无从回答。

“三谷君为何想知道这些呢？”

“只是想知道一下而已。”亘索性直言不讳，“因为神实在太蠢、太懒了。”

神主吃了一惊，默然。亘站起身。膝头虽仍疼痛，但他已经不理会了。

“什么坏事都没做的人也遭遇不幸，就因为神又蠢又懒吧？这样的神也拜，大叔您不觉得无聊吗？”

亘抓起书包，跑了起来。三桥神社的神主一脸担心的神色，目送着他那小小的背影。但亘没有回头，不知道这一切。

回到家里，邦子在家，她一见亘便哭了起来。这是现实，不是做梦。不会梦醒，也不会消失。看见母亲的眼泪，如同最后一击或最后的确认，现实清晰无误了。亘不再哭，他变成了石头，貌如孩子的石头。

九　坦克车来了

到了星期天，千叶的奶奶来了。

奶奶没有按门铃，咚咚地叩门。声音之大不但叫醒亘和妈妈，连两邻都被惊起，探头一窥究竟。亘慌忙赶来开门，原来奶奶两手提着大包，用脚踢门呢。

“咳，亘！”奶奶喊了一声，“对不起呀，亘！你爸干出傻事，你也吓着了吧？奶奶来啦，没事啦。你什么都不用担心。你妈在吗？”

她一边说，一边进了门。邦子一露面，“咳，邦子呀！”奶奶又喊了一声，“你们究竟怎么了呀？我几乎心脏骤停死掉啦。明这笨蛋在哪里？告诉我地点，我卡着他脖子给你揪回来！”

“妈——”

邦子喃喃道，顿时松弛下来。说不上是高兴，但确实是很感动的样子。

“让您担心了。对不起。”

邦子上前接过婆婆的大包裹。亘发现奶奶脸色通红，太阳穴青筋暴起。真动怒啦。

“真是的，我还以为明已经不会再干出什么糊涂事了。结果他又来了，我好歹明白了，小子们是我教育无方。一个年过四十不成家，只图安乐；另一个无可救药、色迷心窍！”

“哎，妈！”

邦子碍着亘在场，做了个拜托的手势。奶奶圆睁两眼望着亘，大声说道："啊呀，我真是的。"

"这话不该让孩子听见的，可我呀，邦子……"

"我知道了，妈。亘，上麦当劳吃早饭吧，约上小村一起去。"

亘接过一千日元的钞票，被推出门外。感觉是刚被龙卷风毁了家园，正不知从何收拾起，这回又有坦克车闯入。

走下公寓楼的外楼梯，只见从停车场那边，"路"伯伯正跑过来。亘在拐弯平台处喊他，伯伯停下来，边招呼边摆手。

"我们一起来的，可奶奶在我找停车位时，自己就下了车，跑掉了。"

公寓楼的小小中庭，亘和伯伯在单腿椅上并排坐下。伯伯浑身汗水，脸色也不大好。

"昨天你上学后，伯伯回了一趟家，把事情告诉了奶奶，她说啥也要马上来东京。因为还有店里的事，我赶紧安排了人替手，今早天没亮就赶过来。"

"伯伯，你看上去很疲乏。"

"是吗，亘看上去也很沉重啊。"

"路"伯伯用大手帕拭拭脸，长吁一声，终于平静下来。

"不要紧吗？"

"不知道。"

"是啊……说不清，道不明的。那有什么不要紧、无所谓的呢。"

"哎，伯伯，"亘仰望着"路"伯伯的脸，"刚才奶奶说爸爸是'色迷心窍'。"

"路"伯伯很不满地咂着嘴："糊涂老太婆，怎么乱说话……"

"爸爸去了别的女人那里吗？"

伯伯把手帕揉成一团，然后又拭着鼻子下方。

"这种事情，你懂吗？"

"我觉得能懂。"

"真的吗？"

“当成电视剧来看的话。”

“噢……也是。电视上老放这种事情的。”

伯伯抬起他的粗胳膊。亘也一样。

“之后伯伯和妈妈说什么了？妈妈是怎么说的？”

“她说和你爸吵架了。你爸说为了冷静一下，暂时离开家里。”

妈妈说能改善关系爸爸就会回家，不用担心。

“妈妈嘴里没有说出离婚两个字啊……”

“噢。没提过。”

“你没跟妈妈说过，星期五晚上你和伯伯一起回家，见了爸爸，谈过话？”

“我说了……但没说爸爸用了离婚的字眼。”

是说不出口。

“我觉得要是说了，妈妈会很失望的。”

“为什么？”

“爸爸明明白白跟我说了，表明他不会改变了。可妈妈还不是那样认为的。绝对。”

“路”伯伯点点头，“就像你说的是‘吵架’的程度吧。”

“实在是猝不及防啊。”伯伯叹道，手抓着蓬乱的头发，“明那小子从前就是那样子。什么事都是自己一个人琢磨，只说结论。我也因此跟他吵过多次。重要的事情，他全都是自己拿主意。”

“路”伯伯和亘说话，极少用“我”说自己。这倒不仅伯伯是这样，妈妈和亘说话时也不用“我”，主语总是“妈妈”，爸爸也是。不仅自称时是这样，彼此呼唤时也这样。所以亘感觉漠然，一直认为成了大人就是这样的，连老师也是如此，主语总是“老师如何如何”。

一成了大人，什么“责任”、“职务”就大起来，“我”这个字眼轻易说不得了。正因为这样，成为大人是一件很烦人的事。做孩子就好，自由。

“刚才的问题，”“路”伯伯注意着亘的神色，问道，“如果你爸有了

“还不明摆着吗？明那里嘛。我给他脑袋浇一盆水，把他拖回来！”

“别那么风风火火的，什么问题都解决不了哩。得好好谈。”

奶奶勃然大怒。

“别说蠢话！跟那个丢下老婆孩子去追年轻女人的蠢儿子，我没好气跟他谈！”

“妈，”妈妈蹲在亘跟前，“别那样，邻居都要听见了。”

奶奶越发怒火中烧。“听见了有什么不好？还管那个吗？邦子你就是太顾那个了。到这地步什么面子都没了吧？你明白自己的处境吗？不知哪里的野女人把老公抢走了，原本就是你反应迟钝啊！”

“老妈！”“路”伯伯大吼一声。亘感到眼前七彩星星乱舞。野女人抢走老公……

“你跟你妈凶什么！”奶奶也不示弱，“悟你也是。光是个头大，什么用都没有。明说要出走的时候，你就该把他揍趴下，不要让他走！”

有人从阳台探头，窥探下面的情况。妈妈还是蹲着，双手抱头，好像在哭。

“老妈，总而言之，就别说那种话了。”

“路”伯伯扳着奶奶的肩头。他气势汹汹的。但一看见奶奶通红的双眼，就像突然被抽走了空气一样，胳膊垂落下来。

“在这里争来争去没有用呀。”伯伯和缓地说道，“邦子和亘都挺可怜的。总而言之，我们还是先撤回旅馆吧。”

“我要见明。”奶奶顽固地声明道。

“我来安排见一面。我马上联系，好吗？”

十 不知所措

最终，“路”伯伯好不容易才成功地安抚住奶奶，二人开车前往旅馆。尽管如此，奶奶依然顽强地声言“不见明就不回千叶”。那件大行李显示了她的决心吧。

亘和邦子默默地返回家中。亘想直接回自己房间，邦子一边在餐室的椅子上坐下来，一边对亘说：

“亘，跟妈妈说说话好吗？”

邦子一脸疲态，双颊消瘦。也许是刚才抱着头的缘故吧，头发乱蓬蓬的。亘和母亲相对而坐觉得很难受。啊，是病了。妈妈得了重病，得赶快叫医生才行。

“对不起，”邦子小声说道，“让你这么伤心，妈妈很抱歉。”

亘低着头不说话。那是亘平时的座位，邦子也坐在平时的位子上，明的位子空了。这是多年的习惯。如今已不必明说，因为一直就是这么坐的。

假如只看坐法的话，和迄今没有任何不同。就是一个明去打高尔夫球或出差的星期天。完全一模一样。亘心想，爸爸的这张椅子，我或妈妈，或什么人，从今往后，就可以不用打招呼，不用看情况，理所当然地坐下了吗？

“‘路’伯伯说，不是妈妈或我不好，”亘说道，“不好的是爸爸和——现在和爸爸在一起的女人。”

邦子和亘一样垂着头，微皱着眉头。

“是，女人。”她喃喃道。

“是那样吧？”

邦子抬起头，微微一笑：“刚才奶奶说的话，你都听见了吧。现在再瞒你也没用了。”

“噢。”

“那是怎么回事，你懂吗？”

“我能明白。”

亘随即用了刚才“路”伯伯的注释，答道：“电视剧放的都是这些嘛”。

“电视剧吗？”邦子叹一口气，“没错。妈妈原以为这种事只发生在电视剧里。讨论一下人生问题，作模拟现实的表演。做梦也没想过会降临自己身上。”

她像自言自语似的嘟哝道。

“一直都以为事不关己。以为走到这一步的，都是那些家庭不正经，不用心思，样样事情都处理不好的人，和自己无关。看来是因为自己不当一回事，受到惩罚了。”

本该说一声“不是那样的”，但亘沉默着，因为连他自己也有妈妈那样的感觉。

冲口而出的都是问题。

“我们该怎么办？怎么做爸爸才会回来？”

“不知道。”

邦子马上作了简短的回答。仿佛心里话无意中流露出来。这句话的主语是“我”。不过，她马上振作起来，将省略了主语“妈妈”的话说下去。

“可是，亘你可以不必想那些事。不必有任何担心。伯伯也说了，不是因为你不好，对不？妈妈也这么认为。因为这是爸爸和妈妈的问题。”

亘遗传自父亲的脑袋，构思着“我不同意”的理由。假如确是“明和邦子”的问题，那就与亘无关，可是，假如是“爸爸和妈妈的问题”，没了亘本身，就不能成立，所以没了亘不可能解决问题。主语不同的呀，妈妈。

可是，此时这样回应妈妈，又能如何？

“爸爸对我说，即使和妈妈——离婚，作为亘的爸爸，是不会变的。”

“那是——星期五晚上，你和‘路’伯伯一起回来的时候？”

“噢。”

“爸爸对你那样说？”

邦子眼中涌出泪水。

“为什么不马上跟妈妈说呢？你一句话也没说呀。你只是说，爸爸说要离开一段时间，不回家，不是吗？”

亘确实撒了那样的谎。

“对不起。”

“你为什么道歉？你不必道歉。”邦子肘部支在桌上，双手捂脸，“如果你道歉，妈妈可就不知道怎么办才好了。太过分了。”

妈妈伏在桌上，发出痛苦呻吟般的声音，哭了起来。对不起，亘喃喃道。眼泪流了出来，眼前一片模糊。再怎么擦去，看东西也是模模糊糊的。

“你弄错了，亘，对不起呀。”

邦子埋着脸，哭着说道。

“太过分的不是你，是爸爸啊。没错的呀。他对你那样辩解，说什么爸爸还是爸爸，不会变的，所以不要紧的，让你无从反击，让你独自咽下这件事，然后一走了之。”

突然，“路”伯伯的声音又回响起来：明从前就是那样子的，他什么事都自己思索，只说结论。

对，爸爸是那样的人。很有条理地考虑问题，一旦找到正确的结论，就无论如何都要贯彻到底。那时候的父亲，无论遭到怎样的反对都不屈服。买这所公寓时不就是这样吗？

正确的结论。对三谷明而言正确的结论，就是抛弃邦子和亘离家出走。于是他付诸实行了。不过，爸爸得出对爸爸而言是“正确”的结论的过程，我是一无所知。应该好好确认一下这里面是否有计算错误吧?

迄今一切都托付给爸爸了。爸爸是不会出错的，一直这样认为。可他这回错了。这回、这件事上面错了。得有人告诉爸爸才行。得替他验算才行。

“爸爸对妈妈说了什么？”

对于亘的询问，邦子抬起脸，摇摇头。泪水潸然而下。

“那些事你不知道为好！”

“我想知道。”

亘竭尽全力把自己此刻所想的事说了出来。邦子泪眼蒙胧地注视着亘，无比难过地微笑着。

“虽然有你这么好的孩子。”

“妈妈——”

“没关系了。你不必再担心，没事！”邦子夸张地点着头，“妈妈要行动起来。就像你说的，妈妈要找出爸爸的计算错误，告诉他。那样的话爸爸就会回来的。所以呢，亘就当爸爸出差去了。真的就那样子。爸爸有了不好对付的工作,有一阵子得埋头苦干了。所以,就是出差啦。好吗？”

只好听从妈妈的话了。虽然这么一来，都是同一回事，但亘只能这样做吗?

“你是这么好的孩子，妈妈不会坐视爸爸一去不回的。”邦子宣布道，“妈妈要加油！”

自这唯一一次交谈之后，妈妈便不再对亘说什么了。她去见千叶的奶奶或“路”伯伯，用电话长谈，往小田原的娘家打电话，等等，现在情况如何、谈过什么事，她对亘闭口不提。

爸爸出差了，也就是这么回事。明知是撒谎，就是要让亘相信。

亘太难受了，便悄悄去问“路”伯伯。可“路”伯伯也跟刚开始时大不一样。

“妈妈是怎么对你说的？你就按妈妈说的，平平静静地生活就好了。”

这是怎么回事嘛。

“再过半个月，就是暑假了吧？到了八月份，就到这边来了吧？伯伯等着你呢。好好把作业做完了啊。”

肯定是妈妈让他什么也不对自己说。这一点是能猜到，所以亘决不罢休。

“奶奶在干什么？奶奶见到爸爸了吗？”

“奶奶在店里忙着哩。所以亘不必想多余的事情啦。”

“怎么是多余的事情呢！是我的事情呀！”

亘不禁很生气，反驳回去后，伯伯的声调一下子软了下来。

“别说那种话，让你伯伯为难啊。”

“没想为难您，可是……”

“你还是孩子，没必要扛大人的问题。你没有任何不对的地方。所以，你也没有责任非干什么不可。你妈妈也恳求伯伯了。她让我告诉你，不必有任何忧虑。所以，对不起了，好吗？”

奇怪。“路”伯伯不该是这种人的。跟我的话比起来，把妈妈说的话放在绝对优先的位置，这一点也不像伯伯。

事到如今——噢，只好直接去见爸爸了。

那种事不能对妈妈保密。不能那么干。亘一直都这样认为。可妈妈却擅自在亘看不见、听不见的地方做着什么事，处理掉什么事。这样可不公平。

既然这样，我也可以照自己的想法行动！

进入七月，阴郁的梅雨天变少，日照也一下子强多了。电视的天气预报上，戴眼镜的预报员一边指着天气图，一边笑眯眯提醒说因为气温变化大，容易感冒啊，还要留意梅雨结束期的大骤雨。

暑假就在眼前。大家都坐不住了。就连补习班的教室里，也充满了倒计时的气氛。五、四、三、二、一，哇，放假啦！实际上，补习班的教学计划即便在暑假里——不，正因为是在暑假里——也丰富多彩，假如都去听课的话，几乎等于没有假期了，尽管如此，大家还是心情激动。必须学习和学校放假，其实完全是两回事。而对于孩子们来说，重要的是后者，而不是前者。

只有亘一个人置身同学们当中，心思却远离任何心情激动的事情。从外表来看，也感觉不到什么变化。因为不是综合测试学习水平的时期，也不会因为成绩掉下来而引起任课老师的注意。

唯一的例外自然是阿克。瞒不过他的眼睛。

“三谷，最近很不开心？”

那是离奶奶坦克车般横冲直撞的那个星期天恰好一周后的事情。亘来小村家玩，两人待在阿克的房间里。这是有大壁橱的四叠半房间，看得见窗户对面的晾晒场。晾晒之物飘飘扬扬，颇为壮观。

亘将视线从电视游戏画面挪开，看着阿克的脸。阿克一手端着装了“卡比斯汽水”的大杯子，微皱双眉，好像有点为难的样子。

亘的大杯子没有动过，搁在托盘里“冒汗”。这些大杯子是在楼下铺子里装高杯酒或生啤出售用的，就是个儿大。都喝完，看来得打嗝不止。

不出所料，喝掉了半杯子的阿克，在张口要说话的瞬间，“嗳——”地来了一下。

亘笑了。阿克也笑了。电视画面满是格斗游戏的场面，在两人笑得遥控器掉落地上的时候，亘所指挥的角色被电脑打得毫无招架之力。

“近来，你好像一直怒气冲冲的样子嘛。”阿克说道。

亘暗暗吃惊：我看起来真那样吗？怒气当然是有的，但怒气呈现在脸上，这一点自己却浑然不觉。

这个星期，亘多方努力，试图与明取得联系。总而言之，通一次电话也行。然而，这件事就跟登月般难。这真是难以置信，可社会的构造就是如此。

明是有手机，但亘不知道他的手机号码。因为在迄今的生活中，亘完全没有必要知道。那个星期五的夜晚，明拎起手提包出走时，说过“我带着手机，可以打给我”。所以只要知道号码就行了，却偏不知道。

当然，邦子不会说。自从那时以来，妈妈就拼命以“当爸爸在出差”的方式，要把亘封闭起来——当然，她自信这样做是为了亘。

亘心想应该有写下来的，便去翻邮箱地址本和电话本，都没有登载。会不会记在家中电话的速查号中呢？他偷偷找出电话机手册，尝试查找，也没有记在上面。说不定邦子预想到这一步，消掉了。噢，很有可能。

既然这样，接下来从公司着手。然而，事到如今，亘才察觉自己虽然知道公司的名字，但除此之外竟一无所知。究竟是在总公司还是在分公司，或者在营业所，他不知道。

尽管如此，亘还是按电话本上登载的总公司、分公司营业所、售后服务中心一一打过去。这一来,有别的关卡挡路。三谷明所属的那种大公司，按电话本打过去或查 104 打给那个代表性的电话，只说一声“麻烦找三谷明”，并不会就这么简单地为你接通。一定会被问及所属部门、科室，也有反问“是家里打来的吗”或“孩子，有什么要紧事吗”。亘答不上来时，模棱两可的说法马上被怀疑，有时挨训斥“捣乱淘气可不好啊”，有时被说什么“是你妈有急事找你爸说吗？要是的话把话筒交给妈妈”。如果支吾搪塞，效果就恰好相反。

我真的是三谷明的儿子，只是想和爸爸说话而已。

亘慢慢地向阿克说出了这些事，以及从一开始到现在的一连串事情。他已经不会边说边流泪，也不会激动。那心情仿佛实在苦于无对策，累了蹲下休息。

阿克瞪圆了平时就滴溜溜转的眼睛，一言不发地听着。到亘的叙述告一段落，伸手拿过大杯子时，阿克呆望着，喃喃道：

“不得了。”

一阵不明所以的冲动涌起来，亘发作性地、有点儿放纵地笑了。

“咳，不得了吧。”

“我知道还有人父母是离婚的。”

“哦，我也知道。宫原就是。补习班上也有。”

“我们说的是同一个人吧？是二班的田中吗？”

“不是不是。姓佐藤的女孩子，其他学校的。”

“还有人因为交通事故父亲死了。”阿克表情严肃，“这种事情，从来没有想过跟自己有关系。”

亘也是这样的呀。

“不过，三谷，你还是——很想跟叔叔说话？”

“否则，不是蒙在鼓里了吗？很难受吧。”

“噢……”

阿克窥探一下已空了的大杯子，又“嗳”了一下。但他这回没有笑，一副认真的表情。

“不过，由阿姨去处理，可能会好的。”

“那我爸就会回来？”

“噢。我觉得是这样的。他们结婚的嘛。”

“这种说法，你听到的？”

“在店里说的。我爸我妈劝说夫妻吵架挺有办法似的，挺多人找他们。”

“顾客来跟他们说这种事吗？”

“对，没错。”

“你是说，有很多例子是：即使在外面有女人，只要一直忍耐就会回来？那可是没有保证的，阿克。”

那种事，不是对谁都灵的。阿克窘住了，无话可说。

“照此下去，我可不愿意。”亘说道。那是一种固执的口吻，当然，他自己没察觉。

“三谷，你脑瓜子好。所以，你不喜欢别扭的事。”阿克说道，“假如只要能给你爸打上电话就行，那我可能会有办法。”

因为说得太轻巧了，亘隔了好几秒才跳起来。

“真的？”

“噢，真的。名单上有的。”

“名单？”

去年的防灾日，附近八个居委会联合进行防灾训练。亘还记得，小村的爸爸作为执行委员忙个不停。

“当时，制作了一个居委会的紧急联络本。三谷叔叔虽然不是执行委员，但当了地震或火灾时的什么紧急联络委员，所以，在名单上登载了公司地址和电话号码。我见过的。”

亘扑向阿克：“给我看看那份名单！”

不到三分钟，阿克找来了名单。这是一沓用钉书机钉起来的复印纸，加一张封面而已。不过，内容倒很充实。

“三谷明——有了！”

连工作地点的科室名称和直线电话号码，都写得一清二楚。

“可以用一下电话吗？”

“可以，不过你今天不能打。今天星期天，公司休息嘛。”

喔，没错。

“明天放学过来一下，我帮你打。”

“你？”

“噢。我装作是打工的学生，说有位客人三谷先生在商店里落下东西，把叔叔叫来听电话。我经常干这种事。否则，人家又说什么叫你妈来听，烦得很。”

“是吗。你真行。”

阿克“嘿嘿”地笑了：“老烦你教我做作业，这种事就交给我好了。”

他又得意扬扬地宣称：“而且，如果一开始就知道是你打来的电话，叔叔也可能不接吧？”

阿克看一眼亘的神色，马上打住。

“对不起，我一来劲就乱说话。”

亘摇摇头。心裂开了，但硬挺着摇摇头。

“不必。你说得没错嘛。”

“是我乱说的。我——”

“不必，你说对了。我爸曾想趁我不在的时候离家出走的嘛。”

爸爸避免和亘直接谈的可能性很大。阿克很敏锐。

但阿克却嘟哝着“对不起”，无精打采。

“没事啦，你别在意。我们打游戏吧。”

阿克迟疑着拿起遥控器。尽管如此，气氛依然沉闷。亘也感到双颊在颤动，掩饰的话也无从说起。

“说来呀，”阿克冷不防腔调一变，“三谷，你在补习班和芦川在一起吧？听说了他的事吗？”

阿克毅然改换话题，亘热情响应。“说什么的？那小子又拍了妖怪的照片吗？”

“咦，你不知道？那小子呀，他根本不是在美国长大的。听说他一个叔叔在电脑公司工作，调职到美国。一个没怎么听说过的地方，不是在纽约之类的地方。芦川只是在转校过来以前，有一年左右待在那位叔叔那里。而他出生的地方，据说是在川崎市内。”

“是这样子呀。”

不过如此而已啊。

“不过，那小子英语挺棒吧？”

“噢。不过，在美国待过那么一下，比我们强是理所当然的吧。”

以芦川的为人，不会自我吹嘘的。在美国待过这件事，在同学们中传来传去时，自然就放大成为“在国外长大”了吧。而事到如今加以修正，是芦川和大家已经熟悉、密切起来的证据。是他本人在做这种修正误传的事吧。

“不过，既然是跟叔叔住在一起，那小子也——家里头发生了什么事情吧。”

亘忽然联想到这一点。现在的亘，什么事都往那个方面留意。芦川是个怪人，不时有些吓人的地方，原因就在家庭吧？

“三谷，你和芦川不大交往吗？”

“不交往。”亘马上说道，“跟他说过好几次话，但那小子很怪，装模作样摆架子。”

此前在神社交谈的详情——虽然记得被芦川数落这回事，但内容几乎都记不得了。

似乎幻界的记忆从亘身上消失的同时，周边相关的记忆，也都一起变得淡薄了。魔导士也好，门扉也好，冲进里面的芦川也好。不仅那些，对芦川的兴致和关注也急剧下降。芦川威胁地说“不得接近幽灵大厦”的事，都置诸脑后了。如果有人把亘近来的举动和经历盯紧的话——对了，就像此刻阅读这本书的诸位读者一样——马上就会察觉到这一点，可以告诉亘：“你很奇怪哩。”可在现实中没有这方面的条件，于是亘满不在乎。

“可能是个难对付的家伙。”阿克握紧遥控器，“据说谁都没有去过他家里玩。”

亘也拿起双人打的遥控器。“也不是那么热门吧？”

“据说和宫原很铁。但宫原也没去过他家。”

“阿克，这些是从谁那里听说的？”

“佐久间说的。那小子嘛，和我们班上的女孩子关系好。”

“爱瞎吹的佐久间呀。”

“他整天围着芦川转，人家不理他，他就从旁四处打听。”

“这种人就叫‘跟踪骚扰者’吧？”

“石冈那一伙怎么样？还为灵异照片之类的事纠缠他吗？哎，之前不是有过吗？在图书馆里芦川被石冈他们包围起来了。”

亘的记忆有点混乱，对了，那个下雨天的图书室的情景想起来了。

支开石冈一伙，从容地打开窗户，直直盯视着亘的芦川的瞳仁。

当时，那小子是如何赶走石冈他们的呢？

疑问悄然浮现，仿佛水底的淤泥被船桨搅起一样。直至此刻之前，亘根本没留意过这疑问。正因为这也与“幻界”相关，所以也是从亘身上消失的记忆之一，但亘本人对此并不明白。

这一类事情正悄然从亘心头上退走、隐没，不声不响、不为人知地。因为现实生活不是那个样子的。

幻界远去了。

“哎，我能从红莲三戟踢弄出完美的空中组合招式，想看吗？”

阿克笑笑说。

“想看想看。真的吗？”

“真的。这就是——嘿！”

二人玩着游戏时，天黑下来了。

第二天放学后，亘没有回家，直接跟阿克一起去了他的家。叔叔阿姨正忙着店里的准备工作，二楼的电话机旁没有任何人。

阿克所言不虚，“包在我身上”并非轻易许诺。打电话的时候，三谷明在公司，在他的岗位上。所以马上就打通了。

亘接过电话放在耳旁时，听见心脏怦怦直跳的声音，仿佛心脏移动到耳鼓里了。

“喂喂，爸爸吗？”

一家店名不详的小酒店来问，顾客是否在店里落下东西——带着这种印象来听电话的三谷明一瞬间沉默了。亘拼命要听明白那个沉默。

“是我——我是亘。”

父亲依然沉默。

“对不起，我打电话到公司来。我不知道爸爸手机的号码，妈妈也不告诉我。可是，我很想跟爸爸说话。”

毫无根据的直感在亘的内心角落里嘀咕：电话要被挂断啦。

可是，三谷明说话了："你好吗？"

亘一下子全身颤抖起来，几乎难以将听筒搁在耳旁。

"喂喂，亘，你还好吗？"

阿克一直看着这边，那神情似乎说"盯着看是不好，可担心你嘛"，还竖起耳朵听呢。

"噢——嗯，挺好的。我每天上学呢。"

"是吗？那就好。"

"爸爸——"

"这样子打电话不大方便呢。"

"那怎么办好呢？"

稍微停顿了一下。什么声音也听不见，明的办公室似乎很安静。

"这个星期六，不用上学吧？"

"噢。"

"那就找个地方见面吧。就两个人，亘和爸爸。"

仿佛闪电掠过，心脏解除了麻痹，血液畅流。

"好。"

"不太远的地方为好吧。是去年吧，我们一起去借书的都立图书馆，你还记得吗？"

是离亘的家约八个公共汽车站的图书馆。

"噢，我知道。"

"在那里的借书柜台前，怎么样？中午。"

"正好中午吗？十二点？好啊，不要紧的。"

明还说了手机号码。亘急急地写下，复述一遍。他专心致志，仿佛得到的是开启监牢大锁的号码。

"亘——"

"噢，我听着。"

“我对你说这话，你也许会生气。爸爸那天只想跟你一个人说话，所以……”

“噢，我会对妈妈保密。因为我也想单独见爸爸。”

那就挂啦，明说道。亘说谢谢，一直等听见了咔嚓的挂断声，才把听筒从耳边挪开。

“能见到叔叔吧？”阿克探过身来。

“噢，星期六见面。”

从嘴里飞出的声音软弱无力，亘这才察觉自己快要哭。

“你一个人去吗？阿姨呢？”

“这次就我去。而且是这么约好的。”

“对呀，”阿克若有所思地点着头，“这种场合是这样的吧。可以谈得很透，三谷想问的事都得到答案了，就行了吧？我是不大懂的，感觉是这样。”

“阿克，谢谢你。”

“哪里哪里。”阿克不好意思，“我只是拨个号而已。”

亘为不能安稳地等到周六而烦恼。要是自己坐卧不宁，被妈妈问是怎么回事，可不好办。亘甚至想到，要是晚上说梦话了可怎么办。

到了那天早上，亘五点来钟就醒了。当他独自呆呆地在起居室坐下时，回想起那个星期五到星期六的早上，自己和“路”伯伯两个人待在这里的情景。不知这联想是不吉利的呢，还是心理上的自然反应。他只是发现，此刻自己抱膝坐的地方，就是当时“路”伯伯抱头坐的地方。

亘说要与宫原君一起去都立图书馆，便出了门。邦子似乎毫无察觉，给了往返的巴士费和五百日元午餐费。出门时看一眼妈妈的脸，在炫目的夏日上午阳光照射下，妈妈显得很苍老很凄凉，简直像是洗褪了色的窗帘。

早到了整整两个小时，亘便在开架式书柜间踱步，随手抽出书来翻阅。看什么都不进脑，一行行的文字如同一队队小蚂蚁，密密麻麻簇拥而过。

规规矩矩的三谷明很遵守约定时间的。亘十二时五分到出借柜台前一看，父亲已经到了。

地球绿的针织衬衫，配白色的裤子，崭新的旅游鞋，全都是没见过的东西。而且，明戴的是无框小镜片眼镜。虽然知道爸爸是轻度近视，但还是头一次见他戴这种外形的眼镜。

无框眼镜跟爸爸很相配。

“哎呀，已经到了？等很久了吧？”

说话平稳，沉着，是亘熟知的爸爸，一点没变。那天晚上，离家出走时所见的灰沉的脸、哽咽的声音、耷拉的双肩——那些只限于那个晚上，现在已经消失。

想一想，现在距那时已经过了两周以上。亘想说出隔了这段时间所见爸爸的印象，一时间瞪大眼睛思索着，不知从何说起。爸爸看来也瘦了，虽然不如妈妈那么厉害。可是——他没有变老。反而是——怎么说好呢？像奶奶常用的说法——

（有那么一点。）

感觉反倒变得更年轻。

（傻瓜，没可能的嘛！）

爸爸离家出走变得更年轻了，光有这念头就不合适。对谁不合适？噢……对我、对妈妈都不合适。

“你这么直直地看，爸爸不好意思啦。”

三谷明微笑着说。亘慌忙眨一下眼，但还是不知说什么好，说出来的话匪夷所思：

“妈妈给了五百日元午餐费。”

“是吗？那你收起来当零用钱吧，午餐爸爸请客。你想吃什么？”

想吃的东西一点都想不起来。吃什么都行，或者光在那边溜达也行。只要能跟爸爸在一起怎么都行。

“吹吹风会很舒服的，去公园走一走吧。刚才是穿公园过来的。有热狗摊呢。”

亘跟着爸爸，从图书馆向公园走去。图书馆南侧是一个大公园，足以在地震等非常时期做避难所。宽阔的草坪青绿逼眼。沿着缓缓的弯道走去，来到一个中央有小型喷水池的圆形广场。虽然游人散布，但恰巧有长椅空出来。

“就这里吧？”明说道。

用大型客货两用车改造而成的流动食摊停在广场一端，堆雪人似的胖大叔和胖大婶笑容可掬地做着买卖。亘要了两份热狗和可乐，又被劝说炸薯条味道也很好。走近了才发现，客货车驾驶席上，有一个上幼儿园大小的小姑娘，正舔吃着用爆米花纸杯装着的香草冰激凌。一定是大叔大婶的孩子吧。

明和亘并坐长椅，吃着午饭。原本以为意不在此，味道无所谓的，可大嚼之下，觉得热狗还真好吃。明也颇有感触似的说，要是公司附近中午有这样的摊档，可就好了。好吃的店子不多啊。

这么一说，亘回想起多年以前了吧，爸爸曾有过带便当去上班的时期，大概一年左右。后来隶属部门变了，中午与客户吃饭的机会增加，于是说不必带便当了，停了下来。

爸爸用温和的声音问了许多事情：学校怎么样，小村挺好吧，对本学期的考试有信心吗，等等。在这平和的气氛中，家里仿佛没有发生过任何事，两人在散步而已。在家里，妈妈把洗过的被套晾起来，给爸爸擦皮鞋，给爸爸熨衬衣……

谈话停了一下，沉默起来。喷水声清晰可闻。

“爸爸，什么时候开始戴这副眼镜的？”

亘提出问题，如同在摸索入口。

明抬一抬无框眼镜。

“不合适吧？”

“不不，很配哟。”

亘脑子里掠过一个问题：挑选这副眼镜的，是现在住在一起的女人吗？幸好亘没有特地要抓住它，这个问题没有成为语言，就消失无踪了。

“虽然很配，但爸爸好像成了陌生人了。最初见的时候。”

“噢噢，是吗？”

明说着，又推一推眼镜。

“不会吧。”

“爸爸。”

“噢？”

本是难以出口的问题，哧溜一下冲口而出。

“绝对不再回家了吗？”

明透过小镜片看亘的眼睛，然后缓缓垂下视线。脚边是从热狗里掉下来的几滴番茄酱。

“妈妈说，等待着的话，爸爸就会回来，所以不必担心任何事情。”

热狗摊周围围满了人，热闹非凡，生意兴隆。长椅上都坐了人。比亘小得多的孩子们都撩水玩，弄得喷水池的水四溅，在阳光之下闪闪发亮。

“那是真的？我真的可以那样想吗？”

三谷明摘下眼镜，放在膝上，双手缓缓地抚着脸。然后，转过来看着亘。

“爸爸一直都会是亘的爸爸。”

这句话就像投向水面的石子，跳跃了一两下，离水飞走了一样，只是在亘的内心表面弹了一下而已。

“爸爸知道的，我不是问这个。”

而且妈妈说过，这样说是卑怯的——话到嘴边停住了。

明望向喷水池，望向占据长椅的快乐家庭或情侣。他茫然若失似的沉默了一会儿。

然后，他重新戴上眼镜，转向亘。那感觉就是——摘下眼镜期间是休息，一戴上眼镜，就开始工作。

“假如所谓回家，是又和妈妈一起生活的意思，那就不会了。借用你的话，是绝对不会了。”

虽然是一问一答，但亘却感到承受不了回答的分量，底掉了。底子一掉，爸爸的回答连同亘的魂魄，一起堕入昏暗的深渊。

“那天晚上爸爸说过吧？爸爸迟疑了很久，终于下了决心，所以要把决心贯彻到底。所以，我不再回家了。假如要回家，当初就不会说出这种话。这是大事件，爸爸明白对妈妈和亘的伤害有多深。”

既然明白，为什么？

“你是个聪明的孩子，最初就该很正式地跟你说，不左瞒右瞒的。那是爸爸错了。”

三谷明淡淡地往下说，“原来想，怎么说都只会让你伤心，现在就要你理解这件事是不可能的。所以，打算不辞而别。爸爸做好了思想准备，即便你因此而讨厌爸爸、憎恨爸爸，那也是爸爸该得的惩罚。这种心情，现在还有。无论你多恨爸爸，爸爸都无可辩解。”

亘什么也说不出来。因为爸爸的话合乎情理。

“即便你说，爸爸不再是我爸爸，爸爸也只能接受。因为这是报应。只是，即便你不能原谅，爸爸也一直是亘的爸爸。因为对你来说，爸爸也只能以这样的方式来负起责任。”

亘还处于堕落途中。从爸爸那里得到的回答，不知不觉中脱手而去，不知所踪。比亘先掉下去了吗？

孤独一人往下堕落。光线不到的深洞深不可测。耳旁风声呼呼。迅速远离了洞口，站在洞口旁边的爸爸，也迅速变小。

“今后你升学所需要的钱，当然是爸爸来负担的。你和妈妈两人的生活费，我也尽量汇过来。到可以和妈妈正式商量的时候，关于这一点，我想按妈妈的意思办。那套房子可以一直住下去。因为那是妈妈和亘的东西。在这一点上，不必有任何担心。”

爸爸在说钱的事。是啊，是钱吧。钱挺重要的呀。

“爸爸——你不喜欢妈妈和我了吧？”

三谷明摇摇头：“不是这个原因。而且在这个问题上，爸爸不能够把你和妈妈放在一起考虑，放在一起是不对的。”

“为什么？可这是我的父母亲呀。三人是一家吧？”

“亘，即使是一家人，也是每一个人的集合。可以有完全不同的生活方式，也有不能一起过下去的。”

“爸爸现在跟别的女人一起生活吧？是因为喜欢那个人，所以抛弃我们的吧？就是那样吧？”

隔着无框眼镜的小镜片，明的眼睛变大了，仿佛内心受了震动，嘴巴微张。

“这话你听谁说的？”

“谁说的不是一样吗？”

“这不好。对于父亲来说，这有问题。因为这是你不该听到的话，不该对你说的。”

“可假如是真话，我就想听。我讨厌撒谎。爸爸不总是说，不能撒谎吗！”

声音不禁大了起来，旁边长椅上的人向亘这边张望。推着童车走过的年轻夫妇停住了脚步。

明伸出手，抚摸着亘的后背。亘讨厌被触摸，为了抑制住想推开那只手的冲动，亘闭上眼，双手紧捏在一起。

“没错，撒谎不好。”

明说道，声音低沉沙哑。

“可是，歪曲事实撒谎，和不想为人所知而隐瞒，是完全不一样的。这一点希望你理解。明白吗？亘很聪明的。”

这是无所谓的。为什么要这样子，把话题转向别的方向呢？

“是听‘路’伯伯说的吗？”

亘沉默。

“那么，是千叶的奶奶说的？或者妈妈说的？”

亘猛抬起头，说道：“你不告诉我是不是真的，我就不回答。”

明叹一口气。

“真是没办法……”

喷水池周围又恢复了热闹。也许没有人会想到，这样的地方会作为如此艰难的谈话的地点。世上每一个人都是幸福的，除了我们。

“是真的。”明答道。

这个回答从仍在堕落的亘身旁呼啸而过。它不是堕落，它长着翅膀，快乐地飞走了。

“爸爸想和那个女人建立新的生活。如果妈妈同意跟我离婚，我打算和她结婚。”

坦克车的轰鸣首先在亘心头回响，他说道：“奶奶气坏了，说绝不允许。”

令人吃惊的是，明笑了起来：“噢，我很清楚。奶奶在电话里大发雷霆，说没我这个儿子。奶奶已跟爸爸断绝关系了。”

“断绝关系——是什么意思？”

“就是切断了母子的关系。”

“那就是说，爸爸已经不是奶奶的儿子，也不是‘路’伯伯的弟弟了？”

三谷明苦笑起来。“并不是真那样的。只是说，奶奶气成那样子，说出那样的话。”

“即使把奶奶气成那样，爸爸也觉得自己对吗？这事情对吗？”

明探头看着亘的脸。“你觉得，因为有亲人生气了，就改变自己的信念，这是对的吗？”

“信念……是对自己很重要的意思吗？”

“噢噢，没错。对自己来说，是不能退让的、重要的东西。”

那么，对于现在的爸爸来说，抛弃妈妈和我，是那样重要的事吗？

“爸爸的信念是什么呢？妈妈那样伤心，奶奶那么生气。‘路’伯伯也伤透了脑筋。即使这样也非坚持下去不可的信念，是什么呀？”

坐在旁边长椅上的中年大叔大婶，从刚才起就看着这边，也许亘的话有片言只语让他们听见了吧。明也许有所察觉，他瞥了他们一眼，脸色严峻。

旁边长椅上的大叔大婶对视一下，同时去舔手上的软冰糕。

“爸爸的信念嘛，”明重复了一句，“你不知道，就没法接受，对吧？”

“噢。”亘干脆地点点头。不过心里却害怕起来，总感觉不自在：把爸爸逼得太狠了吗？陷得太深了吗？本应过门不入的，却要把门打开？有电视游戏那样的攻略书就好了。攻略书会警告你：闯入这房间只会遭遇手段高强的伏兵，积分未超五十时，以置之不理、过门不入为妙。

“爸爸的信念，”三谷明缓缓说道，“是人生只有一次。”

人生只有一次。

“所以，认为自己错了，无论多么苦、多么难，能重来的就重来。因为我不希望只有一次的人生留下后悔。”

虽然是郑重其事地说出来的话，但留在亘脑海里的却仅仅是“错了”这个词。

爸爸的人生错了。

那么，我呢？

“爸爸是说，和妈妈结婚错了吗？那么，我是爸爸妈妈的孩子，也错了吗？是这样吗？”

明摇摇头。“我没这么说。不是这个意思。”

“那是什么错了呢？我不明白呀。”

“所以，这是现在的你还不能明白的事情。成了大人，多少有了艰辛的体验之后，也许才终于明白过来。至于明白了是好是坏，就是另一个问题了。”

亘变成迷童了。越听越糊涂。平时听了爸爸的解释，无论多麻烦的事，感觉一下子就明白了。无论如何漫无头绪，爸爸一出手解决，马上感觉井井有条。

可现在完全相反。爸爸所做的事，本身是很简单的。爸爸和妈妈分手，丢下我离家出走，想和别的女人结婚，仅此而已。可要求解释的时候，却乱成一团了。

明伸出一只手，扶着亘的肩头。一边轻轻地摇晃，一边这样说道：

“只有一点，希望你能牢记。无论爸爸和妈妈做了怎样的错事，人生如何失败，那些都跟你完全没有关系。因为你是一个独立的人。平时爸爸也有说吧？即使孩子，也具有独立人格，不是父母的附属品。所以，即使爸爸妈妈的婚姻失败了，你也不是这个婚姻的失败之作。这一点，希望你绝不要忘记。因为事实就是这样。”

亘的肩头被轻摇着，他晃一晃脑袋说：“妈妈不认为婚姻失败了。所以才很伤心吧？”

“那是因为妈妈还没有面对现实的勇气。”

明的眉宇间堆起皱纹。

“真正抬起头面对现实的话，肯定会一清二楚的。失败就是失败，从一开头就是失败，因为都是在敷衍。”

妈妈总是把家里弄得干干净净的呀，总是很用心做饭的呀，早上也没睡几回懒觉的呀。虽然也跟千叶的奶奶吵过架，不过也和好了呀。

“妈妈可没做什么坏事。没什么失败的。”

亘喃喃道。于是，他察觉父亲罕见地——真的很罕见地失去了冷静，烦躁起来。明急急地一口气说下去，仿佛要冲掉什么东西似的：

“坏的东西不等于失败，也有没干坏事而失败的。反而是当时认为好而做的事，经过漫长岁月之后再看，才明白失败了，这种情况较多。”

旁边长椅上的大婶停止舔软冰糕，看着这边。好像完全没有察觉融化的软冰糕从卷筒边接连往裙子上滴。

“喂，”大叔低声说她，用肘捅捅大婶，“滴下来啦。”

大婶喊一声“哎哟，糟了”，慌忙擦拭裙子。亘呆呆地望着他们。大叔大婶，听见我们说话了吧。能听懂吗？替我解说一下好吗？我爸想说什么呢？

“我不明白。”

亘小声说，明随即点点头。

“不明白吧？不明白也行的。这是爸爸的错。今天和你见面也是错的。不是吗？既不能向你解释清楚，白白伤害了你而已。就是这样。”

父亲使用“就是这样”的措辞时，表示说话到此结束。亘很清楚的，因为迄今亘已就世上的种种事情，向父亲问过数不清的为什么，多少遍的一问一答，或得到答案或受到启发。

亘禁不住长出一口气，仿佛刚才一直屏住气息。感觉就像不换气就游过二十五米宽的泳池，能憋多久就憋多久，终于在苦闷之时手触池壁的样子。

恢复呼吸之后，现实感也恢复了。于是，一个很简单的，从一开始就形成的念头，如同气泡一样浮出水面。这个想法就原封不动地冲口而出了。

“最终就是爸爸喜欢上不是妈妈的女人，那个人更好，就是这样吧？”

三谷明没有回答。他皱着眉头，手指按着眼镜边缘，眼盯着地面。

喷水池的飞沫溅到亘身边。

“你想那么想的话，就那么想也行。那样也行啊。”明说道。

回家吧——明站起来。

“爸爸送你到巴士站。”

“不用了，我在这里再待一下。”

“撒娇赌气可不行呀，亘。”

“不是赌气，只是想顺便去一下图书馆。”

“这样谈话之后，爸爸怎么可能丢下你一个人自己走呢？”

“我没关系的，肯定能回家。”

爸爸就安心走吧。回到没有失败的女人身边就好了。

亘已不去看父亲的眼睛。

三谷明叉腿站在仍固执地坐在长椅上的亘面前，沉默不语。亘盯着地面，沉默着。

喷水池的飞沫随风飘来，凉浸浸。传来年轻女人的笑声，婴儿啼哭。

“哎，亘。”明开了腔。

亘一动不动。“要见爸爸——是你自己想的吗？”

“是阿克帮的忙。”

“不是这个。我是问：是你自己想要的？”

亘抬起眼睛。爸爸似乎——看上去挺害怕的。

“要什么？”

三谷明嘴角微微一弯，停顿一下，似乎在选择字眼。他双手往兜里一插，垂下视线。

“不是妈妈要你这样做的？”

没听清楚。“嗯？”

“是不是妈妈对你说：你去见爸爸，求他回家？”

亘张口结舌。

“不是那样的。”

“是吗？”明脸色难看地点着头，“那就好。假如是妈妈那样做——假如她那样子利用你，那就不好了。我想确定一下。”

“妈妈才不会那么做呢。”

妈妈对我说，就当爸爸出差去了吧。

“我过来是保密的。”

明像松了一口气似的大幅度耸了一下双肩。

“真的。”

“噢，明白了。那爸爸就回去了。你回家也得小心啊。”

刚迈开步，又停一下：

“你随时打我手机都行。想和爸爸说话就打。问功课什么的都行。”

茫然独坐时，一个微小的声音不期而至。因为太疲倦了，变得空荡荡的，所以难以集中精神，听不清。

“小朋友。”

肩头被轻轻拍了一下，亘回看，是一直坐在旁边长椅上的大婶，正站在自己身旁。裙子上还留有软冰糕的污点。她略胖，和亘差不多高。她弓着身子，挤出一点笑容。

“小朋友，要回哪里去？”

像变成了空袋子似的亘无言以对。

“可以的话，就跟大叔大婶一起走吧？”

在大婶身后，大叔一脸困惑和不高兴。

从亘嘴里飞出扁平的声音，像合成的声音一样，一点不像自己说的：“我要去图书馆。”

“是吗？小朋友，你家不远吗？”

亘又说了一遍“我要去图书馆”，站了起来。

“喂，算了吧。”大叔从后面捅一捅大婶，“你这是多此一举。”

大婶拉着大叔的衬衣袖子。“我是担心呀，这么小的孩子就……”

亘丢下二人，朝图书馆的建筑物走去。

“哎，小朋友！”大婶大声喊道，“想吃软冰糕吗？”

“别乱来。”大叔制止她。

“可是……”

亘慢慢远离二人，耳畔却仍飘入大叔的片言只语。

“世上还真有哩，如此自私自利的父母。”

大婶说“男人不外就是如此”的话，也隐约可闻。

已经没有下坠的感觉了。掉到底了。尽管不知道有多深，有多宽，通向何方，是个怎样的底。

亘走到看得见图书馆入口的地方，回头望去。大叔大婶已经不在了。亘和明刚才坐的长椅上，坐了一对身穿花哨风衣的年轻情侣。旁边的长椅空着。喷水池的水沫色彩斑斓。

站在这里，却感觉不在这里。亘掉到底了，摔成稀巴烂，比水珠飞沫还要小，可能溅了一地吧。

十一　秘密

自那以后，至暑假所剩无几的日子，究竟是带着什么表情又是如何度过的呢？即便事后努力回想，无论如何也想不起来了。就是一片空白，无所事事地活着。

生活一如既往。“路”伯伯又来探视，和亘商量暑假的事，夜深后又和妈妈在起居室低声深谈，但没告诉亘谈了什么，结论是什么。

三谷邦子的生活方式真的与明长期出差时无异，在这个意义上，她没说假话。和亘一起吃晚饭时，既会看电视发笑，也会因亘没刷牙就睡觉而生气。阿克晚上九点后还打电话来时，批评他的口吻也一如既往。

“你家是开店的，我家和你家的做法不一样。”她还是跟以前一模一样，对亘不娇不宠的妈妈。

学期结业礼的前一天，亘早上起来，发现右脸腮帮肿起老高，疼得连嘴都张不开。妈妈看过后说：

“牙龈肿了，去看牙医吧。今天请假不上学了。”

一个学期的课总算完了，况且这个模样是进不了游泳池的。亘很干脆地听了妈妈的话，上午便坐在牙医诊所的候诊室里。

医生说，不是蛀牙，是牙龈发炎。在孩子身上挺常见的哩。是不是最近吃硬东西，损伤了口腔？妈妈说过你有磨牙习惯吗？

看完牙医，虽然还是那么肿，但疼痛轻多了。医生说可能会有点发烧，有点怕冷。梅雨后的大晴天走在街上，也不怎么冒汗。

回到家里，妈妈外出购物去了。桌上放了字条。

“穿新睡衣睡觉。”

不必那么认真地更衣睡觉了，就在沙发上和衣睡睡就行啦。就在亘刚躺下来的时候，电话铃响了。

是千叶的奶奶，“路”伯伯，还是小田原的外婆？不久前，亘接了小田原外婆的电话，对方一下子就哭起来，让亘挺不高兴的。

亘磨磨蹭蹭地拿起话筒，听见一个女人的声音。陌生的声音。推销的电话？

“请问是三谷邦子女士吗？”

亘想说妈妈不在，但因为嘴巴肿着，而且看牙医时打的麻药还起作用，很难说出话来。就在亘发麻的嘴唇相互触碰之时，那个女人的声音一个劲地往下说。

“同事告诉我，您昨天又给我公司打电话了。我们上次谈话时，已经说好不打到公司去的。您忘了吗？”

虽然声音悦耳，措辞客气，但好像很生气。声音似乎走了调——而且说得很快。有这样的推销员吗？

“用这样——类似于骚扰的手段，我也是人，也伤害了我的感情。而且，我早就觉得，我们即使见面也不会有什么意义的。”

亘想说，您打错了吧？这时，这个陌生的、悦耳的女人声音，好像把东西一团掷过来似的说道：

“阿明说了，如果您继续这么干，那就打离婚官司好了。他也很生气。这很难说是聪明的做法。我想说的仅此而已。请不要再打电话到我的公司，我的上司明确说了，部下私生活的事情带到公司来，实在很烦。”

那就——感觉对方要挂电话，亘大吼一声：“我不是妈妈！”

一时静默。亘的声音在电话里头嗡嗡响。

“喂、喂！”亘启动两片因麻痹而肿胀的嘴唇，拼尽力气说道，“我是三谷亘！”

电话那一头传来大气不敢出的微微喘息声。然后，电话咔嚓挂断了。

短短的时间里，亘已冷汗淋漓。一个念头紧接大汗传遍身体：

那就是爸爸的女人。

那就是现在与三谷明住在一起的女人。是三谷明希望与邦子解除婚姻、再与之结婚的女人。

播音员似的声音，亘心想。他厌烦自己竟没有马上联想起来。

亘膝部无力，原地蹲了下来。就在此时，近来已置诸脑后的那个熟悉的、甜甜的声音轻轻呼唤着：

“亘，不要紧吧？”

亘吃了一惊，赖在那里环顾四周，理所当然是空无一人。那个甜甜的声音，来历不明的女孩子的声音。

“亘，不要哭。我就在你身边。”

不知从何而来的话语，抚慰了亘的心灵。

“你，在哪里？”

向空中这么一问，女孩子的声音随即返回来：“就在你的近旁呀。”

“那，我怎么看不见你呢？”

“我看你一清二楚。可你是看不到我的。”

女孩子低低叹息一声。虽然实际上做不到，但如果能够感觉到那气息，一定会闻到糖果的气味。

“亘——这段时间没有想起过我吧？你忘了，我跟你说过话吧？”

她这么一说倒也是。亘那颗还稚嫩的心灵被种种难熬的事物所挤占，牵挂这位看不见的女孩子的心思已消失得无影无踪。

不单如此呢。以前曾有这么一个不可思议的女孩子的声音跟自己说话，自己曾试图探寻她的正身、拍摄了照片——诸如此类的事情，似乎已成遥远、渺茫的回忆。虽然记得有这么一回事，感觉却上不来。

“是，是啊，我已经忘记……你了。”

“那一定是因为你不是被看门人认可的旅客。”

女孩子尖声道，好像生气了。

“你曾来过这里一次吧？不过被遣返了。所以记忆便消失了，连我也跟那段记忆一起变得淡薄了。”

即便人家那么说，亘还是没有马上醒悟。没错，事实是她说的那样，所以亘忘记了。

“你说的‘这里’是哪里？”

对于亘这个呆呆的问题，女孩子又发出一声叹息。

“即便说出‘是幻界’，只怕此刻的你也是不知所云吧。”

噢，是不明白。

“总而言之，亘，我是你的伙伴。假如你来这里，我可以给你种种帮助。求你啦，你设法再来幻界一次。你一定能做到的。”

亘心想，这是做梦吧。刚才受到震惊之余，做起梦来了。一定是做梦了。

亘没跟邦子说，爸爸的女人曾打来电话。

即便如此，妈妈今天也显得特别疲惫。不知妈妈上哪里购物去了，回到家已是初夏长日的傍晚，夏天的外出鞋子满是尘土。

那天晚上，等邦子睡着后，亘悄悄溜出家门。

最初他没有明确的目标要去哪里。闲逛一圈散散步，望望夜空，平静心绪就回家也行。独占公园的秋千，挂在上面也行。总之，想出门换一换心情。

走着走着就想到了：对，不如突访阿克，吓他一跳吧。小村的父母也许会因为后天就放暑假，邀我住下呢。那岂不可以二人通宵对打“敢斗者 ZERO3”了吗？妈妈现在也不会因为自己留宿阿克家而生气吧。

本应这么想就这么走的，可回过神来时，却发现自己置身于大松先生的幽灵大厦的附近。三桥神社的小树林，在夏夜沉滞的空气中，摇晃着凝重的叶子。

为什么来到这里？简直是——不自觉中有人喊他似的。

亘晃晃悠悠地走近幽灵大厦。这也像受到召唤一样。

防水布里头有动静，是人的动静。不是一两个人，声音是压低了，但交锋很激烈——不，像是恐吓。

亘撩起防水布，往里就钻。出现在眼前的，是穿着胶拖鞋、脏兮兮的两条叉开站立的腿。

“哇，这小子是谁？”

这两条腿的主人发现了亘，慌张地发问。亘为了不被胶拖鞋踢到，连忙往一旁翻滚过去。但为时已晚。他肋下不由分说就挨了重重的一脚，登时喘不上气，脑子一片空白。

“这小子是谁？是你的朋友？”

亘几乎失去意识，感觉也只及于眼前之处——他捕捉到一个说话声。

“你喊来的吗？不会吧？”

“这种援兵也帮不上你吧？”

偏离的世界焦点终于回到中心。虽然被踢处疼得反胃，但亘拼死站了起来。

防水布里面被一支大手电筒照着。强烈的灯光将里面的人影拖得长长的，左右晃动，仿佛影子才是主体。

除了亘之外有三个人。持手电筒者不是别人，正是石冈健儿，六年级的问题少年。既然这小子在，其余二人肯定就是他的马仔。噢噢，没错，这些家伙。

石冈他们在这里干什么？亘晃一晃脑袋，凝神注目于眼前的现实，这才发现了在场的第四人，此人被按倒在地，石冈的一个马仔骑在他背上，正用膝头猛顶他的脊骨。

第四人的半边脸几乎被封箱胶带贴住了。不过，假如仔细看，马上就知道他是谁。亘惊讶得“啊”地叫出声来，随即又因喊声的振动，引起侧腹一阵剧痛，不由得双手抱住身体。

是芦川美鹤。他被封箱胶带堵住嘴巴，被石冈的马仔折磨得奄奄一息。

他盯着亘，眼珠子瞪得几乎要掉下来似的。好像拼了命也要对亘说什么。

“你、你们这是干什么？太过分了。”

亘吐出了话，一来因为腹部不能使劲，二来心中害怕，只能发出软弱无力的声音。

石冈一伙笑翻了。笑得如此下作，恐怕是为了不让声音传到防水布外面吧？三桥神社那个和蔼的神主，究竟此时在干什么呀？

“嘿，这小子说话很有趣嘛。”

“说我们很过分哩。”

石冈一伙嘲笑道。亘因为站不起来，便跪立着。他艰难地用膝头挪动着，刚要接近芦川身旁，另一个马仔飞起一脚踢中亘的侧脸，亘被踢翻在地。

啪！好大的声音。为什么大人不来救我们呢？为什么这样的骚动不为外面所知呢？

“命中！”

“这就叫侧踢，对吧？”

“我也试一下，练习练习。”

亘心想要避开接下来的一脚，但头晕眼花，不知所措。一下膝顶正中他的后背。

亘咚地摔倒，芦川的脸出现在亘眼前。视线相遇。

亘几乎不省人事了，没有了疼痛或其他感觉，身体烤火般热辣辣，视野狭窄，分不清上下。尽管如此，芦川大而黑的瞳仁牢牢地捕捉住亘的双眼。仅凭视线的力量，亘如同晃动的小舟被锚碇牵住一样，勉强地保持住意识。

芦川想传达什么——在封箱胶带之下，他的嘴在动。

（撕开！）

是说撕开堵住嘴巴的胶带？

（撕开，快！）

石冈“呜哇”一声怪叫，向亘的臀部猛踩一脚。一阵哄笑声。亘的身体因反作用力而挺起来，右手一动。

（没错，伸手过来，帮我撕开。）

亘几乎背过气去，他怎么使劲都没法喘息。

难以置信的是，亘的右手不由自主地动起来，伸向芦川的脸，伸向贴得紧紧的封箱胶带。

头顶上黑影一晃，石冈使出一招“体压”。芦川和亘被压得肋骨几乎断裂，脸撞在地面上。

“精彩！”欢声四起。

虽然不明白他们究竟为何把芦川带来这里，对芦川提出了什么要求，但石冈这伙笨蛋是完全没有脑子的，一旦开始玩这样的愚蠢把戏，就会全然忘却原本的目的，无法刹车了。照此下去，可能会被他们弄死。

亘的右手仍在动，抓住了芦川嘴边胶带的一头。

用力撕开应该很疼。

虽然一瞬间动过这样的念头，但手却没有迟疑，从左至右一拉，将胶带扯去。扯下一条，又扯下一条。

“咦，这小子干什么！”

石冈的马仔察觉到亘的举动，走近来。然而晚了一步，亘已扯去芦川脸上的所有胶带，右手无力地垂落地面，指尖缠着还有黏性的胶带。

芦川双眼漆黑生辉。他猛然昂首，藐视着石冈一伙——不，是藐视着幽灵大厦内的天空。

他张开肿胀淌血的双唇，送出一串话语：

“伟大的冥界宗主啊，我，遵从盟约在此请求：黑暗和死者之翼的眷属啊，我，在此以往昔黑血契约之印呼吁……”

石冈手中的电筒啪地熄灭了。“哇，这、这是怎么回事？”

石冈惊慌失措地往后退。他映在防水布上的影子在摇晃。

亘移动头痛欲裂的脑袋，将目光转向石冈一伙。奇怪，出现了非常奇怪的事。明明手电筒一熄，唯一的光源已消失，但防水布里头却奇异的明亮，众人的脸比刚才还看得清楚。

芦川的声音仍然持续。那是一种朗诵的语调，吐字清晰，况且声音是那么美妙！

“给我之仇敌以死的长眠，永远冰封在咒禁！萨求洛兹、赫尔吉斯、梅托斯、赫尔吉托斯，出现吧，黑暗的女儿，巴尔巴洛奈！”

等咒语般的话一完，亘也明白为何周围如此明亮了，在相距芦川、亘和石冈一伙三方正中间的地面处发出白光。是那里放出的苍白的光，使周围明亮起来。

究竟是怎么回事？

发光之处比人能钻入的洞口略小，形状也是圆的。那个地点眼看着鼓凸起来，像有东西从地下诞生出来似的。

真是岂有此理啊。

本应坚硬的地面，只有那个圆圆的、发光的地方看来像黏土般柔软。此刻，从那里形成了一个人头——像人头的形状。颈部出来了，肩部出来了，两手抱在胸前，苗条的胴体出来了，妖娆的腰线出来了——

是一个女人。

一个用漆黑的黏土造的女人模型。

石冈三人惊得目瞪口呆。从地面诞生的漆黑的女人模型在他们面前摊开两手。丰满的胸部显得浑圆，但也是漆黑的颜色。

没有五官的脸上睁开了眼睛。

是金色的眼睛，完全没有眼白。只是正中间有一条黑线，像猫眼，像豺眼。

“来得好，巴尔巴洛奈。这些祭品献给美丽的你。”

漆黑的巴尔巴洛奈仍旧摊开着双手，将脸转向石冈一伙。三人像傻子一样竦立，不能动弹，既没有喊叫也没有逃跑。

人体模型的手指尖开始长出弯弯的利爪。与此同时，从肩后伸展出比身体还要黑的翼翅。

亘仍旧躺在地面上，转动脖子，侧着头注视着眼前出现的、不可思议的情景。虽然自己也不明白是惊是喜，但当他醒悟时便笑了。他出不了声，只是嘴角像《艾丽丝漫游奇境》里面出现的猫那样，浮现满意的微笑。

被芦川称作巴尔巴洛奈的、奇特的黑女子，移动她修长的腿，一步一步朝石冈三人走近。她背上的翅膀已完全伸开，翼展似有两米以上。巴尔巴洛奈优雅地摆动两手，指尖伸向空中来一个造型，发出咔嚓的硬物触碰声。

石冈一伙退到角落，已无处可逃，他们瑟缩抱成一团，也和亘一样，呆呆地望着巴尔巴洛奈。三人脸色煞白，全无血色，圆瞪两眼，嘴巴半张，看上去既像惊呆了，也有一点点欢喜的样子。

不过，亘看见的是巴尔巴洛奈的后背，他们看见的是巴尔巴洛奈的脸。石冈一伙咬住不放似的仰望着她的脸，嘴唇颤动着，像要说什么。看来是冒出了片言只语，但听不见。声音太小，加上巴尔巴洛奈的利爪咔嚓、咔嚓响得那么刺耳。

巴尔巴洛奈此刻是什么表情？她的一双金眼如何注视石冈他们？

“我、我，”石冈像说胡话一样喃喃道，“我走——我去那边。”

石冈像是对提问做出回答。仿佛被巴尔巴洛奈问“跟我来吗”而做出回答。可是，没有人说任何话，是石冈精神错乱了。

陶醉般的笑容呈现在石冈脸上。他摇摇晃晃地站起来，走向巴尔巴洛奈。两名马仔死盯着他，拥抱在一起，蹲下。两个人都是嘴巴在颤动着。

“阿健——”终于有一个人挤出了哭一样的声音，“不行，快回来，肯定倒霉的呀。”

石冈充耳不闻。目不旁视地、呆呆地仰望着巴尔巴洛奈，走到她的跟前，双膝跪下，摊开两手。

“我，要走了——”

巴尔巴洛奈双肩耸动一下。

肩的动态传到臂，又传至翼端，她整个漆黑身躯像起涟漪般颤动。亘凭绝对的本能确信：她身体震颤了，是欢喜地震颤了。仿佛——野兽咬住猎物那一瞬间。

两翼呼地伸展开去。

像关电掣一样，笑容从石冈脸上消失了。

随即，他冷不防发出一声惨叫。那是出自自然本能的哀号，既没有理性的节制也没有意志的存在。

巴尔巴洛奈扑向石冈，两条柔韧的黑臂像两条蛇一样箍紧他的身体。巴尔巴洛奈向前略一躬身，漆黑的脑袋突然像阿米巴变形虫似的改变形状，膨胀至十倍大，然后将搂在面前的石冈整个儿鲸吞。石冈的惨叫像被剪刀剪断般戛然而止。

石冈被吞食时，他的一只旅游鞋因惯性甩脱了，滚到亘脚边。

亘瞠目结舌。石冈被吞食前的一瞬间显现的恐怖表情，定格般地烙印在亘的瞳仁里，眼前所见仅此而已。

吞下石冈的巴尔巴洛奈随即恢复原先优美的头颅，恢复到漆黑优美的女神像，然后又将带利爪的手指伸向余下二人。

“不要不要！”

二人哭喊道。

巴尔巴洛奈无声地跃起，扑一下翅，擒住二人。被抱起的二人，两条腿从巴尔巴洛奈翼下挣脱出来，拼命蹬踢。

龙卷风似的疾风掠过亘的头顶。风力之大仿佛趴伏地面也会被刮走，亘不禁闭上双眼。而一切就突然静止了。

亘胆战心惊地睁开眼睛，抬头看，四周恢复一片昏黑。

远处——防水布外面、幽灵大厦外面的一个十字路口，传来发动机猛然加速的声音。

亘旁边亮着一支手电筒，晃得眼睛都带有刺痛感。亘转过脸。一只手伸过来，触一下亘的肩头。“没事吧？”

是芦川。脸上很糟，嘴唇裂开了，右鼻孔淌着一道鼻血。不过，他很麻利地把亘扶起来。

亘一坐起来，突然头昏眼花，几乎仰面倒下，急忙伸出双手撑住。身上各处阵阵作痛，却又觉得很遥远，仿佛不是自己的身体。

芦川单膝跪在亘身边，正握拳拭着鼻子下面。

"那……那些家伙呢？"

亘好不容易发出声音。口腔里有异味，可能是血腥味。

"你说哪些家伙？"

芦川故作糊涂地反问道。

"石冈和……两个手下。"亘仰脸望着他。还是头昏，视界模糊，想看清楚芦川的表情，但却无法对好焦。

"被弄得不轻呢，"芦川说道，"自己能站起来吗？"亘感觉双腿像橡皮做的，使不上劲。亘还是努力想照芦川说的做，他呆望着自己的运动鞋软绵绵地摩擦着地面，重复道：

"他们怎么了？到哪里去了？刚才那个是什么？那个妖怪——漆黑的妖怪。"

现实感渐渐远去，感觉自己在说什么也难以确定了，后半截话变得像梦呓般喃喃自语。

"哪有什么妖怪。"芦川以不可动摇的语气否定道，如同在补习班上回答老师的问题时一样，"刚才做梦而已。什么都没有，你做梦啦。"

"那可不是做梦——"

亘说着，努力想站稳，但摇晃着身体，最终还是倒下。就要触地之时，芦川托住了他。

"你为什么到这里来？"芦川问道。亘乐于这么凭靠着，变得很想入睡，连舌头也不听使唤了。我会喘不过气吗？他心想。

"干吗要为什么？"

"我没叫你就来呀。"芦川一吐为快地说。听来像是很生气。

“无意中就来了。”亘小声答道。

“没叫你来——你真是——跟你毫无关系——”芦川这么说着，突然笑一下，“不过，你救了我。”

他说什么？管它呢，困极了。

“好管闲事的家伙。”芦川说着，口中小声地念念有词，又是咒语似的话。这时，一道温煦的白光降临亘身上。白光将亘包围起来，全身的疼痛难以置信地消逝无踪。好舒服。

再见啦——听见芦川在说话。就此告别了，再见。

亘进入了梦乡。

猛一醒来，亘发觉自己躺在床上。脑袋好好地搁在枕上，仰卧，双手交叠胸前，仿佛不是睡着了，而是在电视剧里扮演装睡的小孩子。

有三五秒钟的时间，亘睁开双眼仰望着天花板。

闹钟突然响了。亘连忙起身。

早上七点。闹钟没有撒谎。窗帘证实了——夏日的朝阳照射在上面。气温已开始上升，睡衣带汗粘在身上。

“亘，起床！”

门外传来邦子的喊声，咚咚地敲着门。

“今天是学期结业礼吧！最后一天迟到的话，怪不好意思哩。”

今天是学期结业礼——

亘双手扶头，没错，还在，还在脖子上。眼睛看得见，气味也能辨，正从厨房飘过来，妈妈在炒鸡蛋。

那么，那些事呢？昨夜目击的情景呢？

是做梦了吗？

昨夜我没出门？自以为出了门，实际上抱头大睡？想悄悄上阿克家玩，也是梦中之事？

还有那个——那个——妖怪。

虽然模模糊糊，但还记得。和芦川，还有长着翅膀、女人模样的漆黑的妖怪，金色的眼睛，利爪发出的咔嚓声。

石冈健儿发出的哀号。

亘骨碌一滚从床上跃起。他冲入厨房，正往碟子上装烤面包片的邦子吓了一跳，“哇”地喊一声。

“怎、怎么啦？”

“妈妈，我……”

“有什么事吗，亘？”

亘一下子泄了气。他对解释这一切没有信心，他无法将那些事情转换为语言，完全不行，没有可能。

“糟啦，睡迷糊了吧？”邦子笑着把掉在桌子上的烤面包片捡起，“赶快洗脸，一身汗呢。”

噢——亘点点头，进了洗漱间，看看镜子，的确是一张睡迷糊了的小学生面孔。没有受伤，只是头发因睡觉而压乱了。

学期结业礼啦，马上就要暂别学校，四十天的暑假等着大家呢。太阳唱着歌露出笑脸：我不会违背孩子们的期待的，今天只热一下吧，因为从现在起就是暑假了啊！

在校园里刚举行早会的时候，亘还没能返回事实中，他的心思被昨夜似梦非梦的情景所占据，同学们兴奋的窃窃私语、老师们严峻的神色，都没能吸引到他的注意力。因为按编号排队，所以排得很前的阿克抽空回头给他三番两次打手势，亘是看见了，却无动于衷。

到校长讲话完毕，大家返回教室时，阿克便向亘跑来。

“哎，不得了啦！不得了啦！”

亘睡眼蒙胧地看着阿克。

“怎么啦，还困呀？半夜打游戏机了吧？”

阿克特别兴奋。

“不会一无所知吧？不过，阿姨没担任家长会委员，所以你还没听说，对吧？说来我爸我妈也都不属于家长会的头，不过我爸是消防团的。”

阿克利索地自问自答一番。

“什么事呀？”亘无所谓地问了一句。在亘看来，不管阿克有多么惊人的消息，与昨夜梦中经历相比，一点都不成其为意外，就好像看完《侏罗纪公园》之后去参观爬虫馆一样吧。

“亘，你真不知道？”

阿克很惊讶，其实是很高兴。嗬，还有好朋友不知道这条消息的哩！那我就可以告诉你啦！

“石冈健儿失踪啦。”

二人在走向二楼教室途中，停在楼梯的拐弯平台。由于亘向前倒似的停住脚步，和跟在身后的女生撞在一起。

“啊，不好意思，亘。”女生说着，轻拍一下他的后背，“你不要突然停下嘛。”

因拍打的振动，亘身体晃动起来。但他的目光仍固定在阿克的脸上，谁见了都会觉得情况不对头，阿克往后缩了缩。

“亘，你没事吧？早苗，是你拍成这样的。”

亘没有回答，向阿克逼近一步。阿克胆怯地后退一步。早苗也很担心地走过来。

“你说的石冈健儿，是那个石冈？”

“没、没错呀。”阿克点点头，“六年级的，那个讨厌的家伙。”

“那小子失踪了？”

“对呀。都说他一早就不见人了。”早苗插话道，“叫来了警车，搞得很大哩。他妈妈还给学校打电话，六年级的老师够呛啦。”

“噢，对呀，你跟他住得很近嘛。”阿克对早苗说，“我老爸是消防团的，还去搜索了呢。”

“不过呀，太兴师动众了吧。”早苗一边让头发从肩头弹起，一边说，“那石冈，不是个夜猫子吗？牧子家在车站前有一座包租大厦，租给搞娱乐的。石冈和他那些人经常玩过深夜，说了他好多次都没用。据说挺头疼的。”

“说是会玩到深夜。但不归还是头一次，所以担心起来。”阿克消息很灵通地解释道，“而且嘛，据说那小子要去参加试镜的——上电视台。”

“意思是，所以他不可能不回家？”

“对呀，不是吗？”

早苗露出迷人的笑容：“他去参加试镜，又讨厌落选，离家出走了吧？那小子怎么上得了电视呢？笨死了。”

阿克高兴极了：“喔，你这么认为？那小子很差劲吧？”

“就是一只不可教的大猩猩。”

“对吧？可怎么就没人跟他本人说呢？”

“你来说如何？”

“我？不干。”

“没出息。”

二人的哄笑声中，插进了一个沙哑的怪声。亘本人也觉得实在不像自己的声音，但事实如此。

“失踪的人，只有石冈？”

阿克二人同时盯着亘的脸。

“咦？”

亘望着墙壁，机械地重复着问题：“失踪的只是石冈，还是他的伙伴也都不见了？”

阿克和早苗对望一下。“那就不知道了……”

“不过，说不准还真是在一起的哩。”阿克又摆开了消息灵通人士的架势。

“可能是三个人一起失踪，才闹大的。”

“哎，亘，你怎么啦？”早苗拉住亘的手肘，“你脸色苍白哩。”

铃响了。学生们迅速被吸入教室。

亘终于发出了声音：“……嗯？”

“哎？什么？”阿克把耳朵凑近来，“你说什么？”

“芦川呢？芦川来了吗？”

“你说芦川……隔壁班的那位？”

早苗疑惑地望着阿克的脸。阿克摇摇头。

“这跟芦川有什么关系吗？”

“不过——哎，等一下。喂，美佐！”

从一群急急涌来要跑上楼进入教室的学生中，早苗似乎找到了熟络的脸孔。她大声喊住对方，被叫到名字的美佐在楼梯中途回望过来。

“什么事？”

“你们班的芦川来了吗？”

“他没来。早会的时候不在，他不会迟到的。”

“真的？谢谢啦。”

美佐那群人跑开了。亘的眼前一片漆黑，身体发冷，连站立都变得困难起来。芦川也没来，连芦川也消失了。

就此告别啦，再见。

那小子是这样说的吧？

托着亘肘部的早苗，手上更加使劲了。

“你别这么小腿发软了呀。亘是贫血，会栽倒的哩。去喊老师过来！”

“没关系。”亘说道，“没事，我不是贫血。”

“可你——”

“真的。早苗……”

“噢？你说什么？怎么啦？”

“手……好痛！”

早苗愣了一下，丢开了手：“哎呀，抱歉抱歉。”

“傻劲儿。”阿克贫嘴，被敲了一下。

尽管如此，二人放心不下，还是紧贴在亘两旁，护送似的陪他到教室。

阿克心神不定，仿佛得到了什么风声，早苗则以严厉的目光牵制着他。

亘人在心不在。昨夜的情景反反复复地重现在眼前，仿佛看 DVD 电影一样，用跳读方式选取了最佳章节、最佳场面重放。

教室的气氛也颇不平静，石冈失踪显然是其原因，老师竟两次中途离开教室。

而他们每次回来，都是脸色阴沉。

老师给学生一个个发家长学校联系手册，到了该放学的时候，老师又被喊出了教室。被撇在教室里的学生们为不安和好奇心所激动。在这种情况下，要保持平静是不可能的，每个教室都大同小异，整条走廊都哄哄然。

老师不久返回班上，宣布今天全校集体放学，而且，有值班的保卫人员来接。因为要按班离校，所以未轮到的班要耐心等待。老师只交代了这么一些，就又慌慌张张地离开了教室。

学生们已处于狂热状态。几名胆大妄为者跑到其他班收集信息。有学生偷偷带了移动电话上学，便给家里打电话。他周围聚集起一帮伙伴，竖耳倾听。

亘瘫坐在自己的椅子上，他大半精神都耗在重放那些可怕的情景上。阿克和早苗离开了座位，来到亘身边。

“哎，亘真的好怪哩。”早苗真的感到不安，“你怎么啦？”

在教室一角围成一圈的同学中，有人发出一声哀号。

“怎么啦！”阿克站起来大喊一声，“别发出怪叫！”

人圈散开了，当中是一个正在听移动电话的女生。她好像马上就要哭出来似的，空出来的一只手紧握着同学的手。

有一个人离开圈子来到教室正中间，脸部僵硬地大声说：“据说六年级的两个人找到了。”

亘抬起目光。阿克不失时机地问：“两个人？是石冈的伙伴吗？”

“没错。据说他们倒在千川公园。”

“两人都是？”

“没错。”

有人问：“死了吗？”

“没死。可是，据说人傻掉了。”

“傻了？”

“据说他们并没有受伤，但失忆了。他们之前去了什么地方，全都不记得。”

终于有人传出了哭声，惹得好几个人哭。窗边的男生眼望着外边，声音陡变地说：“咦，那不是电视台的车子吗？”

好几个人冲过去，咔嚓咔嚓地打开窗户。直升机的轰鸣声传来，逐渐靠近，不止一架，两架以上。

亘站起来。这里待不下去了。多待一分钟也受不了。

虽然众人都没有在意，但阿克和早苗却要跟上来。

“你去哪里？”

“回家。”

“你说回家……”

“感觉不舒服。我去跟老师说，然后回家。”

亘掉头走出教室。耳中嗡嗡作响，所以对四周的骚动充耳不闻。他冲下楼梯，从走廊跑向便门。因为不从教工室旁路过，所以没有遇上盘问。亘穿着室内的鞋子，来到街上。

学校里面热闹非凡，街市乍一看却依然如故，只是大日头晒得人头昏眼花，亘无遮无挡。跑啊跑啊，亘上气不接下气，来到大松先生的大楼前，他用手拭去脸上的汗。

车来车往。打伞的大婶在马路那边走过。稍前方的停车场有人在停车。此刻，窗户紧闭。

亘望望覆盖幽灵大厦的蓝色防水布。防水布像掩饰秘密的薄纱一样，悄然低垂，遮蔽着一切。

亘在平时的地方撩起防水布，一下子钻进里面。

想来大白天进来还是头一次。从缝隙间射入的阳光，照得里头也有些光亮。没有背阴处的感觉，里头的空气比外面要闷热。

足有三十秒钟左右，亘屏息竦立。他感觉到后背汗水顺脊骨流下来。心脏顶到嗓子眼上狂跳。他一再吞咽，但心脏却不复归原处。

这是昨夜亘倒地之处。

芦川被石冈一伙按倒殴打之处。

还有那个妖怪——对了，是巴尔巴洛奈、死亡之翼、黑暗的女儿——那个怪物出现之处。

一步、又一步，亘走近巴尔巴洛奈展翅的地方，巴尔巴洛奈扑向石冈的地方，巴尔巴洛奈吞下石冈、他的哀号戛然而止的地方。脚下像绑了重物，只能拖曳着走。汗珠从下巴滴下。

然后，他扫视。

地面上遗下一只旅游鞋。仿佛刚才丢在那里的。

亘缓缓蹲下，拾起旅游鞋。白底蓝色加黄线。是著名运动品牌的标识，还是崭新的。

是石冈健儿的鞋子。

它为什么会在这种地方?

亘无声地叫道，把旅游鞋抛开。鞋子在地上滚了几下，不动了，鞋底朝向这边。

亘拔腿就逃。

他一手撩起防水布，连滚带爬冲出人行道。一下子收不住脚双手撑着水泥路面，热得发烫的道路让他吃了一惊。

亘站起来，摇晃着迈开步子。眼泪往下掉，他没想哭，也不知为何要哭，可就是止不住热泪长流。

找芦川——必须找到他。必须见到他，见了面就求他，说饶了石冈吧。那样做不对的，不能叫那样的妖怪来帮忙，现在可能还来得及。

眼泪模糊了视线，完全看不见前方。他盲目地向前走，结果撞在一个柔软的东西上。那东西长着手，要来抱住亘。

“哎、哎，这是怎么啦？”

是三桥神社的神主。今天是白和服配裙裤的打扮。和蔼的圆脸和夹杂白毛的、蓬乱的眉毛就在亘眼前。

“喂，你——我们之前见过吧？”

亘正好站在神社门口。鸟居大门就矗立在神主身后。绿树摇曳。白鸽停在神社的瓦顶上。

“神主……”

混乱的脑海里掠过一道闪光。亘双手扯住神主的衣袖。

“嗯，您知道一个像我这样的孩子吗？他经常到神社里来。他的脸很漂亮，长得像个人偶。他姓芦川。就住在附近——您认识吗？您知道他住在哪里吗？有跟他说过话吗？”

不管亘如何推搡，小个子神主都气定神闲，不慌不乱，但似乎很惊讶。他直直地盯着亘说：

“是你这么大的男孩子吗？”

“对，就是他！”

“他叫芦川呀。噢噢，我经常看见他，还跟他说过话。他住在后面的公寓楼里。是你的朋友吗？”

“住在后面的公寓楼？是哪一栋？”

三桥神社背后有两栋公寓楼，一栋楼顶有醒目的红色水塔，另一栋很高，外壁咖啡色。

“哦，不知道。没直接问他住址。”

神主一把拉住一声不吭、就要跑开的亘。

“哎、哎！请等一下。究竟有什么事呢？你脸色苍白哩。”

很抱歉，但一秒钟都不能再耽搁了。

“对不起。”

亘说着，推开了神主的手。他直冲进神社，跑过石子路，从后面的出口跑到街上。神主没有追上来。也许是没赶上。

亘先去红色水塔那栋公寓楼。因为这边近。进了入口的大厅，正面是一排排信箱。亘边喘息边扫视名牌，看不见“芦川”的名字。衬衣里头汗水淋漓。

重看一遍也没找到。亘一旋踵出了大门口。因咖啡色大楼背对神社，要到大门口得从一侧绕过去。汗水入眼，辣辣地痛。用手抹着脸跑过去，远处传来救护车的笛声，渐渐驶近，又折向亘的学校的方向，远去。

亘终于来到大门口，见穿暗黄绿色制服的管理员正在前面的自动门处搞清洁，亘跑过去从他身旁冲过去，管理员一边使用着扫帚，一边扭头回望。

这栋大厦的信箱，比前一栋大厦多一倍左右。亘察看之前，不得不弯下腰、双手扶膝把气喘匀。他脸一朝下，汗滴便从脸颊滴落地面。大楼地板略可映出人样，光洁的耐磨砖。

芦川的名字牌出现在一〇〇五室。亘要向里面猛冲，从正面撞开开向两边的自动门。砰！发出了惊人的声音。

这栋大厦采用自动锁方式，从入口大厅再往里面去的话，必须由对讲系统开锁。哎呀，急死人！

大门左侧有一处嵌板，上面有按键和麦克风。亘用颤抖的手指按下“一〇〇五”，这时有人从后扳住他的肩头，是刚才那名管理员。

“喂，你没关系吧？”

亘被拉转身，手指离开了嵌板。只是轻微的接触，亘的腿便蹒跚起来。

“撞到门上了吧？不得了，流鼻血了哩。”

经他这么一说，亘感到鼻下和嘴唇暖乎乎。

“你不是这里的孩子呀。有什么事？学校有事吗？”

仿佛要盖过管理员的提问似的，对讲系统传来一个女人的声音。

“喂，是哪一位？”

“是芦川家吗？”亘对着麦克风大声喊道，“我是美鹤君的朋友！我要找他，他在家吗？能见他吗？”

沉默了一瞬间之后，女人的声音急迫地回答道：“是美鹤班上的同学？那，这孩子真的没上学？”

亘心头打了个寒战。这样反问，芦川显然不在家。

管理员凑近对讲的麦克风，说道：“芦川女士吗？这里的确有一位小学男生，好像很慌张的样子。”

女人的声音答道：“请让他上来吧。”

自动门悄然打开。亘跑进大门，冲向电梯。管理员跟了过来。尽管他一脸冷漠，但似乎是来指路的。

到了十楼，要找的套间紧挨电梯口右手。推开开了锁的门，一个身材高挑的女人站在那里。

“芦川女士，就是这孩子。”

管理员推推亘的后背。

“具体情况我不了解，还是请小心为好。像上次那样闹起来，我得负责任的。”

门口处的女人郑重地低头致意：“对不起。”管理员返回电梯，下楼而去。

亘望着她的脸，没有作声。鼻子下更加暖烘烘，还流着鼻血。

女人很年轻。一下子难以猜测她的年龄，但至少绝不会联想到是芦川的妈妈。她美得令人瞠目，身材也绝棒。身着白色无袖衬衫配淡灰色超短裙。没有扶门的另一只手弯下来轻抵腰间，腕上的银镯子闪闪亮。

亘原先认准了对讲机里的声音是芦川的母亲，所以一时不知所措。

“你是美鹤的朋友？”

女人俯视着亘问道。与隔对讲机听见的是同一个声音。

亘默默地点了点头。本来点一下头就够了，但他好像失控一样，一再点头。

“你在流鼻血嘛。”

女人接下来的话带着责备的口吻。然后，她把扶腰的手往脸上抬，扶了扶额头，然后，像是很烦似的摆摆手，说：“请进吧。”把门推开。

房间虽然不是很大，但光线充足，敞亮。收拾得很整洁，起居室的用品也很大气。用乱成一团的脑子去想，实在不好说，但感觉这不是有小孩的人家。亘心想，芦川真的住在这里吗？

女人关上门，跟在亘身后进了起居室，随手将纸巾盒一推：

“擦擦鼻血吧。你怎么啦？”

亘依言而行。

“我撞到门上了。”

用纸巾堵上鼻子，弄得好痛。虽然刚才完全感觉不到，但撞得挺厉害的。

女人推了一张带小轮子的圆椅子到亘身边，然后，她自己在身边的单人沙发坐下。亘也坐下，椅子的高度，正好让他与女人平视。

女人的神情显得比亘还要难受。她缓缓地问道：“美鹤真的没上学？”

“是的。”亘在纸巾下发出声音。门牙也很疼。心想也许牙齿都松动了，又害怕得不敢去触碰。

“你，叫什么名字？”

亘说了姓名，在人家说“没听美鹤说过有这个名字的同班同学”之前，他又补充道：“我和芦川上补习班在一起。”

女人只是默默地点了点头。她并无怪异之处。亘觉得，说不定芦川从未在这个家里谈过学校的事。

“谢谢你关心美鹤。”

女人说道，仍旧一副痛心的神情。

“那——这孩子在哪儿，你心里有数吗？”

“哎，他一早就不在了吗？”

女人点点头。“他留了字条。好像要离家出走。”

没错，说到离家出走，也像那么回事。“再见”。上哪儿？离开这里，去另一个世界。

“你听美鹤说了吧。我是他的小姑。”

怪不得那么年轻。

“因为芦川不提家里的事。所以我们都不清楚。大家传他在国外生活过，但这说法也不正确。”

不知何故，小姑突然伤心起来。她用一只手扶着额头，手镯又晃了一下。

亘突然说道：“可芦川很有人缘。他学习很棒，又很受女孩子欢迎，男孩子都自认不如。”

小姑悲伤地垂下视线。“是吗？”她无力地喃喃道。

“可他跑掉了呀。只留下一张不明不白的字条。”

“不明不白？他写了什么呢？”亘向前探探身子，“他写了要去另一个世界吗？”

小姑猛然抬起脸，用惊讶的目光看着亘。“你怎么知道的？他说过什么吗？”

亘一时语塞。可能的话，在做出种种解释以前，最好先让我看看芦川留下的字条——

“三谷，看来你真是美鹤的好朋友？”

小姑把手放在亘的膝头，温暖。

“能想出那孩子可能会去的地方吗？我不想他死。”

“不想他死是说……”

小姑把去另一个世界解释为死吗？对，一般情况下是这么理解的。

“字条上写了‘去死’吗？没这样写吧？”

“噢，这倒是没有。”小姑脸歪了一下，但也很好看。仔细看的话，她的眉眼五官与芦川有共通之处。

“大约三个月前吧，他曾想自杀。知道吗？”

亘哑然，摇摇头。

“他没说？那孩子也难以说出口吧。刚来这里不久时——每天都独自待在家里。可能特别憋闷吧。他想从这屋顶往下跳，幸亏让管理员发现，制止了。不过闹得可大了。”

刚才管理员特别戒备的样子，和他说“像上次”的话背后，原来是有过这样的事？

“看来我还是无能为力啊。”小姑喃喃道。

亘也察觉，芦川家里或大或小挺复杂的。正因为如此，在这种场合该怎么往下说，亘一时拿不定主意。

镇静！想想“私家侦探梅德斯探案系列”就对了。虽然并不喜欢冒险故事，但那个游戏不是全部打通了吗？把小姑当作委托人，自己以梅德斯侦探的姿态提问好了。这事并不太难。案件开头，神秘美女拜访梅德斯侦探社——芦川的小姑不正符合这角色吗？

“字条上写着，‘我要去谁都找不到的地方’。”小姑说道，“因为查找是徒劳的，所以不必声张——他写道。”

“我、我、我也许能猜到——芦川君去哪里了。”

小姑很使劲地抓住亘的膝头：“那，你带我去！”

“我也想带你去，可是，我也不知道怎样才能去那里。”

小姑两眼圆睁：“你说什么！？你是说，那地方很远？”

“与其说远……”

“三谷，莫非美鹤叮嘱你，那个地方要保守秘密？”

虽然不是这么回事，但拐个弯说的话，算是离事实不远的谎言。毕竟知道幻界的，目前只有芦川和亘自己而已。

“噢，是的。”

“可那孩子，不理他的话，会死掉的呀。美鹤并不是嘴上说说而已的，像上次，他真的攀上屋顶的围栏了。要是管理员晚一点点发现他，就跳下来了呀。”

“嗯，芦川今天是请假不上学吗？”

谈话突然改变方向，小姑眨了眨眼，问：“你说什么？”

“跟学校请假了吗？”

“噢。我早上看了字条，马上给班主任打电话，说今天请假。我不想他的事在学校闹大了。”

好奇怪的说法，不希望在学校闹大。这种场合下，监护人首先会这么想？一般而言，应该是报告学校，一起查找吧？

“那后来，打电话给学校了吗？”

“没打呀。为什么要打？”

那么说，小姑对于石冈一伙的事还一无所知。且不论这样是好还是不好……

亘这么想着的时候，电话铃响了起来。

电话在起居室的一角。这是带传真功能的大型话机。小姑从椅子里站起来，扑向电话。

亘觉得眼前剧烈摇晃。极坏的预感油然而生。去年夏天，曾和爸爸一起去一所大美术馆。亘看了凡·高的《柏树》。画作色彩鲜艳，很漂亮，但空中有许多飞旋的螺旋形花纹，那一个个旋转的图案，在他们离开美术馆之后，仍在亘的眼底飞转，即便亘仰望真正的蓝天，仍不停地旋转；上了电车，看见抓手吊环在旋转。爸爸带亘去西餐馆，但几乎什么都吃不下。现在和那次经历很相似。假如现在窥探窗外，也许能看见旋转的天空，也许能看见窗外充满了亘所无法驾驭的飞旋的力量。

芦川的小姑在讲电话，渐渐地，她好像紧搂着听筒在讲话。

说不定因为我挑起了学校的话题，树起了某种致命的、无法挽回的“旗子”吧。

玩扮角游戏和冒险游戏时，以某种次序做一件事，通过向某人提出某个设定的问题，以此为契机，使故事继续发展下去。这一契机被叫作“旗子”。错过了“旗子”就完全错过了机会，有时因此而使游戏玩不下去，苦思冥想数日之久。

直到刚才为止，和小姑的谈话就是这样。我知道许多难以说清楚的事情，小姑那边好像也有许多不解的难言之隐，我们之间像是在交谈，其实停在了同一个地方。

然而，亘不自觉地说出了关键词。他自己也不明不白。不过“旗子”树起来了。谈话开始深入下去。

小姑挂断了电话。她脸色苍白。

“说是六年级的石冈一伙人失踪了？”小姑声音发颤地问亘。然后不等亘点头，便已冲上前来，扳着亘双肩摇晃。

“为什么不一开头就告诉我？三谷，你知道石冈他们在威胁美鹤对吧？因为你知道，所以一听说他们失踪了，便来找美鹤对吧？美鹤说不定对他们出手。对吧？你为什么不说话？快告诉我呀！”

小姑喊叫着说完，将亘肩头一推，双手掩面，蹲下身来。亘还是头昏眼花。不是因为被摇晃了几下，而是因为心中旋转的能量。

芦川对石冈一伙出手了。

这样的疑问出自小姑口中。没有任何迟疑，充满了最后关头的恐惧之情。

一般而言，怎么会往这种地方想呢？

小姑知道芦川会使魔术吗？她见过他耍奇技吗，诸如念咒呼唤妖怪、治愈创伤等等？

否则三对一，芦川怎可能“对付”石冈一伙呢？

小姑都知道吗？

“很多电视台的车子到学校来了。”亘小声说道，“在这里是听不见，但直升机也飞来许多。我离开学校的时候，有朋友听说，石冈的两个同伙已经找到了。说是他们还活着，但情况不好。”

小姑从两手的缝隙间问道：“情况不好？”

“说是完全不记得昨晚的事了。”

小姑垂下双手，站起身来，说道："美鹤没那能耐。"

然后，她很直白地说："可是，假如电视台都大张旗鼓了——那孩子完了。到了这一步，那孩子离家出走就遮掩不住了，家庭的事也会被抖出来。"

"家庭的事？"

对于追问的亘，小姑只是呆立着，摇摇头。

"我不知该怎么办了。"

"小姑……"

小姑哭了起来。

"三谷和美鹤一样，十一岁对吗？"

"噢。"

亘几乎也要哭了。因为怜惜和心痛。仿佛小姑这么一个好好的大人，突然之间却像大松香织一样，变成了纤细、损坏了的东西。

"你看我多大了？我才二十三岁。去年大学毕业，刚刚开始工作。只比你们大一倍而已。我自己还不是大人呢。这种事情我应付不了的呀，办不到的呀。"

小姑走向电话。

"得报告学校。三谷，谢谢你关心他。你回家吧。"

过了中午，石冈一伙的事，几乎已扩展为全国性新闻。

电视新闻里的城东第一小学，虽然打了马赛克，绝对就是亘的学校。被拍的集体放学的学生，虽然也同样打了马赛克，但从衣服和走路的模样，可辨认出有几个班上的同学也在其中。

亘的妈妈也跟芦川的小姑一样，一开始是通过学校的紧急联系网（电话）知道事件的。之后电话还响了好几次，全都是看了电视新闻的人打来的。在电话里妈妈跟小田原的外婆、千叶的奶奶说，亘就在家里，不用担心。亘有点小伤，是在班上听说了事件很害怕，跑回家时摔倒了。

班主任也来了电话，说稍后送来亘没有带回家的通信簿。老师一点也没有生气。据说亘走后，班上发生了大恐慌，亘跑去芦川家途中听见的救护车笛声，正是去运送亘班上的女生的。六年级也有好几个学生倒下，救护车不够用，以致向其他区的消防署请求支援，闹得很大。

亘请妈妈处理了伤口（幸亏门牙没折断）。他要妈妈中午做番茄酱鸡肉炒饭，但几乎食不下咽。虽然他被人逐出门似的回到家里，脑子里还是不住地想，芦川那年轻美貌、忧心忡忡的小姑，之后独自一人会怎么样呢？那位小姑不会有人给做番茄酱鸡肉炒饭吧。原先曾和芦川一起生活的叔叔，是这位小姑的哥哥吗？如果是，现在可能仍在国外，他会马上赶回日本吗？

中午过后的新闻，除了六年级的I君依旧失踪之外，还加上一条消息，五年级学生A君也自早上起去向不明。这条消息附有一个慎重的解释：A君留下字条，自发性离家出走的可能性颇高，也就是说，是否和I君一伙的事件有关系尚不明了。

妈妈一直没离开电视机，中间抽空吃了午饭，此时又有电话打进来，拿起电话一听，是小村他妈打来的，说是消防团组成了搜索队，询问三谷先生是否可以参加。

妈妈郑重地道歉说，丈夫的公司不方便早退。小村他妈又说，晚上回家之后也行。因为声音很大，亘听见了听筒里传出来的声音。

“不过，入夜前找到就没事了。”小村他妈这种时候也是中气十足，“石冈君也是臭名昭著的，不会是惹了别的小流氓，被人痛扁了吧。”

妈妈再三致歉后挂断电话，又在电视机前坐下，好像在沉思。

稍后，她突然冒出一句话：“爸爸没来电话呢。”

亘说道：“他没看到电视新闻吧——肯定是的。”

“他说过员工食堂有电视机。”

“那，没注意到是说我们学校吧。”

妈妈没吭声。亘也没说话。电视台变更了娱乐生活信息等节目的时间，进行即时播报，但事态没有新的进展。

大约四点左右吧，亘累了，躺在床上，这时门铃响了。妈妈小跑着过去开大门。她解开了围裙，梳理好头发，因为是班主任来的时间了。

然而，来客是早苗的妈妈。亘一眼就认出了，因为已经好多次在车站或超市看见她和早苗在一起。妈妈知道是班上女同学的母亲时，一开始有些不知所措，但因为早苗的妈妈很开朗，二人马上就很融洽了。

“三谷，心情好些了吗？我们早苗很担心你，原要跟我一起来的，因为今天整个城市乱哄哄，我就不让她外出，把她留在家了。”

“我没事了，不好意思。”

“哎哟，乌黑一大块哩。脑门上还有肿包。刚才睡着了吗？那你还是去躺着吧。”

妈妈也边说“您还带了西瓜来探视呀”，一边把亘赶回自己的房间。两位母亲之间似乎是心有灵犀，希望谈论孩子不宜听的内容。

不用说，亘耳朵贴在门上偷听起来。

“三谷女士，其实是有事想商量一下。”早苗的妈妈开门见山地说，“我听早苗说，亘君和事件里的芦川是上同一个补习班？”

是谈芦川。亘心中一惊。

“对，没错。”妈妈回答道。

“芦川好像是尖子生哩，人长得蛮可爱的。”

“我没有见过他，他也没到过我家玩。”

“哟，是吗？那就是早苗误会了，她说亘跟他是好朋友。原以为他们俩关系好的话，您会知道一些芦川的情况，所以就来拜访了。”

“有什么事情吗？”

早苗妈妈干脆的声音压低了音量：“本来不大想说这件事……最初是我丈夫察觉到的，一直没说出来，因为跟孩子没关系。”

是察觉到芦川的什么事吧。亘脑子里回想起芦川小姑的泪容和那句令人费解的“家庭的事也会曝光”的话。

“四年前，在川崎市内的公寓楼，发生过一起令人恶心的事件。一名三十岁的男子，他是个公司职员，捅死了自己的太太和太太的婚外情男人，自己也自杀了。据说那名男子姓芦川，当时家里有一个上小学一年级的男孩。”

亘的妈妈没有作声。亘也无话可说，感觉像呼吸也停止了。

“他们还有另一个孩子，两岁的女儿，但女儿和母亲一起遇害了。做父亲的与其说是强迫女儿殉死，毋宁是不忍心丢下孤零零的孩子吧。”

早苗的妈妈一口气往下说：“芦川这人察觉，白天自己上班期间，太太把情人带到家里，于是冷不防在一个平日的白天返回家中，把他们堵在现场了。当场便杀掉了三人。他好像还在家中等待大儿子放学归来呢。也就是说——咳，就是要把儿子也……”

“我不爱听，请不要说了。”妈妈大声说道，“我不想听这种事。”

“唉呀，对不起。我并不是爱嚼舌头说起这件事情。”早苗的妈妈回应道，“后来呢，是邻居发现闹得厉害，嚷嚷起来，芦川便在大儿子回家前逃走了，躲了好几天，最终可能是在静冈吧，投海而死。”

亘用零下十度冰封起来的心想道：“那男孩子是芦川美鹤吗？活下来的男孩子就是那位芦川？”

早苗的妈妈继续说话：“据说芦川同学曾在国外居住，之前是在川崎，似乎没有父母的——从早苗那里听说了这些情况，我和我丈夫都认为，他肯定就是那个事件中活下来的男孩子。他得以健康成长真是太好了。说真的，真是那样的心情。不过，到了今天这样的局面——也许芦川同学与石冈一伙的事情有关系吧？”

妈妈说话了：“那还不知道嘛。也许是单纯的离家出走而已吧。”

“是吗？我感觉事情不会那么简单哩，太太。”

“可是……”

“所以我跟我丈夫谈过，校方对于芦川同学的家庭环境，肯定是一开始就知道的吧？明知还瞒到现在，到了这个地步，也是不对的吧？我认为校方应该向家长会报告才是。也许还有其他家长察觉了吧。”

妈妈好一会儿无言，然后以软弱无力的语气问道：“那——您是想跟我谈什么呢？”

“没有。是这样，因为我听早苗说，三谷同学与芦川同学是好朋友，心想太太说不定也察觉此事了，所以就想来商量一下该怎么办。不过，既然并不是好朋友，听说了这件事情，也很为难吧。”

“从来没从亘那里听说过芦川同学的事。”

“原来是这样。”传来挪开椅子的声音，“看来反而给您添烦恼了。这种事不便电话上说，反正住得又近，就过来了，真是不好意思。我这就到学校去一趟。打扰您了。”

就在早苗的母亲要出门口的那一下子，电话铃响个不停。妈妈接听了。用紧张的口吻匆匆交谈之后，妈妈挂断电话，轻轻来敲亘的房门。

“亘？”

亘无言地仰望着母亲的脸庞。虽然有话想说，却没有变成语言。

“听说六年级失踪的石冈同学找到了。”

据说他被发现倒在自家的后院。亘的心脏咚地紧缩了一下。

“听说他没受伤，平安无事。只不过，有点那个……样子是有点怪。说是他什么话也不说，跟他说话他也没有反应。这样的说法不知是否准确：就像是丢了魂。”

就像是丢了魂？

“先前找到的两个孩子据说已经好了。也许能从他们那里问到更加详细的情况。亘，今天晚上学校紧急召开学生家长会。妈妈要去一下。”

“你没事吧？躺一会儿比较好。脸色很差呢。”妈妈说完带上了房门。未几传来往外打电话的声音。妈妈是按班里的紧急联系表，与其他学生家里联系。

石冈他们回来了，三个人都回来了。跑腿的二人只是失去昨晚的记忆而已。

只有石冈是丢了魂。

因为他被巴尔巴洛奈吞咽了。就是那么回事嘛，妈妈。我都知道。

我还知道都是芦川干的。

被亲生父亲杀害了母亲和小妹妹的美鹤。自己也几乎被杀的芦川美鹤。

曾真的打算自杀的芦川美鹤。

亘抱膝坐在地上。最初只是身体微微颤动，逐渐浑身哆嗦起来。抖动越来越厉害。最后连身后的书柜也合着亘的抖动共振起来。

告别啦，再见。

芦川之所以不在这个世上，是因为这世上没有他的容身之地。所以，他到幻界去了。

十二　魔女

一天过去，两天过去，三天过去了，芦川美鹤还没有回来。

据说石冈的两名同伙几乎都已复原。只是那天晚上的记忆消失无踪而已。石冈本人则仍是丢了魂的样子，即便睁着眼也是视而不见。摇他没反应，问他也不答话。

从妈妈那里听说这些情况时，亘突然联想到大松香织的模样。他努力要抹掉这个联想。他讨厌把香织和石冈放在一起想。

石冈健儿一伙身上发生过什么事呢?

失踪的芦川美鹤平安无事吗?

谁都想知道，谁都牵挂着。但这个谜的答案，只有亘知道。地球上唯一知道这一切的人，是三谷亘。

然而——睡过第一晚，又过了第二晚时，亘心中的记忆又开始淡薄了。与幻界相关的真实情况，只有亘知道的事，在记忆中渐渐淡化下去。

没有像上次那样完全消失。只是跟长期搁置的水彩画一样，去掉了色彩，线描斑驳起来。所有一切都褪色了，变得越来越难以辨认。也不妨说，是变得越来越难以捕捉。

不过，只有感情留存，恐惧，以及不早点找出来的话事态会很严重——这样一种焦虑的心情。

所以，亘非常混乱。他变得容易发怒，在梦中哭泣，即使梦醒了还总要去窥测自己的内心世界。他因此语无伦次，食不下咽。

于是，在进入暑假正好头一周的早上，亘无意中突然发现，自己闹出了一件大事。

他记得前一天晚上，因为怕黑，他开着所有灯入睡。原以为不可能睡着，但一闭上眼，黑暗随即涌来，他像溺水一样被卷入其中。这时，梦境随即展开。又是骇人的梦。他被有翼的怪物追赶，惊呼着奔逃，没有人援手，也无处可逃。

拼命狂奔，胸膛难受欲裂之时，有人听见了他的呼喊。是妈妈！就在察觉的瞬间，亘从梦中蹦了出来，仿佛从炮身射出的炮弹。

妈妈的脸就在眼前。她面如土色，受了伤。嘴唇裂开，眼睛下方有瘀青，头发乱七八糟。妈妈穿着短袖睡衣，裸露的手臂布满惨不忍睹的抓痕。

“妈妈——您怎么啦？”

亘这一问，妈妈“哇”一声大哭起来。

“哎呀，这下就好，亘。你恢复正常了啊，太好啦，太好啦。”

妈妈边哭边摇着亘的身体。亘像婴儿一样被妈妈抱着。隔着低头哭泣的妈妈，看见了可怕的情景。

这是——我的房间？

书柜倒了，玻璃窗上有裂痕。床罩撕扯得破破烂烂，上面落下白白的东西，是羽毛枕头的芯。书桌上的笔记本和书也都撕得乱七八糟，几乎不复原来模样。墙上一眼望去，仅触目可见处便有三处凹痕，就像是有人狠踹了一脚似的。

有人弄的？

是谁？

是我。是我干的。

“妈妈，是我弄成这样的？”

亘胆战心惊地问道。妈妈边用手背拭泪，边说道：

“没关系，你做梦了，在梦中闹的。所以你不是故意的，不能怪你。”

妈妈抚着亘的头，紧紧地拥抱着他。不过，亘想到了另一个可怕的现实，身体变得僵硬。

妈妈的伤，也是我弄的。

这下好了，恢复正常了。

我之前精神失常了。

我精神失常，殴打了妈妈。

“对不起。”

亘喃喃道，妈妈又放声大哭，说不是你不好，是妈妈不好。

“让你这样子受苦——是爸爸妈妈的责任啊。都是我们不好啊。对不起呀，亘。你原谅爸爸和妈妈吧。”

不是那样的，妈妈。我——我知道了别人都不知道的事情——我很害怕——所以我几乎要疯掉了。

“不关爸爸妈妈的事。有各种各样可怕的事——像朋友的事情之类的，所以，我……”

他断断续续地嘟哝道。此时他才发现，自己也是遍体伤痕，撞伤，擦伤。这些也是自己弄成的吧。

“对呀。发生了那么可怕的事件，当然会害怕了。”妈妈抽噎着说道，“正因为这样，得在家好好守护才行。可我们却无所作为。作为父母亲，真是不够格啊。”

稍微平静下来之后，妈妈取出急救箱，料理了自己和亘的伤。亘还好说，看情况妈妈该上医院，可无论怎么劝说，妈妈只是笑说，没事，有药了。

“真的，不算什么事。”

去看医生的话，可能要被问到是怎么受伤的吧。那么一来，不论怎么遮掩，恐怕都会被看穿是我胡闹弄伤了妈妈。亘醒悟到，妈妈是担心这一点。

亘离开自己房间，被安置到爸爸用过的床上。

“这阵子，你几乎每晚都做噩梦，自己察觉到吗？”

“没有。完全没感觉。”

“那可就睡不成觉啦。你脸色多差呀。再睡一会儿。妈妈就在你身边，不用怕。”

虽然不可能入睡，但为了让妈妈安心，亘假装睡着了。

妈妈往各处打电话。其中一个电话是打给学校，和老师交换意见。自从石冈一伙出事，即便是在暑假里，老师们也天天回校。

虽然谈话内容不清楚，但还是有“心理咨询”这样的片言只语进入耳中。

给小田原的外婆也打了电话，妈妈又哭了。接下来好像是“路”伯伯。这回没哭，生气了。

亘暂且放心了，他缓缓地通过记忆的深处眺望着带着黑色翅膀的生物。他还回想起极难闻的怪味儿。

“假如你说什么也不来的话，我就上你公司去！你觉得怎么样？”

突然，妈妈大声说道。她当然是在讲电话。是跟谁说话呢？亘在床上竖耳倾听，但和在自己房间时不一样，这里与起居室不相邻，听不清楚。

“你来——亲眼——看看吧。我——可是——多么难受——亘呢——”

虽然断断续续，可听得出妈妈很激动。

之后过了约三十分钟，门开了，妈妈走了进来。

“怎么样？睡着了吗？”妈妈和蔼地问道。

“嗯。”

“太好啦。想吃什么吗？给你做蛋包饭？”

“嗯。”

妈妈笑一笑，说道：“爸爸今天晚上回来。我们三个人一起好好说说话。”

亘仰望妈妈。妈妈脸上的表情，使他没法再往下细问，“是真的？”“是爸爸自己说要来的？”或者“妈妈刚才大声通电话的人就是爸爸吗？”

她并不是沉稳安详的样子，也不是放心松弛的模样，反而是一副别扭的神态。她笑容里的开朗，似有若无，难以捉摸。

漫长的下午，妈妈就一直在厨房里度过。她在做菜。悄悄走近窥探一下，做的都是爸爸和亘喜欢的菜式。

亘难受起来。他感觉呼吸不畅，不时要特别做深呼吸才行。眼看着妈妈切菜，炒菜，把鸡烤得香香的，亘却感到脚尖发凉。明知稍后要发生很不好的事，却有一半心思在等待。当然这并不是期待，但毫无疑问是在等待着。心扑通扑通地跳。

要说这是为什么，就是还在想：也许有万分之一、百万分之一的可能性，让深感不妙的预感落空吧？

这可是父亲回家呀。

不过——另一方面，亘听见自己体内的小小亘在心底里呼喊——两手放在嘴边围成喇叭筒状：现在要爸爸来是不对的呀。肯定不会有好结果。不明白？噢，还不明白？

对，是不明白。

麻利地忙着的妈妈，身子骤然瘦削起来。亘光顾着自己的事情了，头一次这样注视妈妈。在我乱成一团的时候，妈妈一个人在哭泣、生气、害怕、胡闹、消沉，我对这一切却视而不见。

门铃响了。

亘喉头咕嘟一声，反射性地看看时钟。正好晚上七点。

妈妈关掉煤气灶，回头望向亘。

“是爸爸。给他开门吧。”她很紧张，声音走调。

亘机械地挪动腿脚，走向大门。握住门把时，他感觉扑通扑通的心跳一直传递到手指尖。

打开门。

门口站着一个陌生女人。

不是爸爸。推销的吧。在他放心地调整呼吸的时候，那人说话了。

“你是亘？你妈妈在家吗？我是田中理香子。”

听过这个声音——亘有这种感觉。

是之前的电话。那个把亘误认作妈妈、顾自怒气冲冲地说话的女人的声音。

这个人是爸爸的女人。

女人目不转睛地盯着亘看。她个子很高。大约比妈妈高十厘米吧。她穿着浅蓝色的套装，衬衣领子雪白，脖子上挂着银链。隐约闻到香水气味，是那种不时同乘电梯、下班回家的女人的香水味儿。

这个人并不如预想中年轻。虽然她化了很好的妆，穿得很时尚，但年龄肯定跟妈妈差不多。

在亘愕然之际，妈妈已来到他身后。

“你为什么会在这里？”

比刚才更走调的声音。亘害怕得无法回头看。他怕妈妈。好怕。

“我代替三谷明过来。”田中理香子答道。她直视妈妈的脸。话已说完，可嘴角仍在抽动，不是在微笑，唇间却露出白齿。“就像吸血鬼德拉库拉。”亘心想，“或者剑齿虎。”亘在博物馆看过电脑制作的化石模拟图，那是在远古灭绝的、长着长牙的猛虎。

“我给三谷打了电话。”妈妈说道，“他说好要来的。说‘担心孩子，一定来’。怎么会是这样？”

田中理香子又垂下视线，看看亘。“对不起。”她突然说道。道歉之时，还是没有眨眼。白齿微露，还是剑齿虎。

“听说情况不大好。去看医生了吗？”

妈妈箭步上前，把亘护在身后。亘身子一晃，伸手扶壁。

“请不要跟我孩子说话。不要说那种表面为人、实质为己的门面话。你以为是谁把这孩子折磨成这样子？”

田中理香子还是没眨眼。那神情是显示自己绝无此意。

“我当然也有责任。不过，邦子女士，并不是我一个人使亘受苦。我们三人都有份，但今天这个场合，把亘卷进来的是你，不是我。”

妈妈的后背瑟瑟发抖。围裙的下摆微微颤动，仿佛微风吹拂。

“你说是我——把孩子卷进来？”

田中理香子寻衅似的下巴一扬，定定地望着妈妈。

“不是吗？为了把三谷明叫出来，把亘当成工具的不是你吗？你不觉得自己很卑怯吗？”

“我，把亘——当成工具？”

妈妈的声音出乎意料。是迄今从未听过的，出了故障的怪声。

“把亘当盾牌的话，不论三谷明意志有多坚强，他也受不了。所以他说要来这里。他说到了这个地步，他无法抵挡了。不过，我制止了他……”

妈妈往身后伸手，抓住亘的肩头，把亘推到前面。

“请看看这孩子。请看着他的脸。是不是伤痕累累？手脚上面到处瘀青。他是半夜做噩梦，闹成这样了。在他自己不清醒时弄成这样的。实在是太可怜——太可悲……”

妈妈像勇敢的孩子那样猛然强忍住，一改颤抖的声音。

“所以我联系了三谷。我要他来见亘，劝解他。这孩子是我们夫妇的孩子。虽然夫妻分道扬镳就形同陌路，但父子之情另当别论。因为我一个人无法解除亘的痛苦，所以通知了三谷。因为他是这孩子的父亲。”

田中理香子仔细打量着亘，又露了一下她雪白的牙齿，问道：“亘，那些伤痕真是你自己弄的？”

亘无法回答。他害怕得舌头也缩成一团。

“你想要这孩子说什么？”

“你别出声，我在问亘。”田中理香子目光不离亘，“真是自己弄伤自己的？不是被人打的？你不必包庇，说真话吧。”

“被人打？被谁？”妈妈上前说道，“你想说，是我打了亘吗？”

理香子不说话。

“我是亘的母亲。我怎么会对这孩子动手！”

理香子下巴一扬，盯着妈妈。

“说什么‘母亲、母亲’的，别自以为了不起。我也是母亲！”

这人也有孩子？亘瑟缩着，从理香子苗条的小腿一直往上看。她会是怎样的母亲呢？

“我知道呀。据说跟离婚的丈夫有一个女儿嘛。”妈妈喘着气说道，脸色变得像墙纸般苍白，“把那孩子硬塞给三谷，对不对？”

田中理香子嘴角一歪，笑起来，“我没塞。是三谷明满心欢喜地要当真由子的爸爸。他说一直想要一个女儿。”

“不要在亘面前说那种话！”

妈妈喊道，双手捂住亘的耳朵。

“邦子女士，你自己也明白，已经无可挽回了，对不对？哭哭啼啼纠缠着阿明，连他自己也看透了。空口说大话，这些都不管用。”

理香子向妈妈逼近半步，继续发狠地说：“你的肮脏手段，和被你毁灭的、我和阿明的理想，迄今我没有一天会忘掉。我们本已形同订婚，因为你谎称怀孕插进来，所以我们才不得不分手。原本相爱着，就因为被你欺骗，被你棒打鸳鸯一样弄散了！”

“你别说了！”妈妈这回捂住自己的耳朵。

“不，我还要说。”

理香子不脱鞋就踏进屋里。她推开亘，挤到妈妈身边，近得几乎脸贴脸。

“阿明和我都不得不踏上另一条人生之路。不过，我们彼此都没有忘记。两年前我们重逢，当明白彼此仍然相爱、情怀不变时，我们决定，虽然不能追回被你夺走的时间，但余下的人生还可以重来。我们今后会手牵着手，决不分离地走下去！”

妈妈上半身摇晃起来，蹲在地上。田中理香子看着她的头顶，像给予致命一击般地宣称：

“阿明和我，都不会再上你的当。假如你为了动摇阿明而虐待亘，我们会不惜动用法律手段，把亘要过来。”

妈妈双手抱头呻吟着。亘背靠着墙壁，但愿就此变成贴墙纸，永远消失。

真可怕。亘有生以来头一次目睹一个人对另一个人如此毫不掩饰地憎恨。他切身感受到憎恶的强波从理香子体内鼓荡着飞出，碰上了妈妈，把妈妈压倒了。

理香子走到门口，打开门。刚要出门又止步，一扭头，说出一句话，声如裂帛。

“再跟你说一件事。”

她也气喘起来。感觉她和妈妈二人进行着短跑比赛，她取胜了，遥遥领先。

“我和阿明的孩子，不止真由子一个。”

妈妈梳理着头发的手突然停住了。虽然亘摸不着头脑，但似乎妈妈已明白了理香子刚才话中之意。

“明年年初出生。”理香子说着，右手抚一下腹部，轻舒一口气，“阿明很期待那一天。”

她要出门了，把门打开。

就在这一瞬间，一团黑影从亘眼前闪过，迅疾如野兽，带着海啸般的能量。理香子发出一声惨叫，后背被推撞在公共走廊的水泥扶手上。

妈妈一声不吭，圆睁双目，紧咬牙关，挥舞着双拳朝理香子乱打。理香子也拼命挥动双手应战，喊叫声震耳欲聋。

未等亘出门口，邻居已发出惊呼，纷乱的脚步声汇合过来。太太、太太！究竟怎么啦？镇静镇静！哎呀不得了啦！快打一一〇！喊叫声中夹杂着这样的话。

亘就地向右一转，跑回自己房间。不能逃走，这不是躲的时候，必须面对，必须站在妈妈一边、必须保护妈妈——脑子里这么想，可身体却完全不听话。

亘一冲进自己房间，便钻进床底。可尽管这样，大门口的吵闹还是听得见，是女人哭泣的声音，邻居阿姨大声喊叫的声音。

亘用双手堵上耳朵。然后把能想起来的咒语背诵一遍——出现在《萨加Ⅱ》的一切攻击咒语。他不是期待发生什么事情，而是为了什么都不去想，不去感觉。

“亘，出来吧。”

“路”伯伯庞大的身躯贴在地板上，往这边窥探。

“吵闹结束啦，出来也没关系啦。”

亘还在床底下缩成一团。已经过去了多长时间也无从估计。是一个小时，还是半天呢？

“路”伯伯像哭过一样眼睛迷迷糊糊的。不知他是自己感到伤心，还是因为觉得亘好可怜。

“……妈妈呢？”亘小声问道。

“现在睡着了。服了镇静药，睡得很沉。”

那么说是在家。太好了。

“警车来了吗？”

“怎么用得上警车呢。”

“邻居阿姨大喊‘打一一〇’呢。我觉得后来听见过警笛声。”

“路”伯伯叹一口气，他还是脸颊贴着地板的难受姿势。

“那个呀，是救护车。得把那个叫田中理香子的女人送进医院。”

“她受伤了吗？”

“以伯伯所见，她也就是脸上划了一下而已。不过她本人哭闹着要救护车。”

“伯伯，你不知道？”

“你说什么事？”

“她说肚子里怀了小孩。”

伯伯眨眨眼。因为一只眼紧挨着地板，样子很怪。

“伯伯，您什么时候来的？妈妈叫您来的？”

“不。今天预定要过来的。也告诉了你妈妈。你没听说？”

“我一点也不知道。”

“是吗。伯伯是来接你的。我觉得你早点来千叶更好，不必等到八月份。看看大海，心情会好转吧。我一下电梯，就听见你妈妈在大声喊叫。”

“现在几点？”

“已经是晚上了，九点过半。”

亘看着床底下的棉絮沉默了一下。为什么棉絮会聚在这里呢？妈妈每天都用吸尘器搞清洁的，不知不觉就积聚起来了。虽然亘完全不曾察觉，但尘埃的确就在这里，弄脏房间。

“妈妈会被警察带走吗？”

“为什么？”

“她打那个人了呀。”

“这么点事情还不构成犯罪。”

“可是，假如那个人怀的孩子死了，那是妈妈造成的吧？那样一来对方不会罢休的。那个人会报警，让警察来抓妈妈了吧？”

这回“路”伯伯就像刚才的亘一样，与地板粘在一起，看上去变成了地板的一部分。

“孩子肯定不会有事。”

他喃喃道，欠缺自信。

“伯伯，妈妈没打我，没有虐待我。”

伯伯疑惑地耸耸眉毛。

“那个人说了，我受的伤，应该是妈妈打的吧。说如果妈妈虐待我，要把我从妈妈身边带走。求求您，不要让她那样做。”

伯伯以手掩面，说道：“那女人竟然说这种话？我揍她就好了。”

“那女人说妈妈撒谎。说不会再上妈妈的当。可妈妈是不会干那种事的，不会骗人的。撒谎的是那个女人。”

“亘……”伯伯向亘伸出粗壮的胳膊，“好孩子，出来吧。伯伯不忍心看你缩在那种地方。好吗？听伯伯的话出来吧。然后跟伯伯一起去千叶。每天出海、游泳捉鱼玩个够，在营火晚会烧烤东西吃。虽然伯伯冲浪很差劲，但附近有朋友玩得很棒，一起学吧。伯伯可以教你钓鱼。等你会钓鱼了，我们两人周游日本钓鱼去。伯伯努力攒钱，买它一条可以拖网作业的大游艇，由你来当艇长。你想去的地方，我都可以带你去……”

伯伯像机关枪一样喷射出语言的同时，泪水簌簌而下。这情形本身令人震骇，总是开朗、不知疲倦的犟伯伯，也像个孩子似的蹲着哭鼻子。我们现在如此凄惨了吗？

“噢。”亘小声说，“去千叶老家。不过，伯伯，把妈妈也带去吧。伯伯不会把妈妈一个人丢下吧？”

“当然啦。”伯伯吸着鼻子，用手背擦擦脸，“带上妈妈。我教她钓鱼好啦。”

到了半夜三更，开始播放全天综合新闻节目的时候，千叶的奶奶到了。她拎着超市的大袋子，呼哧呼哧喘气。

亘已从床底爬出来，泡了澡，正在往运动袋里塞衣服、打包。奶奶说声“我做晚饭”，便进了厨房。奶奶问什么东西搁什么地方的时候，就喊亘，问完马上把亘赶回房间。她不停地和“路”伯伯说话。妈妈一直躺着，没有出寝室。

三人围着饭桌吃饭。奶奶调味偏重，又不知道亘喜欢的菜式，饭又煮得软绵绵，一点都不好吃。不过，亘一不动筷子，奶奶就瞪眼，亘只好默默地吃下去。

“悟，我反对把邦子带去千叶。”

奶奶开腔了，她就等着晚饭结束。

“亘呢，你到奶奶那边住一下比较好，但妈妈在这边还有要紧事。明白吗？所以妈妈去不了。”

一和奶奶面对面，亘便无从争辩。奶奶的势头太强了。

“不过，妈，让邦子一个人待着挺不放心的。”“路”伯伯抗议道。

“那回小田原娘家也可以嘛。”

奶奶好像生气了。

“现在的情况下，和亘分开挺可怜的。”

“照此下去，亘才可怜呢。他要受邦子摆布哩。”

奶奶和“路”伯伯开始争吵。听他们的对话，可以知道迄今为止，在爸爸和妈妈之间，爸爸和奶奶、伯伯之间，奶奶和妈妈之间，这几个组合中已进行过多次商谈，只是亘不知道，不被告知而已。

“到了这个地步，夫妻也只好分手了吧。”奶奶噘着嘴说，“不可能重归于好了嘛。”

“妈，亘也在哩。”伯伯脸色很难看。不过，奶奶也不肯退让。

“也好嘛，不可能总瞒着亘的。”

“可是……”

“说过那么多次了，阿明不是宣称绝对要离吗？重归于好是不可能啦。这种事，早了断为好吧。邦子那边也是可以从头再来的年龄。”

“别说得那样简单。”

“谁说简单了？就说我吧，到这把年龄臭小子才出这种问题，做梦也没想到。我这老骨头还想过几天舒坦日子呢。”

亘睁大两眼看着奶奶的脸。

“妈一头说讨厌自己被卷进麻烦事之中，一头又听信阿明那种只顾自己的辩解吗？我也讨厌哩。那小子没个男人样。一想到他是我弟弟，我就想哭。”

“他确实是只顾自己啦。”奶奶略为收敛，顺手拿起抹布，握紧，“可是嘛，悟，并不都是阿明不好吧？你也听说过那女人的事吧？我记得她哩。也不是一无是处，她不就是从前跟阿明交往的女人吗？二人爱得神魂颠倒呢。我也有了思想准备，她就要嫁进来。可没料想半年不到，阿明就跟邦子结婚了，他简直跟中了邪一样。”

“妈，别说了。”“路”伯伯很在意亘，“那都是过去的事。”

“不就是过去的事情没完，变成今天这样子吗？阿明被邦子笼络住了吧？说是怀上孩子啦。阿明无奈决定结婚，结果好端端又说流产了。她是撒谎嘛。”

“妈！”“路”伯伯生气了，“别对亘说这种事！”

亘不知不觉中就喃喃自语道：“没事，伯伯，我听说过，我已经知道了。”

奶奶用抹布擦擦眼泪：“阿明真蠢啊。真是个笨蛋。可是不论他多蠢，毕竟是我儿子嘛。他既然那么不顾一切地追求，就随他意吧。假如邦子说什么也不离，我就给她下跪也无所谓。假如她能接受，我就那么做。”

这回奶奶真的哭起来了。

“路”伯伯有气无力地嘟哝道：“那亘不是很可怜吗，这算什么事嘛。”

“我来带他。”奶奶断然地说道，“再怎么说，这孩子是三谷家的后代嘛。这样做，也就方便邦子再婚了吧。”

亘头晕眼花起来，在椅子上坐不住了，似乎马上就要瘫倒在地板上。

就在此时，寝室的门打开了，妈妈像幽灵一样飘然而至。

“请您回去吧，妈。”

仅仅半天，妈妈看上去好像体重减了一半，不过声音还是很干脆。

“这里是我和亘的家。请您回去吧。”

“邦子？”奶奶站起来，“你呀，那么固执己见……”

“亘哪里也不去，我来抚养。”妈妈声调平平地宣布，“我也不跟阿明分开，我们是一家人。请不要自以为是说那种话。”

奶奶把手里的抹布摔在桌上。“究竟是谁自以为是？要说最初，不是你埋的种子吗？是你自作自受吧！阿明说是被你骗了哩。你明白吗？”

妈妈和奶奶迎面相对。本来无所畏惧的奶奶稍微倒退半步。妈妈身边的空气仿佛骤降至零下十度。

“妈，我们做了十二年夫妻。假如我欺骗阿明跟他结婚，能持续这么久吗？早就不会了。那个人之所以到今天还搬出从前的事，是因为自己做的事太亏心了。为了使自己的不端行为正当化而捏造理由。妈很清楚那人有这种行为，不是吗？”

奶奶平时就很犟的下巴，此刻更显得固执。

“你把我儿子说得那么不堪吗？就因为你这样，阿明才跑到别的女人那里去了。”

妈妈脸色苍白，紧盯着奶奶说道：“请回去。请离开这个家。”

“路”伯伯制止了要往妈妈跟前凑的奶奶。

“妈也好，邦子也好，别争了。今天够乱的了，烦透啦。”

奶奶挥挥拳头，说道：“悟，回家去。亘也走。”

亘断然地答道：“我要在这里。和妈妈在一起。”

奶奶露出痛苦的神情，好像很受伤，亘挪开了视线。

“好了，邦子。今晚我们先走了。”

“路”伯伯抓住奶奶的手腕，向大门口迈步。

“不过，邦子，你要冷静点。可不能自暴自弃呀。好吗？亘，伯伯明天再来。”

只剩亘和妈妈两人时，家中又太安静了。

“亘，睡觉吧。”妈妈下命令的口吻，跟刚才对奶奶说话的腔调一样，完全没有抑扬顿挫，“妈妈也睡了。今晚好好睡一觉，明天再谈，好吗？”

亘默然，只好返回自己房间。他不知该怎么办。白天，那个叫田中理香子的女人看似可怕的魔女。可现在，妈妈像个黑衣魔女，一边喃喃念咒，一边搅拌热气腾腾的毒药大锅。

亘双手抱膝背靠床侧，希望马上入睡。明明不是可睡之时，视野却起了暗雾，是身心都期待着逃离现实。睡着吧，离开此地。

迷迷糊糊之中，不知何处的电话铃响起。几点？是谁打来电话？

电话铃不响了。妈妈接了电话？听见说话声，像是哭诉的声音，或者是在发怒？

假如是这样，睡着更好。真是受够了。

亘慢慢悠悠地沉入睡眠之中，仿佛坠入黑暗深渊。

然后——不知过去了多少时候。有人在身旁摇晃亘的肩头。虽不是很使劲，但很耐心。

“亘，快醒来！”

听见有人呼唤。是谁的声音？那声音又熟悉又陌生。

亘在声音的引导下从睡眠底部浮起。

“亘，要挺住呀。你不醒来的话，要出大事啦。”

亘睁开眼。一下子对不上焦，只是漆黑一片。

抬起头，在周围的昏暗中，看见一个黑乎乎的、苗条的身影。

是芦川美鹤。

他披着魔导士那样的黑斗篷。斗篷之下也是黑衣，紧身衬衣配方便活动的裤子，皮绳编织的及膝长靴，腰系皮带，挂一把带鞘短刀。

他右手持杖，是一支杖尖镶闪亮石子、放射奇异光彩的黑杖。

“芦川——”亘张口结舌，连忙环视四周。

十三 前往幻界

“这里是……”

是亘的房间。虽然关了灯很黑，但错不了的。亘保持入睡时的姿势，靠着床侧。

亘向芦川扑过去，双手抓住斗篷下摆。

“芦川，你从哪里来？之前上哪里去了？干了什么？”

芦川伤感地笑笑，把手杖支在亘身边，一弯膝蹲下。

“说来话长。”他一边把亘的手从斗篷拿开，一边说，“所以长话短说吧。我来救你。因为我欠你人情。”

“欠我人情？来救我？这是从何说起？”

“试一下深呼吸。”

芦川稍稍仰起头。优美的鼻线发着光，显现在昏暗之中。

“闻到煤气味吧？”

亘猛吸几下鼻子。真的，好臭。

“你妈妈拧开了煤气栓。”

亘岂止惊讶，恐惧从脚尖直冲头顶。

“她想跟你一起死。只要不发生爆炸事故，城市煤气倒是死不了人的。她可能不知道这一点。”

“得，得制止啊……”

芦川按着要站起来的亘的肩头，制止了亘。

"稍后也来得及。现在听我说。"

芦川抬起手，摸摸自己的脖子。那里重叠挂了两件垂饰似的东西。他摘下其中之一，递给亘。

黑色皮带子上，连着一个小小的银白色金属牌。很轻，很漂亮。

"这是旅行证。"芦川说着，让亘握住金属牌，"有了它，就可以随意前往幻界旅行。只要先去看门人处出示它，他就会给你准备装备。像这样的——"

芦川伸一伸两只手，显示他的装束。

"幻界？"

芦川点点头。"你应该恢复记忆啦，所以明白了吧？你去过一次的。在那栋幽灵大厦的楼梯的悬空处，前面有一扇门。此刻看门人专门等着你。不过，让他等太久是不行的，得在黎明星闪耀之前去。"

"幻界。"将《萨加Ⅱ》的世界原原本本地反映出来的、不可思议的地方。

"那可不是虚幻的呀……"

芦川对亘的喃喃自语莞尔一笑。

"对呀，并不是虚幻的。幻界是实实在在的。此刻我就从那里来。原已开始旅行，但我看了真实之镜，见到了你的情形。不该多管闲事的，可是……"

芦川咬了咬嘴唇。

"刚才说了，因为欠你人情嘛。而且，你跟我挺像的，背负着同样的东西。所以，我也想给你机会。"

"机会？"

芦川站起来，把斗篷掀到肩头。

"幻界，是生活在现实世界的人类，以其想象力创造出来的地方。所以永远都会存在。但分隔二者的要御扉，十年才打开一次。而且，首先还得有适合作为前往幻界通道的地方，需要那附近有强烈愿望的人，他要豁出命来克服所有困难，力图改变命运，取回已失去的东西，否则，要御扉便不会出现。”

芦川再次握杖在手。

“适合作为通道的地方……”亘重复道。

“没错。大松大厦的楼梯就是。”芦川朗朗说道，“所谓楼梯，即使不是那栋大厦，也容易成为前往异界的通道。著名的鬼屋——所谓幽灵出没之所，楼梯也很多吧？楼梯原本就具有那样的功能。这种建筑物从中穿过空间，无路处亦成通途。”

亘无言，只是仰望着芦川端庄的脸庞。

“大松大厦的楼梯建了一点又丢下，无处可通。所以，在那悬空处前面，聚集了通往幻界的力。我到那里去了，于是，要御扉便出现了……”

“你——祈求改变——命运？”

“没错。”芦川没有丝毫迟疑，深深地点头，“你知道了吧？我家发生了什么事情？”

亘点头。芦川的父母。父亲杀了母亲，杀了母亲的情人，杀了芦川的妹妹，等着芦川放学回家……

“我想改变自己的命运。”芦川平静地说，没有多余的激昂，“所以，我决定前往幻界。”

他抓起手杖，收在斗篷下。

“幻界很大，危机四伏、鬼魅百出。不过，只要能够抵达命运之塔，我就要去。”

“命运之塔……”

“那里居住着司职人类命运的女神，抵达者可如愿以偿。我一定要找到那里。然后改变命运。我绝不放弃。”

芦川的声音微微颤抖，第一次透着情感。

“假如——假如我力量不足，不能救回父母，我也得救回妹妹。我要把她带回现实世界。因为她——她真的很小呢。”

斗篷之下，芦川双手攥得紧紧的。

“我也想去，去命运之塔。”亘也站了起来，双手要去握芦川的手，“求你，带我一起去吧。”

“那不行。”芦川悄然退后，“前往命运之塔的路，必须凭自己的力量找出来。如果不是靠自己的力量抵达的话，女神就不会出现。靠别人不行。”

“那……那可是……太难了呀。我们，只是小孩子呀！”

“这可是改变命运啊，哪有容易可言呢？”

一瞬间，芦川恢复了亘熟知的、蔑视他人的眼神。一种奇特的、久违的感觉。噢噢，这小子是真正的芦川美鹤。

“我得回去了。”芦川又后退一步，“亘，假如下了决心，就去要御扉。因害怕而放弃的话，也不要紧。要御扉等到黎明时分就会消失。再也不会出现在你面前。”

芦川身体的轮廓开始模糊起来。不知从何而来的银光围绕着他。

“可是，那样的话，你的命运也就是这个样子啦。不但毫无改变，可能还要恶化下去。”

好好想想吧——芦川留下这句话，消失无踪。

好一会儿，亘跪立不动，凝视着芦川消逝了的空间。这时，一件东西轻轻掉在脚旁。

垂饰。是旅行证。银色的、像亘的尾指指甲般大的金属牌闪着光。这是因为亘的手指松开，从他掌心滑落的。

在亘注视之下，金属牌一瞬间闪烁七彩光辉，强烈的光芒令人不禁抬手掩眼。

这时，一个不明来源的浑厚声音在呼唤：

“你已获选。勿走错路。”

亘拾起垂饰，站起来。

厨房的煤气栓都打开了。亘关好煤气栓，打开通向阳台的窗户。

闷热的夜晚。街上笼罩着沉浊的夜间气息，不过，亘额头冒出的汗珠，与气温无关。

亘挂好垂饰，走向大门。他在妈妈的寝室前止步，在心里头向半开的房门内呼喊：

妈妈，我要出去一趟。等着我，我一定会回来的。

我要改变命运给您看。我要让爸爸不再变成那样，我要让妈妈不必再承受那样的非难，我要让叫田中理香子的女人不再出现在爸爸面前。

让我们一家三口快乐、和睦地过日子。

改变命运。不，与其说改变，毋宁说让不正当地被扭曲、被改变的命运，返回原先正确的样子。

来到街上，夏夜夜深时分，亘朝大松先生的大厦跑去。穿运动鞋的脚轻轻蹬踏着沥青路，每跑一步，胸前的垂饰牌便晃动一下。

大松大厦出现了。不知是否因心理作用，被蓝色防水布包得严严的影子充满了前所未有的神秘感。

巨大的路标——只有知情者才会明白的，通往另一个世界的路标。

亘在以往那个地方撩起防水布，滑入般进入里面。

里面很明亮。像无数萤火虫飞来飞去一样，微小的光粒子在飞舞。这些粒子也粘到亘身上，亘一抬手一伸腿，周围的光粒子便跃动起来。

那段建了一半的楼梯尽头处，出现了一扇门。古色古香的门扉四周，白光环绕。光呈放射状漏散出来，几乎不能直视。

亘踏上阶梯，仿佛是一步一个脚印地往上走。他目光不离门扉，走着走着，他自然地抬起手，握住垂饰牌。

亘站在门扉前，从门扉周围漏散的白光更加强烈。七色光带在里面逆时针方向转动着。亘手上的垂饰牌又发出了七彩光芒，仿佛与之呼应。

门扉缓缓开启。光扑面涌来。亘眯着眼，扬起下巴，伸展双手，全身承受着光。

然后，他迈步走进门扉。

第二部

一　看门人的村庄

在炫目的光线中，究竟走了多长时间？亘猛一回神，发现自己置身深山老林之中。凉风轻抚面颊。

参天大树郁郁葱葱，仰酸了脖子，才看见巴掌大的蓝天。

而那片天空的正中央，闪耀着金黄色的太阳。

哔——噗——

类似小鹅笛的声音突兀地响起。亘环顾四周，身体以脚跟为轴，尝试旋转一圈。

哔——噗——啵啰啰啰啰。

声音再次响起，从跟前的树丛中飞起一只艳丽的鸟，橙色羽毛。咦，是它的鸣叫声？

可这片森林是那么深广！绿叶浓阴，枝桠交错，如同手臂缠绕，遮盖在亘头顶上。可尽管如此，却不觉得阴暗。一定是日上中天之故吧。

脚下的地面松软舒适。是叫作腐叶土吧。亘念一年级的时候，全家去北海道旅行，在林中的露营地支起帐篷。那时候，爸爸告诉他的。

覆盖地面的是绿得逼眼的青苔、开着可爱小白花的矮草，以及模样像车前草、手感如天鹅绒、如亘手掌般大的草。然而，细看的话，当中留下了人走过的痕迹。有人走过，自然会踩出一条路。迂回曲折的路穿过森林，通向远方。

亘用力作了深呼吸，沿路走下去。林中某处又传来了小鹅笛般的鸟鸣，亘吹口哨模仿一下。当亘吹出“哔——噗——”声时,隔呼吸一下的工夫,鸟叫声像询问似的语尾升高,“哔——噗——啰啰啰”地回应了。亘又模仿了这一句，于是稍微沉默之后，鸣叫声变成极为复杂的音阶：

“哔、噗，啵啰啰哔，哔啵啰啰哔啰啰，哔哔噜噜噜……”

亘乐不可支，边笑边大声向头顶上方喊：

“明白啦，我输啦！这么复杂，模仿不来啦。你很强啊！”

“哔——噗——”鸟儿回应道，听来对方颇为自得。

再往前走，道路向右急转。再往前，视野豁然开朗。

看见红屋顶的小屋，屋顶上有一根孤零零的小烟囱。一间、两间——似乎是个集居地。

亘走近最靠前的小屋。这里仿佛是在树林中开辟出来的广场。数一数，当中建起了五间小屋。五间都一模一样。只是，烟囱冒烟的，只有最靠前的这间。

在原木制作的房门前，有三级台阶，也都用原木段堆叠而成。亘登上最高一级，喊门。

“有人吗？”

没有回应。白烟从烟囱中缓缓飘出。闻到炒糊的香味儿。亘吸了吸鼻子。

“有人吗？都不在家吗？”

就在此时，房门从里面嘭地打开了。因为事出突然，亘一下子失去平衡滚落台阶，吃了个屁股墩。

身穿长法衣的老人扶门而立，突然恶狠狠地对亘说道：“小家伙，你的问题毫无意义！”

亘情不自禁地指着老人的脸说：“就是你！”

他不就是在要御扉见过的那位魔导士吗！法衣的颜色和那时不同，但面孔和声音都一样，错不了。

可他比那时候凶多了，目光也很挑剔，白多黑少的双眼锐利地朝亘一瞪，喋喋不休起来。

“假如我不在家，你问‘都不在家吗’，没有人回答你。假如我在家，我用不着说在家，直接开门出来就行。也就是说，你的话纯属浪费。明白了吗？”

亘精疲力竭地坐在地上不动，答一声“哦”。

“那也是多余的话！”老人仰天怒吼，唾沫几乎飞到亘身上。

“该说‘是’就说‘是’！该说‘不’就说‘不’！为什么发出‘哦’这种不明了的音！光是‘哦’不算回答，所以终究得在后面再说什么，对不对？难道不明白，那也是浪费语言吗？”

“哎——不过，我……”

亘正要说什么，老人脸色通红，双手挠着胸脯。

“嗷嗷、嗷嗷，还在浪费语言！待在那里！我给你一个裁决！”

老人把法衣下摆一掀，冲进小屋里头。就在亘愕然守望之时，老人双手握一支颇沉重的手杖，呼呼挥舞着返回来。

“嘿，你等着瞧！”

“妈呀！”亘大叫一声，拔腿就逃。

“岂有此理！逃什么！”

老魔导士追赶上来。亘绕着并排的小屋转圈子，像玩了好一会儿摸瞎子游戏或捉人游戏似的。老人精神矍铄，怒气不减，也没有喘不过气来的迹象。亘倒是慌了手脚，几乎要被追上，于是逃到广场边上，眼看又要被逼住了，进退失据。

无意中一抬眼，见右手边就是最后一间小屋子的后门，亘从怒不可遏地冲上来的魔导士胁下钻过，飞奔向后门。原木房门轻轻向里打开，亘冲入屋内。

桌上有只小暖炉，看上去硬板板的床铺有薄毛毯。未等看清眼前情景，身后的房门又打开了。

“岂有此理！我说了你逃什么嘛！”

魔导士赶上来了。亘穿过房间，从前门冲了出去。

怎么办？坏了坏了。怎么成了这样子呢？

芦川说过“首先上看门人那里”，那位老爷爷魔导士恐怕就是那看门人——因为他以前曾站在要御扉旁的呀——可他为什么对我穷追不舍呢？不对劲呀。

亘高速思索着，同时找寻逃避的地方。他突然发现，魔导士不见了，仿佛半途而废的样子。咦？他不追我了吗？

回头端详这集居地，感觉与最初所见有微妙的差异。好像是认错门了。到底是什么不同呢？

是烟囱。从烟囱冒出来的——白烟。

初到时，是最前面的小屋的烟囱在冒烟。然而此刻，是最里面的小屋——刚才亘冲出来的小屋的烟囱在冒烟。

而且，老爷爷魔导士追着亘进屋，好像就没有出来了。

亘小心翼翼地走在松软的地上，接近最后那间小屋的门口。附耳倾听，但什么也听不见——

不，听见了。在哼歌呢。

“哎——对不起，打扰了。”

亘一喊门，哼歌声停止了。脚步声缓缓接近。

门一开，露出刚才的魔导士的脸。他完全没有生气。

“哎呀，稀客稀客。”他摊开两手。

“看你的情形，莫非就是美鹤所说的，另一位旅客？”

老爷爷极和蔼，说话极温和。这究竟是怎么回事？

“噢，老爷爷。”

亘好不容易才提出了疑问。

“您不生我的气吗？”

老人瞪大了他的小眼睛。

“我？生你的气？”

他俯视摊开的双手，那端详的模样，仿佛在两手间的空间里翻找东西。

“我，为什么非要生你的气呢？”

“为什么？可是，刚才——您不是很生气吗？”

亘指指最初喊门的小屋。

“我敲了门，您一开头就很不爽，说我浪费语言，挥舞着拐杖追赶我。”

魔导士用细长的指头点着自己的鼻尖。

“我？”

他老糊涂了。

亘加重了语气说：“没错。”

他是要弄人吧。不，说不定是幻界接受旅客的头一关呢，看你能否和反复无常的看门人合得来。如果是这样，得认真对待呢。

“噢，那个……我的确是旅客。”亘掏出那个垂饰，“芦川美鹤给了我这个。他说，向幻界的看门人出示这垂饰，可以做好旅行的预备工作。就是在这里做吗？”

老魔导士把手往长法衣内一插，摸出一个令人发笑的大型放大镜来，然后扯过亘拿垂饰的手腕，仔细观察那个金属牌。

“不错。”他冒出一句话，“你的确是美鹤说的第二个旅客。名字叫什么？”

“三谷亘。”

“太长了，在这里只需‘亘’就好。总而言之，不是难听的名字，不会跟其他人混淆吧。”

亘爽快地答应道：是，明白了。

“那么，请进吧。”老魔导士推开门，邀亘入屋，“请坐在那张桌前的椅子上。我现在给你拿地图。”

亘依言坐在朴素的桌前，心里扑通扑通跳。

老人关好门，走到小屋里头一个小巧的书架前，取下立在那里的几册书。以为他要翻开书页，其实不是，他伸手探入拿走书之后形成的空格深处。

“噢噢，就是它。”

老人边说边取出卷轴似的东西。乍一看跟《萨加Ⅱ》里面出现的“商人地图”一模一样，包括纸边泛黄卷起的样子都一样。

商人地图虽然不是大侏玛国的全图，但至少可以了解人们居住的城市和街道的情况。如名称所示，它是商人为了做生意，亲自踏勘、绘制的地图。为了打通游戏，中间阶段要前往妖精三国，将商人地图上没有描画出来的土地和海域补画上；再进一步，在首都侏玛兰的角斗场上，玩百人斩游戏取胜，从而取得“冒险家地图”。把两张地图对照，才能弄清最后的迷宫——“幻兽岛巴尔巴兰”的地点——次序就是这样。

老魔导士面桌而坐，展开地图。因地图卷得紧紧的，必须两手按住边缘，魔导士嶙峋的枯手瘦如骸骨。

“这是前往尝试洞窟的地图。沿路径走去的话，无论你多笨都必能抵达。”

亘看着地图，很有些失落。这地图颇像孩子的涂鸦。画一张从最近的车站到亘家的路线图，也许比它还要复杂一点点。

“这里，是我们现在待的地方吧？”

亘用手指点着画有五间小屋、打了圈的地方。

“正是。”

“从这里去北面的森林，笔直走进去就行了吧？”

地图是那样画的，只有一条路。

“正是。”

“是吗？哈哈。”亘笑道，“就这样的话，我没有地图也能去。”

“那样会重叠。”老魔导士严肃地说。

“嗯？山顶？需要攀登什么地方吗？”

魔导士突然轻轻点一下亘的脑门。

“尝试洞窟是个洞穴，你要攀登什么？”

“哦哦。可是，去了这个尝试洞窟，我该干什么呢？那里面有什么东西？”

“你不是听美鹤说过吗？做旅行准备嘛。”

“在这里？”亘指着地图上写着尝试洞窟的地方，“这里只写了地名。没有图。没有洞内地图吗？”

“不可能有吧。那就无所谓‘尝试’了啊。”

魔导士很无奈似的口吻。

“明白了吧。你从这里进去，一进去就有地图，然后就出来，出来后就做好了旅行的准备。就是这样的安排。”

啊哈，明白啦！亘拍一下掌。“噢，原来是带自动制图功能的地牢啊！”

他的额头又被点了一下。

“我没听过这样的咒语。连我也不知道的咒语，不可能存在于幻界。你所说的我看是胡谄，不行。”

“不过，我打《萨加》系列可行啦，又很了解角色扮演游戏，所以——”

因为老魔导士什么也没说，一脸苦相，亘默然。

“好的，我出发了。”亘站起来，“噢，那个……我可否领到类似于武器的东西呢？”

“武器？”老人扬一扬雪白、纷乱的眉毛。

“对，像刀剑棍棒之类。”

“没那种东西。”

“没——有？”

老魔导士很干脆地说：“没有。快走吧。”

“可是，被怪物之类袭击时，怎么办呢？”

“那就逃嘛。”

“逃——得了就好。”

“拼命跑嘛。”

“噢——这建议简洁明了。”

在目光炯炯的盯视之下，亘向后转，迈步向小屋门口走去。亘拉开门时，魔导士仿佛随口说了一句："不放心的话，就在北面林子里捡根树枝带上吧。尽量挑结实、硬的树枝。"

明白了，我会的。亘走出屋外。踩着松软的泥土，穿过集居地，向魔导士指示的方向——翠绿的树林走去。

身后吹来一阵风，扬起了亘的头发，小鹅笛似的鸟鸣声咯罗咯罗地随风而去。

二　尝试洞窟

比起前往集居地路过的林子，北面树林似乎冷飕飕的。只听见悦耳的鸟鸣，完全看不见动物，连一只围着白花跳舞的蝴蝶也看不见。

而且，像魔导士说的那种适合的树枝也找不到，地上只落下花瓣和叶子。

与之前相比孤寂得多。如此敏感，是自己胆怯了吗？

道路真的像地图画的一样，只有一条路，可是，树下杂草丛生，不时遮盖路径，让人难以分辨。有些地方往前十米左右都看不见路，非得在大树间转来转去寻找。也就是说，比起通往集居地的路，走这里的人少得多吧。

走了十分钟左右，在凉爽的林中，来到了一个灰色岩石像瘤子般鼓起来的地方，道路在那岩石前消失了。这么说，已到达目的地了？

可是，看不见有什么洞窟呀。

亘环顾四周。集居地已看不见了，视野之内只有林中树木。微风荡漾，无数叶片随之摇晃。

亘抬手挠挠后脑。然后，迈前一步，把手放在岩石上。

头顶上响起唱歌般的鸟叫声：“试一试吗？试一试吗？试一试吗？”

亘惊讶地抬起头，答道：“对呀，我想进入尝试洞窟！”

周围的树木同时流泻出小鹅笛般的音色。类似四重奏或五重奏。汇成出色的和音。

想尝试　别丢命
对问题　要回答
对回答　要提问
导师倦　打呵欠
该回家　就走吧
一千年　答不上

鸟儿们唱完歌，又刮起一阵风，脚下的地面开始隆隆作响。就在亘眼前，巨岩一分为二。

入口出现了。是一个亘好不容易才能钻进去的、狭窄的暗穴，从这个入口进去？

他猛然心惊：我不喜欢，非得进去不可吗？多少有点儿受骗上当的感觉。《萨加》的主人公进入过这种地方吗？

正迟疑不决，洞窟入口的深处，有一个沙哑的声音在呼唤。

“再磨蹭可要关门啦。”

亘吓了一跳，往后一缩。

“小家伙，听不见吗？我说要关门啦。”

洞窟里的声音好吓人。亘回想起开鱼店的邻居叔叔的声音。

“喂，我没工夫跟小毛孩玩到天黑。你再畏畏缩缩的，我要跟导士说了，赶快赶快。”

“您是——关西口音？”

这里本应是幻界才对。

“你进还是不进，快说！”

“这里真的是尝试洞窟吗？”

“我说不是的话，你就回家？”

“那个——嘛……”

“那你回家去。不相信导士的话,进来了也没用。乳臭未干的小毛孩。”

乳臭未干——是什么意思?

“我明白了。我这就进来。”

“一开头就该这么干脆，笨蛋。过来这边。”

亘上前半步。突然，从漆黑的洞窟深处伸出一只脏兮兮的大手，突然抓住了亘的脑袋。

“呜哇！”

亘被吸入洞窟深处，只留下他的惊呼回荡在林中。

重归宁静的森林里，又响起了小鹅笛般的鸟鸣。

来者是谁?

来者可是勇士?

来者是谁?

来者可是魔术师?

回家的是谁?

刚才的老魔导士一手扶杖，一手抱古老的魔导书，穿过树林，在鸟儿的歌声中悠然步来。他走到吸入亘的洞口前时，停住脚步，“哟”地踮脚看一看。

“噢噢，这回的旅客，看来比美鹤要多费不少事哩。”

他把杖倚在岩石上，敲敲腰板，叹息道。

好，那就动手吧——魔导士喃喃自语道，他拿起杖，嘟嘟囔囔地念起咒语。他的身体一下子变成一团轻烟，瞬间随风化为鸟状，被吸入洞窟里面去了。

亘在下坠，无休止地直坠无底的昏暗深渊。他原本在喊叫，但随即呼吸困难，出不了声，但仍在坠落。想再次深呼吸之后喊出声，但由于是头上脚下，以坐椅子般的姿势下坠。渐渐地他定下神来了。而且，虽然的确在下落，但速度一般，也有一半在飘浮着的感觉。感觉不到要喊叫的必要了。

他东张西望地观察起来，但实在是漆黑一团，什么都看不见。以自身模糊的感觉，他认为自己不是在一个宽大的地方下坠，而是在一个滑溜溜的软管似的东西里下坠。稍微动一动身体，就能在下坠中改变方向。他像展翅一样伸开两手，右手指尖触到了滑溜溜的东西，可能是墙壁。

落到何处为止呢？

下坠过程中，感觉有风自下吹上来。暖烘烘的气流吹入衬衣的袖口，下落速度随之减慢下来。像是搭乘电梯，或者滚梯，又像走路下楼梯。

正下方显现一个闪烁白光的、圆台似的东西。大小足够亘着地。一定要降落在那上面吧。

亘张开手脚，巧妙地控制好平衡，落在圆台上面。大松一口气之后细看，圆台是石造的。屈膝下蹲，用手摸摸看，很滑，简直跟亘家厨房里的人造大理石台子一样。

抬头看，刚才漆黑之处出现了入口。那不是门，感觉像刚才被拉进来的洞口，而且大很多。亘可以走进去，只是里头黑咕隆咚。

拿出勇气来！好，迈步向前。

踏出一步、两步。于是，四周景色戏剧性地变化起来。

这是——寺院。不，是城堡的回廊吧？

天花板很高，几乎有三层楼高。地板和墙壁都是石造的，隔几米左右立一根一人抱的粗圆柱。壁边排列了无数烛台，烛光摇曳恍如星光闪闪。即使如此，路的前方依然晦暗，看不真切。

亘心想不出所料吧，回头一看，刚才走进来的入口已经消失无踪，只有和前方同样景色的路无尽地延伸。

不能胆怯。亘边激励自己，边向前行。不一会儿，出现了一座大雕像。是一座单眼巨人像，用和建筑物同样的石料雕成。裸身穿甲，上臂露出驱魔的文身。肩扛大斧。

亘停下来，仰望雕像面孔，这时脚下传来地鸣似的声音，地鸣声变成了人声。

“我乃侍奉命运女神、镇守东方之黎明神将。来人回答问题。”

亘肃立。

声音继续说：“你，对我及我黎明之眷属，有何请求？”

一下子想不起来。该怎么回答才好？

慌乱中，突然想起来了。说来，《萨加I》里头不是有过这样的设置吗？头一次玩游戏时，要向游戏中出现的治理三个国家的三位神提出要求。有种种选择，诸如财富、名誉、勇气、美貌、智慧等等。然后，根据你要求的种类，主人公能够掌握的特技便发生微妙的变化。

亘做了一次深呼吸，鼓足力量喊道：“我——我想要向前走的勇气，所以，请给我勇气！”

隔了一口气工夫，一个沉闷的声音回答了。

“那就给予你勇气。你可以通过。”

巨人的单眼红光闪亮，挡住去路的座像顿时消失无踪。路在前面延伸。千万点烛光在摇曳。

走了不久又遇见同样的巨人雕像。亘又停下来。

“我乃侍奉命运女神、镇守西方之黄昏神将。来人回答问题。”

“是，我回答。”亘说道。

“你，对我及我黄昏之眷属，有何请求？”

“我想得到智慧。”

“那就给予你智慧。你可以通过。”

巨人的单眼发出青光，座像消失。

再往前走，遇上了第三座单眼巨人像。

“我乃侍奉命运女神、镇守北方之风雪神将。来人回答问题。”

亘这次要求有健康的身体。他希望有精力完成在幻界的漫长旅行。

听到回答，单眼发出白光，座像消失。亘继续前行。

第四座雕像不出所料是“镇守南方的阳光神将”。亘要求拥有喜悦。旅途中有种种赏心乐事就好啦。

“那就给予你喜悦，你可以通过。”

单眼发出金光，座像消失之后，前无去路。正前方是一堵墙。走到头了。只有烛台在闪烁。

在灯火照耀下，可见刚才座像的位置，连着往下延伸的台阶。亘毫不迟疑地顺阶而下。他情绪高昂，毫不畏惧，简直成了《浪漫辛格斯顿·萨加》的主人公。

下了阶梯，是一个大厅。大红的天鹅绒窗帘遮住了窗户。沿壁排列着高靠背椅。地板光洁，几乎能映照出亘的脸。到处摆放着三支蜡烛的高脚烛台，蜡味儿漂荡。

天花板绘画繁多，但灯光不足，看不清楚。动物、花朵、树木——咦，仔细一看，那古怪的螺丝脑袋，不就是螺丝头狼吗！

正看得目瞪口呆之时，有人搭话。

“亘，过来这边。”

亘猛一惊，环顾四周，在大厅最里头的墙边，那位老魔导士独坐在一张小桌前，桌上燃着一支蜡烛。

“魔导士先生！”

亘冲过去，他真想扑到魔导士身上，多令人高兴和想念啊。然而，当亘走近时，魔导士又抬起他瘦骨嶙峋的手，点一点亘的脑门：

“用用这个。”

“魔导士先生？”

老魔导士右手托腮，竖起左手食指晃动着，发出“去去去”的声音。

“不行啊。”

“噢？”

“那样子还不行哩。你比美鹤差老远啦。”

为什么呢？亘脑子乱了，很不痛快。对于四座神将的提问，我不是答得挺好吗！

老魔导士像看穿了亘的内心一样，很不耐烦地说道："那样子太平凡了，欠缺独创性。"

"独——独创性？"

"没错。而且，开头在洞窟入口迟疑不决也要不得。那种时候得当机立断。也就是说，思想准备不足。"

原来如此啊。亘瘫坐地上。

老魔导士取出不知从何而来的长羽毛管笔和文件夹。亘以为看花了眼，擦一擦眼睛再看，的确是文件夹。

"给你作综合评价。"老魔导士宣布道，手中约三十厘米长的羽毛管笔灵巧地动了起来，"幻界适应能力偏差值三十五。特殊技能为零。体力值达到平均。勇敢值最低分。"

"哎、哎、哎……"

亘抱着魔导士消瘦的膝头。他又被点一下额头。

"结果，将你定为见习勇者原型I。给你装备。"

魔导士将羽毛笔夹在耳侧，空出手来轻抚一下亘的头。火花似的东西四溅。

"站起来看看。"

亘依言站起身，装束已经改变。特制棉的长袖衬衣——没有领子也没有袖口折边。深蓝色的肥大裤子，结实的高腰皮靴，这些方面都与芦川的穿着相同。不过，亘的腰间不是系皮带，而是缠着麻织围巾似的东西。

"这些——是我的装备吗？"

"一点不错。恭喜你。"

"可是，武器呢？即便是见习勇者，也该有武器吧？"

"等回到地面上再说。"

魔导士将笔和文件夹收到法衣里面，招呼一声，从椅子上站起来。

“我先返回地面。”

“您回去？我呢？还要考试吗？”

魔导士咧咧瘦削的下颚。

“你嘛，大凡达成心愿，必须付出代价，知道吗？”

“付出代价？”

“可不是说‘付出大价钱’哟。是指想得到，先要付出。”

这时，亘感觉到地鸣，还远，不过正在接近。有沉重的东西“咕咚、咕咚”地走近来——

“四大神将听从了你的愿望，作为代价，要你用命来换。”

老魔导士满不在乎地说。

“逃得掉是你的胜利。留得命在，终能如愿以偿。被抓住，你就输了，也就无法实现愿望。”

凄厉的破坏声传来，大厅四壁崩塌。是四大神将。他们用斧子劈开墙壁，拥入大厅！

“出口有的是哩。”

魔导士向房间各处指指点点。的确，不知不觉间四壁出现了许多出口。

“找到真正的出口，逃出去就行。”

“可是……太难了呀！”

四大神将挥舞着斧子，直冲过来。

“奋力拼搏吧。”魔导士笑笑，“回想一下北面森林小鸟唱的歌。”

魔导士的身影消失在空中，只剩下雾一般的东西。这团雾立即变成一只小白鸟，嗖地掠过亘鼻尖，飞上天花板。

“请、请等一等！”

四大神将已逼到眼前。亘惊呼着逃向墙边，脚下一绊摔倒在地。风雪神将挥舞着斧子冲在前头，正好猛刺过来，刺空后在地面划出一道电光。

“救命啊！”

平时看电影读漫画，见被追到绝境的出场人物在明知大喊也无人来救的地方，也这样大喊，总觉得莫明其妙，很是不屑。不过，那么想是错的，即使认为无人会来，也忍不住要喊的呀，这种时候。

刚挣扎着站起，黎明神将的斧子便猛砸在他刚才倒下之处。之所以在此危急之际仍能分辨出四大神将，是因为四尊神将脸上都有颜色不一的单眼在闪亮。

要逃？往哪儿逃？

房间形状像方形巧克力，左右两面墙上有无数出口。那些出口中的某一个，就是逃生出口吧，大概是的。该怎样辨别呢？只能挨个打开看吗？

在惊恐万状地奔逃的亘身后，四大神将咚咚地穷追不舍。

他们跑过的地板，铺石纷纷碎裂，仿佛长了倒刺。亘眼角余光看见这情景，毛发倒竖。

不过，就在来回奔逃之中，他有所察觉：巨大的四神将一旦挥舞斧子出手，接下来要调整方向便颇费时间。而且，他们有一个特点，一座雕像出手，其余三座也加以模仿，所以，假如能够巧妙躲开第一座的攻击，在其余三座也向同一地点攻击的期间，就可以轻易逃开。

好！亘跑向房间的另一边墙壁。四大神将也咚咚地尾随而来。他们身上的甲胄哐当哐当作响。回头望一眼，但见紧追不放的黄昏神将发光的眼睛和挥舞的斧刃反射着明晃晃的青光。

距墙壁仅一米。亘猛然转身，向一连串门的方向横跃出去。黄昏神将挥舞斧子，向亘原先所在之处劈去。趁此空隙，亘扒一下地板，站起身，抓住了跟前的门把。

门顺利地打开了。亘冲进房门，这是一个约四叠半的小房间，在朦胧如月光的光线照射下，仅可见中央有一座铜像似的东西孤零零地立在那里。

喘息着靠近去看，果真是铜像。摸一摸，有金属的感觉，冰凉冰凉。这是——小鹿的铜像吗？跟迪士尼电影里的斑比一模一样。

这玩意儿为何在这里？

没有出口啊。伸手摸索四壁，只有凉飕飕的石头触感，连通往外面的一把梯子、一条绳索也没有。也就是说，这里不对。得找别的门。

偷偷打开一点点门，小心翼翼地窥探外面。找不到亘的四大神将聚集在大厅中央，熄灭了单眼的光，转着圈走动。亘调整好呼吸，鼓起勇气，跑出大厅。随即，神将们单眼一亮，又开始追击。

引诱神将攻击扑空，待神将费力调整时从旁逃出，打开就近的门。亘重复着这个过程。打开了一扇又一扇门，就是找不到通向出口的门。每一个小房间的结构都相同，只在中央放一座动物铜像，每个房间的动物都不一样，有象、虎、大鱼、鸟、牛，甚至还有蛇和青蛙。

返回大厅时，就让进入过的房门打开着，以免误入第二次。如此不停地奔跑，亘渐渐筋疲力尽。他不是因为惊慌，而是因疲劳而脚下蹒跚，逃避神将的攻击逐渐变得危险万分。假如再持续下去，恐怕要倒下。

不过，所有的门都已试开过了。门看上去如此之多，竟然都已打开了。然而，找不到出口。

实在太过分了——亘拼命喘息之时，不由得停住蹒跚的脚步，这一来，神将即调整方向扑来。这些家伙一点也不累。这样下去越发不利了。该怎么办呢？

回想一下北面森林小鸟儿唱的歌吧。

魔导士这样说过。像小鹅笛的婉转鸟鸣，仿佛四重奏或五重奏的和声。

拼命想想看。是唱什么来着？“问题要回答”或者“导士先生打哈欠”……

“回家之路要‘回家’（日语发“蛙”的音）”。

“‘回家’（蛙）。”

亘眼前一亮。“回家”就是“蛙”！回家之路是蛙！

奋力迈开因疲劳而拖沓的双腿，躲过四大神将的攻击，亘沿墙边笔直地飞跑起来。有青蛙铜像的房间，在哪里？究竟是哪一间？亘一边看开着门的房间里头，一边猛跑，喉间“咻咻”喘着粗气。

有了！

是右侧最里头的小房间，有一只气鼓鼓的癞蛤蟆。亘一冲进房间，就顺势滚到铜像座下。“咚！”脑袋撞上了。

“好痛！”他眼冒金星。

亘双手抱头坐起来，咕咚一声闷响，像座开始移开。刚才还是像座之处出现一个洞穴，一架梯子由此通向昏黑的下方。

好极啦！从这里逃出去。亘轻搓着火辣辣痛的脑袋，顺梯而下。梯子不太长，仅数到不足二十级为止，脚尖已触及柔软的地面。

四周一片漆黑，类似洞穴——或者星空。凝目注视，头顶上如群星闪烁的小东西，不时移动一下，改变位置。这下子明白了。噢，肯定都是萤火虫，是这个世界的类似萤火虫的东西。

以它们发出的微光，可见洞穴仍向深处延伸，两壁是凹凸不平的岩石，到处因地下冒水而湿漉漉。

道路蜿蜒曲折，是向上的缓坡。向地面上走的感觉让他有了勇气，加快脚步。不一会儿，道路到了尽头，来到一个铺灰色石头的小广场。广场中央有一道光笔直地从上方射下来。这道光正好穿透石板地上画出的青色星印的中心。

亘站在光柱之下——星印的中心。

他有一种身体变轻、双脚悬浮空中的感觉。

他用力眨眨眼，回过神来，却已置身树林之中。此刻他站在尝试洞窟之前。听得见小鸟小鹅笛般的叫声。日头已略为西斜，森林开始笼罩在苍茫雾气之中。

洞窟关闭了入口，恢复巨岩模样。再触摸它，也不会有关西口音搭话了。

亘沿着林中小道，返回五间小屋的集居地。魔导士没有露面，烟囱冒烟的小屋不是第一间，也不是第二间，是第三间。

三　见习勇者踏上旅途

亘径直走到冒烟的小屋门口，敲门。有脚步声走近，魔导士探出脑袋。亘很惊讶：老爷爷在哭鼻子。

“哟，你终于回来啦。嘤嘤。”

魔导士边拭泪边招呼亘进屋。

“解开谜语花了不少时间吧。嘤嘤。”

亘在树桩头凳子上坐下，打量着拭泪不止的魔导士。

老爷爷在第一间屋子时突然暴怒。接下来在另一间小屋和蔼可亲。而此刻则在哭泣。

“哎——魔导士先生。”

“什么事？假如是问武器，我这就向你说明，请稍等一下。”

“在此之前……”

“对啦对啦，我的名字是拉奥贾。所以，你叫我拉奥导师吧。可不是魔导士的导士呀。虽然我确是魔导士，但我在这里担任指导旅客的导师。你既已通过尝试洞窟，成为正式旅客，我对于你而言，就是导师大人啦。‘大人’很重要的，明白吗？”

“是，拉奥导师大人。”亘紧接着往下说，不让对方又打断话头，“导师大人是因身在不同的小屋，心情就随之改变吗？”

拉奥导师用嶙峋的手摸一下瘦削的下巴，说道：“怎么啦，现在才察觉？你果然比美鹤迟钝啊。”

“呃、啊。”亘有点儿受伤，“那，是这么回事吗？”

“对呀。是这条村子的规定。看门人负有正确指导旅客的责任。他不能被一己情绪所左右，疏忽职责。结合小屋事先设定情绪啦。如此一来很确定了。在愤怒小屋时很愤怒，在亲切小屋时很亲切，然后……”

“现在这间小屋，就是哭泣小屋？”

“不，是悲伤小屋。”导师泪光闪闪，“眼泪在高兴时也会流吧？笑过了头也会有眼泪吧？咳，我实在得为孺子不可教流眼泪啦。”

“对不起。”

拉奥导师拖着法衣下摆走到房间另一头，恭恭敬敬地捧起放在一角的小藤条箱。他把小藤条箱拿到原木桌子上，小心翼翼地置于亘跟前。

“这是你的剑。打开看看。”

亘心情激动，感到手在微微颤抖。

藤条箱盖子很轻。只是放在上面盖着，无锁无扣，一下子便打开了。

箱底躺着一把带鞘的剑，但皮鞘脏兮兮，总长大约三十厘米——不，二十五厘米左右吧。皮柄部分也很陈旧，带着被手磨损的痕迹。

“这叫‘勇者之剑’呢。”拉奥导师摆出架势，自鸣得意地说。

“就是——它？”

勇者之剑。实在是徒有其名。

“就是它。嗬，不满意吗？”

“不像是很厉害的样子……”

“那倒是。就因为你不强，它也就不可能强。”

拉奥导师坐在亘对面，双手搁在桌面。

“勇者之剑，是与使用者共同成长的剑。所以，最初的时候，这把剑原原本本地反映着掌握它的旅客的心情。这把剑之所以又弱又旧不起眼，亘，是因为你又弱又疲，无精打采。并不是剑的毛病。”

导师用手点点亘的脑门。

“你拿起来仔细看看吧。剑锷上有花纹吧？”

勇者之剑比藤条箱还轻。它如此没有分量，莫非就等于亘也无足轻重？手感不实在，也就是亘不可靠？

剑刃刻有刚在洞窟出口处见过的星印。星形的五个顶点上各有一个小圆孔，大小如同感冒药片。

“这个标记，在尝试洞窟的出口处见过。”

“嗬，注意到啦？我还以为，非给你解释不可哩。”

拉奥导师说，这是很特别的标记，它象征统治幻界的女神力量。

“有相应力量之人与此印联手，则无所不能：可产生魔法，可布下结界，可以飞翔于空中，可呼风唤雨，等等。往后你旅行于幻界中，会在各种场合遇上这个图案。尤其是使用真实之镜时，必须在有这个图案的地方才管用……”

“真实之镜？”

听说过的词。芦川曾说“假如窥看了真实之镜……”。

对了，当芦川从幻界返回来看亘时，他确实说了这样的话。

“你好像已经知道了嘛。”

亘说了美鹤的事，拉奥导师重重地点了点头。

“像你这样来自现世的旅客，如果在星印之处使用真实之镜，就能够创造出联结幻界与现世的‘光子通道’。旅客们可以走过通道，前往现世，但只能在有限的、极短的时间里那样做。如果不在通道关闭前返回幻界，则既不能回到现世，也不能进入幻界，而是坠落在两个世界的狭缝——久远峡谷里，成了时空的流浪者。”

芦川是为此急急赶回去的吧？不过，久远峡谷？时空流浪者？又出现了新事物。

“……明白了。那，怎样才能得到真实之镜呢？”

“美鹤还没有说到这些方面吗？”

“对。”当时哪有时间嘛。

拉奥导师微微一笑。“你不必去寻找真实之镜。让真实之镜来找你。

它找你应该不费什么事。”

“噢？”

“真实之镜察觉有旅客前来幻界时，便会现身。一点不费事。”

真的？似乎不大可靠。而且，非记住不可的事堆积如山，简直让人头晕眼花。

“有点不知所措吧。这里理所当然的。”

拉奥导师拭去溢出眼眶的泪水，显出关切之情。

“把现世和幻界、久远峡谷的关系和由来，一次性全都告诉你，你不可能一下子都消化吧。大体上的情况，你可在旅途中自然了解，这样做更实在。现在只说一些一开头就非知道不可的、重要的事情吧。”

拉奥导师从亘手中拿过勇者之剑，指着剑锷上刻的星形图案说道：

“你看，星印前端开有小孔。这些小孔并不简单，它们是底座。你就要去游历幻界了，你必须找到恰好嵌入这底座的五颗玉石。”

“玉石？是宝石吗？”

“对。当五颗玉石都安放在底座上时，这把又旧又小的勇者之剑，便会焕然一新显露真面目。这才是你要的、开辟通往‘命运之塔’道路的‘降魔之剑’。”

降魔之剑——

“主宰命运的女神所在的塔周围，充满妖魔浓雾，降魔之剑可拨开浓雾，指示前往塔的路。这把剑因此而得名。所以，无论它现在看起来多么差劲，一定不能亏待了它。懂了吗？”

“明白了。”

亘感觉体内涌现出一股力量，两手紧紧握拳。“那么，那五颗玉石在什么地方？是什么样的？”

拉奥导师点点亘的脑门。

“我也不知道。所以我说，你得去找。”

“啊？什么线索都没有吗？一定得找遍幻界？”

“是啊。不过，当你接近玉石，玉石总会有提示给你的。你把提示当作线索就行。”

这么说也还是没有头绪。刚涌现的力量，无奈又渐渐瘪下去了。

“你好像缺乏思想准备啊。”

拉奥导师似乎又想点一下亘的头，但手一抬起，中间又改变了主意，用手挡住自己的脸。

“我也当了很长时间看门人了，但如此无助的旅客还是头一次见。而且这也许是半身，真没办法。”

“半身？半身是什么？”

作为亘，只是无意中问一下，因为又听到新词了。可拉奥导师却像是猛然醒悟，一副慌张的样子。

“没，没什么。你就是耳朵比别人尖。”

拉奥导师慌忙搓搓脸，撩起法衣袖子擤一把鼻涕。哇，好脏！

“关于玉石，还有一点很重要。”他恢复了一本正经的模样，说道，“与刚才说的真实之镜也有关系。”

玉石的数目，与能够使用真实之镜的次数是对应的。

“假如你找到一颗玉石，你只能用一次真实之镜。接下来又发现一颗的话，便又可以使用一次。当然，找到了玉石，但还没有必要使用真实之镜时，也可以把使用的权利存起来。没有利息。”

这道理亘明白得很。又不是金钱。

“刚才我说，能够使用真实之镜的场所，只限于有星印之处，记得吗？”

“记得。”

“其实我也不知道有星印的地方。星印在何处，你得寻找。只不过，在有星印之处，附近必有玉石。肯定的。在此意义上说，这是最好的线索。”

亘手中摆弄着勇者之剑，心里在思考。

“不过，拉奥导师大人，我觉得自己不会像美鹤那样，希望使用真实之镜。是不是这样的话，我就不必硬性非去找星印不可？”

没有回音。一直没有回音。亘的目光离开勇者之剑，看着拉奥导师的脸。老人双手叉腰，嘴角向下抿，似在发怒。只有眼睛含着泪花，显得颇不协调。

“导师大人？”

“喂，你对留在现世的母亲，一点也不牵挂吗？”

亘吃了一惊：“你是说——妈妈？”

“你在幻界期间，并非时光就停滞了。母亲怎样了，你不担心？你消失无踪，她会多么伤心？你不想露一露面，好让她安心吗？”

说来的确是这样。直至此刻为止——展现在眼前的事情太新奇了，竟然将妈妈丢在脑后。

“当、当然牵挂呀。我就是为了妈妈才来到幻界。”

导师长舒一口气，缓缓摇一摇头：“既然这样，你需要光子通道。为此，你就必须寻找星印。”

“好吧，我去找。我一定竭尽全力寻找。”

拉奥导师离开桌子，隔着窗户窥看一下外面。

“天色已晚，今晚就住在村里，明天一早上路吧。空屋子可随意使用。因为只有一张床，我就住在这里。饭嘛，稍后拿给你。”

“非常感谢。”亘深鞠一躬。他正要离开小屋时，拉奥导师从后叫住他。

“啊，对啦对啦。还剩下一件大事。”

导师很严肃地说：“旅途中不得寻找美鹤。”

“我知道。美鹤也说过。他说不能两人结伴，必须依靠自己的力量抵达命运之塔。”

拉奥导师走近来，把枯木似的双手搭在亘肩头。

“不仅仅因为这样。原本你就不能找美鹤。这是因为，你要去的幻界和美鹤要去的幻界，从一开始就不一样。”

亘吃了一惊，不禁拉住导师的法衣。

“这究竟是怎么回事呢？幻界不是完整的吗？它是有好几个，而我们分别来到不同的幻界了吗？”

“不，只不过，幻界会按不同的到来者，呈现不同面貌。”

芦川说过，幻界是现实世界——居住于现世的人们的想象力之源创造出来的。

“是吗，美鹤这样对你说明过吗？挺不错。”拉奥导师满意地笑一笑，“那你就明白了吧？创造出幻界的能量之中，作为旅客的美鹤和亘——你们自身的能量也混杂其中。假如你们来到幻界，你们各自的能量将较强地作用于整个幻界，于是美鹤所见的幻界只属于美鹤，你看见的幻界也只属于你自己。”

亘含糊地“嗯”一声作为回答。实在是似懂非懂——因为来了两名旅客，得加上两个人的能量，但因为是同时到的，没理由非得二人截然分开吧？

拉奥导师点一下亘的额头，表示谈话到此为止。

“总而言之，像你刚才说的那样，不能结伴上路，这是规则。所以，如果去寻找美鹤，就白费心思啦。而且，他比你走得远多了。”

“可不，他比我早出发啊。”

“脑瓜子也差远啦。”拉奥导师直言不讳，“美鹤为你使用了一次真实之镜。也就是说，他至少已经发现了一颗玉石。你也得加油，不要输给他。”

拉奥导师帮忙把勇者之剑系在亘腰带上，剑总算弄好了。

“像模像样了嘛。”

随着一声“好，走吧”的逐客令，亘来到室外。树林阴森。脚下的地面，草丛都是湿乎乎的，也许是心理作用。听不见鸟的鸣叫，大概都已归巢。

头顶上的天空群星闪烁。亘饶有兴味地仰头观看，弄得后颈都痛了，但看不见猎户座、北斗七星之类的星星。大概幻界的星空并非反映现世星空吧。说来也看不见月亮。

亘决定住在亲切小屋。令人惊讶的是，在他踏入小屋的瞬间，小暖炉噗地打着了火。桌上的灯也亮了。这也是导师大人的功力吧。当他独处时，疲劳一下子袭来，他打算休息一下，躺到床上。不知不觉中，就这样进入沉睡之中。

第二天一早，肚子咕咕叫，亘醒了过来。

走出屋外一看，和昨天一样，悲伤小屋的烟囱冒着烟。拉奥导师已经起床，正哭着在桌前进餐呢。

“噢噢，早上好。嘤嘤。”

“您好，导师大人。”

“过来坐在这儿。你昨晚睡得香，没给你留饭。很饿了吧，吃吧。”

简直要饿死了。表皮松脆的圆面包和薄荷香味的茶，样子像苹果、但味道比苹果香甜得多的黄色水果，都是美味食物，亘也不说话，大嚼起来。等他回过神来，才察觉桌上食物已尽收胃囊之中。

“这是路上的饭盒。”

导师递过来用布包着的东西。

“这是今天的午饭，我能够照顾你的，就到此为止啦。其余的，就靠你自己解决。”

自己解决？亘一瞬间迷糊了，抓不住这句话的意思。啊，吃饭、睡觉、诸如此类的事情，都得靠自己想办法了吗？《萨加》的主人公是怎么做的？在游戏里头，只要不是与活动内容有特别关系，并不出现吃饭的场面。投宿的钱，只须战胜妖怪就有。

一下子心虚起来。迄今亘尚未独自旅行过呢。只有一次，是独自搭乘特快列车去千叶奶奶家，那也是妈妈一直送到东京站的，千叶那边的车站，则有“路”伯伯来到检票口接。

“就是这样子啦。噢，不必担心。只要你不迷路，过午便能抵达加萨拉镇。加萨拉是边境地区最热闹的贸易镇，稍微找一找就有活儿可干。”

干活儿——啊。

“战胜妖怪就会有钱吗？”

拉奥导师两眼一瞪："你在说什么？"

跟《萨加》的冒险真是大不一样。亘心情沮丧，直到拉奥导师催促，才离开饭桌。

"森林的出口在这边。好吧，一路顺风！"

目送着亘迈着不情愿的步伐，一步一回头地远去的背影，拉奥导师轻轻抚摸着下巴。

"好啦，导师大人，我也上路啦。"

拉奥导师脚下传来女孩子甜甜的声音。导师撩起法衣下摆，四下察看脚旁。

"讨厌，我怎么会在那种地方呢。"甜甜的声音像铃声般清脆。

导师"嗯"地沉吟一下，然后向着地下说话："奄巴大人，您很帮着这位旅客哩，是什么原因呢？"

"哎哟，他好可爱嘛。旅客嘛，招人喜爱才好。"

要是亘听见这个极富魅力的声音，马上就能察觉吧。这个只听声不见人的女孩子声音，就是他一直认为"可能是妖精"的声音。

"另一位旅客——叫美鹤的少年，长得也真帅气哩。"话刚出口，拉奥导师慌忙止住话头。

"哼，"甜甜的声音嘟起了嘴（发出类似的声音），"够啦，导师大人。您就别到现在还介意啦。"

"哈哈，哪里嘛哪里嘛。"

"总而言之，我想帮亘，因为他好可爱嘛。"

拉奥导师揪揪下巴。"奄巴大人，"他压低声音说，"您的心情是一回事，旅客的事情可不能插手太多呀。又要惹女神生气啦。"

"那个女人，她爱生气尽管生去！我想怎么样就怎么样。导师大人，您过分袒护她可没什么好事。知道吗？"

导师默然，低着头。就这样过了一会儿，那个他唤作奄巴大人、声音甜甜的人的动静消失了。大概真的追随亘而去了。

“哎呀呀……”导师阴沉着脸喃喃自语，“不好办啊。这阵子奄巴大人又频繁地窥看现世，我早就担心这种情况了。”

拉奥导师走到窗边，一时林中百鸟齐鸣，仿佛就等待着他。

早上好、早上好、早上好、导师大人。

“呵呵，你们呀。”导师向鸟儿们露出亲切的笑容。然后靠在窗框上静听鸟儿鸣啭，陷入沉思之中。

四　草原

沿着导师指引的小道走下去，幽深的树林竟然戏剧性地一下子终止了。

“哇！”

眼前是无垠的绿色草原。一望无际的草海，似乎一直延伸至地平线。

清爽的风抚着亘的脸颊。向左看、向右看、极目全是草原风景。各处有发白的巨岩像塔一样冒出地面，还有如小丘般缓缓隆起之处，但大部分都极平坦、视野极好。

先向着太阳升起的方向前进吧。

拉奥导师这样指点道。幻界天空只有一个太阳，与现实世界相仿，而且直视太阳也不怎么晃眼。在《萨加》里面，设定那个世界有两个太阳，其中一个太阳温度太高，成为世界灭亡的导火线。看来这里无须担心这一点。

亘挑草低处走。没有像样的路，也听不见鸟鸣。不时有极小的、看似菜粉蝶的蛾子飞过来，绕着亘颇新鲜地上下翻飞，然后飞走。旅途做伴的仅此而已。

明媚的草原景色，开始时曾令人情绪高昂，但在空旷的大地寂寂行走之时，终究还得面对现实——不，这里应该说是面对幻界吧。

我只能一直往前走了。首先，除了“走”之外没有其他移动的手段，既没有汽车也没有电车。除了两条腿之外，没有可依赖的东西。

就算是角色扮演游戏里的主人公，从序盘到中盘，也全都得一步一步走。想到这里，本可安慰自己一番，但也有想不通之处。游戏毕竟是游戏啊。

即便和阿克二人走在《萨加Ⅱ》的最后险境时，游戏上的人物一点也不会走累了，自己和阿克坐在地板上，有时还是躺着，可乐果汁任意喝。

一想到冷饮，一下子口渴起来。说来，导师大人虽然给了饭盒，但对饮料却未提及。必须寻找有水源的地方，河川湖泊等等。

心想已走出好远了吧。回头一看，之前离开的森林，仍在身后郁郁葱葱。好失望！我走得这么慢啊？

没有可以说话的人，只好默默向前走。日照很强、很热，大汗淋漓。景色一成不变。想起不如数数步子吧，开口喊起“一、二、三”来，这一下有点儿来劲了。这才想起，如此被茫然无助感所折磨，也有不知道时间的关系吧。从昨天到现在，就没有想过“现在是几点？”今天早上如此，现在也是如此。

数到近千步时，左前方出现了圆圆的森林。那些树丛简直就像是有人在空中把几棵树搓圆了，往地面一丢形成的。不过，这些树都很高大。

树都能长成那样，该有水源吧。有绿洲的感觉。亘停住脚步，用手背拭去脸上的汗，然后向那边迈步走去。再从一数起吧。

水、水、凉凉的水。心里念叨着走近去，不久，在绿洲树丛环绕之中，看见有小建筑物的屋顶。每当风过草原吹动树枝时，树梢间便隐约可见。像是瓦顶。那种地方有人居住？

距绿洲还有五十步左右——来到这里时，看得见地平线上有白色沙尘扬起。凝神观察，沙尘暴似在移动，从右向左。虽然是缓缓移动，但确凿无疑，那沙尘暴说不定会吹近这边。目标可能就是这片绿洲。

亘跑向绿洲。接近高高的树木时，就听见树叶在草原风的吹拂下哗哗作响。

真的是绿洲。树丛中央是水井。对了，这就是水井吧？看实物还是头一次。石头做的井沿。探头看看，井底水光闪烁。一个带井绳的木桶悬挂在井旁。

水井四角竖起了柱子，承托着瓦屋顶。大概是以此防止雨水混到井水里吧。哦，幻界也下雨，才有这么一说。

先打水上来，嘴搁在桶边，咕嘟咕嘟喝个精光。又凉又甜，太爽了。喉头不觉咕咚一声响。不理会衬衣前胸湿漉漉的，亘喝了水。

过一会儿环顾四周，发觉绿洲的地面落下了许多西红柿似的红色果子，似乎就是四周树木的果实。落在地上的果子已熟过了头，溃烂了。

嗅一下果子的气味，酸甜的。可食用的样子。

树枝都长在高处，且树干滑溜溜没有把手，而且亘也没有爬过树。

思索一下，他连忙四下里寻找，弄来好几块大小合适的石子，朝树枝上扔石子，会打下果子吧。自己投掷方面应该还行。

计划实现。捡起一个打下来的果子，擦去泥土，小心翼翼地吃一口试试。果然像它的外观：西红柿的味道。不过，它比起超市出售的西红柿味道浓郁得多，且水分更丰富。幻界的水果为何如此美味呢？在导师大人处吃的东西也是这种情况。

既然如此，收集一些带着上路，既可解渴也可充饥。

亘埋头收集起果子来了。他拼命地投出石子。

这时，一阵隆隆声夹杂在风沙中传过来：

“喂！喂！那边的人！”

亘听见呼喊声，停手环顾四周，一辆看似马车的车扬起沙尘，跑近绿洲，驾车的人向亘挥手，大声呼喊。

亘来到绿洲边上，手搭凉棚眺望亮绿的草原。

刚才所见的烟尘，是那马车造成的？如此野草繁茂的原野，如何才能弄得这般烟尘滚滚？

咦——似乎那边有路。是通往加萨拉的道路吗？

看似马车的东西驶近亘。来到跟前时，不再带起烟尘了。亘也看清了：那类似马车之物并非马车。

不，那车四个轮子，是亘很熟悉的模样，在西部片里头见过，只不过，牵引它的不是马——那动物叫什么？

是牛，但脖子很长，额上长两只角，身躯庞大，毛色锃亮，皮呈灰色。巨蹄有坐垫大。

“喂，那边的人！不能吃太多桑果啊。”

驾车者收紧缰绳，在近旁停下，和颜悦色地对亘说话。

“那玩意儿是这种家伙——达鲁巴巴爱吃之物。虽然香甜可口，但不是人的食物。吃太多的话，会坏肚子的。”

亘手一松，刚吃一口的红果掉在地上。驾车者见此大笑起来，他下了车。

“用不着把正吃着的扔掉吧。并非有毒嘛。我知道它好吃。嘿，在喂达鲁巴巴之前，我也吃它一个吧。”

亘瞠目结舌，颤抖起来。

他——是、是蜥蜴！

驾驭长脖牛拉车的，是身长约两米、全身鳞片的蜥蜴人。他挑了一个落在地上的红果，大嚼起来，尖利的牙齿颇为扎眼。这倒与《萨加》系列出现的、与扎科族为敌的最强部族“利扎德人”很相似。如果他手上拿一把剑的话，完全一模一样。

“怎么啦，小家伙？我脸上沾了东西吗？”

蜥蜴人真的很豪爽。他走近亘，亘不禁后退几步。蜥蜴人不解地扭过头去，抬起带利爪的手，嘎吱嘎吱地挠腮。

“怎么啦？害怕什么？我看你只是个小毛孩嘛，独自一个人在这里？爸爸妈妈不在？”

亘想回答，但舌头不听使唤。

“小毛孩，你从哪里来呀？”蜥蜴人一边嚼红果，一边和蔼地问道，“这样的边境，不会有帝国难民来……你是安卡族的吧。第一次看见我这样的水人族吗？”

亘喉口咕噜咕噜响，好不容易才挤出沙哑的声音。“你、你、是、是、水人族？”

“对呀，没错。”

蜥蜴人张开大手，捡拾身边掉落的红果，开始喂那头长脖牛。长脖牛发出哞哞声，蠕动着大嘴巴——很兴奋吧。

“那，我是——安卡族？”亘指指自己的鼻尖问道。

“对呀。是女神最先创造出来的种族,所以像女神。在学校学过的吧？”蜥蜴人暴露出尖齿。是微笑吧——大概。

亘心想，看来这所谓安卡族，就是长相像人类的种族了。拉奥导师应该也是吧。可这幻界里，还有其他种族。

“哎、哎——这种动物是……”

“这家伙叫达鲁巴巴。怎么啦，第一次见吗？你不用怕它哩，乖得很。它最喜欢人家抚摸它的耳根。”

“哦……”

长脖牛心满意足地吃着桑果，汁液从它大嘴巴两边滴下来。蜥蜴人给达鲁巴巴搓一阵子耳根，拉扯一下围在腰间、类似皮迷你裙的衣物，歪着头看着亘。

“连达鲁巴巴也不知道，小家伙，看来你是来自帝国？据说那边完全不用家畜拉车，家畜拉车是从前的事啦，有外来商人因为达鲁巴巴很新奇，说可用于展览收取参观费，买了五头运回去，结果根本做不成生意，最终破产收场啦。”

爱侃的蜥蜴人口中的帝国一词，让亘很在意。难道幻界里也有好几个国家？

“所谓帝国，跟现在我所在的这个地方不同吧？这里叫什么国呢？刚才提到过边境，对吧？”

说到这里，亘张口结舌：他对自己难以置信。

自己嘴巴蹦出来的，是什么语言？不是日语，也不是英语，不是自己习惯说的语言。

可是，自己无须努力，便能流畅表述，一点也不麻烦。蜥蜴人说的也能听清，意思明白。

“我……脑子里的东西变了啊。”他情不自禁地说出声来，喃喃自语道，“我变成了幻界人！看来着魔了吧。”

达鲁巴巴喉头呃呃作声，嘴巴不离桑果，似乎还没有吃够。蜥蜴人边挠它耳根边发愣。不，因为他的眼睛与亘不同，分置于突出的脸庞两侧，与他正面相对时，不可能准确地看出他的表情。蜥蜴人此刻嘴巴半张，亘瞄一眼他的锯齿状牙齿，做出这样的判断。

亘等待着回答，身子显得有点僵硬。蜥蜴人口中冷不防窜出一条长舌，在空中优雅地画了个圆，飞快地舔一下头顶。亘吓了一跳，因为不宜失礼，强忍着没有抽身便躲。

“我好吃惊哩。”蜥蜴人从粗大、尖利的齿隙间说道，“看你说话不着边际，小家伙，莫非你是旅客？”

亘缓缓地点一下头。

“什么！啊，原来如此！”

蜥蜴人抬起覆盖着厚鳞片的两只手，啪地击掌。然后他一下扑上前来，伸出两手一下子抱起亘。

“哇！怎、怎么啦？”

亘双脚离地一米多，完全浮在空中。蜥蜴人轻而易举便把他抱了起来。亘就像被职业摔跤手抱起一样。

蜥蜴人喜不自胜，眯着眼睛把亘举得高高，自己也又蹦又跳起来，嘴里还念念有词。

“哎呀呀，真开心。今早起，有吉兆；可没想到这么棒！遇旅客，喜欲狂；真是神灵保佑啊！”

被蜥蜴人又蹦又跳地左转右转，亘弄得头晕眼花。“喂、喂，快停下！我、我的胃要——从嘴巴里蹦出来啦。”

“噢？哎呀，对不起，对不起。”

蜥蜴人终于把亘放回地上，但还是兴奋不已，两只手不知往哪儿搁，脚踩得咚咚响。亘就地坐下，大伸两腿，等着被弄得一团糟的脑浆和胃恢复原位。

“实在很抱歉。”蜥蜴人说着蹲下身。爬虫类独特的细小瞳仁不慌不忙地眨动着。

“那，这位旅客，你何时来到幻界的？也是要去女神的塔吧？或者有其他目的？”

亘两手按着太阳穴。嗯，还好，没弄坏。

“昨天刚来。早上从导师大人的村子出发，一直在草原里走。为找水解渴来到这里。”

“哦，是这样啊。那就是新到的旅客了。怪不得一无所知。”蜥蜴人点点头，“不过，这草原可大了，你要去哪里？”

导师大人吩咐，要先到加萨拉镇。说是没迷路的话，过午便可抵达。

“加萨拉吗？倒是不远。不过，你走偏啦。以你小孩子的速度，日落时也到不了。”

真倒霉。自认为已经按导师所说，向着太阳的方向走了，在哪里出错了？

蜥蜴人“嘿”地露出牙齿。“没事，放心吧。我送你到加萨拉。如果坐我的车，太阳还高高时便可进入加萨拉啦。今天拉车的那头达鲁巴巴，是我家最擅赶路的。它叫达博。”

达博也不再哞哞叫了，站在那里打瞌睡。没错，搭乘那车的话，舒服多啦。从刚才车驾扬起的尘土来看，最高速度几乎跟小轿车一样快。

不过——这位蜥蜴人为何要对自己好？

“我叫亘。”亘报上名字，低头致意。

“亘啊，我叫基玛。我们水人族有许多人取这个名字。所以，如果不把中间的名也一起叫，容易搞错。”

“那该怎么叫呢？”

“基·基玛。”蜥蜴人放慢速度发这个音，“发音时，第一个‘基’比第二个‘基’高半音。否则，就会变成女人的姓名。”

基·基玛先生。亘试发音，被纠正了好几次。在亘而言，这发音太简单，却反而因此无从修正。反复尝试了二十来次，基·基玛挠起头来。

“嘿，我的名字也无所谓啦，在这里耗费时间不值得。”

“很抱歉。”

“你别介意。刚才第十七次说得很棒。”

那就出发？基·基玛轻松地站起身。亘迟疑起来。

假装好心把小孩骗上车，转手倒卖——即便在幻界，这样的坏人也未必没有。虽然不知会被卖往何方、小孩子在幻界有何用途，就一般而言，有这种事也不足为怪吧。

基·基玛挥动他带爪子的手：“不会影响我的工作。即便是我师父，跟他说我遇上旅客，顺路送一程，他也不会生气的。”

“哎呀呀，哎呀呀，这可是我天大的幸运哩！”基·基玛挥舞着两只手，又咚咚地跺起脚来，“直到现在还是难以置信！我小时候，爷爷老说当年在达基沃镇旁和一名旅客相错而过，其后便入股矿山，得了一座山。为此，父亲曾一门心思去寻找旅客，但一无所获。而我呢，只是为了让达博喝水而走近绿洲，竟然就让我遇上了呀！”

也就是说，对于基·基玛的水人族的而言，在广阔的幻界里，偶遇十年一度来访的旅客，是罕有的幸运的标志。

亘让基·基玛拉一把，爬上达鲁巴巴车，挤一挤，在基·基玛身旁坐下，就是一块硬木板的座位，再勉强也难说坐得舒服，但跟徒步走在草原上相比，这就是天堂。

“你用那皮带绑在腰上，系在货卡的柱子上。”

基·基玛拿起缰绳，对亘提出忠告。

“我习惯了没问题，不过达博真跑开了，会有些摇晃。”

嘀嗨！基·基玛朗声吆喝道，给了达博一鞭子。达博哞一声叫唤，脖子一伸，两个鼻孔喷出热气。一瞬间，亘想起了妈妈常用的压力锅。

“嗬，连达博也劲头十足哩！”

基·基玛的话有半句没有进入亘耳中，漏掉了。达博一跑起来，屁股下的硬板一下子变成了蹦床。自以为已抓得牢牢的，但却发现自己飘浮在空中，如果没有代替安全带的皮带，恐怕一下子就摔下地了。

“哎、哎，你待好了啊。”基·基玛伸出一只手，一把揪住亘的衣领，把他拉回到座位上，“别蹦那么高！踩稳，对啦，下腹用力啊！”

“光说、说、有什、什么用、啊、啊。”

亘像乒乓球一样左蹦右跳，一开口就差点咬了舌，伸出手拼命想抓住什么东西，却只能抓住空气。不仅身体一起一落，脸朝的方向也忽左忽右、忽前忽后。

“速、速度、请、请、请慢一、一点。”

哎哟哟！亘这回一蹦，落在基·基玛肩上，他抱住了基·基玛的脑袋。这下子成了骑脖子。

“喂喂喂，”基·基玛张开大嘴笑起来，“你觉得那样坐舒服你就坐吧。旅客亘先生！”

“哪、里、这、这、不好，我得、下、来。”

“没关系呀。”

“可、可是、这……”

亘下不来。尽管水人族的肌肤跟蜥蜴一模一样，但一点也不滑溜，反而是干爽结实，很容易抓住。

最后一次要求骑爸爸脖子，是几年之前的事呢？脑子里突然闪过这个念头。虽然爸爸没有基·基玛的壮实和块头，但骑爸爸的脖子，却感觉很踏实。在爸爸脖子上左扭右转时，爸爸会生气地说“别闹，很沉哩”，但在年幼的亘听来，爸爸话里并没有真的“很沉”的意思。他认准爸爸扛起他绝对轻而易举。

不过，也可能真的很沉。此时此刻想起这一切，已经无补于事，不过，如果真的很沉呢？

既然不必担心摔下来，不妨欣赏一下风景。三百六十度一望无际的草原，在阳光下如亮绿的圆盘熠熠生辉。远看像道路的东西，是达鲁巴巴车往来之时自然形成的道路吧。它时宽时窄，弯弯曲曲，成为草原上的白线，有好几道一直延伸至地平线。

虽有点儿尘土飞扬，但在车驾疾驰中迎风而立，实在太爽了，空气吸入到肺的每个角落，不由自主便想吼几嗓子。

“怎么样，达博跑得很快吧？”基·基玛也扬起下巴，压过风声大声问道。

“噢！很厉害！”

“我从小就很用心喂养这家伙。我要把它养成这个国家最棒的跑手！”

“基·基玛先生，告诉我一些幻界的事好吗？”

“可以啊，不过我是中途辍学的，真能教你吗？”

首先，恐怕是幻界里有几个国家吧？

“你刚才提到帝国，那是另外一个国家吧？”

“噢噢，没错。我挺幸运的。”

基·基玛解释道，幻界在久远的从前，即连时间的流速也没有确定的时候，是女神从混沌的红色海洋里创造出来的。

“女神和我们旅客要去的、命运之塔的女神是同一人吗？”

“是吧。但我们也不是很了解。谁也没见过她嘛。首先，我们幻界的生者连女神在哪里也不知道。只是听说有命运之塔这么个地方，传说女神住在那里。”

“是……传说？”

在亘眼中，这个由传说、神话和空想混合创造而成的幻界，竟还存在着传说，感觉就像小说或漫画里的人物说“这不是小说或者漫画”，怪怪的。

“女神叫什么名字呢？”

“不知道。以安卡族为首的几个种族，将直呼女神之名视为禁忌，在学校里也不教，学者也不研究。不过，我们水人族的古话里，把女神称为‘胡巴·达·夏尔巴’，意思是‘像光一样美丽的人’。”

像光一样美丽的人。在亘心中，出现的是美神维纳斯那种形象。总之，因为抵达命运之塔者，均能有求必应，所以她肯定是个好心肠的人吧。

“在幻界里，有两个大陆。”基·基玛开始解释。达博的速度也慢多了，一路小跑而已。

“也就是北大陆和南大陆。虽然面积差不多，但南方多险山，季节变化明显。因为气温高，所以动植物繁多。北大陆的近半地方，一年中似乎大半时间被冰雪封闭。”这两个大陆，据说是被宽阔的大海，以及覆盖其上的冰冷的浓雾分隔开来。

“被浓雾所阻，无从了解其真面目，所以关于外海的情况几乎一无所知。在船工中间，有人说南北大陆之间有小岛群，但出去调查情况的船只迄今未有一艘能平安归来。有说小岛群便是命运之塔所在，也有相反的说法，认为那些岛是囚禁要对女神造反的妖怪的监牢。”

亘缩缩脖子，心想，我赞成命运之塔不在那里的说法。

“那就是说，南北大陆之间无法来往？”

“哪里。已经发现了几条航线，像刚才说的，行商们的风船来来往往走这几条航线。噢，所谓风船，是指利用风力行驶、渡海的船，这种船在无风时完全动不了。所以，预测一条航线上何时刮起所需的大风，以便在定好的天数里航行，就是极重要的事情。”

据说，以预测大风为业的人，被称为读星人。

“阅读星空，预测风向和风力。所以叫读星。对对，这些人不但知道风和星星，还知道有关这个世界的各种事情。因为他们是一群智者，所以你旅途中有何难事，不妨和读星人谈谈。大的镇子上至少会有一名读星人，因为有很好的读星台，很容易找到的。”

亘想，我得好好记住。

“那我现在是在南大陆吧？有如此宽广的草原。”

“正是如此！”基·基玛来精神了，“纳哈托国是南大陆联合国家的一员。”

南大陆由纳哈托、博鳌、沙沙雅、阿利基达四国，加上迪拉·鲁贝西特别自治州，结成一个联合国家，因为手头没有笔记本，亘在心里默记纳哈托、博鳌、沙沙雅、阿利基达。做社会课的作业时，如此认真地记国名，还从没有过呢。

“大致上说，纳哈托是个农业、畜产国，位于南大陆南方的广阔平原上。博鳌是商业国，所以和纳哈托正好相反，位于海边。沙沙雅人爱做学问，以至读星人都得去一趟沙沙雅学习。阿利基达是南大陆工业最发达的国家，也有许多矿山。”

“那个迪拉·鲁贝西特别自治州呢？”

基·基玛歪头想了一下。然后以问代答：“你拜的是什么神？”

“拜神？噢……”亘语焉不详了。关于神，迄今自己可从没有想过。

“我不大清楚。问妈妈的话，也许有答案。”

“呵呵，只有妈妈知道吗？关于神。”

“千叶爷爷的墓所在的寺院，好像是叫什么什么宗的寺院，这样的……”

“噢噢，是什么宗？”

基·基玛放开一下右手缰绳，用弯曲如钩的手指抠抠嘴巴上方。阿克在班上被老师点名回答问题，答不上来时，总是做这个动作。很像。

基·基玛大约几岁？虽然块头颇大，但说不定很年轻呢。水人族数岁数的方法，可能跟我们——安卡族不一样。

“我们南大陆的人虽然杂居生活，但都信仰住在命运之塔的女神。”基·基玛提及女神时，语气颇为郑重其事，“因为这个世界是女神创造的。这个世界自女神开始。女神等于是我们所有人的妈妈。”

不过，据说在幻界还有另一种观点。“还有一个说法，认为创造世界的不是女神，是别的神。那个神把世界暂时托付给女神而已。”

“将世界暂时托付……”这世界，塞不进储物柜吧？

“这么说，存在着比女神更伟大的神啦？”

“与其说更伟大，其实是更老吧。所以，这位神被称为老神。”

迪拉·鲁贝西特别自治州，据说是由信仰老神为创世神的人们所建立的共同体，较之国家，它其实更接近教会。

“在南大陆正中央，有一个安德亚高地，算不上是山，只是海拔高的一块地，迪拉·鲁贝西州就在那里。该州居民与我们平地的人完全不往来，食物之类也是自给自足，所以他们是怎么生活的不得而知。据说规定外部人士不得进入。”

“崇拜迪拉·鲁贝西老神的人，是怎么看命运之塔女神的呢？”

“怎么看……对那些家伙来说，老神绝对更高级啦。迪拉·鲁贝西教的信徒都相信，当这个世界面临万劫不复之灾、末日来临时，老神将再次出现，取代女神管理这个世界，改革社会。”

“对于非信徒来说，这些说法没有什么吸引力吧？基·基玛，你们觉得怎么样？”

“噢。我不懂那些深奥的历史问题。”基·基玛想要逃避，“不过，老神是自小便知道的。是很早很早以前的神嘛。所以，在水人族那边，把老神称为‘伊姆·达·雅姆雅姆洛’。意思是‘统治混沌者’。”

“统治混沌者……”感觉有点酷。

“不过，自三百年前帝国统一以来，在这边，信老神就变成了自找麻烦的同义词。”

据说北大陆从前也和南大陆一样，有一些小国家，许多部族杂居生活着。“我爷爷说，跟南大陆相比，那边气候寒冷，土地贫瘠，矿山又少。大概是在种种严酷的条件之下吧，内乱不止。在一块大陆里面，长期争战不休，相互杀戮。”

据说，北大陆也有以读星为业的人，但因为倾力争战，荒废了学问，造成渡海技术贫乏，所以，尽管北大陆穷兵黩武，南大陆尚未遭受过它的侵略。

“所以，那边统一约百年之后，直至这边的风船能到达那边之前，北边的情况几乎一无所知。那时候的事情，我们只是听爷爷说他小时候听说的事而已。”

南方联合国家与北方帝国缔结通商条约时，规定“关于北大陆的历史，只讲授帝国统一全境以后的情况”。所以，在南大陆的学校里，孩子们作为“世界史”学习的，仅是近三百年以来的历史。

“哎呀，太过分啦！”亘不禁大叫起来，连自己骑在基·基玛肩头上也忘记了，突然动起来。不用说，他一头往下栽，正危险时，幸好被基·基玛有力的钩爪抓住，悬空获救了。

“嗨嗨，你小心点呀。”基·基玛拽着亘，说道，“我好不容易邂逅了标志幸运的旅客，如果被达鲁巴巴车压扁了，我一辈子没有出头之日啦。”

前方草原又呈现了一处树丛。咦，已经走了一半啦，在那片绿洲休息一下吧。基·基玛让达博慢下来。这片绿洲没有水井，岩石环绕着的小泉眼，清澈的泉水汩汩而出。用手掬一捧水含在口中，微觉甘甜。

“饿了吧？在这里吃午饭吧。”

亘在泉边坐下，在膝上打开导师给的小包。基·基玛先照料了达博，再不慌不忙地伸手到车篷下，掏出一件大腌晒物似的东西。

“那是什么？”

亘探头去看，正遇上一双凶恶、通红的眼睛。这腌晒物还带有一张脸。

“这个是腌晒奄巴拉。味道好得一塌糊涂。”基·基玛急不可待地说着，猛吃一口。

亘咽下胃底涌起的酸水，强忍着反胃。很难从腌晒物的状态去倒推、猜想它的原状，但这叫奄巴拉的野兽，类似于面貌丑陋的狐狸。水人族也是食肉的哩。亘将这一点记在心中的小本子上，默默吃着面包。基·基玛三口两口就吃掉了整只腌晒奄巴拉，然后揪下泉边树上长的果实，边吃边推荐给亘。

“这叫麦可果，有点酸，不过和桑果不一样，它不会坏肚子。不过，衣服粘了果汁洗不掉，吃的时候得小心。”

山上和草原长的能吃和不能吃的东西，必须小心吃的东西，得一点点记住，增长知识，否则不能坚持走下去。出发不久便遇上基·基玛这样的好人，真是幸运。亘心想，分手之前，要向他学更多这方面的东西。

不过，现在先来历史方面的。亘催促基·基玛接着刚才的话往下说，基·基玛心满意足地打个饱嗝，然后长舌迅速舔一下头顶，说：

“刚才说到哪儿？对啦对啦，是北大陆的统一吧？统一前的帝国，还只是北方的一个小国，原是安卡族的国家……”

远在三百年前，安卡族的国家在内战中顽强征战，降伏各国，成功建立起统一国家。

“当时，第一代皇帝加玛·阿格利亚斯一世声称，自己和老神一样，属创世之神。而受老神托付统治这个世界的女神——我们大家所信仰的女神，是比阿格利亚斯家先祖要低等的神，原本并没有治理现世的资格，但她欺骗了老神，把这个世界从阿格利亚斯一族手中抢走了。”

他接着说：“最初见面时，我对你说安卡族是女神最初创造的种族，所以肖似女神，对吧？加玛·阿格利亚斯一世说，这也是编造的谎言。说安卡族像老神——他说，因为创造现世的是老神嘛。”

他声称，女神真正的模样，与安卡族毫不相像，丑陋得令人无法正眼看她。

“他说，女神之所以不说出自己的名字，是不要在现世生物面前出现；之所以躲在命运之塔，是因为如果让人看见她的模样，她的谎言马上就会被戳穿。”

亘一边折叠包便当的布，一边仰望着基·基玛真诚的脸。

“我开头说过，北大陆一直在打仗，那边的人民饥寒交迫，生活困苦，”基·基玛继续说道，“加玛·阿格利亚斯一世说，如此不幸、战乱持续、食物不足，也全都是女神的责任。为什么呢？从老神手中骗取了世界的女神，为了稳固自己的地位，大量创造与自己的真正模样相似的生物，撒向大地，这些生物便商量着要让原本正当的安卡族居民吃苦头。他说，最终女神要毁灭这世上所有的安卡族。”

基·基玛歪着硕大的脑袋，眨动着深沉的眼睛。

“这些话我是无论如何不会相信的，可北大陆的安卡族人——帝国的国民自不待言，就连原为其他小国国民的安卡族人，都相信了加玛·阿格利亚斯这些话。他们高兴地拍着手，拥护他，说他对极了。”

北大陆虽然有多个种族或人种杂居，但安卡族原本是那里人数最多的。

“所以，当他们团结一致，开始要消灭其他人种或种族时，就占了优势。北大陆除安卡族以外的人，房屋田地被夺走，被杀被拘，或沦为奴隶，人数锐减。就这样，出现了统一帝国。”

听到这里，亘终于实实在在地明白了基·基玛说过的话：“幸亏自己是南大陆的居民。”

“统一之后经历了三百年的今天，据说北大陆上面，安卡族之外的种族或人种几乎已不存在。即便有幸存者，也不会有正常的生活吧。说来真是惨啊。”

亘试着在脑子里复习基·基玛的话。于是，联系到迪拉·鲁贝西特别自治州，他所谓“信仰老神意味着很麻烦”的意思，便隐约可见了。

“迪拉·鲁贝西教的信徒也和统一帝国的人一样，信仰老神。”亘试推测道，“他们理所当然，也是安卡族吧？”

基·基玛闭目点一点头。“没错。不仅如此，甚至有个说法，指迪拉·鲁贝西的第一代教王，是阿格利亚斯的直系。”

北大陆统一帝国的真实意图，恐怕是要笼络迪拉·鲁贝西的信徒，以他们在南大陆为口实，进攻南大陆吧。然后以和北方同样的手法，把南大陆也统一起来吧，基·基玛说道。

“可直到现在——这三百年间，迪拉·鲁贝西教的历代教王，都完全没有攀附阿格利亚斯皇室的迹象。他们自闭地生活于特别自治州山中，与平地断绝往来。我们不是信徒的人，连教皇的样子也没见过。”

所以，北面的统一帝国也就无从入手。

“南面的联合国家政府，对迪拉·鲁贝西教和特别自治州格外小心。

因为如果惹恼了他们，他们与北方联起手来，那可不得了。在缔结通商条约时，之所以单方面地听取了北方的说法，也是因为不想不必要地刺激那些家伙，给予其攻击我方的口实。在这个意义上，迪拉·鲁贝西犹如埋在南大陆身上的一颗炸弹。”

亘轻轻点一点头。心想这也是现世可能会有的事情吧，在电影上见过类似的故事。虽然当时觉得很难，没有充分理解。

如果亘有机会读初中、正式地学习世界史和现代史，那就可以知道，不仅仅是“可能会有”，基·基玛所说的幻界南北问题，如果略为改变名称或过程，是现世实际发生过的事情。

“我来这里的时候……”亘说道，“被告知，幻界是现世人类想象力的能量创造的地方。所以，就发生了与现世类似的事情？”

基·基玛又抠起嘴巴上方，他问：“什么是人类？”

噢噢，对啦。亘笑一笑。对住在幻界的基·基玛说这样的事情，只会让他为难吧。

“啊啊，没什么没什么。非常感谢你教给我这么多东西。”

“哪里。好，那就走吧？”基·基玛嘿地笑一下，“噢，只要是在南方，你就不用担心啦。和平年代嘛。”

勇者物语

中

〔日〕宫部美雪 著
林青华 译

南海出版公司

新经典文化股份有限公司
www.readinglife.com
出　品

第二部

五　生意之城加萨拉

再次回到达博拉的车里摇晃——也许是多少习惯了吧，亘能够稳稳地坐在基·基玛旁边了——开始向草原进发。亘对食物和危险动物提出了种种问题，基·基玛都热心地作了介绍。

走了一会儿，前方出现了一片宽广、繁茂的森林，看上去比之前路过的绿洲要大一百倍。森林里露头的塔形建筑物是三角屋顶。

“那就是加萨拉镇。”基·基玛指着说。

“这是草原上树木环绕的生意之城。我们的达鲁巴巴店，风船商人，或者在城镇之间游学的读星人，等等，各种人都聚集到这里来。是一个欢快、热闹非凡的城镇。”

虽然空气干燥，但草原却如盛夏般热。亘拭去额头的汗水，在烈日下眯起眼睛，眺望加萨拉镇。只见围绕城镇的林子左边，有一些小小的、闪闪发光的东西，搭乘达鲁巴巴络绎不绝地走出来，向着草原左方进发。

“那是什么？”

基·基玛在风中眺望远方。“噢，他们大概是舒丁格骑士团吧。是保卫联合国家安全的骑士团哩。大出动啊——闪光的是他们的盔甲。看他们往那边走，是去不归沙漠讨伐螺丝头狼吧。”

嘿！螺丝头狼！

“那个……叫不归沙漠的地方，离这里不远？”

“嗯。要是达博的话，整整走一天，就能抵达沙漠入口的岩石峡谷了。”

“为什么叫不归沙漠呢？”

“总之沙漠很大，周围被岩山包围，从外面连它什么模样也看不见。所以，既没有里边的地图，又是螺丝头狼的老巢，迷路者有去无回，所以有不归之说吧。”

回想起被螺丝头狼群袭击时的情景，亘脊背一阵发凉。

“不讨伐螺丝头狼的话，它们会跑出沙漠来吗？它们会跑出来袭击人吗？”

“偶尔会吧。这些家伙什么都能吃下去，从不知饱。所以，有机会便越过岩山，袭击通过不归沙漠旁的商队。”

基·基玛解释完，“咦”了一声，问道：“亘，你知道螺丝头狼吗？”

“哦，知道一点点而已。”亘简短地答道，不想回顾，“听说过。”

“是吗。我也只是听说而已，据说是种臭不可闻的野兽。”

达博向左一拐，前面出现了城镇的大门。

砖砌的粗大柱子之间，沉甸甸的木门关闭着。柱顶上坐着人，头顶草帽似的东西。基·基玛抬手做了个手势，对方也同样扬手，向大门内侧大喊几句。

达博缓步走近大门，在门前止步。这时，大门吱地开始向外打开。亘发觉达博很聪明，它停得恰好不被打开的门碰到。

“我是萨卡瓦村的基·基玛！”基·基玛一边大声报名，一边从裙子的腰襞处掏出带长穗子的牌子，举给柱子上的门人看。

“我来给波士拉送迈尔和麦麦丝。货物是博鳌的马卡德商会交运的。请看营业执照。”

大门内侧走出一个人，麻利地检查起货物来。他穿的衣服，是在麻布中央开一个洞从上套在身上，腰间用带子扎好。裤子裤管很短，感觉像亘的棉长裤裁短至膝部。赤脚不穿袜子，足蹬草编凉鞋。

“过——吧！”

随着一声悠长的吆喝，达博向大门内迈开了步子。沿路有许多原木建造的房子。基·基玛东张西望一番，弯下腰附耳对亘小声说：

“亘，我忘了说一件重要的事，你仔细听好。”

亘侧耳倾听。

“我一见你就问，你是北方来的难民吗——记得不？”

“噢。”他的确有那么问过。

“北方的统一帝国变成了安卡族的天下，本应该平安无事了。然而，近十年间，安卡族难民南逃成风。他们听天由命地自制风船渡海而来，所以大都失事而死，未能大批涌入。不过，当中也有人花大价钱搭风船商人的船偷渡进来。”

这些好像都听说过。

“似乎在北方的统一帝国，安卡族里面正发生内乱，所以难民出逃。就是通过这些难民之口，大致了解了北方的情况。但另一方面，难民带来的老神信仰，正渐渐地散布开来。”

除了否定女神，老神信仰还有另一个特征。

“在老神信仰里面，旅客被贬为邪恶的人。”

信老神的人，把从现世通过要御扉、访问幻界的旅客，称为“扎扎·亚克”。

“据说在安卡族的古老格言中，这是伪神、欺骗神的人的意思。”

女神为了欺骗老神，把自己装扮成老神的模样，在进行伪装时，制作了好几个安卡族的仿造品作为练习。也就是说，是试验品。用完之后，女神把这些仿造品随手扔到幻界尽头的混沌深渊，但其中有一具幸存下来，从幻界逃到现世去了。

“他们说，来幻界的旅客，就是此人的后代子孙。”

基·基玛万分无奈地、把声音压得更低，说道：

“这种事，我小时候从没有听说过。但最近流传甚广。”

据说信老神的人一见到旅客，便要杀害他们。因为他们深信消灭“扎扎·亚克”，是老神的意志，是神的战士立功的机会。基·基玛说，为此，还是小心为上。

“一般情况下，本来不必担心。在别的城镇是这样。不过，因为这加萨拉镇是做生意的嘛。各种各样的人都聚集到这里。遭遇老神信徒的危险比在其他城镇高得多。所以，你还是留神不要被人一眼看穿是旅客为好。”

亘也小声答道：“哦，明白了。我会小心，谢谢。”

基·基玛直起身子，大喝一声：“好吧！”

“亘，我们先到哪儿？先投宿好吗？”

亘一时间为难了。他因为达鲁巴巴车的帮忙完全放了心，忘记了自己所处的状态了。

既身无分文，连接下来该怎么办才好也不知道。说是去找宝石，可手上连一条线索也没有。

亘额头上一下子冒出冷汗。基·基玛眨巴着眼睛，问道：

“怎么啦，亘？我问得不合适吗？”

这个和蔼可亲的水人族小伙，没察觉旅客亘是个无依无靠、不懂世事的小孩子！对于幸运之星的旅客，基·基玛是竭诚相助的，可这位旅客，他连要人家帮什么忙都没想过！虽然这不难理解。

“我……那个……”

“累坏啦？说来也是啊，我们是习惯了，但对你来说，还是艰苦的旅程吧。看来还是马上找旅馆休息为好。”基·基玛继续他好心的自以为是，“不好意思啦，我先去把达博存放在达鲁巴巴场。所谓达鲁巴巴场，就是达鲁巴巴的旅馆啦。人住的旅馆相距不远，我会带你过去的。”

达博在镇子安闲地走着。达鲁巴巴场就像是现世的停车场。和基·基玛同是水人族的人，正为停车场上的达鲁巴巴洗刷身子，或添水喂食。他们在一个角落围成一圈，谈笑抽烟，热情地与基·基玛打招呼。

安置好达博之后，基·基玛向亘转过身来：“那么……”

“哎呀呀，怎么无精打采的呢？如果太疲劳，那就再骑一次脖子吧？”

亘强忍着羞愧之情，老老实实地将实情相告：

“我——我，没有钱付旅馆的费用。”

基·基玛喃喃道：“哦？”

“我没有钱。分文没有。”亘一口气说了出来，“拉奥导师大人给了我饭盒，但之后的问题我得自己解决。可是，我完全不知该怎么办才好。”

基·基玛连续眨了六次眼。虽然是极快的动作，但亘一直盯着他，想了解他确切的反应，所以数得一清二楚。

“亘，”他说话了，“那就由我来付房费。”

“那可不行！光是把我载到这里来已经足够了，不能再麻烦你了！”

基·基玛抬起大手，抚慰不知所措的亘。

“呵呵，也别太当真呀。”他哧溜地伸了一下长舌头，笑道，“好吧，我就先借给你。这里太热，进旅馆吧。坐下来再聊。”

加萨拉的旅馆，是用粗大的木材搭建的山间小木房，一条长廊通向各房间。最便宜的是大杂房，多人同室，不过，基·基玛给亘要了一个小单间。听他和旅馆老板谈价钱，亘才知道幻界的货币单位，是“值姆”。

旅馆老板是个扭扭捏捏的大胡子安卡族大叔，他双眼直勾勾地打量着基·基玛和亘。基·基玛毫不在意，他把亘带到房间，自己出去了一下，马上拿回来两个杯子似的容器。

“嘿，喝这个吧。”他把杯子递给亘，“在草原上奔驰虽然很爽，但反应很厉害的，所以很累人。这种时候喝这玩意儿就很见效。”

杯中的饮料有点甜，带些微草药味。

“真是太谢谢你了。”亘说道。他在朴素的椅子上坐下，松了一口气。

基·基玛又伸了一下长舌，好像有点不好意思。

“哎呀，不值一提。我说过吧？因为你是我的幸运之星啊。”

亘微笑起来。幸运之星，仅仅为此，便对素不相识的人关切备至，这种人现世里面有吗？在现世吃香的人，都是与之相反的人吧？

忽然回想起和“路”伯伯上神保町书店街时的事。就有那么一个小伙子撞了亘，他非但不道歉，还一脚踩在倒地的亘手上，若无其事地要走开。尽管“路”伯伯气得脸色通红，他还一副莫名其妙的样子。

美鹤曾说，幻界是现世人们的想象力形成的世界。既然如此，假如现世的人都像那小伙子似的，幻界里这些亲切美好的人，也就改变了吧？

“你是要见女神，才前往命运之塔的吧？”

基·基玛坐在硬邦邦但洁净的床上，微侧着头问道。

“哦，对。我想把自己的——噢，是我和自己家的命运……”

基·基玛打断他的话：“哎，请不要说出来。我们都被教育道：由现世来幻界的旅客，都是被女神传唤来的。女神为何召唤这个旅客，我们不知道，也不可以打听。因为那是神意。所以你为什么到这里来，当中的理由请不要告诉我。”

亘点头答应：“好。”

“而你呢，必须一个人勉力前往。”

“对，得这样。”

“不过，去命运之塔的路上，有人只是陪伴一起走也没有关系吧？所以嘛，我跟着走也行啊。”

“基·基玛！”

“就算女神也不会生气的，到半路而已嘛。”基·基玛急急往下说，“因为你还这么小啊。我爷爷当年遇上的旅客，已经是个很棒的小伙子啦。那样的话，独自上路也用不着担心。不过你还是个孩子。比如旅费吧，怎么赚呢？把一个小孩子丢出去不好的，绝对不行！”

基·基玛一再极肯定地点着头。亘胸口热乎乎的。

“我当然很高兴呀。可是，基·基玛，你也有工作吧？为了我停下工作，对你也不好呀。”

基·基玛一脸兴奋地凑近来。“说得也是。这样吧，亘，我这就去交了货，再回去萨卡瓦村，请示长老后就来。用特快达鲁巴巴车跑的话，有三四天便足以跑一趟。所以，这期间你就在这里等我，行吗？”

“那——可太麻烦你啊！”

“没关系啦。我觉得呀，如果长老知道我在这里就跟你说再见，他一定会生气的哩。他会说，基·基玛呀，你何时变成如此冷漠的水人族啊。”基·基玛挠挠头，“长老都四百二十岁了，仍强壮有力。我小时候经常淘气挨训，尽挨揍，所以直到今天还心有余悸。”

四百二十岁！亘瞠目结舌。水人族真长寿。

“这样子啊……既然这样，我……”

“是吗，好，这就定下来啦！”基·基玛猛击一下掌，高兴地站起来，“噢，事不宜迟。我出发啦，房租已付足五天，你不必有任何担心。旅馆提供三餐的。恢复精力之后，不妨上街逛逛。这是个人气很旺的城镇，可以从中找找感觉，看下一步往哪儿去。对了，别忘了提防老神教的信徒啊。”

“噢。”亘还是只能表示感谢，“谢谢、非常感谢。”真是再三道谢仍意犹未尽。

目送基·基玛快步离去的宽阔背影，亘感觉到他的可靠、温厚。他自己有多少岁呢？

亘往床上一倒，摆成个大字。白灰泥糊的墙，别致的木制天花板，像是蔺草编成的。凉爽舒适，心情轻松起来。

晚饭是由圆脸的安卡族大婶送来的面包、煨炖菜和水果。大婶一言不发，也没有正眼看一下亘，但饭菜太棒了，不到百分之一秒工夫，亘便把她的冷漠态度置诸脑后。他馋得要命。

天色全黑之后，从亘房间的小窗，看得见漫天星辉。仿佛探头伸出手，就能接住星星了。亘心里高兴，跑出旅馆外。夜间的加萨拉镇仍是万家灯火，街上行人则少得多了，与之相应的，是类似酒廊饭馆的店子，越发透出五光十色，音乐高亢，人声鼎沸。亘留心记住旅馆的位置，以免迷路，稍微散散步，找了个明亮的地方仰望星空。

装了满脑子星星返回旅馆，在入口处被人从后猛地撞倒。亘一回头，恶臭扑鼻而来。

“你就是白天跟那水人族在一起的小孩，对吧？”

一名枯瘦的安卡族男子唾沫横飞地说道。他弯下腰，伸手要来揪亘的胸口，亘推开他的手。

“怎么，你想反抗，小子？”男子说着狠话，口臭熏人。他摇摇晃晃。亘这才发现，他喝得烂醉。令人恶心的臭气是所谓的酒臭。也许幻界的酒比现世的酒烈性吧。

“粘上了水人族？哼。”男子对亘怒目而视，喋喋不休，“跟那种人扎堆，你马上就会身上长鳞，舌头变长起来，明白吗？”

亘一言不发地站起来，背转身，不理会对基·基玛的侮辱性语言。这下子男子叫嚷起来了：“你这个小屁孩，我好心给你忠告，你敢不理睬？”

亘因为肩头被揪，火冒三丈。“用不着你管，水人族比你好得多！”

男子举起拳头。这时，旅馆里头飞出一件东西，啪地命中男子的脸。是抹布。

一声大喝：“给我住手！”那位冷淡的大婶双手叉腰瞪着男子，“你这醉鬼！再不回房，就把你轰出门！”

醉汉立即敛声静息，从亘身旁挤过，回旅馆去了。他竟然就住在亘的隔壁。

“谢谢您。”

亘向大婶低头致谢。大婶也不说话，捡起抹布，扔进装满污水的木桶。她正在搞清洁。

亘灵机一动：“大婶。”

大婶正用她的粗胳膊搓洗抹布。

“其实，我正在找工作挣旅费。可以让我在旅馆里做些搞清洁之类的杂活儿吗？”

大婶恶狠狠地斜一眼亘，扔下一句话：“让这么小的孩子独自上路，不知为人父母的是怎么回事？”

然后，她提起木桶头也不回地走了。亘垂头丧气地返回房间。也许是听了大婶的话的缘故吧，在他入睡前的一下子，妈妈的脸庞闪现在眼前。对了，真实之镜——我得赶快找到它，告诉妈妈自己平安无事。

没有梦。睡得舒适、踏实、温馨。可是，结局却很粗暴。

“起来！快起来浑小子！我叫你起来！”

亘吓得直眨眼睛。胡子拉碴的店老板揪住亘的脖梗子摇晃着。天已大亮，房间里洒满阳光，亮晃晃。

“咦？怎么？我……怎么啦？”

“什么我、我！”大胡子店老板向亘大吼，把他拖下床，“装糊涂吗！别一副睡眼惺忪的模样，骗不了我，你这杀人犯！”

杀人犯？亘像被冷水浇头一样，醒过来了。

“杀人犯？怎么回事？有人死了吗？”

大胡子店老板猛扇亘的脸。“这浑小子，还想蒙混过关吗！看你的手！”

亘低头看自己的双手。一瞬间，他惊呆了。满手鲜血。不仅双手，连内衣上也血迹斑斑，像涂抹了一番似的。究竟是怎么回事？发生过什么事？

“怎么样？知道装傻没用了吗？”大胡子店老板叫嚷着，“你割了隔壁房客的喉咙，杀死了他。这血迹就是无可置疑的证据。你杀了他，偷了钱，对吗？快说，钱藏在哪里？凶器刀子在哪里？”

不容亘分说，他被结结实实地捆绑起来，丢在旅馆门前。街上已聚集大群好事之徒，见了亘的样子，都异口同声发出惊讶之声。亘这边呢，本来看见好事之徒长着猫呀狗呀熊呀狮呀之类的面孔，很是吃惊的，但这会儿也顾不上了。

“是这么小的孩子呀。”

“因为安卡族人早熟吧。”

“听说这是第三个？呵呵，真可怕。”

“只是扒窃还好说，连杀人都敢干啊！”

众人远远地围观，议论纷纷。他们像看一件可恶的东西一样，绷着脸。亘不寒而栗。

我没杀人呀。当然也没干偷窃的事。什么第三个人？究竟在说什么呢？

“喂，走！”大胡子店老板踹一脚亘的屁股，拉拉绳索，“扭送警备所！”

亘被牵着，踉踉跄跄往前走，从旅馆前的路往右拐。大胡子店老板一副义愤且得意的模样，不时高声宣称自己逮住了一直困扰加萨拉的孩子杀人犯。许多人伸头从建筑物的门窗望向亘。看热闹的人中，也有一路跟来的。小孩子边拍掌边嚷嚷：“抓住小偷杀人犯啦！抓住小偷杀人犯啦！”

亘既害怕又气愤，加上不明不白，一时张口结舌说不出话，但在孩子们的哄闹声中，他突然喊出声来：

“我什么也没干！肯定是弄错了啊！”

他竭力向围观者呼救。但他们只是笑，只是向后退，指指点点。

“这小子，还想蒙混过关吗！”

大胡子店老板飞起一脚，把亘踢倒在地。亘脸蹭地面，泥土进了嘴巴。沙子硌得难受。

这时，一只温柔的手伸过来，将亘扶起。这只手上长着密集的、雪白的毛，呈奶茶色图案。

抬眼看，面前是一张白地茶色的虎纹猫的脸，灰色的大眼睛注视着亘。

“不要紧吧？”这只猫说道。它粉红色的鼻尖两旁长着银丝般的胡须。不过，声音绝对就是女孩子的声音。动作也是。跟现世班里的女生一模一样。

“喂，别理他！这小子是杀人犯！”

大胡子店老板又吼起来，粗暴地把亘拽起来。猫女孩害怕地往后退。不过，亘还是望着她的脸。

虽然是一张猫脸，但很美。她站立走路，穿的是短下摆的连衣套装。

是……猫族吗？她跟亘一样害怕，眼看就要哭出来。猫女孩向后退，没入围观人群之中，但一直眼望着亘。她用胳膊抱着身体，苗条、优美的尾巴自身后闪现，自上而下绕着身子。这时，她的嘴角微微蠕动，说了什么话。在亘看来，她说的像是“对不起”……

“看前面，快走！”

亘被猛击一下，昏了过去。

恢复意识时，他发现自己置身于比旅馆房间更小、更牢固的木造建筑物的一个房间里。他被绳索捆绑在粗大的木柱上，上了手铐，套着脚镣。

脸颊火辣辣地痛。下颚好疼，屁股好疼，一只眼睛似乎肿起来了。

“咦，醒过来啦。”

身后传来女人的声音。一只穿鲜红色靴子的脚伸到亘颚下，抬起亘的脸。

“怎么样？知道作恶多端的必然下场了吧？”

这是一名安卡族女性，她黑亮的头发剪得很短，嘴角叼着纸烟卷，对亘厉目而视。高个子，身材极棒。肌肤露在黑亮的皮马甲和皮短裤之外，戴着尖刺突出的护肘和红色的熟皮护腕。

“发什么呆嘛。”女子说着，哈哈大笑，收回了脚。她踱到亘的正面，一个黑糊糊、柔软细长的东西跟在她身后，就像要舔靴子后跟一样。是什么呢？仔细一看，才知道那是一条黑皮鞭的前端。她右手握鞭，踱步时鞭子的一头拖在地上。

“初次见面，小孩。”女子叼着烟卷说道，“我叫卡茨，是这个警备所的头。咳，我不说你可能也知道了吧。你明知有我‘棘兰卡茨’在这里，还来加萨拉撒野？你的胆子可真不得了啊！”

房间深处一个男人在笑。此人长着老虎般的脸，鼻梁上架着眼镜。

“我什么也没干。”虽然一张嘴就疼，亘还是拼着说出来，“杀人和偷窃，我全都没干。”

卡茨不在乎地笑笑，对虎脸男子说道：“喂，托伦，听见了吗？”

虎脸男子站起来，走到亘能看清他的地方。他穿着基·基玛的那种皮短裙，肩上斜背一个大皮套。他背的是一把剑。

“小孩，老老实实认罪，是为你好。”虎脸男子说道，“你旅馆的相邻房客不但被割喉杀害，而且钱财失窃。你昨天被他纠缠而发怒的事也好，缺旅费的事也好，我们已经查清了。店老板夫妇已经作证了。”

被杀的是那个醉汉？亘又害怕起来了。现实的严酷性摆在面前。

“你说得没错，我找过工作，又被那醉汉纠缠而生气过。可是，我根本没有杀人。为什么会怀疑我呢？”

“你不是满身血迹吗？”

卡茨说着，把烟蒂像投飞镖一样瞄瞄投了出去。烟蒂落在屋角的水桶里，发出嘶的声音。

“可我根本无法想象！”亘摇晃着身体，鼓起全身气力说道。手铐脚镣“哗啦哗啦”响起来，“我昨天才刚抵达加萨拉……”

“一个月前……”卡茨不理会亘，开始说话，“一名行商在旅馆被割喉杀死，钱财失窃。然后是十天前，在另一间旅馆……”

“我没干！一个月前也好，十天前也好，我还没到这幻界来！因为我是来自现世的旅客！”

听了亘的叫喊，卡茨和虎脸男子对视一下，同时笑弯了腰。

“他说什么呀！还旅客呢！”

“我没骗人！我的剑——旅馆里会有勇者之剑的。请你们调查，请你们问拉奥导师大人！”

“拉奥导师？他是谁？读星人？很不巧，我们高地卫士不跟读星人来往。”

亘愕然。这些人不知道导师大人吗？莫非要御扉的看门人——导师大人，在幻界是名隐士，他的存在不为人知？

“那，可以问基·基玛。他在水人族的达鲁巴巴店，不过现在回萨卡瓦村了，大约三天就回来。”

“三天？哎哟遗憾啦，他赶不及啦。”

卡茨将鞭杆扛在肩头，把体重移到左脚，来一个潇洒的亮相。

“小孩，等绞架一弄好，你就得被绞死。对吧，托伦？”

“噢噢，没错。”虎脸男子面对桌子，举起一沓文件似的东西，无所谓地说道，“绞架一天就能做好。不凑巧呀，小孩。”

“当然啦，召集全加萨拉的木匠一起干嘛。就在这侧面的广场搭建，从拘留所的窗口可以看得很清楚。”

“一天！真是岂有此理！”亘挤出这么一句，“调查、取证，你们什么都没有干啊！”

“没有必要嘛。看了旅馆老板夫妇的证言,和那双血迹斑斑的手的话。”

“可能是真正的犯人，在我睡着时往我身上涂抹了血，要栽罪在我身上。”

这是一闪而过的念头，但话一出口，他便感觉确实如此。可是卡茨和托伦只是笑。

“哪有人做事这么拐弯抹角嘛。知道吗,小孩,”卡茨蹲下来,与亘对视,“从第一件杀人案起，我们便大致可确定，这是小孩子干的。因为被害者都身处房内上了锁的房间里。”

“我隔壁的醉汉也是？”

“没错。要不开锁就能出入房间，除了从隔壁房间的天花板通过，别无他法。天花板上面狭小，大人是办不到的，会踏破天花板。”

“仅仅因为这一点，就确定案犯，不是乱来吗？”

“所以就不仅这一点嘛。你满身是血。加上前一天晚上身无分文。”

卡茨站起身，优雅地伸伸腰。“咳，放心吧。所谓绞刑，据说其实并不太难受。”

“也有人说很舒服喔。”虎脸男子说道。

“别开玩笑！”亘叫道，“我有证明自己的权利啊！”

“证明自己？咦，会说很难的话耶。”卡茨背对亘。

“首先，管理这个国家治安的，是舒丁格骑士团吧？你们擅自判决我，是绝对行不通的！”

卡洃迅速、轻巧地转过身来。紧接着的一瞬间，她的鞭子呼啸着擦过亘的头皮，抽打在柱子上。

“你再狂也要识趣点！”

面对惊呆了的亘，卡洃说道：

“你假装旅客，明知的事也装成不知道地说出来，小看我们高地卫士，是绝不容许的！”

虽然嘴巴里不知所云，但是亘还是竭力说出话来：“可、可、舒、舒、舒丁格骑士团……”

“那些人是新来的！”卡洃不屑地说。她的细眉皱成了钩子，“在什么联合政府出现以前，这块南大陆的治安一直就是我们高地卫士维持的。”

虎脸男子接着说：“而且嘛，小孩，舒丁格骑士团近来只顾着讨伐怪物了。现在又被派驻到什么地方去了，连何时归来也不知道哩。”

“哼！那些家伙嘛，正适合去打螺丝头狼啦！”卡洃瓮声瓮气说完，发令道，“托伦，这小孩很碍眼，马上给我丢进拘留所！”

虎脸男子站起来，解开柱子的绳索，把亘带到建筑物深处。虽然背上的剑卸掉了，但仅以他的粗臂和利爪，对亘已足够威慑，寻隙溜走绝对不敢想。

托伦把亘押送到拘留所狭窄得难受的房间，锁上门。他手拿镯子似的钥匙圈。亘这才发现，他和卡洃一样戴着熟皮的红色护腕。

“别想着逃跑。”托伦露出牙齿，冷笑道，“倒不如尽情享受在世上仅剩的几顿饭吧。”

亘精疲力竭地倒在拘留所的木板床上，不知如何是好。过度的打击和恐惧，使他连眼泪也流不出来。在这样茫然之中，从宽大的格子窗对面，开始传来哐当哐当的做木匠活儿声音。踮起脚向窗外窥探，见房子旁的小广场正中，正在弄一个白木台子，就像卡洃所说的那样。

是绞刑台。

就像西部片——亘这么想只是一瞬间，膝头已经颤抖得站立不住了。妈呀，怎么办呢？照此下去，真要被绞死的。

勇者之剑在哪里？如果在现世，这种场合首先是搜查住处，收集嫌疑人所携带的物品，但在此地，不能指望正确的程序。也许被旅馆老板私吞了。那老板娘大婶此刻可能正用勇者之剑切面包和蔬菜呢。

死在幻界的话，这具肉身会变成什么呢？会回到现世吗？

哐当哐当有节奏的声音在持续。当中混杂着情绪高涨的说话声，像是特别来劲。与之相比，拘留所里头太寂静了。知道绞刑台造好之时，就丢下他不管了，那样可就连辩解的机会都没有了。

窗和门的铁栅有亘的手腕粗，摇晃和敲打全部没用，徒劳地弄疼手而已。

好歹能哭出来了。不过，再怎么哭，也没有人来看一眼。

太阳下山时分，和虎脸男子托伦一样装束的安卡族大个子送来了晚饭和毛毯。亘几乎是扑过去似的跟他说话，但大个子面无表情，沉默地把带来的东西往铁栅门下的送物口一塞，随即离开。

“我是冤枉的呀！”

只有叫喊声在空洞地回响。

水一样的汤和坚硬的面包。亘完全提不起食欲。只能抱着膝头，哭着入睡了。

在断断续续的睡眠中，他做了个怪梦。既出现了妈妈，不知何故，大松香织也出现了。她也和亘同样，待在铁栅里面。湿润的大眼睛注视着亘。梦中的亘省悟到，原来香织也被囚禁着。毫无疑问，她被可怕的暴行彻底伤害了，被囚于自身之中。和亘不同，她的牢狱没有镣铐。不过，也没有门。

怎么做，才能把你从这里头弄出来呢？

这样一问，梦中的香织默然垂下视线，摇摇头。

你爸爸和哥哥都担心你呀。

香织抬起脸，喃喃说了什么。听不见。噢？你说什么？大声点说呀。大声点——大声点——

“你想要谁大声！”

亘魂飞魄散从梦中惊醒。刚才他缩着身子，在毯子下睡着了。卡茨此时站在他身边，双手叉腰，面目狰狞地俯视着他。

“哈哈，终于醒了啦。”她用粗鲁的口吻说道，“你爱睡懒觉啊。从刚才起就喊了你几回了。嗓子都要喊哑啦，在家里老挨妈妈骂吧？”

亘畏畏缩缩地站起来。是因为绞刑台已经造好，来押他过去吗？听不见哐当哐当的声音了。

卡茨歪着嘴角，鼻孔里“哼”了一声。

“小孩，释放你啦。离开这里吧。”

这话让人疑心听错了，一下子没反应过来。

“我说了释放你！别磨蹭了。我最讨厌慢吞吞的孩子和娘娘腔的男人。”

亘仰头呆呆地望着卡茨的脸，说了脑子里最先浮现出来的话：

“为什么？”

卡茨的嘴巴歪得更厉害了。“有什么为什么?！怀疑已经澄清了嘛！”

“所以我才问，是怎么回事？”

“真是个啰唆小子。你为什么那么想知道？不想离开这里吗？那也行啊，把你重新关起来。”

亘从她身旁挤过，从打开的门口飞奔到走廊。卡茨像男人那样嘎吱嘎吱地抠着头皮，随后走出走廊，脚一踢关上门。

“昨晚，就你在这里期间，另一家旅馆又发生了同类案件。”她悻悻地说，“这回的遇害者虽然身受重伤，却没死。所以找到目击证人了。据说是两个合伙作案的小个子男人，这两人很得意地窃笑，谈起你被错抓起来的事。说你手上身上的血，是他们有意干的，要栽罪在你身上。我们都上当了，真是可恶！”

最后一句骂人话和口水一起吐了出来。

“我说过自己是冤枉的呀，你们没好好听吗？”

卡茨凶狠地瞪着亘，把他带到房间里——类似最初绑他那间。亘这回定神打量一下，这种房间很像西部片中出现的警局。

“回你住的旅馆吧。”卡茨生硬地说，“老爹说你的东西在他那儿。还说请你吃饭作为打你踢你的道歉。如果你还不满足，揍他也行，但别太过头，否则又得来这儿了，适可而止吧。”

亘正要往外走，卡茨喊住了他：“喂，你呀，真的是旅客吗？”

亘回过头来。

“你带的小剑，旅馆老爹说一碰它就热得拿不了。他说一定是女神赐予的，吓得跑过来报告。”

啊，剑平安无事，太好了。

“现世来的旅客，是蒙女神召唤吧。不宜妨碍。”

卡茨走向桌子，玩弄挂在椅背上的皮鞭，说道。

“不好意思了。见到女神，请转达说我们正在反省，尤其是旅馆的老爹。”

“明白了。”

“不过，不要说气话。吃过饭，尽早离开加萨拉。虽然你的嫌疑已经澄清，但还没有抓住犯人，你待在这里，还会卷入麻烦事当中。”

亘默默走到外面。阳光炫目，晴空一碧如洗。来到旅馆时，大胡子店老板飞奔出来，不住地点头哈腰赔罪，领亘来到里头的厨房。大婶也在那里，把老半天都吃不完的好菜摆满一桌。亘进餐时，大胡子店老板拿来用厚布包严的剑。

“对不起啦，小家伙。”店老板瑟缩着庞大的身躯说道，“你看，这是你的剑，请验收吧！没有任何损伤。曾想用它去切曼驼尔肉，但马上就放弃了。”

亘把剑收在腰间。大胡子店老板在亘对面坐下来，伸手去抓带骨头的烤肉，被大婶啪地打了一下。

“说来也真是了不得啊。”大胡子店老板缩回手说道，“像小家伙你这么小小年纪，竟独自从现世过来，看来过要御扉没有年龄限制吧。”

“大叔没去过现世吗？”

大胡子店老板很是恐慌：“绝不可能！上天保佑，上天保佑。”

“也不认识去过的人吗？”

“不认识，不认识。现世不是我们幻界居民涉足的地方。这是女神不容许的，而且我们去那边，就要变成亡灵。”

“亡灵，是幽灵吗？”

“没错，那边可能会有好多可怕的事情。”

“就是嘛，就是嘛。”

“会发生很恐怖的事情，像什么抢劫杀人案之类的。”

“噢，是这样。真吓人。加萨拉现在发生的事，我都觉得可怕极了，还抓不到犯人的话，我们的生意可就完了。”

“不过，据说昨晚就是有人受伤而已吧。”

“是呀，猫族女子后背被严重砍伤，剥光衣服。”大胡子店老板说道，“一个女孩子，单独住那种便宜旅店，也是不行的呀。”

“女孩子？猫族？”

“噢噢，没错。是个白色毛发的美丽女孩，真可怜。”

亘心中一动。他不吃了，站起身来。

“谢谢款待，我吃好了。”

“是吗？哎呀，真是不好意思。要出发的话，给你做饭盒。”

“不，我还待在这儿。”

大胡子店老板慌了：“咦？卡茨跟你说过得离开吧？”

“她说了，不过我在等人。大叔，昨晚受伤的女孩子，现在在哪里？”

“在镇上的诊所吧。”

亘问过怎么走，便离开旅馆。加萨拉镇令人感觉十分忙碌，达鲁巴巴车来来往往。

诊所是座山中小屋般的小建筑物，挤满患者。胖墩墩像头大獒犬似的医生，和像垂耳小猎狗似的护士，身穿白衣，忙碌得团团转。亘说了一下情况，护士指给他里头的小病房。他敲了门，但没有回音。他轻轻推开门，只见朴素的木床上，趴着一个背部完全被绷带包扎起来的人，长尾巴无精打采地耷拉着。

亘即使不看到脸也知道，这就是昨天他被大胡子店老板拖走的途中，扶起倒下的他，并在他耳边说“对不起”的猫耳朵女孩子。在幻界，大概猫样的人叫作猫族吧。

“你好。”亘打了一声招呼。女孩子一激灵，抬起脸，随即，伤口的痛楚使她哆嗦一下。

“你不能动。”

亘走近来，向床边弯下腰。猫耳朵女孩子的灰色大眼睛，颤抖似的看着亘。

“什、什么？”她喃喃自语般问道。

“我来探病。”亘也压低声音说话，“你昨天在路上扶起我了吧？谢谢！”

女孩子移开视线。

“你当时说‘对不起’，对吧？”

女孩子害怕极了，眼珠子骨碌碌转着。尾巴也惊慌失措般摇摆。小房间里却并无他人。

亘心里又一动。

“对不起，打扰了。请多保重。”

亘说着，蹑足走出房间。

亘径直走进卡茨的办公室。她坐在椅子里，靠背悬挂着鞭子，正紧锁眉头地写着什么。

“怎么啦？让他还你剑了吧？”

“是的。我想帮忙抓罪犯。”

卡茨两眼一瞪：“你说什么？”

“让我帮忙侦察旅馆抢劫杀人案的犯人吧。我能帮你的忙。”

“你能？”

“对！”亘看看里面那张桌前的虎脸男子托伦和安卡族的大个子，“可以吧？我想证实自己的清白。”

“昨天说过了吧。现在……”

“可是，不抓到真正的罪犯，还不能真正解除疑点。”亘露齿嘻地一笑，尽量显得毫不畏惧的样子，“托伦先生，麻烦你啦。着手侦查前，带我去发生前两宗案子的旅馆好吗？”

托伦变成了动物园的老虎脸，喃喃道：“小家伙，别自以为是。”

安卡族大个子也开口了：“玩耍到此为止吧，小孩。”

“我不是小家伙，也不是小孩。”

“你！”卡茨踢开椅子站起来，顺手抓起靠背上的皮鞭。

“不要‘你、你’的，我叫亘。”亘又露齿一笑，“不是想跟女神打交道吗？”

警备所的三人好一番推诿，简直就像亘和同学在推托卫生值日一样，最后用了类似锤子剪刀布的做法来决定。看来卡茨是输家，她把鞭子往腰间皮带一插，咬牙切齿地说：

“那就走吧，亘先生！”

亘走访了两家旅馆，两家旅馆的老板、员工们都对卡茨恭恭敬敬。亘提出各种问题，最初他们都觉得莫名其妙，但当卡茨气鼓鼓地解释“这位亘先生，是我的临时助手”时，众人便都郑重其事了。

两家旅馆都和亘住的旅馆一样，使用蔺草编织的天花板。据说是通气性好，凉爽。上到天花板顶上，那里非常狭窄，的确如卡茨他们推想的那样，看样子若非小孩子是无法通过的。

跑完那两家旅馆，亘和卡茨一起往大胡子店老板的旅馆走去。亘在那里大肆吹嘘一番，说已弄清楚犯案者了，去告诉旅馆老板们吧。

卡茨简直是怒不可遏。

“臭小子，你究竟在说什么呀！”

在亘说话之前，大胡子店老板便插话进来：“哎哎，卡茨，你可不宜对旅客使用那种口吻哩。旅客可非同一般，因为他们是女神召唤来的啊。就算是孩子，他也知道我们不知道的事，能干我们干不了的事——肯定的！”

卡茨气得满脸通红，“可这小毛孩，昨天还在拘留所哭哭啼啼嘛！”

亘一副满不在乎的样子，说道：“大叔呀，那就拜托你啦。明天绝对会捉住罪犯。”

“噢噢，明白啦。放心吧，一定告诉大家。”

“还有，我今晚还住这里，因为要挣些旅费，让我给大婶打下手帮忙好吗？如果有人为案件的事来问，任何人我都会马上跟他见面，所以，麻烦你啦！”

传言眨眼间传遍整个加萨拉镇。亘在旅馆洗碟子、擦地板、劈柴期间，访客络绎不绝。听说已经查清罪犯？你真厉害呀！你是旅客？噢，原来现在是要御扉开放时期。

顺便还请求亘面见女神时，帮忙说说这个那个的，亘忙得一塌糊涂。

还涌来一大群孩子。亘被押走时，在一旁拍掌欢呼“抓住杀人犯”的孩子也来了，此刻“不得了呀不得了”地赞不绝口。看来是那种易受影响的性格。亘明白连孩子也对旅客持敬畏之心，也知道他们害怕现世(大家说了和大胡子店老板一样的话，到那边去了的话，就会变成大胡子说的那样！)虽然脑子掠过一丝不安，基·基玛曾忠告：注意不要在加萨拉这样的大城镇让人知道自己是旅客，但被人吹捧着也不坏。嘿，不得已吧，已经暴露了。有点明星味儿吧？

他察觉众人围着他时，圈子的外面，站着两个一伙的安卡族少年，一直远远地看着他。二人面有饥色，穿着粘满尘土的衣服，站相很难看。和亘视线相交时，他们要不瞪着眼，要不气呼呼地别过脸。

亘把二人的长相深深地刻在脑子里。他还注意到，二人的皮马甲里头，似乎藏着武器。

然后，等待夜幕降临。

亘在旅馆度过了一天，知道幻界也有类似现世的时间概念，也有时钟。不过，以亘的感觉，幻界一个小时似乎比现世一个小时略长。亘向大婶请教了如何看时钟，等到时钟指向深夜零时，他便前往诊所。

因为白天来时已观察过四周情况，所以从外面看，便可知猫族女孩子病房的窗户。隔着小巷子的对面，有一家酒馆，酒馆外面堆放着许多彩色木桶。亘躲在那里。

刚潜伏起来那一会儿，诊所仍亮着灯。等灯熄灭后，传来了猫头鹰似的鸟叫声。只有星辉闪烁。

酒馆的空木桶飘来浓烈的威士忌气味，待太长时间的话，可能醉倒也说不定。

诊所建筑物外的昏暗之中，有东西在动。亘屏息静观。

是两个黑糊糊的小人影。二人像猴子般敏捷地跑过，悄无声息地打开了猫族女孩子病房的窗户，溜入房中。

亘嘴里快快地数了十下，然后蹑足冲到窗户下。

“不是那么简单吧？”

听见说话声。年轻男子的声音。

“你也同样有罪的，而且如果我们的事情抖开了，你知道会怎么样吗？”

“你跟那小毛孩说了什么？我知道那家伙白天来过这里。”

亘听见猫族女孩子哭哭啼啼的声音：“我什么也没说。”

“骗人！”

“你的尾巴说你在撒谎哩。砍掉算啦？”

亘作了一下深呼吸，拔出勇者之剑，嘎啦一下打开窗户，跳进房内！

“住手——呃，哎哟哟……”

原想稳稳着地，谁知脚绊了窗框，摔在地上。亘摔到床边，那女孩子正被一少年按住，另一少年把小刀抵在她的尾巴中间。白刃闪着凶光。

“早、早、早就知道，你们就是罪犯！”

亘亮出剑，挣扎着站起来。摔倒时碰了下颚，说话不利索。

“这家伙是谁？就、就是那个小毛孩！”

少年指着亘，以刀相向。

“我要干掉你！”

亘总算躲开了嚎叫着扑上来的少年。他脚下踉跄动作不灵，衬衣下摆被揪住了，小刀再次刺来！好险！

“咦？”

勇者之剑挡飞了少年的刀子。持剑的手——不，似乎是剑自己动起来了。亘扑向手足无措的少年，骑在他身上。

“住手！你想她送命吗？”

亘随着叫声抬头一看，见猫族女孩子脖颈处抵着一把大号小刀，另一名少年把她扯起身，反剪她的双手。

“你再动一下，我就割断她的喉咙！”

就在亘一惊的瞬间，身下的少年一下把他向前掀翻，随即挥拳打来。

此时，一个黑而小的东西从窗外呼啸而至，卷住反剪猫族女孩持刀少年的手。这黑而小的东西又一发力，将少年扯离女孩子，撞向窗口。

“哇！”少年被扯飞起来，消失在窗外，就像体育课的跳马。

所有人都惊呆了！这时，那黑而小的东西又从窗口飞进来，这次卷住了亘身旁的少年。

嗬！原来是鞭子！

卡茨一手握鞭，一手按窗框，一跃落在床上。

“我是高地卫士，你们被捕了！”

卡茨凛然宣布，她纵身从床上跃到少年跟前，用皮靴尖轻巧地来个三脚连环踢。少年呜地发出一声呻吟，动弹不得。

“窗外那个也昏过去啦。”卡茨露出白牙齿，笑笑道，“你们两个没事吧？咦，背上的伤裂开了！”

亘吃了一惊，望向女孩子。真的，她背部的绷带被血染红了。

“得叫诊所的医生来！”

卡茨刚说完，亘觉得天旋地转。

“怎么啦，亘？”卡茨带着玩笑的口吻问道，“你救了这孩子啦。不过，你一个人很勉强嘛。幸好我一直盯着你的行动。”

“是、吗？谢、谢。”亘说道，抓住木床支撑身体。

“你怎么啦？”猫族女孩问道。

“空……酒桶。”亘答道，“看来，我还是……醉了。”

六　高地卫士

亘整整躺了一天才从沉醉中醒来。当强烈的头痛、恶心和头晕消失，终于可以进食时，基·基玛从萨卡瓦村赶回来了。

“我有生以来，头一次听说这么吓人的事！”

基·基玛站又不是坐又不是，拍着巴掌兴奋地说话，声音大得整间旅馆都听得见。

“我这趟来回跑加萨拉到萨卡瓦，速度创纪录啦。可是，在这么短时间里，亘就把棘兰卡茨摆平了，成了加萨拉镇的英雄！”

“我没干什么了不起的事。”亘说道，“只不过想起了妈妈追看的破案电视剧而已。”

“破案电视剧？”基·基玛思索着，“那是现世的东西吗？管它呢，总之，卡茨说了，等亘心情好转，就到警备所来。尽早过去吧。”

警备所里不仅有卡茨，还有虎脸男子托伦和之前未见过面的长须老人在等他。老人长得像山羊，好像又要见新的种族了。老人目光亲切，闪烁着睿智的光芒。

“这位是领导纳哈托国内十三个警备所的吉尔首长。”

吉尔首长没理睬卡茨生硬的介绍，微笑着握住亘的双手。

“人还这么小，竟然单枪匹马地面对那些凶恶的窃贼，真是勇敢的旅客！”

“可是，如果没有卡茨女士，我就失败了！”亘坦率地说，“我想知道，那位受伤的猫族女孩怎么样了呢？”

卡茨答道：“那次打斗之后，她又得重新缝合伤口，现在正静养休息。没问题，过半个月就能好。”她笑一下，又补充道，“女孩名叫米娜，稍后去探望一下？”

亘脸红了：“那两个人呢？他们威胁过米娜吧？她不是主动帮那些家伙的吧？”

卡茨望望首长。吉尔首长坐在椅上，向亘这边探过身来。

“你说对了。米娜被这两人威胁，被迫帮他们偷东西，你怎么知道，她是为救你而装成受害者的？”

亘解释道，米娜小声说了“对不起”；米娜有可能用尾巴在自己背部弄出那样的刀伤；被释放的亘若大肆宣扬知道了真正的罪犯，真正的罪犯就会怀疑是米娜泄露真相，出现在她的身边。

“亘真聪明啊！”基·基玛又拍起掌来，“我即便到了长老的岁数，再怎么想都想不出这种念头。”

这种情况——罪犯或其共犯装扮成受害者的手段，在破案电视剧里是常有的。

“想见一下那两个人吗？”卡茨站起来，铿铿地摇一下牢房的钥匙。亘快步跟了上去。

“那两个小家伙是兄弟俩，从北方帝国来的难民。”卡茨通过走廊时说道，“据说五年前，在那对兄弟八九岁的时候，他们的父母付给地下经纪大笔钱，一家四口搭商船偷渡过来。可是商船在途中失事，父母身亡。两兄弟被海浪冲到博鳌边境的海滩，被难民收容机构接收。但他们似乎不喜欢那里不自由的生活，逃跑出来，辗转各地，以偷窃为生。快有一年了。”

“可是，他们既然是冒死南渡过来的，为何又干这种事呢？”

“噢，你直接问他们吧！”

关押两名少年的房间，就是亘曾待过的那间。一人躺在床上，另一人——大概是哥哥，坐在地板上；他看见亘时，目光一闪。

“过得快活吗？”卡莰朗声打招呼道，“我带了因为你们而吃尽苦头的朋友来啦。我觉得你们会愿意跟人家道个歉吧？”

少年转过脸，呸地向地上吐一口唾沫。床上的少年也爬起来，瞪着亘。这样一看，觉得二人脸熟。亘在旅馆吹嘘“知道了真正的犯人”时，在起哄的孩子堆外面，两人确实出现了。

他们比那时候要干净好看了。不过，那饥饿的眼神依然如故。

托伦正从另一头踱向这边。这时，做哥哥的突然扑上来，双手抓着铁栅叫喊起来：“你这畜生！脏东西！别走过来，满身臭味！”

亘吃了一惊，不禁倒退一步。托伦满脸堆笑，脚下没有止步的意思。铁栅里面，不仅哥哥，连弟弟也一起对托伦横眉怒目，破口大骂。

“你看，就这么回事。”托伦和亘并排站着，双手叉腰，“这些孩子冒死逃出北方帝国，那个帝国仍旧在他们心上。”

在北方帝国，安卡族统治阶级认定其他种族为劣等，没有存在价值，或者把他们关进监狱，或者进行屠杀——

“吵吵嚷嚷，要那么不喜欢这里，把你们送回北面去吧？”

卡莰的话让他们更加怒不可遏：“你是安卡族，却帮着那畜生！”

“那些畜生得全部灭绝！”

“要灭亡的是你们的帝国吧。”卡莰懒洋洋地说，“多种族共存，各展所长，大家致力于发展，国家才能富强嘛。”

“胡说、胡说、胡说！”

“住口！畜生的同伙！你们都是劣等种族！”兄弟俩不停地叫骂。

亘向铁栅走近一步，说道：“你们从哪里拐骗米娜的？为什么要威胁她？”

兄弟俩一瞬间对视一下，随即手指着亘嘿嘿笑起来。

“笑什么！”亘怒吼道。

当哥哥的突然表情严肃，面贴在铁栅上，小声咒骂几句。

“你说什么！”亘挨近去听。这时，哥哥喉间“咯”的一声响，近距离把一口痰吐在亘脸上。

“哇！”

他手指着慌乱中的亘嘲笑起来。然后说道：“你瞧吧。等我们正统安卡族统一了南大陆，把你们全部关进收容所。每天都让你们舔靴子，不给饭吃！”

“不是靴子哩，哥！”弟弟边笑着打滚边说，“是屁股！让他们舔屁股！他们都要在厕所里吃屎过日子！”

托伦把手放在亘肩头，说：“回办公室吧。”

亘点点头。卡洨有一会儿用疲倦似的眼神注视着两名少年，然后跟了上来。

“我们也从来自北方的难民那里，听说了那边的严峻状况……”卡洨忧心忡忡地低声道，一屁股坐到自己的椅子里，“但即便都属实，为何会有这样的孩子呢！”

吉尔首长全然不为所动：“这正是人们的肤浅啊，卡洨。可悲的是，这也正是人所具有的天性之一。”

北方帝国因为推行极端的歧视非安卡族政策，劳动力减少，国力衰退。在国内，连粮食也不能自给——吉尔首长向亘解释道。

“南北之间缔结了正式的通商条约。南方向北方出口的粮食和日用品也只能按条约规定的数量交易。可是，光这样还差很远，不能送到所有北方人民手中。”

据说，北方的商人于是便与破坏条约的南方黑市商人联手，秘密交易物资，从中发财。

“用这种方式流入北方的黑市物资，价格当然很高，北方的普通人依然无法弄到手，于是便出现了难民。”

“那么，在北方帝国能过得好的，究竟是些什么人呢？”亘问道。

“一部分特权阶层——”首长缓缓答道，“当今皇帝阿格利亚斯七世家族、贵族、政治家、官员、商人等富裕阶层。”

他向拘留所的方向轻轻摆一下头。

“据我推测，那兄弟俩的父母，从前也属于那样的特权阶层吧。否则，也筹不够偷渡的钱吧。不过也不是大官，是小官吧。他们因为犯错误或者什么原因丢了职位，在那边也待不下去了吧。”

“如果是这样，他们来到这边，就更应该明白这边与北方帝国的区别，可他们为何不抛弃歧视思想呢？”

吉尔首长微笑道：“并不是来自北方的难民全都跟那兄弟俩一样嘛。”

“是的，不过！”

“尽管失败和幻灭是现实，但心愿和主张却是理想。而理想是很难消失的。”首长说道，“歧视主张在北方没能取得成功。可是，心灵自幼便浸染其中的思想则舍弃不掉。所以，来到南方，场合不同了，却固守同样的思想，希望自己一下子晋身特权阶级——就是这么回事吧。”

“真是愚蠢。”亘不屑地说。

“没错。歧视非安卡族的主张本身可谓愚蠢之极。但是亘啊。”首长依然语气从容地说道，“有时候，愚蠢的东西反而比正确的强大得多，更能打动人。狭隘的心灵，不健全的心灵，朽木般空洞的心灵，更容易被愚蠢的东西所占据。”

托伦点着他的老虎脸下巴。

“我们联合国家也好，高地卫士也好，都不害怕北方帝国，可是，从那边流入的思想很可怕。那些思想几乎等同于疾病，眼睛看不见，可它又与疾病不同，侵入的不是病弱的身体，而是薄弱的心灵。”

亘回想起旅馆的醉汉是如何恶毒咒骂基·基玛的，而醉汉自己却是被大婶一声呵斥便溜之大吉的可怜虫。

“不过首长大人，”卡茨催促地说道，“跟亘谈谈那件事吧。”

首长睁大眼睛：“对对，是的！我差点忘了大事。”

首长交替打量着亘和基·基玛的脸，说道：“亘，你是旅客。为了面见女神，往后还要继续赶路，对吧？”

“对！”

“你需要旅费，得挣到这笔钱。所以嘛，”首长笑一笑。“你也成为我们中的一员，好吗？一边完成业务获得报酬，一边上路。你可通过各地的支部——警备所收集信息，了解如何前往女神所在的塔，我觉得这是一石二鸟的方法哩。”

亘不禁抬头看看基·基玛的大脸盘。他的长舌嗖地窜出，舔了一下头顶——是吃惊不小的提议吧。

“不过，首长大人，亘才这么小呀。”他用抵触般的声音说道，“成为高地卫士还太小吧？有那么多危险……”

“可是，他已经很漂亮地完成了一件工作，具备了资格。”首长说着，看看基·基玛，“而且，亘之后的旅途，有你同行，对不对？”

基·基玛的酷脸一下子喜形于色：“对呀！我得到了长老的允许！”

“基·基玛，是真的吗？”亘问道，“你会陪着我？”

“当然啦！”基·基玛像在草原上初次相遇时一样，将亘轻轻抱起，放在肩头上，“无论到哪里，我和亘一起去！”

“那就说定啦！”首长说道。

首长说声“我要出席联合政府的会议”，便匆忙离去。亘这才被正式介绍与这个警备所的成员认识。卡茨是这里的负责人，托伦是副手，还有其他三个高地卫士。一个是那大个子安卡族，另一个是比基·基玛个子小的水人族，还有一个是长耳兔似的飞足族。

“经历不凡呀，小不点。”飞足族高地卫士说道，“卡茨做事不事声张的。其实一开头就是要用你作圈套，抓捕真正的罪犯，什么搭建绞刑台，根本就没有那么回事。”

“你真是爱唠叨，闲话少说。”

卡茨嘟囔道。亘目不转睛地盯着她的脸。

“抓我是个圈套？真的没打算绞死我？”

卡茨嘴角向下一撇，“哼”了一声，生气似的说：“我们嘛，也很清楚世上还有法院审判这回事的。”

亘大笑起来。这下，除卡茨以外，其他人都笑起来，后来连卡茨也加入了，众人一阵大笑。

“好，虽然应该早说，我还是来解释一下吧。所谓高地卫士，最早是指生活在南大陆东南部、哥泽高地的一族人。”卡茨说道，“在那里，有这样一个传说。”

远古的从前，在女神从混沌中创世的时候，为了驱赶伺机捣乱的混沌怪物，有一条火龙总是守护在女神身边。创世顺利完成之后，女神为了感谢火龙的工作，将它变成了男人的模样，用它蜕下的龙皮制成盔甲送给他，授予他骑士称号，让他来到地面上。

“骑士降临哥泽高地，开始在当地人中间生活。他的子孙同样都是勇敢、正义的人，所以经过漫长的岁月，当他们散布到整个南大陆之后，高地卫士便渐渐成为勇敢正义之士、德高望重的代名词了。”

现在的高地卫士一词，当然也来源于此。据说最早以高地卫士为名组建的一个小小的民团，也是火龙骑士的后裔。

“所以，我们全部都佩戴着这个火龙护腕。”

卡茨抬起左手，露出手腕上的红色皮革护腕。

“它既是成员的标志，也是对我们的训诫。”

当高地卫士玩忽职守、涉足恶行时，火龙护腕很快就会燃烧起来，把它的主人烧掉。

“这是你们的。”卡茨递上红色的护腕，“戴在左手腕，请站起来。然后左手放在胸前，举起右手，跟我说出誓言。”

众人围成一圈，卡茨发出清亮的声音：

“创世女神啊，我们是火龙遗志的继承人，是护法卫士、真正的猎人。此刻新同志跪在您膝下，以灵魂向您发誓：惩恶拯弱、驱除混沌，作为坚强的护法者，携手迈向真理之星，直至身归尘土为止。”

亘等人宣誓完毕，卡茨喜气洋洋地宣布：

“好，你们也是伙伴啦！”

之后几天，亘和托伦一起走遍加萨拉镇，学习巡逻，同时也尽量收集关于宝石、真实之镜的信息。勇者之剑需要宝石促成。基·基玛接到紧急报告，说有舒丁格骑士团未能剿灭的、漏网的负伤螺丝头狼出没于城镇边上。他于是与其他成员一起出发了。他很有劲头地对亘说：

“我替你向其他城市的高地卫士多多打听。”

虽然加萨拉镇的确有许多人来来往往，但仍找不到有价值的线索。托伦笑着安慰亘说：

“哎，不要太心急啊！”

但是，亘心底里依然焦灼。正因为幻界之旅有指望了，就更加在乎身在现世的母亲的情况了。妈妈现在怎样了呢？怎样在现世解释我不见了这件事呢？作为表面现象，看起来应与石冈及其同伙一样，属于突然去向不明吧？妈妈只是担心，而不是绝望吗？

据说负伤的螺丝头狼不是一两只，而是有相当数量，所以基·基玛他们总是回不来。卡茨作为负责人得留在警备所，且还有调查作案的兄弟俩的工作，看样子她实在想去挥动鞭子一显身手，无奈只好天天发脾气，骂骂舒丁格骑士团无能，或者一群笨蛋，连螺丝头狼也对付不了。

“卡茨以自己身为高地卫士而自豪，她实在无法认可临时拼凑的什么骑士团。”

傍晚，托伦一边写当天的巡逻报告，一边小声告诉亘。

“舒丁格骑士团是联邦议会的直属组织，与我们高地卫士相比，历史浅得多。虽号称骑士团，里面也不尽是武官，也有文官。团长由联邦议会的议长兼任。”

托伦推一下眼镜，抱起他的粗胳膊。

"这是骑士团宣誓效忠于议会的标志，而联邦议会的议长一般都是老政治家。也就是说，万一发生事情，他是不会持刀上阵的，所谓名誉职位嘛。卡莰是积极的实干家，不喜欢那种挂虚衔、徒有其名的做法。"

亘觉得，舒丁格骑士团是警察和军队合二为一的组织。不过，听了托伦的话，似乎它除此之外还起着政治方面的作用。

这样一问，托伦予以首肯：

"应该是吧。与单纯的军队有点区别。另外，在舒丁格骑士团里面，类似我们高地卫士的专职治安部门叫作'游击队'，每个国家里头都建立了两个师。因为是管辖整个南大陆的，所以，游击队比我们更多地在南大陆奔忙。相当艰苦的工作哩。"

"游击队也和高地卫士一样，是由各种族组成的混编部队吧？"

不知何故，托伦迟疑了片刻才回答："游击队不是的。整支舒丁格骑士团里面——尤其是文官，有各个种族，但只有游击队，全部都是安卡族。"

"为什么？"

例如有翼的巨鸟族，因为具备机动能力，适合游击队吧？

"咳，事关政治方面啦。"托伦用手指头抚抚鼻梁，"因为在幻界，最早是以安卡族人数居多。其他种族都算在一起，与安卡族的人口比例也只是四比六而已。安卡族是多数派，我们其他种族是少数派。这一点也就变成在议会的发言权差别。"

托伦说，不过嘛，这些都与亘没有关系。

"卡莰之所以把舒丁格骑士团视为眼中钉，总而言之是她的性格问题，她讨厌装腔作势的家伙。而且呢……"他压低声音，带着笑容说，"她呀，是很早以前的事啦——她被舒丁格骑士团第一游击队的伦美尔队长甩了。自那以后……"

"喂，托伦，你说什么！？"

比皮鞭更为锐利的视线射过来，托伦猛地脖子一缩，眼镜差点儿飞了出去。

“不行！亘。我们出去，见见诊所的医生。”

今天早上一开城门，门口倒着一名来自博鳌的行商，引起了一点骚动。他本人说是食物中毒，但诊所医生却诊断有传染病的可能，所以把他隔离在城外的小屋子里。城门周围要洒烈酒消毒，又弄得亘醉倒。假如真的是传染病，就必须发通告了。

在诊所，医生一如往日地忙个不停。托伦和亘上前打招呼，医生随即笑着说：

“传染病的疑虑澄清啦。”

“嘿，那可就太好啦！”

“不过，要听一下那位行商说的情况吗？”医生压低声音，不让一旁的患者们听见。“据他说，他是喝了镇外一个水井的水之后，突然就不舒服了。”

据说，他诉说的症状，既与医生怀疑的传染病相似，也与误喝了果园除虫剂的情况有共通之处。

托伦的胡子一跳一跳的，问道：“那么，医生，您是说可能有人向水井投毒？”

医生嘘地竖起一根手指：“说不定会有这种情况啊，那位行商是这样想的。他说回想起来，那井水的味道是有点怪。”

“那口井在什么位置？”亘问道，说不定是我去过的那口井呢，“在查清楚以前，还是把它盖好，不让人喝为好吧。”

“是啊。赶快确认吧。”

隔离房间里的行商仍然脸如土灰，很难受的样子，但能说话。他说，他喝水的水井在镇东面的岩山脚，不是亘知道的那个。这是一个几乎要被掩埋的旧井，之前从没在那里喝过水，因为昨天实在太热，于是就……

“东面的岩山……”托伦揪着下巴想着，“你从博鳌来的话，这样走岂不是绕远路吗？”

行商挠着头说：“其实，我是听说那边埋藏着财宝，我平时来往于博鳌和沙沙雅之间，来这里是头一次。”

在和沙沙雅交界的旅馆，同房间的客人告诉这名商人，在加萨拉东面的小岩山脚，有一座教堂废墟，以往信徒捐献的财宝，至今仍遗留在那里。

托伦皱着眉头对商人说：“你受骗上当了。那个教堂废墟我也知道，那里哪有什么财宝！它原先的教义就不是要人捐献财物的。”

“只是心诚便行了？”

“不，它要求信徒奉献生命。”

行商“哇”地大叫起来。亘问道：“那是老神教的教堂吗？”

“不是。它跟老神教、跟我们女神的教义都不同。咳，瞎编的吧。”

约十年前，一位名叫卡克达斯·维拉的游客突然造访加萨拉镇，他自称是医生，开业行医。因为他所作所为匪夷所思，被当时的警备所长抓了起来，驱逐出镇外。他于是在镇边的岩山脚下搭棚屋住下来，大肆吹嘘他凭旧神所赐的圣水之力，可以治愈百病，开始搞起怪异的活动来。

“警备所也干涉了好多回，但这家伙溜得快。然后稍不留意他又溜回来重操旧业。慢慢地，他的信徒——而不是患者，就增多了。从某个时候起，他们开始建教堂了。”

“所谓旧神，它比老神更早吗？”

“不知道。据说是从另一个世界光临的神。”

教堂落成之后，卡克达斯·维拉摇身一变成为神父，并非患者的信众对他顶礼膜拜，开始共同生活。信众们开荒种地，把收获的作物带来加萨拉，用以物换物的方式获得日用品。但他们很穷，女人、孩子、老人，全都瘦骨嶙峋。

“这些家伙最初是被‘专治绝症’的话吸引来的，所以老弱病残者甚多混杂其中。光凭信徒来维持教堂，谁都明白不可能的。”

现世里也有类似的事。亘想起几则新闻。

“不过，他们团结得很紧密，加萨拉的警备所很难找到介入的时机。

有一天，教堂深夜里突然发生火灾，高地卫士冲进去一看，信徒们在燃烧的教堂里……”

他们手拉手，一边为旧神及其儿子卡克达斯·维拉唱赞歌，一边安静地让烈火渐渐将他们吞噬。

“大家想尽办法救火，但那毕竟是没有经验的人搭建的教堂，除了剩下骨架之外，大部分烧塌了。信徒们尸横遍地。”

因为遗骸都烧焦了，无法确定谁是卡克达斯·维拉。警备所也弄不清楚在这里共同生活的人的准确数字。

“卡克达斯·维拉既可能死了，也可能逃走了。没法弄清楚，至今没有定论。”

的确，在那样的地方怎么可能有财宝。但行商恨恨地望着空中说：“可是，那个商人说，他夜间从岩山旁通过，见教堂废墟发出闪烁的光芒，把那里映照得如同白昼……”

托伦嘿嘿地笑：“不对劲吧，有那么巨型的宝石吗？”

“不知有多大。可据说是放射出美妙光芒的宝石哩。”

“宝石！”亘差点蹦了起来。托伦马上制止：“别急，只是传说而已。而且，还只是出自一个商人之口。”

“不过，很想调查一下。无论如何，不是得把那口井封闭吗？我们马上就去吧！”

七　被遗弃的教堂

二人马上骑乌达出城。所谓乌达，是体型比达鲁巴巴小得多、大约现世的小马驹般大的动物，高地卫士们巡视草原或岩场时，喜欢以之代步。乌达比达鲁巴巴转弯灵便，在狭窄的地方也能畅通无阻。乌达也很聪明，容易与人相熟。亘缠了托伦半天，让他教自己，结果就能够轻松骑乘了。乌达全身被簇生的毛覆盖，即使没有鞍，屁股也不会痛。在整个南大陆，人们出远门时驾达鲁巴巴车，去近处就骑乌达。

托伦顺利抵达出问题的岩场山脚。这里的景观虽然不如草原东端、螺丝头狼出没的峡谷一带险峻，但凹凸不平的岩石，在蓝天下重重叠叠，仿佛巨人之子在玩垒大石时被一声“吃饭啦”叫走了，丢下这么一个摊子。

“在这种地方的水井嘛……”托伦绷着脸，“草原上的水井，全都由附近的城镇轮流负责管理。所以位置也很明确。这里应该没有水井啊。”

“可能是那个教会的信徒挖掘的水井吧。所以，现在都要荒废了吧。”亘说道，“过去教堂废墟看看吧。是在哪里？”

“好吧好吧，知道啦。”托伦露齿一笑，“不过，对你来说，这是头一次查案，要照我的指令行事。”

“是！”

托伦策骑跑过一个小岩场，绕过一个中等岩场，在一个高高的赤褐色岩场前停下。

“啊，就在那里！”

不必指点，亘也看见了。几根烧得黑糊糊的建筑物柱子，突兀地竖立在寸草不生的坚硬地面上，简直就像不祥的黑矛自天而降。不是眯眼远看的话，还不能一下子明白这几根黑矛从整体上构成了建筑物的外形。

“屋顶烧塌了啊。”

“火灾之后还有的。之后风吹雨打，逐渐坍塌瓦解。说来有十年之久了。”

二人缓步绕教堂一周。单纯路过、一无所知的话，可能只有火灾遗迹的印象，并无不祥之感。但亘因为听说了关于教会的事，想到柱子围成的地面上，那些黑黝黝的灰土块里头，也许就混杂有烧焦的人体残骸，心情就恶劣起来了。

托伦的乌达哀伤地喷着鼻息向后退，托伦用手拍着乌达的颈脖，抚慰着它。

“它害怕呢。”

亘的乌达也在同一地方踏步不前，似乎想与火灾遗迹保持一定距离。

“加萨拉镇至今都没有收到报告，说有些事件或者奇怪的火光之类，与这个地方有关？”

“没有，是因为出入加萨拉镇的人与这种地方不相干吧。”

“既然是这样，所谓宝石闪光，不走到跟前，就应该看不见……”

托伦对亘的喃喃自语给予“噢噢”的回应。“所以嘛，未必肯定就是宝石，对吧？咦？下去看看？”

二人把乌达的缰绳绑在岩场上，徒步走向火灾遗迹。托伦两手空着，迈开大步，亘觉得，当自己的右手碰到勇者之剑的剑柄时，心里沉甸甸的。

“真有点心寒……”

“可不是嘛。”

二人走进残柱圈内，踏看一番。每逢踩到什么东西发出声响，或者有踩到什么东西的感觉时，亘都有些心惊胆战，心想是踩到人骨了吧。

“据说信徒的遗骸已全部运走，葬在镇上的公共墓地了。”托伦边查看四周边说，“所以，这里没有留下遗骸了。我们即便踩踏了什么东西，都不会得罪人。”

“咳，那就放心了。”亘这么说着，却仍不自觉地踮着脚。

“你看，”托伦摸着一根烧成焦黑的柱子，说道，“多细的柱子，你的小腿比它还粗吧？全都是老弱病残和女人，充其量只能用这种程度的柱子来搭建教堂的吧。”

日已西斜，但天还足够亮。亘却出奇地觉得，置身烧塌了墙壁的、原建筑物的范围之内，只剩骨架支在那里，空隙极多，却显得有点昏暗。

“亘，找到井了。”

托伦这么一喊，亘连忙走过去看，只见在建筑物后面，倒下的柱子压着一口小小的水井。水井周围被瓦砾覆盖，但砌石的井口还很牢固，探头窥看，没想到自己的脸映在近前。

“水挺满的。”

“噢，这一带地下水丰富。”

托伦伸手掬起一捧水。清澈的水滴晶亮地闪烁着落下，他举手到鼻尖，嗅一嗅水的味道。

“弄不清楚……好像有点药味儿。”

托伦用别在腰间的皮袋装了水，扎紧袋口。然后，他又和亘一起，用带来的绳子把井口圈起来，挂上“禁止使用”的牌子。

“看来，那个行商进入到教堂废墟里面啦。否则，不可能发现位于这种地方的水井。”

“他不知道教堂的历史，也就不觉得可怕了吧。”

“所谓利欲熏心，也可能重利之下有勇夫呢！”

托伦这句话让亘突然想起妈妈，他不由得微笑起来。妈妈每逢大减价时外出，抱了一大堆东西回家时，总是这么说的：“扛这么多东西，竟然不觉得重哩。真的是重利之下自然神勇啊！”

“好，撤吧。”托伦说道，“多待也没用，打冷战啦。”

二人先到了诊所，把井水交给医生，请他帮忙检验，然后返回警备所。他们听说行商的精神好多了，也就放下心来。

之后亘便帮着托伦翻查旧记录，一直忙到天黑。看来这卡克达斯·维拉和那个教会的确让当时的加萨拉警备所头疼不已，在薄纸装订起来的案件记录里面，甚至有人在纸边悄悄写一些骂人话，有损公文的严谨。

“最终，卡克达斯·维拉这人的正身也未能查明。”托伦取下夹鼻眼镜，说道，“什么是旧神呢？”

“所谓包治百病的水，就是那口井的水吗？如果是，可能不仅带有药性，而且有毒吧。”

“混合了什么东西吧。”托伦吁一声，伸个懒腰，“亘，可以回家啦，肚子饿了吧！”

亘回到大胡子老板的旅馆，吃了晚饭。他向上饭菜的大婶试探地问了关于卡克达斯·维拉的事，她回答说不知道。

“迄今有房客提过岩场的教堂埋有财宝的事吗？”

“哎呀，我从来没有听说过。”

晚一点上桌的大胡子店老板，说的跟大婶完全一样。不过，亘不肯罢休。从教堂废墟透出的，炫目的光。它的真实面目是什么？

可能白天不会闪光。

也许晚上到那里去，情况会不一样。这么一想，他忍不住了。亘稍作准备，确认勇者之剑挂在腰间之后，便离开了旅馆。

已是加萨拉镇大门即将关闭的时刻，匆匆赶到的商队和达鲁巴巴商人挤成一团。亘借了一头乌达，挤进混乱的人堆里，驰向夜间的草原。因为乌达是擅长夜视的动物，所以它轻快地跑着，一点也不怕黑。

再跑一会儿便可抵达教堂之时，从草原之夜的远方，正好在地平线处，看见有无数如萤火虫般的光在闪烁。像是一点一点在移动着。可能是舒丁格骑士团返回了。基·基玛也跟他们在一起吗？如果他回来了，亘不在旅馆的事马上就会暴露。不想让基·基玛白白担心，得赶快做完就回去。

别在腰间的提灯冒着黑色油烟。亘在白天的相同地方下了乌达，迈步走过去，耳中只听见浸了油的灯芯吱吱燃烧的声音。

火灾后的教堂废墟看起来比夜间的昏黑还要黑得多。亘边回忆白天托伦走过的路径，边留心着脚下，慢慢走进瓦砾之中。

夜风带着烧糊的味儿——他觉得。可白天完全感觉不到。亘右手按着勇者之剑，尽量让自己什么也不想。寻找光，因为那是唯一的目标。

岩场某处传来“哇”的一声，吓人一跳。可能是在夜间岩场歇息的猛禽，被噩梦魇住了。只要带来的乌达不害怕就好。嘿，说不定它比我还勇敢。

一片漆黑。哪里都看不见什么炫目的光。站在井边环顾四周好一会儿，闪亮的却只有头顶上的星星。他半放心半心虚地笑了。将举到齐眼高度的马灯放下来，照清脚下，向右转身。

这时，在马灯光线和黑夜的交界处，有个白东西一晃。

亘猛一转头。这一次则是在左边，白色的东西像掠过马灯的光线一样上下浮动。亘像被人拍了一下左膊，转过头来。

一只白色的手悬浮在空中。

与其说是恐惧，莫如说这过于离奇的景致，让亘一时间看得出神。手臂直接从黑暗中长出来。是上臂以下的部分，雪白柔软，修长。是女人的手臂，右臂。

手臂左右晃晃，食指指向亘，然后示意“来、来”。是跟着它走的意思。

手臂如同一条白皙细长的鱼游动在黑夜里，畅行至某处，突然指向地下，倏地被吸入地面。这时，手臂消失之处开始发出白光。光线映照到亘脸上，令人目眩。

亘跑了过去。“嗵”，脚下垮塌了一块，他差点儿摔倒。像是踩穿了地板。

有地下室！

白天被瓦砾掩盖没有发现。亘蹲下察看，马上就找到了刚才踏穿了的盖板的把手。光线从盖板下面透出来。他拉起盖板，光线一下猛烈起来，眼前白茫茫，但随即又嘶地减弱，如同光源远去一样。

有楼梯通向地下。台阶在超过四十级处结束。好长！说明至楼梯尽处，相当高，虽然不知下面是怎么回事。多想的话会感到可怕的，此刻只管走下去就好。

身体渗出汗，到几乎喘不过气时，皮靴的硬鞋头终于碰到与台阶触感不一样的东西。他用双手紧紧抓住梯子，探头往下看：在马灯的光线下，看得见湿漉漉的岩石。好像是到达了。

洞窟——没错，脚下梯级已尽，小径蜿蜒通往幽深之处。

那道白光似乎是在最深远的地方。可见的光比在楼梯上方所见的弱得多。

亘拿好马灯，紧握勇者之剑，小心地迈开步子。周围墙壁的颜色和感觉，类似在现世见过的坟墓用的石头——是叫花岗岩吧？水不知从哪里渗出，点点滴滴，濡湿了洞壁和地下。摸一摸，很凉。再把指头放到鼻尖嗅嗅，没有药味。因为出门匆忙，把手套忘了，所以不能再大意触摸洞壁。有水之处就可能有生物，这些生物有毒或有刺针都不奇怪。

稍往前走，岩石通道几乎成直角向右转。在拐角处，亘先贴近洞壁倾听，然后迅速拐弯，摆好姿势。

没有什么特别之处。只是穿岩而过的通道继续延伸而已。虽然没有人，但亘伸了一下舌头。他就要那么弄弄看。

这条路比刚才的更窄，天花板更低。小路左歪右歪，时高时低。终于走到了尽头，正面是岩壁，与地面的接合处，有个一人可勉强通过的洞口。从中透出那道微弱的白光。

感觉不好。

钻这么狭窄的地方实在不情愿。不过，不进去就不能向前走，再怎么找，也看不见有别的路。

没有办法。亘把马灯放在脚旁，全身贴在地上，窥视洞穴那一头。似乎路仍在延伸。光色微明，微风拂面。

好吧。亘下定决心，脑袋先伸入洞中，贴地爬行，洞壁很薄，一下子就穿过了。

里面不单纯是通道，头顶上是圆拱形巨岩，有加萨拉的旅馆第三层那么高，还很宽，几乎有亘的校园那么大。若以小型的独门独院住宅来比较，这洞里足以容纳十套这样的住宅。

地底下竟然有大得像广场般的洞窟！

亘一边拭汗，一边以惊异的目光四处打量。广场对面一侧，并列着两个通道入口，通向更深处。右边的隧道较大，入口处堆叠着金属残骸似的东西。左边较小的隧道虽看不见任何东西，却从里头透出白光。

不知何处传来涓涓细流的声音。亘感到口渴，可是这里的水不能入口。

对了，马灯。他急忙蹲下，正要伸手到洞穴另一头时，却眼看着那具马灯被人拎走了。一只漆黑、干枯如木乃伊的手伸过来，抓起马灯的把手，从视野里消失了。就是眨眼间的事情。

这究竟是怎么回事？那是什么手？不，那真是一只手吗？

作为一个高地卫士，应当再次钻过洞口，返回那边去吧。那只怪手，也许是妖怪。也可能是窃贼，木乃伊贼。总而言之，必须夺回马灯。

不过，这里很亮。前面的通道也有白光照射着。即使没有马灯也可以走动，还是向前闯吧。就这么办，这是有进取心的决断。绝不是害怕遇上那只枯手的家伙。

亘手按勇者之剑，一步一步向前走，来到广场中央。走到这里，右边隧道前堆叠的金属物的真面目便看清楚了，是矛枪——极原始的矛枪，只将金属弄成尖头，像铁杆子似的。还进一步看见广场右边深处的岩壁上，有从前曾安装过大型装置的痕迹。看得见往岩壁上打入了什么东西的印记，也许是燃烧松明的原因吧，许多煤烟屑反复粘在同一个地方，连岩石的色泽也改变了。仔细观察之后，按痕迹的轮廓向空无一物处连上虚线，可猜测大致摆放在那里的，是现世的教堂祭坛（以亘所知）似的东西。

说不定，这里就是卡克达斯·维拉和信徒们的礼拜堂。

不过，如果是这样，为什么有矛枪呢？

八　死灵

亘心里有两种感觉在碰撞、争斗：一种是调查右边的隧道；另一种是多一事不如少一事，进入左边的隧道。

就在此时，有东西从右边隧道出来了，是人影。衣衫褴褛的人，有人住在这里。这人用那铁杆子似的简陋长矛作为拐杖拄着，凭借这拐杖一步、一步、再一步地走着，脑袋怪异地摇摇晃晃。他从右边的隧道出来，向右边洞壁——祭坛遗痕处走去。

当他走到可清楚无误地显现模样的地方时，亘的脚下像是生了根，动弹不得了。

那不是人。它曾经是人而已——那是一具骸骨。骸骨身上缠了褴褛的布条，拄着矛走路。它每次迈出脚步，下颚铰合处便晃动起来，牙齿咯咯作响。

亘的大牙也开始咯咯响了。膝盖骨向左右分开，开始颤抖，好像要各自逃生似的。

镇静、要镇静！不用害怕。亘狠狠闭一下眼，告诫自己道。我在尝试洞窟战胜过四大神将的考验，获得了智慧和勇气。而且，还有火龙的保护呢。不会败给区区骸骨的。

来到洞壁边的骸骨，拄着矛摇晃着，不一会儿便在嘎嘎声中分崩离析，当场变成了一堆骨头。

亘强抑厌恶的心情，逼自己迈步走向右边的隧道。入口处堆积如山的矛枪全都脏兮兮的，生了锈。

右边隧道的深处有点晦暗，凭肉眼只能看见出入口周围。不过，当亘拔剑做好随时应战的架势时，剑身像汇聚了洞窟广场的白光似的，开始发出沉静的光。虽然不如马灯的程度，也可作为充足的光源了。亘提剑闯入里面。

前进了四五米吧。隧道两旁呈现出列车卧铺车厢般的三层木架子床。列车满员——每一格床都躺着人。

是骸骨躺着。这是骸骨的卧铺车厢。

背后突然传来啪嗒的声音。亘像挨了一鞭似的猛回头，只见从身后的卧铺哧溜一下，滑下来一具腰缠破布的骸骨。它不像刚才的骸骨那样拄着矛，而是摇晃着摊开两手，往亘身上倒下来。

亘拼了命往后跳开，没有声音。他虽然在千钧一发之际逃脱了骸骨的拥抱,但骸骨伸出的指头仍划过了亘的鼻尖。骸骨像游泳似的划动双手，发出小小的咔嚓咔嚓声，倒在地上。

响起了蒸汽机车的声音——不,是自己的呼吸声。亘用手背拭拭额头，抬起脸。

难以置信的情景映入眼帘：满员的乘客们纷纷要从卧铺下地，一具骸骨攀住卧铺扶手，另一具骸骨搂住身边骸骨的脊骨。骨头挨碰的声音、包裹着它们的残衣破布接触和摩擦的声音，像许多蛾子挤在一起，羽翼相碰一样窸窣可闻。

它们阴暗空洞的眼窝里不该有的眼珠子，都聚焦在亘身上。它们要接近亘，他感到自己毛发倒竖。

双腿突然恢复了力量，亘拔腿就逃。从隧道入口进来并没有多远，可到出口的距离却长得无奈。带着礼拜堂遗痕的广场有微弱光线，逃往那边的隧道，如同通往希望的逃生出口一样，看起来更加清楚。亘拼命挪动双腿，却丝毫没有向前进，就像在梦境中奔跑一样。

骸骨们接二连三伸出求救似的手，有的要揪他的衣服，有的要拉他的腰带，有的要扯他的头发。

他下意识地发出一声哀鸣，现在明白骸骨们要干什么了。他们拥上来，往亘身上堆压，要用堆叠如山的骸骨把他压垮。不能倒下，一倒下就完了！

因过于慌乱，下巴扬起，速度慢下来。一只骸骨手从后伸来，抓住了亘的肩头。他拨开它，身体却失去平衡，一边膝盖差点儿跪地，他双手在空中划动着，保持平衡，没有倒下。

此时，隧道出入口正上方的洞壁上，看得见连着一个格子窗。亘灵光一闪：是闸门。如果逃出去，再放下闸门，就可以把骸骨关在这里面。操作闸门的装置肯定就在某个地方。

不顾一切地四下张望，只见隧道口旁的洞壁上，有一个卷了旧绳子的把手。绳子连接到上方的闸门。亘边跑边举起勇者之剑，鼓足力气向绳子劈下去。

有砍中了的感觉，绳子被一砍而断，就在哐当一声尘埃四起之时，闸门垂直下落了。亘顿时眼前一片漆黑：太早啦！这一来，把自己也一起封闭起来了！

又有骸骨手来扯亘的衣裾，很有力。亘双眼一闭，低头猛冲向落下来的闸门与隧道地板之间的空隙。

闸门擦着冲过出口的亘的脚后跟落下。落势之猛，使闸门又反弹起半米高，夹住随后涌至的几具骸骨的头和手，轰然闭合。

仰面倒在地上的亘顾不得去看闸门的情况如何了，赶紧连滚带爬逃开去。然后才惊魂未定地扭过头来，看看身后。

结实的格子窗另一边，骸骨们成了骨山。它们撞到门上散了架。尚完整的骸骨的头和手，蠢动着扒开骨山，要挤到前面来。

也有骸骨被闸门夹住了，只有头、手伸过这边来。亘胆战心惊地站起来，走过去。

这些残肢骨头蠢动着，亘一走近，手指头就动起来要抓鞋子，头骨则嘎嗒嘎嗒咬合着，要来咬他的手指。厌恶和恐惧令亘倒退几步。

“你们是什么？”

即便亘问它们，骸骨也无从回答。

“你们在这里干什么？你们是信徒吗？是被卡克达斯·维拉关在这里的吗？或者，是你们自己闭门不出？”

在他的注视下，手臂和颚骨的动作变得缓慢下来，不久就停止了，变成了掉在地上的单纯的骸骨。

亘不自觉中抽泣起来，他摸到脸上的泪水才察觉到这一点。心想可能是后怕吧，不过，其实并不仅仅是害怕，他感到悲伤。这些骸骨太可怜了。

他沮丧地转向另一条隧道。心的中央，变成了大雨时的沟渠。所有一切情感都发出哗啦哗啦的响声，往那里灌。当中混杂了对未闻其声、未见其人的冒牌教宗卡克达斯·维拉的愤怒。不知不觉间，他因为紧握勇者之剑的剑柄，以致手指关节处都发白了。

这条隧道平缓地向下延伸。

会一直通向哪里呢?

隧道时而偏左时而偏右，但大体是很直的，不断地下降。随着往下走，苍白的光线似乎渐次增强，可以看见濡湿的岩壁各处绘有类似文字或图画的东西。

看上去只能理解为被钉死的人、把头抵在地上，向祭坛跪拜的人群、举起斧子要砍断类似达鲁巴巴的动物的脖子的人。还有亘看不懂的、用血红的颜色胡乱涂抹的文字。

还有，伸出摊开的两手、挡在顶礼膜拜的人群前的漆黑的人影。此人体格超乎常人，头上明显长出角一样的东西。这异人的背后，是如太阳般明亮的发光体。简直就像异人要把发光体遮挡，不让跟前俯首膜拜的人群看见一样。

这长角的异人，就是卡克达斯·维拉吗？亘望着洞壁，顿觉毛骨悚然。

顺着隧道往下走的时候，亘注意到另一件事。地上有许多马灯、烛台、松明余烬之类的东西。虽然都很陈旧了，但并不是单纯被丢弃的，而是被弄坏、折断的，从马灯残骸可明显看出曾被砸在岩壁上。

从前这里有相当多的人，似乎他们没有被允许继续持灯往前走，他们不得不在此丢弃光源，再往前走。

亘振作起来，继续顺隧道而下。路渐渐变窄，忽起忽伏，不久来到一个地方，则突然变成了陡峭的上坡路。亘头顶约半米高的地方，岩壁开了一个天窗似的洞，白光从这里漏出来。

亘纵身一跃，两手攀住洞边。手上一用力，身体上提，爬上洞口，钻出洞口往前走。这时，他来到洞顶很高、面积很大的地方。

亘目瞪口呆。就高度和宽度而言，这里比刚才有礼拜堂痕迹的广场大一倍！亘置身于突出到这空间正中央、像屋檐一般凸起的地方。

眼前是一个储满净水的地底湖。多清澈的水啊！那雪白的光，从湖底透出来。

真棒啊！

地底湖的形状，是圆乎乎的五角形；从上俯视，它本身就像一颗巨大的宝石，美得叫人陶醉。注视着它的话，感觉要被它吸进水底。

亘强迫自己转过头，环视四周岩壁，尝试寻找可再往下走的路径。他看见岩壁有许多凸起的地方，像他此刻站立的地方一样，巧妙地腾挪一番，看来可以走下地底湖的湖畔。

他留心着脚下，小心翼翼地采取行动，所以当他站在湖边时，已花了许多时间。不过，他紧张得有点透不过气。当他站在水边时，白光更加炫目，每当水波轻荡，就有沙拉沙拉的声音。地底连微风都不起，这水波从何而来呢？说不定地底湖的正中央有水涌出。

亘收剑入鞘，单膝跪下，将右手伸向水面。他把手浸在水里，从手背直没到手腕，水冷飕飕的，滑腻如丝绸，有一种触摸神圣之物的感觉。

白色光源一定是放置在湖底的某件东西，就这样跳水潜下去，可以找得到吧？不过，水这么寒冷，不做好准备运动，腿会抽筋吧……

他望着清澈的水面出神地想着，忽然有所发现：不仅他在看对方，对方也在打量他。

是什么东西在看我？

一颗大眼珠。不知何时，水面之下出现了一只篮球般大的眼珠子，不眨眼地注视着亘。就连漆黑的瞳仁和眼白上的微细血管也看得清清楚楚。

异样的对视持续了好几秒钟。亘像中了邪一样好一会儿动弹不得。然后，他突然像恢复了神志般惊醒，要将手从水中缩回。

水底疾如闪电般蹿出一个东西，扼住了亘的手腕。就是那只出现在教堂废墟向亘招手的洁白右手。皮肤湿漉漉，滴下闪闪亮的水珠。就近看，毫无疑问是一只优美的女性手腕，但力量也颇惊人。亘不出声地胡乱挣扎着，想要摆脱那只手。在这期间，水下的那颗眼珠仍旧注视着他。

“放开我！”

亘大喊一声，用尽力气抽回手腕，但却被更大的力气扳了回去，肩关节几乎脱臼。就在他拼力较劲的时候，两脚动弹不得了。他狂乱地挣扎着，这时腿下却出现了那只木乃伊似的黑色的手。这只从脚下的水边伸出来的手，一把抓住了亘左脚的脚脖子。

就是拿走了马灯的手！仔细看，是左手。这是配对的手：白配黑、左配右。它们配合默契，想逮住亘，控制住他。

“喂，你要干什么！”

亘边喊边踢它，结果反而失去平衡，跌倒在地。两只手更使劲来拉扯亘，似乎有机可乘了，要把他拖进水里！而那颗大眼珠一直静静地注视着。

“救命啊！”

本能让亘不自觉地大喊起来。亘的惨叫在宽阔的洞窟顶部反射，形成回声。像是嘲笑他一样，“救命啊”、“救命啊”的声音微妙地变化着音调，在各处岩壁反弹回来。

亘挣扎着把左手伸向勇者之剑，只差一点便够得着——

黑色的手猛扯左脚。此时，抓住亘右手的白手则配合绝佳地松开了。亘仰天倒下，扑通一声，腰以下被拖进水中。

糟了！

白手再次出现在空中。它在亘的脸上方，像邪恶的飞禽般滑翔而下，直扑过来。它想来揪衬衣的胸口，把亘拖入深水处。

同一瞬间，亘右手拔出了勇者之剑，几乎是不假思索地、无目标地砍去。利剑这次也是自作主张般划出一道弧线，自左至右劈向直抓过来的白手。如令人生厌的蜘蛛般张开五指的手掌，从中间被“豁”地一削为二。

惨叫声轰然而起，令人战栗。耳鼓发麻，仿佛再也接收不了任何声音。

被劈开的手掌并不流血，只从伤口处暴露着粉红色的肌肉，像是在说话一样蠕动着。这一次，亘毫不迟疑地向抓住自己脚脖子的黑手挥动利剑。

湖面开始骚动。看似湖底要涌起几重波浪，但蹿起的是一根几乎高达洞顶的水柱。

瀑布般崩落的水从头浇下，将亘淋了个透，但他感觉左脚可以自由活动了。他迅速站起，一下子退到水边，手中紧握勇者之剑。

水柱中出现一个巨大的黑影。因它背向透出白光的湖心，身体正面完全背光，黑糊糊的成为一个剪影，简直就像身披法衣的僧人影子——除了硕大无朋这一点。

它的脑袋缓慢地左右转动，正面对着亘，然后睁开眼睛，就是刚才出现在水下的那颗眼珠。这颗几乎把脸占满了的、唯一的眼珠子熠熠发光。

亘高声叫道：“你是什么人？这洞窟里的骸骨，全是你杀害的信徒吗？”

黑色怪物不做声，只是骨碌骨碌地转动眼珠。那一对左右手飞到空中，回归怪物身边。亘觉得这对手会收在怪物身上吧。

但并非如此。那对手晃悠悠悬停空中，随即握成拳头。紧握的双拳青筋毕现。

要干什么？

左右两手一齐张开拳头，仿佛魔术师无中生有地变出硬币或鲜花一样，从刚才空空如也的两手里面，一齐射出针状的小东西。白手飞出白色的，黑手飞出黑色的。

针状物向着亘飞来。他拔腿就逃的一瞬间，看清那无数的针状物竟是一只只小手，是白手和黑手的袖珍版。这些小手如同凶恶的小鱼，成群袭来。

亘举手遮挡住头和脸，在水边奔跑。小手怪物们调整方向追来，它们在空中飞行时，发出羽虫振翅般的嗡嗡声。

他伏下脸，挥动勇者之剑，努力避过小手群。不冲出这里，可就要被手群扯成碎片了。虽然只是些十五厘米大小的手，但其指尖锐利，或抓皮肤、或戳眼睛、或钻入衣服里面。

不能停下来。亘奔跑着。

一声咆哮传来，是叉腿站在水边的独眼怪物的声音。不知它的嘴长在哪里，是怎么发出声的呢？明显是笑声。它在欣赏这一幕。它觉得亘在手群穷追之下拼命奔逃很有趣。

它一边大声吠叫，一边活动起来。它挽起黑色法衣的袖子，露出自己的手臂。卷起衣袖露出来的左右两臂，既像是木建筑腐烂的底部，又像是死蛇的胴体。没有手指。臂端是鱼鳍形。它将这手臂举起又摔下，用力拍打水面。

啪的一声，水沫横飞，落在亘身上，简直就像一桶水从头浇下来。眼睛看不见，脚下打滑，摔倒，然后就是——

“呜喳！”

响起粗野的吼声。紧接着的一瞬间，一根尖锐的东西穿过洞窟的空洞，呼啸着扎入穿法衣的怪物左臂。怪物再次发出咆哮。这回是痛苦的叫喊。

“亘，你没事吗？”

亘一边挡开袭来的手群，一边抬起头。在岩壁台阶处，站着手持大斧的基·基玛，其上是扛着投枪的托伦，最高一级处是卡莢，她跪立着。

“我就来！你要挺住！”

基·基玛嘴里喊着，从岩壁突出部蜿蜒腾跃而下，敏捷的动作与其庞大的躯体颇不相应。黑色怪物将扎在左臂的长矛拔出，向基·基玛反投回击。卡莢的长鞭呼啸而出，抽中飞向基·基玛的长矛，把长矛击落水中。托伦随即掷出第二支长矛。这支长矛擦着怪物的大眼珠飞过，落在地上。

“哎呀呀，我要把这怪物弄成肉丸子！”

基·基玛冲到亘身边，护住亘，舞动手中大斧，如同链球运动员般以自己为中心旋转起来，成群飞来的白手和黑手纷纷被打落地上。

“怎、怎、怎么知道是在这里？”安心和欢喜让亘头晕起来。

“早看透你想干什么啦！”卡莢正颜厉色地说道，向前一个筋斗，轻轻避开怪物鱼鳍手的袭击，纵身落在湖边。她头也不回便知道那只白手正从一旁扑向她的颈脖，扬鞭啪地击退了白手。

“这家伙是什么东西？是卡克达斯·维拉礼拜的怪物吗？”

托伦嘴里说着，他肩托第三支投枪，移动着瞄准那颗大眼珠。

“或者，这就是卡克达斯·维拉本人的化身？”

“管它是什么！把它搞定就是！”卡莢不屑地说道。她这回用鞭子卷住那只黑左手，拧过身子，猛一返身狠狠抽在岩壁上。黑手发出沉闷的啪嗒声，被砸得面目全非，破布似的掉在地上。

湖边岩石堆满无数小手尸骸，是被亘的剑和基·基玛的斧子砍杀的，几乎没有立足之处。卡莢和托伦小心摆好架势，与叉腿站在水边的黑色怪物对峙。

怪物的眼球骨碌骨碌地左右转动起来，仿佛将加萨拉镇几个高地卫士作了一番比较。它眼白的部分充满血丝。

它发出咕噜咕噜类似清嗓的声音，独眼闭合了一下，然后“啪”地睁开。

湖水开始翻动起来。覆盖黑色怪物全身的法衣片片剥落，掉进水里。四人被眼前情景所震撼，面露惊讶之色。

法衣下呈现出来的是人鱼杂交似的、令人恶心的生物。铠甲般的硬鳞片覆盖了它的身体。左右腹间长出鱼鳍似的东西，这东西缓缓移动，尖端指向亘他们。

怪物抬起没被托伦扎伤的手，自己扯下盖住头部的法衣残骸。独眼依旧，但头上露出了两只角。亘想起在洞窟通道见过的壁画。

独眼下的脸皮向左右裂开，呈现出丑陋的嘴巴。这个嘴巴像吹笛子一样收缩起来，随即腮部一鼓，吐出一个火球。

"危险！"

托伦和卡茨跃开闪避。火弹射中洞壁，碎石四溅。简直是导弹啊！亘慌忙要去扶起卡茨，自己却摔倒了。

下一颗火弹射向基·基玛。他在危急关头闪避了，但喊了一声："好热！"

"这样可不得了！"

托伦重新摆好架势，用投枪瞄准独眼。这时火弹又飞过来了。

"这是什么家伙啊！难以置信！"

众人为躲避不断射来的火弹，以及炸飞的岩石碎片而狼狈不堪，而那怪物还不时挥动腹部的鱼鳍横扫过来。基·基玛用大斧去抵挡，尖端被一下折断了，简直就像断头台腾空飞起来。

众人虽然一下子转入守势，却仍苦斗不止，争取改变形势，用利矛和长鞭去攻击怪物的身体。失去斧子的基·基玛双手举起岩石掷向怪物。这时，亘发现了一个奇怪的情况。

大家都认为怪物的弱点在那只独眼。托伦、卡茨和基·基玛都把怪物的大眼珠视为攻击目标。然而，从正面实施攻击，容易被它躲过。所以亘打算对怪物发动佯攻，好几次跑进湖中，尝试从旁边向它投石，或者挥剑砍它。只要这怪物有那么一瞬间分了神，机会就来了。

然而，怪物从不看亘的方向。虽然腹部的鱼鳍扫过来，或者抡臂乱打，但怪物的脑袋并不转动。独眼总是对着湖畔岩场的方向。也就是说，它背向湖心透出的那道白光。

亘回想起在通道上看见的东西——许多马灯、烛台被摔坏丢弃。赶来这里的三人也没有带灯，也许和自己一样，在途中被黑手或白手拿走了吧。

莫非这怪物——怕光？

乍一看，它像在守护湖底白光的光源。为了不让外来的东西靠近而在水边阻挡。不过，其实并非如此？正好相反吧？是这怪物不能直视那道白光吧？

好吧！

亘来个水边助跑，跃入湖水中。稍微划一下水，能看见水底岩石挖得很深。他探头到水面深吸一口气，然后猛地潜入水中。

透着白光的湖水能见度很好，但湖底深凹，何时到底无从知晓。亘用力蹬水游动，绕到怪物身后时浮上水面。

怪物正在向高地卫士喷吐火球。亘再次下定决心，潜入水中。

一定是这里，怪物的背后。他吐出少许水泡，划动双臂，潜向深处。在学校，他拼命游也快不了，但潜水是他的拿手好戏。

光。光。照亮了水下的岩石。亘像被催促着似的，拔出勇者之剑。此时剑发出耀眼的光芒，亘什么也没有做，它就自然动了起来，指示着亘前面的右下方。“它让我潜下去！”亘猛蹬起水来。

难受起来了，仿佛呼尽了气。再忍耐一下，只须再忍耐一下……

这时，看见了水底的岩石。只有那里是平坦的。一颗棒球大小的白珠位于正中央，放射出明亮的光线。

亘伸出空着的左手，拾起那颗白珠。他右手的勇者之剑发出更加耀眼的光芒，仿佛表示喜悦之情。

他一口气浮出水面。肺部几乎要爆炸，全身缺氧。一跃出水面，气喘如牛。剑柄和明珠紧紧握在手中。

白珠一出水面，照亮洞窟的光线更加明亮。独眼怪物浑身颤抖，发出哀嚎。亘在怪物的身后，他迅速调整呼吸，再次潜入水中，绕到怪物前面。

必须恰到好处。亘屏息忍耐，要等自己游到怪物正面为止。然后，在抵达怪物正面的瞬间，他双手托起白色的明珠跃出水面。

宝珠的光芒从正面射向怪物的独眼。怪物圆睁大眼，痛苦的哀嚎撼动洞窟顶部。它抬起一双怪手，想要阻挡光线射入眼中。

“快投！”

随着亘的叫喊声，托伦掷出投枪。投枪掠过空中，正中怪物的独眼。

呜哇哇哇哇哇哇——

怪物惨叫着，双手想要拔出投枪。然而那是徒劳的，它的身体已失去力气，像一个穿孔的风船，眼看着变小。

“嗷嗷嗷嗷，嗷嗷嗷嗷，嗷嗷嗷嗷……”

随着它身体缩小，叫声也低沉下来。不仅如此，它原先不知出自何种野兽咽喉的怪嚎，也逐渐接近于人的声调了。

不一会儿，怪物缩至人的大小，慢慢沉入湖中。

九　脱身

胜利啦！

绷紧的弦一断，亘几乎瘫软下来。他缓缓沉入水中。

“哎呀，亘，要挺住啊！”

基·基玛扑进水里，哗啦哗啦游近来，托起亘的脖子，把他拉上岸。只见亘仍紧抱着那颗发亮的珠子。宝珠发出沉静的光，微暖。

“它究竟是什么东西呢？”

卡茨仍神色严峻地望着水面，说道。

“而且它还有那么多手——会有一种千手妖怪吗？”

“我读过从前的档案，”托伦说道，“有一篇文章说，卡克达斯·维拉把聚集在自己身边的信众称为‘善良的劳动能手’。”

“‘劳动能手’吗？”卡茨嗤之以鼻，“就是说，不需要头脑，即便变成了死灵，也得遵从怪物首领的命令，变成一只能活动的手——太可悲了！”

这时，湖对面又升起了水柱。众人一惊，摆开戒备的姿势。

“还会跑出什么东西吗？”

不，已经没有怪物了，是岩壁开始崩塌，大块岩壁剥落，掉进湖里。

轰轰轰轰——地鸣开始了。

“不好啦！这里要崩塌了！”

托伦大声叫喊。就像是回应这句话一样，部分洞顶发出响声，崩裂开来。大如达鲁巴巴脑袋的岩石纷纷掉落。盘旋下降的岩石突出部曾被利用来走下湖边，此时也像被一只看不见的手拨弄了一样，接二连三地掉下。卡茨迅速行动，用鞭梢去够一块剩下的岩石，但当她的长鞭刚卷牢突出的部分，岩石根基处却嘎啦嘎啦地崩裂起来。卡茨好不容易才抽回了鞭子。

“混账！”她恨恨地骂道，但基·基玛的高声叫喊盖住她的声音。

“大家到这边来！”基·基玛双臂高举，撑住一块要倒下的餐桌桌面般平坦的岩石，使劲站住，“大家躲到这里！”

众人跑向基·基玛处，这时，地下的轰鸣更响了，大块的岩石开始接二连三地落入湖里。

“看洞顶！”

随着卡茨的喊声，亘仰头一看，张口结舌：地底湖的正上方，出现一个钩破衣裳似的大洞，露出了星空。

“是出口！”

亘说着跑到基·基玛身旁，与他一起举臂撑起岩石。

“是啊，很不错！”卡茨差点被小石块击中，匆匆赶到亘旁边，恼怒地说，“可是，我们怎么才能到那里去？”

“这洞壁好像还能爬上去。”托伦仰望着身边的岩壁。这里是地底湖最西端，与进来一侧正好相对，虽然没有明显的突出部分，但有起伏凹凸之处。

“我爬上去，扔下绳子。大家攀绳上来。”托伦解下腰间绳子，一边做一个圈一边说道，“丢下武器，尽量轻装！”

“我上！”亘从托伦手中抢过绳子，“我比托伦轻！”

“胡说什么呀——”

“不要紧，我要是掉下来，请大家接住！”

亘跳上大家撑住的平坦岩板，从岩板跃向洞壁。曾经在动作片里见过汤姆·克鲁斯这样攀岩的镜头。据说他没有使用替身演员，是亲自上阵。大家都是人，汤姆·克鲁斯能做到的事，我没理由做不到！

嘿，这可不是嘴巴上逞能的时候，很显然，整个洞窟就像全身发抖一样开始振动了。磨蹭下去，连这里都待不住——眼前的岩壁简直就像生物分娩一样，眼看着要裂开。

亘攀上洞壁，什么都不去想。这种时候反而不觉得怕，脑子里一片空白。

再差一点——再前进两米，手就可以摸到露出星空的洞顶缺口了。

这时，传来一阵猛烈的摇晃，亘重心移了位。两手，然后是两腿离开了洞壁。他一下子就被甩到了空中。底下是地底湖。他将要和岩石一道落入湖水中……

正当他这样想时，被一个柔软的东西抱住了。亘悬浮在空中。

"抓住我！"

是一个女孩子的声音。一只长满白毛、柔滑的手揽住了亘的身体。

是米娜。她腰间套绳索，从洞顶缺口悬垂下来，双手抱住了亘。她后背还带了一捆绳索。

"你抓住我的绳子，攀上去！"

亘抓紧她腰间的绳子，手上使劲拉起身体，攀上悬吊着她的绳子。洞内又晃动起来。

亘顺利地从洞顶缺口攀上地面，回头俯视洞内，只见米娜悬垂在空中，在左摆右晃中平衡着身体，正瞄准目标，要将背后的绳索抛给洞中的三人。亘连忙环视四周：这里是紧靠教堂遗迹的西侧——整个岩场崩裂开，呈倾斜状。吊着米娜的绳索捆绑在稍远处安全地带的岩石突起处，打了几层结，颇为结实。亘检查过没有问题之后，返回洞口扯紧绳索，尽量使米娜不摇晃。

米娜轻柔地一扬手，把绳索抛到托伦他们头顶上方。看他们抓住绳子后，她灵巧地返身倒悬，后脚钩住洞顶缺口边缘，以后滚翻的方式一下跃上来，落在亘身边。

"拉起来！"

“好——咧！”

首先是卡茨，其次是托伦，两个人吊在一起攀绳而上，此时，即便身在地面也能感到整个岩场在陷落。再不赶紧拉基·基玛上来，连脚下这块地方也会出问题。

“快！快！赶紧！”

基·基玛拿出钩爪攀岩功，一口气就攀上洞顶，令人叹为观止。如果只是他一个人，肯定早已脱离险境了。在基·基玛登上地面以前，亘产生过迄今最可怕的念头：祈求神灵保佑，不要让他死呀！

“嗨！”

基·基玛跃出地面。托伦吆喝一声：大家都好吗？就在此时，脚下的大地像煮开的水一样咕嘟咕嘟起来。

“快逃！”

众人一齐狂奔起来。即便不回头看，也能感知地面崩塌的边缘紧贴着脚后跟一米左右紧逼过来。亘牵着米娜的手，被基·基玛扯着肘部拼命跑。

接近教堂遗迹前面的小岩山了。“跳！”托伦吼道，“跳到岩山另一边去！”

亘被米娜拉着，尽全力扑向天空，连自己也惊讶不已。凌空时，米娜又抱紧了亘，他感觉米娜在带动着他。一瞬之后，既不是头落地也不是胸脯擦地，他翻了个筋斗，脚朝下屈膝软着陆。

尘埃四起，但是崩塌声没有了。刚才飞越的岩场起到了阻挡的作用。

“哎哟哟……拣回一条命了！”尘土飞扬中传来卡茨的话。身边响起嘘的声音，半空中随即出现了两个并排的小孔。是基·基玛的鼻孔，只要他一呼气，便扬起了尘埃。他和卡茨都是浑身尘土，分不清是岩石还是土块。

“亘，还好吗？”对基·基玛的关心，亘报以点头。他摔了个屁股墩，但仍然和米娜手牵手。

“米娜也没事？”

“嗯。”米娜最是清爽，“不过，还有一个人没看到……”

“对了，托伦呢？”卡茨瘫坐在泥土和碎石子上面不动弹，只是转头四下张望，“托伦，你在哪里？”

一个沉闷压抑的声音从贴近地面处传来：“你们惦记我的话，请移开玉步吧。”

卡茨往地下看，众人也看地面。

“哎哟哟，”卡茨笑起来，“不好意思啦，托伦。”

卡茨就坐在托伦身上。她一离开，托伦便抖抖胡须站起来。

“有生以来头一次感觉如此可怕！”他心有余悸地说。

“哟，是吗？好多男人，都希望这辈子有机会让我踩在脚下哩。”卡茨坏笑着说道。她站起来，抹去脸上尘土，双手叉腰。“这回也真够可以。”

方圆一公里的地方发生了陷落，幸好只涉及到教堂遗址的边缘，但柱子已经倒下，只剩一座瓦砾山。

“你来得好。”卡茨回头看看米娜，语气温和，“你是我们大家的救命恩人。”

米娜的眼珠子不知所措地转动着，显得文静害羞。尾巴尖在摇晃。

“身轻如燕啊！”托伦佩服地说，“而且，绳子也用得很棒！”

“可是，你是怎么知道我们到这里来的呢？”

对于基·基玛的问题，米娜像受到责备似的瑟缩起来：“对不起。”

“用不着道歉。是我们出动时太闹了？就算在诊所里也听见了吧！”卡茨笑笑说，“一听说亘独自前往危险地带，你就坐不住了，对吧？”

十　第一颗宝玉

米娜脸上被白色绒毛覆盖的部分变得通红。亘也觉得脸颊发烫，他一留神，发现自己还牵着米娜的手，赶紧松开。

“啊哈哈哈哈，跟大人一样害羞啊！”卡茨放声大笑，“哎哟，脸色通红了哩。”

亘正要挺身抗议这种取笑，眼睛突然被一道炫目的光照射，打个趔趄。

“这是什么？”基·基玛喊道，“在亘、亘的衬衣里头！”

他说得不错。亘衬衣胸部的位置放射出白光。

亘猛然醒悟：是那颗珠子！在攀绳而上时，为了不丢失珠子，匆忙把它塞进了衬衣里头。

亘探手取出珠子，珠子从他的指间透出柔和的光辉。它脱离了亘的手，摆脱重力悠悠飘浮到空中，停在众人仰视的高度。

珠子放射出更耀眼的光芒，随即，白光形成了一名身披法衣的女性形象。亘和众人仰望着这一切，瞠目结舌。

身披法衣的女性幻象看似妙龄尼姑。她嘴角浮现微笑，瞳仁一转，注视着亘。

亘心中响起一个年轻女子娴雅的声音：

是你解放了我。谢谢！衷心感谢！

亘连眨眼也做不到。

长久以来，我被卡克达斯·维拉的邪恶力量控制，被禁锢在那个湖里。

卡克达斯·维拉为了利用我的力量，将我带往地底，我绝不答应他，以及他的所作所为。那个家伙为了满足支配他人、君临万众的强烈私欲和邪恶虚荣心，欺骗了许多人，不仅杀害了他们，还把失去肉体的灵魂禁闭在洞窟里，奴役它们。你解放了我，也就拯救了未能逃出那里的众多魂灵，使这片土地得以净化。

亘向放射光芒的女性幻象轻轻迈近一步。

“您是……谁？”

女性幻象浮现慈爱的笑容。

我是女神力量的一部分，是慰藉的精灵、白色力量。

“慰藉的精灵……”

虚幻的女性两手祈祷般交叠于胸前，闭合眼睛。

还有，我听从女神召唤，为勇者开辟道路。

白光更强了，然后开始收缩为一点，变成小星星一样，降至亘眼睛的高度。

亘伸出两只手掌，托住白光。指甲般大的珠子在手中闪过一道强光，收敛起光芒。

“第一颗宝玉。”亘喃喃道。

左手托着珠子，右手拔出勇者之剑。剑锷上镌刻的星形图案顶端的小洞洞闪亮一下，宝玉与之呼应般回闪一下，恰到好处地飞嵌在小洞上面。

勇者之剑从剑身内部透出沉稳的白光。可能是心理作用，亘觉得剑身长了些许，而且变得更轻了。

这是和你一道成长的剑。

拉奥导师的话回响在耳畔。没有人说话。不知不觉间，东方天空开始发白。此刻尘土也不再飞扬，黎明之光将地平线变作一道白光，新的一天即将开始。

米娜小声喊道：“啊！”

这次是她的胸部有东西在发光。虽然远不及宝玉的亮度，但温和的色调颇为相似。在米娜穿的粉红衬衣里头。

她探手进衬衣内，取出一面小粉盒镜大小的圆镜子。圆镜连着皮绳，挂在脖颈上。

“这是……”米娜瞪大了眼睛，“我的镜子护身符呀。”

“镜子？”亘急步上前。勇者之剑又亮起来，从镜里头透出光。这就是——说不定这就是……

“这不是真实之镜吗？”

米娜眼看着镜子，点头回应亘的话：“对，是爸爸妈妈给我的，说是我们家族代代相传的护身符。”

亘的肩头被基·基玛拍了一下：“剩下的只是寻找图案了吧，亘。”

亘点点头。拉奥导师说得没错，即便不去寻找，真实之镜也会找到亘。

众人开始攀登岩场，返回加萨拉。走在最前头的托伦一手叉腰，俯视下方说道：“看来不必寻找了。”

教堂废墟因地面塌陷而面目全非。瓦砾和砂土在废墟上绘画出和勇者之剑相同的图案。

十一　现世

亘一站到图案的中心，挂在米娜脖子上的真实之镜便闪闪发亮。

没有人指点，亘很自然地拔出勇者之剑，举到头顶。然后，他闭合双眼。

剑尖一闪，接着图案也发出光芒。白色、红色、蓝色，然后又是白色，最后放射出金光，图案消失了。

亘睁开眼睛。

黑。到处一片漆黑，连自己脚下的地面也看不见，连身前身后、应该紧握在手中的勇者之剑、自己的鼻尖也看不见。

只有胸前的镜子发亮。而它的光笔直射向前方，形成隧道似的光的通道。

亘开始走在其中，孤身一人，连脚步声也没有。光的隧道以外昏黑一片。也许这就是拉奥导师说过的，另一维度的久远峡谷。

不久，出现了一个人——竟然就是拉奥导师。亘跑起来。

“导师大人！”

拉奥导师显得心情不佳，似乎有些郁闷。

“让我干等啊——你真是的！”他打着哈欠说道，“找第一颗宝石那么费事吗？”

“很抱歉！不过遇上了种种情况，真是应接不暇。”

“噢，也行。”导师这才有了一丝笑容，“顺着这条光的通道稍微前行，就有出口，出去就是现世了。”

亘因为紧张，感到喉干舌燥。

“出口和你想见的人所在的地方相接。所以，你不必迟疑不决。好，走吧！”导师推了一下亘的肩头，“可是，你不要忘记，如果你听见光的通道传来‘叮——当——哐’的钟声，那就是返回的提示。那只钟最初敲得很慢，随着时间迫近，便越发响得急促。到那时，就得跑回隧道。如果隧道消失，你就要坠落久远峡谷。”

导师下巴一扬。“我得走了。不能等你归来了。你只能依赖钟声啦。竖起耳朵注意听呀！”

“是，我明白了。”亘向前小跑。不久，看见白茫茫的东西。隧道的出口——那里有白色的东西。白茫茫的……

是医院的床。

亘在医院里。母亲邦子就在跟前，她在熟睡之中。

亘站在母亲枕边。病房是双人房间，但旁边的床空着。只有母亲一个病人。

没有街灯。窗帘外也是夜空。从窗户向外窥看一下，这里约莫是三楼，能看见成排的路灯。幻界和现世，时间上果然是错开的。

“妈妈！”亘小声呼唤道。母亲发出安静的鼻息。

妈妈看起来，既像与亘出发前往幻界前无异，也像是又瘦了一些。头顶上方钉着一个木牌，写着主治医生名字和入院日期。是内科医生。入院日期是妈妈绝望之余，拧开煤气栓的那天。

有人叫来了救护车。

太好了！啊啊，太好了。要感谢好心人……

叫醒母亲向她解释一下为好，不过，亘不知何故出不了声，也不能接触妈妈。妈妈已安然入睡，在医院受到保护，不要紧了。极度伤感和安心感混杂交织，充塞着他的胸膛。

枕畔摆着插在牛奶瓶中的红花，纸巾盒。床脚有一个纸袋，窥看一下，里面有成包的毛巾和内衣，以及妈妈的手袋。

在手袋里找到了兼作地址簿的便笺册和小小的圆珠笔。亘撕下一张纸，写道：

我很好，不用担心。我一定会回来的，请等着我。亘。

他将纸片折叠得更小，塞入妈妈掌中，再用力握一下。妈妈发出类似“哦”的一声，轻轻翻了个身。

亘等了一下。可是，母亲没有醒来。亘耳朵后方传来“叮——当——哐”的钟声。

是谁来探视过呢？千叶的奶奶和“路”伯伯？小田原的外公外婆？大家一定很担心吧。

是爸爸？

一想到父亲，一心只在幻界冒险旅行因而忘却的感情，瞬间复苏过来，压倒了亘。他双手紧握拳头，一动不动地强忍着，等待心中风暴消逝。

钟声比刚才更快了。

等着我吧，一切都会变好的。因为我要让一切都变好。因为我一定、一定会到达命运之塔。亘在心中念叨着，向后转身。

十二　米娜

亘冲入光的隧道，不知不觉就来到了原先有图案的地方——教堂废墟。本是跑过来的，却并不觉得气喘，也没有出汗。

岩场上，基·基玛慢腾腾地站起来。他身旁是米娜苗条的剪影。在野地的黎明、艳丽的朝霞中，二人的脸背光，看不清表情。

亘默默登上岩场。基·基玛和米娜对视一下，基·基玛沉默地转过头去。大概是“什么都不要问为好”的意思吧。

“卡茨和托伦先回去了。”基·基玛像平时一样爽朗地说道。他是努力这样做给我看的吧？“我们也回去，吃早饭！”

亘回过头来，眺望野地、草原和岩场，眺望幻界的大地。吹过草原的风进了眼睛。

流眼泪是因为这一阵风，亘心想。景色太美了，想让独卧病床的妈妈也看一眼——并不是因为心中掠过这样的念头而流泪的。因为我已经不爱哭鼻子了。

可是脸颊还湿着，他对眼泪不断涌出毫无办法。基·基玛停了一会儿，驻足望着亘，又慢慢迈开步子。用眼神示意米娜“由得他哭吧”。

米娜也跟了基·基玛几步，但迟疑了一下，悄悄返回亘身边。

“亘，见到妈妈了？”

“噢。”亘用力点点头，然后用手臂去擦干脸。

“啊，太好啦！”米娜轻抚一下亘的后背。

“因、因为睡着了，没、没有说话。”亘断断续续地说道，“短时间内很难说清楚那么多事情。”

“我看也是。不过，你妈妈一定明白的。她即使睡着了，也一定感觉得到你去过她身边。”

亘揉揉眼睛，回看米娜。她带着鼓励的笑容。

“据说妈妈就是这样的。母子分开了，妈妈也明白孩子的。所以，你要振作精神呀。如果你萎靡不振，就会传递给妈妈了啊，明白？”

亘眨眨眼，滴下最后一颗泪珠。“噢！”

通过诊所医生的鉴定，获悉教堂废墟的井水混入了强力的农作物杀虫剂。另外，医生听了亘在地下祭坛遇到大量信徒骸骨的事之后，表示很想调查那些骸骨。

“调查骸骨，应能发现残留的杀虫剂。他们都是喝了这种水死掉的吧。这样一来，卡克达斯·维拉以治病为借口所做的部分事情，多少可以因此而弄清楚了。”

“好像为时已晚了。”

亘喃喃道，一副想起便后怕的样子。不过，医生两耳一竖，一字一句地说：

“的确，不管事后如何调查，死去的人已不能复活。可是，卡克达斯·维拉是怎样一个人，尽可能揭露更多事实的话，当以后还有类似的人物出现时，大众便可能不会上当受骗了。”

米娜已开始愈合的伤口，因在洞窟大显身手，情况又有点不好。她被医生责备了一番，涂上背伤的药，疼得她大叫一声。

不过，她与初见时相比，开朗得像换了一个人。

米娜来自何方？为何与北方难民的安卡族少年混在一起？为何如此身手敏捷？还有，为何身挂真实之镜作为护身符呢？想知道的事情多极了。亘便在当天下午，和基·基玛一起探访米娜的病房。

“你是想了解我的身世吧？”大概米娜也觉察到亘带着种种疑问而来吧，她有点不好意思地提及了身世。

“所谓猫族，原先在南大陆几乎不存在。”

三百年前，在加玛·阿格利亚斯一世成为北大陆漫长内战的胜利者，创立现在的统一帝国之时，许多种族的人因畏惧偏激的安卡族中心议会压迫其他种族，比现在的难民早得多就南逃过来了。

“我的祖先就是这样逃过来的。现今居住在南大陆的猫族，大部分是这些移民的后代。”

米娜的祖上在商业国博鳌安顿下来。米娜的曾祖父很有生意头脑，开了一家经营农产品的批发店，生意很成功，一家人过上了安稳、富裕的生活。

“哟，那么说，米娜可是大家闺秀啊。”

米娜对基·基玛的感叹报以羞涩微笑。但笑容马上就消失了。她寂寞的瞳仁望向虚空，仿佛回到遥远的过去。

“在我七岁那个极炎热的季节，我们——爷爷奶奶、父母亲和我五人，住在城镇外的一个小湖边，有一天晚上，我们受到了袭击……”

米娜说，因为那时还小，事情已记不清了。只记得半夜里突然被母亲叫醒，母亲神色严峻地叮嘱她说：躲到床底下去，在父母来喊你以前，不管发生任何事情都不能出来，即使有人喊你的名字，也不能回答。那时母亲的脸色是从未见过的严厉和恐惧。

“当时，妈妈给了我这个……”米娜摸摸悬挂在胸前的真实之镜，说道，“她说，你带着这个，好好保管，因为它是你的护身符。妈妈眼里微微含着泪光，我好害怕好害怕，缠着说要跟妈妈在一起，可妈妈走出了房间。”

年幼的米娜遵照吩咐，一直躲藏在床底下。时而听见偌大的家中有咚咚跺脚声，也有人在吼叫，还有类似于惨叫的声音。米娜虽然怕得要死，还是强忍眼泪缩成一团。

亘回想起当事情闹到父亲的情人要打母亲邦子时，自己也是缩成一团，躲进了床底下。当然，情况完全不同。亘只是要逃避眼前的混乱不堪，完全不危及生命安全。不过，他觉得自己多少能体会米娜的感受。

“这当中，开始响起三四个人在家里来回跑动的脚步声。”米娜小声地往下说，“好像是在找什么东西。听起来都是男人在大声地问和答，还有人在下命令。我更加害怕了，屏息躲在床底下缩成一团。”

好像是找不到想要的东西，闯入者开始翻箱倒柜，打砸家中的东西。米娜还是强忍着躲藏不出，可不久，开始飘来了烟味儿。

“我悄悄从床底爬出，窥探走廊的动静，看见有火光。那边在熊熊燃烧……”

这时，远处传来急促的敲钟声音。是消防队！

“我走出阳台，看见消防队的车子向这边开来。之前完全没有察觉到，此时已到黎明时分。天亮得可以看见车子扬起的尘土。”

米娜虽然被救出，但房子已陷火海，无法抢救。从废墟中发现了米娜的爷爷奶奶的尸骸，但父母亲则不知所踪。

“人们对我说，是强盗杀了我的亲人，抢走了钱，点火烧毁房子后逃走了。只有我幸运获救。”

和街市不同，米娜家房子没有左邻右舍。因为没有目击者，当地警备所也只能根据米娜的证言，得出这样的结论。

“可这样的话，爸爸妈妈身在何方呢？虽然我只是小孩子，但无论如何不能接受这个结论。而且我还觉得，闯入家中的人好像是在寻找东西，这跟妈妈将护身符托付给我可能有某种联系吧……”

父亲的一家亲戚住在博鳌首都兰卡，他们接收了米娜。他们是经商的。但岁月的流逝却不能使米娜淡忘这件事。那天晚上发生了什么事？父母怎么样了？现在还活着吗？米娜在想查清楚、想追到底的冲动驱使下，终于离开亲戚家出走了。那时她十一岁。

“那么做，真是太莽撞啦！”米娜不好意思地笑着说道。

“真的哩。”亘也笑起来，“找到线索了吗？”

“毫无线索。不过，那时候正好有一家大马戏团来兰卡演出，亲戚家除了经营食品批发，还开了一家餐馆，请了许多客户去看马戏表演，我也去过几次马戏团，跟团长先生说过话。”

米娜说，她想过了，马戏团可以周游各地，打听各种消息，也能认识很多人。而如果只待在一个地方，永远不能解开过去的谜团。辗转各地途中，也许碰巧能抓住线索。

“于是，我就去找团长，说了情况，请他把我留在团里干活。”

所幸卜卜荷团长很有同情心，在谈妥附带两个条件之后，接受了米娜的请求。一个条件是她在团里努力工作，另一个是她在团里坚持读书学习。

“马戏团呀，怪不得身手敏捷呢！”

基·基玛拍着手掌，恍然大悟的样子。不过，亘还有未能释然的地方。

“那，你就一直待在那个马戏团里，对吧？”

“嗯。名字叫空中飞人马戏团。马戏团以高空表演为卖点，专在令人目眩的高度荡秋千或表演惊险杂技，团的名字也是由此而来。”

米娜颇为自得。

“我也表演过使用绳索的空中惊险杂技呢。是团长亲自传授的，很受欢迎。”

“你跟那些安卡族少年在哪里认识的？为什么跟他们在一起？好像一直被他们胁迫的样子。”

米娜顿时神色黯然：“那……是我做了蠢事。”

据说大约一年前，那些少年还待在博鳌国内的难民收容所，高空飞人马戏团前去慰问演出。米娜有机会在那里和他们说话。

“于是……那些孩子说……在逃离北方之前，他们的父母是‘外族人管理局’的干部，能了解许多不为世人所知的内情。”

所谓“外族人管理局”，据说是北方帝国政府的一个管理机构。在北方，安卡族以外的种族被统称为外族人，他们生活中的事情巨细无遗，都受到这个管理局的严格控制。

“他们管理什么?！”基·基玛愤然道，“所谓管理，就是没收财产，关进收容所，强制劳动！据水人族的难民说，为了制作和修理风船，在几乎没有工具的条件下，要他们不吃不喝二十四小时干活。一天就有五到十人倒下，但不仅没有医生，连药也没有。身体衰弱下来的人便不再理会，死了丢进大海！据他们说，这样死去的水人族的尸体堆积如山！”

米娜垂下视线，点点头说：“我也听说了许多类似的事。”

“那两个人说他们知道什么？”

“他们说，北方帝国悄悄绑架南逃的外族人的后代，送回北方去。”米娜的声音略带颤抖，“自二十年以前就在干这种事了。那些孩子的父母亲，因为就在收容被绑架者的特殊机构里工作，所以他们知道。”

亘和基·基玛对视一下。

“那些孩子听了我说的情况，说我的父母一定也是这样被绑架回北方去了，所以废墟中找不到尸体。我就觉得自己所寻找的答案终于找到了。爸爸妈妈可能还活着，身在北方帝国。”

米娜的眼睛亮了起来。

“可是，北方帝国政府为何干这种事呢？”

“不知道。那些孩子说，他们也不清楚。不过，那些先南逃的难民中，有人原先是那些孩子父母的上司，如果能见那些人的话，应该能知道更多情况。所以我就……”

“噢噢噢，”基·基玛叹气道，“于是，米娜就相信他们的话，帮助他们逃跑了？然后被他们的话套住，一直跟着他们？”

米娜没有回答，头低得几乎看不见脸。这就是答案。

“那么，空中飞人马戏团的人，一定还担心着米娜哩。”亘说道，“你一定是偷偷出走的吧？”

“嗯。因为我觉得要是说出来，他们一定会阻止我……”

“肯定阻止你的呀！要是我，也会阻止你，那种浑小子的话也当真，米娜毕竟是单纯的乖孩子。”

基·基玛是以玩笑的口吻说的，但米娜却是一脸认真。

“不过，有一点也弄清楚了。那些孩子也不全是胡诌的。”

据说执行这一无法理解的粗暴任务——强行绑架南逃难民送回去的，是叫作“西格德拉”的特种部队。

“那些人是军人？”

“和帝国军队没有关系。据说当今皇帝阿格利亚斯七世和帝国军队统帅亚扎将军虽自幼相识，其实关系不睦。这在北方帝国是众所周知的，虽然不能公开谈论。”

在北方帝国，相当于这边的治安机构——舒丁格骑士团或高地卫士的，是帝国军队的下属组织，没有独立权限。所以阿格利亚斯七世便建立一支特种部队，以便自己随意支配，不必事事与亚扎将军商量，这就是西格德拉。

基·基玛伸一下长舌，抚过头顶。

“怎么啦？那副怪模样。”

“哦？好烂的名字嘛，什么西格德拉。”

北方帝国将老神信仰奉为国教，认为创立幻界的是老神，女神则是欺骗老神的假神。

“西格德拉，是老神明白被女神所骗，愤而回归时带的一头怪物的名字。据说它有毛茸茸的三头六脚，尾巴前端分为两叉，各连着一个蛇头。在我们水人族的传说中，这西格德拉只是头丑陋的怪兽，住在混沌深渊，吞食误入者的灵魂。”

“三头……六脚……”

“它总是饥肠辘辘、吃掉任何东西。一旦见到食物，便穷追不舍，绝不放过。所谓西格德拉，在安卡族的话里，是恶狗的意思。”

米娜的父母被如此可怕的组织抓走了……

“亘，我有一个请求。”米娜的大眼睛望着亘，“你踏上旅途的时候，把我带上，好吗？”

在米娜热诚的注视下，亘脸红耳热、心慌意乱起来：“咳，旅、旅行？一、一起走？”

“求求你！我会有用的！跟你走，一定比跟马戏团走更快、更远。对吧？所以……”

米娜步步进逼。亘手足无措地瑟缩着，终于差一点从椅子上翻滚下来。

基·基玛脸上笑成一朵花，他揪住亘的后颈。

“被可爱的女孩子拼命恳求，不好推吧，亘？”

“哦，哦，”亘拭去脸上的汗，“而且，米娜是我的救命恩人呢。”

“太好了！谢谢！”

对高兴得跳起来的米娜，亘说了一个“但是”：“但是，米娜，在我们出发前，你得先告诉空中马戏团的所有人，你现在很好。”

“是空中飞人马戏团。”米娜笑嘻嘻地说，“好吧，就按你说的办。”

“你看这样好不好：我们大家一起去那个空中飞人马戏团。米娜可以见到大家，亘也可以获得新的信息。这主意不错吧？”

十三　马奇巴镇

等米娜的伤全好之后，三人离开了商城加萨拉。基·基玛特意挑选了脚力好，适合远行和走山路的达鲁巴巴，把卡茨备下的一些日用品搬到载货架上。驾车的当然是基·基玛，但在道路平坦的地方，亘也学习如何驾驶达鲁巴巴车。

载货架上的米娜悠闲地欣赏景色，不时启动歌喉，她悦耳的歌声近乎天籁。在现世家中，亘的父亲爱听中南美洲的西班牙语民谣，与米娜唱的歌曲调相近，时而哀切，时而开朗。一路歌声不绝。

米娜离开空中飞人马戏团近一年了，她记得马戏团现在应是在博鳌某地演出。于是决定先前往直线距离最近的博鳌城镇马奇巴。马奇巴镇虽小，但畜牧业发达，据说亘在加萨拉爱吃的肉类，主要是马奇巴供应的。

“博鳌国不大，且空中飞人马戏团的演出在各地都大受欢迎，所以如果大伙儿在博鳌某地，消息一定会传到马奇巴来。”

正如米娜所料，抵达马奇巴——一个由砖木搭建的朴素房子汇集而成的城镇，刚上第一家达鲁巴巴店的门，便听到了空中飞人马戏团的消息：金碧辉煌且令人手心冒汗的空中飞人马戏团刚刚在四天前通过马奇巴镇，他们宣称在隔一座山后的湖畔设营驻扎，将为附近的小村庄、行商、在偏僻之地孤独地坚持观测工作的读星台学生、关卡的工作人员举行特别演出。

“哇，太棒啦！”米娜高兴得拍起掌来，“离得这么近呀！”

“你们看过那场演出了？”

对基·基玛的问题，达鲁巴巴店的人摇了摇头。

“谁都没看。不仅我们，对整个马奇巴镇的人而言，现在都不是看演出的时候。”

据说是发生了山火。这家达鲁巴巴店的老板指一指镇西至西南一带平缓的群山说道。

“只有那边的山秃了，对吧？其他山头都不会那样子，因为眼下正是山林郁郁葱葱的时期哩。”

他说得没错。大约有三个小山头不合时宜地透着萧瑟荒凉的感觉。山体裸露。

“原来如此——那都是山头烧完的痕迹啊。”

对于亘的感慨，店老板“不、不”地摇着手，激动地说下去：“如果仅仅是山火，不会连覆盖山头的村木和杂草全都消失无踪吧？是发生了严重得多的问题。”

除了着火的镇西南方向的山麓一带，环绕马奇巴镇的是一片碧绿、宽广的草原，绵延伸展、牧场众多。极目远眺，围住家禽的木栅如同填字游戏图的外框。框内有许多看似羊的动物。畜牧业者的仓库和贮藏室散布各处，尖屋顶在闪光。

“这里饲养的动物叫‘蒙玛’。”基·基玛指着家畜栏内成群的白色毛皮的动物，告诉亘，“肉很美味，皮子结实，可以加工成任何东西，加上抗病和繁殖力强，好处太多啦。”

达鲁巴巴店的老板颇为认同：“蒙玛群是马奇巴镇的饭碗。而蒙玛吃的牧草，也都长满山麓。这些绿草，对马奇巴的畜牧业者而言，是金不换的财宝。”

三天前的深夜，那座山的山顶附近起火。不巧强南风把火势刮向山坡，火势迅速蔓延开来，消防队连接近火场都很难。他们在山腰至山麓一带砍倒树木，以防火势扩大。镇上的人全体出动，为把蒙玛转往远离火场之处大费周章，这些蒙玛因闻到风吹来的烟火味而惊慌、骚乱起来。

然而，火头蔓延极快，火势有增无减。

“到了黎明时分，我们都吓坏了：照此下去，不但会烧光西南面的山，火势还将蔓延到东面山上。到了那一步，连马奇巴镇也危险了。弄不好都完蛋。大家让老人孩子躲到镇北，余下的人手集中起来扑火。然而只见伤员增加，未能遏止火势，连减弱火势也做不到。山上好像有火龙往上下吹气，后来连立足都困难了。”

这时，有人自告奋勇，声称是魔导士——他住在镇上唯一一家旅馆里，他说如果交给他处理，就会帮我们扑灭山火。

“他说，不过呢，以他的做法，烧光的山麓会好几年不长牧草，能接受吗？”

达鲁巴巴店老板用手搓搓鼻子下方。说来他的衬衣里头的确露出包扎的绷带，手臂上也有类似烧伤的伤痕。

“再耽搁下去，西南面的牧草地将被热风烘烤，全部毁坏。到那时，也许过好几年都不能复原。那么，接受那位魔导士的方案也不坏，对吧？”

店老板笑了一下，看了亘他们每人一眼。

“然而，我们——也就是以镇长为首的头面人物，却不能马上做出决定。原因就在于，那位魔导士是个孩子。”

达鲁巴巴店的老板向亘的方向晃一下胖指头。

“就是跟这位哥儿一般大的安卡族孩子。大家一开头都很吃惊：这孩子怎么没送走？还留在旅馆呢？”

亘瞪大眼睛，他情不自禁地跨前一步，说道：“那位魔导士是不是穿着黑色的法衣，腰系皮带，手持顶端有发光宝石的黑杖？”

这回轮到店老板吃惊了：“哥儿，你很清楚呀，莫非那小不点魔导士是你的朋友？”

基·基玛从后伸手用力扳住亘的肩头，插话说：“老大爷，结果怎么样啦？交给那位魔导士处理了吗？”

“哦？噢噢，没错。”达鲁巴巴店老板点点头，“那阵子，镇上已热得头发、衣服眼看就要燃烧起来的样子。不过，还没有人出声说‘拜托啦’，正当大家迟迟疑疑不知如何回答时，那位小不点魔导士说：哎哟哟，你们很会麻烦别人嘛，他一边说，一边径直走向熊熊燃烧的山头。”

亘高兴起来。果然是美鹤，这家伙就是这种口吻。

“然后怎么样了？”米娜探出身子。

“那魔法可真不得了。”老板鼻尖冒出汗珠，“光是回忆就感觉头晕了：他右手持杖，左手这样在虚空中写字，大声说着不明白意思的话——唱歌似的有节奏地念的。”

首先出现的是龙卷风。它突然出现在山火熊熊的西南山头上空，包围了整座山。

“正在燃烧的山头被龙卷风一直封闭至山脚。同一时间，我们周围的空气一下子凉爽起来，变得完全不热了。热风也停止了。”

魔导士挥一挥手杖，杖尖上的宝石放射出蓝光。强烈的光令人无法正视，正当大家情不自禁地抬手遮眼时，天空裂开了，出现了一条苍龙。

“我看见了。的确看见了。那是传说中的海龙王。绝对是！”达鲁巴巴店的老板紧握双拳，兴奋地说道，“大概魔导士杖上的宝石蕴藏着海龙王的力量吧。”

苍龙扭动着长长的身躯，绕着封闭山火的龙卷风转圈。这一来，龙卷风里面便开始充满清澈的水。水在旋风中变成了细沫飞散，形成大雨降在马奇巴镇上。

“后来龙卷风就离开了。”

它离开了山，悬在空中，飘向大海的方向，向着能浇灭任何猛火烈焰的大海方向飘去。

“我们都像傻子一样呆立着。当发觉已捡回性命时，已经天亮了，小不点魔导士也不见了，就剩下那些光秃秃的山。”

镇上的人都还激动不已，一碰头便猛聊这件事。“所以，”店老板说，“如果你们还想知道得更多，不妨到处打听一下。”

实际上，甚至用不着你引起话头，马奇巴镇的人全都在拼命说这件事，一见到镇外来人，谁都一把拉住你告诉你这件事。到在旅馆安顿下来的时候，亘他们三人已熟知事情的经过。

亘很激动，也很高兴。在听别人叙说中间，好几次差点说漏嘴。“那个小不点魔导士是来自现世的旅客，是我的朋友”——这句话就在亘的嗓子眼上。不过，每次都被基·基玛默默地管住了。基·基玛在旅馆时说道：

“在加萨拉镇，当时的情况不得不那样，但我觉得往后还是尽量不暴露亘是旅客为好，因为太多人知道可能会带来危险。”

亘因此而稍微警觉起来。他还想起拉奥导师说过的话：不能去找美鹤……

“奇怪呀。导师大人说过我和美鹤所经历的幻界，是完全不一样的，他说幻界因不同的旅客而改变面貌。”

米娜歪着细长的脖子：“说不定亘和那位朋友——是叫美鹤？因为两人都很小，可以互相帮助走完旅程？”

“可能吧。要是那样的话，拉奥导师大人一开始就会告诉我的呀。”

“别人告诉你，只会有一半的兴奋吧。自己来发现，那才棒呢。可能因为这样，导师大人就故意说成相反。”

亘对米娜的话颇为心动。“不过，跟美鹤在一起的话，我轻轻松松就能抵达命运之塔了。那家伙的魔法可厉害啦。”

米娜笑道：“亘也有亘的本事呀。你抓胁迫我的两兄弟时，不就没有使用魔法吗？”

在旅馆里，山火和小不点魔导士的事，是比火灾还要热的话题，镇子甚至有人专为说这件事而来找投宿的房客。交谈中，亘抓到了一条信息：“小不点魔导士在发生火灾之前，曾打听过前往博鳌西北面的利利斯镇的路径。”

“利利斯远吗？”

“想直接去会很麻烦的。途中有一条叫格兰迪拉的大河，因水流太急而无法架桥，且水流状态不佳时，连船也无法出航，所以运气不好的话会很倒霉，得等上很久。如果想走得踏实，就要翻越南面的山，从西南方向绕过去。还有大路相通。”

从南面翻山的话，就要途径空中飞人马戏团演出的地区。正好！亘跟基·基玛商量：虽然导师大人有吩咐，但自己还是想追踪美鹤。

基·基玛笑笑说：“既然这样，就试试吧。好不容易得到线索，我也对亘的那位朋友究竟是怎样的旅客，有一点兴趣哩。”

和房客谈及山火原因时，有人猜测是已翻过大山的空中飞人马戏团不小心而引起的，米娜对此很生气。

“卜卜荷团长对这种事非常小心，绝对不可能！”

为了安抚怒气冲冲的米娜，亘和基·基玛都费尽心思。

十四　空中飞人马戏团

绿色森林的另一边传来了喧闹的音乐。随风摇曳的树丛，也仿佛呼应着有节奏的鼓声，快乐地扭动身体。

我们和旋风是朋友
我们和旋风舞起来
普天之下，仅此一家
再无分号——
我们是空中飞人马戏团
快来看呀 你会大开眼界
快来看呀 老爷爷老奶奶会返老还童
快来看呀 孩子们个个欢天喜地
空中飞人马戏团
盛大演出开始啦！

"噢，"米娜面露微笑，"是演小妖精的人在唱歌。"

森林深处，林木参天。二人紧追着米娜欢快的脚步往前走。不一会儿，视界豁然开朗，亘欢呼起来。

倒映着蓝天的湖面上，搭建了一个大型浮动舞台。舞台骨架上处处挂着色彩鲜艳的东西，仔细一看，全都是身手敏捷的大人和孩子。他们身着艳丽服装，或攀住高高的脚手架，或单足立在柱顶上，麻利地赶着搭台子的工作。他们边工作边用美丽的和声唱着歌。看到这一切，仿佛已在观赏美妙的演出。

“亘，你看，那就是我原来用的秋千！”

米娜指点之处，有一个细铁丝编成的秋千，呈尖尖的月牙形，在舞台中垂挂在特别高出一截的地方。

“哇！好看极啦！”

基·基玛情不自禁地大声喝彩。也许是声音顺风刮到湖面上了吧，在米娜的秋千旁干活的红衣小人回头望向这边，随即大叫起来：

“哎，是米娜！”

米娜也向他招手：“帕克！”

“嗳！米娜回来啦！”

红衣小人一边用清亮的童嗓音喊着，一边麻利地攀下脚手架。其他人也停下手，望向米娜这边来。歌声停止了，代之而起的是众人的欢呼声和叫喊声：米娜！米娜回来啦！你上哪儿啦，好担心哟！米娜冲向湖畔，亘二人紧跟其后，三人被包围在温馨的欢迎风暴中。

“不辞而别，真的非常、非常对不起！”

米娜眼含泪光低下了头。一只团扇般的大手掌轻抚着她的头。

“虽然看到了你留的字条，但因为情况不明，大家都很担心呢，平安无事就好啦。”

“埃阿洛加·埃列奥诺拉·空中飞人马戏团”的卜卜荷团长是比基·基玛还要大一号的大个子。在亘看来，团长的脸挺像现世的猪，但这张威严的脸一笑起来，对方就会产生无可言喻的安心感。以现世人的年龄感觉推算，团长年约五十。不过，他坚持锻炼的身体找不到一寸赘肉。

团长身旁坐着一个拘谨的少年，米娜叫他帕克。他比亘还小，充其量也就是小学一年级的样子。一头鲜红的头发，仿佛脑袋在燃烧。他满脸雀斑，原以为是安卡族孩子，仔细看却是带有一条灰色的长尾巴。机灵的眼珠子闪亮，一会儿看米娜，一会儿看团长，其间小尾巴尖一晃一晃。

“你不在的时候，我自己一个人练习了各种技巧。虽然很孤单寂寞，但我也忍耐着，坚持苦练。”等团长和米娜重逢的喜悦告一段落，帕克插进来说道。

“连三周跳都能做啦！虽然只是一次，但的确做到了。可团长说我要表演还太早。”

米娜替嘟起嘴的帕克抚平头发：“不过，你唱歌挺棒啊。老远就一下子听出你的歌声了。你不仅能当特技演员，也能做歌手哩。”

“是吗？”帕克蹦了起来，“那我要上台唱！”

空中飞人马戏团的团员们在湖畔支起大大小小的帐篷。大家集中到卜卜荷团长的帐篷，围坐成一圈。帕克在大家身边蹦来跳去，后来被团长叫去干活，不情愿地走出了帐篷。

“哎呀呀，终于能够安静地说话啦。”团长说着。

他望向亘和基·基玛：“米娜得你们的照顾，实在非常感谢！”

亘摇摇头，首先说了“是她救了我”，然后说了迄今的经过。他说完后，卜卜荷团长又一次亲切地抚着米娜的头说：“原来是这样……你那么放不下父母的事吗？”

“不是的，团长。是因为我没经验，完全相信了那兄弟俩的话。”

“那么，你往后是打算和这位旅客一起上路？”

米娜端坐答道：“是的。”

卜卜荷团长凝视着亘，说道：“旅行者啊，你允许米娜跟你走吗？”

“当然愿意！”亘用力点点头。

“那就没有任何问题了。”卜卜荷团长满脸欢喜，“但是，既然难得一聚，今晚就住下吧。看一看我们演出的彩排。虽然明天才开始正式演出，但今晚的彩排完全照正式演出进行。你们就是嘉宾。”

“哎呀，太棒啦！亘和基·基玛一定得看呀！”米娜高兴得欢蹦乱跳起来，比刚才的帕克有过之而无不及。“团长，我也给剧团帮帮忙可以吗？”

“米娜的特技，在那个洞窟已经看过了。”亘笑道，“如果可以的话，倒是想看在舞台上的演出。”

“是呀，我也想看。”基·基玛也点点头。

“好吧，跟荡秋千的伙伴打个招呼。”

卜卜荷团长把米娜送到外面，带亘和基·基玛到一个空着的帐篷。亘他们安顿下来后，不一会儿，进来了一位老妇人，她端着飘香的热茶送到帐篷。

“哟，是婆婆呀，您真是细心周到！”

卜卜荷团长高兴地让老妇人入内，招呼亘他们喝茶。

“这是消除疲劳的茶，请用吧。”

被称为婆婆的老妇人个子瘦小，满脸皱纹，就像一张被捏成一团的软纸。脸虽属安卡族，却有点像青蛙。

“我这个婆婆是来看旅行者长相的。”老妇人说着，眼勾勾地盯着亘看，几乎让亘不好意思起来。然后她冷不防问道，“拉奥导师大人挺好吗？”

“噢？哦。老奶奶，您认识导师大人啊？”

“认识他八百年啦。那位先生从前在雷魔法方面挺差劲，现在还没有长进吗？”

亘笑道：“这点我不清楚。”

婆婆超然地说：“你是去见女神的。那么，如果见不到，打算怎么办呢？”

“那——”亘看看基·基玛。他也不知所措。

“我觉得一定会见到，所以没想过见不到会怎么样。”

这是一个诚实的回答。婆婆简单地“嗯”了一声。

“既然如此，婆婆没有什么要问的啦。”

她迅速一掀帘子出了帐篷。亘不解地眨巴着眼睛，团长则苦笑道：“不好意思，婆婆上年纪了。”

卜卜荷团长再次郑重其事地对亘说：

“听说旅客的路途是很艰苦的。米娜是那样一个命运坎坷的孩子，带她上路的话，可能会因此而更加艰难。听她说过西格德拉的事吗？”

“是的，听她提起过。”

“也考虑过了？”

“我没有问题。”亘爽快地点点头，“不知她跟我一起上路是否能遇到父母，但至少我们可以互相帮助走下去。”

“既然这样，我也无话可说了。”卜卜荷团长亲切地笑了，“彩排开始前，你们随意活动吧。大家都想见你们，你们也可以参观一下。”

亘和基·基玛谢过团长的好意，四处参观，和大家闲聊。得知团员共五十人，马戏团名字中间的“埃列奥诺拉”是卜卜荷团长已故太太的名字。在湖畔的演出之所以推迟，就是那次山火造成的。

“向这边刮过来很厉害的热风，湖上掀起了波浪，不但搭不成舞台，连小船都划不动。”

基·基玛与水人族团员很投契，要学习对方的拿手好戏——生动有力的长枪舞。他们大呼小叫，用木刀比作长枪舞动起来。亘则趁此机会到团员中转了一圈，问大家是否在山林湖畔等处见过一个穿黑衣的小个子魔导士，回答都是没见过。大家都表示遗憾，说见到那么厉害的魔导士就好了。

到天黑下来，星辉初现时，彩排终于开始了。开场白之后，舞台照得通明，音乐响起。跳舞女孩唱着亘在树林里听见过的歌登台。亘完全陶醉了，忘情地、奢侈地欣赏着这场为他们两人举行的演出。

仓促上阵的米娜也表现了女明星的风采。她身穿绚丽的服装，在令人目眩的高度上轻盈地表演转换秋千、空中转身，让人猛一揪心后来个精彩的亮相。她和帕克一起表演飞换秋千的特技时，亘手心捏出了汗。等二人在聚光灯中落地时，他才拍痛了手掌。

当演出在高潮中结束时，亘看着唱着歌抛撒着花朵的米娜，看着她绯红的脸，心想：米娜留在团里不远行，应该会很幸福。但是，以前的谜，那个让她非找出答案不可、非穷追不可的谜，驱动着她。亘心想，如果我是她，会怎么办呢？

亘直至演出结束，仍难抑心中兴奋，他躺在床上时仍在自问自答。但不一会儿，他便在星星的看护下安然入睡。

此时，在卜卜荷团长的帐篷旁边，老婆婆独自呆呆地说着话。巡视一圈返回帐篷的团长认出了她，跟她打招呼：

"婆婆，怎么啦？"

老婆婆本已缩成一团的小小背影，现在缩得更厉害了，她眼珠子向上翻，凝视着夜空，然后轻抬手臂，指着天空中的一个点问道：

"团长，看得见那个吗？"

卜卜荷也仰望夜空。好美的夜空，仿佛在漆黑、柔滑的丝绸上撇下宝石的碎屑。

"是哪一颗，婆婆？"

老婆婆仍旧仰着头，答复："是吗，团长还没有看见？"

团长站到老婆婆身旁。

"噢，那的确是北方的凶星啊！"老婆婆断然地说，"我老太婆能看见，不是眼花。"老婆婆有些伤感的样子。

"那位旅客是半身。凶星，是来预告的。"

"是嘛。"卜卜荷团长回应道，"米娜不用受苦就好了。"

老婆婆默然不答。只是沉静地仰望着北方的夜空。

十五　露营

前往利利斯的道路不仅要走山道、穿森林，不时还要翻山越岭、沿溪流走岩场，变化多端。亘心想，幻界的自然壮美而严峻，还有点险，跟现世的自然一样。

漫长的路上，时而前不靠村，后不着店。这种时候，亘他们便搭起野营帐篷。扎营，生火，到河边钓鱼，到山上树林采来食用的果实菌类。亘从基·基玛那里学习这一切。米娜也常一起跟着学，但用篝火做饭，米娜原就比基·基玛还强。

基·基玛原本就是跑运输的达鲁巴巴商人，自然跑过南大陆的许多地方，知道很多村镇。但就是他，也没有去过利利斯。

"利利斯自己特有的运输业颇为发达，所以与达鲁巴巴商人很少联系。运入做工艺品材料的玉石原石也好，运出工艺成品也好，都需要专用的货车、包装箱、垫布，而且次序也不一样。我即使从附近路过，也因为匆匆忙忙，没有时间好好看一看。"他高兴地说，终于有机会看看啦。

没错，利利斯是个以工艺品著名的镇。以金属、石头和木材等为材料，生产出来的东西多种多样，从身上打扮的东西到餐具、用于建筑物装饰的散件等。这里的产品优美华丽，工匠有将凝练的设计转化为产品的扎实技术。这些都不是魔术，全都是手工制作。

利利斯工艺品的优良品质，通过风船商人，在北大陆广为人知。据说在北大陆，像首饰或戒指这样的女性装饰品，以这边十倍左右的价钱成交。近几年，北大陆的有钱人争相想要的是年轻的手艺人托尼·范伦设计的、名为“赫宾”的系列首饰。

“好像在那边正流行呢。我认识的风船商人拜托我，如果有机会到利利斯附近，去看一看范伦的工作室。据说他是自己动手，一年最多只做十来个产品。如果不是运气好，弄不到手。”

“不可以订做吗？”米娜在载货台上摇晃着，问道。毕竟是女孩子，一谈起服饰品，兴趣便来了。

“不能订做。这个范伦是个难伺候的人哩。”

据说要找他直接谈，他只卖给谈得投机的顾客。

“不论手中多有钱，如果他不喜欢这位客人，就完全不理你。相反，如果跟他对脾气，也有用材料价就卖出的，甚至有不要钱给人的。”

“很特别的人啊！”

亘听着二人的对话，心里想：如果利利斯是工艺品的名镇，会使用许多金属、宝石的原材料吧，说不定能找到自己所要的第二颗宝玉，或者找到相关的消息。自己似乎比美鹤早一步前往利利斯，这是好事。

美鹤也按拉奥导师的要求寻找宝玉吗？不过，那家伙手中的黑手杖上，已有一颗大宝玉，隐藏着足以扑灭马奇巴大山火的力量……

在距利利斯镇约有一天路程之处，亘他们遇上了一起突发事故。一辆两匹达鲁巴巴拉的大货车发生翻倒，车载的岩盐大量倾倒。首先得用手把岩盐块搬走，然后扶起翻倒的货车，才能继续前进。这要花多长时间无法判断。在此之前，道路无法通过。

这条路的前方是沙沙雅国和博鳌国的边境，设有关卡。南大陆联合政府虽然重视各国的独立性，但因为政局稳定，便定下制度，在四个国家之间往来时，简化手续。正因为这样，基·基玛他们才得以纵横南大陆。关卡也只是确认一下通过的人数、货物种类和营业执照是否一致而已。

反正过不去，与其无聊地打发时间，不如帮忙清理道路吧，正当大家汗流浃背地搬开岩盐时，两名关卡官员飞奔而来，在路旁茶馆找张桌子坐下，宣布在清路之前顺带办理通关手续。这样一来，在道路复通时，便可避免滞留此地的人一齐涌到关卡，又引起混乱，同时彼此都能节约时间。这种通情达理的举措，让亘吃了一惊。

“现世的公务员，是绝对不会这么替人着想的。”

两名关卡官员名副其实是飞奔而来——他们都是巨鸟族。与他们隔小桌相对而坐时，亘突然清晰地回忆起那次差点遭螺丝头狼吞噬的危机——那时他对幻界所知无多，误入险境。

“喂，喂，我脸上粘了什么东西吗？”

戴夹鼻眼镜的巨鸟族关卡官员问亘，亘直勾勾瞪着对方的脸，有点失态了。

“哟，对不起。我回想起曾被您同族的人搭救的事了。”

“哎呀呀，不得了，不得了！”

“哎哟哟，可真是，可真是！”

两名关卡官员扇动翼翅，欢天喜地。

“我们把为公众服务放在心上。噢，您当时遇到什么险情呢？”

“啊，对对，我被螺丝头狼袭击……”

“哟哟！”官员们激动起来。

“螺丝头狼！”

“好久没吃了呀！”

“真想那味道啊！”

“我们偶尔也回乡下吧！”

“不不不，为民服务是我们的职责！”

“既然如此，就让人寄来螺丝头狼的肉干吧！”

办好手续离开桌前，基·基玛手按胸脯嘿地叹一声。

“曾听说巨鸟族最喜欢螺丝头狼肉的腥味，看来是真的。”

“巨鸟族人的乡下位于螺丝头狼的沙漠边上吗？”

“据说他们定居于溪谷边最陡峭之处。只是像他们一样离乡出来做公务员的巨鸟族人挺多的。鸟人脑瓜子好使吧。”

“哎，基·基玛，”亘问道，“我刚想到一个问题，我问你，你可别生气呀。”

“什么问题？”

“如果巨鸟族之类的鸟人同样进入你们的运输业，会成为你们生意上的强劲对手。你们想过吗？”

基·基玛仰头大笑，说道：“不必担心。根本不会有这种事。因为他们没有力气的呀。像我们这样运送沉重的货物，他们绝对做不到。”

光有翅膀还不行？

“人是各有长处，各有岗位的吧。”基·基玛颇为自得地说。

“对呀，假如我们生意破产的话……”他手扶下巴，做沉思状。

“应该是出现了比达鲁巴巴跑得更快，比达鲁巴巴更容易照料，只要告诉它去哪里，它就可以独自前往的更聪明的动物吧。”

他说着，嘿地一笑。

“不过不要紧的。好心的女神会替我们水人族着想，不至于让我们山穷水尽。所以，她没有创造那样灵便的动物，今后也不会吧。”

亘点点头，说声“应该是吧”。一个念头突然掠过脑际，但他没有说出来。

不过呀，基·基玛，现世有很像你说的东西呢，那不是动物，叫作“机器”。

不，更准确地说，不只是机器，得把动力放在一起考虑。总之，那些东西的确存在于现世。

假如，这个幻界也发明了机器呢？或者，从现世带过来呢？

这么一想，不知何故心情黯然起来，亘默默回到搬运岩盐的工作中。

到了傍晚时分，大路旁的茶馆周围，出现了一小片露营地，亘他们也立起帐篷，和邻人互借日常用具，一起生火做饭，忙碌起来。

太阳西下，夜幕降临。在帐中躺下休息的时候，大路的马奇巴一侧出现了几支松明，沿山道闪烁而来，走近这片新出现的露营地。

“那是……”米娜打了个哈欠，辨认一番后睁开大眼睛，说道，“是舒丁格骑士团啊。”

露营地的人都学她的样子，探头到夜色中，踮脚注视着越来越近的火光。不久，不仅看得见松明火光，还看得见反光的银色盔甲的护肩和护颊部分。

“咦，到这种地方来，有什么事呢？”亘身边的流动商贩喃喃自语道，“而且还是队长大人大驾光临呢。”

“什么？！伦美尔队长来了？”关卡官员从茶馆跑出来，又扇起翅膀来了，“那可得表示欢迎啊！”

“要寒暄的话，叫茶馆老板出来比较好吧？”一名流动商人慢悠悠地说，他双手揣在怀里，“你们晚上有夜盲症，看不清吧？”

“对对！你说得一点不错！”

骑士有五人。一人领头，四人随后。虽然戴着头盔而看不清脸，但他们骑的达鲁巴巴的额头上，挂着画有五瓣花纹的徽号。在加萨拉的时候，托伦的确说过，这就是舒丁格骑士团的标记。

茶馆老板跌跌撞撞地跑出来，走出距露营地颇远的地方迎接骑士们。稍作交谈，前面的骑士和他身后左边的骑士便下了达鲁巴巴，和店老板一起走过来。

“前面那位是伦美尔队长吗？”

亘问流动商人。

“噢，没错。”

“你看不见他的脸，怎么会知道呢？”

“因为头盔很特别。你仔细看，那头盔像龙头吧？那是伦美尔家族代代相传的武士头盔哩。”

流动商人鼻翼鼓张。“我现在虽然是个穷小贩，但从前是读书人，要成为读星人的哩。还曾经在沙沙雅留学，对于读星人来说，历史也是重要的学习科目。”

还没到露营地篝火照亮的距离，两名骑士便摘下了头盔。二人身材魁梧，比小个子茶馆老板足足高出两头。

“我们是舒丁格骑士团的第一游击队。”

走在前头的骑士朗声报名。

“我是队长伦美尔，这位是副队长华伊士。今晚我们在格兰迪拉河渡船事务所执行公务，因接到报告说这里发生达鲁巴巴车侧翻事故，交通堵塞，便前来了解事故情况。我知道各位在清理工作中已经很疲倦，但希望分出一点时间协助我的咨询调查。我们马上设帐篷开始工作，如果有人受伤，现在就请告知。”

亘对他措辞委婉，并非采取高压姿态颇觉意外。

吃惊的不仅是亘，除了那位知情的流动商人一人外，大家原先都忐忑不安。一般人极少有机会与舒丁格骑士团接触。

尽管如此，大家都按骑士们的指点，好意地协助他们。开始调查时，骑士们不仅摘下头盔，连铠甲也脱了，给人精明强干，彬彬有礼的感觉。

亘他们的帐篷虽然紧邻骑士团设的调查工作帐篷，但不知何故，一直没有叫他们过去。先完成了调查询问的人带着稍觉心安的表情返回自己的营帐，说并没有被问及什么难题。

“为区区一起达鲁巴巴车侧翻事故，竟要劳烦伦美尔队长出动吗？”

基·基玛心中颇不以为然，但他的另半颗心，看样子飞到骑士们骑来的达鲁巴巴身上了。他一脸艳羡地唠叨着：真是好毛色啊！不知能跑多快呢？擅长走岩场吗？很想知道它们的脚力哩。

等待之中夜深了。米娜靠着亘打起盹来。她睡得那么香，差点也将亘带入梦乡。此时突然有人说话：

“该你们啦！”

是华伊士副队长来喊人了，亘只是差点弹起。米娜则不一样了，她坐得好好的，却真的惊跳起来，动作之大，把副队长吓得连忙摆好战斗姿势。

“哇！抱歉抱歉！是我不好！”

米娜脸色通红，双手掩面。拼命忍着笑的副队长带着三人往外走，看得出他的肩头在抖动。

骑士团的帐篷颇为小巧，里面摆了一张折叠木桌，其后坐着伦美尔队长，他坐在折叠小木椅上。队长身旁是五人中个子最小的年轻骑士，大概是担任记录的工作。他手持钢笔，面前摊开一本账簿似的横缀册子。册子上已记有许多字。

“华伊士好像在笑嘛。”三人在指定的小椅子上坐下，伦美尔队长开口道，“你们使了什么魔术吧？他可是有名的铁石心肠——面无表情的人。”

米娜的脸更红了。不过，她的脸红似乎不单是害羞。

伦美尔队长就是如此有魅力的酷男。他五官轮廓分明，连眼角的皱纹也颇具魅力。他年纪大概跟“路”伯伯一样。

“看来，你们是高地卫士？”

队长的蓝色眼睛没有放过亘手腕上的火龙护腕。

“我听说最近在加萨拉镇，有一位少年破获了莫名其妙的连环杀人案，并加入了高地卫士队伍，是你吗？”

亘正对着队长，点点头说道：“是的，就是我。”

“还听说这位少年是来自现世的旅客，也是真的吗？”

既然是对伦美尔队长，没有必要隐瞒吧。亘又答道“是的”。虽然队长神色照旧，连眼角皱纹也没有动一下，但一旁记录的骑士却有点儿倒吸一口凉气似的缩紧了下巴。钢笔尖也跟着滴下一滴墨汁。基·基玛慌了——虽然没有理由非慌不可——他的长舌头“嗖”地跑出来，舔了头顶一下。

“不好意思。”

“不好意思。”

年轻骑士和基·基玛同时说道，骑士一下子面红耳赤。米娜憋不住笑了一下，结果脸红得更厉害了。年轻骑士有些手足无措，最终连伦美尔队长也大笑起来。

“咳，强行军翻山越岭，又作细致的盘问调查，连喘口气也不行。结果就是这样子啦。各位都累了吧。”

在现世家中时，有时熬夜了反而想睡睡不着，很反常地来了精神。在幻界，这一点也是同样的吧。

有过这样一下子，大家都感觉轻松起来，询问调查也进行得很快。亘他们虽然没有目睹达鲁巴巴车侧翻的瞬间，但之后的混乱倒看得清楚。

伦美尔队长说，没有人受伤，这倒是不幸中的大幸。

“在各地的干道上，最近频频发生达鲁巴巴车侧翻事故，因为当中明显有人为痕迹，所以我们正在进行深入调查。”

原来如此，怪不得连夜赶来呢。

“不过，队长亲自出马，大家挺惊讶。”

基·基玛这么一说，伦美尔队长看了看亘。

“因为是个好机会，所以我想来见见卡茨所说的旅客。我想，从你们离开加萨拉的日子算起，应该正好来到这一带吧。”

“卡茨女士说起过我？”

“噢噢。说了不少。她说‘是个爱哭鼻子的小鬼，嘴巴能说会道，自以为是’。”

队长模仿着卡茨的语气说道。他的眼睛在笑。亘也笑了。

“刚才的说法，跟卡茨女士一模一样。”

“跟她打交道很久啦，咳，说是老对手也行。”

说起来，托伦曾经说过，棘兰卡茨从前是被伦美尔队长甩了的，所以她狂贬舒丁格骑士团 。

“哦，还想问一件事情。你们顺道去过马奇巴镇吧？”

“对，去了一下。”

“那么，你们遇上山火了吗？”

“没有。我们抵达马奇巴时，火已熄灭。”

伦美尔队长目光隐隐闪烁一下，又问："听说了路过的魔导士扑灭山火的事了吗？"

亘点点头，把在马奇巴听说的事重复了一次。队长兴趣盎然地听着，年轻骑士则奋笔疾书。

"是海龙之力——水中大魔法吗？"队长喃喃自语，"那名魔导士是个少年……"

"对，是的。"

"他也是个旅客，对吧？"

"是的。他是我的朋友，比我先到这里来。"

不知何故，伦美尔队长的眸子里掠过一个阴影。在确认亘为旅客时，却没有这样的反应。

"你见到那位朋友了？"

"没有。不过我想见他，所以尾随而来。于是，在利利斯就……"

队长缓缓地点点头，手托下巴。他隐隐皱着眉头。

"你——不，拉奥导师……"话刚出口，队长望一下身边的年轻骑士部下，"算啦，不用理它。跟事情没有关系的，耽搁太久啦，不好意思。"

队长一行说天一亮就要现场检查侧翻的载货车，然后前往马奇巴。他们要去调查山火的起因。当亘说"你们真是忙碌啊"时，队长摇摇头。

"近来我们全力以赴打击增长起来的暴力妖怪，维持治安和查案等都委托高地卫士，这样子是不行的。"

"说来帕克他们也跟我说过。"米娜说道，"在进行演出的镇子上，总是听到一两件被妖怪袭击、有人受伤的事。他们说以前可没有这种情况。"

"我们也是哩。"基·基玛颇有同感，"在达鲁巴巴店休息时，总听说到这种事。说什么原本老老实实的山鼠成群结队袭击乌达。我们在加萨拉镇时也为打击零星的螺丝头狼而焦头烂额。"

"没错。光我们顾不过来，就请求高地卫士来帮忙了。"伦美尔队长苦笑道，"被卡茨埋怨了不少，对了，你也曾在那支讨伐队伍里呢。你做了许多事情，真是帮大忙啦。”

亘他们返回自己的帐篷，基·基玛和米娜早早便睡了，但亘却难以成眠。刚才伦美尔队长的表情——听说美鹤也是旅客时，他眼中出现的阴翳，令亘耿耿于怀。亘觉得，伦美尔队长特地翻山越岭来到这里，真正的理由就隐藏在那片阴翳之中。虽然有可能多虑了，但这念头挥之不去。

在狭窄的帐篷里翻身也不易，亘叹一口气，爬起来，悄悄溜出帐篷外。磨磨蹭蹭，天要亮了，但他不动也睡不着，也许遥望星空能使人平静吧。

可是，外面已有先到之人。竟然是伦美尔队长，他独自一人伫立在临时帐篷区边上。亘看见的是他的侧脸，他双手抱着胳膊，抬头遥望北面的夜空。

不愧是军人，他马上便觉察到亘的动静。

“睡不着吗？”

“是的。我也不知道为什么睡不着。”

“是看见了大事故的原因吧。不妨用星光洗涤眼睛吧。”

队长独自一人在干什么？那副沉思的侧脸，他在考虑什么呢？

找不到适当的发问理由，也觉得不宜轻率地问。毕竟队长是承担着维护南大陆治安重任的人，独处时流露出难受的表情也不难理解。可是……

二人并排望了一会儿夜空，各自返回帐篷。亘心中留下了一个极小的、不知缘由的疙瘩。

十六　利利斯

站在山背上将利利斯镇尽收眼底时，亘觉得，自己不是第一次来到此地，以前曾经来过，这番景色似曾相识。家家户户色彩丰富的三角形屋顶，带钟楼的教堂建筑物，铺砖的路，树木的绿，身着宽衣、漫步街市者的开朗表情——都很眼熟。

对了，跟出现在《萨加Ⅱ》里的魔法学校——华兹达姆镇一模一样！

“好棒的小镇啊！”米娜也看得出神，“就是这样的地方，才能造出美丽的工艺品哩，错不了！”

三人首先前往利利斯镇的警备所。万一停留时间长，就在这里找工作。

“哎呀，你们是高地卫士吗？真叫人吃惊哩，我还挺长寿的哩。”

接待亘他们的是警备所所长，自我介绍名叫帕姆，是个头顶光秃的安卡族大叔。

“真正名字是达茨，姓帕姆斯卡罗夫麦埃尔埃托斯托拉夫斯基，但挺麻烦的，我就让大家喊我帕姆。”

这里虽有四名高地卫士登记，但包括所长在内的所有人都是安卡族。据说最初利利斯镇居民八成是安卡族，其他种族极少。

“手工活儿是安卡族的工作。你看，这手和指头的形状，长得很适合做精细的活儿。而且，像小姐的猫族，或者这位大个子大哥似的水人族，如果一整天待在炉子旁边做玻璃、宝石的加工工作，肯定承受不了高温。”

帕姆所长是个爽直多话的人，一再要求三人介绍旅途见闻。他听说了马奇巴的山火和路上达鲁巴巴车侧翻事故，惊讶地瞪圆了双眼，说是头一回听说。亘心想，他真是很悠闲啊，跟卡洳女士大不一样。

“利利斯是个安定的地方，这里发生的所谓大事，不外乎到林子里采果子的孩子迷路了，或者政府办事处旁边的工作室发生爆炸事故之类。”

爆炸不属于大事吗?

“就是做烟花失败了而已。既没有人受伤,又因为是夜晚,可好看啦！”

警备所有好几个空房间，可住下来。停留期间，既可一起做巡视街市的工作，也可以值班。三人正听着帕姆所长解释，一名一头黑色长发的美丽少女端茶上来。

“哦，这是我女儿，名叫艾尔扎。她在这里帮忙做杂务。”

“你们好。欢迎大家远道而来。”

艾尔扎一笑，右颊出现一个酒窝。她十五六岁的样子。如果是现世的女孩子，该上高中了。在高级的中国餐馆，有时上茶会用薄如花瓣般的洁白瓷器——艾尔扎的脸颊和额头，便令人联想起这种情形，如此完美、漂亮，简直不敢相信是真的。

这时，亘突然联想起大松香织，脸型完全不一样。不过，精灵般的苗条和楚楚可怜的韵致则很相似，仿佛来自另一个世界的、柔弱的美。

香织小姐怎样了呢?

正当他发呆时，米娜用肘部捅捅他，“咳咳”两声。

“你不是要问一下有关美鹤的情况吗？”

这是该问的事。亘将视线从艾尔扎脸上移开，费了九牛二虎之力。

“跟亘君年龄差不多的魔导士？这个嘛……”

帕姆所长歪着光头思索起来。

“我们这里跟加萨拉不同，不检查出入大门的人。来了什么客人也就不能马上知道。找几个旅馆问一下吧。”

“是吗……”虽然原先就不以为轻易能见上面，但毕竟还是感到失望。

“不过,若论小孩魔导士,还是很引人注目的。如果他滞留利利斯的话，我觉得要找到他并不太费事。好歹我们也是高地卫士嘛。”

所长建议道，离定时巡视还有一些时间，作为熟悉环境，去散散步吧。基·基玛一听，便探出他庞大的身躯。

“既然这样，我想去一下托尼·范伦的工作室，可以告诉我怎么走吗？”

一瞬间，帕姆所长果子般的圆眼珠变成了阴险的钩爪形，“什么？范伦？”

正给其他高地卫士上茶的艾尔扎手一抖，杯子掉在地上。

“对不起。”所长用余光快速瞥了一眼慌忙拾起茶杯的艾尔扎。当他重新望向基·基玛时，又恢复了原来那双圆乎乎、和蔼可亲的眼睛，“那家伙的工作室在市场北端，一下子就能找到。”

利利斯镇大致上呈苹果形状，相当于苹果芯的部分，聚集着警备所、管理部门、医院、学校和镇长公邸等。从芯往皮的方向，有东西南北四条大路相通。每条大路都有名字，市场占据了北面“砖匠大道”的部分，细长延伸。也就是说，是规模甚大的商店街。另外，北大道的尽头，即相当于苹果蒂的部分，矗立着有钟楼的教堂。

午后太阳照耀着教堂尖塔，塔影投在市街。范伦的小工作室位于后街角，正好被影子包围。这一带房子密密麻麻，在塔影里有歪斜的感觉。工作室没有招牌，也没有搞什么装饰。是干裂的二层砖瓦房的一层。薄薄一扇木板门，饱经风雨已经退色。

街上行人都很和善，问及范伦的工作室时，马上告知路径。不仅如此，甚至有人特地做了向导，他说那一带有点杂乱无章，你们可能不会走，带你们去吧。不过，当被人指点说“就是这里啦”时，突然产生了难以置信的感觉。在北大陆统一帝国如此风行的昂贵首饰的制作者，为何待在如此煞风景的地方？

“不管怎么样，敲敲门看吧。”

基·基玛握起大拳头走上前去。此时，门板突然嘎地向外推开，正好撞在他的鼻子上。“痛哇！”

“哇！”门内侧有人喊叫起来。

基·基玛的脸和身体被很硬的鳞片包裹着，所以，撞在他鼻子上的门板猛烈反弹回去，似乎打到了正要开门的人。

“哎呀，对不起！”

基·基玛弯下庞大的身躯窥看门内，从房门的阴影里，一个青年胆战心惊地探出头来，手按在被撞疼的鼻子上。

“咦，你们是……”

青年用狐疑的目光打量着亘等人。他是安卡族人，身材高挑，黑衬衣配黑裤子。过膝的白围裙——工作时用的。乌黑发亮的头发束在脑后。现世的演奏家中，功夫电影明星中，有这样打扮的人。

“您是托尼·范伦先生吗？”米娜朗声问道，“我们从加萨拉来，想看一看您的作品。”

“哦哦，是顾客啊！”

青年边搓摸鼻子，边发出如释重负的声音。

“那就请进吧。虽然此刻不是在做大作品，难得你们跑一趟嘛。”

他替来客打开门，自己后退一步。

“只不过，我稍后得出去办点事。所以现在没有很多时间陪你们……”

年轻人欲言又止。他目光锐利，瞪着亘。不，准确地说，他盯上了亘左腕上的火龙护腕。

“你们是高地卫士？”跟刚才截然不同的盘问口气，“不是吗？那护腕就是高地卫士的标志吧？”

亘一时慌了神：“哦、哦……是啊。”

范伦使劲摇头，束发乱晃起来。他堵住已大半个身子进入室内的基·基玛。

“那么我谢绝参观。你们不能进我的店。”

话冲口而出，脸色已变得苍白。他真的生气了。

“那，是为什么呢？”

“我们是特地来的……”米娜不肯罢休，“为什么高地卫士就不行呢？范伦先生讨厌高地卫士吗？”

托尼·范伦那黑宝石似的瞳仁里闪烁着闪电般的强光。“你说我是为什么？哼！你们没有见过帕姆所长吗？”

“当然见过才来的。”基·基玛答道，“你的工作室位置，也是向所长打听的。”

“那么，是那家伙告诉你们这里的——”范伦咬牙切齿地说，“别撒谎啦！”

“我们没撒谎。不过，他只说在市场边上，没有说详细地址。所以我们一路上问了许多人，才来到这里。”

“是真的呀，因为我们很想看你的作品。虽然不知买不买得起……因为一定很昂贵嘛。”

范伦咬着嘴唇，摇晃着脑袋：“不论什么价格，我的作品都不可能卖给高地卫士。观看也不必了。好了，走吧走吧！”

大门“砰”地关上了。

三人瞠目结舌，事情经过真是始料未及。各家各户略歪的门窗都有人伸头窥探，随即缩回，似乎都心照不宣呢。头顶上方传来了压抑的窃笑声。从砖匠大道传来的喧嚣声，似乎也在取笑亘他们。

基·基玛仍旧面对木门，大张的嘴巴发出了声音：“二位请稍微后退好吗？”

亘和米娜对视一下，后退一步。

“谢谢啦。”基·基玛咧嘴一笑，然后双手握拳，向小巷的另一边迈步，嘴里数着，“一步、两步、三步。”

“基·基玛，你要干什么？”

对米娜的反问，他身体一收紧，做了个“预备——冲击！”的姿势，答道：“这种门我一撞就开，五扇加在一起都挡不住！”说着，他助跑起来！

“不要这样！”

“基·基玛，不行！”

亘和米娜一齐抱住他的脖子。基·基玛像猎犬般咆哮着，狠狠地跺着脚，把二人上下甩动。

“为什么不行？”

“不能撒野！”

“对那种粗鲁家伙也不行？你瞧他那态度！一身铜臭，那种人不给他迎头痛击，让他知道悔改，连女神都看不过眼哩！”

“三位！请等一等！”

小巷对面传来一个女孩子的喊声。三人回头一看，见艾尔扎趺趺撞撞地跑过来。她长发纷乱，手挽裙裾。

“艾尔扎小姐？”亘等人吃了一惊，呆立着。这又是怎么回事？

艾尔扎冲到三人身旁，双手捂胸口，难受地喘着气。

“咳、咳、大家，是给范伦……”

“驱逐出门。”基·基玛咬牙切齿地说。亘自以为很清楚他是个多么和善的人，只是两列牙齿显得凶恶，他这么来一下还挺吓人。艾尔扎一边难受地喘气，一边眼含泪光道歉。

“对、对不起。如果我一起过来……”

说着，她筋疲力尽地倒下了。

“对不起啦，各位被我吓一跳了吧。”

艾尔扎躺在范伦工作室一角的硬板床上。虽然已经醒过来，但脸色还是纸一样苍白。

艾尔扎倒下时，范伦听见亘等人的惊呼从室内冲出，大叫一声“艾尔扎”毫不犹豫地上前抱起她，掉头回到工作室里。亘他们也趁手忙脚乱之机，随范伦进入工作室。不过，直至艾尔扎缓过气睁开眼睛为止，因范伦一直不离左右，亘他们连接近床也不成。

“他们一定是恋人。”米娜对亘附耳悄声道，“可艾尔扎是所长的独生女——噢，当中事情还挺复杂的吧。”

艾尔扎一睁开眼睛，马上察觉自己身旁不仅有范伦，亘他们也在，就想向范伦解释。

“先别说那些，感觉没事了吗？”范伦担心地制止了要欠身起来的艾尔扎，“你心脏不好，跟你说不能跑，要说几遍你才明白？”

艾尔扎笑了：“哎呀，对不起。我一急就跟个野丫头一样了。”

“你是来追我们的吧，谢谢啦！你真的没关系了吗？”

亘在范伦身后搭话。范伦回头瞪他一眼：

“是你们弄成这样的。”他冷冷地抛下一句。

“哎，托尼，求你别用那样的态度。”艾尔扎撒娇似的握着他的手说，“亘他们是从加萨拉来寻找朋友的，刚到利利斯。虽然确是高地卫士，但和父亲他们只是刚刚见面。”

范伦听了一番委婉的解释，稍微垂下视线。嘴角仍不满地噘着。“可是，高地卫士都是一回事。”

“不是的。我虽然没有去过加萨拉镇，但那边很热闹吧？许许多多的人都不分出身、种族和外貌，都友好地一起生活吧？”

艾尔扎来回望着三人的脸，热情地问道。见三人一齐点头，她双手握住范伦的手，抬头望着他说：“哎，托尼，也有这样的城镇呀。所以求求你，不要仅仅因为他们是高地卫士，就讨厌人家。”

“那个，”基·基玛用钩爪抠抠脸颊，客气地说道，“不好意思，打搅你们的谈话，我们还不了解这里的情况。”

“对呀，真抱歉。”艾尔扎的脸一下子红了。她让范伦扶着，在床上坐起来。

“艾尔扎小姐的父亲——所长和范伦先生之间，好像有些意见不合？”米娜说道。

“什么意见不合！”范伦又火冒三丈了，“种族歧视者的言论，能算是什么意见吗?！”

“所以说嘛，不必那样勃然大怒嘛。”艾尔扎笑道。因为亘和米娜都忍不住笑出声来，就连范伦也都不好意思了。

“是自己父母嘛，所以我就不好说什么……”艾尔扎低头说道，“父亲认定除了安卡族以外，其他种族的人都很低劣。”

“可帕姆先生是警备所所长呀，如果他这么偏执，不就维护不了这个城镇了吗？”

“所以，在利利斯，安卡族以外的居民是不能指望高地卫士的。”范伦皱着眉头说，“无论是被偷被抢，住宅、商店被纵火，如果被害者不是安卡族，利利斯的警备所便不会出动。非但如此，如果干了这种坏事的是安卡族人，就不当一回事，甚至还会放走罪犯。”

“太过分了！”基·基玛大喊起来。

“相反，如果是安卡族之外的居民对安卡族人犯了罪，或者误伤了人，造成财产损失，不必审问就抓人。既有不等判决就当场处死的，也有在拘留所拷打致死的。”

范伦握紧拳头。

“近来情况更严重了。一发生安卡族居民受伤害的案件，既不立案也不侦查，立即认定是其他种族居民所为。随便找个理由捏造罪名，诸如住在被害者附近、赤贫缺钱之类，就这样把人送往拘留所，结果可想而知。”

简直跟执行种族隔离政策时代的南非一样。亘问道：“那么，平时生活中也有歧视吧？”

范伦颇感意外：“确实如此。你怎么知道的？”

“我只是知道以前在另一个地方也有过类似的事。”

虽然只是在现世的电影中见过。

范伦双手抱着胳膊，走到工作室的窗边，眺望外面。

“外面的大街叫‘砖匠大道’。因为利利斯镇刚出现时，给镇子建房子的砖瓦工匠们，全都住在这里。家家户户都造砖烧砖，尘土飞扬，声音嘈杂，加上烧窑，一年到头很热。所以，当城镇建设告一段落，砖瓦工匠们逐渐离去后，这里就成了穷人居住的地方。”范伦回头看看亘他们，“你们刚才在外面注意到了吗？从窗口门口看你们的人，都是其他种族的吧？”

这么说来，的确如此。

“我是住在这条大道边上唯一的安卡族。”范伦喃喃道，“其他种族的人在利利斯镇总人口中占的比例不足两成。据说从前还多一些，但出于对镇上这种不公平现象的愤怒，离开了。有地方可去，或有能力在别处找到工作的，只要年轻，还是好办。不过，也有人因为各种原因不能走，于是留下来的人便被局限于沿砖匠大道的细长贫民区之中。你到别处的路上走一走，马上就能明白。豪户大宅都是安卡族人的。其他种族的居民住在狭窄、不卫生的贫民区，每天得为糊口而外出工作。当然了，都是打零工。在利利斯，如果不是安卡族，便找不到正式的工作。其他种族的人自然因此而陷入贫困之中。”

“恶性循环。”艾尔扎难过地说。

“这种种族歧视与老神信仰之间有联系吗？”

亘这样一问，艾尔扎和范伦对视一下。

“亘先生熟识老神信仰吗？”

“基·基玛跟我说过。”

基·基玛突然置身众人的注视之下，有点害羞地把对亘解释的内容重复了一遍。

“噢……已经传到加萨拉镇了吗？”

“不过，在加萨拉，还不至于如此露骨。大家对老神信仰怀有戒心。总之是跟北方帝国有关的嘛。”

艾尔扎点点头。“是啊。我有时会想到，现在的利利斯不是跟北方帝国一模一样了吗，把安卡族以外的人关进收容所、虐杀，虽然是小规模的，但所作所为很相似……”

“当然不能否定北方的老神信仰的影响，但利利斯原先就是种族歧视观念很强的地方。不知原因何在。在一百五十年之前，最先移居此地的开拓团，和其他地方的开拓团一样，由各种各样的种族混合而成。”范伦说道，“情况发生改变，是自围绕利利斯的群山发现有宝玉矿藏之后。要找到矿脉,必须深挖到地底。这件事最适合体力占优的兽人族了。另一方面，将挖出的原石进行琢磨加工，则适合精细的安卡族。这样一来，就形成了行业分工。”

“原来是这样，今天的工艺品城镇利利斯就是这样来的。”米娜说道，“矿山现在怎么样了？兽人族还在那边工作吗？”

范伦摇摇头说：“在发现宝玉的约八十年里，矿藏被挖掘殆尽，矿山封闭了。矿脉并不很大。现在也有零星的发现，但达不到做生意的量。现今在利利斯加工的宝玉，大半进口自阿利基达。”

只有安卡族的统治延续下来了——是这样吗？

“哦，是这样。”基·基玛突发感慨，“我虽是跑遍南大陆的萨卡瓦达鲁巴巴商人，但来利利斯还是头一回。从阿利基达进口的宝玉原石是你们的行会直接运送的吗？”

“对。镇上掌权的人是工艺品行会的头头，也是持偏激的种族歧视观念的人。他们不允许水人族踏足镇上吧。”

“虽然经营达鲁巴巴店是我的本行，但安卡族人也有干这个的。”基·基玛说道，“嗬，原来如此啊！之前完全没有察觉呢。”

“外面的人很难明白利利斯的实际情况。”艾尔扎难过地摇着头，美丽的黑发潺潺流动，“前来学习做工艺师的，都是安卡族人，其他城镇也没有形成这样的行业。所以，实际上很少人进出这里。”

“可是，假如帕姆所长有那么偏激的种族歧视观念，为何见了我和米娜，却没有流露出不快的神色呢？”

米娜的尾巴也摆了摆，显示对这个疑问颇有同感。

“因为你们是外面来的高地卫士。如果明显地歧视你们，会惹怒加萨拉的警备所。”

的确会让卡茨挥鞭赶来问罪的哩。

“不过，且不论能否一下子改变歧视的观念，在查案和维护治安的重要工作方面如此胡作非为，对于高地卫士来说，也是不能听而不闻的。试试向负责博鳌警备所的首长投诉，你们觉得如何？”

范伦恢复了最初冷漠的眼神，观察着亘，“你以为我们没有尝试过吗？”

“我们试过了，做过无数次了。”艾尔扎接着话头说，“不过，斯尔卡首长似乎不愿过深介入这个问题。所谓多一事不如少一事吧。”

“不，那家伙也是种族歧视者。”范伦很不屑地说，“联合政府创设舒丁格骑士团时，针对这个组织是和高地卫士一样的多种族骑士团，还是按种族分团、各取名字，曾发生很大的争议。虽然最终由投票决定，但被征求意见的高地卫士首长之中，只有斯尔卡首长赞成按种族分团。”

“噢，舒丁格骑士团也净是安卡族吧。”亘自言自语道，“可是，我觉得似乎没有必要按种族划分吧。”

“理由总是能找到的。诸如装备各式各样不统一、集体生活方面习惯各异之类。”范伦依然愤愤然，“不过，不论以何名目，一旦依种族划分，必然与按种族划分业务相联系了。就说现在的舒丁格骑士团，刚建立时是有安卡族以外的成员的，可现在这些人都没有头盔铠甲了，光做一些救灾善后、开拓山林之类的事。一提起舒丁格骑士团，便成了银白色盔甲、威风凛凛的安卡族队伍的代名词了。可最初并不是这样。”

“看起来呀，”基·基玛嘟囔了一句，“我们还是少待为好。对吧，米娜？”

米娜似乎在沉思，尾巴摇晃着。

“范伦先生，你没有想过离开这个镇子吗？”

对亘的这个问题，范伦和艾尔扎又四目对视了一下。一直怔怔地看着自己尾巴的米娜似乎为二人代言一样，保持着原姿势说道：

“他是放不下艾尔扎小姐，对吧？”

“不过，两人私奔也可以吧？对不？”

艾尔扎眼含泪光，对匆忙加以补充的亘说道：“我当然想跟托尼走。不过，我也不能丢下父亲。我希望父亲觉醒过来。”

“你希望他明白，歧视其他种族是不对的？”

“是的！父亲并不是从年轻时起，就持这种观点的。”

“他从何时改变的呢？”

“应该是七八年前吧。母亲因病去世……”艾尔扎的眸子转动着，仿佛在追寻记忆，“之后为了排遣寂寞吧，他开始热心教堂的活动。你们看，就是那个有大钟楼的教堂。”

“可那是女神的教堂吧？”

“虽然是——这事说来话长。在利利斯，这教堂不能一口断定是女神教堂，它也是祭祀美玉精灵的教堂。”

说来加萨拉镇倒是没有教堂。

“女神的教诲非常朴实，”艾尔扎端正一下姿势，歌唱般接着说，“地上充盈的生命啊，相互关心，相互帮助，繁荣昌盛，聚集在光之下。”

“就这么简单？”

“对，基本的就是这些。此外还有一些细小的戒律，最禁忌的是为女神造像和建教堂。这两件事是严格禁止的，所以，不论到哪个城镇，关于女神教诲的书籍很多，到处都能找到。聚集在城镇广场唱赞歌的集会、举办小规模的信仰活动都有许多，也有这类集会的场所，但没有教堂。只有利利斯有。”

照刚才的说法，那尖塔和大钟楼就是违反女神教诲的。太奇怪了。

“父亲常去那教堂，似乎在那里见了什么人，被灌输了那种观念。虽然没有确实的证据，但我是这么觉得。”

到教堂去看看！亘做出了决定。

十七　城镇与教堂

返回警备所，帕姆所长已在等候，说正好到出发巡逻的时间了。

“顺便问一句，你们见到范伦了吧？他这人有点古怪吧？”

听范伦说了那么多事情，对于这么一个顺理成章的问题，便难以直截了当地回答了。而这一点，也显示在三人脸上。

“怎么啦，没见到他？”帕姆探询地问道，“艾尔扎没说跟你们一起去？”

“艾尔扎小姐带我们去了。她不仅长得美，而且心肠特别好，待人很亲切。”米娜代替手足无措的亘机智地回答了问题，“不过，我们没进到范伦先生的工作室里。他没在家，我们白跑了。”

“哦、哦，是吗？”亘觉得所长的目光略微缓和了，“如果有时间，出巡中间再去看一次如何？这么点时间应该会有的。”

所长在桌上摊开地图，解释了警备所划定的巡视范围和稍后带亘他们巡视的路径。砖匠大道并不在其中，教堂也不在巡视范围内。

“明白了，谢谢您。不过，所长，”亘说道，“我很想拜访教堂，那座塔和大钟楼太棒啦！在别的城镇也未见过，如果可以参观就太好了！”

所长笑了：“得巡视呀！参观放在明天如何？”

即便众人在这一点上纠缠不已，所长也是左支右绌，不肯松口。

“这所教堂，非信徒是不能进去的。”

“可那是女神的教堂吧？我们全是女神的信徒。”

“利利斯的教堂不是那么回事。女神是禁止为她自己建教堂的哩。你们在学校应该学过的。”

“要是那样……”

“那所教堂，是为美的精灵西斯蒂娜而建的。西斯蒂娜出现在我们面前时，会变成安卡族少女或美少年的模样。不过，她只出现在技艺高超的工艺师眼前。”

“在利利斯，西斯蒂娜比女神更伟大吗？”

“怎么会呢！可是，对工艺师而言，她是最令人感激的、带来产生美的技术和才能的精灵。所以才那样为她建教堂，祭祀她。”

所长说“没时间聊啦”，催促启程，三人便跟随所长出巡了。首先走过镇中心区、警备所和镇管所一带，然后走向与砖匠大道相反的路。沿途是垒石建起的房子，石头发白。各窗户都晾晒着衣物，被风吹得哗啦哗啦响。传来孩子们生气勃勃的声音。建筑物之间的空隙和每个小广场，都种上了花木，与石板路相搭配，真是个干净、清爽的镇子。

“这一带全是集体宿舍。”帕姆所长兴致勃勃地环顾四周，说道，“在利利斯镇工作的年轻人，或已将孩子抚养成人的老夫妻都生活在这里，只需付便宜的房租。看上去干净、舒适吧？利利斯依靠工艺品产业，获得了宽裕的财政收入，所以可把钱花在整顿城市上面。”

所长的话当然不假。即便是亘，也想在这样的城市里住住呢。不过，这里的居民全是安卡族，意识到这一点，再与砖匠大道脏兮兮的环境进行比较，就很不自在。四人走着，路旁正闲聊的年轻主妇们、围成一圈玩耍的孩子们，看见基·基玛和米娜的模样，都吓愣一下，或躲到别人身后，或皱起眉头，亘等看到这一切后，就更加不自在了。一根大大的刺扎在他们心上拔不掉。

“顺这条道往南拐，就是单门独户的小区。”

帕姆所长解释道。他走在路上，对于居民们不时抛过来的问候寒暄，他都心情愉快地挥手回应。

“那边是豪宅区，是利利斯的杰出工艺师、经营利利斯工艺品致富的商人们建的房子。商人们多数在首都兰卡有家，所以这里嘛，就是别墅吧。自然是豪宅居多了。让人大开眼界哩。”

尽管已有了这样的预告，豪宅区依然令人惊叹。亘回想起现世中见过（电视新闻中）的首相官邸，又联想起社会参观时去过的浜离宫。

“怎么样？很不得了吧？”帕姆所长像展示自家事物般充满自豪感，“当然啦，这些地方治安也很好。因为你们还没有习惯利利斯镇，所以就让大家巡视这一带啦。”

“我和米娜走在这一带的话，不会出事吧？”基·基玛很单纯地提出疑问，很合乎他的性子，“居住的人都是安卡族嘛。”

亘和米娜瞬间碰了一下视线。所长一副不以为意的样子，手叉腰间，哈哈一笑，声音出奇的大。

“不必担心。你们是高地卫士，而且在这个豪宅区里，其他种族的人多得很哩，不过都是雇员。”

最后一句话带着嘶哑声，仿佛从牙缝里挤出来。

“这样吧，我们走回头，走一个来回更容易认路了吧？”

众人穿过公共住宅区时，落在最后的基·基玛突然大叫一声“好痛！”停住了脚步。

与此同时，打在他侧脸的一件东西弹开落到路旁。所长弯腰要去捡时，米娜的尾巴唰地伸出，快一步卷走了落地物体，放到手上。

“哇！这是什么？尖角的哩！”米娜指尖捏着尾巴拾来的东西，“是小石头吗？”

这是一块坚硬、带棱角的半透明石头，大小约莫如现世较大的硬币。被击中的是基·基玛，所以喊一声疼也就过去了，但若是击中米娜或亘，说不定会严重受伤。

“混账！谁扔的！”基·基玛耸起肩膀，扫视着周围公共住宅的窗口，“从上面扔石头，说恶作剧未免太顽劣，要想找碴打架，可太卑鄙啦！”

亘突然担心起来。虽然各家窗户都看不见人影，但投石头的家伙躲在某处，可能还会伺机出手。下一块石头也许会击中米娜的头。

“走吧，基·基玛。”

“对啊，占了很多时间。走为上策。”帕姆所长用言不由衷的悠闲口吻说道。非但如此，好像还有点儿乐见的味道，“算啦，那只是小孩子调皮嘛。别生气啦。”

基·基玛双手叉腰，俯视着所长。基·基玛比所长高得多。

“即使扔石头是调皮，可打中人的话会伤得很重呢。置之不管可不对呀，所长！”

“那你就别巡视这一带了。”所长无动于衷地回应道，“你和那位姑娘的种族，在这里是很罕见的。小孩子会好奇的！即使没有恶意，谁会给你捣蛋很难说，抓不过来。对啦，你们二位就请负责砖匠大道吧。那也是多种族区。”

第二天早上，在警备所吃过饭，亘和帕姆所长结伴外出做上午的巡视。

昨天晚上，亘和基·基玛、米娜商量过，决定暂且先按所长的提议行动。二人若无其事地和所长打了个亲热的招呼，其实很生气。米娜憋足了劲，要在巡视砖匠大道时，收集居民们迄今被帕姆所长冤枉或报案不被理会的具体事例。

“但是，要谨慎行事，不可置身险境。”

“明白。没事的，尽管放心！”

亘则另有一套，尽量迎合所长，争取接近利利斯镇被掩盖的部分。

所长一边巡视，一边多方打听亘的身世。旅客一事属于秘密，亘为了回答问题颇费心思：我出生于纳哈托，父母在加萨拉开旅馆，但在我出生不久便病故了。于是我被警备所收留，是所长抚养长大的——亘听卡茨说过所长收留迷路儿童和孤儿并把他们抚养大的事，随口改编一番。

“所以呢，你人这么小就能够胜任高地卫士了。”帕姆所长高兴地说，“因为安卡族的孩子优秀啊！脑瓜子灵，又有勇气！”

“哪里，我这人是个窝囊废。”

所长哈哈大笑，“如果真是窝囊废，不可能从加萨拉旅行来到这里。而且还带着那样的包袱。”

亘一时没明白“包袱”指的是基·基玛和米娜，便以笑争取时间。而当他察觉话中含义时，笑容顿时凝固了。

帕姆所长一直用余光观察着亘，虽然嘴角在笑，目光却没有丝毫笑意。

“你是个聪明的孩子，应该听得进大人的忠告吧。”

路边饮食店老板向所长寒暄：您在工作哪，辛苦啦！所长挥挥手，说了上面那句话。声音很小，刚好亘能听见，他的嘴唇几乎没动。

“一个出色的安卡族高地卫士，和水人族、猫族太密切，可不是令人欣赏的哩。加萨拉流动性太大，也许不太显眼吧。”

“在这里很显眼？”

“噢，记得昨天那个水人族被掷石头了吗？”

“那不是调皮捣蛋？”

所长夸张地瞪大眼睛说：“当然是调皮嘛，是孩子的调皮捣蛋。可是，孩子诚实而且单纯，他们用不着啰唆，直接就能分辨好坏。”

帕姆所长颇为自得地微笑着，一副“后面不说你也明白了吧”的神情。亘胸闷难受，几乎要作呕。

“现在可以去参观教堂吗？”亘抑制着情绪，试探地问，“我想看一眼美的精灵——西斯蒂娜的像。”

“噢噢，当然可以。”

所长没有走砖匠大道去教堂。他们先折回镇中心，再从那里绕大弯。不过，也就由于这种走法，反而让亘弄清楚了——砖匠大道的环境与其他街区相比尤其差：矗立于镇北的教堂，是如何遮天蔽日，成为阻碍视觉的存在。教堂是如何傲慢地俯视着以砖匠大道为中心展开的贫民窟，它对于不得不在其影子里生活的居民们，是怎样一种郁闷的存在。

从正面仰望教堂，让亘联想起出现在《萨加Ⅱ》的神圣教堂。石墙，粗大的柱子，各处镶嵌着漂亮的彩画玻璃，上面的人物该是西斯蒂娜吧！一个长发披肩的裸足姑娘，或奔跑于草原，或弹奏着竖琴，或以泉水濯足，或于伏地的众人头上，手擎燃烧的松明。

电视游戏中的神圣教堂，虽然没有特别设定何种宗教，但有位和蔼的神父，当主人公做完某个活动来访时，神父每次教给他一句珍贵的魔法咒语。他还有让人恢复所有体力的慈祥！不过，这利利斯的教堂会怎样呢？

庄严美丽，那是理所当然的！仿佛一百个和亘同龄的孩子被问及：教堂是怎样的建筑物？得到的原始答案就是这样——它的形象完美无缺！

"很了不起吧？"帕姆所长鼻孔大张，"它的正式名称是西斯蒂娜·托列巴德斯教堂。所谓托列巴德斯，是利利斯的古地名。传说西斯蒂娜是从该地泉水中诞生的精灵，因她汲泉献给女神，女神允她跟随身旁。"

"真是太美了！"亘说道，"不过，为一个西斯蒂娜建造如此辉煌的教堂，女神不生气吗？"

"没关系，女神所在的命运之塔，比这教堂要好百倍、千倍！"所长简单地答道，"据说女神之所以禁止为她自己建教堂，是因为她认为，凭自己创造出来的种族的力量，他们搞不出什么优秀的建筑物。"

这说法似乎在贬低女神和女神的造物。

"参观一下里面吧，你会更吃惊！"

推开大门踏足教堂内部，斑斓的色彩降临亘的头上，透过彩色玻璃的光线布满教堂。

夹着中间的通道，两旁是数列信徒落座的长椅。通道尽头是祭坛，正面有更为艳丽的彩画玻璃。再前头安放着西斯蒂娜的石像。石像基座堆满鲜花。

到处可见低头祈祷的年轻人，以及坐在信徒椅子上安静地读书的老人。亘踮着脚走到祭坛前，再次仰望西斯蒂娜像。

长发姑娘，端庄的脸型，穿着长袖长裾的法衣，右手握镶宝玉的勺子，左手握手镜的柄，高举着仿佛敬献给上天，袖子略褪，露出上臂。

“那把手镜能照出人心灵的美丑。”所长加以说明，“右手的勺子，用来装妨害美好事物的邪恶东西。”

再往前一步，从上到下观察石像，亘才发现，西斯蒂娜并不是站在地面上的，尽管鲜花几乎遮住脚部。她站在某个东西上面——不，她踩着某个东西。而且，她穿着非常结实的凉鞋。

亘弯下腰，用手轻轻拨开花枝。于是，一张与基·基玛一模一样的水人族脸暴露出来。这张脸难受地扭曲着。其后紧挨着的兽人族脸，令亘想起托伦，兽人族脸痛苦地大张着嘴。

西斯蒂娜石像踩踏着他们的头和胸。亘不禁霍然站起身来。他身后的帕姆所长把手搭在他肩头上，说：“怎么样？很了不起吧？”

一个声音从祭坛后边传来，仿佛正要掩饰这问题似的。

“哎呀呀，帕姆所长。欢迎光临欢迎光临！”

一位身披白袍的老人向这边走来，他手中的银勺与西斯蒂娜像握的一样。

“打扰了。”所长郑重其事地低头致意，然后对亘说道，“这位是戴蒙主教大人，是教堂职位最高的人。”

戴蒙主教和颜悦色地回了礼。他仪态优雅，锃亮方正的头颅可谓赏心悦目。灰白的浓眉下，眼睛颇具神采。亘一时被其气势所慑。此人且不论其年龄，感觉并不像老人，给人精悍之感，虽然使用令人生畏一词可能过分……

“哪里哪里，我不过是精灵西斯蒂娜的仆人而已。”

“哟哟，没错没错，失礼失礼！”

“新来的客人？”戴蒙主教看着亘，那目光与刚才的帕姆所长一样，像掂量价钱般冷静。

所长介绍过亘之后，主教颇感意外。

“嗬，这个年龄就是高地卫士了，很厉害呀！我还以为是来学习工艺技术的呢！”

“亘出来探听朋友消息。他说过想参观托尼·范伦的工作室，可那家伙是很另类的。”

“呵呵，范伦嘛。”戴蒙主教把勺子抵在额头，摇摇头，“像他那样深得精灵西斯蒂娜眷顾的工艺师屈指可数哩。同时，像他那样不愿理解西斯蒂娜恩惠的工艺师，也是屈指可数啊！”

亘心底涌起一大堆话，我要说！

他硬憋着，再次仰望西斯蒂娜像。“这座像的脸型，有点像艾尔扎小姐呢。”

帕姆所长咧嘴大笑：“虽说是面子话，听起来挺开心。”

“因为艾尔扎太美了。”戴蒙主教也说道，“简直就是西斯蒂娜转世、美的化身。”

“不过，艾尔扎小姐不但对我友善，对基·基玛、米娜也很好，这一点跟西斯蒂娜完全不同。”

话已冲口而出，亘闭上了嘴。他感觉到所长和主教视线的温度已骤降十度左右。不过，两人都微笑着。

“我就此告辞了。”亘匆匆点头行礼。

刚出教堂，大钟楼的钟开始鸣响。震彻肺腑般的低音，接连从高处落下，仿佛有人瞄准了亘掷下来似的。亘捂住耳朵，头也不回地离去。

十八　美鹤的消息

亘说，多待无益。因为不想激起基·基玛和米娜更大反感，他没有说出详情，只说了在教堂看过西斯蒂娜像了。他觉得仅此已经足够。

“可是，这一来就不能寻找美鹤了吧？”米娜忧心忡忡，“再忍耐一下吧。我们是无所谓的，对吧，基·基玛？”

“当然啦。在砖匠大道的走访也才刚刚开始嘛。”基·基玛大手掌一摊，“我们打听到各种各样的事，简直令人吃惊。那里的居民的确很受歧视。不能置之不理啊。”

“当然不能置之不理。不过，就我们三个人，应付不来吧？找卡茨女士谈谈吧。假如博鳌的斯尔卡首长不理会，我们通过加萨拉的警备所，向纳哈托的吉尔首长提出申诉。这样做绝对更好。”

基·基玛上下打量着亘：“你很少这么懦弱的呀，亘。”

“我有不好的预感。”亘断然决定，“早走为好。跟范伦和艾尔扎说声我们肯定会回来，然后就出发。”

晚饭后，三人待在警备所安排的房间里。他们很小心地压低声音说话，但当门外突然传来所长的声音时，三人都吓了一大跳，如同舒丁格骑士团来通知调查那次一样。

“不好意思，你们正聊得好的时候，方便打搅一下吗？”

所长进入房间，锐利的目光望向基·基玛和米娜。三人在柔软的坐垫上席地而坐。

“亘，已经了解到，应当是你的朋友的少年，正待在利利斯镇郊外。”

亘站起身，追问道：“真的？在郊外什么地方？”

所长手持地图。他将地图摊开在地板上，指点着。

“他在镇北我们叫作精灵森林的地方。那片森林全都是修罗树。”

“修罗树？”

“是西斯蒂娜尤其钟爱的发出芳香气味的木材。她的勺子是用修罗木做的。教堂用具的材料，按规定只使用修罗木和银。”

据说在那片森林里，有利利斯一带最为古老的魔医院，叫托利安卡。

“那医院可好啦。修罗木的芳香，有治愈疾病的功效哩。”

“美鹤在那里吗？”

亘迫不及待地问道。美鹤在医院里，是因为负伤了？

“虽然没有确认名字，但就身穿黑色法衣、与亘同龄的魔导士这两点来看，应该就是他吧。据说他是因为迷路偶然来到医院，并非受伤或生病。就在那里待上数日，恢复一下旅途的疲劳吧。我是从有家人在托利安卡医院的居民处听说的，他们难得遇上旅行中的魔导士，便一起挽留他，恳求他说说旅途见闻。”

帕姆所长咧嘴一笑。

“太好啦，这么快就有消息了。明天一早出发。万一那位魔导士不是美鹤，就返回好了，反正离利利斯镇并不太远。”

对方提供了离开此地的借口，亘心里暗喜。有生以来，经历如此不愉快、恐怖的事情，这还是头一次。亘这样想着，忽然想起了田中理香子直接上门来纠缠妈妈的事。那时也很可怕。感觉自己实在无能为力，只能躲藏在床底下的时候，真是凄凉伤感极了。

“亘，太好啦。”米娜一下子抱住了亘。亘一下惊觉，发现帕姆所长冷淡的目光落在自己脸上。

第二天，为了不跟所长打照面，三人决定天一亮就离开警备所。一名早上当值的持矛高地卫士，露了一下睡眼惺忪的脸，大家跟他寒暄一下，匆匆出发。

“哎，路上当心！”

持矛高地卫士笑嘻嘻地说完，马上进了亘他们用过的房间。三人上了达鲁巴巴车，离开警备所时，亘不为二人察觉地悄悄回头看了一眼。那持矛卫士正将基·基玛和米娜用过的毯子和坐垫扔出窗外。亘咬紧牙关，颇为后悔看了这一眼：他目睹了多余的一幕。

离开利利斯镇，在平地上前进了一段时间，精灵森林忽然现身于低缓的丘陵地带中间。从远处是完全看不见的。三人对此也惊讶不已，与地图核对了好几次。

“是修罗树吗？”基·基玛歪着头想，“如果是用于制作精灵勺子的木料，可能就会有魔力吧。”

在可能会见到美鹤的喜悦之下，亘突然产生了不祥之感。

十九　魔医院

修罗树的确散发着怡人的香气，是香水味，香气浓烈。树干树枝修长，俯仰婀娜，仿佛正翩翩起舞。枝条上尖形叶片密簇，没有开花，所以应是树木本身散发芬芳。

达鲁巴巴车驰入林中不久，米娜便开腔了：

"我鼻子痛。我不喜欢这种气味，太强烈了。"

"是吗？"基·基玛鼻翼一张一缩，"我不大觉得哩。"

"你们习惯了嘛。可我们猫族比基·基玛和亘的鼻子灵百倍，这样子可受不了。我现在很难受，简直是头晕眼花。"

"岂不正好？我们去的地方正是医院啊。"

修罗树的枝叶如群舞的芭蕾演员指尖般伸展，此时缝隙间隐隐出现灰色的方形建筑物。

"咦，就是那里吧？"亘探出身子。

"哪里？"基·基玛扬鞭拨开垂落到达鲁巴巴车上的修罗树枝，"嗬，就那个？"

这建筑物给人的感觉，仿佛就是把切割成骰子形状的发白的灰色岩石简单堆叠至三楼就成了。建筑物有许多窗户，窗户里头亮着灯。现在才清晨呢——说来，自进入修罗树林之后，竟感觉有点昏暗。

在达鲁巴巴车上仰望头顶，令人吃惊的是看不见太阳。本该晴空万里的呀，这是怎么回事？蓝天也模糊起来了，简直就像蒙上了一层白色的薄纱。

“奇怪呀，没有雾嘛。”

基·基玛抖了一下手中缰绳，嘟哝道。达鲁巴巴咕噜噜地喷着鼻子，原地踏步。基·基玛“嗳——嗳——”地安抚它几句，但它只走了几步，便又原地踏步起来。

“喂、喂，你害怕什么呀？”

基·基玛开始抚摸达鲁巴巴的耳背。达鲁巴巴不但继续原地踏步，还一点点往后退。

双手捂鼻、缩在载货台上的米娜猛然站起，侧耳倾听。

“有动静！”

亘也感觉到异样的气息了。在哪里？这边——那边也有、这边也有，感觉已被围绕在其中。空气在流动，在前、在后。修罗树丛哗啦哗啦摇晃起来，喷发出浓烈的香气。

嗖！

有东西横空飞过。紧接着的瞬间，米娜喊一声“哎呀”，从载货台上栽落下来。

“米娜！”

达鲁巴巴车来个急刹，亘跃下地面。米娜趴倒在车子前轮边上，昏迷过去了。她脸颊上渗出血迹，不知是什么原因造成的。

这时，驾车位上的基·基玛喝一声“嗨”，高声喊道：

“亘快卧倒！”

亘回头一看，见基·基玛右肩深深地插着一支箭。一支箭羽通红的箭矢向他的眼睛飞来。

“是树上射来的！快藏到车后！”

基·基玛挣扎着要从驾车位上下来，但在亘看来，他的动作如同醉汉，也像是在水中缓缓游动。

“麻烦啦……这回呀……”

同时响起几下尖锐的声音，亘藏身的载货架上，一连中了几支利箭，甚至有一支箭擦着亘的鼻尖飞过，落在树下的杂草中。

"……是麻醉……药……"

基·基玛从驾车位上栽倒下来。亘不顾一切地冲到他身边。基·基玛紧闭双眼，齿间挤出了长舌头。

"基·基玛，你要挺住！"

亘刚喊出声，便感到右腿火辣辣地痛。低头一看，腿上插着一支箭。亘简直不敢相信：通红的箭羽、银白的箭镞，尖尖扎进了自己的大腿肌肉。

一股血流涌出，仿佛正等着亘亲眼来见证。他想移动身体，拔出箭，血流得更厉害了。裤子染红了。

眼中景物来了个一百八十度的旋转——上变下、下变上。浓烈的修罗木香气扑鼻而来。舌头麻痹了。手指头不听使唤，膝头开始颤抖……

亘双膝一弯，跪在地上，然后缓缓向前扑倒，仿佛上半身趴在桌上打瞌睡似的。他恰好趴在基·基玛身上，可以感觉到基·基玛每次呼吸，身子便上下颤动。

还好，他还没死呢。

在亘眼皮闭合的前一刻，在他紧贴地面的、极有限的视野里面，猝然出现了两只穿皮靴的脚。粗犷的皮靴，粗壮的脚。

"只有小孩有用，其余两人抛在一边，让树林收拾他们。"

一个冷冷的声音在发号施令。亘失去了意识，掉进漆黑的深渊之中。

听见一个小小的响声，恍如窃窃私语。

亘睡着了。他和衣躺在起居室的地板上。总挨妈妈说：要午睡的话，在沙发上睡嘛！不要躺在地板上。你有粉尘过敏的，又要犯鼻炎啦！

可亘喜欢硬硬的木地板的感觉。夏天凉快，冬天在暖气口旁的地方挺暖和的。地方够大，手脚伸开，身体不会下沉，天花板高高的，真舒心……

可今天身子有点疼，而且这个窃窃私语似的声音挺吵人的。是什么声音？从打开的窗户飞进来的虫子？在我脸上飞来飞去？赶走它！——抬起手——赶走它……

“亘、亘，快醒醒。”

上面传来清晰的喊声。这声音有点熟，很甜的声音，是女孩子的声音，很可爱的女孩子的声音。

“快醒来，清醒清醒呀，亘。必须逃出去啊。唉，快打起精神！情况很严重啊！”

倒不是挨了批评，而是由于耳边嗡嗡响，吵得很，亘勉强睁开涩涩的双眼。逃出去？为什么？我在家里睡午觉呢……

身上好痛。这地板可不是木地板哩，白白的材料。而且腿也很疼。右腿痛得厉害，好像被铁爪抓住一样。这是什么？

窸窸窣窣。窸窸窣窣。亘的耳边和后脖梗处有东西在蠕动。他猛然一惊，睡意全消。原想慢慢起来，却因触动腿伤，痛得跳起。一看，裤腿上绑着一条脏兮兮的布条，湿漉漉地渗透了血。

记忆恢复了——如同被刮了一巴掌。他回忆起达鲁巴巴车遇袭的事、米娜和基·基玛的情况、昏迷前所见的两只脚和听见的冷冷地发布命令的声音。

这是个方正的房间。地板、墙壁和天花板，都与远远所见的那所医院一样，用发白的石头建造。又硬又冷就是这个原因。有一扇沉重的金属门。当然，门已上锁。对面墙壁上有一个小窗，以亘的身高，伸手勉强可及，是嵌大格窗栅的窗户。

而窸窸窣窣蠕动着的东西，其实是散布整个房间的枯叶。应该就是修罗树的叶子吧。独特的气味，即使干枯了依然残留着。

“啊，太好啦。感觉怎么样？差点死掉？”

甜甜的声音从窗户方向传来。有人在格子窗外面。那个甜美的声音是——

“亘，是我呀。记得吗？”

是妖精！不，只是推测而已。不过对亘而言，她就是妖精！

“你在那边呀！这里是什么地方？基·基玛和米娜没事吗？这究竟是怎么回事？”

甜甜的声音一下子低了下去，像在闹情绪。“人家是问你：还记不记得我啦？”

亘拼命挪至窗子下面，身体依靠墙壁，大声道：“对不起啦，可现在顾不得那些了呀。还有，你是来救我的吧？”

“我救不了呀。”简洁的回答，“因为我无能为力呀。”

亘张了几次嘴，才终于说出话来：“那你就告诉我，情况如何。我中了麻药箭，被运到这里来了？”

“是吧。”

“其余二人呢？”

“不知道。”甜甜的声音不满地说，“你喜欢那个有尾巴的女孩吧？我真失望。”

“不是那么回事啊！”亘痛得呲牙咧嘴起来，“这里是什么地方？是在那所医院里面吗？”

“对，嗯，也是那片修罗树林的中央。”

“你也被抓来了？”

“才不是呢。”

亘靠在墙上。“不是的话，总会有办法吧？只要能弄到铁门的钥匙……”

“所以说，我做不来的嘛。”甜甜的声音断然地说，“我只是来激励你而已。我觉得不尽早唤醒你就坏了，所以拼了命攀上这里来。希望你领情吧。”

“要说领情……”亘望望窗户，心想：她说“攀上”，是怎么一回事呢？

“亘，在里头可别作深呼吸，尽量在窗户旁呼吸为好。”

“为什么？”

“因为修罗木的香气对脑子不好。”

亘猛然背贴墙壁站立，盯着散布整间房子的枯叶。树叶在窗外吹来的微风之下像有生命似的窸窣作响。

“对脑子不好？”

“会使精神错乱的。”甜甜的声音说道，“这是用于刑讯的香木嘛。”

亘几乎就要喊出“住口”的时候,沉重的铁门外传来咔嚓咔嚓的声音。

亘已是紧贴墙壁，后脑勺几乎硌疼了，此时不禁还想往后退。门轴吱吱响着往外打开，从门缝处刚看见一只手，随即见一名大个子男人端着一支弓枪走进来。

这是个大胡子男子，一身类似工作服的装束，脚下是粗犷的皮靴。靴子与亘在林中所见的两条腿穿的一样。

弓枪上的利箭对准了亘的头部正中。倒是比瞄准胸膛要好。大胡子男人不做声地往门旁一站，第二个人走进来了。此人较前面进来的人瘦小得多。他身穿长裾法衣，类似在利利斯镇的西斯蒂娜·托列巴德斯教堂遇见的戴蒙主教穿的那种。不仅如此，他右手持勺、左手持手镜的打扮，与西斯蒂娜像如出一辙。

“好像醒过来了嘛。”穿法衣的男子用格外高亢的声音说道，“知道这里是什么地方吗？”

亘拼命搬动僵硬的舌头，好歹发出了声音：“托利安卡——魔医院。”

“没错。看来记忆没有消失。”

穿法衣的男子微笑起来。仔细打量,他是个模样纯朴的美男子——不，说不定是个女孩子？

“我是来找朋友的。”亘说话时声音发颤，“利利斯警备所的帕姆所长说，托利安卡魔医院里有个少年很像我的朋友，我们就过来看看。”

穿法衣的男子微笑着走近亘。他一走动，散布室内的修罗树叶便让路似的左右分开。

“所长也跟我们联系了。他说，胸怀邪念、目露凶光的女神走狗，已踏足我神圣的土地。”

“帕姆所长这样说的？”亘瞪大眼睛，“可告诉我们托利安卡魔医院情况的，也是他啊！”

此时亘终于醒悟了。他把我们诱骗到这里了。所长撒了谎。他并没有美鹤的消息。他为了让我们进入修罗树林，让他们抓住我们而撒了谎！

“原来是个陷阱……”亘无法抑制地喃喃道，带着颤音。穿法衣的男子依然面带微笑，走得更近了。他躬身凑上前来，与亘几乎气息相闻。

“你是旅客。没错吧？”

亘没有回答。帕姆所长应该不知道这一点。

“即便不说，也是隐藏不了的。”穿法衣的男子继续说，“我们知道你在加萨拉镇干了什么事。我们得到情报了。帕姆所长也从一开头就知道了所有情况，假装不知而已。”

原来如此。没有听从基·基玛的忠告，就这样遭到报应？

“假如我是旅客，会怎么样？”亘心里头咒骂着自己的怯懦，反问道，“对你们有什么妨碍吗？有什么不合适吗？”

穿法衣的男子脸上仍贴着那份笑容，平静地答道：“旅客永远是我们的敌人。人人得而诛之，否则违背老神的教诲。”

难懂，不明白意思。“人人得而诛之”是什么？

不过，有一点是很清楚的，这些家伙全都是——

“你们都是老神教的信徒吗？”

穿法衣的男子咧嘴一笑，点点头：“一点不错。”

“利利斯镇的种族歧视闹得那么厉害，就是由于你们的影响？西斯蒂娜·托列巴德斯教堂不就是你们的教堂吗？表面上祭祀西斯蒂娜，其实就是老神教堂吧？对不？”

穿法衣的男子没有回答。不过，只需看他闪烁的眸子便已足够。

“原来如此。你们是在西斯蒂娜·托列巴德斯教堂为老神教秘密传教，对吧？帕姆所长也是在那里被拉进老神教的。”

“看来脑瓜子挺灵光的哩。”

穿法衣的男子这句话不是对亘说的，而是对他身后持弓枪警戒的男子说的。大胡子不吭声，把弓枪转而对准亘的脸。

此时，穿法衣的男子突然挥动一下手。亘以为勺子要打下来，抬手去护头部。不过，不是那么回事。穿法衣的男子只是把手镜举到亘面前。

“看吧，这就是铁证。”穿法衣的男子带着诅咒似的腔调说道，“邪恶女神的走狗，在辨别灵魂的洁净之器——真实镜子面前，形如无物！”

的确，手镜上无所显现。即便贴近亘的鼻尖，也只映出他身后的白色石壁。

“女神走狗啊，你命该休矣。你将由吾等之手，归于污泥与罪孽的尘土！”

穿法衣的男子脸泛红潮喊道，他一边蹦跳着站起，一边把勺子和手镜举到头顶。趁此空隙，亘鼓足浑身力气，双手猛力推他。奇袭成功了。穿法衣的男子大叫一声倒地，把身后的大胡子也撞翻在地。大胡子仰面朝天摔倒，发出咚的悦耳声音。亘一跃而起，扑向门口。

“休想逃！”穿法衣的男子趴在地上叫道。

他用勺子敲击一下地面，一阵风卷起，房间里的枯叶顿时活动起来。枯叶眼看着分成左右两半，堆成两座小山。亘一瞬间看呆了，但随即抓住门把，冲出走廊。

单调的石壁走廊一侧，开着无数个门，和自己刚冲出的门一模一样。另一面的墙壁则连一扇窗口也没有。走廊两边前方都显得模糊不清，不知通往何方。

亘向右边跑去。右腿好痛。走廊笔直延伸，没有尽头。只有门和白色石壁，如此一直延续下去。

突然，离亘三米远的门扉大开。开门的力过大，门扉撞上墙壁，正缓缓关回来。陡然出现了枯叶堆。无数枯叶聚集，形成一个人的外形。这人形的个子较亘大一倍，大脑袋，就像旧电影里出现的木乃伊男子，向前平伸双手，堵在亘面前。

亘急停，疾速回望。身后的房门打开了，从中走出一个动作迟钝的枯叶怪人来，与堵住去路的家伙一模一样。

长廊充满了修罗树叶的气味。亘感到脚下摇晃、头晕眼花、视界模糊。

“埃德罗·瓦拉·萨博达安义·西格鲁。”

不知何时起，穿法衣的男子站在走廊一头，把勺子和手镜交叉在胸前，高声祈祷着。

“出现吧，森林精灵啊。粉碎邪恶女神阴谋的战士呵，请与我们同呼：正义必胜！”

枯叶怪人一齐张开大口吼叫起来。合唱声如裂帛，响彻走廊。所有声响直奔亘而来。

这回苏醒过来时，一片漆黑。

右腿的伤一下一下抽痛。感觉是就地躺卧着，地板坚硬，手动弹不得，被捆绑起来了？脚也动不了，抬不起来。

想翻个身，发出嘎啦声。是锁链相碰的声音。可为何如此黑暗呢？对了，是罩了头套！

听见低声哼歌。不是一个人，是很多个声音。离得不太远。从哪边传来的？右边？左边？前边？后边？

脚步声传来，感觉到有人的动静。一只手伸过来，揪住亘后领，粗暴地拉扯他起来。那只手又在亘的颈脖处做了个拆解什么东西的动作。于是，黑暗突然消失了。的确是被罩住了。现在已经解开。

在户外。已是夜晚。可以看见托利安卡魔医院的建筑物，也看得见修罗树林。

亘被大群人围在中间。人们身上套着特大号米袋子似的东西，个个手持蜡烛。眼的部位开了两个孔，头戴白巾。虽然看不见脸孔，毫无疑问都是安卡族。

这是一群以托利安卡魔医院为根据地的老神教教徒。

咒语般的歌声是他们唱的。他们围成一个圈。亘位于他们的中心，双手双脚都钉上了枷锁。

修罗叶的气味粘在鼻子下方，脑子混乱不清。

“站起来。”

身后响起一个居高临下的声音。还有一个同样装束的信徒在这里。米袋子似的衣服底下，露出两只大手。

“站起来。”

一只巨手伸过来，揪起亘的后领，让他站住。手背和指头都长满黑毛。如果不是看得见，以它的冰冷僵硬，几乎令人以为是一只泥塑的手。

“迈步走。”

手一动，把亘往人圈的一头推过去。当亘蹒跚着倒下时，那只手便把他扯起来。

“别磨蹭，站起来走。”

亘摇摇晃晃地往前迈步。勇者之剑挂在腰间。不过，手铐的铁链很短，手够不上，什么都做不了。无法可想。

当亘慢吞吞地向前走时，信众的歌声大起来，变成了大合唱。人圈的一头分开了，看得见前头的东西。

怀疑自己的眼睛——亘心想问题在此。但眨了几下眼，清了几回嗓，用力摇摇头，呈现在眼前的东西依然没有消失。没有改变。

断头台。大铡刀。只在漫画和游戏中见过。是用来斩断犯人颈脖的刑具。

那个身穿法衣的美男子此时一手持勺子，微笑依旧，站在那不祥的刑具旁边。他在刚才的法衣上加了一件酒红色的袈裟。他身后燃起了熊熊篝火。因背向火焰，他看起来像被金色的灵光笼罩。

亘再也不能向前迈动步子了，他两膝打战，呆立不动。“你命该休矣，女神的走狗。”穿法衣的男子声音回响起来，在黑夜中，如同漫画中显示人物说话时的圈圈一样，清晰可见。

抬头望去，断头台的铡刀口在篝火的映照下闪闪反光，简直就像对亘作出讨好的笑，露出牙齿一样。

岂有此理。为什么会是这样？我干了什么？

“邪恶之人，也知道恐惧的吧。”穿法衣的男子优雅地说道，“不过，你无须担心。通过消灭你被女神操纵的肉身，你将得到净化。在伟大的老神保护下，你清净的灵魂可转生到这幻界。以你期待的方式。”

“那绝对不行。”话从亘嘴里冒出来，“你们没有杀我的权利！我不是老神教的信徒。我是来自现世、是拜访幻界的旅客，我是为了改变自己的命运！”

穿法衣的男子依然保持微笑。

“我们对成了邪教俘虏的人无话可说。”

“不要自以为是！”亘叫喊道，他开始是对穿法衣的男子说话，然后是对周围环绕的信徒们说，“你们知道自己在干什么吗？你们知道这是怎么回事吗？为什么……”

此时，断头台对面有同样装束的另一人——一名卷起衣袖、手持大斧的信徒进入亘的视野，他的话中途打住了。那人用那把斧子砍断了吊起断头台铡刀的绳索……

“你的废话到此为止吧，肮脏的魔鬼。”

亘被人从身后猛力一推，跪地翻倒。信徒们欢呼起来。

亘又被拉起，拖往断头台方向。他用力撑着腿、挣着胳膊反抗，但对方力量巨大，根本敌不过。尘土扬起。信徒们只是欢呼。亘感到头晕眼花，想呕吐。徒劳而已。这样子不行。可除此之外该怎么办呢？

一步一步接近断头台。讨厌，非常讨厌，简直是莫名其妙！亘越是扯开嗓子喊，信众的歌声便越大。

“给你一个机会吧。”穿法衣的男子走近亘，说道，“为了更完美地涤净你的灵魂，让你更快地转生于幻界，你得在处决前忏悔。来，说吧。

另一名旅客在哪里？”

亘毛骨悚然。这家伙问的是美鹤！他还想抓住美鹤，把美鹤处死！

“我怎么知道！”

“呵呵，很顽固嘛。”

“知道我也不说！”亘用沙哑的声音叫喊道，向穿法衣的男子脸上吐口水。连亘自己也很吃惊：自己连这种事也做了？谁都没教过他这么做。

穿法衣的男子缓缓地抬手拭一拭脸颊，笑得更狰狞了。

“可怜的牺牲者啊，上了女神的当，毁掉了灵魂，现在看来你是无论如何也听不到我们正义的声音了。”

“谁来决定正义?!”

穿法衣的男子庄重地答道：“老神的使徒。”

“我不承认！”亘用尽全身力气大声喊道，“你是北方帝国来的吧？你传播的，并非对老神的信仰，而是歧视非安卡族的主张吧？”

穿法衣的男子脸上的笑容仿佛被抹掉了，嘴唇抿成一直线。

“快说，”他低声道，“说出另一名旅客所在之处。”

“休想！”

“不说的话，我们只能靠自己的力量搜捕了。一定会找到的。不过，到那时，要流很多血了吧，还会看见烈焰、听到哀鸣之声吧。”他又笑了，“那全都是因为你。”

亘愕然。他说“看见烈焰”？

“马奇巴山火——是你们干的？”

穿法衣的男子没有回答，继续逼问：“快说，另一人在哪里？”

“在这里。”一个凛然的声音回荡在昏黑的夜空中。

二十　美鹤

亘目瞪口呆地仰望夜空。声音来自何处？——是那里！托利安卡魔医院的楼顶，最高处，可俯视安置断头台的中庭。

细小的身影。在黑暗中难辨的漆黑法衣。手中权杖的宝玉，放射出纯净的蓝光。在那光圈之中——

美鹤挺身站立。

“是你！”

穿法衣的男子仰望头顶，发出惊讶之声。亘感觉得到断头台旁持斧的人也好，揪着他脖领的巨人也好，都愣了一下。

“邪教使徒，你在我圣域干什么！”穿法衣的男子发出尖叫，“你下来！你下来！你竟以污秽之身践踏圣域，你明白自己在干什么吗？！”

信众的圆圈混乱了，蜡烛的火开始乱晃。也有熄灭了的。

美鹤纹丝不动。他脸上浮现出平时那种轻视对手的笑容。距离相当远，但他的表情却清晰可见，是手杖的宝玉发出的光的力量。亘胸口一热，觉得他那含蓄的嘴角是那么令人想念、那么令人信赖。

不过，现在不是激动的时候。连美鹤都要被抓住的。

“美鹤，快逃！”亘拼命大喊，“你不能待在那里！快逃啊！快逃，去找人来搭救！”

美鹤转头看看亘的方向，然后叹一口气——另一个让亘怀念的表情。他无计可施。

“你说去哪里、向谁求助？”他从容淡定地反问道，“我离开期间，你要被砍掉脑袋啦。”

“我不是说这个意思！”

“不是这个意思？傻瓜。你不该是那种牺牲掉自己的家伙。”美鹤长吁一口气，“你还是那么老好人嘛。”

“现在可顾不上聊天……”

“哪里，我很清楚。”美鹤丢下这么一句，用不持杖的另一只手直指穿法衣的男子。

“绘制这楼顶魔法阵的，是你吗？”

穿法衣的男子仅被这么一指，便中箭般打个趔趄，脸颊扭曲。“你、你什么意思？”他惊慌失措，踩了自己的衣裾，“你以为你在跟谁说话？”

“就是跟你。”

美鹤的声音没有丝毫迟疑，如同一名有信念的、威严的老师，正在批评一名小学生。

“不知道你画出来要召唤什么，但你画错了。”美鹤嘿嘿笑道，“方位不正，线的长度也错了。是在哪所魔导院学的？正式毕业了吗？”

“你、你……”穿法衣的男子满脸通红，跑到医院大楼旁边。那架势似乎就要用手攀壁而上了，但看他那副捶胸顿足的模样，并不具备那样的体力和技术。

“你要侮辱我吗？”

“问一问而已啦。太远听不清声音。你稍微上来一下行吗？使用艾·拉达魔法的话，轻而易举吧？”

穿法衣的男子顿时脸色苍白。信徒圈成的圈子全乱了，变成了半圆形，现在位于中心的已不是穿法衣的男子，而是美鹤。

“怎么，不会念艾·拉达魔法？”美鹤吃惊似的说道，“跟你是白费功夫呀。老神是神的同时，应该也是伟大的魔导士才对吧。奇怪呀。”

美鹤手托下巴，做沉思状。

“你是被冒老神之名的假魔道骗了吧？”

“你、你胡说！”穿法衣的男子扬一扬勺子。这时，美鹤托下巴的手转而用食指指向头顶上方，简短地念诵了几句，紧接着的瞬间，一道闪电划过天空，笔直向穿法衣的男子落下。

“哇！”穿法衣的男子一声哀号，翻滚在地。闪电放出令人目眩的强光，击中地面消失，但留下清晰的痕迹，是一个小洞，就像是锐利的长矛扎出的洞。

“下一次可不会偏离目标啦。”美鹤说道，“不想变成黑炭的话，赶快打开亘的手铐脚镣！”

穿法衣的男子精疲力竭地跪着，双手撑地，张口结舌。美鹤的视线移向亘——亘身边的巨人。“那个大个子！”

巨人头巾之下发出倒吸一口冷气的嗞声，亘听得清清楚楚。

“打开亘的镣铐！”

巨人几乎是毫不迟疑地执行了美鹤的命令。他笨拙的粗大指头，加上瑟瑟发抖，无法把钥匙插进手铐锁孔。

“真叫人着急。我来！”

亘拿过他手上的钥匙，自己打开。美鹤见状，再次手指头顶，念念有词，这回指向断头台。射来的光箭准确无误地击断断头台的绳索，触台消失。亮光之中，亘看见断头刀落下，砍在台座上。持斧男子倒在台座后侧。

“闹哄哄的哩。”美鹤喃喃自语道，稍微移动了站立的位置，又对亘说道，“我想你是完全不明白的：这里处在他们布下的结界范围内。”

“结界？”亘大声反问道。

“没错。形成结界的魔法很初步，是修罗树帮了忙吧。”

“我不大明白。”

信众们看着二人的问答，有如观看温布尔登网球决赛。他们持烛的手都垂下了。

“托利安卡魔医院并不存在。”美鹤继续说道，“从前是有的，现在这里只剩医院的废墟了。这些人把废墟布置在结界之内，用作秘密据点。”

美鹤一手扶腰，不屑地道：

“只是还有一个麻烦：这修罗树林是实在的，魔性仍充满其中。要打破这个结界，还得让那边吓瘫了的魔导士先生念诵咒语才行。我说的话，你明白吗？”

美鹤对穿法衣的男子说：“原本是你做的结界吧，也太依赖修罗树的魔力啊。”

“狂、狂妄的……”穿法衣的男子虽然样子极狼狈，声音倒恢复了几分元气，“你欺人太甚！我要诛杀无道！”

他挣扎着站起身，口中念念有词。屋顶的美鹤倚杖而立，饶有兴味地俯视着。

修罗树的叶子飞聚而来，仿佛被穿法衣的男子的咒语吸引。枯叶聚成两个人的形状，就是曾经袭击亘的枯叶怪人。亘不禁倒退几步，实在是丑不忍睹。原本在那里的巨人早就躲进信众之中。

“我忠实的仆人啊，消灭那作恶之人！”穿法衣的男子手指美鹤。

枯叶怪人攀住医院外壁，像猴子一样开始攀登。美鹤兴趣盎然地观望着，当两个怪人爬到距屋顶一步之遥时，他快捷地在胸前画了个符，唰地挥动手杖。

“你领受我心中之箭吧！”

疾速的咒语既出，枯叶怪人的动作中道而止。然后，以类似爬上来的速度开始退下去。

“怎、怎么回事？”

穿法衣的男子大惊失色。他又踩在自己的衣裾上，这回摔了个四脚朝天。这时，两具枯叶怪人向他扑来。他发出刺耳的哀号。

“消失吧！”枯叶怪人揪住穿法衣的男子，正要扭断他的脖子，被美鹤一声断喝，一瞬之间失去形状，当场变成一堆枯叶。

“咳，不外如是。”美鹤说着，把手杖扛在肩头，“告诉你，弄多少来都一样。只会耗尽你的魔力。”

信众们再次哗然，纷纷丢掉蜡烛。毕竟人多势众啊，他们要动手了吧，亘想着，摆好架势。

但是，他随即目瞪口呆，然后笑起来。

信徒们纷纷跪拜在地。有人双手抱头，乞求饶命，也有人一再鞠躬。当然，他们不是对穿法衣的男子，他们是在拜屋顶上的美鹤。

亘笑着仰望美鹤：“没事啦，谢谢！”

然而，美鹤没有一丝笑容，脸色反而比刚才恐怖。他像卸下行李似的放下肩头的手杖，叉腿而立。

“这些见风使舵的家伙。”他很不屑地说道，“马上就服从强者了。只要随大流，无论干什么都很安心吧。”

“美鹤？下来呀！”

美鹤冷淡的视线落在亘身上。

“虽然小把戏已结束，但还有毁掉结界的活儿。”

“噢？”

“我之所以被禁闭在这种地方，也因为这修罗树林瘴气浓重，脱身颇费功夫。可是既有如此之多的人气……”

亘朝建筑物迈近一步。“你说什么？你想怎么办？”

美鹤又走动几步，改变站立位置。像进入击球手区的击球手一样，站稳姿势。

“把这些人气作为能量，用魔法毁掉结界。用荡平树林、吹散所有树叶的魔法。”

“美鹤……”

“不好意思，”美鹤瞟了一眼亘，笑一笑，“刮到何处去，这一点我也还不知道。但凭风的力量吧。你尽量缩起身子、护住头部，不要受伤吧。”

“你在说什么呀！”

“说的就是这些嘛。”

美鹤摊开双手，仰望天空，然后朗声吟诵起来：

“大风之精灵啊，魔导之徒在此恭请您充满天空的力量，祈求以您之恩宠，去除并打碎封闭我之魔法，将其弃置于混沌深渊！艾亚罗·拉尔·斯提尼格尔……”

美鹤举到空中的手杖上宝玉闪亮，夜空一角也随之亮起来，仿佛与之呼应。云层显出一道裂隙。

风——直吹过来。美鹤呼唤着云层上的风。

能正常思考的，也就至此为止。紧接着的一瞬间，亘被吹倒在地。没有可抓住的东西，亘缩起身体，骨碌骨碌一直滚到医院墙边，被墙挡住为止。他抓住医院外壁的装饰柱，好不容易才站了起来。

这时，他看见了难以置信的一幕。

漆黑的空中降下一条闪着浅银色光的龙卷风。它缓缓扭动着躯体，像活的东西般柔软，其婀娜的姿态几乎可说是优雅。

龙卷风逼近地面。将信徒们从远端起逐一吸入风中。他们号哭、叫喊、祈祷，但被阵风掩盖，什么都听不见。断头台的柱子嘎地折断，被卷入风暴中心。大斧在天空中翻飞，持斧人的身体也被吸去，如同追逐着斧子。

感觉有布块在空中飘浮，一只手从一端挣扎着伸出来，然后是脚，最后是脸。是穿法衣的男子，他可怜地大张着嘴巴，但听不见哀号声。

亘紧紧搂住装饰柱，但他突然感觉柱子不在了。他一看，简直惊呆了。

本应是石砌的柱子不知何时起变成了树叶团，在大风狂吹之下颤动着，垮塌四散。

亘的身体也飘在了空中。

二十一　伤心沼泽

亘被风卷起，向着黑夜之巅飞翔，高得令人眩晕……

看见星星。从眼底浮云间隙，看得见街市灯火。一旦被吸入龙卷风中央，便静得不可思议，不断上升的气流宛如母亲抱婴般轻柔地托着亘，不使他坠落地面。

不一会儿，高度渐降，来到云层下。无从估计已被带出多远。俯视脚下，是一片昏暗，分辨不清是屋顶、牧场抑或山边。不过，高度仍在下降，似乎并不是龙卷风在下降，而是亘在龙卷风内的位置逐渐下降而已。

不久，脚踩到地面了。一离开龙卷风的环境，亘突然想起右腿的伤，火辣辣地痛起来，他一下子歪倒在地上。这里是湿乎乎的土——不，是泥浆海似的地方。

猛一醒悟回头望去，正好看见银色龙卷风的尾巴，隐没入云层之中。天空仍旧晦暗，星辉闪烁。

虽然美鹤说，亘被刮往何处他管不了，可那龙卷风真是轻柔，救人于危难中。与在加萨拉被关于拘留所不同，这次确是死亡迫在眼前。

那小子已两次救我的命了。

身下泥土虽冷，但柔软。冷气侵骨，把人都要冻僵了。总而言之，瘫坐在这种地方不是办法，他想站起来，但太滑，没有成功。想抓住个什么东西，但视野所及，草长得倒是好，但尽是些芒草、苇草之类，借不上劲。

到亘尽力用双腿站立起来时，已浑身沾满泥浆。包扎伤腿的绷带也黑乎乎的。不早点弄干净的话——妈妈是这么说的，可能要染上可怕的破伤风或者败血症呢。

拨开芦苇似的草前行，穿越草丛，前方是漆黑的平地，非常宽阔。走近看，才知道平地并非广场，而是沼泽。水面在夜风下微微荡漾，反射着星光。站在沉睡般波澜不惊的沼畔，置身清凉的空气中。

亘打了个喷嚏，身体颤抖起来。

这是在哪里？一片漆黑，简直要冻僵了。

借着星光,环顾四周。沼泽很大,看不到边。长满类似苇草芒草的湿地,似乎也同样宽广。

只有一个地方——圆形的茂密树林，呈现在亘右前方。在碗状的树林中央，似乎亮着微弱的光。亘凝神注目良久，看自己是否把接近地平线的星辉，误认作树林之中的微光。但看不清。

亘双手抱肩，摩挲着增加哪怕些微的暖意，迈开步子，总之得走动，不能在此干等着得肺炎，走起来会暖一些，说不定走着走着天就亮了。

亘缓慢地向前走，离树林越来越近，可判明那亮光不是星光了。亮光不是在闪烁，而是在摇晃。大概是提灯或松明吧。有人——

湿原上感觉不到有生物的气息，清冷彻骨，但随着走近树林，听得见咕咕的野鸟叫声。再进一步，看见了林中小小的三角形屋顶。比拉奥导师的小屋小一号的小房子建在林间，仿佛有意躲藏起来。从远处望见的亮光，毫无疑问是从小屋的窗户透出的。

亘敲门打招呼：“对不起，有人吗？打扰啦。”

没有回答。亘继续敲门。“我是路过的人，迷路了，不知该怎么办。屋里有人吗？”

传来轻轻的脚步声，门向里打开了。一个身穿黑袍、脑袋包在头巾里的小个子窥探着来人。

“啊，很抱歉，半夜三更的。”亘低头致意，“我迷路了。看见灯光，便过来了。可以让我休息一下吗？可以告诉我怎么走吗？”

头巾下传来令人意外的、轻柔的声音：“你受伤了哩。”

这是个女人。亘望向扶住门板的手指。纤长白皙的手指。

“请进。给你处理一下吧。”

女人退到一旁，让亘进屋。小屋里暖炉烧得正旺。窗边煤油灯放出光芒。暖炉旁的摇椅轻轻晃动着，她刚才就坐在这摇椅上？

女人让亘坐在小木凳上，麻利地为他处理了伤口。还给了亘一杯热的甜饮。

“谢谢。真是多亏您了。”

对于亘表示的谢意，女人的头巾点了一点，接受了。看不见她的脸。因为她头脸都被头巾包严了。

“换换衣服比较好吧。不过，没有你合身的衣服呢。”

“没关系。”

“至少也得换一下衬衣。衬衣大一点也没关系。”

有了干爽清洁的衬衣，真是太好了。女人收拾起亘脱下的衬衣和解下的绷带，走出屋子。

狭窄的小屋里家具不多，似乎别无他人。摇椅旁的篮子里，放有黑糊糊的线球和刚开始编织的衣物。亘已缓过气来，好奇心随之而来，他探头窥看一下里面的东西。是很小的衣物——像是给婴儿穿的,还有袜子，也是很小的。那么说，这个人有孩子？

可如果是那样，也有奇怪之处。篮子里的毛线和正在编织的东西，都是黑色的。给婴儿穿的东西，岂有用黑色毛线编织的吗？

那个人的衣服也是黑色的哩。

“那个……”女人返回了，亘问道，“对不起，您莫非是魔导士？”

女人停止了动作，仔细打量着亘。

“不不，因为您一直戴着头巾。或者，您是读星人？独居在此进行研究？”

包着头巾的头低垂下来。女人走到摇椅旁，坐下来，小声说道：“我的事，还是不知道为好吧。”

极其哀伤的语气。

“马上要天亮了。东方的天空已经发白。走到这个森林的另一边，就会有一条小路，不用多久，就会到达叫作‘提亚兹赫云’的镇子。去找镇长，他会热情招待过路人的。”

“明白了。”亘郑重地低头致谢，“感谢您所做的一切，很抱歉我问了失礼的事情。不过——那个，我、当时很为难，所以太高兴了，太谢谢了。我很想知道大恩人的名字和样子，所以就……”

女人稍微歪一下头。然后抬起白皙的手，取下头巾。

亘心中大叫一声：啊！

她是田中理香子。

父亲的情人。父亲抛弃母亲和亘离家出走的原因。而她竟还上门声讨母亲。

长得一模一样：像得令人厌恶。

“抱歉之前失礼了。”女人和缓地说。她脸上没有丝毫笑容，双眉和眼角无力地下垂，与田中理香子一来就要干架的噘起的嘴角、上挑的眼角完全不一样。

不过，连发自唇间的声音也极相似。至少令人想象，那个理香子平静地说话时，就是这种感觉吧。

“我嘛，一直就是这身丧服打扮，所以直到刚才，都忘记了自己戴着头巾。”

亘说不出话。这反倒好了。因为他如果能说话，肯定会说出莫名其妙的话来。

“你怎么啦？如此惊讶？”

女人说着，前迈半步。亘后退一步。

“呵……”女人困惑地单手托腮，说道，“是我吓着你了吗？如果是的话，很抱歉。可，这是为什么呢？”

“很抱歉，”这种话，如果是田中理香子，一辈子也不会说出口的。于是，亘多少恢复正常了。这里是幻界，不是现世。那个女人不可能在这里。

“对、对不起，”亘摇摇头，“您跟我认识的人非常像，我大吃一惊。”

“原来是这样。”女人点点头。不过，仍旧没有笑容，连应酬式的笑容也没有。是沉浸在哀伤的深渊里吗？

“您刚才说过丧服打扮，发生了很伤心的事情吗？”

女人轻轻走到窗边，熄灭了煤油灯，然后点点头。

“这个沼泽叫作伤心沼泽。”

即使煤油灯熄灭了，小屋内仍微明可辨。天的确开始亮了。亘也走过来，与女人并站在窗边，从这里可以眺望黑色沼泽的水面。

“只有极其哀伤的人，才准许生活在沼泽边上。如果哀伤消失了，就必须离开沼泽。住在这里期间，只能穿黑色衣服。离开时，把黑衣投进沼泽里。”

“不露笑容也是规定吗？”

“对，在这里期间得这样。”

“是谁定的呢？”

“是提亚兹赫云的法令。”

女人低下头，不知何故，用手掌摩挲着自己的肚腹：“我原先是那个镇上的居民。如果能回去就好了……”

亘终于醒悟到她的举动了。难以置信。不过……

“您腹中有孩子了吧？”

女人更深地俯下了头：“是的……”

这一点也跟田中理香子一样。那个女人说过，她和爸爸有了孩子。一模一样。是偶然？或者，幻界和现世有某种同步之处？

“你怎么了？”女人窥看一下亘的脸，“你直冒冷汗……可能是过沼泽地感冒了吧。”

亘拼命想用这句充满关切的话来管住自己混乱的心绪。这个人不是那个女人。因为她是那么富于同情心。这个人的生活态度，肯定跟那个女人截然不同。

有了孩子，本该是很可喜、开心的事情，可这个人却很伤心。对了，一定是这孩子的父亲，即这个人爱着的人亡故了，所以隐居在这里，和腹中的孩子一起哀痛不已。肯定是的。

“请鼓起精神吧。”亘说道。没关系。我也能亲切待她。因为她不是那个女人。

女人抬起头，看着亘。这时，正在上升的朝阳正照在她脸上。与理香子一模一样的脸上映着金光。看着她善良的眼眸，亘还是感到怒气上冲，他急急地把它封闭在心里。不对，不对！这是另一个人！

“好孩子，谢谢你。”

女人轻抚亘的肩头，把他推向小屋门口。

“不过，你得离开了。你安慰我说的话，请不要告诉提亚兹赫云镇的人。”

然后，她连一句再见也没说，便关上了小屋的门。

亘绕到屋后，看见了穿越树林的小道。这里不如沼泽边潮湿，亘耳听小鸟们清晨的相互问候之声，慢慢迈开了脚步。穿过树林，小路随即变宽，是宽敞的大路，有达鲁巴巴车的车辙印，有箭头标志的路标。

“提亚兹赫云就在前方。”

在压印般的漂亮字体下，有一行潦草的字：

“你若幸福，就与你无缘的城镇。”

二十二　提亚兹赫云镇

真的是“就在前方”。

在平坦宽广的原野中央，筑起了好看的圆形白色石垣，围住城镇。在面向大道的一侧有个比加萨拉镇小得多的门，大个子看守在瞭望台上抽烟。

漠然觉得，这里不同于迄今所见的城镇。他边走边想是哪里不同，这时，看门人向他大声喊话。

“喂——那位走过来的小家伙，你来提亚兹赫云镇有事吗？”

亘不暴露出腿上的痛楚，思考着如何回答。刚才的潦草字体浮现眼前。现在的我幸福吗？

最终，他坦率地答道：“我不清楚。我迷路了——我不知道这是什么地方。我还在博鳌国里面吗？”

看门人把烟卷叼在嘴边，纵身跃下地面，向亘走来。

“毫无关系。这里是阿利基达国。说来，阿利基达好大哩。从这里去与博鳌交界的关口，比从这里去阿利基达的首都还近。你是从哪里来的呀？”

“从利利斯郊外过来。”

看门人嘿地发出惊讶之声，连烟卷也掉在脚下。他是个眼睛湛蓝的兽人。

“从那么远来？步行？好像受伤了嘛。”

当亘说明自己被龙卷风刮到天上，坠落伤心沼泽时，看门人又吃了一惊。不过，他感到吃惊的，似乎并不在于龙卷风。

“你说什么？掉在伤心沼泽？”他胡子颤动着，呻吟道，似乎承受不了这个消息。

“哎，小家伙，你在沼泽边见到了什么？”

亘说了自己求助于黑衣女子。可他还没说到一半，看门人已经挥舞着两只手，一副晴天霹雳的模样。

“你说小屋？你说那女人住在小屋？糟啦糟啦！雅哥姆那家伙，真的自己搭建了小屋啊！”

他仰天喊叫着，要来背亘，说是亘脚痛不便：“小家伙，你得来一趟提亚兹赫云！镇长想见你。”

进入镇内，刚才不协调感觉的缘由马上就明白了。镇上的建筑物都是平房，屋顶平坦，檐槽极粗大，而且建筑物都紧挨着。看样子屋顶面积加起来，要比全镇道路面积加起来要大得多吧。

“很罕见的房子呀。”亘在看门人的背上说。

“啊，是嘛。小家伙对这里情况一无所知啊。”看门人笑道，“这种造法，是为了哪怕多接一滴天上降下来的雨水，将雨水严格过滤，一滤再滤之后，我们便制作出‘泪水’。”

“泪水？”

“就是这个世界上最清的水啦，用作给病人的药或者最高级化妆品的原料。”

镇长之家位于连体立方体般的建筑物的中间。为了走到那里去，要一再打开住户的大门，从中通过，亘一直提心吊胆要被人家责骂。

“因为这个城镇是这样的建法，所以会有通行用的房子。”

的确如此。亘深以为然：怪不得看不见家具，但未几抵达了镇长办公室，也是煞风景地空空荡荡，与通行用的房子没有多大差别，仅有俭朴的办公桌和椅子、小桌而已。

“哎呀呀，我是镇长马谷。”

马谷镇长是水人族。他比基·基玛更有鱼类的味道。头顶上有大大的红色鱼鳍，像鸡冠般立在那里。一吃惊，圆眼睛便骨碌碌转动。

在这里，由其他种族担任要职，而不是安卡族。说说在托利安卡魔医院遭遇老神教信徒的事应无妨吧——亘简单说明了这些，连在沼泽遇上黑衣女子的事也说了。不过他听从了她的忠告，不提安慰过她的话。

“哎呀呀，这可又叫我吃了一惊哩。”马谷镇长用带蹼的大手啪啪地拍打自己的脑袋，“亘先生，你年纪这么小就是高地卫士了吗？了不得、了不得。可你的伙伴很担心你吧。”

不过，说到水人族。

“从这里折向西，过博鳌国境再往西去，就是你伙伴的故乡萨卡瓦啦。他们从事运输，消息灵通，所以你找到那里，可能会找到你伙伴的行踪。”

亘松了一口气，好开心。

“谢谢您啦。我马上到萨卡瓦去看看。”

“哎呀呀，你还是等伤好了再去为宜啊。这里可有好药哩。用‘泪水’煎制的药，比药店卖的药功效好多啦。”

镇长看来挺会做生意的。

“不如这样吧，镇长——”原先一旁待着的看门人慌慌张张地催促道，“该喊雅哥姆的老婆来了吧？”

镇长快速地瞥一眼亘。不是怀疑的目光，反倒是担心的样子。

“亘先生虽说是个出色的高地卫士，但还是小娃子嘛。被卷进这种事情，我也不乐意啊。”

“可是，那女人自从被流放以后，谁也没去看她吧？能从亘先生处打听，可就省事啦。”

“流放？”亘随即反问道，“那女人是被赶出镇子的？”

她是说过“我原本是提亚兹赫云的居民——”。

“好吧。”马谷镇长悲伤地垂下头，简短地说了一句，站起来，“亘先生，请跟我来，马上就到。”

因为不用背亘了，镇长让看门人返回岗位，自己牵着亘的手出门。通过一个通道之家，打开下一道门时，镇长朗声说道：

“哎，妇女们，大家今天还好吗？”

这里似是个病房。明亮温暖的房间里，摆放着六张俭朴的床。其中的五张有人。虽然种族各异，但都是女人。

“咦，莎拉，探视母亲吗？”

最近前的床上躺着一个瘦削、脸色很差的安卡族女人。旁边依偎着一个上幼儿园大小的女孩，神色黯然。镇长抱起女孩，亲亲她的脸颊，说：

“莎拉是个俊丫头啦。不过，还得再打起点精神。白天得到太阳下玩一玩。”

女孩很可爱。因为视线相遇，亘向她显露出笑容，但她还是眼神忧郁。

“对不起，镇长先生，”床上的女人脑袋耷拉在枕上，用有气无力的声音表示歉意，“我已经好了很多……”

“别操心了呀，萨达米。在你来说呢，千万别老惦记这事儿。好吗？连泪水煎制的药也不能治愈的病，这世上只有一种药可疗救。那就是时间之药啦。”

镇长把莎拉放在床上，抚摩她的头，脸上笑眯眯。

“好啦，我得带这位小客人外出，各位就按医生的吩咐放心养病，好吗？”

亘向大家点头致意，紧随着镇长返回办公室。两人相对坐下，镇长的眼神变得和莎拉一样阴沉。

“亘先生，”镇长开口道，“你在伤心沼泽边上遇见的女人，是这个镇的居民，叫莉莉·茵娜。三个月前，她因某个原因，被逐出本镇。未得到我——和我所代表的居民们同意，莉莉不得返回这里，也不得搬往别处。因为被提亚兹赫云流放的人，是没有任何村、镇会收留他们作为居民的。”

“受到如此严重的惩罚，是因为她做了什么事吗？”

马谷镇长叹一口气，头顶上的鳍摆动起来。

“在说这一点以前，得先大致说明一下提亚兹赫云的建立过程和历史。”

据说，提亚兹赫云在南大陆形成联合国家之前，很早便以“悲伤之城”广为人知。

“本镇的生活方式，与其他城镇并无特别不同。所不同的，仅是这里的绝大多数居民，他们移居此地的目的，是为了回味和慰藉自己在故乡的那些撕心裂肺的伤心事。也就是说，这里是‘心病医院’，是伤心病治愈前的临时栖身之所而已。所以，房屋、家具、用品，一切从简。”

悲伤一消失，随时可离开这里。每一任镇长，都对要离开的居民说：

“但愿永不相见！”

据说这样的告别是规矩。

“悲伤的原因各种各样。有失去心爱之物的，有被自己信任的人背叛的。我们不会深究因由。只是一起生活、互相扶持，静待时间过去、伤口愈合而已。既有半年便离去的人，也有十年不愈的人。因为心灵被伤到何种程度，实在因人而异。”

据说，由雨水精制泪水，以此维持城镇生计，并非很久远的事。

“真正开始精制泪水，是约三十年前的事。我的前任镇长脑子特好使，他发现此地的雨水尤其清澈，而精制水的工作，需要耐心，虽然是安静、单纯的事，却不能作为副业对待，所以沉浸在悲伤里的人很适合这个工作。”

城镇以此为业，建起了现在的房子。泪水在阿利基达国内，以高得惊人的价格出售，据说城镇因此财政充裕。

“此地降雨为何如此清纯，原因尚不清楚。据沙沙雅的读星术大学者说，西边遥远的安德亚高地常年被纯白的雾笼罩，白雾被风刮下来，正好在此地变为雨水。”

安德亚高地——就是神秘的迪拉·鲁贝西特别自治州的所在地。没错，是信仰老神的地区。

“不过，无论多么清纯的雨水，若不经过滤，不会变成泪水。如果过滤了，水将变纯，剩下不洁之物。我们将这些不洁之物丢弃在离镇子不太远的、鸟不至鱼不游的黑暗沼泽地。那就是伤心沼泽了。”

那么说，那沼泽等于垃圾场了。亘回想起那种冷飕飕的泥浆和波澜不起的水面。

“这里就是这样的城镇。”马谷镇长继续说，“居民来自各地，人口众多。所以，有很重要的规矩。因为大家都为疗治悲伤而来，所以要互相关怀、互相照顾、互相体谅。在提亚兹赫云不可再出现争执或纠纷，不可成为新的悲伤根源。然而，莉莉·茵娜是我们镇子漫长历史中第一个公然打破这个规矩的人。”

据说她偷了别人的丈夫。

“病房中那个瘦弱、患病的女人叫萨达米，她的丈夫叫雅哥姆，是个行商，不知何时起，莉莉和雅哥姆二人暗通情款，竟然怀上孩子。二人还打算私奔。”

亘眼前一片通红，耳鼓压过海啸般的巨响，一瞬间听不见声音了，只看见马谷镇长悲伤的面孔和一张一合的双唇——

那女人就是田中理香子。

做了和田中理香子一样的事情。

和田中理香子一样是侵略者。

是吞噬他人幸福的野兽。

“我们了解情况后，立即将莉莉·茵娜流放。因为萨达米希望原谅丈夫，挽回婚姻，所以把他留在镇上。无论花多长时间，都希望他们和解。可是，被莉莉·茵娜迷住了的雅哥姆竟然出走，似乎一边做行商生意，一边往那女人身边跑呢。”

镇长说，莉莉·茵娜是单独流放的，所以那小屋应是雅哥姆为情人搭建的吧。

“莎拉真可怜。”

马谷镇长揉揉眼睛，又说道。

“萨达米他们原先是因为什么伤心事，来到镇上的？”

亘好不容易才挤出声来问道。

“他们都是博鳌人。因流行病，失去了萨达米的双亲和莎拉的妹妹。到这里是约一年前的事。”

“那个女人——莉莉·茵娜呢？”

“据说未婚夫因病亡故了。父亲是沙沙雅的读星人，是个很了不起的人物。据说去世的未婚夫也是天生极具读星素质的人。”

亘又大汗淋漓了，衬衣的后背湿乎乎的，心脏狂跳，就像在奔跑中。

他回想起莎拉暗淡无神的眸子。妈妈被田中理香子责难时，被她宣称怀孕而气得发昏时，被她说要领走亘而向她扑过去时，瑟缩着藏在自己房间床底的亘，一定也是那样一种眼神吧。如果莉莉·茵娜是田中理香子，莎拉就是我，衰弱消瘦地躺在床上的萨达米是妈妈。

他不禁冲口而出：“绝不容许！”

马谷镇长歪着大脑袋看着亘，问道：“你说什么？”

亘用手抹一下脸，说：“得想办法让雅哥姆醒悟才行。”

镇长双目瞪得大大的：“那自然是的。”

“假如雅哥姆往莉莉·茵娜的小屋跑，也就是说，有机会直接见他、说服他吧？”

“那自然是，但我们提亚兹赫云的居民，是不能接近伤心沼泽的，因为会沾染污秽。”

“我去。”亘毅然宣布道，“我不是这里的居民，没关系。”

马谷镇长一时不知所措，说道：“可是，你——亘先生，你是个孩子啊……”

“不过，我也是高地卫士。”

“那倒也是。”

“镇长，我跟莎拉是一样的。我的父亲也抛弃了我和母亲，到别的女人那里去了。他还摆出很自以为是的理由，一副正正当当的面孔。所以，我很明白被抛弃者的心情，实在太明白了。请让我把雅哥姆带回来。为了莎拉，请让我去吧！”

马谷镇长嘴巴时张时合，红色鱼鳍乱颤，两手时而抱肩时而放下，好长一会儿不知如何是好。后来，他终于轻吁一口气，说道：

“好吧，拜托你啦。总之，光是我们成不了事。你能表达莎拉的心声——就拜托你啦！”

二十三　黑暗的水

不过，马谷镇长还是开出了条件——在亘的伤势好起来之前，不得接近伤心沼泽。接受这个条件也不难。用泪水煎制的外伤药奇迹般奏效，最多只需等待十天便会好起来。

期间，亘参观了精制泪水的工场，自己也学习了一点儿手艺，还到镇上各处转了转。在提亚兹赫云，每天早晚都响起沙沙声，下不到一个小时的雨。所以，全镇承接雨水的贮水槽都是满满的，怎么过滤都不缺乏材料。

用于精制雨水的是有光泽的、平滑的白布。这些白布也都是本镇居民手工织成。有一种叫作“忽忽尔奈”的特殊野草，可纺其纤维制线，据说仅此已是很高级的产品了。实际上，在泪水工场工作的人，必须身穿这种忽忽尔奈纺线的工服，而据说仅购置这身工服的钱，足可在物价便宜的纳哈托轻松生活一年了。

据镇长说，萨达米在忽忽尔奈布的纺织工场工作，而不是在水工场。纺织工场也要求集中精神，也许是适合妇女吧，工场纺织工大半是女性。莎拉除了在母亲的病房之外，一般都在这里。也许因为这里有萨达米的朋友，她们关心、照顾着她吧。亘一看见她，便主动地招呼，说“你好”、“在玩什么呢”之类的，但莎拉似乎认生，不是马上躲开，就是藏身旁边的大人背后，总是难以接近。

提亚兹赫云镇上的孩子很少。以夫妻、家庭方式待在这里的人少得可怜。据说独自一人前来的占压倒多数，不少人长期不与外部通信。

“不过，想来也属正常。因为身边的家人或朋友而深陷悲伤，或失去家人、朋友成了悲伤的原因——无论属哪种情况，本人都是孤单一人，最早寄身此镇时，不仅背负着悲伤，还有孤独。”

这是那个看门人说的话。看门人属兽人族，名叫布托。他自称出生于纳哈托，真实身份是流浪者，他不是本地居民，是马谷镇长的雇工。

“大约五年前吧。在流浪途中的一个关卡，我遇到一个人，他说想去提亚兹赫云，但担心独自上路不安全，我便把他送到这里来了。”

据说，布托就此住了下来。

“这里女人居多，加上为数不多的男人忙于汲水、运水的力气活儿，看门、巡视之类的男人人手不足，所以镇长便找了我。”

亘心想，虽然他是个心地好、印象颇佳的人，但说不定手上的劲儿很厉害吧。

“我懂事时已是个流浪汉了，一直是单身一人，所以不觉得一个人很孤独。也许挺不可思议的吧。如果孤独仅此而已，绝不是有害的东西，但若与愤怒或悲伤结合起来，就变成了极恶劣的东西啦。”

过午时分，亘和布托并坐在门上。他吧嗒吧嗒地抽着烟，亘则晃悠着腿。

“看门嘛，也没有什么大事。有人从大路走来，就确认他是否到提亚兹赫云的客人。如果是，就开门；如果不是，挥挥手拜拜。如果达鲁巴巴车来了，就帮忙搬货卸货。仅此而已啦。其余的时间嘛，就晒太阳啦。”

布托为何不离开这里呢？流浪汉心思挺野的吧？是对本镇人的同情，把他留在了这里？亘正想着，从博鳌方向的大路出现了模糊的人影。人影迅速接近。来人骑着乌达。

“嗨！”布托双手拢在嘴边喊话，“那边的行人，你是到提亚兹赫云办事的吗？”

骑乌达的人一只手离开缰绳，大幅度摆动着回喊道：“我是行商。你们有事要我帮忙吗？”

“你有香烟吗？”

“有、有。好多种哩。”

行商是个安卡族小伙子，他的货柜除装有香烟，还有点心和玩具。小小的木雕吸引了亘的目光。木雕虽然简单，但那笑容很可爱。

“这种，我买一个。”

亘对布托解释道：“我要送给莎拉。”

布托笑了：“你真是个好哥哥呀。”

行商下了乌达，自己也点上一支烟，聊起天来。他谈起前不久在利利斯北面的森林，出现过不可思议的银色龙卷风，亘留心听起来。

“城镇完好，可修罗树林却彻底荡平了。”

布托也兴趣盎然地听着，但对身边的亘也被那次龙卷风带到此地的事，却完全不露声色。他不多嘴，不愧是悲伤之城的门卫。

“不过嘛，”行商小伙子吸完烟，翻身跨上乌达，又想起什么似的说道，“你们听到传说了吗，最近市场上出现了泪水的仿制品哩。”

布托转过身来，问道：“什么？”

“噢，我也是在阿利基达的港镇偶然听说的。说是在提亚兹赫云以外的地方制作的泪水，正私下以高价进行买卖，还说有人用那种仿造品煎药服用，患者死了。”

“哎呀，这事可不能小视。”布托认真起来。

“也就是说，有人在推销仿冒产品，进行诈骗？”亘问道，“没有辨别真正的泪水的方法吗？”

这似乎是任何人都能仿造的东西：因为外观只是普通的水，所以装瓶并贴上标签就成了。

“当然有啊。”布托答道，“很简单。鱼不能待在泪水里。小鱼之类，数十下之内，就会浮上来。当然，不是因为有毒，是因为实在太洁净了。从这里发货时，也会在交易处预备小鱼，进行抽样检查。”

“哎呀，那就更有问题了！”亘站起身，“那些仿制品为了欺骗顾客，会在普通的水里混入让鱼浮起来的坏东西呀！”

“哪里哪里，不会的啦，小家伙。”行商小伙摇摇头，“阿利基达的高地卫士强手云集，厉害得很。接到病人离奇死亡的报告后，扣留了残余的水，进行调查。没有出现有毒物质。据说验出来的，只有所煎的药的成分。”

布托把拳头抵在鼻尖，噢噢地哼着。“连警备所都动起来了，可不是开玩笑的。这可就麻烦啦。”

他的大眼睛骨碌碌转动着，显得怒不可遏：得马上报告镇长，尽快收集详细情况。

“如果真的出现那种情况，可是关系提亚兹赫云生死存亡的大事！”

亘也神情严峻地走出镇长的办公室。通过穿行房子来到蓝天下，看见纺织工场那边，莎拉正拼命挪动一双小脚板，向大门口方向跑去。

“莎拉，怎么啦？”

亘边追边喊，莎拉头也不回，一口气冲到大门边，要用双手推开大门。

“哎、哎，莎拉，怎么啦？”

布托从上方问道。

“乌达呢？”莎拉问道，“说是大门口有乌达呀。”

“噢噢，那是刚才的行商乌达。已经走啦。”

莎拉的小脑袋失望地耷拉下来。追上来的亘，看见莎拉孤独、伤心的后背，一时语塞。

布托从大门上方探出身子，亲切地对莎拉说话：“莎拉，如果你爸爸的乌达回来了，我布托一定大声地喊，让莎拉不管在什么地方都能听见。所以呢，你就放心玩吧。”

原来是这样。莎拉听说大门口有乌达，心想：是不是父亲回来了呢？于是赶紧跑过来。亘深为所动。

“这位哥哥呀，”布托向亘这边摆摆手说，“他说有好东西赠送莎拉哩。

是什么呢？”

亘在提示之下，慌忙向兜里掏出木雕人偶。他弯腰到与莎拉眼睛平视的高度，说：“来，给你。”

莎拉有一会儿倒背双手，盯着小人偶看，然后才望着亘的脸。

“给莎拉的吗？”

“对。”

“为什么？”

“因为我觉得它的脸很像莎拉。”

莎拉怯怯地伸出手，用手指摸摸人偶。亘把它轻轻放在她的掌心里。

“谢谢。”莎拉小声说，“叫什么名字？”

“我？”亘指着自己的鼻尖问。

“不是啦。是问人偶的名字。”布托笑道，“这位哥哥说过，想起一个莎拉喜欢的名字哩。”

“托奇。”莎拉用手指抚着人偶的头说道。

“托奇？好名字呀。”

“是妹妹的名字。”

是死于流行病的妹妹吗？

“妈妈说，托奇因为变成了天上的星星，不会回来了。不过爸爸会回来。会回来吧？”

“如果莎拉又乖又有精神就会的。”布托说道。亘目送摇摇晃晃地跑开的莎拉，握紧了拳头。

两天之后，得到了如下消息：有人看见雅哥姆骑乌达出现在伤心沼泽附近。据说是来运走泪水的达鲁巴巴车驭者从驾车台上看见的。

亘当即决定前往伤心沼泽。腿伤已好，加上马谷镇长借给了他一匹乌达。亘还收下了厚厚的蹄垫，说是要过湿地时，可给乌达的蹄子套上，效果很好。

“只要给乌达套上这个，它就不会陷入泥水中不能自拔啦。”

亘还没有想清楚见了雅哥姆之后该怎么说服他。不过，因为痛切地了解莎拉想念父亲的难过之情，只要能原原本本地表达，肯定会有很好的效果。亘自信满满。

穿过森林，接近莉莉·茵娜的小屋，小屋的窗户下了帘子，看得见烟囱没有冒烟。林子里没有绑着乌达的迹象。轻叩门窗，也是一片静谧，没有回音。

二人外出了？干等了一会儿，情况依然如故。亘重新跨上乌达，向沼泽走去。他们不会去那种潮乎乎的地方散步的，但既无奈地住在这种地方，也许会有什么事吧。

伤心沼泽的水，即便在阳光下，也漆黑一团，微波不起。知道过滤雨水后的所有一切不纯物质都弃置这里后，此刻面对沉寂的水面，殊觉不祥，里面隐含骇人之物的感觉挥之不去。沼泽的水本身成了阿米巴变形虫似的大生物体，屏息静气，卑躬屈膝于此。不过，如果有人不留神靠近了，那生物体会敏锐地感知，以身体一部分为触手，伸出来袭击人吧？它吞噬猎物之后，马上又恢复安静平滑，回到其庞大漆黑的泥浆水模样。

即便是丑陋污秽之物，因为那样的存在，也必须不断地摄取能量。

为什么要这样想呢？只会自己吓坏自己而已吧？亘轻敲脑门，用脚踝轻触乌达侧腹，让它加快脚步沿空无一人的水边走。

就在此时，听见一声极轻微的“吱——”声。

亘让乌达停步，侧耳倾听。是幻听吗？不，的确听见了。不过，声音是发自这鸟声不闻的沼泽吗？

“吱、吱——咕咕咕。”

似是动物的声音，很微弱。环顾四周。这时又听见了，很近。

前方类似芦苇的草丛中，哗哗动着。草丛中有红色鸟羽似的东西晃了一下。

亘下了乌达，拔出勇者之剑，慢慢上前。他用另一只手拨开草丛，随即看见了红色的翅膀。不是鸟。它长的是鳞，而不是翅膀和羽毛。鲜红的鳞。它的手虽然与亘的手大小相仿，却明白无误是钩爪。

是龙。

亘悚立着，震惊得忘记了呼吸。一条龙侧卧着，身上沾满伤心沼泽的黑水和泥浆。它半个身子浸在沼泽里，双翼和双手虚弱地动弹着，显得很辛苦。

龙转动眼珠，看着亘。深色的瞳仁因吃惊变大了，长颚抬起，嘴巴一张一合。一颗颗锐利的牙齿，排列如同珍珠项链，晶莹闪烁。

“哟，是人类的孩子！”龙发出声音，“孩子，帮我一下行吗？”

亘哑然。那威严的模样——即便此刻虚弱、倒卧，威严依然如故——可是，它说话的声音挺没气势、挺孩子气的。

“你怎么了？”亘留神脚下不陷入泥淖中，走近龙。这时，龙伸出长舌，发出唰的声音。亘悚然，一时呆住了。

“不能光手光脚沾这沼泽的水！”龙说道。

刚才的怪声像是为了提醒他注意。

“没关系，我穿了靴子，只要不摔倒就没事。”

龙眨巴着眼睛。“是嘛。好孩子，我觉得你可以收起那把剑了。我不会咬你。”

亘收起勇者之剑，更加接近龙了。他战战兢兢地伸出手，摸摸龙的脖子，感觉到干干的皮肤和体温，有点像基·基玛的肩膀。

“你受伤了？”

龙伤心地垂下视线说：“做杂技飞行时，一时忘形做过了头。失去了平衡，于是就……”

真有点滑稽：龙也会这样失手？

“就这样掉下来了吧？不过，幸亏掉在柔软的湿地上……”

龙打断亘的话，一边用双手扒拉着烂泥，一边说：

“哪里的话！这沼泽的水就像是麻醉药！身体稍浸了一下，麻痹便蔓延开去，最后动弹不得！我已经有半个身子动不了啦。能动的就是脑袋和两只手——我身体最小的部分！加上这里的泥巴使不上劲儿，怎么都无法脱身了。”

这条龙似乎是龙族的孩子。说是孩子，身长也超过两米了吧。亘一个人根本不可能把他从水里拖出来。“怎么办呢？”亘正想着，猛然灵机一动，问道：

“如果能在泥巴上使上劲，有可能靠自己的力气爬出水吧？”

“噢，有可能的。”龙点点头，“如果双翼是干的，就又能飞了。”

“那好，请等一下！”

亘匆匆回到乌达处，把套在乌达蹄上的两只蹄垫卸下，跑到龙的身边。

“哎，把这个戴在手上试试吧。有了它，应该可以在泥巴表面使上劲了吧？”

龙套上蹄垫试一试，虽然只是一点一点地，但它终于凭着自己的力量撑起了身体。

“嗨——嘿！”龙使劲晃着头，脸红脖子粗地挣扎着——估计是。因为它原本就是鲜红色，所以不能肯定。

“一、二——三！”

双翼终于露出水面了！刚才浸在沼泽里的部分，的确像是打了麻药般耷拉着，失去了气力。亘有点震骇。

“嗨！嗨！”

“还差一点了，加油啊！”

亘为他助力，推一下他的后背，拉扯脖子。终于，龙的大半个身体露出了水面，只剩尾巴浸在水里了。

“只剩一点儿啦。”

此时，龙发出“哦”的一声，双目圆睁。

“糟啦！是凯伦！”

“咦，什么？”

龙慌张地扭动身躯，回头望向自己的尾巴。

“是凯伦呀！凯伦咬住了我的尾巴尖！”

亘望向沼泽水面，只见刚才平静之处，翻起了小小的水波。

“什么是凯伦？”

“是这沼泽的鱼！凶恶的馋鬼！”龙双手忙乱地拍打着泥浆，“哎哟，怎么办呢？要被它扯下去啦！被它拖进水里，我可要从脑袋开始被啃掉啦！”

手忙脚乱之际，龙的庞大身躯的确一点一点被拖回到沼泽的水中。蹄垫拖出了一条印迹。水面的涟漪变得更大了。

“那条鱼，我们干掉它！”亘拔出勇者之剑，摆开架势。龙连连摇头，将亘赶离沼泽。

“不行不行！那么一把小剑，奈何不了凯伦哩。不如砍掉我的尾巴！”

亘来回看着龙惊慌失措的脸孔和绷紧如钓鱼丝似的尾巴。“砍掉尾巴？”

“没错。我这就鼓足劲，尽量将尾巴往回甩。你呢，就尽量贴着水面砍掉我的尾巴。明白吗？尽量贴近水面！可别砍多了，会痛哩！我会打信号，你一剑砍掉，可别慢吞吞的，会痛哩！”

龙使尽浑身力气甩动尾巴。亘把一切置之度外，高举利剑，对准露出水面、瑟瑟抖动着的尾巴猛砍下去。

咔嚓！

有砍中目标的手感。龙发出一声惨叫。伤心沼泽的水面哗啦地荡起波澜。波心处，像圆锯似的东西露出水面一下，随即消失在水中。

“痛死人啦！”龙两手乱拍，眼泪直掉，“你好过分啊，你肯定没有贴着水面砍！”

亘喘着粗气，一时说不出话来。好不容易说出来的话是：“刚才那是什么？”

“什么什么？！就是凯伦嘛！”

"就是那圆锯似的东西？那是嘴巴？"

"那是凯伦的背鳍呀。牙齿就更不得了啦。"

龙一边流泪，一边检查自己的尾巴。切口正好有萝卜大小，正流着鲜红的血。亘心里一慌，脊背发凉，但龙的伤口眼看着愈合了，血竟比眼泪还要止得快。

"啊啊，好冷！"

龙浑身颤抖。它一动，周围的草丛也随之摇晃。

"你退后一点好吗？"

亘后撤一步。

"不止啦。再退再退，远远地退，直到乌达那里。"

亘依言退后。龙深深吸气，扭头向沼泽方向用力吐出：

呵呵呵呵呵呵呜！

亘目瞪口呆地愣在那儿。烈焰从龙嘴里喷出，简直是个特大的火焰喷射器！

火焰产生的热浪包围了龙，甚至直逼亘而来，如同刮起一阵风，呼啸而过。亘感觉到瞬间的高热和之后留下的焦糊味儿。

头发烧焦了。

"好啦，干啦、干啦！"

龙满意地扑扇着双翼，不哭了。

"你没事吧？太谢谢你啦，虽然剑耍得差了一点儿，不过你救了我的命哩。"

"哪里哪里，谈不上吧。"

亘双膝哆嗦着，动弹不得。龙轻快地移动双脚，一步一步朝亘身边走来。

"你从哪儿来？要去哪里？看你骑着乌达，是行商吗？"龙问道。

"啊……对。也说不上。"

"是嘛。好吧，作为报答，送你好东西。"

龙抬起相对于庞然的身躯而言的小手——从自己后脑勺揪下一片鲜红的鳞片。

"给你。"

亘接过鳞片。鳞片像是红宝石做的鞋拔子。

"你拿到利利斯去，交给手艺好的工艺师傅，请他做成笛子吧。这就是龙笛。无论你在哪里，一吹响它，我都能听见。我马上就会飞来，把你驮在背上，送你去任何你想去的地方。"

"不过你可得注意，"龙又接着说，"龙笛只能使用两次，因为它很快就坏，不能长时间拥有。"

"谢、谢谢啦。"

"我说谢才是。好吧，告辞啦。"

龙挥动着小手，算是说告别吧，开始缓缓扇动双翼，速度渐次加快，从空转进而真正启动发动机。

当龙从沼泽地抬起粗大的腿时，亘叫声"哎呀"，大喊起来："你叫什么名字？我是三谷亘！"

龙一边加速扑动双翼，一边回答："我叫乔佐。是火龙后代乔佐！"

乔佐起飞了。它卷起了强劲的旋风，亘不由得低头护脸。等旋风过去时，乔佐已变成正午天边的一颗红色小星星，随即消失在云朵之间。

哎哟，看到了真龙哇。关于龙，迄今幻界的人只提起过一次。卡茨谈过火龙的传说，仅此而已。至于与龙交谈、看龙扇翼，从天上摔下的孤立无助的真龙，则片言只语都没有听说过。

亘怔怔地骑上乌达，恍如梦中，慢吞吞走起来。他满脑子都是乔佐喷吐的烈焰和那鲜红的色彩。阴森的沼泽和潮湿的风都失去了现实感。

也许是这个原因吧，当前方湿地上停着的一头拉小货车的乌达映入眼帘时，亘一时间竟完全没有反应。货车的货架上堆满小瓶子。乌达的驭者离开货车，在沼泽地上弯着腰，不停地做着什么。

他把手浸到水里。

一瞬间，亘如梦初醒地大叫起来：“喂！不行不行，接触池水很危险！”

在没有鸟鸣和树叶声响的伤心沼泽，喊叫声惊人地响亮、尖锐。水边弯着腰的人条件反射似的站直了，望向亘。

亘连忙策骑上前，随着接近，看得见水边的人摆开了戒备的架势。他头巾蒙面，完全看不见脸。

亘走近了，那人仍然没有动弹。不过，头巾眼部开孔，能感受到他的视线注视着亘的举动。

亘下了乌达，说道：“您迷路了吗？如果口渴，我有饮用水。不能碰沼泽的水。”

那人脚蹬结实的皮靴，一身利落窄袖衬衣和裤子，配一件有许多口袋的皮马甲。他手中握一个瓶子，和货车货架堆放瓶子一模一样。瓶口濡湿。

“这沼泽的水跟麻药似的……”

话一出口，亘猛然醒悟。也许是身上藏了个聪明的小不点，替总不开窍的亘着急，在他身体里头给了他脑子一闷棍吧。亘就这样突如其来地明白了。

货架上堆放的瓶子。头巾蒙面的人。在水边摆弄着什么。

市场上出现了泪水假货。

有病人死了。

知识与眼前的情景相联系，亘看出了端倪。就在这一瞬间，蒙面人把手中的瓶子掷向亘。

亘避开瓶子，差点儿就被击中了。蒙面人撒腿就跑，冲向拉货车的乌达。

“站住！”

亘叫道，反射般地拔出勇者之剑。蒙面人见亘亮剑，急停止步，靴尖几乎插入软泥中。他回头望来。

“不识好歹的小家伙！”头巾下传来低沉的声音，“你拿出那玩意儿，是想抓我啦？”

是男人的声音。亘清楚地感觉到，对方态度改变了，而且是朝危险的方向改变。

“没错，我要逮捕你，绝不会置之不理！”亘卷起衬衣袖口，露出火龙护腕，“我是高地卫士！”

蒙面人笑起来：“吓我一跳！警备所也太草率啦。把如此重要的火龙护腕交给晚上还要妈妈唱摇篮曲的小家伙。小鬼，趁早说实话：刚才声称高地卫士是撒谎吧？护腕是真东西吗？是在玩高地卫士游戏而已吧？”

亘不理睬他，仍旧正颜厉色道：“你灌装这沼泽的水，是要假冒提亚兹赫云的泪水出售吧？这是典型的欺诈，还害死了人。你知道自己干的事有多伤天害理吗？”

蒙面人不但没有害怕，反而拍手狂笑起来：“你真不识好歹啊，小毛孩。”

他敏捷地伸手入马甲里掏出一件东西，对准亘。

这是——枪。它比亘在现世见过的枪的造型更复杂，但能想象是枪。

亘不由地倒退一步，蒙面人逼前一步，说道：

“嘿，小家伙，知道这是什么？佩服、佩服。这个嘛，叫作魔导枪，是阿利基达最新发明的武器，比刀剑好多啦。你挥剑要来劈我时，我用不着逃走，只须手指头一动，就能在你头上开一个小洞。”

“枪的话，我知道。”亘平静以对。虽然心脏狂跳，声音颇难控制，但还是按捺住了。

“知道正好，省得费口舌。小家伙，想保命的话，老实待着别说话。我马上就走。我离开后，你要忘掉见过我，不对人说。你也不想丢了小命，让妈妈痛哭流涕吧？”

亘向右移半步。魔导枪的枪口也随之移半步，依然对准亘。

“想逃可是白费劲，这可是躲不了的。说你是小毛孩放你走，你小子还不识好歹。”

“我不是小毛孩，我是高地卫士。我有责任保护提亚兹赫云的人们，有责任保护人民免遭你假货泪水的毒手！”

“这个蠢蛋。”蒙面人不屑地说，“这种破地方的人，有什么保护价值可言！整天哭哭啼啼磨磨蹭蹭的，乌合之众而已嘛。”

亘火冒三丈：“你怎么知道？纯粹就是无知！”

“还真不巧，偏偏提亚兹赫云的事我都知道。因为我前不久还被这个可恨的城镇拘禁起来。”蒙面人一只手搭在乌达的鞍上，“没工夫跟你侃。”

他打算纵身跨上乌达。亘紧握勇者之剑，不顾一切地扑上去。

蒙面人手一抡，把魔导枪直指亘，扣动扳机。砰的一声响，亘刚伏下身子，眼前闪过一道白光。

“咦？”

情形跟上次在教堂废墟地下与怪物搏斗时一样。亘握勇者之剑的手自己动了起来。它在亘面前自左向右移动，不偏不倚正好挡住魔导枪射出的弹丸，猛力反弹开去。

蒙面人也呆住了。他低头望望手中的魔导枪，然后慌慌张张地又抬起枪口。

“小子别得意！”

枪声再次响起。亘这回不慌了，他沉住气，任由宝剑行动。勇者之剑再次挡开弹丸。跳弹也许落在沼泽中了，泛起小小涟漪。水珠有一二滴落在亘脸上，冰凉。

“枪里装了几发子弹？”亘慢慢逼近蒙面人，“试试一发不剩都打光，如何？”

“混账，岂有此理。”

蒙面人怒骂一句，飞身跃上乌达。然后在鞍上一扭身，枪口对准连结乌达和货车的绳结，一枪轰断。

一瞬间，一个严肃、亲切的声音悄然响在亘的脑际：

亘，出动勇者之剑！

声音来自剑——嵌在剑锷的宝石，通过亘的手指，上传至手臂、直接诉诸头脑。

(挥剑吧，它也能发射魔弹。)

亘毫不犹豫地抬起手，像刚才蒙面人举枪那样，剑尖直指蒙面人。对准他眼看就要挥鞭抽打乌达的手腕。

剑行动了。它在空中画了一个十字，剑尖返回十字中心。在这个动作进行之时，亘念出浮现在心中的话：

“伟大的女神，神圣的精灵魄力啊，您出现吧！”

剑锷宝玉闪亮。剑尖迸出白光，射向蒙面人。

光弹击中男子右肩，他一声惨叫跌下乌达。

乌达受惊逃窜，蹄子差一点踩中倒地的蒙面人。亘冲向男子。兴奋和激动让他双颊发烫。能用勇者之剑做这种事！它隐藏着这种力量啊！

男子捂住肩部呻吟。他跌倒时头巾歪了，暴露了鼻子和下颚。胡子拉碴的下巴沾满泥巴。

“高地卫士竟然使用魔法剑？”男子的声音因受惊而变了调，“而且还是这么个小毛孩——你究竟是什么人？”

亘在男子身边蹲下，他对男子的话几乎充耳不闻，另一件事让他很吃惊不已。这个下巴的形状。这个鼻子的感觉。他像谁呢？如此令人怀念的感觉——

竟然是……不会吧？

理智压倒了闪现的直觉。然而无法抑制内心的翻腾。亘的左手伸向男子的头巾。住手！不要扯开他的头巾，不能这么做——你一定会后悔。身体里的小精灵在叫喊。可是止不住了。

亘扯下了男子的头巾。

眼前呈现的一张脸，是父亲的脸，酷似三谷明的脸孔，连总是沉着冷静、甚至有时让人觉得无情的眼神也一模一样。

骗人的。不可能有这种事。

酷似父亲的男子瞪着亘，眼神里充满敌意。也许是伤口的痛楚让他紧咬牙关。

“你是——谁？”亘好不容易才出声问道。他的舌头像麻痹了一样，发声艰难。

“名字没有意义。”男子从牙缝里挤出话来，“我是一个男人。想你这么小是难以明白的——我并不是坏人。我只想寻找自己的幸福，做自己能做的事而已。”

他刚才说漏了嘴——他最近被关在提亚兹赫云。

亘醒悟了：“噢，你是雅哥姆。”

男子第一次显得畏怯。他移开了视线。

“你就是雅哥姆！抛弃了妻子和莎拉，试图和莉莉·茵娜私奔，失败了。莉莉·茵娜被逐出城镇，现在居住在这伤心沼泽边上……”

这下子明白了。

“你之所以出售假冒泪水，是为了养活莉莉·茵娜吧？是你为她搭建了小屋，对吧？建房的钱，也是这样挣来的？”

雅哥姆眯起双眼，脸色阴沉起来。

“小家伙，你怎么知道我和莉莉的事，而且还那么详细？谁向你灌输这种事情？”

“不是别人灌输的。我见过莉莉·茵娜，也见过你的妻子萨达米，也知道莎拉的事。我很清楚莎拉有多想念父亲。仅此而已。”

雅哥姆一身泥浆地站了起来，一只手捂着中了魔法弹的肩头，别过脸不看亘。不知是对莎拉这个名字有反应，抑或父亲一词刺痛了他，他黯然地望着沼泽。

“像你这样的孩子，总是自以为是……”

他的嘟哝也显得无精打采。

“我明白自己在干什么。我很明白，我这样做只是一厢情愿而已。”

“既然如此……”

雅哥姆扭头望向亘，从正面看，这张脸真的与三谷明一模一样，亘感觉心里一阵刀割似的痛楚。

“可是，小家伙。人是有想法的，有些事讲道理行不通。萨达米肯定不是个坏女人。她是个诚实的劳动者、温柔的女人。可是，我既然邂逅了莉莉，和莉莉相爱了，就不可能再回头。既然有了真爱，就不可能回到假的那边去了。”

亘竭力挤出声音来：“你如何能分清楚——和萨达米的爱是假冒品，和莉莉·茵娜的爱是真爱呢？”

雅哥姆嘴角一撇，笑笑道：“你成了大人，就知道啦。”

“那种事情，我根本就不想知道！”

亘喊道，声音之大连自己也吃了一惊。动荡的心在体内晃悠到这边碰了壁，又晃悠到另一边碰了壁。亘拼命对自己说：他不是爸爸，是雅哥姆。他是行商雅哥姆，不是我爸爸三谷明。他是另一个人。不管样子有多像，不管他也做了类似伤害妈妈和我的事，这家伙不是爸爸。不是，不是的。

“懂得爱情，对人而言是最重要的。”雅哥姆一副说教腔调，“一旦得到真爱，要放弃它，比死还难受。小家伙，你成为一个真正的男人后，肯定也会明白的。只不过，你能否遇到真爱，我也无法保证。”

雅哥姆嘿嘿一笑，这模样也跟爸爸一模一样。在亘自以为是地谈到一些事情时，爸爸总让他尽量表达，然后才欠一欠身，一板一眼地对亘说：我现在来验证一下，你的看法有哪些地方是不对的——这时的三谷明就是这个样子。

亘，你的想法好像有一些不对头呢。这样微笑着开头的三谷明，就是这个样子。

亘终于无法忍受，他低下头望着脚下的泥巴，说道：

“萨达米的心情如何呢？萨达米对你的爱又如何？不也是真爱吗？如果你刚才说的话是对的，不也可以认为，要萨达米放弃对你的爱，比死还要难受——这也是对的吗？”

雅哥姆摇摇头："萨达米并不是爱着我。她为了生活，缠着我不放而已。"

"请别自以为是地下结论！"

"你还是个孩子，别过分插手别人家的事！"

亘并不畏缩："莎拉怎么样？莎拉对身为父亲的你的爱又如何？"

"父母和子女的爱另当别论。"

"你卑鄙，就会抱着对自己有利的死理。每当有乌达路过提亚兹赫云，莎拉就冲到大门口来看：是不是爸爸回来了。你没有见过她这副样子吧？你只要看她这样子一次，肯定不会再吹嘘刚才那一番谬论。"

一瞬间，雅哥姆沉默了。然后，他突然用没有受伤的手猛力地抓起一把身边的泥巴，掷向亘。亘急闪避开，但泥浆飞沫落在他下巴上。"你这是干什么？"

雅哥姆双眼灼灼逼人。和他刚才拔枪相对时一样，憎恨的光芒闪烁在他眸子里。

"孩子、孩子、孩子！"雅哥姆绝望地叫道，"孩子又怎么样！原本就是我给予的生命嘛！如果主张孩子绝对拥有束缚父母一生的权利，那我也有话说：如果说，没有了我这个父亲，就活不下去了，这样的生命根本就没有意义！让我亲手结束莎拉的生命吧！萨达米也一样。如果说，没有我就无论如何活不下去，让我亲手杀了她吧！"

亘感到喘不过气来。他觉得自己双颊发烫。雅哥姆伸出的下巴，越说越起劲。几乎是唾沫横飞的嘴巴。倒挑的双眉。坚持己见的眸子。是爸爸。跟爸爸一模一样。不，就是爸爸本人。刺耳的也并不是雅哥姆的声音。这是爸爸的声音。是三谷明对亘宣称自己的主张。

孩子又如何？原本就是我给予的生命嘛。亘，如果只因为你是我的孩子，就主张拥有束缚我一生的权利，那我也有想法。如果说抛弃你残酷无情，那就按你想要的办吧。

爸爸不会抛弃你的。

没有爸爸的话，你原本就不会诞生在这世上。

所以爸爸就当你没有降生到这世上。

那就不抛弃你，把你从世上抹掉吧。

亘，这就是你期望的吗？

亘感觉一阵目眩，脚下轻飘飘，愤怒在心里沸腾，却不知何故一下子变得很遥远。

要倒下了。

亘双手在空中划动，想抓住东西。当然是不可能的，他向旁边趔趄一大步。

“怎么啦，小家伙？”雅哥姆探问道。他的声音听来比之前小得多，就像是隔着玻璃说话。不，不仅仅雅哥姆，周围的一切，就连伤心沼泽的凉气阴风，也像是隔着一道透明的墙壁，是另一边的事情。仿佛就亘一个人落到了玻璃杯里头。

“小家伙，你还是回家吧。”雅哥姆带着一丝笑容说道，“回家去，问问自己父母。问问看我和你谁对。当然，你父母可能会说我错了。可是，小家伙。那是假话。不是真实的回答。不是为人父母者的真实想法。即便是你的父母，假如也跟我一样，在只能拥有一次的人生里面临重大抉择的话，也必然会得出跟我一样的结论。这样一来，你们这些孩子就要被抛弃。明白吗？生命原本得自父母。生命是免费得到的，不用付出任何代价。心怀感激之情，乖乖忍受被抛弃，这样才是本分！”

亘的视界转暗。

二十四　死亡的幻影

向后倒。身体被拽向后。亘茫然仰面倒下，感觉站在浪涛边上，脚下的沙子被波浪淘去——跟那种感觉一模一样。要倒下了，要倒下了，倒——

然而他未能倒下。

他看见自己被分成了两个。

从前身悄然分离出一个半透明的亘，恍如灵魂出窍。它站在沼泽的泥浆里，回头望向亘，亲切地笑了笑。

亘动弹不得，连声音也发不出，就像麻痹了一样，连动一根指头也不行。

刚才的泥浆。

溅到脸上的泥浆含有沼泽的水。他中了水的毒，所以麻痹了，动弹不得。而此刻眼前的另一个亘，是沼泽毒水显现的幻觉，是幻影。

幻影向雅哥姆走去，并一下子抽出勇者之剑。

雅哥姆仍坐在地上，摆出瑟缩的防备架势，对着亘的幻影叫嚷着什么。

亘的幻影举起勇者之剑。雅哥姆用没有负伤的手护住脸。这期间他仍拼命喊叫着。

不行。我没打算那样做。

勇者之剑握在幻影手中，剑尖寒光一闪。

我没想杀雅哥姆我没想杀爸爸我没恨爸爸这不是爸爸这不是我——

勇者之剑劈下。

一剑，两剑。雅哥姆惨叫着，四脚着地逃窜。剑锋砍在他背上。雅哥姆抵挡着，要从幻影的亘手中夺剑。剑砍在他的掌心。

此刻，雅哥姆一身泥浆，脸上溅满自己的血。他魂飞魄散地哆嗦，似想逃脱。幻影的亘从后揪着他的衣领。然后对准他的脖子——

住手!

勇者之剑猛捅下去。鲜血喷涌，反溅到幻影的亘衬衣上。

雅哥姆趴卧地上，手伸向天，仿佛在求救。不一会儿，那只手吧嗒地掉下。

亘的幻影从雅哥姆的尸体抽回剑。挥一下，甩掉留在剑刃上的血。亘的幻影收剑入鞘，后退一步俯视雅哥姆，从容地飞起一脚，把他的身体踢飞。

雅哥姆的尸体滚到沼泽浅水处。亘的幻影再加一脚，把它踢到水更深处。雅哥姆的衣裳吸了沼泽的水，重量拽着尸体下沉。

凯伦的背鳍突然冒出黑色水面。亘依然动弹不得，恐惧浸透他全身，他只能悚立注视着。

凯伦画着圈绕着雅哥姆的尸体游动。雅哥姆迅速下沉。当他的背部和衬衣的一部分在水面消失时，凯伦镰刀状的尾鳍翘起来，拍打水面，在亘眼底留下汹涌的银光之后，潜入水下。

一留神，见幻影的亘望向自己。和刚才一样，幻影的亘呈现出亲切的微笑。

亘想摇头，但脖子动不了，想喊“你干了什么”，但出不了声。

幻影的亘带着微笑，转身迈步走开。亘也跟它走。腿脚明明动不了、走不了，人却随之而去。仿佛亘是没有实体的幽灵，飘荡在空中似的。

去哪里? 幻影的亘步伐坚定地朝前走。它踩着泥浆，高昂着头。

不久，出现了莉莉 · 茵娜的简陋小屋。幻影的亘向小屋走去。它不敲门，直截了当地打开房门，走进屋内。

黑衣女子坐在那天晚上请亘坐的椅子上，低垂着戴了头巾的头，双手掩面。

当幻影的亘在女人身旁停下时，莉莉·茵娜抬起脸。她在啜泣。

“啊——”她哭道，“你杀死了他。”

亘的幻影面带微笑，抽出勇者之剑。

“我救了你，你却杀死了我爱的男人。”

莉莉·茵娜向幻影的亘伸出手，捉住不放。

“为什么？你为什么杀了我的雅哥姆？他、我们，难道干了什么坏事吗？我们只不过相爱而已。我们只不过想爱下去而已。可你为什么、为什么像处决罪犯那样砍杀了他？他沉到沼泽里，成了凯伦的盘中餐了？”

幻影的亘举起了利剑。

“为什么？因为你们是邪恶的！”

幻影面带微笑，用亘的声音说着。一剑刺入莉莉·茵娜胸膛。黑衣女子一声不吭地从椅子上倒下，在地上成了一堆黑布的样子。

幻影的亘收剑入了鞘，走进亘。亘想逃：不能与之成为一体，做了那种事情的不是我。它不是我。我做不出这种事。

但是，幻影的亘轻易就重返亘身上。

就在这一瞬间，亘双脚着地了，就像在瞌睡中醒来一样，颈脖猛然一震，身体僵硬。

他站在莉莉·茵娜的小屋外面。

小屋的门关得严严的。亘像是全速冲刺之后似的喘息着，大汗淋漓。这也跟从噩梦中醒来时一样。

对了，这是幻觉。

我产生幻觉了。那些不是真正发生了的。此刻我伸手去开门的话，莉莉·茵娜会坐在那张椅子上，用黑毛线织着婴儿睡袍吧。她没有死。因为我并没有杀害她。

要证实很简单。敲敲门就行。只须喊一声“有人吗”，她一定来开门。好，试试吧。试一试。

不行。双脚不由自主地倒退了。不行，我办不到。

返回沼泽边吧。在救助乔佐的地方，乌达一直等待着。跨上乌达，返回提亚兹赫云吧。要请诊所的医生看病。我中了沼泽水的毒了，给我解毒的药，然后换下冷汗湿透的衬衣，去看看莎拉……

莉莉·茵娜小屋的门悄然打开了。

门大概只开了约十厘米吧。那隙间伸出一只小手，手臂，接着出现脑袋。

是个婴儿。

赤裸的婴儿，手脚胖嘟嘟圆滚滚。婴儿闭着眼，安详的脸宛如画在书上的天使。

不过，好像有点不对劲。有点古怪。他不是普通的婴儿。他的肌肤——

灰色皮肤，是石头的颜色。没错，这婴儿是石头做的。

婴儿整个儿出现后，把闭着的眼睛转向亘。亘醒悟了：对了，这孩子是盲的。

婴儿张开嘴，向亘说话。不是婴儿的声音，是沉缓的、沙哑的老人声音。

“你这冷酷无情的杀人犯。”

亘毛骨悚然，双腿发颤。

“你亲手杀死我父母，使我无法享有这世上的人生。我的眼睛不能见光，我的嘴巴含不到乳头，我的耳朵听不见摇篮曲，我的脚不能踏上这片土地。”

亘倒退着，缓缓地摇头。

“不是我。”从亘颤抖的唇间终于挤出了一句话，“不是我杀的。”

“辩解毫无意义。你这杀人犯。”婴儿胖乎乎的指头指向亘，“该怎么处置你肮脏的灵魂？我的悲伤何时终止？我的身体走投无路，变成了石头，连眼泪也流不出……”

亘绝望地叫道：“不是我杀的！”

婴儿的嘴扭曲得很难看：“既然如此，就拿你的剑扎你的身体，剜出你的灵魂瞧瞧吧。让你的肉腐烂，把你的骨头丢在地上，让它们风吹日晒、发出空洞的声音吧。诅咒你一百个白天和黑夜吧。让你死无葬身之地，让你彷徨无着的灵魂沉到混沌的深渊，被孽罪的业火焚烧！”

婴儿以爬动的姿势向亘扑来，速度令人难以置信的快。亘瞠目结舌，跌跌撞撞地逃走。

跑啊跑啊，扭头回望，仍见石婴像风一样追来。石婴的脸跟之前安详的赤子的脸相差甚远。亘连滚带爬——摔倒滚翻在地，连忙爬起继续跑，回头瞥一眼是否被追上了，却见婴儿脸上有无数个人。看见有雅哥姆、有莉莉·茵娜、有萨达米。看见了父亲，看见了母亲，看见了理香子，看见了所有憎恶人、诅咒人、伤害人、虐待人的人脸。

毫无疑问，当中也有自己的幻影的脸。

跑啊跑啊，从自己的乌达旁边跑过，连它也在发愣。从雅哥姆的货车旁跑过，车上装载了沼泽水瓶子。跑啊跑啊，沼泽水面露出了凯伦的背鳍，亘发现它随着自己前进。

凯伦明白有猎物了。它等着石婴击倒亘，把亘抛入沼泽。亘在恐惧中哭泣、狂喘，脚下仍然跑啊跑。

不一会儿，眼前开始漂起白雾。脚下的地面也好，沼泽的黑色水面也好，被白雾阻隔看不见了。亘像游泳一样挣扎着跑到浓雾之中。不知是第几次回头望时，他发觉后面的石婴不见了。

不能大意，必须逃。

虽然心中激励着自己，但脚下已迈不动步子。他膝头一软向前趴倒，怎么也爬不起来。

不行、不行，要跑啊。

畏缩起来的魂魄哭喊着救命。亘听着身体内的喊声，失去了知觉。

黑暗涌入白雾底下。不久黑暗满天，亘趴在黑暗中，精疲力竭地昏睡起来。

叽啰啰啰……叽啰啰啰……

不知何处传来了蛙鸣。

叽啰啰啰……亘亘亘……叽啰啰啰……

这种地方怎么会有青蛙？中断的意识深处，只有亘身体里的小聪明人醒着，竖耳倾听四周。

叽啰啰啰……亘亘亘……听见了吗？

有个甜甜的声音对亘说话。是那个听见过好多次的声音。很熟悉的声音。

叽啰啰啰……不必太在意啦。你没有错。你做了正常的事情。你真的做了该做的事！现世也好，幻界也好，充满了假冒的善意。那种东西没有任何价值。你做了正确的事情呀。

了结性命，也要选对时机。你只不过杀了邪恶之人而已。你是对的呀……

“不对！”亘叫喊道，“我没有杀人！”

亘嘶嘶喘息着，用手捂住嘴，止不住颤抖。在哪里？这是在哪里？那个石头婴儿呢？

“你还好吧？”

身边响起一个声音。亘又哇地叫起来。起身想逃，却摔了下去，落在地板上。

“哎哎，振作振作吧。你做梦啦。你醒来啦。这里很安全。”

一双黑眸在窥看亘的脸，带着认真的神色。

二十五　北方凶星

这是一个很年轻的男子。乍一看，他穿的灰色法衣挺像利利斯教堂主教身上那件，但这一件是筒袖，长度略短，给人便于行动之感。

“喂，热度怎样？不好意思。”他说着，把手按在亘额头上，随即面露喜色。

“哎呀，太好啦。好像退烧了哩。药箱里有消毒和降温的东西，真是帮大忙了。刚才一时间还不知该怎么办呢。”

这是六叠大的小房间。亘躺在朴素的木床上。被套和枕头都是朴素的材料原色，被子松软温暖。

“这里是……你是……”

年轻男子笑嘻嘻地略低一低头说：“我的名字是辛·申西，是沙沙雅国营天文台附属研究所的进修生。请多关照。”

“啊……请多关照。”亘慌了，“说来，我是得到了您的救治吧？实在是非常感谢。”

“不用客气。你饿了吧？没有什么好东西，我这就给你端来热汤。”

“吧嗒吧嗒”地响着脚步声，他走到房间一角的小厨房处。室内还有一张桌子，桌上有堆积如山的书籍，配有一张椅子。书架上也是满架的书。从架上满溢出来的书堆到地板上。实际上，辛·申西现在来来往往的窄小空间，似乎是唯一可自由移动的路。

这里似乎也是小屋。天花板很高，带着阁楼似的天棚，看来是用桌子旁的梯子上去。

沙沙雅的国营天文台？

亘回想起基·基玛最初对他说的事情。

“申西先生，莫非你是从事读星工作吗？”

“对，没错。”辛·申西爽快地答道，“我是进修生，还在见习。另外嘛，你叫我辛就行了。来，给。”

他端来的盘子里，放着一个散发香气的大汤碗。

“我的指导教授是帕克桑博士，他主张读星不能关在天文台里，应该到各处旅行，熟识当地情况，了解四季转换、食用当地物产。然后才仰望星空，读取其信息。他认为这才是真正的读星之道。”

据说进修生们为此一年中大半时间在南大陆各地度过。

“既有自己决定的观测地点，也有前往帕克桑教授指定的地方。也有的地方极偏僻荒凉，那时便要从搭建观测小屋开始，很辛苦。即使没碰上这种事，因他是极严厉的老师，所以观测稍微疏忽，马上被判不合格。”

话是这么说，辛·申西却显得兴致盎然。在他生气勃勃的脸上，亘忽然看到了现世的同学宫原祐太郎的脸。宫原不是拼命用功的尖子，而是喜欢学习的人……

突如其来地涌出难以抑制的怀旧、想家、想念同学的情绪。虽然明知不是时候，却无法控制。我在这种地方干什么呀？做这样的事情，又能怎么样呢……

“哎呀，抱歉。”辛·申西担心地眨着眼，“你整整躺了三天，身体一定很弱，我却只顾着聊天。”

“不、不，没问题。”亘摇晃着脑袋。不可以动不动就向这么好心肠的人掉眼泪，那就变成撒娇了。

“已经有一年多独自关在这里了，偶尔与达鲁巴巴运输商人说个三言两语而已，所以憋太久没说话了。”辛·申西挠着头说。

“来，趁没凉，喝汤吧。”

亘点点头，两手捧起大汤碗。

“我睡了整整三天哪……”

“对呀，伤心沼泽的毒走遍全身，昏睡不醒。”

“啊，我是在哪里？”

辛·申西轻摇着食指反问：“完全不记得了？”

并非不记得——在伤心沼泽发生的事情——此刻恍如旧梦破碎不堪，无从把握，虽然细节弄不清楚，不过，在那里有过什么事，自己做过什么事，都没有忘记。贴在心上。

“你知道提亚兹赫云这个城镇吗？”

“知道。”

“你倒在湿地里，隔着伤心沼泽就是提亚兹赫云。我们这间观测小屋，在那块湿地的边缘。”

此刻注意到，透过朴素的格子纹窗帘射入的阳光，已是很浅的暗红色。时近黄昏。

“三天前大约现在这个时候吧。我发现一匹乌达在小屋后面徘徊。乌达背上有鞍，还套着防湿地陷足的蹄垫，所以我就想，可能有人在伤心沼泽出事了，于是过去看了看。结果见你倒在沼泽出口附近。”

亘再次表示感谢。他强忍着胃部向上顶的恐惧感。问道：

“还看见其他人吗？或者不是人，例如拉着货车的乌达之类。”

辛·申西摇摇头：“不，没看见。有人跟你做伴吗？”

“没有，不是跟我做伴的。”

“是吗？那匹迷路的乌达，因为我无法照料，也没有饲料，昨天托了路过的达鲁巴巴运输商带去附近的桑村，请人暂时照看。那边有懂照料家畜的人。你身体恢复之后，随时可以去取。”

亘慢慢地喝着汤。本该美味的汤，入口却味如嚼蜡。

雅哥姆的乌达到哪里去了？不在沼泽里，意味着雅哥姆又骑上乌达，带着装了沼泽毒水的瓶子，前往某个地方？如果是这样，雅哥姆还活着。留在亘心上的恐惧情景，只是幻觉而已。不过是显示沼泽水的毒性的噩梦吧。即便莉莉·茵娜，也还活蹦乱跳的吧。那个石头婴儿，根本不存在。

一定是那样子，错不了。希望是那样。因为我根本就没有杀雅哥姆的意思。虽然确实对他很生气，因为他的脸、他的言辞太像爸爸了。虽然我确实很害怕，因为他代替爸爸说出了爸爸的真实想法。可是，尽管如此，我也没有动过杀人的念头。那种事我做不来。我不是那种人。

不过——自来幻界以后，我——亘，不是已经做成了不少连自己都难以置信的事情吗？拼尽智慧和体力，与怪物搏斗。虽然两度差点儿被处死，但两次都没有哭闹。必要时，随时都会拔出勇者之剑……

忽有所悟：自从最初在尝试洞窟里经受考验、被四大神将授予四种力量以来，亘已变得有别于现世的亘了吧？正因如此，才是旅客。现世的三谷亘已无法与幻界的亘相比，此刻的亘智勇双全、强大自信，如果真决心那么做，亲手杀人，也有可能做得到。

这样一个亘，岂不是三谷亘一直向往着的勇者吗？所以正配得上勇者之剑吧？

雅哥姆是个恶人。也许莉莉·茵娜没他那么坏，但在只顾自己、私欲熏心方面是同类。即便那些不是幻觉而是真实发生了的事，亘也大可不必苦恼、痛责自己吧？

“你可是高地卫士哩。”

被辛·申西问及，亘看着自己的火龙护腕。辛·申西也看着他的护腕，然后微笑道：“你来自哪个警备所？”

“加萨拉。”

“是吗？从很远的地方来的哩。”

“我这样的孩子当高地卫士，挺奇怪的吧？”

“不会啦。在我出生的乡下，在不能种庄稼的冬季，大人们都外出打工。村里就老人和孩子，还必须保护村子不受盗贼、怪物侵害。所以，村头是个躬腰老人，卫士们也都是小不点儿。不过，他们都做得很棒。”

辛·申西害羞地挠着头。

“只不过，说到我自己，则是个胆小鬼，完全帮不上忙。”

太阳下山，小屋内昏暗起来。辛·申西站起身，点亮了桌上的煤油灯。柔和的金黄色灯光照亮了房间，微微飘荡着中药似的煤油气味。

“不过你独自在这种地方进行观测、研究啊，不是挺勇敢的吗？”

“哎呀，这个嘛，”辛·申西羞涩地笑了，“这跟勇敢不一样啊。这只能说是读星的工作啦。”

他还想说什么的，但突然气馁了，沉默起来，给人的感觉是：他回想起很隐私的伤心事。

真是很内向啊。亘心想，也许不好打听太多。

我的火龙护腕。

用手指碰一下红色的皮革。

卡茨说过，如果高地卫士染指不义之事，不用多久就会被这个护腕封藏的火龙之焰烧毁。对了，在伤心沼泽遇上乔佐时，这烈焰的威力不是已让他看得一清二楚了吗？

不过，亘的护腕就在手上。这就是说，亘并没有犯错误。

那些事情，不过是幻觉而已吧。

不，即便真的发生过，亦非不义之事——该是正义的裁决吧？

不行，老想着这事，人会疯掉。

是梦，就是梦，全都是梦。就这样认为吧。可是，杀人并没有正义可言呀。真正的勇者，不可以干出杀人的勾当啊。

“我并不是要查问你：你是在去哪里的途中吗？”

被辛·申西这么一问，亘抬起视线。

“你是在调查伤心沼泽吗？”

“不、不是。不是调查伤心沼泽。”亘冷不防就撒了谎，“其实，我和朋友失散了。”

亘简单说明了在利利斯郊外发生的事件。辛·申西瞪着聪明的大眼睛，倾听亘的叙述，未几，他眼神暗淡下来。

“是吗——在利利斯啊。”他抱着胳膊，颇为泄气，“虽然你碰到的人未必是真正的老神教信徒。不过，那种活动是很活跃的。”

他小声嘟哝道：“跟帕克桑博士说的一样。”

“是受北方统一帝国的影响吗？”

“影响当然有，但主要还是应时而生吧。”

“应时而生？”

辛·申西点点头，脸上阴云依旧。“这方面还不能公开做，不过，咳——到大家知道这一点、开始骚动为止，充其量也就还有半个月左右而已。因为你是高地卫士，跟你说也没有关系吧。因为你们一定会大忙起来，觉得不得了了。”

据说，幻界每一千年，就会遭遇一次重大危机。

“我们居住的这个世界，处于无比深邃的混沌之中。本来，在混沌之中一切归于无，不可能存在生命体……”

据说是“大光边界”保护了幻界免遭混沌。

“女神于幻界创世时，与统驭混沌的黑暗冥王订立盟约。有这样一条规则：每一千年，幻界向冥王供奉人柱牺牲。冥王以这根人柱的性命能量，制作大光边界，通过这种方法来保护幻界。”

亘瞪大了眼睛：“那，刚才所说的应时而生是……”

“没错。这个时刻正在迫近。就是通过人柱牺牲，重建大光边界的时刻。”

“怎么才能知道呢？”

“在北面天空，”辛·申西指指小屋屋顶的一角，“出现了预告那个时刻就要到来的凶星。之所以有读星的职业，最早就是为了尽早发现那颗凶星。”

“那，那颗北面的凶星，你现在看见了？”

辛·申西缩一缩脖子说："现在看见了。不过我不是靠自己的能力找到的。两个月以前，比我优秀的师兄，最先从阿利基达首都的大天文台报告了这个发现。"

辛·申西在这里搭建小屋进行观测，是根据帕克桑博士的命令："博士翻阅了古文书，找到了相关记录：上次重建大光边界的时刻，正是在这一带提交了早期观测报告。当时的坐标也弄清楚了。所以，把我派到这里来。"

为此，辛·申西便在此守候了一年多。

"从这么早就开始……"

"不过，我是直至十天前才刚找到一点苗头，结果被博士责备了一通。"

辛·申西的声音又低沉下去。

"可那个——人柱……"

岂不是太残忍了吗？

"那个人得死掉吧？"

"没事，不用死。可他比死还要难受——他获得孤独的不死。"

在下一个重建时刻到来为止，他要作为冥王的臣下，时刻注视世上芸芸众生，保护众人免遭混沌侵害……

"如果只是保护爱和友情、互助，或者笑容、歌声，倒也有意义吧。可在这世上，还存在着憎恨、背叛和妒忌，以及争夺和厮杀。因为芸芸众生，都同样会产生上述的任何一种东西。"

一瞬间，亘眼前浮现出雅哥姆和莉莉·茵娜的面容，他顿时不寒而栗。啊，说得不错，正是这样。

"在自己欲望的驱动下，不惜伤及他人——众生诸行尽收眼底的话，为了这些家伙而孤身离世、成为混沌与幻界的分界，抛弃作为人的幸福和快乐，忍耐一千年——也许就觉得这样太笨了啊。不过，必须忍受。接受一切，宽容一切。否则大光边界就要消失，幻界就要毁灭了。成为人柱的人，必须肩负起如此沉重的责任啊。"

亘沉思起来。的确，如辛·申西所说，要保护争斗不休的人，也是很难受的吧，也会觉得实在太无聊吧。

不过，更加、更加难受的，该是保护人们的幸福这方面吧。正是牺牲了自己，才保住了这些笑脸啊。正因为自己在这里忍受孤独，人们才能欢笑啊。可这么一想，不禁要问个为什么了：为什么是我？为什么不是其他人？这岂不是不公平吗？对于亘而言，心带愤慨忍受千年，实实在在更不可忍受。

“人柱——是怎样选出来的呢？”

辛·申西摇摇头说：“这我就不知道了。古文书上也没有记下线索，因为这只关乎女神的意志。既有很年轻的人入选，也有召用老人的。”

“那么，就是概率的问题了！”

“没错。”

北方凶星刚出现在北面天空时，会放射灿烂的白光。可是，从女神着手进行选择人柱的工作时起，至这项工作结束、冥王召人柱到混沌深渊期间，据说凶星会放射血色红光。然后，到重建边界完成，凶星又重新放射白光了，并在黎明时随着黑夜消失。

“所以，我们把北方凶星放射血色红光的时期，称为‘柱期’。在用安卡族古语记载的历史书上，同样的意思记作‘哈涅拉’。”

“哈涅拉……”

女神选择牺牲者的时刻。

“女神为何做出这种安排呢？好残忍啊。”

神既有创立幻界的力量，不使用什么人柱，凭一己之力使幻界不受混沌侵害，岂不好吗？岂不万事大吉？现在这样子，太不负责任了吧？

“你也那么认为吧？”辛·申西幽幽地眨巴着眼睛说。

“那当然啦！”

“倒也是。在读星人中间，这也是多年来的问题。女神想让我们怎么样呢？为何要这样考验我们？难道女神只是使性子要我们吃些苦头、戏弄一下我们？”

神戏弄她的造物。是一时兴致？

“而且，这也是老神教信徒们的论点啦。他们主张——女神并不爱幻界众生，如果她爱的话，即便只是千年一回，也不该有如此残酷的安排。”

还说，女神之所以不爱幻界众生，源于幻界并非女神创世，她只是盗取了老神创立的东西。

“所以，每逢哈涅拉来临，老神教信徒便群情汹涌。他们祈祷：期望这次老神听见信徒的祈求，再次降临幻界，驱逐坏女神。这就是他们所信奉的重建世界。”

听了这一番叙述，连亘也要乱作一团了。过激的安卡族至上主义和对不合理的选人柱的抵抗，在“否定女神”这一点上，根本上是一致的。亘觉得可怕：被老神教吸引的人在增加，似乎事出有因。

“辛先生，你刚才对我说的事情，在幻界已广为人知了吗？或者，这些知识只局限于读星人之间？”

辛·申西疲倦地按摩着眼框：“目前还没有传开。”

“那就是说……”

“到了预计北方凶星出现的时期，在读星人的大本营——沙沙雅国营天文台，开了多次最高层会议，然后又与联合政府会谈。据说最终有结论。昨天的达鲁巴巴运输商带了决议书过来。”

辛·申西从椅子上站起，打开桌子的最上一格抽屉，拿出一个卷轴。

“这就是决议书。联合政府决定，向南大陆的全体人民发出告示，把关于哈涅拉的知识公之于众。”

噢噢，就为此，刚才辛·申西说了——高地卫士们将会忙得够呛。

“幻界有数千万民众。”

辛·申西站在窗边，仰望夜空。

“被选为人柱的，仅是其中一人而已。所以，也有人认为，即便让人知道哈涅拉，也许不至有多大的骚动。因为偏巧自己当选的几率，实在太低。”

“可是，如果被选中的话，对于这个人来说，他就是唯一！”亘不禁大声说道，“这已跟几率没有关系了！辛先生，也有可能是你当选啊。试想想那时的情形！”

“那倒是……”

窗外隐约传来夜鸣的鸟啼声。宁静的夜。不过，就在此刻的宁静中，天空某处出现了北方凶星。

“那么，你认为不让人们知道哈涅拉更好？一无所知的话，也就没有恐惧和难受了。某日某时，从某个镇子或村庄里，有一个人不见了，不知所踪——这个人的家人或亲近者担心起来，四处寻找，也许会一直挂念着他，但这也不过是广阔的幻界中微不足道的事件。你认为，这样也不妨？”

亘无法回答。

“帕克桑博士说，”辛·申西依旧仰望夜空说话，“无论是多难的事、多坏的事，如果与幻界众生相关，就不能封锁起来。据说沙沙雅国营天文台的最高层会议上，赞成帕克桑的博士和主张‘不必要的知情带来不必要的痛苦’的反对派博士分成两边，立场分明，激辩不休。反对派博士中，甚至有人声称应禁止对哈涅拉进行研究。说‘不知道就等于不存在’。你觉得，这样可以吗？”

辛·申西说出疑问后，在窗边双手抱头，也不期待亘的回答。

“我很害怕。”他小声道，“我不想知道这种事情。关于哈涅拉知道得越多，我越感到可怕。太可怕了。我甚至后悔师从帕克桑博士，后悔当了读星人。”

辛·申西的这番倾诉，也是因为处于恐惧之中吧，并不仅仅因为难得见到人，很想说话。不过，如果亘不是高地卫士，他一定会憋在心里。尽管亘是个孩子，尽管潦倒路旁，因为见了亘的火龙护腕，辛·申西便忍不住要说出自己所知道的情况。

“我不仅担心自己。父母兄弟、爱人朋友，我也同样在乎。假如我认识的人被选为人柱，该怎么办呢？我这么一想，晚上都无法入睡了。”

当然的呀，换谁都一样……

不，也许不尽然——亘大脑的一个角落在想。例如雅哥姆，假定萨达米被选上，他反而很高兴吧：解决难题啦。人不就是这么回事吗？所谓担心身边人，只限于喜欢他们的时候吧？

即便亘也是。要自己当人柱可不愿意。可是，假如是石冈呢？要是选上那小子，不反对吧？那家伙被美鹤招来的怪物袭击、消失无踪时，就没怎么担心嘛。

“不好意思，要是落在我头上，可要张皇失措了。”

辛·申西揉着眼，转过头来。

“所以，我说过自己是个胆小鬼。”

“你不是胆小鬼。”

亘心想，大家都一样。

“你休息吧。挺疲倦的吧？真不好意思。”

“不要紧。哎，辛先生，梯子上面是观测仪器吧？”

辛·申西点点头。

“你就用它观测北方凶星吧？”亘请求道，“可能的话，让我也看一下？”

“我没有这方面知识，也许看不见。”

“也许吧。试一试？北方凶星出现在深夜之后。到了那个时刻，我叫醒你。”

夜深之后，辛·申西依约让亘使用观测仪器观看星空。这是精度很好的天文望远镜，纯净的夜空闪烁着无数星星，美丽无瑕，但亘在热心的指点下，仍未能在其中辨别出北方凶星。

二十六　前往萨卡瓦老家

第二天早上，亘吃过简单而美味的早饭，决定离开。

“再休息一下也行呀。身体不要紧吗？”

“感觉好多啦。谢谢。”

亘仍惦记着基·基玛和米娜。他们怎么样了呢？他们曾被关在托利安卡魔医院，肯定已安然逃离了，但此刻在哪里？既已知道哈涅拉逼近，这种心情更为迫切，希望尽早相见。他们的笑容已久违了。

“如果你的伙伴中，有经营达鲁巴巴运输的水人族，”辛·申西说道，“他说不定已返回萨卡瓦家乡了。总而言之，他们是以老家为根据地跑遍南大陆的。即便你的朋友不在萨卡瓦，因为属同一族，很快就能查出住处吧。”

“虽然这里离萨卡瓦和加萨拉都很远，但村里常有巨鸟族来做生意。他们很骄傲，假如有高地卫士跟他们说遇到困难，请求加以援手，他们应该不会拒绝的。到萨卡瓦，巨鸟族大致两天便可以了。况且你身体也颇轻呢。”

“既然这样尽早为宜，”辛·申西突然不安起来，“联邦议会很快就要召集整个南大陆的巨鸟族运送关于哈涅拉的报告。在此之前出发为好。”

前往村子，得穿过一片无路的湿地和草丛，大概辛·申西常为购买生活用品而走动，形成了一条踩踏出来的小径，亘不致迷路。

这个村是亘在幻界见过的最小的村落。草丛开辟出来的狭小土地上，十来户茅草屋顶的简陋房子挤在一起。可是,利用平缓山势围成的畜牧场,却大得多,且一一分隔开来。这里不单有达鲁巴巴和乌达,还有许多亘未见过的新奇动物。它们或生气勃勃地鸣叫着,或犄角相抵玩耍,或食草,或假寐。

村长长着长耳狗般的脸,浓密的眉毛下隐藏着一双小眼睛,闪着和蔼的神采。亘的乌达毛色油亮,似乎是特意洗刷过。

"巨鸟族呀,正好来了哩。"

据说他们来村里进行物物交换,用换季脱掉的长羽毛交换叫作摩尔的小动物。摩尔比老鼠还小,专吃巨鸟身上的寄生虫,是称职的清洁工。

"虽然是小小年纪的高地卫士,可高地卫士就是高地卫士。"

村长所介绍的巨鸟族,与之前拯救亘于不归沙漠的巨鸟族一模一样,无论是鲜红的羽毛还是华丽的头饰,以及其傲慢的腔调。亘有一点多余的担心:他们彼此是如何辨别的呢?

"既然高地卫士有求于我,巨鸟族要是拒绝,也就不成其为巨鸟族了。对吧,村长大人?"

"是的,一点不错。"长耳村长笑嘻嘻地应道,"这位是巨鸟族滑翔派的陶高托先生。滑翔派拥有最快的双翼,眨眼间就能抵达萨卡瓦啦。"

"这说法不准确,村长大人。"陶高托挺胸腆肚,振一振翅,"我不仅在滑翔派是第一快手,在俯冲派也是第一快手。可尽管如此,也不可能眨眼之间飞到萨卡瓦嘛。噢,将我们巨鸟族的历史从始祖诞生说起,叙述至第二代酋长在嘎拉岭大捷止,这么点时间还是需要的!"

在陶高托做出发准备期间,村长悄悄给亘一对耳塞,说:

"这是用摩尔毛做的,用它塞住耳朵,即便在咆哮的巨龙身边也能安然入睡。陶高托先生的确很快,但话也多,待在一起可够呛。"

"明白了。"亘笑道。

"不管他说什么,含糊地回答就行。别忘了不时感叹一声:哟,的确很棒呀!"

亘以为跟在螺丝头狼的沙漠时一样，要被陶高托用爪抓起飞行，结果却有一个编织座位。从陶高托身上悬挂下来。

“就我这么舒服，真不好意思。”

“身为高地卫士可不能轻易致歉。所谓谢罪，罪状明确真要谢罪时，要按正规程序进行，这又要提及我巨鸟族始祖了，话说在它罗战役和谈之时……”

陶高托升空前便打开了话匣子。亘看着聚拢来的村民们，巨鸟升空而去。

巨鸟擦着家家户户的屋顶飞过，孩子们挥动着手臂。亘也向他们挥手。他环顾四周，碰巧遇上了好天气，澄澈的蓝天没有一丝云彩。

陶高托一直往上蹿升，亘恍如坐在过山车上，情不自禁地欢呼起来。

山岗原野、河流森林，美丽的幻界自然尽收眼底。亘判断了方向，扭过身子，看见左后方伤心沼泽黑亮的水面，也看见了雾蒙蒙的湿地。沼泽后面一晃而过的城镇，一定是提亚兹赫云了。

村长说升空后会冷，借给亘一件带棉的外套，真是太好了。他还说，因为陶高托先生热情高涨，他一定不会借住旅店了，只偶尔小休一下，便直飞萨卡瓦吧。今晚会熬夜，如果打瞌睡，注意别从座位掉下来。

照这样子，睡不成哩。

不是因为恐惧，而是景色迷人，亘心情激动不已。

第一次落地小休，是在阿利基达与博鳌边境的关卡。大道旁有行商歇脚的茶馆，周围有许多巴桑树。在等待办理通关手续时，亘只挑了一个小的巴桑红果，这种红果吃多了坏肚子。

“脑子里有地图吗？知道我们下面要飞哪里吗？”陶高托一边让双翼歇息一边问。

“一无所知。”亘据实以告，“不过，感觉好极了！”

“身为高地卫士，可不能耽于游乐。”陶高托摆起了架子，“我们从村子乘风笔直向西飞来。我们的目标是萨卡瓦，从这里开始得往北，因为萨卡瓦在博鳌沿海的乡下。这样走可以吧？”

亘表示明白，拜托了他。

“下面一起飞，在往北去之前，因为处于上升气流中，虽然只是短暂时间，会达到迄今的最高高度。也许能看一眼安德亚高地。那里一年到头云遮雾罩，没有一条路，是徒手攀登绝对看不到的高地。”

陶高托自豪地仰天吟唱起来：

“得以观其鳞爪，也是高地卫士增广见闻的好机会理。呵呵。蒙全能女神恩宠，赐我巨鸟族矫健双翼！”

安德亚高地。迪拉·鲁贝西特别自治州所在地。它还是老神教信徒聚集的秘密地点。

“哎呀，太棒啦！”

这是亘的真心话。陶高托也情绪高涨。通关手续一完成，二人随即出发。

陶高托不仅多话，且句句是大实话。这次起飞很猛，迅猛的上升差点儿把亘甩了下来。

二人螺旋式上升。尽管戴了耳塞，陶高托扇动鲜红双翼的声音仍传遍亘全身。上升、上升，穿云破雾，亘的身体突然连同座位浮起，他明白他们已置身迄今的最高高度。

这已经跟从飞机舷窗向外张望没有区别了。关卡的建筑物看上去就像火柴盒。茂密的森林如同一棵花茎甘蓝。脚下延展开来的全景画使亘入迷，一片碧绿和大地泥土的颜色，以及远处散布的城镇，星星点点的湖沼如同一面面小镜子，丝线般的河流。

陶高托说了什么话，亘取下耳塞。

“高地卫士，那边就是安德亚高地！”

陶高托把喙尖向南面摆一摆，喊道。

“噢噢，现在没有云！看见那边最高处有积雪！”

亘望去，宛如白塔般耸立的云朵中央，是一块明显凸起的灰色高地。它的侧面闪烁着无数纤细银光，那肯定是冰河。

高地顶端的确披着薄薄的白衣。云朵的缝隙很窄，且在不断变动之中，所以瞥见安德亚高地顶端，也只是一瞬间而已。不过，就在那一刹那，亘看见了闪亮建筑物尖塔。不是一个，是一个又一个地耸立着，反射着云端落下的阳光，亮晃晃地映在亘眼中。是玻璃还是水晶？或者是冰塑？反射到云的结晶上，闪耀七彩虹色。

迪拉·鲁贝西特别自治州真的在那种地方？

“要进入往北的气流啦！请抓牢！”

陶高托打声招呼，大力扇动双翼。与此同时，亘脚下的景色为之一变。承受着强大气流的陶高托如同弹丸般划空而过，飞向前方。

安德亚高地和塔状云朵迅速远去。但亘仍扭过身体尽量多看一眼正在飞离的高地。寒风已不是凉，而是痛地抽打着脸颊，但亘仍不能移开视线，直至塔状云朵看不见为止。

那——那简直就是……

众神的居所。

心中涌起的念头连自己都感到意外。

那岂不是命运之塔？女神该是在那里吧？幻界众生都未曾到达过的命运之塔，其实就存在于安德亚高地？迪拉·鲁贝西特别自治州的人们之所以不与幻界下界众生交流，其实他们并非自古以来的老神教信徒团体，而是拥戴女神的人吧？

自己刚才不是已窥见了吗？那里才是目的地吧？

震撼之余，亘久久地怔住了。即便没有耳塞，除了体内血液涌流和心脏搏动之外，其余声音一概听而不闻。

陶高托中间小休一下，丝毫不显疲态，一直往北飞。到了夕阳西下、夜幕降临之时，遥远的前方出现了大海。

因此时已降下了高度，亘不用太大声便可仰头向陶高托说话。

“那大海就是环绕南大陆的海吗？”

“没错！”陶高托答道。

“那么，大海对面就是北大陆啦。陶高托先生曾飞到北大陆去吗？”

“咳，没有的事！”

因为陶高托身体震动，亘晃了一下。他连忙抓牢座位。

“高地卫士啊，你不知道吗？在隔开南北大陆的海中间，升腾着一团针雾哩！”

“针雾？”

“对。这种雾跟你今天看到的、环绕南大陆中心的安德亚高地的云雾完全不同，与我们所熟悉的东西完全不同，是可怕的、不吉利的死亡之雾！”

据说那种雾的粒子尖锐如一把把短剑，飞越者无不流血致死。

“无论我们巨鸟族的双翼多么有力，被无数针刺的话，怎么也挺不住的呀。能够飞越那种地方的，大概只有龙族战士吧！他们有坚硬的鳞片盔甲护身。据说世上为数不多的龙族居住在飘浮着针雾的海中小岛，就为避开俗世。所以，我们也极少遇见他们。”

亘探手裤兜里，摸摸小心收藏在那里的、乔佐赠送的红色鳞片。

亘邂逅乔佐，真的是运气很好、很重要的经历。

“商人们的风船承受着女神眷顾之风，往来于南北之间，不过，有时针雾会降至意想不到的低处，避不可避。船员们只好下帆离舵，躲进船室，直至针雾离去为止，否则马上就会流血，挣扎着死去！”

不久夜幕降临，群星开始闪耀。大地沉入黑暗之中。亘在夜风中瑟瑟发抖，他扯拢夹棉外套的领子。

还要再飞多长时间？他真累了，瘫在座位上。未几，亘看见右前方地面上，几乎令人错认作星星的许多光粒子，画着小圈挤在一起。他眨动眼睛。幻界的夜景真美！

“那就是博鳌首都兰卡！”

米娜曾经居住的城市。

“萨卡瓦也在附近。在稍微偏西北的方向，很快就能看见了。商业城市兰卡到深夜也有灯光，在黑暗中清晰可见。但萨卡瓦的水人族有夜视本领，用不着白费灯火，所以在空中不易寻找。”

陶高托展翅西飞，兰卡夜景转至左面。再下降，抚颊的凉风混杂着潮水味儿。

陶高托依然精力充沛的声音唤醒了正在打瞌睡的亘：

“高地卫士，到萨卡瓦乡下啦！”

即便从座位上探出身子，最初也只是两眼昏黑。不久，脚下飞过了海滩。白色浪花映入眼中。陶高托往海上飞了一圈，然后折回、减速，平稳地降落。

没错，是一个城镇。看得见草葺的屋顶，看得见房梁，看得见各家悬挂着类似招牌的东西。达鲁巴巴在栏里。

二十七　重逢

街上的水人们在照料达鲁巴巴。建筑物没有墙壁，只挂着帘子似的东西。帘子一撩起，水人们便出现了。类似的建筑物也排列在海边，露台伸至海上，水人们在那里围桌而坐。

“喂——巨鸟族来啦！”

一名水人族在下面喊叫。

“载着客人哩！”

哗啦啦聚拢来的水人向陶高托挥手：

“降落到西面海滩！”他们高喊着发出指示。

“明白！”

陶高托答应一声，飞越击碎白色浪头的石矶，越过凹凸不平的岩石，准备降落在平缓开阔的海滩上。

“高地卫士，脚一着地要马上离开座位！你慢吞吞的话，我可要坐在你头上啦！”

一星半点的浪花碎沫溅到亘脸上。脚下触一下沙滩，双脚轻蹭地面。亘把握时机往外一跃，滚向一旁。陶高托动作潇洒地降落在他身边。

哗啦哗啦、哗啦哗啦——夜晚的波浪发出摇篮曲般动听的声音。

“哎哟哟，好快呀！”陶高托自我感叹，他叠起双翼，“很棒的旅行！”

“实在是太谢谢啦。”

大群水人族从石矶方向蜂拥而来。人群中个子明显大一号的水人冲到最前面，他一蹦一跃，举起手猛烈挥动。

“嗨！嗨！”

在听见声音之前亘便已明白了。他踩着沙子冲出去。因为久坐，他腿脚麻痹，跑不快。他跌倒又撑起，用尽力气大喊：

“基·基玛！”

“亘！是亘吧？”

亘扑向冲过来的基·基玛身上。大个子水人轻而易举地接住了亘，然后双手一举，把亘托在头顶上转起了圈。

“真是亘！不是做梦哩！我的幸运旅客！果然平安无事！我就相信你肯定没事！”

从基·基玛肩头上，亘看见了另一张怀念的面孔正跑过来。“米娜！”

想说想问的事情，彼此堆积如山。

基·基玛的住处，是梁柱伸到水面的整洁小屋，屋顶葺着大叶草。这种类似棕榈的叶子，既用于铺也用于垫，还用作食物器具，在闷热的白天，也作团扇使用。

三人聚在听见波浪声的小屋里，谈论着从托利安卡魔医院失散以来发生的事情。与此同时，基·基玛的邻居、好友们不断出出入入，送来熟透的、甜得令人心醉的水果，以及一个人都拿不起的整块烤肉、喷香的烤鱼、盛满大木碗的略带甜味的水等等。

从彼此介绍的情况来看，似乎亘被带走后不久，基·基玛和米娜便苏醒过来了。

“因为个子大，就沾在箭镞上那点儿麻药，效果长不了。”

“我只被箭擦伤而已。”

米娜也说道。据说尽管只是那样，米娜东奔西跑之后，也有一阵子舌头、嘴唇麻痹了。

“醒来不见了亘，米娜就哭起来了。”基·基玛打趣地说道，米娜脸色通红。

“你别夸张嘛。”

“咦？难道我说错了？”

“我才没哭呢。只是因为担心……”

“我也担心你们俩哩。真想早点见到。”

“嘿嘿嘿”，三人都不好意思地笑了起来。

“我们就那样在修罗树林里迷了路。也许是那种树的魔力吧，我们拼命走啊走，结果一留神，却只是在同一地点绕圈子而已。明明看得见医院，却怎么也不能走近。”

“渐渐地脑子模糊了，看基·基玛像是有两个，还隐约听见歌声。”

“米娜的脸，看上去也扭曲成这个样子啦。”

基·基玛用两只大手掰着自己的脸，让人看歪得很滑稽的模样。亘大笑起来，但心底里不寒而栗。因为射箭的家伙带走亘时说的话，他仍然记得。

不用管，树林自然会收拾他们。

“真的很危险啊。我和米娜都会受制于修罗树的魔力，疲惫不堪无法动弹，那样下去，差一点儿就死掉啦。”

然而，就在他们拖着步子彷徨于林中时，龙卷风骤至，情况为之一变。

“那场龙卷风从树林一边刮来。我心想，真是天助我也。赶紧就地挖个洞躲起来，以免被刮走。”基·基玛得意洋洋地挥着带钩爪的手说道。

“后来清醒时，发现树木都折断了，叶片满地，夜空布满星星。视野不受阻碍，医院建筑物也就看得一清二楚了。但它与之前所见不同，完全成了废墟，我大吃一惊。”

毫无疑问就是美鹤召唤的龙卷风。

“我和米娜赶紧跑到医院废墟去，看见有许多受伤不能动的人，也都是被龙卷风刮倒的。可这些人看见我们都想逃走，很恐惧似的。所以我们也没办法，就抓住一个穿法衣、像模像样的家伙。”

“很厉害呀，基·基玛揪住那人的衣领，把他拎起来了。”

你们是什么人？向我们射毒箭的就是你们吧？你们把一个男孩子绑到这里了吧？

穿法衣的男子语无伦次地解释了一番。二人知道亘曾在这所医院里，也明白聚集在医院里的人是过激的老神教徒。

“问他男孩子哪里去了，他说已被龙卷风吹到高高的天空，不知所踪。我顿时眼前一黑呀。”

暂且返回萨卡瓦老家，借助水人族的手寻找亘吧，除此别无良策。二人好一番伤心难过之后，才做出这个决定。但二人说，他们从没有怀疑过亘终能化险为夷。

“因为亘是受女神保护的旅客嘛。哪能这么轻易死掉！”

亘由衷地感到高兴，心里暖烘烘的，泪水上涌。他害羞地用手揉来揉去借以掩饰，但心里却翻腾着，很想放下手，流着泪说一声“谢谢”。

“说起来，亘的朋友已成为很厉害的魔法师啦。”米娜显示出刚强男孩子的神色，一边摆动着尾巴，一边说道，“呼唤龙卷风——这可是大风魔法，不是最高层次的魔导士，念不出这种咒语哩。”

“毕竟是旅客啊。既有智慧，又勇敢。亘也是一样。”

基·基玛得意洋洋地说，仿佛是在说自己。亘露出笑容，但脑海里却掠过一件事情，使他的笑容僵硬起来。

在伤心沼泽发生的事情还没有对二人说。那些事说不出口，结果略去了。怎么能说呢？自己杀了人啊。杀了两个人啊。被石头婴儿指着痛骂“没心没肺的杀人犯”，在穷追之下拼命逃窜……

不，那些都是幻觉。自己中了伤心沼泽瘴气的毒，做了噩梦而已。不是真的，不是真实发生过的事。如果返回提亚兹赫云确认一下，马上就明白。莉莉·茵娜此刻仍在池畔织黑色产服吧。萨达米仍沉浸在悲伤之中，莎拉依然等待着父亲归来，而雅哥姆抛妻弃女、仍固执己见，要以卖毒水的钱，营造与莉莉·茵娜的新生活，拉着他的货车奔走吧。

“亘，你怎么啦？”

被这么一喊，亘猛然惊觉：“啊啊，没有什么。”

“虽然中间耽搁了，但我们三人终于又团聚了。该去寻找第二颗宝玉啦。不过也不用慌。观赏大海再放松一下也行。即便在这里，也能收集到线索。”

“借助水人族跑遍大陆的耳目，对吧？”米娜笑道。

“嘿嘿，没错！亘，萨卡瓦老家如何？相当不错的地方吧？”

“确实。海也美，有美味的食物和水，大家都很亲切、很开朗，有活力。”

“对吧？萨卡瓦老家的美和大海的恩惠，是女神所赐。所以我们努力工作来回报。要说勤奋工作，水人族在南大陆数第一。”基·基玛挺挺胸脯。

“基·基玛吹嘘老家的话已经听腻啦，不过倒是有其值得自豪的地方。”

亘看着二人开心的笑容，真觉得幸福快乐。可他又想起不用多久，将有一纸严峻告示飞来这个充满和平、欢笑的地方，不禁难过起来。

联邦政府议会已召集巨鸟族了吗？或者，那些红色的翅膀，已经飞向南大陆各地的城镇、村庄了吗？什么时候降临？

为重建保护幻界的大光边界，需人柱作为牺牲。即便在听了读星人辛·申西的话后，也充分感觉这件事的可怕、蛮横无理。不过，此刻好朋友就在眼前，他的感觉已超越恐惧成为愤怒。如果基·基玛或米娜被选为人柱呢？亘绝不容许发生这种事情，绝不能坐视。即便他们自己主动说接受这件事，亘也不能接受。

即使迟早要知道这回事，亘此刻也不想对二人说。他默然倾听着潮起潮落的声音。如果被问起，就说海面亮晃晃，不得不眯着眼睛……

只有一条路。亘再次在心中发誓：不能悠闲下去了，要尽早赶到命运之塔，然后面见女神，请求停止人柱这种残酷的惯例。与统驭混沌的黑暗冥王的契约？契约嘛，重新签订即可，修订过就行。错误的事必须改正。一心一意求她、发自内心地解释，女神应该会应允吧。否则，她就不是神明了。

那天晚上，整个萨卡瓦的水人都聚集到长老住处，大肆欢宴。珍馐罗列、美酒飘香，宽阔的长老邸宅也容不下全镇人，人们在门外台阶和地面席地而坐，热闹的景象使人昏昏然。当然啦，水人族们喜爱的烈酒也起了作用。虽然基·基玛阻止大家与亘干杯，但水人族的叔叔阿姨们都异口同声说，一杯半杯没事的呀。

照基·基玛的说法，萨卡瓦的长老“四百二十岁”，但从他坚如现世蜥蜴的鳞片和滑溜溜的水人族肌肤来看，实在难以推测他的年龄。他神态威严。

人们聚拢过来，向亘提出种种问题：旅途情况啦，第一次来幻界经受的考验啦，身为旅客的心情，等等。其间长老安坐席上，面露微笑而已，一言不发。亘在长老温和的目光中，感觉到一丝探询的意味。亘也明白了，不管长老心中的疑问是什么，在这个温馨的欢迎场面中，他是不会表露出来的。

基·基玛也在追问之下，手舞足蹈地大谈在加萨拉郊外地下洞窟的冒险经历、利利斯镇的繁华和秘密、在修罗森林遇袭历险等等。他又不时请出米娜作补充，成了大忙人。米娜应邀高歌一曲，她热情明亮的歌声使宴会气氛更加热烈了。歌声一停掌声如潮。“再来一首！”“再来一首！”米娜在千呼万唤之下又再来一首。米娜尽显马戏团明星风彩，唱起水人也熟识的歌曲，众人更加惊喜！大家载歌载舞起来。亘也挤在人圈里，和蹦蹦跳跳的水人手拉手，又轮着饮酒，头脑真的晕晕乎乎了。到米娜一曲歌罢，他几乎瘫倒在地。

“没事吧，亘？”

“好像不太妙。”

跟在加萨拉镇藏身酒桶、醉倒时的感觉一样。

亘抓住栏杆摇摇晃晃地走下小屋前的台阶，穿过兴高采烈地干杯的水人，来到白花花的沙滩上。一人独处时，他顿时茫然若失，一屁股坐在地上。

海风柔柔地抚过他的脸颊。夜空并不晦暗，仿佛深蓝色的布铺于天空这张桌子。闪烁的星星，是点缀蓝布的金沙银沙。手撑在身体两边，沙子的感觉很舒服。涌来又退去的波浪声，宛如动听的摇篮曲。

这美丽的幻界。亘伸展手脚，躺成一个大字。躺着仰望夜空，比坐着眺望显得近许多。天界仿佛伸手可及。

又传来了米娜的歌声。

这次唱的是曲调舒服的叙事曲。米娜甜美的歌声，带着哀切的颤音，与波浪的细语很协调。

心爱的人啊，却在远方，
您此刻在哪里的天空下？

听得出歌词。此刻水人们都安静地倾听着吧。

让我的歌儿 让我对您的想念
乘着风 飞到您身旁吧
风啊 请告诉我
他此刻在何方？
风啊，请告诉我
他望着的星星是哪一颗？
我的耳朵已成白色的贝壳
等待至天明

这是叹息恋人分隔的情歌。或者，这是歌者在单相思？亘一边半闭着眼睛迷迷糊糊，一边感受着米娜歌声抚慰心灵的幸福……

“亘。”身边响起了一个甜甜的声音，“亘，睡着了吗？”

亘睁开眼睛。不是米娜。米娜的歌声仍在持续。是另一个甜美的声音。

亘一翻身爬起来。沾在背上的沙子纷纷掉落。环顾四下，却不见一人。白沙子像本身带光一样微微发亮，一直延伸开去。

“你在找我？如果在找我，放弃好啦。反正你是找不到的。”甜甜的声音继续说道，“我呀，现在还不想让你看我的模样。所以隐身了。”

这个声音不就是在现世时就很熟悉的、那个女孩子的声音吗？就是亘的妖精嘛。

“是你呀——自修罗树林的那所魔医院以来再次出现呢。”

在自己被关押的房间里，她曾呼喊我。可是，那甜甜的声音嘻地笑一下。

“哟，之后也跟你说过呀。忘啦？你倒在伤心沼泽时，那个胆小的读星人救了你吧？当时，我在你的梦中，对你说了话，记得吗？”

亘拍一下懵懵懂懂的脑袋，竭力回忆起来。总是不明了。做梦——醒来时只见辛·申西担心地窥探着自己……

“这么冷淡呀。唉，算啦。反正你们又重逢啦。”甜甜的声音很爽朗。

“对不起。当时我中了伤心沼泽的毒，产生了幻觉。”

“嘿，那可不是幻觉。真的发生了。”

亘大吃一惊。身体顿时僵硬，连脊骨都几乎嘎巴嘎巴响。咦？刚才说什么？不是幻觉？

“那、那、那个、你是……”

“没事啦。那种事由得它好啦。不如说说看，你往后有何打算？”

“什么有何打算？”

“不是打算面见女神，请求放弃人柱的做法吗？你认为，这种事情你做得来？”

亘瞠目结舌，端坐起来：“你——是怎么知道的？”

“你想什么，我能看得透。”甜甜的声音嘻嘻一笑，继续说道，“所以才担心你哩。你知道那是怎么回事？自己要干什么，心中有数吗？”

“心中有数？”

“去面见女神，请求放弃人柱的做法，这是你的自由。女神会让靠自己探索道路、抵达命运之塔的旅客如愿以偿。因为这也是自古以来的规则。可是亘，你没有忘记吧？女神让旅客如愿以偿的，只是一件事而已。不会有第二件、第三件。如果你请求放弃人柱的做法，那就不能改变自己的命运了。那么一来，你来幻界，岂不是没有意义了吗？”

轻抚脸颊和发梢的柔和海风陡然变冷。感觉到体温骤降。

对啊——请女神满足心愿只有一次机会。

“好像清醒过来了嘛。”甜甜的声音满意地咂着嘴说道，“你真是好心肠。幻界里的朋友们无所谓啦，反正你得回现世。这样的话，你不会再见到他们了。谁会被选为人柱，跟你无关呢。”

亘双手抱胳膊。该怎么说呢——对，就是那样：被幻界之旅迷住了，几乎忘了此行的目的。几乎忘记了妈妈。

“可、可是、我……”亘猛然省悟，急得语无伦次，“可人柱是不可接受的呀。”

“跟自己无关，也要管？”

“怎么无关！”亘叫道，“我来这里，经历了种种事情。既有恐怖的事，有坏人，可也有许多亲切、友好的人。在幻界发生的事，绝不会与我无关！”

“可是，你妈妈更重要吧？”甜甜的声音别有用心地提高声调逼问道，“你必须二选一。怎么样？请妈妈原谅？跟她说，接受现在的命运，忍耐？”

“那……”

“你是说，为了不可能再见面的人，为了不可能再次到来的幻界，牺牲你的妈妈？你妈妈高兴你这样做？她能接受？她会满意地说：这样的亘才是我儿子？”

亘双手捂住耳朵：“我不要听——我不要听这种话。”

“不，你必须听。”

甜甜的声音仿佛以亘的痛苦为乐事，说得更带劲儿了：

“选幻界还是选妈妈,你得抉择。你不妨挑选幻界,垂头丧气返回现世,对妈妈说声抱歉吧。你妈大概会说:这孩子我教育得多好,他关心别人比关心自己更多哩,我真开心。不过,那只是嘴巴上说而已。那是骗人的。你妈妈内心里……”

“别说了!”

甜甜的声音打断亘的喊声,越说越激昂:“她心里一定很失望。多冷酷无情的孩子啊!千辛万苦养育他,却不为我的幸福着想,只想着显摆、受夸奖,对别人满面春风,不尽量减轻妈妈的痛苦。只要他想做,很简单就做得到,他却抛弃了那样的机会啊!”

“别说了!妈妈不是那种人!绝对不是!”

“你怎么能说不是?你凭什么相信不是?你不是刚被爸爸背叛吗?你不是一直相信,你爸爸不是抛弃你妈和你的那种人吗?结果一下子就背叛了。你们不是被抛弃了吗?不是甩手而去,不再要你了吗?人就是那样子的呀。就算你妈,本质上也跟你爸一样的呀。”

听不见哗哗的波浪声。整个耳鼓回荡着甜甜声音的诘问,刺激着大脑。

“归根结底,你也一样。”甜甜的声音带着几分冷笑。

“我也一样……”

“没错。你为改变命运而来到这个幻界。为了让你爸抛弃情人,连她肚子里的孩子也抛弃,回到你和你妈身边。”

没错,是这样。因为受到了不合理的对待,为了纠正这件事而来的。

“这么一来,那情人怎么办?她肚子里的孩子怎么办?这回是她们被抛弃了。或者,把命运再往前面一些修正,弄成她不能跟你爸见面?可尽管那样,你爸的心情是改变不了的。你爸内心的空洞——无法跟真心喜欢的人在一起——是无法填补的。硬让你爸心里空空地过日子,就你和你妈幸福生活?那样有可能幸福吗?”

全身的力量、元气,都被沙滩的沙子吸掉了,不要说站立起来,亘就连头也抬不起来。他低着脑袋,任由甜甜的声音说出嘲弄的话。

“只顾自己这一点，你们都一样。”甜甜的声音断然说道。

“那你——要我怎么办？”亘有气无力地问道。

“对，我正等着你问。我一直等你为此来问我。”

推翻女神——甜甜的声音说道。

“消灭女神嘛。然后你来当幻界之王。我不知道拉奥导师向你胡说了什么。不过，我很明白：现世和幻界，是一面盾的表里，一面镜的内外。能统驭幻界者，也能推动现世。否则，女神怎能左右现世人们的命运呢？”

一面盾的表里。一面镜的内外。

“你与其向女神请愿，抱她的腿求她改变自己微不足道的命运，不如指望将幻界和现世握在手中。众人拜伏于你，令出必行。让你爸爸心中没有空洞，他便遵从。命令你妈妈爱你，她便应允。对你爸爸的情人说这世上不需要你，她便消失。对她肚子里的胎儿说，你原本就不存在，胎儿便不存在。因为世界就是如此，无论你干什么，都不带丝毫犯罪感。到那时，你会明白这一切。”

也就是说，世界按你的意志而存在。

“真是无上的幸福啊。多美好的世界秩序啊。对吧，亘？”

亘缓缓地摇了摇头。

“我不喜欢。”他悄声说道。

“我讨厌那样子。”这回不是低声细语，他清晰地说了出来。

之所以喜欢基·基玛、喜欢米娜，因为他们就是他们。他们不是按照亘的话变成那样子的。因为深感他们的亲切、友好，所以才成了珍重的伙伴。

陶高托搭载我在空中飞行时，说过“不可以轻易拒绝高地卫士的请求”。我孤身闯入米娜的病房时，卡茨之所以来救我，对她而言，是出于高地卫士的使命。

大家得按我的话行事，就不是出于喜欢。我不觉得那是美好的。

“你错了。你挑唆我那么干——你的真面目是什么？”

海浪的低吟。又是沉默。

“我对你很失望。”甜甜的声音低声回应道，“咳，也行。老好人勇者，还有时间改变主意。反正你终须听从我的忠告。”

“我绝对讨厌！”

“发火也徒劳。好吧，告诉你一个秘密。”甜甜的声音说，“你从一开始就受骗上当了。”

“那个年轻的读星人并不了解底细——关于重建大光边界也好，为此奉献的人柱也好。他不知道至关重要的事情。噢，不光是他，幻界众生，几乎都不知道。”

“你是说你知道？你知道什么事？”

“人柱并不是一个人。”甜甜的声音慢慢地说道，“是从幻界选一人。另外选一名来自现世的旅客。为了重建大光边界，需要两个人。所以这两人被称为半身。”

亘不明白自己亲耳听见的话。

“刚才说过吧？幻界和现世是一面盾的表里。所以，大光边界不能仅从幻界一侧重建。现世也要奉献牺牲品。”

十年一次打开要御扉时，会有一名旅客从现世访问幻界。这是一位有坚定意志希望改变自己命运的人。

“平时仅此而已。通过接纳一名旅客，让他的声音上达女神，可使幻界和现世充满生气。不过，遇上千年一回重建大光边界时，情况就不一样了。会有两名旅客来到幻界。其中一人便作为半身奉献躯体。否则，现世和幻界，都将化为泡沫消失在混沌之中。”

你被骗啦——甜甜的声音再次提醒道。

“拉奥导师对此没有透露片言只语吧？你和你的朋友——名叫美鹤，对吧？二人中的一个，将要被选为半身，他完全没告诉你吧？那位大爷是明知而不说的。因为万一你害怕起来，提出返回现世，那可就麻烦了。美鹤当然也不知情。不过，看样子他比你聪明得多，事到如今可能已经有所察觉。”

传来了自然可爱的笑声。这种时候，是谁在笑?

“不好意思，我竟然笑起来了。”甜甜的声音表示歉意，“不过，你那呆呆的样子太好玩啦。喂,也不是太可怕的事吧?又不是已定下你是半身。不过说来也是，美鹤是比你强大的旅客，而且出发得早，所以会比你早抵达命运之塔，也许早早达成心愿，回到现世中了。这样一来，二减一剩下一，你只能成为半身了，好可怜。”

“你撒谎”这句话涌到了嘴边。一定是谎言，明摆着是骗人。这家伙在耍弄我。

“好像不信我哩。”

哎呀，又被看穿了!

“好吧，你有自由不信。用不了多久，你该一筹莫展，明白我说的是真话了吧。不过，到那时悔之晚矣。”

嗤嗤的笑声。

“好啦，我走啦，再见。可别忘了我的忠告。”

“推翻女神吧，反正你已经别无选择。”

二十八　萨卡瓦的长老

亘即便返回基·基玛的小屋，也难以入眠。接近黎明时分，基·基玛喝得摇摇晃晃地回家来，在地板上躺成个大字，随即响起鼾声，开始大睡，亘为了掩饰，此时只有装睡。除此之外，其余时间一直瞪着双眼，定定地望着天花板。在他脑子里，那个甜甜的声音说的话，无数次地倒带、重放。

到黎明天空发白时，海浪声也渐渐听得清了。大海也是夜晚入睡、早上起来的啊——可能的话，真想让这愉快的波涛声和清晨的微风，把昨晚海边的事情，从记忆里清洗掉。

有水人从屋外沙地吧嗒吧嗒地走过。

“喂、喂，有使者哩！”有人压低喊话，是在叫醒另一个人吧？听得见他们的对话。

“你看东面天空。那边，是巨鸟族吧？”

“真的。那金色的飘带——是联合政府使者的标志哩！”

终于来了。亘从沙沙作响的树叶褥垫上爬起身。他撩起小屋门口的帘子向外张望，只见几名水人聚在一起，对东面天空指指点点。还有人爬上了屋顶。

蓝蓝的黎明天空上漂浮着一个东西，像一颗特别亮的星星，要滞留至早晨与夜晚的分界线消失为止似的。凝神注目，它扇动着双翼。长长的飘带大概是系在尾巴上吧，在黎明光线的照射下金晃晃的，优雅地飘在空中。

亘轻轻摇醒躺成一座小山似的基·基玛。

“噢噢，怎么啦？是亘啊，已经起床啦？”

基·基玛还没有清醒过来。亘那张小小的、严肃的脸看了看他，想说“快起来洗把脸吧”，却欲言又止。基·基玛见状，一骨碌爬了起来。

“哎哟哟，这是怎么啦？明白了——头痛对吧？被大家灌了酒嘛。抱歉啦。”

亘摇头。然后问出一个自己也意想不到的问题：“你爸爸妈妈在哪里？”

基·基玛又发出一声“怎么啦”，然后，用粗壮的手揉眼睛。

“昨天没见到基·基玛的父亲和母亲吧？”

“噢噢，说来确实是。”基·基玛笑了，眼神还是迷迷糊糊的，“只顾得说话和宴会啦。老爸和老妈这三个月去阿利基达打工啦。一个叫帕思的镇子正在建大医院，他们要往那边运材料。”

原来是这样。

“没能跟他们介绍你，太遗憾了。”

“平时住在一起吗？”

“不，这里是我的小屋。老爸和老妈有一所两层的屋子，在长老住处旁边。”基·基玛说完，这才有点意外地看着亘，问道，“你为什么问这个？”

“没什么。”

噢噢——基·基玛摸摸下巴，说道：“你梦见爸爸妈妈了？于是觉得有点寂寞了吧？”

不是啦。只不过——

正在这时，门外传来了敲打金盆子的声音。

“喂——喂——各位，有通告、有通告！联合政府发出通告啦，大家到长老处集中！有通告、有通告啦！”

基·基玛呆呆地张开大嘴说：“这回不得了！究竟是什么事呢？”

哎哟，脑瓜子疼。基·基玛双手抱头，丢下一句“我要扎到海里清爽一下”，便匆匆而去。亘也走出小屋。东面天空已看不见巨鸟族的身影。已经降落在某个地方了吧。

亘坐在门口石台阶最上一级，远远望着走来走去通知开会的水人，他们敲打的东西，与其说是金盆子，不如说是锅盖。做这事的水人应该有好几个吧，镇上各处回响着同样的声音。

“早上好，亘。”

亘一看，是米娜掀起邻屋的帘子，探出头来。耳后的白毛睡觉压乱了，翘翘的。

“是怎么回事呀？”米娜眼神里透着不安。

“这样的通告常有吗？”亘问道。

“不。我迄今只见过一次。好像是一位联合政府的大人物去世吧。总之，也不太罕见。”

集会围绕长老的小屋举行，重现了昨夜大宴会的规模。

气氛与昨晚不一样，这是肯定的。大家都很安静，紧挨长老的助手热情地讲着话。他首先向大家传达了巨鸟族带来的通告内容。然后，他把长老对他附耳小声说的话，向大家传达，就像做翻译似的。

“据说是因为长老年高，无法大声说话。所以，要安排转达的人。”米娜告诉亘。

亘和米娜并非镇上居民，二人待在水人圈子的外面，隔着众人的脊背，观看集会的情况。

“长老说了——我们这个世界、我们的生命，原本是女神所赐。”负责转达的人说，“这些用不着多说，是不言自明的。我们每天的食物，我们强壮的身体，生我们养我们最后我们要回归其中的大海，它的每一滴水，全都是女神缔造的。”

“一点不错！”众人唱和道。

“既然如此，假如现在女神需要找一个人做人柱，这也属于给我们的恩宠。大家绝不要怕。女神亲手所指之处，必有真意在。”

“一点不错！”

“若有人获选，他就是真意的体现者。他跪在女神伸出的手指前，将作为一名战士站起来。”

“一点不错！”

“我们没有恐惧！”

集会的水人异口同声地说。等大家安静下来，长老又对转达者附耳低语，这次说得较长，转达者边听边点头。然后，转达者离开长老身边，走到集会最前列的水人跟前，庄严宣布：

“我们水人族在遵从女神古老教诲方面，从不输给居住在幻界的任何种族。故此，知识也多。本次重建大光边界的事也好，人柱的事也好，作为传说故事，通过父子相传等形式听说过的人，也很多吧？”

众人中有许多脑袋点着头。米娜小声嘀咕一声：“噢，我完全不知道。”

“所以，长老对我乡民一点不伤脑筋。他说信赖大家。”

哗地群情激昂。转达者举起树干般粗的胳膊，让大家安静下来。

“可是幻界很大。在其他种族的人中，不如我们拥有幸福信仰，失去心灵的依靠，在选人柱时惊慌失措的大有人在吧。大家不可被那些骚动弄乱了心思。我们水人族自太古以来便与女神同在！”

嗷！嗷！众人举起手臂。转达者指着北面天空。

“根据联合政府的通告，沙沙雅的大学者们认定：哈涅拉将从今天晚上开始。北方凶星将出现在地平线上，发出红光。大家放心度过哈涅拉吧。以我们水人族高傲的灵魂，在此向女神宣誓效忠吧。然后，竭诚等待女神与统驭混沌的冥王缔结的圣约修改完成的一刻！”

水人们都站了起来，发出欢呼声。其中，也有基·基玛的身影。

之后，众人齐唱女神赞歌。等大家平静下来，转达者说了结束语：

“据运送通告的巨鸟族说，在阿利基达和纳哈托的部分城镇，不少地方已发生了动乱。人一旦失去信仰，就变得软弱。我们以达鲁巴巴运输为生计，日常要前往各地。各地都有可能被卷入骚乱中，希望大家坚定不移，彼此互相救助。达鲁巴巴运输商的负责人，请好好教育、引导年轻人。”

集会就此结束。在达鲁巴巴运输商工作的水人——镇上大半的成年人——分别集中到自己的头儿处。人们一个接一个离开。

“米娜，你还好吗？”亘问道，“没有吓一跳？”

米娜微笑道：“我没事。虽然有点吃惊，不过——又不是已经选中了我嘛。咳，也就是在无数人当中选一个而已吧？”

为了不阻挡散会的水人们，米娜轻轻拉起亘的手，转而坐到一旁堆叠起来的木筒上面。

“马戏团他们会在什么地方接到这个通告呢？没吓着孩子们就好了。有卜卜荷团长在，本来是用不着担心。”

亘垂下头。

“你自己没事吧？脸色发青哩。”米娜拉着他的手，窥看他的脸。

“你在担心我们呀，谢谢啦。”米娜笑笑，“虽然我们猫族不像这里的水人有强烈的女神信仰，但也确实带着美好的愿望。从今晚起，我每天晚上都会遥望北方凶星祈祷。我祈求女神，需召唤人柱的话，请带着慈悲召唤，请不要让我们太伤心。”

“这就行了？”亘尖锐地追问道，“派遣人柱这种事，你不觉得女神很残酷吗？你不想她改变这种做法吗？”

米娜瞪圆滴溜溜的眼珠：“哟，亘你是说……”

“这不是很应该的吗？即便是千年一回，为保护世界而奉献牺牲品，这做法有问题。”

“可……可是，这世界原本就是女神创造的嘛。不是我们创造的，我们无能为力啊。”

“米娜，如果你自己被选为人柱，也能那么说吗？”

米娜松开握住亘的手，托着腮部。“那——我就不知道了。”

“怎么会不知道嘛。肯定不愿意的呀！”

“会吗？也许被选中的瞬间，一下子从那种心情中解脱出来吧。其他人可能也那样。女神会设法让人们不留下悲伤的。”

可是——米娜有点狼狈似的摇摇头，说道：“刚才联合政府的通告里面，不是写了吗？人柱也好、重建大光边界也好、哈涅拉也好，自古就有。只不过迄今没有写在历史年表上而已。现实中水人们已从传说中知道了……”

“没错，过去是的，那样子就行了。可现在不一样。幻界的南大陆建立了联合政府，这个政府不得不向国民公开这件事，他们判断已不能再掩饰，不就是事情已经变化的证据吗？当我听说在阿利基达和纳哈托开始有骚乱时，我几乎有松了一口气的感觉。大家全都像这里的水人那样不当一回事，才是怪事哩。”

米娜几乎要哭出来了：“亘……你那么说……你知道将会怎么样呢？你在魔医院，差点儿就被老神教徒杀掉了吧？你忘记了？你刚才说的话，跟否定女神的老神教徒一样啊。”

不，那不一样，但亘刚开口就闭紧了嘴。我要说的——不是信女神或否定女神——不是那样……

最终我怕了。亘在心里说道。即便以为人柱只从幻界的中间选出时也很害怕。一想到会选到你或基·基玛，我就怕得不得了。不过，此刻更加恐惧。因为我是旅客，被选为人柱的几率正好是百分之五十。美鹤或是我，当中一个。这当然很害怕啊。

可我不明白。该怎么办才好？抢在美鹤前头抵达命运之塔，赶紧兑现自己的愿望，尽早重返现世？能把这里忘掉？这样子就能幸福了？

或者，面见女神陈情？可以不必改变我的命运，不过，请务必改变人柱的惯例。这样的话，我就能放心返回现世。

不过，回去了又怎么样？就自己和受到伤害、失去生活希望的妈妈，孤零零两个人。爸爸抛弃了我们，再也不理睬我们了。

不合理、不公平、太过分了。挑哪条路都是死胡同吧。可光是心里头懊恼，就会让美鹤抢先到达命运之塔，甩下自己自动沦为人柱。

“哎，那位旅客！”有人大声喊，亘抬起头，箱子堆底下站着那位转达者，仰望着亘。近处看，他眼睛周围和赤裸的双肩，用纤细的线条文了精心设计的花样。他一微笑，眼睛周围的线便柔和起来。

“长老说，想跟你说话。方便吗？”

后一句是向米娜说的。“可以。”她小声答道。

“那么，这边请。”

转达者招呼亘过去。

“还有，猫族小姑娘，运送联合政府通告的巨鸟族正在镇门口旁的小屋休息。不用多久就要起飞了吧。如果你要托带信件，现在就跟他说，好吗？”

长老坐在集会时的同一位置。不过，比刚才稍微随意，他背靠墙壁，支起一条腿。

“坐这里吧。”转达者示意一个编织的圆垫子。亘坐上去，面对长老，相距不足一米。

“实际上，我们长老年事已高，耳朵几乎听不见。”转达者侍立长老身旁，说道。

“不过，他以心为耳，听得见任何事。方才听了你的许多心声，痛心不已。所以请您过来。”

“我的心声？”

亘追问的话音未落，长老瞬间移前，用两只手掌捂住亘的头。亘大吃一惊正要退后，“不要动！”转达者一声断喝，“暂时就那样子。”

亘缩着身子，心里很不痛快。这种情形持续了约十秒。长老松开手，返回原先的座位，悠然坐下。然后，他对转达者耳语几句。

转达者轻轻点着头，望着亘：“你着魔了。”

“着魔？是说妖怪吗？”

“对。它不一定是面目可憎的。可能时而会用甜美的声音对你耳语。

但是，你身上有魔气。这是长老说的。”

昨晚在沙滩上的事情——在现世起便对自己说话的那个甜甜的声音。亘突然想起这件事。

长老点点头，又对转达者说了几句。

“看来你还记得。”

亘双手扶额：“可是，那……”

“不能害怕。”转达者说，“恶魔吞吃你的恐惧。你抬头，看着长老的眼睛。”

被催促了几次，亘才做到。

长老的肌肤已失去了弹性，皮包骨的身体若没有东西支撑，独自难以站立。但是，他的目光炯炯有神，比健壮小伙子还旺盛，他的眼睛是海一样的蓝色。

长老的眸子定定地落在亘身上，嘀咕几句。转达者转述道：“旅客啊，我们长老很明白。哈涅拉对于你们两位旅客，才是真正的考验。”

亘大惊：“你知道了？就是说，我可能成为人柱的事？”

“都知道。自古每逢重建大光边界，女神就要这样做的。”

亘不觉凑前追问：“既然这样，为什么置之不理？人柱这种事，岂不太残酷吗！”

长老不为所动：“幻界有幻界的由来。你受女神召唤来到这里。你不可能介入这个世界的过程。”

“可是，该是你们啊！”

“以你之力，解不开你此刻心中的疑问。”

亘的疑问。这条死胡同。

“你此刻觉得郁闷的一切。自己可能被选为人柱的恐惧。另一个旅客、你的朋友可能被撇下而成为人柱的恐惧。面见女神，恳求废止人柱的做法，作为这个心愿的代价，不得不放弃改变自己命运的恐惧。这些都是你心中产生的恐惧，是你无法消除的恐惧。”

的确被言中。亘重新坐下，浑身瘫软。自己什么都没说，却被看透了。

“旅客啊，你虽受女神召唤，却不信赖女神。也就是说，你丢失了旅行的目的。你可不能走向恶魔，它想让你迷路，把你带向黑暗。”长老像念咒似的嘟哝着，转达者流利地转述他的话。

“你的郁闷纯粹是沙漠的海市蜃楼。你的恐惧是并不存在的事物，你想逃离并不存在的事物，那只是浪费时间。去见女神吧。世界存在于女神心中。”

“可是我——美鹤比我早……”

“并非只有跑得快的旅客才能找到命运之塔。”这句话冲击着亘。

“命运之塔只会在走了正确道路的旅客面前出现。年幼的旅客啊，抛弃迷茫，奔向命运之塔吧。那里才有真实。你向女神提问，才会有答案。”长老带着一丝微笑。

“到了女神跟前该问什么，等你抵达命运之塔自然会明白的。前往沙沙雅吧。”长老说道。

“现在正是借助大学者们智慧的时候。他们研究幻界的历史，试图弄清幻界的过程。女神所在的命运之塔遥远无边。但是正确的道路直通那里。必须寻找正确的道路。掌握古代知识的读星大学者们，可能知道照耀这条道路的宝玉所在。”

长老话说至此，倚壁闭目。转达者悄然起身，在房间一角的搁板处拿来膝毯，轻轻盖在长老身上。

“长老累了。”转达者说，“请千万别忘记刚才的话。旅客先生，我也求你了。”

亘犹豫着点点头：“我决定按你们说的，前往沙沙雅。据说那里有国营天文台？”

“是的。那里是读星人聚集的地方。天文台所在地是鲁鲁德镇。请搭达鲁巴巴车吧，五天左右就到了。”

亘情不自禁地抓住转达者的手说："可、可我，甚至连是否真想要改变自己的命运也不知道了。改变命运是怎么回事，连这一点也含糊不清……"

"不仅仅是你。来到幻界的旅客，全都曾抱有同样的烦恼。有人能从中脱身，也有人脱身不得走上邪路。"

"走上邪路会怎么样？"

转达者摇摇头："那与我们幻界人无关。是女神决定的。"

亘不禁说道："那我就不明白了。为什么大家能够如此纯粹地、不带任何怀疑地相信女神？即便在幻界里，正因为不如大家那么信心坚定的人在增加，所以在阿利基达和纳哈托才发生骚动了吧？"

得知人柱和哈涅拉的情况而闹起事来的人，一定可以理解亘的这种心情吧。推翻女神——说不定连这个口号都会赞成——可能这才是正确的……

长老嘶哑的声音传过来。转达者走到长老身旁，听了一下，立即返回亘身边。

"出发吧，旅客。"

转达者用他结实的手掌亲切地推一推亘。

"如果你走对了路，我们就不会再见了。我转告长老最后的话。他刚才说……"

不信神者，打不倒神。

二十九　鲁鲁德的国营天文台

通过沙沙雅前往鲁鲁德镇的旅途，竟然是意想不到的压抑。

原因之一，是亘和米娜之间，留有在萨卡瓦长老小屋前争论的后遗症。每当米娜投来不安的眼神时，亘便不自觉地移开了视线。于是米娜便像做了坏事似的慌忙低下头。亘用余光窥到这情形，便也垂下头。处于其间的基·基玛推测二人可能发生过争吵，但又无从劝解，也不做声。他不时故意兴致勃勃地挑起话头，但谈论持续不下去。

而亘闷在心里、苦思冥想的事情也不少。他当然不会忘记“抛弃迷茫、面见女神”的忠告，但如果是说一声“好啊”就能甩掉的迷茫，也就不至于这样子烦恼了。

美鹤在干什么呢？亘总想着。他此刻在哪里呢？他不感到困惑吗？他施展在幻界习得的大魔法，一心盯着命运之塔，其他事情置之度外吗？

美鹤一定不像我这么软弱。想来一直都是这样。

在利利斯镇郊外的托利安卡魔病院再见时的美鹤，真是帅极了。因为他，亘才得以死里逃生。他念动大风魔法，刮起龙卷风，击破笼罩托利安卡魔病院的结界，荡平了修罗树林。

当时，也只能那么做了。那是最恰当的做法。但是，基·基玛不是说了吗，龙卷风平息之后，到托利安卡魔病院去一看，有大批人负伤。这是肯定的呀。那里聚集了许多老神教徒。上百人——不，可能更多。那些人，也受到了龙卷风袭击。负伤还算运气好的吧，被龙卷风刮走丧命的人，多的是吧。

明白吗？所谓自食其果，就指这种时候。是他们先动手的，他们自以为是地逮捕我、关押我、要处死我。

不过，果站在美鹤的角度，我也会那么干吗？毫不迟疑？大发神威？

不知你要被刮到什么地方哩。

自己做得到交代这么一句，便念动咒语？

说起来嘛——

成为亘前来幻界契机的那次事件。在大松先生的幽灵大厦，美鹤被石冈健儿一伙包围，处于危急之中。不过，当美鹤念动咒语，呼唤魔法之后，形势立即逆转。石冈他们三人被可怕的巴尔巴洛奈袭击，石冈被整个吞下，痴掉了。

当时，美鹤打算怎么对待他们？呼唤巴尔巴洛奈出现后，那魔怪如何对待石冈一伙，他很清楚吗？是明知而召唤巴尔巴洛奈？

他当时的表情丝毫没有困惑。挨了打就要反击，只有这种意志。不管何时，美鹤都有不可动摇的意志。不论有什么困难阻挡前往命运之塔的道路，他决不畏惧的吧。

与之相对，亘个性软弱。而在比赛和竞争上，固然是强者胜。萨卡瓦的长老说过，并非只有跑得快的能找到命运之塔。可是，美鹤不仅跑得快，意志力也更强。也许亘根本就没有赢的希望。

旅途的景色，也雪上加霜地使亘一行人更添忧愁。离开萨卡瓦，开头在海边草原上露宿，情况还不错。一到大路，情形为之一变。同样赶路的人开始不断地涌现。有些人用简陋货车拉着家具什物，有些人背着大包袱。既有拖儿带女的，也有老人家，还有用达鲁巴巴车的货架拉病人的。

最初看不出他们是什么人、要去哪里。到露宿的第二晚时，已接近博鳌与沙沙雅的边境关卡，走在大路上的队伍多得挤在一起，人们吃吃东西说说话，亘他们终于知道是怎么回事了。

他们是逃难的难民。直至哈涅拉结束为止，他们都得外出躲避。

“我们不可能违抗女神的意旨，但假如我或丈夫被选为人柱，孩子们就活不下去了。”一位带着六个年幼孩子的兽人族母亲带着辩解的神情，对亘说道。他们虽然带着露宿的帐篷，但不懂该怎么支起来，很无助的样子，基·基玛和亘便帮他们弄好。

“那么，你们要去哪里呢？”

“我出生在边境山区的伐木人村子。虽然已经没有家人和父母，但小屋还在。我打算在北方凶星发光期间，在那边度过。”

令人仰视的大个子丈夫不喜欢妻子与陌生人说话，脸色阴沉。他随后便把妻子叫到身边，听得见他唠唠叨叨地训斥妻子。

“那种事也说出去，如果他们都跟来的话，怎么办？我们有地方躲，还算不错了。你不要到处宣扬。”

难民之中，的确有不少人没有明确的目的地。总之去一个不引人注目的地方，哟，您是高地卫士吧？当亘被问及去哪里，他答称“鲁鲁德”时，对方说：“是吗？那里有天文台啊。还有许多读星人，说不定能学到几招，不用被选为人柱哩。”

一些人最终就说：那我们也去鲁鲁德吧。

聊起来后，亘便挤出一副明朗的表情，试探着问道：“不过，人柱也仅仅是一个人而已呀。世界上那么多人，又不肯定选中你或你的家人。不用担心成那个样子吧？”

这一来，大家都纷纷回应道：“没错呀。”“是那么回事儿。”“对，我也那么看的。”也有略带笑容的。不过，之后大家依然阴着脸，有点不好意思地垂下视线，照旧赶路。

“可是，有个万一的说法吧？能躲的话，还是想躲的嘛。”

“有钱人和官员就好啦。”

也有人目光黯淡，语带讥讽。

“平时开会给女神唱赞歌，做祈祷，又搞什么集会、献花。这些家伙就用不着当人柱啦。”

“可咱们穷，拼了命才能糊口。不可能给女神奉献供品。”

“所以，就认为自己被选为人柱的可能性很高？”

“对呀，我们能够奉献的，也只是这副躯体嘛。”

一边赶路一边观察路上不断增加的难民，亘逐渐看清了：在害怕哈涅拉而不得不背井离乡的这些人之中，占压倒性多数的是穷人。

路上更遭遇了比烦闷更甚的情况。从应当听见女神赞歌的教堂，透出了怒吼、惨叫和哭声。又听见男女老少的朗诵，念的是从未听过的类似咒语的东西。在关卡后的小村里，一个穿着黑色法衣的年轻人，正站在箱子上演说，他手握拳头挥向天空，背景是被破坏后熊熊燃烧的教堂。聚集的村民围成半圆，用着了魔似的目光望着他。一袭黑衣、集众目于一身的年轻人两眼炯炯发亮，如同小水洼映照着太阳。说不定这小伙子会成为第二个卡克达斯·维拉呢。卡克达斯·维拉在加萨拉荒郊的教堂召集信众干的事情，又要重演了吧。亘感到恐惧。

进入沙沙雅的第二天下午，他们来到一个丁字路口。右边靠海，前往沙沙雅的首都，左边前往山地，立着通往鲁鲁德的标识。他们选择了左边的路，同行的难民少了，但取而代之的是读星人，他们或乘达鲁巴巴车，或单人骑乌达急驰而去。有人从鲁鲁德去首都方向，有人从首都赶往鲁鲁德。

读星人年龄、种族各异，但都穿辛·申西那种窄袖衫，所以一眼就能辨别出来。不过，衣服颜色有所不同，就像学生区分年级，显示级别不同。路上所见衣着最为亮丽的读星人，是一名安卡族女性，年龄与亘的妈妈相仿。她华美的紫色筒袖袖口和衣服下摆，都饰有金线。别致的圆筒形帽子上饰有星徽，与嵌在勇者之剑剑锷上的一样。

沿山道在杂木林中蜿蜒前行约有半天工夫，前方开阔起来。

“嘿，就是那儿。”基·基玛在驾驶座上指点着说道，“看那个透明的圆屋顶。那就是鲁鲁德国营天文台啦。”

时值黄昏。国营天文台以暗红色的天空为背景，映着夕阳余晖，美得动人心魄。它是一座天像仪形状的建筑物。半透明圆顶上，有类似窗户的豁口。那些一定是给天体望远镜开的窗口吧。从窗口大小来看，那里面的望远镜一定比辛·申西小屋里的望远镜大十至二十倍。

一行不久便走出杂木林，国营天文台及环绕它的全镇的景色呈现眼前。这个镇应是削去山的一角建设的吧，四周用土色砖墙围绕，大部分建筑物也由同样颜色的砖建成。各处建筑物均陈旧，或玻璃破烂，或缺口崩角。看来，为建造那美丽的天文台，一定使用了昂贵的材料，技术高超的工匠都参与了，钱也都花在上面。这与现世的大学颇为相似。

“读星人为便于研究和学习，都住在这里。所以，城镇外圈的建筑物都是供他们居住的公寓。”

许多穿窄袖衫的人在来回走动。达鲁巴巴运输商的货车停在镇大门处，看门人和运输商正拼命卸货。货物是沉重的木箱。基·基玛说，那些都是书籍吧。

“读星人是在夜里观测的吧？所以，他们都在白天轮流睡觉，他们的公寓也就建成地下部分比地上部分大的样子。”

实际上，围绕城镇的外壁，与紧贴墙内的读星人居住区建筑物高度相仿。也就独立房屋的一层左右。而令人吃惊的是，在矮墙和建筑物屋顶上，数名身配剑矛弓矢的武装高地卫士在踱步。他们戴着火龙护腕，错不了。

“他们在干什么？”米娜疑惑不解，“这里发生过什么事吗？”

达鲁巴巴运输商的货车离开了，亘一行靠近看门人小屋。门用粗铁制造，很重，安装了坚固的门锁。看门人是耳朵支楞着的兽人族。

“咦，你们是高地卫士哩，轮值吗？”

看门人穿戴着皮革护胸，腰挂短剑，煞有介事的样子。

“不，我们来拜访天文台的帕克桑博士。是读星人辛·申西先生介绍的。”

亘虽然对自己信口开河觉得对不起辛·申西，但此刻与其让看门人转达一定忙得不可开交的博士，不如干脆这么说了。

“噢，是这样。那我给你们写通行证，请稍等。”

站在外墙上的高地卫士望着这边。亘初次看到这个种族的人。虽然外貌与安卡族一模一样，但皮肤是嫩叶般的鲜绿色。他们手持弓，背箭筒，胸部、肩部有皮革护甲，但手脚赤裸。他们光溜溜的脑袋没有一根头发，像加工过似的，很好看。他们个个身材高挑，五官端正，就像人体模型。

一名卫士与亘目光相遇，踱向门这边。他笑了一下，露出雪白的牙齿。

"你们从哪里来？"

从声音听出她是女性。

"加萨拉。"

"哟，从那么远来？"

"他们来见帕克桑博士。"看门人替他们解释，"给，这是通行证。"

亘接过明信片大小的纸卡。内侧画了建筑物的线路图。

"帕克桑博士的研究室，在屋顶天文台的下一层。"

"谢谢。"

"小男孩，你会跟帕克桑博士言谈甚欢的啦。"绿皮肤高地卫士说完，咯咯笑起来。

"噢，为什么？"

"见了就知道。"

"请问，为什么要如此严密警戒呢？"米娜问道。

"咳，这不是明摆着的嘛。"绿皮肤高地卫士用空着的手指指亘一行的身后。大群人聚集着，在他们身后，可以看见成群结队的人正穿越杂木林赶来。

"自从颁布通告之后，一直是这个样子。"绿皮肤高地卫士说道，"大家太想知道哪里的哪个人会入选人柱，怎样才能避免被选中。他们期待来这里向读星人求救。"

"已经警告他们不得在外墙一带徘徊，可你绕到后面看看。成了露营地啦。"看门人说道，"不过，乖乖待着倒也行，可当中也有人吵闹、毁坏东西，说要进天文台、要见读星的大博士。警戒可少不得呀。"

"这种暴躁的家伙与日俱增哩。"

绿皮肤高地卫士在围墙上抬眼四望，脸色阴沉。

“这里和联合政府建筑物同属第一类加强警戒地区，直至哈涅拉结束为止。所以我们也被调遣过来……”

话未说完，她像斑羚一样轻灵地跑了起来。在围墙上飞一般跑走了。

“在、在那边！”米娜指了指，“有人要翻墙过来！”

一名衣衫褴褛的瘦削男子企图爬上砖墙。绿皮肤高地卫士跑到那男子进入射程的地方便急停拉弓：

“那里的人！停止爬墙！马上离开！不听警告就放箭！”

在围墙上巡视的另一名高地卫士从另一边跑过来。他手持长矛。在二人的严厉警告之下，瘦削的男子沮丧地后退着，离开围墙。

“所言不虚呀。”基·基玛叹道，“像这个样子，警戒也是需要的啊。”

“我只是想进入建筑物里面而已。”衣衫褴褛的男子仰望着高地卫士们申说着，“我没打算做坏事嘛。”

“未经允许者不能进入天文台。”

“可哪里是允许我们去的呢？”

“这里是政府设施。一般人不得进入。”

“这不公平呀。”男子噘着嘴申辩，“政府大人物可好啦，你们绝对不会被选为人柱，看好戏而已。可对我们而言，却是切身问题。我们想见见读星的学者，请教怎样才不会被选为人柱，也是理所当然的吧？”

不知不觉间，那男子身边聚集起一群人，“对呀对呀”地嚷起来。

“即便是读星大学者，也不能事前知道女神的决定。大家死了这条心回家去，老老实实待着吧。”高地卫士说道。

“这不是太冷酷无情了嘛。”

“哎，你们别磨蹭，趁现在赶紧进来吧。”看门人一边推钥进锁，一边催促道，“不马上关上的话，聚集的人就要来纠缠啦。”

亘一行进了门，铁门嘎嘎响着关闭。听见这声音，人群又往大门口聚集。他们推开要制止他们的看门人，一个个手攀铁格子门，脸贴在上面。

“让我们也进去吧。”

“就你们待遇特殊，太狡猾了！”

隔着铁格子门，人们的脸更显得凄凉无助。在他们眼中，怎么看我们呢？亘无法忍受。

“赶紧去找那位叫帕克桑的博士吧。”基·基玛催促道。他脸上罕见地浮现出因厌恶而兴味索然的表情。米娜沉默着。亘也一言不发，按照示意图迈步走起来。

建筑物内的设置如同迷宫。各处都有小房间，按不同位置，有时得穿过房间往前走，才能来到回廊。总之即使你打算上楼，也不知道楼梯在何处。

人多得令人吃惊。大多数是读星人，但许多身穿类似工作服的年轻人也在勤快地忙碌着，他们看似尚未有资格穿窄袖衫的学生。原以为人们会挤满小房间里，热烈讨论着，却见他们是分头忙着：有人面对着一溜桌子忙于计算；有人手持大大的放大镜检视厚如词典的书；有人从一个卷轴往另一个卷轴上抄文章。在狭窄的通道上撞了一个双手捧书的读星人，道歉、捡书，然后又撞下一个。而且，读星人大概脑子被学问或研究撑坏了，即便向他们打听楼梯在哪儿、这里是几层，竟然都答非所问。

“这建筑物不是一开头就建成这么高的，”基·基玛拭着汗嘟哝道，“应该是一再增建、加高起来的，所以，楼梯不在同一个地方。”

不过，每次找到楼梯往上走时，从采光窗户往下看，看得出离地面越来越远。不久，三人来到很高的地方，看得见看门人提过的、位于镇后面村子里的露营地了。

“看指示图，应该是这一层。”

登上约莫十层、十一层的样子时，亘松了一口气。这一层人少。走廊空荡荡，安静。

“我感觉就在这尽头处。”

目标的门突然打开，风风火火地走出来一名穿红色窄袖衫的女读星人。她也是双手捧一大摞书。

“帕克桑博士在吗？”亘大声问道。女读星人嘴里喃喃念叨着什么公式似的，话也不回就冲下楼梯。

“哎，去看看好啦。”一行走到门口，敲门。

“白费劲！”回应的是一声大喊。是一个男人的声音，颇具气势。

三人面面相觑。

“就是可以进去的意思吧？”米娜说道。

慢慢地从门缝伸头进去，眼前只见堆成小山的书籍和卷轴。小山不止一座，一眼望去就有五座。房间有两面是大窗户，窗外是蓝天。室内阳光充足，亮得晃眼。

“帕克桑博士在吗？”

房间深处的两座书山之间，扬起一股灰尘。“白费劲！”还是那个声音在说话。

“那个……我们来见帕克桑博士。”

灰尘又冒起来。“那就过来！我不会在那种地方！”

哎呀，那声音就是帕克桑博士。亘他们先道一声抱歉，走进房间里。

“博士，您在哪里？”

“在这儿！”又是灰尘。与刚才的地方稍微不同。因房间堆满书变得很狭窄，三人各站一处，迂回往里走。

但是，没有博士的身影。基·基玛疑惑地说：“不在？”

“博士，您在哪里呀？”

“说了就在这儿！”亘落脚处传出一个声音。好像有点儿火气。

“这儿是……”

有人扯系靴的绳子。亘往下扫一眼，随即一声惊呼。他本能地往后一蹦，撞在身后的书山上。

“喂喂，危险！”

书山眼看着歪倒下来。基·基玛发出喊声。他就在那座书山的另一侧。

三十　帕克桑博士如是说

“你怎敢如此冒失！”帕克桑博士挥动小拳头，狂殴亘的腿，“这里的书籍，都贵重得很！把女神做的所有金子、所有水晶、所有宝玉都拿来，都买不到！嗨，把脚拿开！那里有书，你踩到啦！”

亘尽量快、尽量轻地移开身体，原地蹲下。这才好不容易与帕克桑博士的身高一致。

帕克桑博士是很小、很小的人。身高只及亘腰部。他身穿深紫色窄袖衫，上面饰有多条金线，头戴同色的圆筒帽。帽子顶上绣有那种星形图案。

帕克桑博士似乎已久经岁月，簇簇白发披散肩头，雪白的眉毛则长及胸脯。唇上的白胡子，更是垂及手指尖。实际上，除了粉红色的鼻尖，大半张脸都被眉毛和口须遮住。

“您是帕克桑博士吧？”

对亘的询问，小博士鼻头通红，挥拳相向。

“房间里就我这个博士！把时间浪费在没用的问题上，要处罚！”

噗哒噗哒！推开书山冒出来的基·基玛和米娜发出疑问：“亘，你蹲在那里干什么？”

“喂，大个子水人！”帕克桑博士跳着脚，“别碰那座书山！”

二人发现与亘面对面的小不点博士时，惊讶得张大了嘴巴。

“博士是潘族人呢。”

“什么是潘族？”

“个子很小、脑瓜子极好的种族。据说原来与安卡族是同族。”

“从前，安卡族与潘族之间发生了战争，潘族几乎被身材高大的安卡族灭掉，逃散了，后来成了流浪民族……”

基·基玛稀罕地打量着帕克桑博士。

“我还以为早就灭绝了哩。”

“很抱歉还没灭绝！”帕克桑博士这回抬脚就踹。他穿着很可爱的高筒皮靴，“在野蛮的纳哈托或贪婪的阿利基达活不下去的少数种族，在沙沙雅还有的是！”

“对、对不起，我们失礼了。”

亘慌忙道歉，两手忙于抵挡帕克桑博士的攻击。

“我们来，是有事请教博士。先生的名字，是从读星人辛·申西那里听说的。”

帕克桑博士挥舞的小拳头突然停住。

“什么，你说辛·申西？”

“是的，他是您的弟子吧？”

“不是弟子。是学徒。”博士捻着长长的唇须，歪着头，“那个窝囊废跟高地卫士有交情，还真是意外。”

博士胡乱扑腾的同时，竟然还注意到了亘的火龙护腕。

“辛先生才不是窝囊废。他在伤心沼泽旁坚持观测工作，很努力。我迷了路，被辛先生救了。”

“原来如此。倒还叫人佩服嘛。我说的是之前。连高地卫士也迷路，有点儿可怕了。”

米娜噗地笑了出来。

“我不知道你们有什么事，我忙得很。”

“我们知道。可是……”

“可是也不行。我很忙。请回吧，就这样！”

博士敏捷得像只小猫，说话间就要挤进书堆的隙间，亘顾不得鲁莽失礼了，伸手抓住他。博士像只小猫似的被揪住后领拎了起来。

“哇哇哇！干什么？！你这粗鲁的家伙！”

“对不起。不过，无论如何也想请您指点。我觉得博士是知道的——关于前往命运之塔的路……”

“你说命运之塔？”

被提在空中手脚乱划的博士扭过头来，仰望着亘，姿势颇不好受。

亘点点头，说道：“我是旅客。”

博士两道长眉一扬，瞪圆双眼。他圆溜溜黑如果子似的眸子这才显现出来。这绝不是老人的瞳仁。那种神采令亘忽然想起美鹤的眼神。

基·基玛缩一下脖子，悄声对米娜道：“博士是无所不晓的吧？怎么对一句‘我是旅客’会那么惊讶？”

“是吗？”帕克桑博士一改而为淡定的语气，“那么，先帮我找回鞋子？”

“您——穿着鞋子呀？”

“不是这双鞋。在那边。喂喂，水人，在你身后。”

那是一双木靴。准确地说，那是仿照长靴外形制作的高脚凳。亘把帕克桑博士搁到高脚凳上。这一来，亘不必蹲下就可以和博士面对面说话了。

“这位水人和猫族小姑娘，都是你的伙伴？”

“是的。”

“那么，二位请离开。知道下面的情况吗？自发出通告以来，单纯无知、无能为力的人都涌来了，这个平日里宁静的学府简直成了市场。你们去帮忙做一下保卫工作。”

二人眼神里都有不满之色，但见亘点头了，只好默默走出房间。

“关上门。”帕克桑博士对亘说，“关好之后，到这边来。”

亘返回博士身边，博士眉毛一扬，眼珠子瞪得更大了，他把亘打量了一番，然后缓缓地伸出一双小手，握住亘的手。

“欢迎你，旅客。”

他的语气严肃、庄重。

“从你的神色来看，你之所以来这里，是因为知道了所有哈涅拉的情况，对吗？”

“正如您所见，我知道自己可能被选为人柱。”

“噢。”帕克桑博士放开亘的手，十指交叉于胸前，仿佛在祈祷，“你的两位伙伴还不知道你所了解的情况。对吧？”

“是的。因为没有说。”

“那么，你来这里想得到什么？”

正因为不知道怎么回答这个问题，才到这里来的。

亘略为停顿之后说：“说来话长。”

“没关系，你说吧。”

亘从头说起。从自己最早在美鹤帮助下获得旅客资格说起，直至与萨卡瓦长老的对话为止。

帕克桑博士倾听亘说完。他小小的身体在高高的靴形高脚凳上纹丝不动。

过了一会儿，他说：“我们读星人所做的学问，是将星星的动向，与这幻界的事件相对照，找出世间事理。”他小小的身体迸发出充满威严的声音，“令人遗憾的是，萨卡瓦的长老似乎对我们评价过高了。关于引导旅客前往命运之塔的宝玉的下落，以我为首的这个学府的任何人，都不具任何知识。古书上也没有相关的记载。我见到旅客，这也是头一次。”

博士语气郑重，对亘施了一礼。

“是嘛……”

亘无法掩饰失望之情。另一方面，也如释重负。照此刻的心情，即便一瞬间出现奇迹，宝玉都摆在跟前，亘对自己能否以之前往命运之塔也没有信心。

“萨卡瓦的长老说，如果能到女神跟前，该问什么自然会知道。”

“但是，现在的你无法相信这句话，对吗？”

“是的。”

“那就是说，你无法相信你自己。”

平静的断言。

“我——该怎么办呢？”

帕克桑博士的唇须动了动，似乎在微笑。

“如果我做出回答，你会服从吗？”

显然难以回答。

帕克桑博士双手交叉身后，用讲课似的腔调说道：“像刚才说的，读星是致力于弄清世间的道理。这可谓任重道远，未知的事物，较之已知的为多。我们已得到的知识，与尚未得到的知识相比，正如一勺子砂糖与一望无际的蔗田相比。”

“不是与砂糖山相比，而是与蔗田相比？”

“没错。蔗田不只是面积广大。要获得砂糖，必须收割、精制。高效的收割方法也好、不含杂质的精制方法也好，我们都得学习、研究。做学问、获得知识，就是这么回事儿。”

亘读的现世的学校没说过这种事。

“现在，如果从我手上那一勺砂糖里，拿出一点点给你的话，那就……”

帕克桑博士在木头鞋子上左顾右盼，有意东倒西歪地背向亘。

“幻界通过旅客的感受来改变模样——这样的知识吧。”

亘回想起，很久以前听过同样的话。对了，是拉奥导师。亘通过尝试洞窟的考验，即将踏上旅途时，他给了这样的忠告：幻界因前往那里的人而改变模样。

所以，亘见到的幻界和美鹤见到的幻界迥然不同。

不仅如此。美鹤自己也说过吧。幻界是现世人类通过想象力创造出来的地方。

“现在，来到幻界的两名旅客，难得在现世是好朋友。”帕克桑博士说道，“为此，通过你们二人的心思而改变模样的幻界，就有了许多相似之处，也出现了许多重叠的地方。正因为彼此牵挂，才有这种事。绝不是拉奥导师的话不灵验。”

亘点头。不过，仅此还不能接受。

“不过，博士，我并没有期待人柱这种残酷的事情。假如幻界真的反映着我的心思，为什么会有如此残忍的规则……”

“真是这样吗？”

博士打断亘的话，声音之大令人意外。然后，他仍背着手，猛然回头。然而，在木头靴子上面做如此猛的动作，毕竟太狭窄了。

“哎呀！”博士惊呼一声，两手乱划，从木头靴子上跌落。

“博士！您还好吗？”

就在亘喊着，窥探木头靴子背后时，研究室的门砰地被撞开。力量之大几乎使门撞墙弹回。

一声怒吼炸响：“帕克桑博士在吗？出来！给我出来！”

听见这不寻常的声响，亘挤过书山之间望向门口，他刚从堆叠的书山中露出头来，便听见断喝声：

“不要靠近！谁也别靠近！否则我就杀了她！”

亘不禁屏息躲到书堆背后。悄悄窥探一下，见门口处一名大个子兽人叉腿而立。不是一个人，刚才上楼时相错而过的那位女读星人也在一起。她被兽人抓住，双手反剪，颈脖处抵着兽人的利爪。

“帕克桑博士，在里面吧？快出来！坐视弟子送命吗？”

“我在这里！”帕克桑博士大声喊到，“我在这里，但自己没法起来！”

亘看看身后。没错，跌倒在地的帕克桑博士正顶托着那只木头靴子。似乎亘刚才急于去看门口方向时，手肘带倒了木头靴子。他连忙过来扶起木头靴子，救出博士。

“我在这里！”

博士手忙脚乱地要跑去门口。亘又揪住他的衣领，制止了他。

“不能冲出去，对方有人质。”

“什么？”

“博士。”女读星人哭泣起来，“您大忙之际，真抱歉。不过我要被杀了。”

“怎么，她是罗美啊！”

这回一把没抓住，博士冲向门口。亘轻轻趴在地上，迂回到书堆另一侧，找个能看见兽人的地方。

“哎哎，罗美！”

兽人飞起一脚，踢向飞奔而来的帕克桑博士：“别靠近！退下！”

博士差一点儿被踢中，滚翻在地。他猛地爬起来，挥舞两手，气得鼻尖通红。

“我就是帕克桑！你说出来我就出来，这是什么态度！快放了我弟子！”

“博士，好危险。”罗美艰难地说，“这个人是来真的。你别过来。”

“我也是来真的！”帕克桑博士跳着脚说，“傻瓜，你为何跟我动粗？有话就不能好好说吗？”

虽然问得很对，但以亘所见，抓住罗美的兽人似乎不在道理讲得通的状态。他的虎姿令亘想起加萨拉的高地卫士托伦，但身材较托伦要大两圈。他身穿朴素的布衣，但破旧肮脏。他因激动而两眼通红，嘴角堆着泡泡。他狂喘着，呼出热气。脚爪暴露在外，恐怕已失去了自制能力。

地板上有点点血迹。亘一惊，以为是罗美受了伤，但仔细一看，兽人左脚插着一支箭。他是被负责警卫工作的高地卫士射中了吧。

“喂，小老头！你真是帕克桑博士？”

“我刚才已经说过是啦！”

帕克桑博士跺着小脚切齿捶胸。亘叹服——如此紧急场合，博士的顿足是如此潇洒，仿佛跳着踢踏舞。也许博士日常就这样和弟子们跳踢踏舞。

兽人仍旧嘴角冒泡，把罗美双手反剪得更厉害。罗美咿呀地惨叫起来。

“听说你是个大师级学者，应该知道的。快说，怎么才能不被选为人柱？”

帕克桑博士不跺脚了，他让唇须垂到地板上，注视了兽人一会儿，然后说话："什么呀，就为这事吗？"

"当然嘛！你们很清楚嘛！你们一直在研究它。把这些知识传递给政治家和有钱人，收大钱了吧？"

"我们不做那种事。"博士的腔调突然降下来，"很明白你们被流言蜚语摆布的心情。可那些都是胡说八道。不用被选为人柱的方法，这世上没人知道。"

"别撒谎！你别想蒙混过关！"兽人瞪着血红的眼，唾沫横飞地吼叫起来，"你不管她死活？我可是来真的！"

罗美的脖子被夹得更紧了。她是个小个子，已被兽人夹成半悬空状，仅此已够难受的了。她拼命踮起脚尖支撑着，再被夹起来的话，双脚便完全离地了。

亘躲在书堆中间悄悄移动。他想绕到兽人侧面。

"我知道你来真的。在哈涅拉结束以前，这幻界里没有人能安然入睡。"帕克桑博士语气平和地劝解道。"我自己也可能被选中。谁都无法置身事外。大家都在恐惧之中，还好只选一人，但愿这唯一的选择不是自己。"

亘绕到兽人左侧。隔着亘藏身的书山，右边是兽人，左边是窗户，从这边若能一枪命中兽人肩膀，兽人就会松开揪住罗美的手了吧，然后冲上前去，把罗美挡在身后。

研究室入口从刚才起便人声嘈杂。一定是高地卫士封锁了门口。他们一知道罗美获得自由，就会冲进来。

得迅雷不及掩耳地出击。亘慢慢抽出勇者之剑，紧握剑柄。再过一点——再向那边一点——否则会射中罗美——再有一点点就好——再有十厘米左右就行了。

这时，传来了低沉的盔甲触碰声，一名骑士出现在研究室入口。

骑士对兽人开了腔，声音平缓而有力："博士没有撒谎。在这里怎么闹都无济于事。只会把你送进监牢而已。"

亘顿时松弛下来，垂下手中剑：此人不正是舒丁格骑士团的伦美尔队长吗？

身披银甲的英姿，仿佛钢铸的骑士像。不过，若仔细看，护胸板和护肘、护脚上可谓创痕斑斑。队长没戴头盔，面部不加防护。他金发凌乱，与初次见他时相比，感觉他双颊消瘦了。

队长腰间佩剑，戴着手套的拳头轻抵在腰间，没有任何显示威势的东西。他向兽人迈近一步。

“哈涅拉是女神操心的事。我们能做的，是静等女神宣示意志的时刻，并在那个时刻平静接受而已。来吧，放开人质，到这边来。”

兽人喘着粗气，僵硬地抓住罗美一动不动。一瞬间，他看似接受了队长的劝解。他夹勒罗美颈脖的手腕看似松弛了。

但是，紧接着的一瞬间，仿佛一阵狂暴的风刮过兽人体内，他全身颤抖。

“你这混蛋是舒丁格骑士团的吧。”兽人紧咬的牙关挤出这么一句话，“你们这些杀人犯的话，谁会听！”

对他这句话，不仅是亘，似乎帕克桑博士也吃了一惊。这是怎么回事？竟把维持南大陆治安的舒丁格骑士团称为杀人犯？

伦美尔队长不为所动。他右手轻轻一指，说道：“如果你就是我所知道的纳哈托农民裘·泰达斯的话，刚才的咒骂用在你自己身上，倒是正合适吧？”

“你胡说，我不是杀人犯！”

“在纳哈托的宙扎抢劫，亲手杀害两名赶到现场的高地卫士，然后逃亡的就是你。打伤我两名接报前往支援的部下的，也是你。”伦美尔队长沉着冷静的语气依然如故。

“你因此被捕，在加萨拉被判无期徒刑，关押在哥尔哥格监狱。你三天前逃出那里时，又袭击了两名守卫，杀害了其中一人。所到之处引发血案、践踏人命的不是我，也不是舒丁格骑士团，是你。”

“你胡说、胡说！住嘴！”兽人一只手乱挥，利爪在空中划来划去，

“把我们赶出故乡村子的是谁？让我们落到不抢就没法活的境地的是谁？不都是你们联合政府的家伙吗！你就想把我们斩草除根！我知道、知道得很！联合政府要在女神随意选择人柱之前，就先奉献人柱！就是犯人！把我们这样的囚犯作为人柱，企图以此与女神达成协议！”

伦美尔队长眉头也不皱一下。他近乎黑色的深蓝色的眸子清澈冰冷。

“那也是你的幻想而已。”

“你胡说！”兽人沙哑的声音嚎叫着，“你抓不到我！我不会第二次被捕的！”

他边喊边夹着罗美冲向亘左边的窗口。他毫不犹豫的样子，似乎忘记了这是最高一层。就在众人愣神的一瞬间，亘看见两眼充满恐惧的罗美徒劳地想要挣脱夹住她颈脖的兽人，但却被轻易地拖走。兽人奔跑引起的震动，使周围的书山纷纷歪倒。伦美尔队长迈步要追兽人，但书山倒下来挡住了路。

“呜嗷嗷嗷嗷嗷！”

兽人用肩撞向窗户，玻璃顿时粉碎，紧接着的一瞬间，兽人的身体跃到空中。被拖带的罗美的窄袖衫下摆幽雅地飘在空中。

兽人和罗美看似只有眨眼工夫停滞在空中。

一声惊呼。是兽人的声音。他似乎突然清醒过来，想起了离地的高度。耳朵倒竖。

他开始下坠，拖着罗美。

亘冲出。碎玻璃在脚下嘎吧嘎吧响。甩出宝剑、双手前伸，肚皮猛撞在窗边扶手上，说时迟那时快——

罗美的窄袖衫飘然拖拽在空中，亘的手指触及窄袖衫，狠狠拽住，好沉！

兽人的手臂已离开罗美。不过，无论她个子多小，重力可不小。亘抓紧她的衣服不放，感觉自己已双脚离地，被提起来了，要被扯出窗外……

和兽人一起横摔出窗的罗美，被亘揪住了臂部和腹部的窄袖衫。她仰面朝天开始下落时，眼镜一松脱离了脸部。此刻，这眼镜已比它的主人早一步，像石头一样追随兽人坠落地面。罗美也将随之而去，然后拖上亘。

既非本能亦非运气，纯属偶然，亘双脚的脚尖猛地竖起，勾住了窗框。亘从窗口倒挂下来。遵从物理法则，罗美处于亘之下，身体撞向外壁，一只靴子掉了，追随眼镜而去。

还没有掉下去。没有掉下去。还没有。不过，只是时间问题。脚尖——挺不了多久。只能坚持一下子。脚腕会松开的。那时就一起倒栽下去……

窗户里头声音混杂，怒吼和杂音。这些书是怎么回事！混账！哗啦哗啦，咚咚咚咚！

"不，不行了。"吓得脸色苍白的罗美大张嘴巴，挤出沙哑的声音，"要、要摔下去。连你也要摔下去了。"

无法回答。假如一说话，能量一转移，脚尖就会松开。手就会松开。

这么一想，手指松脱了。抓住罗美腹部衣衫的左手松脱了。她猛地下坠。这一坠，连亘拉住她手腕的右手也松动了。

"抓、抓住啊。"亘拼了命说，"抓、住、了、啊。"

快来帮我！队长！快从书底下钻出来！

"我、不行了——要掉下去了。"罗美说道。

亘想用右手拉提她的手腕，但反而更不妙。滑溜溜的布从他手中脱出。重新抓紧——重新抓紧——滑脱……

一个小小的硬东西奇迹般地卡在亘手中。罗美的脚摇晃起来。震动传达至亘身上，他的脚腕几乎要松开了，靴子摩擦着墙壁，一点点向下滑动。

"放开我——你不放——连你一起……"

硬硬的小圆粒——是罗美窄袖衫袖口纽扣！它卡在亘的手指缝间。亘靠它吃住劲儿，以此要把罗美拉起来。

这时，亘手中的纽扣无情地发出噗的一声。纽扣线断了。

慢镜头。罗美的发梢轻轻飘扬，身体随即下坠。亘手中只留下了纽扣。上和下。震惊中的二人面面相觑。亘的脚腕也松了。缓缓松脱。他头朝下，身体擦着建筑物侧面滑落。

突然，一只有力的手揽着亘的腰部，他被倒提回去。眼睛余光所见，有一个鲜红的东西如箭般飞过。红色的流星。

“罗美！”

亘被收回窗内时，眼见展翅的巨鸟从天而降，在罗美几乎着地时潇洒地攫住了她，然后回头飞升。

地板上都是书。后背撞在厚书的角上，好痛！

“看来没误事。”伦美尔队长从窗口探出身，说道。听得见地面上人声鼎沸，欢声四起，还夹杂着口哨声。

亘从地板上站起来。队长回头望着他，笑一笑，“又再见啦。”

“是。”回答的声音轻飘飘，仿佛此刻脑子仍然空白，“是队长救了我？”

房间里好多人。他们在满是书的地板上爬动着。中间也有穿舒丁格骑士团盔甲的骑士。

“是你自己救了自己。你挺住了。”

“我以为不行了。”

“我冲到窗口太费劲了。简直是书的雪崩啊。划拉半天才钻出来。”

“大家在干什么？”

“寻找帕克桑博士。”

铺满地板的书籍下面传来博士的声音：“我在这里！就是这里嘛！”

亘笑了起来。

看来平安无事。伦美尔队长也笑容满面。

“亘！”

随着门口响起一个喊声，米娜就想扑进来，但被一名骑士阻止了。

“博士就在这个范围里，请别踩到他！”

“不会啦，瞧我的！”

米娜纵身一跃而起，脚蹬一下墙壁反弹开来，正好落在亘身边。

“我在下面看着哩，以为你没命啦！”

“我也这么觉得。”

“没受伤？”

帕克桑博士终于被发掘出来，被骑士抱孩子似的托起亮相。

“哎哎，你没事吧？”

“是的。罗美小姐也没事。”

博士踩着书本一跌一撞地走近来，拉起亘的手猛摇：“你是罗美的救命恩人啊。”

“可是，那位兽人……”

博士头一抬，仰望着伦美尔队长问：“你们是追踪那个叫裘·泰达斯的兽人过来的？”

伦美尔队长立正敬礼，说道：“正是。博士，我为所引发的严重事态深表歉意。”

“如果我没记错的话，裘·泰达斯曾被关押？”

“是的。”

“听说各地监狱纷纷谣传要选囚犯为人柱，但没想到以致引发逃狱风潮。”

“是我们力量不足吧。”

亘这才醒悟到，队长之所以一脸憔悴，是因为南大陆各地发生的骚动。

“我们来到这里以前，并没有遇上明显的动乱。不过，也有些地方情况严重吧？”

伦美尔队长点点头：“你们高地卫士很快也要紧急集中了。巨鸟族碰巧抵达这里，说不定就是送召集通知的。”

米娜担心地望着亘。不过，亘在看别的东西——自己的右手。

他还握在手里——他指缝间泄漏出耀眼的金光。

“这是什么？”米娜瞪大了眼睛。

亘慢慢张开手掌。是罗美窄袖衫袖口上的圆纽扣——

圆纽扣闪闪发光。

三十一　第二颗宝玉

纽扣从亘的掌心缓缓升起，静止在齐眼的高度。它更加灿烂夺目，发出的光如同一把神剑直射亘的眼底。

“是第二颗宝玉 ……”

与亘的喃喃自语相呼应，在书山倒塌、书本狼藉的房间里，另一处地方也冒出了耀眼的光芒。与第二颗宝玉的光一样，是金色的光。

“啊，是勇者之剑！”

亘扑出去救罗美时，把剑扔下了。他急忙走到发光处，伸手拨开书。剑就在那里。它自动飞入亘右手中。

剑一回手，定在空中的第二颗宝玉开始放射金光。未几，金光笼罩着亘。

研究室内响起一片惊叹之声。但亘目不转睛地注视着宝玉。

宝玉闪烁一下，于是，亘眼前出现了身披耀眼金光的少年。头发、瞳仁、皮肤都是金色。背后有一对金翅膀，缓缓地拍打着。他右手持剑，左手执盾。

终于碰上了哩，旅客。

金色少年向亘说道，他凛然的面孔微露一丝笑意：

我是司勇气、崇尚钢铁意志的精灵。

奏乐般动人的声音。但是语调庄重：

并且为女神邀请的勇者开路。

亘点点头。

听我的话，勇者。我将拜会所有向往我的人。但是，我若离去，将以此双翼无声地疾速而去。勇气难的是留住它，而不是呼唤它、产生它。留心啊。得我之门少，失我之窗多。

“明白了。”亘的声音略微发颤。

勇气精灵双唇闭成一字型，只有眼角含笑。

愿女神保佑你。

精灵的身影消失了，恢复到一团金光。光圈渐小，被吸收到第二颗宝玉之中。亘伸出右手去迎，宝玉落在他掌心。

房间内静寂无声，直至亘将第二颗宝玉嵌上剑锷，收剑入鞘为止。

过了一会儿，伦美尔队长开口了：“这是旅客的力量吧。”

有人向女神祷告起来。是罗美。

她十指交叉于胸前，闭目祈祷，声音悦耳。在场的骑士、高地卫士、读星人、帕克桑博士和米娜，都跟着她念。

用赞美女神的话结束祈祷后，罗美睁开眼。她眸子里透出神采。

“那颗纽扣——不，其实它不是纽扣，在我家，它叫作‘引导读星之石’，是我家传已久之物。”

罗美家世代为读星人，据说她的父亲、父亲的父亲全都是读星人。

“我要来这所天文台做研究时，父亲把它从自己衣服上拆下来给我。他说，你要一直带着它，小心爱护。它是来自星星的馈赠，是我家先祖传下来的护身符。”

说是在久远的从前，罗美从事读星的先祖某夜进行观测工作时，看见了金色的流星。追上去一看，落下一块好看、闪光的石子。

“我家人都把这颗石子带在身上从事研究工作，履行职责。所以父亲激励我说，你也要加油呀。不过，谁都没想到，它竟是带着如此深刻意义的精灵宝玉……”

帕克桑博士不知何时爬上了他的木头靴子，重重地咳了几声。

“求知识、做学问，得有大智大勇。新知识并不都是好东西。但是，有时候，无论那些东西对自己而言，是多么难以接受、多么不希望相信，如果我们对明显的事实视而不见，学问便不成立。有时候，即便被千夫所指，只要能找出真相，就必须坚持说：那就是真相。做学问，得有一往无前的钢铁意志。所以，勇气精灵长住读星之家，窃认为是极相宜的事情。”

“是。”罗美点头，笑一下，“亘先生，谢谢你救了我。”

帕克桑博士向在场人士呼吁：“舒丁格骑士团的先生们，还有其他混乱和骚动的地方在等待着你们，而且还将增加。你们光荣地出发吧。高地卫士的先生们，刚才的骚动，可能吓着了不知详情的人，用心安慰他们吧。还有，我的弟子们……”

他双手叉腰，嗯哼一声。

“收拾好这个房间！”

三十二　亘

“虽然见旅客是第一次，但我有这方面的知识。”帕克桑博士领头上楼梯，走得东倒西歪，“可以用那种宝玉，回去看看现世的情况吧？”

“是的。”

“这样做，需要跟刻在剑把上一样的图案吧？要的话，这里也有图案。在放观测仪器的房间。跟我来。”

缓缓的弧形楼梯上至一半处，有一间观测室。跟迄今见过的房间不同，墙壁和地板都用白晃晃的半透明石头建造。表面打磨细腻，光可鉴人。房间呈圆形，观测仪器放在正中央。在辛·申西小屋所见的东西，在这里足有十倍大。置于基座之上的是巨型望远镜。筒型部分指向半透明圆拱天花板，这一点颇像一门大炮。

“太阳一下山，天花板就变成透明。”博士手一挥，解释道，“一受光就变白浊、光一消失就透明——它被做成这个样子。这种不可思议的石头只产于阿利基达特定的矿山。”

博士在望远镜长筒的正下方站定。

“请过来。”博士站在白石上指点着，“这里有图案。但是，现在看不见。因为只有图案部分是用天花板的石材建造的，所以有阳光期间，图案与地板石头的颜色混杂不清。天黑起来后，就会变得清晰。”

博士转向亘说：“在此之前，我有些话要跟你说。刚才你救了我弟子，非常感谢。再次向你致意。”

博士弯腰深鞠一躬。

“我亲眼见证了你的勇敢、你的同情心和你的直率。”

被夸奖呢。不过，博士神色严峻地注视着亘。

“但是，我还是有话说，因为我确信你一定能理解。”

亘不由得敛容以对。

“我说过——幻界映照你的心来改变模样。同样的话，拉奥导师也告诉你了。”博士说道，“你想想看，这话是什么意思。假如在幻界发生的事是反映出你内心的想法，那为什么会有种族歧视呢？为何非要人柱不可呢？”

这正是亘的疑问。我正是为了得到答案而来——

“为何如此不合理、如此残忍的事情存在于幻界？”博士强调似的重复一遍之后，慢慢地说下去，“答案有一个，明白吗，那是因为在你的心里，也存在那些不合理的东西。讨厌与己不合的东西、排斥不同的想法、嫌弃某样东西、厌恶某个人、希望自己的想法总是胜于他人、仇视别人持有的东西要夺为己有——正因为在你身上，也存在为一己幸福而希望他人不幸之心。幻界的面貌，只不过是映照着这些，使之成形而已。”

“请、请等一等。”面对意想不到的非难，亘不禁大叫起来，“那些事情——我……”

“我知道、我知道。”帕克桑博士抬手阻止亘，“你很勇敢。你有同情心。你关心他人，关心朋友。你很善良。但是，在这么一个你的身上，有憎恨、有妒忌、有破坏。这是无可奈何的真实，无可回避、无法逃脱的真实。”

震撼的言辞令亘瞠目结舌，但他还是回想起来了。那种感觉，就如同冷不防被扇耳光而猛醒一样。

在伤心沼泽看见的那个幻影。带着笑容杀死酷似父亲的雅哥姆的亘的分身。杀害酷似父亲情人、被产自她腹中的石头婴儿斥为没有心肝的杀人犯、慌忙逃走的亘。

那不也是真实的自己吗？在此意义上，那并不是幻觉。那也是亘的一部分。亘心中期盼的事显现在幻界。

“不仅仅是你，人都一样，没有例外。不存在拥有纯善之心的人。假如有的话，那比纯恶还要邪恶吧。假定有映照这样的心思而成形的幻界，我但愿自己不必去那个地方。”

“博士，”亘膝头发软，“您是说，我心中的憎恨和愤恨，采取了歧视和人柱的形式，折磨着幻界的人们吗？如果是这样，假如我离开，这样的苦难和不合理的情况就会结束，是吗？”

“根本不是。不是这么回事儿。”

“那——该怎么办呢？”

帕克桑博士向亘走近一步，像在研究室那样，双手拉起亘的手。

“一切在于你的内心。幻界通过映照你而出现。在知道这一点的情况下向前走。该怎样才能抵达女神所在的命运之塔，你得在迷惑中探索。那才是走在正确的道路上。”

“您这话的意思，我不明白呀！”

亘想抽出手，但博士紧握不放。

“你既带有歧视、破坏、憎恨，也具备友爱、同情和勇气。你既为不愿自己一人成为人柱而焦急，也对要选人柱的女神感到愤怒。你既会歧视其他种族、想把世上不平之事都归结于他们，也会奋不顾身地救助他人。你已经数次历险。幻界有人想要杀你，这是你；但另一方面，也有朋友不计得失地帮你，支持你，那也是你。”

老神教徒们。那个断头台。信口胡扯自己一伙不久要统治南大陆的安卡族少年。

米娜的歌声。基·基玛的笑容。

全都产生于亘的心灵。

“请注视你自己。憎恨与愤怒、同情与勇气，都同属于你。在正视它们的基础之上，再得出结论：所谓改变命运，是怎么一回事。在你获得答案时，通往命运之塔的道路将打开。而打开道路之时，你就会知道，该向女神请求什么。并不是见到女神就会得到答案。达至女神的正确道路，它本身就是你的答案。”

亘摇头：“可人柱呢？我不能接受这样的事情。我不赞同。更讨厌自己被当成人柱！所以，我甚至希望，只要有可能，我立刻就前往命运之塔，要求停止人柱一事。”

“然后你就回现世。”帕克桑博士平静地说，“你的命运什么也没改变、你自己什么也没变化，就这样回去。曾经如此强烈的心愿——不惜踏足幻界，也就一无所得了。”

“如果我说即便那样也无所谓呢？”

“现在没问题。可能一年也没问题。也许五年都行。”

但是将来如何？

“漫漫人生中，你总有后悔的时候吧。你可能会恨自己：屈服于可能被选为人柱的恐惧、屈服于对人柱这一残忍规则的愤怒，让一次可改变自己命运的机会付诸东流。你会憎恨伙伴们：就因为不想让那个水人和猫族姑娘成为人柱，自己竟让出了大好机会。如果没有那些人在，如果没有在幻界对自己友善的伙伴存在，我才不管谁被选为人柱呢。你会痛悔不已吧：只要自己不当人柱，快快超越另一名旅客，迅速地改变命运，返回现世就太好了。在现世降临自身的一切不幸和厄运，凭借在幻界的一次决断了结吧。而你的心——你的憎恨怨仇、在现世受到的伤害，将被映照成幻界，产生较之种族歧视、人柱更为残忍的事情吧。”

我无法说——我不会变成那样。

“明白吗，你还没有找到正确的道路。”帕克桑博士的声音变得亲切了，“所以，你此刻所下的决断，全都会背叛将来的你。必定背叛。萨卡瓦的长老说得对，不妨就那样解释，不是出谜语或者别的。找出正确的道路，去见女神吧。我也只给同样的忠告。只能那样忠告而已。”

帕克桑博士放开亘的手，仰望圆拱型天花板。

“等太阳下山，你在星空下踏上图案，暂且返回现世。我不会问你要见谁、跟谁说什么话。你回来后我也一概不问。你尽可随心所欲。但是，关于结果，假如你得出了放弃这次旅行的结论，请到我的研究室来。因为我会致信拉奥导师，使你能通过要御扉。”

“迄今，有旅客这样做过吗？”

“有。中断旅程的‘旅客’并不鲜见。古文书上清楚地记载着。既有返回现世者，也有为数不多的人就此留在幻界。也许生活在照原样反映自己心思的世界上，更容易接受吧。”

亘垂下头。我做不到。此时我无法逃回现世。“我去见一下妈妈。”亘抬起头，说道。

通过光的通道返回处，仍是病房。不过这次不是晚上，而是黄昏。三谷邦子坐在床上，欠起了上半身，笼罩在浅红色的余晖中。她呆呆地把目光投向窗外。

亘从光的通道来到床边，然而邦子没有察觉。阳光下，看得出她脸颊上的泪痕。

妈妈瘦多了，看似突然老了许多。但她还是亘的妈妈。亘一时喉头哽噎，心中充满依恋之情和歉疚之情。

“妈妈。”亘呼喊道。但声音之弱，连自己都吃一惊。此刻一定要跟妈妈说话的冲动，和不想见到如此伤心的妈妈、妈妈也不想被人这么看见吧——这样的感觉如汹涌波涛袭来，令亘迟疑、沮丧。就此离开吗？就这样了结一切、归来时再解释清楚，不是挺好吗？不该在远没看见出路时便说出来、徒增担忧吧？

这样宽慰着自己，亘差点儿旋踵离去。此时，邦子突然抬起手，擦拭眼角。

她还是在哭泣。

这个感觉动摇了亘。不能因我不在而让妈妈独自哭泣，使之担心更不好，绝不能那样做。此时置之不问的话，在我回来之前，妈妈一定会想坏身体，耗尽心力。

这次冒险、这次旅行，已不是亘一人的事。而身在幻界的亘所需要的东西，也是在现世等待的母亲所需要的。

那就是——希望。

“妈妈。”

亘这次喊得清晰有力。垂着头的邦子瞪大两眼，然后唰地转过脸来。

“亘？”她小声嘟哝道。亘向床边走近一步，邦子震惊的眼中闪烁光彩。

“亘！”

邦子喊一声，两手扒开被子、推开毛毯，就要下床。亘伸出双臂扑上前，紧紧抱住母亲。很久以来，都没有这样拥抱妈妈了。亘还知道：记忆中妈妈的身体更加结实，不是这样瘦削的。

“亘、亘，是亘吧？”

邦子一边掉眼泪一边笑，紧抱着亘摇晃着，又松开手臂，双手拢着亘的脸庞，注视着亘的眸子。

“哎呀，真的是亘！回来了呀！你究竟到哪里去了？怎么会不见了呢？”邦子大声哭泣起来。

“对不起，妈妈。”亘也哭了。心涨满了整个身体内部，每一根手指、每一根发梢、每一片脚趾甲，都包含眼泪和喜悦。

“对不起，让您牵挂。抱歉让您一个人待着。可我每时每刻都想着妈妈。”

“之前你在哪里？谁带你走的？你是逃出来的吗？没有被虐待吗？”

亘用手拭去脸上泪珠，仍旧握着母亲的手，郑重其事地回答母亲含泪的询问。

“妈妈，我正在旅行。是一次改变自己命运的旅行。”

母亲当然不可能立刻就接受。“你说什么？怎么回事？妈妈不明白。你是说，你自己一个人前往什么地方？”

说着，她摊开紧紧握住的亘的双手，又从头顶到脚尖，仔仔细细地把他打量一番。

“怎么会这副打扮？怎么会——穿这么奇怪的衣服？系在腰间的是剑吧？怎么带着这么危险的东西？在哪里弄来的？”

光的通道开启时间很短，必须赶紧。亘控制住激动的心情，说道：“还是妈妈先告诉我吧。您的身体如何？一直在医院吧？医生说哪里不好？”

“我自己根本无所谓的呀！”

“不行。你看，我多精神嘛。对不？我什么地方都没问题。平安无事。妈妈比我多吸了很多煤气吧？”

原本就苍白的邦子的皮肤更加没有血色了。“你——妈妈真浑——差点儿把你弄死了……”

“没事没事。我根本没生气。妈妈累了，对所有的事情都厌倦了嘛。没有办法的呀。我没事。我比妈妈好多了。因为有朋友们帮忙。芦川美鹤帮忙呢。他带我去幻界了。”

“幻界？”

一下子难说清楚。亘的叙述反反复复，内容前后交错，越说邦子脸上的困惑越明显，她紧紧揽着亘的肩头。仿佛怕不明物体带走亘似的。

“我希望改变自己的命运。让父亲不见田中理香子，不丢下我们。我希望重回以前的生活。为此，我要前往命运之塔。”

然而，在旅途中，我自己迷惑起来了。

“我发现即便改变了命运，自己却是不变的。假如我不改变，无论怎样摆弄命运，悲伤和憎恨都不会消失。幻界让我看到这一点。它将我的内心原原本本地反映出来，让我看清楚自己。”

没错，就是这样。是这么回事儿。亘在向母亲解释的同时，终于开始理解了。这样叙述着，能感觉到帕克桑博士的话、萨卡瓦长老的忠告、拉奥导师的教诲，将成为自己的血肉。

“我最初想，假如能让什么事都不发生，那就行。又能过幸福的生活。可那想法不对。如果仅仅这样子，又遭遇别的悲伤和痛苦时，就又跟之前一样了。所谓改变命运，不是消除讨厌的事情。因为即便能消除既成事实，也消除不了我的心理障碍。”

即使恳求女神把人柱惯例取消了，也消除不了人类心灵的弱点——只愿自己不要成为牺牲品。即使请求以女神之力取消了种族歧视，也无法消除这种偏见——将降临自身的坏事情，都归咎于与自己有某些不一致（外貌、习惯等）的人们。跟这些情形一样，幻界映照着我的心思。就是那么一回事儿。

“亘……”

脸颊虽仍濡湿，邦子已不流泪。她困惑、怯懦的表情没有改变，但在她注视儿子的眼神中，闪烁着迄今未曾见过的、新的神采。虽然只是小小的火焰，但的确在燃烧。

这孩子在说什么？像在梦中、神志不清似的，像是过分投入喜欢的电视游戏中，无法从中脱身似的。

可是——可是这孩子毕竟……变得坚强了。

邦子醒悟到：虽然亘说话如坠梦中，但这孩子确确实实成长了。

“我也有害怕的时候，也有伤心的时候。不知所措的事情太多了，以后也会有的。不过，妈妈，我要继续旅行。一定要找出正确的道路，走到命运之塔。那里肯定会有我想要的东西。虽然不是我当初所要的，但会是我真正需要的。所以，妈妈，您等着我。我一定会回来的，请等待我结束旅行归来！”

有力的话语，让邦子放开了儿子的手，像祈祷般十指交叉紧握。在帕克桑博士的研究生里，向女神祈祷的罗美也是同样的姿势。

“一定能回来吗？”

“绝对！”

“你——你单独一人？”

亘用力摇摇头：“不是一个人，有伙伴！”

“去旅行的话——你——真的……”

邦子停住了，眸子透着惊慌之色，“下落不明的，不仅仅是你，还有叫芦川的孩子……”

“我知道。他也在幻界。不过，我会找到他，跟他一起回来。我们一定会一起回来的。”

亘的话，不是说的内容，而是蕴涵其中的、乐观的力量，开始传给邦子。邦子的内心开始被感染。

“妈妈该怎么做？”

“相信我、等着我。”亘爽快地说，面带笑容。

邦子脸上浮现出动人的微笑，仿佛母亲送走孩子时才有的、灵魂最纯粹部分开出的花朵一样。

“这样就行？”

“嗯！”

从光的通道传来催促返回的钟声。啊，到时间了。

亘再次紧紧拥抱母亲，说道：“快点好起来吧。跟奶奶和‘路’伯伯说一声我很好。”

邦子也紧紧拥抱了亘。通过母子间的天然纽带，她身上注入了新的能量。

“那好，我走了。”

亘就要离开床头时，病房响起了敲门声。有个声音在喊：

“邦子女士，您醒了吗？”

门开了，出现的是“路”伯伯。亘停住了迈向光的通道的脚步：“伯伯！”

“路”伯伯呆立在踏入房间一步处。他瞠目结舌，手中的大纸袋掉在地上。

“这、这、这……”“路”伯伯连呼几声才回过神来，“这不是亘吗！”

“路”伯伯冲过来了。但亘耳畔响起了钟声。比刚才紧迫得多的钟声。光的通道入口处，像警示灯一样一亮一熄。

“伯伯！”亘一只脚踏入通道入口，大声喊道，“我没事！伯伯！妈妈拜托你啦！请等着我，我一定回来，一定会回来的！”

亘跃入通道。“路”伯伯伸出的手臂扑了空。

“对不起，伯伯！”亘冲过通道。通道已开始从脚下消失，他扭头喊一声：“我走啦！”

亘跑在通道中，新的眼泪又冒出来。他奔跑着，也不去擦拭。他一边跑，通道随之在他脚下消失。

幻界一侧的出口出现了。亘身体前倾，跑啊跑啊，甩开追赶而来的混沌，冲向出口。

撞上了什么沉重的东西。它哟一声接住了亘。“咦！是亘——是亘吧？”

是基·基玛。大家围绕图案站立。米娜也在。帕克桑博士、伦美尔队长、罗美都在。

“太好啦！”米娜扑了过来，“通道眼看要消失了，真急人呀！”

亘抱住基·基玛。他宽阔的胸膛、结实的肩膀和粗壮的手臂，令亘想起刚刚离开的“路”伯伯。米娜亲切温暖的声音，令他想起了妈妈。啊，是这样，就是这样的。

现世也好，幻界也好，人同此心。

“还好吧？”帕克桑博士问道。他的语气是洞察一切、了解一切的沉稳。

“是的，我还好。”

帕克桑博士满意地点点头。

“真担心你呀，亘。”基·基玛把亘放在地板上，搓着他宽阔的胸口。

“紧急集合已经启动了，”米娜说道，溜圆的眼睛透出坚定的光芒，“我们高地卫士已获得新的指令，整治南大陆的混乱情况。”

亘点点头。他与伦美尔队长的蓝眼睛视线相遇，他郑重地点点头说：“明白。出发吧！”

三十三　逃亡者

高地卫士集中在国营天文台大门外。亘三人慌忙加入人群中。亘发现高地卫士的数目较抵达这里时增加了，而没有加入集会、继续在自己岗位执行警戒任务的高地卫士们表情严峻。

“到此来的各位，请听我说。”

乱哄哄的人圈中央，响起了一个粗大的嗓音。以木箱作讲台、站在上面环视众人的，是一个比基·基玛个子还大的水人族高地卫士。他身背圆形盾牌，腰间挂青龙刀。身体已被铠甲的鳞片覆盖，却仍穿着皮革护胸。

“我叫波列·基姆·南。担任鲁鲁德警备所的所长。”他声音宏亮地说道。“在联合政府指定鲁鲁德为第一类加强警备地区后，来自各警备所的诸位迅速赶来增援，首先，我对此深表感谢。所幸鲁鲁德镇和天文台内迄今没有发生大的混乱。虽然刚才略起风波，但事件得以被控制于萌芽状态。说明诸位尽忠职守。”

高地卫士们全都是大个子，所以亘一加入其中，便被人墙挡得严严的。基·基玛伸出手臂猛一使劲，将亘托在肩上。然后他一伸左臂，米娜二话不说，攀上这条胳膊，坐在基·基玛左肩上。

视界开阔了，亘看见伦美尔队长从国营天文台的正面大门口走下来。他身披铠甲，头盔夹在胁间。下完台阶横过前庭，在距离高地卫士的圈外稍远处停下脚步。

从国营天文台一侧出现了五六名手牵乌达缰绳、全身披挂整齐的骑士，他们也许正等着队长出来。队长向他们轻轻点头，骑士们随即来一个挺直不动的姿势，右手向上直举，再置于胸前——向队长敬礼，然后才稍息。

骑士们所牵的乌达中，有一头鞍上驮了沉重的麻袋。不是一般货物，即便隔着麻袋，也能略略看出头、身的形状。这是从塔上坠落死亡的裘·泰达斯的遗体。大概是运往鲁鲁德镇警备所吧。

“在这个非常时期，以下指令发到了各警备所。”

波列·基姆·南从皮革护胸的缝隙间取出一沓纸，高举过头挥一下，然后打开。

“这封信不是来自联邦议会，而是管理我们的警备所各首长的紧急命令。内容是追踪和逮捕逃亡之中的犯罪人员。有人盗窃了事关南大陆联合国家命运的机密文件，现正越过纳哈托国境，逃向阿利基达。此外，这名逃亡者极可能出没于鲁鲁德镇。”

高地卫士们议论开了，嘈杂声中冒出一个人的提问：

“逃亡者不止一人吗？”

波列·基姆·南答道：“不，是一个人。姓名、年龄不详，但肯定是安卡族男子。”

“是哪国人？”

“这一点也不清楚。不过有他的肖像通缉令。稍后派发给诸位。”

“即便他是向阿利基达逃去，但阿利基达太大了。还有其他线索吗？”

附和之声四起。

波列·基姆·南郑重地点点头。

“这名逃亡者试图偷渡到北方统一帝国。”

一片惊讶之声。众人迫不及待地议论起来。

“那么，重点是阿利基达港区？”

“哈达耶或达克拉——不，所诺的港口也有可能吧。”

“总而言之，得封锁大路。”

一个响亮的女声提出了利箭般尖锐的问题:“那么，那家伙是北方统一帝国的间谍吗？”

“来历不明。不过，那么想也无妨。”

吵嚷声更大了。群情激昂。到处是紧握的拳头晃来晃去，于是手腕上佩戴的火龙护腕，便宛如原野上被风吹得摇晃不止的红花。

“诸位，请听我说。”

波列·基姆·南的一句话让大家安静下来。他的声音自然是够大的，但打动大家的，是他严肃的脸上浮现的神情。

“如刚才所说，本命令不是发自联邦议会，而是我们警备所负责人以自己的权限发出的。各位也明白，这是极少有的事情。因为警备所的由来不必说，现在它仍是效忠于联邦政府、听命于联邦政府的组织。”

亘看一眼米娜。不知何故，他突然感到莫名的心动。米娜也察觉到亘的视线，转过脸来。

“很显然，联邦政府没有授权这一项紧急命令。议员们针对警备所未获议会承认便向下属高地卫士发出指令一事，发表了公开声明，表示极大遗憾。他们现在仍聚集在议会厅。”

近旁一个女人说，议员就是这么没劲。她显得很不屑。

“联邦议会位于阿利基达首都扎克伊海姆。”基·基玛小声告诉亘，“扎克伊海姆没有工厂和矿山。也没有农田。这个城市几乎就是为政治而建。各国议员代表住在那里，一年之中，超过一半时间是在开会。”

其余半年干什么呢——亘正想着，波列·基姆·南的声音更加激昂了。

“但是，警备所首长们的决断有相应的理由。各位。”

他环顾高地卫士们。

“昨天晚上，女神光临我们四名所长的梦中。针对威胁南大陆和平的这位逃亡者，女神亲下谕旨。因此，警备所首长们毫不犹豫地、不惜与联邦议会发生冲突也要给我们下达命令。”

基·基玛深吸一口气，坐在肩上的亘感觉到他胸膛的扩张。再一看，基·基玛眼中略微湿润了。

“真是太感激了……”他嘟囔道，“女神竟然光临……竟然亲下谕旨……”

基·基玛感动之余，当场就要叩拜，米娜慌忙拍打他的后背，制止了他。

“别这样，别这样。基·基玛，我们要摔下来啦。”

高地卫士们也沸腾起来。人墙七零八落：有人下跪、有人叩拜、有人鞠躬祈祷，做法多样，而神情激动则与基·基玛无异。

“我们是创世女神的战士，是幻界和平的保卫者。此刻正是我们大显身手、向女神显示我们无愧于火龙子孙标记的时候！”

呜呜！欢呼声响起，士气高昂。亘的脸颊感受到身体的温度在上升。

按照波列·基姆·南的指示，高地卫士们以队为单位，开始商量分配各自的任务。因为激动，大家说话很急。有的分队就要乘乌达上路了。

“我们怎么办？怎么办才好？要求加入查路的队伍吗？或者在鲁鲁德张网搜捕？”

基·基玛也着急了。肩上扛着亘和米娜，跺着脚。

“说那名逃亡者可能路过鲁鲁德，是怎么回事儿？”

米娜仍旧抱着基·基玛的脖子，机灵地思考着。

“假如仅为北渡，也不必绕鲁鲁德，直奔阿利基达即可。说来，这逃亡者是从什么地方过来呢？”

“传达时没有提到这一点。”亘说道，“我挺担心。那件事可能和他窃取的重要机密的内容有关。”

“噢……比如说，他为了解读机密的内容，需要鲁鲁德读星人的智慧？”

亘点头，如果是这样，帕克桑博士和罗美他们便又置身于危险之中了。

“哎，基·基玛。我们留在鲁鲁德，帮忙做保卫工作吧。”

这么说着话时，伦美尔队长走近这边来。他还是把头盔夹在肋间，一队部下跟随着。亘和米娜从基·基玛肩头滑下来。

“队长……”

伦美尔队长向亘点点头，仰头对着基·基玛的脸。队长虽也属高个子，仍不能与基·基玛相比。

“看来事关重大。你得保护好少年高地卫士啊。”

基·基玛咧了咧嘴。他突然生气了：“亘厉害着哩。队长先生不必担心。”

亘觉得这言辞过于唐突，不觉扯一下基·基玛的皮革护腰。米娜瞪大了青灰色的眼睛。

“我们这就前往阿利基达的矿山镇。”队长对亘说道，“矿山工人暴动了，骚乱正在扩大。置之不理可能会导致重大伤亡。”

“那也是因为……哈涅拉吗？”

“对。你们如果因追捕逃亡者进入阿利基达，请千万小心谨慎。阿利基达是四国之中最大的，人口也多。虽也特别富饶，但贫富差距太显著。因为这样的国情，哈涅拉带来的恐慌尤其严重，沙沙雅或纳哈托都远远不及。”

亘郑重地说声“明白了”，鞠躬致意。

队长迈开步子。刚走半步，又突然想起似的——不，是决定将心里话一吐为快似的回过头来，把一只手搭在亘的肩头。银色的手套闪烁着，铠甲锵锵。

“你是旅客。”队长直视着亘的眼睛说道，“你的目的，是见女神。请千万注意，别为多余的事情操心，置身于险境。我坚信，幻界的治安，该由幻界居民的手来保卫。”

队长的蓝眼睛闪耀着锐利、深邃的光芒，亘似乎被迷住了。这光芒使他想到自己要寻找的宝玉——勇者之剑的力量源泉。

“刚才的事我也听说了。”队长用平静的语气说道。他的目光没有从亘的脸上挪开。

“如果警备所首长在没有联邦议会的认可之下出动高地卫士，惹怒议会，我们效忠联邦议会的舒丁格骑士团往后就有可能在某些地方出现与他们敌对的局面。”

亘大吃一惊。没错。是这么回事儿。正因为如此，基·基玛才对队长那么粗鲁。

“即便发生那样的事，你也不要卷入。你是旅客。你得完成你的使命。不要忘记这一点。”

说到这里，他饱经日晒的脸上才绽开了笑容。

“棘兰卡茨一定同意我的意见，她是你的上司。刚才的话，希望你当成她的命令来听。”

这回队长才一纵身跨上乌达，向部下威严地发一声号令，疾驰而去。

亘好一会儿目送着远去的骑士团。到看不见队长一行人，他才感受到背后的视线。虽然大部分高地卫士已散去,但大门周围还留着有一些人，包括守卫人员在内。

他们都同样投来冷冷的目光。那种目光之前肯定是一直投向舒丁格骑士团的。

“我们并非舒丁格骑士团的伙伴。”基·基玛大声说道。他也不是向谁抗议，只是大声地自语。

亘心中浮现出莫名不安，仿佛烟雾蒙蒙。这种状态，真能度过哈涅拉吗？真能保住幻界的和平吗？

很感谢伦美尔队长的心意。可是，事到如今，对亘而言，幻界的和平已不是多余的事。对于有可能被哈涅拉选为半身的亘而言，这可是切身的重大事情。

“咦？”

米娜突然喊了一声。

“怎么回事？哎，亘，你看你看！”

三十四　呼唤者

米娜轻轻摊开两手，向亘这边挺胸。她的尾巴一抖一抖。

“是真实之镜哩。亮起来了！”

没错，白色的光从米娜穿的短背心领口溢出。米娜拉起挂在脖子上的皮绳，把真实之镜扯出来。

“怎么回事呢？上面映照着东西！”

亘和基·基玛都来窥探米娜手中的镜。对，镜子照出了人。此人身披白色法衣，手中持杖——是魔导士吗？他不住地向这边做姿势、打手势，嘴里说着什么，但镜子模模糊糊，看不清楚。

“因为这里太亮了。到背阳处就看得更清楚……”

“不如就去天文台的地下室吧。不是说有读星人住的房间吗？”

米娜拉起亘的手，三人跑回天文台。一进入建筑物，便寻找楼梯往地下走，问了刚上来的读星人，说是走廊前头有休息室。

休息室很俭朴，就四五把椅子和放有一盏煤油灯的圆桌，这样已足够。基·基玛吹熄煤油灯，霎时一片漆黑，真实之镜放出的光芒，如清流般源源不断。

辉耀的白光在真实之镜上描绘出一朵大莲花的形状。花朵中央是刚才那个模糊不清的人影。

“哎，旅客啊。”

那人向着亘说话。身穿连脚跟也遮住的纯白长袍。头上是银冠，手中拿的不是杖，而是银锤，带有细长的柄。一瞬间，亘回想起在利利斯大教堂见过的西斯蒂娜像。

“你终于听见我的声音了。旅客哟，你也还是个小孩子呀。”

这是名男子。年纪——约三十岁左右吧。也许再大一点？他看上去脸色苍白，不知是白袍映照的，还是光线形成的幻象。他的表情无从判断。另外，虽声音听来很年轻，但银冠的头发雪白。连眉毛也是白的。

“您是……哪位？”

亘强忍战战兢兢的心情，反问道。莫非住在真实之镜里的精灵？

白袍人没有回答亘的问题，他把右手的银锤交到左手，空下来的右手放在心脏的位置。

“这里是我们真实的心声。旅客啊，请一定要拯救我们。我们仅有的希望，落在你的肩上。”

哎哎……基·基玛惊慌失措：

“哎，你怎么回事？”

“我们的力量已经很弱，余下仅有的时间也在一分一秒地流失。旅客啊，请向我们伸出救援之手！”

亘向前半步，靠近白袍人。闪耀的光芒照亮天花板和地板，但靠近去却一点也不晃眼。

“我能做什么呢？要救你们，得怎样做呢？”

白袍人向亘点头：

“能够制止旅客的，只有旅客而已。”

这是什么意思？

“请来我们这里。你肯定能做到。请过来听我们的心愿，这和保卫幻界的和平有关。”

亘不知如何是好，胸口怦怦直跳。保卫幻界的和平？作为高地卫士，这是不能等闲视之的话。

“不多说了。语言是空的。但我们在此等待。旅客呵，以你的翅膀，到我们身边来吧。”

白袍人的身影从莲花般的光中消失了。但就像取而代之似的，出现了另一个幻象。

亘瞪大了眼睛。这是……

洁白、高耸的云。在它的缝隙露出阳光辉映下的多个尖塔。过渡的彩虹桥。在遥远的高处，是冰河环绕的灰色大地。

是安德亚高地！被陶高托的双翼带到高空，从云端偶尔看见的梦幻之地。

幻象消失了。真实之镜默然，休息室恢复寂静的黑暗。

三人面面相觑,无话可说。某处地下层房间传来了读星人低沉的鼾声，是读星人忙碌之中偷空小睡吧。

鼾声把三人带回到现实之中。

“刚才……是怎么回事？”

米娜问道，真实之镜仍捧在她手中。她眼盯着镜子，仿佛不是问亘，而是直接问镜子。

“那是迪拉·鲁贝西特别自治州。”

不仅米娜，连基·基玛也被亘的话吓一跳。

“真的？是真的吗？”

“亘，你是怎么知道的？”

亘给二人回忆了巨鸟族把他从桑村带到萨卡瓦乡下的经历。

“路上，巨鸟飞到最高处，一晃而过看到几眼，陶高托告诉我了。”

“迪拉·鲁贝西……”

“那么，刚才的白袍男子，是住在那里的人？”

“大概是吧。”

他请求亘——旅客的救助。他说，帮助他们，也就是保卫幻界的和平。如果是这样，有什么可迟疑不决的呢？

“必须去。”亘说了一句。米娜这才抬起头，小心地把真实之镜收回胸前。

“对呀，必须去。可是，怎么去呢？”

“请、请等一下。”基·基玛把大手掌放在二人肩头，“得好好想想。亘，应该相信刚才的幻象吗？”

“为什么？”

“‘为什么’嘛……”

基·基玛欲言又止，长舌哧溜一伸，舔了一下头顶。

“就是说，如果那里真的是迪拉·鲁贝西特别自治州，那里可是老神教信徒的地盘哩。据说可能跟北方帝国有关联。没忘记吧？”

“记得。但纯属传说。”

“噢噢，是传说。不过……很危险呀。”基·基玛嘟哝道。

“那也许是个圈套。”

“圈套？”

亘吃了一惊。基·基玛担心的是什么呢？

“就是说呀，亘，你还记得的吧？在那个令人生畏的托利安卡魔医院，抓住你要杀掉的，是老神教的信徒吧？”

那倒是。亘不可能忘记，真是太恐怖了。

“可是，刚才的幻象是真实之镜显示给我们的哩。真实之镜会欺骗我们吗？”

“那……”

基·基玛眨巴着他的厚眼皮：“我不知道。不过，真实之镜总是件道具吧。也许是魔法道具，但里面并没有思想。也可能被利用来干坏事吧？”

倒也是。亘犹豫了一下。就在这时，响起了米娜严正的声音。

“你说这话，就是不想救老神教信徒而已嘛！”

基·基玛慌了手脚，长舌头连舔头顶两次。

“没有啦，没有啦，米娜。”

米娜生气了。漂亮的青灰色眸子迸出火星。“不是吗？左说右说，本意就是那样。不听女神话的老神教信徒，困难也好，呼救也好，管它呢。对基·基玛来说，他们的毁灭是理所当然的。所以才不想去吧！”

“可我就是要去！”米娜猛跺一下脚，不容基·基玛闪避。

“如果亘说去，我也一起去。基·基玛你爱怎样就怎样！”

基·基玛张口结舌，倒退两步。亘挡在二人中间。

“米娜,别生那么大气嘛。基·基玛是为我们的安全着想。所以才这样说，对吧？”

“没、没错啊。”基·基玛宽阔的肩膀耷拉下来，“可我的确……没心思去那个迪拉·鲁贝西。可如果亘说去的话，我就……早就说了嘛，我到哪里都跟亘一起，要保护他的嘛。”

“那我就原谅你。”米娜嘿地笑了，“事不宜迟，那就赶紧动身吧。”

“可是，该怎么去呢？”

“明摆着的呀。还是请巨鸟族帮忙运送嘛。高地卫士的请求，不好断然拒绝的呀。”

在骚动不宁的幻界，巨鸟族发挥双翼的机动力忙碌着，尤其在这个国营天文台，与联邦议会及各城市间的读星台来往不绝，不停地起飞、降落。请求当中的一个帮忙，似乎可行。

“我去问一下，看执行传令任务的巨鸟族待在哪里。”

基·基玛手忙脚乱地走上楼梯。也许是尴尬吧，脚步匆匆。米娜目送着他，抿嘴而笑。

“我说得过分了吧。等一会儿给基·基玛揉揉肩膀吧。”

但亘的心思被掠过脑子的一个念头攫住，没有听见米娜的话。在托利安卡魔医院千钧一发之际，在回想起那个情景的同时，也想起了当时飒爽登场、绝地救难的美鹤。

这跟刚才那个白袍人的隐晦话有关。

“你也还是个小孩子啊。”

奇怪的说法。这是因为他认识此时已来幻界的另一个旅客美鹤吧？

如果是这样，美鹤也就比亘更早地接受白袍人的呼吁，前往迪拉·鲁贝西特别自治州了吧？

但美鹤并不能救助白袍人他们？所以，这次就来请求亘出动？

美鹤做不到的事情，我能做到吗？

“你怎么啦，亘？”

米娜窥探一下亘的神色。亘眨眨眼，应道：没什么啦。他随即快步走上楼梯。光想没用，到迪拉·鲁贝西自然就知道了。

负责传令任务的巨鸟聚集在三层的露台。在遮阳的白布篷下，三名巨鸟族人在歇息。

“这个样子不成体统，抱歉抱歉，刚刚用过便当。”

一只巨鸟像中年大叔一样嘴巴里啧啧有声。如果再叼一根牙签，就活灵活现了。

巨鸟族的便当，不用说就是螺丝头狼的肉了。所以露台上弥漫着螺丝头狼的腥臭味儿。基·基玛避之不及。

亘郑重其事地提出请求，但略去了详情。巨鸟们脖子一伸一伸地倾听，停了一下，说道：“情况明白了。但是，我们怕难接受你们的请求。”

“我们明白这是你们的大忙时期。”

“不，我们不是指那个意思。高地卫士方面的请求，我们乐于接受的。”巨鸟族们异口同声地说道。

“莫非你们要去迪拉·鲁贝西之事，与近来给高地卫士下达的紧急指令有关？不必隐瞒，传达这项指令的是我们一族嘛。我们都知道。”

亘答得含糊其辞。这事是否与逮捕逃亡者的紧急命令有关不得而知。毋宁说相当奇特吧。

“之所以无法接受，是不得已。以我们的双翼，现在无法飞到迪拉·鲁贝西。”

巨鸟们脖子一伸一伸的，像彼此点头。

“陶高托运送你的时候，是利用了从那边刮过南大陆的上升气流，所以上升到迪拉·鲁贝西的高度吧？”

“对，他是这么说的。”

“可是，近几天，迪拉·鲁贝西一带的气候有变，我们一向利用的那股强气流停止了。”

另一位巨鸟族扑动双翼继续说：“不仅如此。围绕迪拉·鲁贝西的安德亚高地的云层加厚了，上空气温大降。那么一来，无论我们有多强劲的翅膀，也只能用上平时一半的力。弄不好还会冻僵。”

“这种气流异动和气象变化很不寻常。在那块安德亚高地，可能发生了某种地面所无法知悉的变故。”巨鸟们若有所思地说道，“总之，很遗憾无法送你们过去。不好意思，请另想办法吧。”

亘虽然失望，也无法勉强。毕竟连巨鸟族也这么说了。他们可是以自己的猛翼和飞翔能力自豪的！

不安一步一步渗入亘的心底。迪拉·鲁贝西发生了某种变故。正因为如此，白袍人来求助。

“明白了，谢谢。”

“抱歉，没能帮上忙。”

亘招呼米娜和基·基玛转身离开，无意中把手插进裤兜里。这时，手指头触到一件又硬又滑的东西。

咦？兜里放什么了？取出一看，是鲜红发亮的鞋拔子。看上去像是用红宝石做的鞋拔子……

不对，这是火龙的鳞片！在伤心沼泽救助过的火龙乔佐作为答谢送给亘的。

全忘了。亘就像个中年大叔一样，朝额头猛击一掌。他感觉此时此刻正需要来这一下。

“哟，怎么啦，亘？”米娜窥探一下亘的神色。

乔佐送给亘的时候，不是说了么？用它做笛子，吹一下，我不论何时何地，都会赶来，搭载你飞翔。

“巨鸟先生！”亘冲回去，问道，“如果是龙的话，现在的迪拉·鲁贝西能飞到吗？”

巨鸟们面面相觑，随即答道：“能，如果是龙的翼，即使没有气流，在冻僵人的严寒之中，也能毫不费力地直飞安德亚高地上空。”

“因为龙是栖息在可怕的针雾弥漫的海上啊。”

一只巨鸟注意到亘手中的鲜红的鳞片，问道：“那是什么？”

亘简单解释一下。巨鸟们的黑眼睛瞪得大大的。

“原来如此,那就不用考虑了。尽快用它制成龙笛吧,龙也跟我们一样，是魂系猛翼、翱翔天际的一族。它们笃守信义、勇敢无畏。是绝不会爽约的。”

基·基玛大力拍起掌来。

“那就赶快制作龙笛吧，亘！”

不过——亘为难了，“怎么制作呢？乔佐说了，要请高明的工匠。”

乔佐还说过，龙笛很易碎，只能使用两次。也许这片鳞片本身就容易损坏吧。所以加工也很难。

“去利利斯就行啦。”米娜眼前一亮，“请托尼·范伦出马如何？他的技术是无可挑剔的。”

一只巨鸟将带钩的脚前迈一步说：“利利斯就在我下一个目的地的途中。小朋友高地卫士，如果是你一个人的话，我带你过去一点不费事。”

太棒啦！基·基玛大喜。

“好，那就亘先行一步，从空中飞抵利利斯。我和米娜一起搭达鲁巴巴车赶去。三四天也就到了。即便范伦技术高强，做好笛子好歹也要那么点时间吧。定好碰头地点，然后召唤火龙，三人一起闯迪拉·鲁贝西！”

情绪高昂的基·基玛一听说行，就要去做出发准备了，但其他巨鸟族喊住了他。他原本就没有好脸色，这下更是凶巴巴的模样。

“这位水人族，还有这位猫族姑娘，你们还是别靠近利利斯为好。和小朋友高地卫士会合的话，在离开城市的地方才好。”

“为什么？”亘问道，突然有一种不祥的预感。

“这纯属传说啦。”那名巨鸟族加上这一句后，说道，“利利斯镇似乎根据警备所负责人的命令发布了戒严令。禁止外人进入，镇上居民也不得外出。不知你们是否了解，利利斯的安卡族富人和非安卡族穷人是明确隔离的。”

“噢，我们很清楚。”亘点点头，回味着苦涩的记忆。

“噢，那就简单说，那边因哈涅拉人心动荡，二者的对立激化，纵火和暴动频频发生。戒严令是基于此而发布的，但有消息透露，有大批非安卡族人被捕。”

米娜脸色凝重地回望亘说：“是帕姆所长所为。”

亘点头。在那个城市，不声张地严厉推行的歧视其他种族的政策，可能以围绕哈涅拉的骚动为契机，表面化了。

“小朋友高地卫士，你既是安卡族，又是高地卫士，应能进入城里吧。但那位水人族和猫族姑娘，还是远离利利斯为好。也许没好事的呀。”

在巨鸟族的建议下，基·基玛和米娜决定在利利斯镇外南面隔一个山头的、名叫“大树路标”的地方与亘碰头。据说“大树路标”是基·基玛双手抱不过来的一棵巨树，巨鸟族常常以它为记认。

“地面路径搭达鲁巴巴车马上就明白了。而且走在森林里，遇事可以躲藏起来。”

三人立即着手整理行装。亘一边收拾随身行李，心中的不安也在增加，他感到心头沉重起来。在戒严令下的利利斯镇，托尼·范伦平安无事吗？艾尔扎情况如何呢？

三十五　利利斯的惨状

搭载亘的巨鸟族处事谨慎。他抵达利利斯镇上空，在放下亘之前，先盘旋察看镇上情况。

“你看见那个露营帐篷了吗？”

亘从安置在巨鸟族身上的座位上仰望着他胸口的鲜红羽毛，大声答道：“是那个白色帐篷吗？我看见啦。”

有好几个五角形的帐篷——中央那个最大，尖顶上插着旗子。亘的记忆没错的话，位于帐篷旁的建筑物，就是利利斯的警备所。

“那是舒丁格骑士团的露营帐篷。”巨鸟族说道，“利利斯镇的公会堂上插着舒丁格骑士团的旗子。从接管那个规模的设施来看，进驻的不是巡逻小队，而是整整一个中队了吧。情况比之前想的严重。”

巨鸟族扇动巨翼，滑翔着飞向露营帐篷上方。银甲裹身的骑士们三五成群。

“警备所的帕姆所长在发布戒严令的同时，还请求舒丁格骑士团出动了吧。那面旗帜……”巨鸟滑翔至大帐篷上方，辨认着迎风飞舞的旗帜。

“是赛积克队的标志。赛积克队长应该就是利利斯出生的。他和帕姆所长是好朋友。”

已经不只是不好的预感了。亘觉得，漆黑的直觉攫住了他的心。

“那么说，这里的舒丁格骑士团，是站在帕姆所长一边的？”

“应该是。哎，你看！”

巨鸟族飞过砖匠大道上空。它小心翼翼从高空飞过，看不见细处。但仅此已经足够了。砖匠大道一片大风暴过后的惨状。建筑物被毁，处处显露焦黑的火灾痕迹。不见人影，毁坏的家具或弄脏的衣物铺满尘灰，东一件西一件。从这里看，也没法弄清范伦工作室的位置。莫非也被破坏、遭遇火灾？

这种惨状——似乎是某个巨大而不可名状的物体狂暴肆虐后的痕迹。对，就是那样。一个力大无穷、名叫“恶和恨”的变形物体扑向这里，把这里的一切嚼个稀烂，唾之而去。

“恶和恨”总是饥肠辘辘的。就像馋鬼饥不择食，把满桌食物随抓随嚼一气，匆匆溜之大吉。

“这么厉害的骚动。仅仅利利斯的警备所实在镇压不住啦。大概是舒丁格骑士团迅速进入，导致如此的吧。”

亘无言。

住在砖匠大道的人到哪里去了？能逃出来才好……如果遭到逮捕。关在哪里？

之前见面时，范伦说，博鳌的警备所负责人斯尔卡也是个不公开的种族歧视分子。目前舒丁格骑士团只由安卡族组成的远因，也在斯尔卡所长身上。

还有，西斯蒂娜教堂的威仪，闪闪发光的塔顶大钟。以教堂为中心，把种族歧视深埋心中的老神教，曾一点一点地侵食整个利利斯镇。不，现在仍然如此。亘想起初次瞻仰这座圣堂时，对这些还一无所知，但他已对圣堂覆盖全镇的巨大阴影感到厌恶。现在从上空鸟瞰，这种感觉更加强烈。教堂整个沐浴于阳光中。它垄断了自天而降的明媚阳光。而影子则覆盖了砖匠大道，看上去像是贪婪地企图把更大更大的范围，以致整个城镇纳入它的阴影里。看上去教堂的影子是活的，有自己的意志，它想要吞没城镇。

这个利利斯，对于不赞成种族歧视的人而言，可能是南大陆最为危险的地方。即便对于高地卫士也是如此。

利利斯镇没有加萨拉那种大门。不过，此刻各处路口都站着看似舒丁格骑士或高地卫士的人，执行警戒任务。特别是之前亘初次来时走过的镇大道的入口，有临时构筑的据点，粗大的木材架设成十字路障，阻挡住去路。

“小朋友高地卫士，怎么办？”

“请在镇边的树林降落。我想办法潜入镇内。”

“好。你可要小心。”

巨鸟族飞走了，亘潜伏在树下的草丛中一动不动，直至确认周围没有动静。期间他的脑子高速运转，但究竟如何潜入镇内，仍毫无头绪。

藏起勇者之剑，改变装束，假装成住在利利斯镇上的安卡族孩子，可以通过那道路障吗？直截了当说自己出去办事情，现在回来了？不行不行，马上就会被怀疑。镇上有钱的安卡族人家，怎么会在戒严令之下，派自己的宝贝孩子出门办事呢？那就装迷路，如何？就说找不到家了？骑士叔叔，可以送我回家吗？

正烦恼时，突然感到腰间微微发热。一看，是勇者之剑在闪光。亘急忙手按剑柄，抽出剑来看。

亘、亘。

住在两颗宝玉里的精灵对亘说话。

记得在伤心沼泽使用过魔法剑吧？

我们的力量合一，你就有了新的魔法剑。

来吧，举起宝剑。

亘很惊讶，依言举剑至眼的高度。这时，手腕自己动起来，剑尖在空中画出印记：右，左，然后上下。亘划完十字，脸孔映在闪亮的刀身上。

这时，亘的身体变得轻飘飘了。怎么回事？这是新的魔法剑？在伤心沼泽使用的魔法剑可发射魔法光弹。这次呢？

亘发现自己的身体看不见了。勇者之剑也看不见了。

变成透明的了！

精灵开腔了。

亘，这是新魔法剑的力量。只要画着印记，就谁也看不见你的模样。因为神圣的结界隐藏了你的模样。

不过，这个结界会夺去你身上的力，不可长时间维持。一旦有藏身之处，要马上解开结界。勉强的话，你会死掉的。

“明白了。谢谢！”

亘鼓起了勇气：好，先去找艾尔扎！

利利斯的警备所挤满了人。既有高地卫士，也有舒丁格骑士。在里头的房间，帕姆所长正与一名脱下头盔的舒丁格骑士围桌而坐，兴致勃勃地交谈着。从骑士的铠甲纹章和周围骑士的态度来判断，似乎此人就是赛积克队长。

看不见艾尔扎的身影，可能在自己家里。亘中途一度躲进警备所库房解开结界，小歇一会儿后，他开始顺着模糊的记忆找帕姆所长家。精灵的忠告很对，潜身结界隐形时，就像攀登高山一样，马上就喘气、难受起来，还觉得心跳比平时快。结界为了维持自身，从亘的身上吸取了能量。

走在利利斯镇的，无论是高地卫士抑或舒丁格骑士，都是安卡族人。虽有店铺开门营业，但大部分门户紧闭，也有在里头用板条钉死进不去的。不过与砖匠大道的惨状相比，镇中心区仍是安定的。开门的店子前排着人龙。从旁走过，听见人们谈论配给如何如何的说话声。因外来输送被阻断，食品和日用品紧缺起来，开始实施配给制。

“咳，虽然只要挺到搜捕其他种族结束，但也真是很麻烦哩。”

安卡族女人在互相发牢骚。亘后背一阵发凉。搜捕其他种族，就是要封锁全镇，把里头的非安卡族人一个不留地搜出来。搜出来后，打算怎么办？

好不容易找到帕姆所长家，看见艾尔扎无精打采的身影出现在二楼窗前时，亘已像氧气不足的金鱼般嘴巴一个劲地开合了。还好进入大门时，家里一层没有人。亘连忙解开结界，靠在身边的椅子上休息。他呼吸困难，耸着肩喘息。感觉头晕，连忙扶稳椅背。这一动作，弄得椅子发出咯咚的声音。

楼上传来轻轻的脚步声。

“谁？”

是艾尔扎的声音。她走下楼梯。亘抱着椅背回过头去。

“哎呀……是你？”

记忆中的黑眼珠美丽依然。不过，原本苗条的艾尔扎更加消瘦憔悴。

“范伦先生……在哪里？”

才挤出这么一句话，亘便从椅上滚落。他坐在地上，只顾得喘气。

艾尔扎让亘躲进自己房间，马上端来凉水。这下子亘才缓过气来。

亘解释了龙笛的情况，艾尔扎连连点头。

“噢噢，托尼能做龙笛。恐怕非他莫属哩。”

“不过……”艾尔扎眼中湿润起来，低下头去，“他被捕了。在父亲下令高地卫士以暴动罪逮捕砖匠大道的人时，他进行了抵抗。”

“那，他被带到哪里去了？”

“在西斯蒂娜教堂。”

“在那种地方？不是关进监牢？”

把被捕者关进教堂，强行让他们改信老神教？

“在西斯蒂娜教堂地下，有一个大监狱。是父亲与主教大人商量建造的监牢。说是关押异教徒，最好借助西斯蒂娜的力量。”

西斯蒂娜教堂的戴蒙主教，上次来时见过面。脑瓜子秃得很有型，眼神冰冷瘆人。

“在教堂地下……确定吗？”

“噢……不过，我也不知道怎么下去，光从教堂内看，看不到下地下室的楼梯。”

去看看总会有办法。亘做一个深呼吸。心脏的跳动还是有点儿不正常，好像醉酒的样子。另外，膝头打战。

“脸色很青啊。再给你一杯水吧。最好再吃点东西。”

亘摇摇头：“谢谢。不过，喝点水就行了。没有时间了。”

艾尔扎拿来水和冷毛巾。亘拭去脸上的汗水，从心里感谢她。

“艾尔扎小姐，你还好吗？这个镇子——惨不忍睹了。”

听亘这么说，艾尔扎含泪的眼睛转向窗外。她随即轻步来到窗前，拉下窗帘。

“哈涅拉——就是为重建大光边界，需要一名牺牲者……这事广为人知，成了事件的原因。”

亘点点头：“在其他城镇也因此发生骚动。尤其在穷人和囚犯中发生了恐慌。穷人都很怕，他们认为自己除了生命，别无他物可奉献给女神，所以被选为人柱的可能性大。犯人怀疑联邦政府企图把自己奉献给女神，好让其他人平安无事。”

“噢……”

“趁着这种恐慌，人们迄今积聚的不满爆发了，有些地方发生了暴动或农民起义。”

艾尔扎仍旧拉着窗帘，她回过头来，紧锁眉头：“昨天父亲说，阿利基达的矿山发生了暴动。”

“对，没错。那边也派去了舒丁格骑士团。”

“是吗？”艾尔扎垂下头。

“这里的暴动表现为对非安卡族人的迫害了，对吧？镇上原本就存在那种土壤。”

艾尔扎幽幽的声音从窗帘里传出：“选人柱，偌大的世界上也就需要一个人而已。不必闹成这样子吧？真没想到，成了安卡族和非安卡族的对抗。”

亘沉默了。他不认为，只为一个人，便不会骚动。尤其对亘自己来说，入选的可能性是二分之一。

“托尼和我更担心的是……”艾尔扎回过头来，“不，连父亲和戴蒙主教都感到吃惊——老神教在镇上安卡族人心中的影响如此深远。你也知道老神教的教诲吧？”

是老神创立了幻界。创世时，老神按自己的样子造了安卡族，安置在地上。但是，女神骗取了老神的幻界。为了给安卡族的繁荣制造障碍，女神还模仿自己造了其他种族。所以，到老神毁灭女神、作为幻界创世之神复活时，女神所造的其他种族也将灭亡，幻界将成为安卡族的乐园……

艾尔扎缓缓点头，一颗泪珠掉了下来，她继续说：“从这个教诲出发，每一千年就要为重建大光边界选人柱之类，就被视为女神迫害安卡族的谎言。他们说，肯定是安卡族人被选为人柱。即便只选一名人柱，此人对安卡族而言是也个重要人才。故意把足以助老神复活的、有勇有谋的安卡族选为人柱——这就是女神的企图。”

亘嗤之以鼻：“真能胡扯。”

“是吗？”艾尔扎哀伤地望着亘说，“虽然你是个出色的高地卫士，但还是个孩子。无论多么荒唐无稽，对于深信不疑的人而言，这就是真实的。对于信老神教的人们来说，女神要选为人柱的，正是安卡族的救世主，所以无论如何要阻止。”

据说戴蒙主教在西斯蒂娜教堂召集大批安卡族信徒，举行礼拜和布道大会。主教说——所谓哈涅拉，并非什么重新布置大光边界的时刻，那是女神的谎言。对于了解真实情况的老神教信徒而言，所谓哈涅拉，正是老神从天外通过北方凶星晓谕幻界，揭穿女神谎言、消灭信奉女神的肮脏种族的时刻。

“他说，对老神教信徒而言，这是宣布圣战时刻到来的标志，要消灭女神，夺回幻界……”

艾尔扎的话化作冰凉的气息抚过亘的脸颊，他心头掠过一阵寒意。

“可鲁鲁德国营天文台并没有发布这样的见解。”

“是啊。不过，这对于醉心于戴蒙主教的人来说，是无所谓的。”

艾尔扎猛烈地摇晃着头，黑发凌乱。

“托尼就因此而被捕了。他说了跟你一样的话，想要保护受迫害的其他种族，托尼一个人敌不过他们。实在没有办法。他的工作室也被付诸一炬……”

沮丧之余，亘感到身子沉重，要陷入椅子里去了。那么，即便能救出范伦，他也做不了龙笛了？

但无论如何，不能置之不理。亘把空杯放在脚边，站起身。

“你打算怎么样？”艾尔扎问道。

“去西斯蒂娜教堂看看。”

“你一个人能怎么样呢？”

“不知道。不过，我想弄清情况。有那么多人未经调查和审讯就被关押在地牢似的地方，我不能置之不管。弄清事实后，找其他城镇的警备所做工作，可能会有用。”

艾尔扎终于能抓住窗帘站起来了。从她颤抖的双唇漏出话来：“托尼可能已经死了。父亲这样对我说的。他说，你再也见不到那个家伙了。”

亘扬起脸，坚定地望着艾尔扎说：“放弃还为时尚早。”

艾尔扎热泪盈眶，用一只手遮住眼睛。

“如果你放弃了，就再没有等待范伦的人了。要挺住，艾尔扎小姐。”

“可是……”

“还有，我无论如何也需要龙笛，一定要请范伦先生动手。所以我要救他出来。一定要。”

“你这样一个小孩，能做什么呢？”

亘抽出勇者之剑，画了印记。在艾尔扎跟前啪地消失了踪影。

当亘解开结界现身时，艾尔扎瞪大了漆黑的眼珠，脸色苍白，几乎晕厥过去。

“刚、刚才是怎么回事？”

“一点小魔法。不过，能帮我的忙。”

因为艾尔扎身体在摇晃，亘连忙冲上前扶住她。艾尔扎像刚才的亘一样，身体剧烈抖动着，耸着肩头喘息。

“你、你是……什么人？”

亘没有回答。从艾尔扎忽闪忽闪的明眸中，不难窥测她内心里自问自答的情形。

“请、请等一下，求求你，等一下。”

因为过于慌张，艾尔扎一路碰撞着家具和门，她到床边伸手探入一个小抽屉，取出一件东西，抱在胸前，返回亘身旁。是一只手提小木箱。

“你带上这个。”

亘接过来，看着小木箱。木箱连着一条布带，似用于把小木箱系在腰间。箱子盖上了搭扣。

“你打开看看。”

亘打开了木箱，里面满满都是工具。

“这是托尼的工具箱。他制作细小工艺品时使用的。他平时总带在身上，火灾前寄放在我这里。即使砖匠大道的工作室不能使用了，有了它，在任何地方都能工作。他说，它跟我的命一样重要，你帮我收好。”

“我带着行吗？”

艾尔扎点点头。虽然眼眶还是湿润的，但目光坚定。

“我相信你。救托尼出来吧，把龙笛做出来。请转告他：我会一直等他，直至相见为止。拜托了。”

“明白了。”亘把木箱紧紧地系在腰间，“我收下它。我一定、一定会交到范伦先生手上，请他制作龙笛。”

勇者物语 下

〔日〕宫部美雪 著
林青华 译

南海出版公司

新经典文化股份有限公司
www.readinglife.com
出　品

第二部

三十六　西斯蒂娜教堂的地牢

此时，正当西斯蒂娜·托列巴德斯教堂的下午礼拜时间。信徒们坐在左右两边长椅上，中间是一条通道。祭坛上的戴蒙主教在白色法衣上披了一袭锦缎刺绣的看起来很沉重的袈裟，将一部皮封面的旧书——大概是祈祷书吧——举至眼睛的高度，朗读起来。

亘结印潜入教堂里，藏身于礼拜堂最后边的一排大烛台后面。烛台上无数朵烛焰，冒着青烟晃动着。亘解了结印，做深呼吸，闻到一股蜡味。

信徒有上百名。原以为都是安卡族，但之中混有数名兽人族，令亘颇为惊讶。众人虔诚地低垂着头，倾听主教布道。就亘听见的部分而言，出自主教之口的尽是公正的言辞——感谢创世的神和祝愿此次利利斯骚乱中的伤者康复。这本是无可非议的，但一想到这教堂暗地里不为人知的另一张面孔，便殊不可解。或者，这些其他种族的信徒还一无所知？

朗读完祈祷书，戴蒙主教转入动听的布道。他说一套亘只觉得是外表漂亮的话：利利斯的骚乱是不幸事件，我们此时此刻应携起手来，互相激励、共渡难关。信徒们入神地倾听着，到戴蒙主教再次向创世之神致谢、结束布道时，众人一齐站起来，开始唱歌。

礼拜结束，信徒陆续离开礼拜堂。戴蒙主教目送大家离去，关上大门，插上门闩。主教的衣裾拂过打磨光滑的地面，发出轻微窸窣声。主教检查过祭坛周围蜡烛的燃烧情况后，开了后面的门，不见了。亘见他没过来看后面的大烛台，松了一口气。

亘从烛台之间的空隙悄悄爬出来，站起身，掸掸衣脚，察看四周动静。

咦？怎么回事？

大门只起着出入外头的作用。很明显，祭坛后面，戴蒙主教走掉的那扇门，通向教堂内的其他部分。只能从那闯入？可要过那道门，极有可能与主教或其他人碰面。自己对里头的情况一无所知，有可能要相当长时间保持结界状态。身体吃得消吗？

就这么一所建筑物，一定会有其他出入口。暂且到外面去，把周围看一遍再说？

突然，他感觉一道目光投向自己，他眨一眨眼。

没有人。礼拜堂空无一人。不应该有人盯着自己，是心理作用吧，因为自己太紧张了。

蹑足走过长椅后面，前往大门口。伸手去摸门闩——

还是觉得有人看着自己，用视线追随着自己。

亘手按腰间宝剑，缓缓地环顾四周。这道视线来自何方？

装饰壁面的彩画玻璃？上面描绘着种种西斯蒂娜形象：她出现在首饰工匠面前的情景，她用嵌宝玉的勺子痛打恶魔的情景。

虽然描绘精美，但终归是编造的。她的眼神中不会有生命，不会是她看着自己。

就在亘再次伸手抓住门闩时——某个地方传来窸窣声。亘一惊，回头望去。

是什么声音？

自己的神经紧绷着，似乎连放电的声音也听得见。不过，这可跟刚才听见的、微弱的声音不一样。刚才的声音——好像有什么在动——

祭坛旁的西斯蒂娜石像座前，今日也一如既往堆满鲜花，香气袭人。西斯蒂娜脚下践踏其他种族的细节，用献花的方式掩饰，不让信众——不，是那些尚未了解真相的人们知道。

亘舒了一口气：从大门口处也能看到，有两三朵白花从石像座掉到地上。刚才的声音是花掉落时弄出来的。堆得太多，塌下来的吧。

不能再磨蹭了。就在亘小心翼翼地拔出门闩，就要推开大门时，石像座又接二连三掉下五六朵花。从花枝的缝隙间，隐约看得见石像脚踵处。

一瞬间，亘不寒而栗：他觉得是西斯蒂娜像动了脚部，花朵才掉落下来。

咳，胡思乱想。

不过，他还是屏息注视着。

正当此时，戴蒙主教离开的那扇门传来了咔嚓咔嚓的声音。门即将打开。亘飞快地往旁边一闪，躲到旁边的长椅背后。

门开了，有人出来。法衣拖过地板的声音。戴蒙主教？不好。如果他向这边走来，马上就会看见！

亘紧急结印，布下结界，隐身。

法衣拖地的声音迅速接近。亘悄悄从长椅子背后窥探，果然是戴蒙主教。他脱下豪华袈裟，恢复一身白色法衣。手持那把勺子——与西斯蒂娜像所持勺子一模一样，把上嵌有宝玉。

与之前在这里初见比起来，此刻的戴蒙主教更显得容光焕发。在亘眼中，觉得主教简直是返老还童了。光溜溜的脑袋油光锃亮。他突然回想起乘巨鸟而来，在空中俯视这个教堂时的情景。教堂君临利利斯，其影子覆盖了全镇——随着教堂更具权力、势焰熏天，连戴蒙主教也不可思议地能量大增？

主教从亘藏身的长椅通过，又往前走了两列长椅的距离，突然止步。

他用祈祷和布道时的腔调，平缓而威严地说：

“有人施了魔法。”

一瞬间，亘忘记自己已隐身于结界中，紧紧缩起身体。心脏咚咚地狂跳。

戴蒙主教缓缓扭过头来，他的嘴角分明浮现出冷笑。

不要紧，有结界呢，他看不见，亘告诉自己。因为呼吸困难起来，他有意识地调整了一下。必须节省哪怕是一点点的身体消耗才行啊。

“捣蛋鬼。”戴蒙主教说道。他说话间整个人转过身来了。

“藏在哪儿啦？”

他背对着亘，悠然自得地念叨着。亘在地上爬，打算远离戴蒙主教。

就在此时，戴蒙主教一扭头，大喝一声：“就在这！”

主教手中的勺子直指着亘。嵌在勺子顶端的宝玉亮光一闪，迸射出闪电。亘正半弯着腰，无从躲避闪电。他本能地抬起双手护住身体。

一阵电击般的麻痹掠过手掌，然后是手臂。亘砰地弹起，从长椅背上方跌落，背部着地。

因过度震惊，他甚至感觉不到痛楚。当亘从地板上挣扎站起时，结界消失了，被那道闪电般的光抹去了。

戴蒙主教睨视着亘，满脸堆笑。他的双眼像没有生命和能量的荧光涂料一样，在黑暗中发光。

“怎、怎么会……”

戴蒙主教跨前一步，逼近亘：“你真以为，那么一点生疏的魔法，就能骗过我的眼睛？我早就知道你藏在这里啦。”

心知肚明而佯装不知，欲擒故纵？

亘撑着膝头站起来，手按勇者之剑。戴蒙主教笑得更厉害了。

“你是什么人？”主教故作娇滴声逼问道。他又迈前一步。亘退后半步。

“尽管生疏，可像你这样能念结界魔法的小孩，倒也稀罕。之前你来访时，说是高地卫士？”

“我是高地卫士。”亘严肃地昂起头，“揭露弊端、战胜丑恶、保卫幻界，是我的使命！”

戴蒙主教犬吠般干笑两声，说道：“口出狂言，颇有干劲嘛。”

亘明显感觉到主教用评估的目光打量着自己，他厌恶得哆嗦了一下。

“那把剑……”戴蒙主教用勺子指指亘的勇者之剑，眯起双眼，“还有那眼神，那种魔法——”

他眼睛一亮，脸上又绽开了险恶的笑容："噢噢，你是旅客吧？"

亘没有回答。他集中精神，调整姿势，以便随时可以挥剑劈杀。

"没错。你就是旅客。"

主教用刚才朗读祈祷书的、吟诵般的腔调说道。他喜笑颜开，神情甚至有些陶醉。

"可恶的'扎扎·亚克'啊，欺骗神的家伙啊，从虚伪的女神搅起的污浊泡沫中产生的卑劣的仆人啊。你为何踏足这圣地？莫非连你这样卑贱的存在，也能感受到这教堂放射的光辉？"

亘激动地反问道："砖匠大道的人在哪里？"

戴蒙主教将夹杂着白毛的优美长眉一扬："你说什么？"

"托尼·范伦在哪里？他们都被关押在教堂地牢里吧！"

"原来是这样。"戴蒙主教皮笑肉不笑地说，"那可是十分抱歉。你是为了救那家伙而来的？"

亘大叫道："他们在哪里？！"

"'扎扎·亚克'啊。你能找着就找好了。你能看出来的话，就自己去看吧。"

勺子在戴蒙主教两手中慢慢地倒换，顶端的宝玉在齐眼的高度。

"可是，你找不到。你也救不了那些肮脏的家伙。做不到吧？要说为什么——因为你将葬身此地！"

戴蒙主教把宝玉抵住前额，开始大声念诵咒语。

"我神封闭于远古的咆哮啊，永劫时封锁的灵力啊。赞美我神者衷心祈求您此刻现身。招来天雷！"

教堂内所有的彩画玻璃像打雷般一齐发出耀眼的光芒，令人眼花目眩，亘不禁抬起一只手遮挡眼睛。脚下传来的一阵冲击令他站立不稳，他拼死抓牢长椅椅背。

"我神啊，给欺世盗名者以天诛！"

戴蒙主教摊开两只手，声震屋瓦般吼道。与之呼应，彩画玻璃再度闪亮。

亘在闪光中看见：彩画玻璃上描绘的西斯蒂娜们，全都盯着自己这边。她们右手持勺，将左手的手镜伸向自己这边，在镜子上映现自己的脸。

噢噢，我们的敌人在这里。

我们的敌人就在手中。

所有的西斯蒂娜都目光灼灼。

啪嗒！花又掉下来。亘条件反射般瞥一眼石像，然后立即收回视线。但他就此僵立于地，一时不能动弹了。

不可思议。

不可能发生这种事情。

西斯蒂娜石像一边用脚尖撩开埋住脚踝的鲜花，一边缓缓走下台座。

右脚离开台座，踏上地板。左脚抬起。持手镜的左手垂落在身体一侧，发出窸窣声。持勺的右手如展翼般平伸开去。

岂有此理，石像不可能动的。这是幻觉。我产生了幻觉。

戴蒙主教仰天大笑："看啊，欺骗神的肮脏家伙侵入圣域，连西斯蒂娜也发怒了！"

石像西斯蒂娜有目无珠。但亘觉得，从她单调的灰色石质瞳仁里，射出愤怒和憎恨，将亘定住不能动弹。

西斯蒂娜像下到地上，高举手镜，另一只手像打网球时反手击球一样，把勺子由下向上猛一挥。从勺子前端射出一股冲击波，包含着毒气和尖刺的强气流掠过教堂刮来。亘面前的长椅靠背，魔术般唰地被截断，随即粉碎四散。碎片纷纷掉在亘身上。

亘来不及喊一声，转身就逃。

"呵呵，逃呀逃呀，肮脏的家伙！害怕神的惩罚吗？可怕吗？在这教堂里，岂有你藏身之处！"

在戴蒙主教说话的同时，第二个冲击波刮过来了。亘伏地避过。他的衬衣下摆被撕开，两三排长椅被掀翻。

咚、咚。西斯蒂娜每走一步，教堂地面便震颤一下。它离亘已不是三排长椅远了。戴蒙主教和亘拉开距离，举起勺子再次祈祷起来。

冲击波来了。亘惊险地避开。左耳垂开了口子，血滴四溅。摔倒可就要完蛋了。西斯蒂娜像的石眼盯住亘不放。

勺子又举起来了。亘拔出勇者之剑，使出在伤心沼泽悟出的魔法，向着飞来的冲击波射出光弹。

射来的冲击波击碎长椅，与勇者之剑发出的光弹在距亘不足一米处碰撞。光弹阻击了冲击波，形成半圆形的闪光范围，把冲击波反弹回去。

冲击波反射回西斯蒂娜像，它高举手镜的左臂摇摆了一下。石像一脚踩空，调整过姿势后，又向亘的方向逼近。

西斯蒂娜像并非以自己的力量行动，是戴蒙主教的咒语在操纵它。亘骨碌碌转动着眼珠子，努力思索着，不让自己完全沉浸于这场难以置信的决斗中。必须击倒戴蒙主教，让他不能发出咒语！

冲击波。再反弹回去。在光弹阻击半圆范围之外，冲击波的力量扫过背后的大烛台，烛光同时熄灭。不，是蜡烛头被切断了。断头带着尚在燃烧的火苗，坠落地板上。

就是这次冲击波！

西斯蒂娜勺子的前端对准了亘。

要向着戴蒙主教打回去！

快回忆起来！是业余棒球赛。不是和阿克玩过无数次吗？旁观的阿克他爸不是表扬说：亘力气小，可准确性棒极了。什么球亘都能够得到。球感太好啦。职业高手都自愧不如哩！

时机决定胜负。调整好呼吸。西斯蒂娜像高高在上，它过来了！

冲击波带着凶恶的意志，瞄准亘扫来。冲击波飞过来，它呼啸着，要截断亘的颈脖。

亘举起勇者之剑射出魔法弹。因腰闪了一下，迟射了一瞬。碰撞发光的范围就在亘面前展开，冲击波的势头使亘踉跄后退。好几根大烛台的柱子被一下截断，像愣一下神般静止片刻，然后隔喘一口气的工夫，带着沉闷的声音同时落下。

“怎么啦？只晓得躲闪吗？无处可躲啦，小家伙！”

戴蒙主教的大笑回响在教堂里。

逼至近前的西斯蒂娜石像的脸笑了一笑。它要施以致命一击了。勺子在空中划了个弧，在近距离发出的冲击波，带着不和谐的嗡嗡声飞向亘。

职业高手都自愧不如！

亘以击球姿势挥动勇者之剑，就像真的打业余棒球一样。射出的光弹略为偏离亘的正面，在极险处挡回了冲击波。不在阻击范围的冲击波擦过亘左肘，身上掠过一股剃刀割伤手指般的寒气，衣袖撕破了，左边脸颊唰地流出血来。

“哇！”

在西斯蒂娜像后远处，戴蒙一声惊叫，连同身后长椅翻倒，摔得四脚朝天。他的白色法衣像风帆一样鼓起，衣裾扯裂，刮到空中飘舞。

“你、你小子！”

戴蒙主教狼狈之下，西斯蒂娜像一时停止了动作。亘没有放过这一瞬间。他从西斯蒂娜持勺的右臂下面钻过，向戴蒙主教冲过去。

“小鬼头！”

过于肥大的法衣妨碍了挣扎着要站起身的主教。亘几乎是三级跳远似的扑向主教，使劲踩踏在法衣宽大的袖子上。手撑地板的主教惨叫一声摔回地板上。

亘揪住戴蒙主教的衣领，将他一把扯起来。亘以主教的身体为盾牌，让他面向着西斯蒂娜像。

“来吧，来试试看。念咒吧。如果西斯蒂娜像攻击过来，你跟我一起掉脑袋！”

“胆大妄为的……你这胆小鬼！”

“彼此彼此而已！”

西斯蒂娜像举着持手镜和勺子的两臂，轻轻晃动着。

“松手！放开你的脏手！”

“我就不放！”

主教晃动着亮晃晃的脑袋，喊叫暴跳着，想要挣扎，但亘紧紧揪住他。法衣领子哗啦一下裂开。主教双脚乱蹬，手中勺子向亘乱打一通。

“你的脏手别碰我！”

噢,好吧。亘一下子放开手。拼命挣扎着要逃的主教失去拉住他的手，自己一头栽倒在地，发出咚一声闷响。

主教嗷嗷地呻吟着，蹲着起不了身。亘一伸手，夺过主教手中的勺子。

“这玩意儿，活该这样子！”

亘紧握勺柄，憋足一身气力，将顶端的宝玉砸向地板。

宝玉应声碎裂。碎片四散时，血腥味扑鼻而来。步履蹒跚的西斯蒂娜像静止不动了，高举的两手像是做着欢呼的姿势。它右手手指松弛，勺子滑落下来。勺子落地发出哐的声音，在亘眼前变成了沙子。

“呜呜，西斯蒂娜大人！”

戴蒙主教割伤了额头，血流满面。也许是血糊住了，他闭着一只眼睛。他不是什么主教，而是一个骨瘦如柴的海盗船老船长。

“你小子，西斯蒂娜大人不会放过你！”

随着戴蒙主教恶狠狠的叫声，彩画玻璃再次闪电似的发亮。仿佛与之呼应，西斯蒂娜像左手的手镜也开始发光。正诧异间，圆圆的镜面射出光线。亘敏捷地闪避。他在地板上来一个滚翻起身时，刚才所在的地板上，有一大块焦痕。

这回是由手镜发出光线攻击？亘因为生气和诧异，陷于危机状况中。他因为恐惧和兴奋，几乎情绪失控，随时可能歇斯底里地狂笑起来。

这时，亘左手腕佩戴的火龙护腕发出红光。燃烧似的感觉让亘冷静下来。高地卫士的忠诚宣誓：我们要继承火龙遗志，我们是护法的卫士，是真正的猎人。

亘站起来。他将闪耀红光的火龙护腕在胸口处按一下，宝剑一亮，冲了出去。

从西斯蒂娜像的手镜发射出来的光线，紧追亘不放，在地板上、墙壁上烧出漆黑焦痕，长椅碎片散落一地，有些仍在冒烟、燃烧。

目标不是西斯蒂娜像，得破坏给予手镜力量的彩画玻璃。亘在教堂中奔跑，左闪右避、前扑后仰，同时向彩画玻璃发射魔法弹。

一块彩画玻璃碎裂了。

跪倒在女神膝下……

又一块变成了哗啦啦的玻璃雨。

锄恶扶弱……

又一块、再一块。每次魔法弹命中目标、彩画玻璃粉碎时，在玻璃碎裂声中，响起一个女人的尖叫哀鸣。

直至此身老朽、回归尘土为止……

只剩一块、祭坛边上的彩画玻璃。它映出正面的西斯蒂娜，她带着恶狠狠的目光，要扑向亘的同时，也变成了无数的玻璃碎片！

向着真理之星迈进！

亘喘着粗气，两眼通红，回头望向西斯蒂娜像。她隔着变成了瓦砾堆的一列列长椅，正对着亘。

“受我一枪！”

亘射出魔法弹，带着亘的意志划空而过的光弹正中石像前胸。

光弹倏尔消失了，西斯蒂娜像挺立着。亘身子一晃，单膝跪倒，但目光依然不离西斯蒂娜像。

西斯蒂娜像的左手缓缓松开，手镜落地。和勺子一样，手镜也在地板上变成了沙子。

“哟哟，西斯蒂娜大人……”

戴蒙主教四脚着地爬向西斯蒂娜像脚旁，僵化的脸上满是血污。他双手搂住石像，紧紧抱住。

"天哪！小杂种，你知道自己干了什么吗?！"

未等亘开口，西斯蒂娜像猛地一歪。恢复了纯粹的石头雕像，成了一块破破烂烂、没有台座、不安稳的大石头。

戴蒙主教尚未意识到发生了什么事，还没来得及逃走，西斯蒂娜像已慢慢倾斜，轰然扑倒，将惨叫着的主教压在身下。

戴蒙主教的惨叫声戛然而止。教堂里，活动着的东西，只有飞扬的尘埃和处处火焰；火焰仿佛抢夺着残羹剩饭的胆小的鬣狗，舔食着长椅残骸，仅此而已。没有彩画玻璃阻挡的阳光，暖融融地直接照射着这一情景，恍如置身别处。

我、我赢了。打败敌人了。

亘一时腰腿瘫软。他仿佛一个潜水时间过长的人，肺部贪婪地吸入空气。

祭坛边的门大开，几名穿法衣的男子露出头来。他们木然呆立着，等亘转头望向他们，他们便一声惊呼，缩回边门内。边门砰地关上了。

不能耽搁。已经惹出这样的乱子了。那些人是主教手下吧。如果他们报告舒丁格骑士团或帕姆所长，众人就会赶来。到那时以寡敌众，肯定打不过。

快逃——亘好不容易站起来，刚向大门口走去，便听见门外有人边跑边喊：

"喂！喂！不得了啦！教堂里面出大事啦！快报告警备所！请求救援！"

不好。直接走大门出去，肯定逃不掉，得布结界才行了。亘举起剑。不过，太累了。仅为结印而举起剑，便一阵晕眩，几乎倒下。

照这样子，要被抓住的——

"这究竟是怎么回事？"

这时，传来一个吃惊的、闷声闷气的声音。亘循声望去，只见西斯蒂娜像原先所在的摆满鲜花的台座处，露出一名男子的脑袋，他瞪圆了两只眼睛。亘马上醒悟过来了。

对了，就是台座。西斯蒂娜像避人耳目地踩踏着其他种族的台座处，就是地牢的出入口。果然符合帕姆所长和戴蒙主教这种人的趣味。

未等男子缩回脑袋，亘竭尽余力射出魔法弹。男子一声惨叫，在一阵咕咚咕咚声中消失了踪影，看来是摔下去了。

亘一步一瘸，以虚弱的身体奋力跑向台座的位置。正如所料，台座移开了，有架结实的梯子通向下面。亘探头下去观察，只见刚才的男子在梯子下面失去了知觉。

亘用发抖的手抓紧梯子，下到里面。里头是四面石壁的狭窄通道，处处燃着有玻璃灯罩的煤油灯。右手边有一间小房子，里面有书桌、椅子和堆叠的文件。办公室？

没错。这里就是地牢。面前出现栅栏。通道伸向更远处，两旁密密排列着牢房。被关在里面的人手抓铁栅，头抵在铁栅隙间，骚动起来。

失去知觉的男子似是这里的看守。他腰间有锁钥束。亘说声“对不起”，扒在面前的铁栅上喊道：

“大家还好吗？砖匠大道的人都在这里吗？”

“对呀”、“对呀”的嘈杂声响起，一下子听不清楚的几个问题随即摆了出来：“你是谁？”“是来救我们的吗？”“上面怎么了？地板咚咚地震呢！”

“我是高地卫士！来救大家！”

亘大声答一句，便奔回梯子下面，操纵台座后面的把手，将洞口盖子复位。办公室墙上挂有一圈绳子，亘用这捆绳子绑好失去知觉的男子，塞在桌下。

锁钥束上串有许多钥匙，亘一番周折才找出打开正面铁栅的钥匙。地牢里的人欣喜、焦急，吵成一片。

铁栅好不容易打开，亘摔倒在地牢的走廊上。人声鼎沸，亘两手拢在嘴边喊叫，也无人理会。亘挥起连鞘的勇者之剑，在栅栏上哐哐地敲起来。

“静一下！请静一静！”

等人们终于静下来，亘大声问道：“范伦先生在吗？”

牢房深处响起一个变了调的声音，答道“范伦在这里”。亘跑了过去。

托尼·范伦一脸憔悴。也许因为关押太久了吧，他脸色发青像只幽鬼，颧骨高耸。束在后脖梗处的黑发，似乎也较先前见面时稀薄。不过，他依然目光坚定，一见亘，顿时眼前一亮。

“你不是加萨拉的高地卫士吗？

范伦双手握紧铁栅。

“你一个人来的？朋友们呢？”

“很遗憾，我独自来的。”亘也抓住铁栅，好不容易才挺起身来，“我本想悄悄潜入，但闹大了。所以，不能回到上面了。此刻帕姆的部下和舒丁格骑士团应该已包围了这所教堂。”

牢房里的兽人和水人们纷纷叫喊起来。有人喊叫有人怒骂。当中只有范伦在笑。

“那么，说不上是来救人了。你也自身难保吧。”

“不好意思，确实是这么回事儿。”

“打算怎么办？”

“除了那梯子以外，还有其他出口吗？”

“怎么可能有呢？”

范伦大笑着说道，回头看看同一牢房的伙伴们。粗犷的兽人和水人一齐吠叫似的笑起来。

“正因为不可能有，所以我们就在这里挖隧道。当然是悄悄挖的，不为人知了。”

隧道就在牢里？范伦他们大笑着揭开铺地木版，赫然出现一个洞口。

“已经挖到镇外啦！”和范伦并排的兽人夸耀般露出尖齿，叫道，“要光是我们，早就走掉了。不过担心其他牢房的伙伴。现在正是时候，这是你的功劳哇，小朋友高地卫士！来，用钥匙打开所有牢房！”

亘心头一轻松，几乎瘫软倒地。范伦从栅栏之间伸出手，及时拉住了亘。

“要挺住。虽然像是受了伤，可别现在就晕倒。得先逃到安全的地方去才行。”

“噢，好的。”

握锁钥束的手也被范伦拉过去。他的黑眼珠一下子瞪得大大的。

“那——不是我的工具箱吗！”

他说的是亘系在腰间的工具箱。

“你见过艾尔扎？”

“对。她没事。虽然因为担心你而伤心，但平安无事。”

“太好了……”

“这是她让我带上的。范伦先生，我想请你做一支龙笛。我是为此来利利斯找你的。”

范伦瘦削的脸上透出异样的神采。

“好，明白了。虽然不知道是怎么回事，但不管怎样都给你做，总之，尽早离开这里。”

三十七　乔佐的翅膀

漫长的隧道通往利利斯郊外的山中。逃出牢狱的人们在这里各自散去。

“请到其他城镇的警备所去。人们如果了解利利斯的实际情况，不会袖手旁观。”

人群中有妇女和孩子，亘对此颇为担心，但砖匠大道的人们情绪高昂。

“我们熟悉这里的地形，不会被抓住的。我们一定能逃掉。”

亘和托尼·范伦一起，越过山冈穿过树林，前往“大树路标”。基·基玛的达鲁巴巴车果然在这里等待，车轮上满是连续赶路沾着的泥尘。米娜攀上大树的枝杈，早就看见亘和范伦的身影，但她看清亘带着一身伤痕时，心一慌差点从树枝上栽下来。

“正所谓‘猴子也会掉下树’呢。”亘笑着说，“我虽然样子不堪，但都是不碍事的伤。”

“骗人。伤得很重呢。究竟是怎么回事？”

详情稍后说。众人一同钻进达鲁巴巴车。

“总而言之，不脱离利利斯警备所的管辖之外，就不可能安心制作龙笛。尽管晃得有点厉害，各位就忍耐点儿啦。翻过两座山，有一个叫作达库罗的小村庄。那里极偏僻，利利斯的人不知道的。警备所也就鞭长莫及了吧。到了那里，就好办啦。”

基·基玛振作精神，向达鲁巴巴扬一扬鞭子，车子带起一溜烟尘，跑了出去。

名叫达库罗的山村，是在好久以前——谁也记不清楚的久远时代，因金矿而繁荣。金矿被掘尽之后，村子的热闹也结束了。时至今日，只有为数不多的老人留在这里，靠耕种几小块田地度日。

“说起用达库罗的金子制作的装饰品，可是古董中的珍品呢。”范伦环顾朴素的茅草顶屋舍，说道，“别人送来请我修过两三回，原来是在这样的地方做的啊！”

达鲁巴巴车一到村口，老人们从小屋探出头来，向基·基玛亲切地打招呼。亘颇为惊讶。

“基·基玛，是你的熟人？”

驾达鲁巴巴车来到这里，一路上都是难走的道路。

“你来过这里送货？”

“虽然不属于工作，不过嘛，是别人拜托的事情嘛。因为老人多，我就买一些衣服、日用品带过来，都是些要跑老远才能弄到的东西。”

据说是基·基玛刚开始驾达鲁巴巴车时，在山里迷路，来到了这里，从那时起有了这样的来往。

“若论工作，我们是不去利利斯的，对这一带的路径不熟悉，加上还是新手，在我几乎走投无路时，在这里获救了。自那以后，每到附近，便过来走走。”

原来既是金矿，老人们便都是昔日的兽人族矿工。他们和基·基玛关系很好，非常亲热，听说了情况之后，他们提供了空着的小屋，拿来食物和水款待客人。

村长是连耳内的绒毛也变白了的兽人，在亘眼中，他像是西伯利亚爱斯基摩犬，虽已衰老，但眼神中留有一点精明强干的余威。

休息过一晚，范伦立即投入制作龙笛。他乍见乔佐的鳞片时的兴奋之情，让亘、米娜和基·基玛三人几乎不知说什么好。

“这可是我一辈子才能碰上一回的大事。”他热血上涌，说道，“龙的鳞片，连我师父都没有做过。我当然也是头一次啦。而且，是只许成功不许失败的哩。这东西只有这么一片。”

他说：“给我两三天时间。交给我吧，一定完成任务。”

范伦表完态，一头扎在小屋里。

“真是匠人气质、艺术家涵养啊……”

基·基玛感叹道，黑眼睛瞪圆。

“那劲头，简直让人想不到他是刚刚脱离险境，走出牢狱的哩。真了不得。”

“范伦先生此刻肯定是全神贯注于工作啦。”米娜心平气和地说，“这样一来，他就不会牵挂还留在利利斯的艾尔扎小姐了吧。”

亘也担心着艾尔扎。不过，虽然意见对立，她毕竟是帕姆所长的女儿。虽然因范伦他们的大逃亡，利利斯将处于更彻底的戒严状态，但导致艾尔扎发生危险的可能性甚小。他这样一想，也就释然了。

而且，也许是绷紧的神经松开了吧。亘倒头大睡起来。他在高烧中喃喃自语，让米娜担心不已。村里一位老人煎了草药送来，说是对因伤势引起的发烧很见效。虽然味道极苦，亘硬是龇牙咧嘴地喝下去了。

就在范伦埋头工作、亘大睡不醒期间，利利斯警备所的高地卫士和舒丁格骑士团的一队人曾来到村口。基·基玛的判断有误，达库罗村也被列入搜查逃狱犯的范围。

不过，搜查人员马上就离开了，他们急如火燎，无心与耳背老人们打交道，也对眼看就要荒废的荒凉山庄不寄希望，根本就没有踏入村内一步。

“这村里的老爷爷老奶奶可不好惹呢。”一旁看护着亘的米娜伸伸舌头，笑着说道。

“其实并没有聋到那种地步，但他们故意装作听不见，蒙那些搜捕人员的。”

亘安心养伤。他明白米娜心中的担忧，便将西斯蒂娜教堂发生的事、自己如何应付略略提了一下。

“你能平安归来，真是太好了。”米娜深灰色的眸子湿润了。

“全靠勇者之剑啦。”亘说道，“不过，我杀了戴蒙主教。”

“才不是你杀的，他是自作自受。而且，如果他不死，你就要被害了。也不可能救出范伦先生他们了。”

是这样。不过，留在心中的疼痛般的罪恶感挥之不去。亘躺在床上，仰望着朴素的梁木，听着吹动茅草屋顶的风声，嗅着灶头嘶嘶的水汽和烤过的面包味儿，过去的一切恍如噩梦一场。不过，每次翻身、每次迷迷糊糊地醒来，如同日历纸被风吹起、逐日回放一样，教堂的情景又历历在目，让亘明白那是真实无疑的事情。缓缓倒下的西斯蒂娜像、和垫底的戴蒙主教。主教惨叫着，额头上的血汩汩流出。

每当亘从噩梦中醒来时，米娜总在他身边。亘趁她不注意时，凝视她的侧脸，他看见了妈妈的面影。那是像妈妈、却不并是妈妈的、温柔的女子的面影。她将是现世中的某个人吧——一个亘还没有遇见、未来即将邂逅的、牵挂着亘的人的面影。

到亘虽然涂一身创药、包着绷带，但已能起床的时候，托尼·范伦摇摇晃晃地走出了小屋。他手上握着支鲜红发亮的笛子。

“做好了……”

话刚出口，他颓然倒下。连续三天不眠不休、不吃不喝，这也是情理之中的。

亘拿起龙笛。这件精心雕琢的工艺品，蕴涵着红宝石的晶莹光辉，精致柔美，它与其说是笛子，在亘看来更像是在远离尘世的森林中，悠然飞翔的神奇丽鸟的喙。它会发出怎样的声音呢？

“这里可以吧？”

达库罗的村长带亘一行来到村边的空地上。这里被杂木林环绕，柔柔的小草开着白花。

“龙身躯庞大，这里该可以的。落脚点也挺结实。”

据说，这村庄往昔热闹之时，这里是搞活动和集会的地方。

亘深吸一口气，仰望蓝天。今天是没有一丝云彩的大晴天，和风拂面。

“亘，快吹吹看吧。”

米娜和基·基玛，之后是村长率众村民，大家屏息以待，据说大家是有生以来头一次看龙。饶有趣味的是，连老人们的目光里，也透着孩子般的兴奋。

“那好吧，我吹了。”

亘心情紧张。他的手指抓得紧紧的，生怕龙笛脱手。举到唇边。鲜红的龙笛，带着微微的温暖。亘静静地吹气。

声音如丰沛的流水泻出。连风景也为之一变，仿佛被一块通透、轻滑、美丽的布从头蒙住一样。杂木林的绿色变成了鲜亮的新绿，小草开出的白花闪烁着银光。

龙笛并非将亘的吹气变成声音，它是触到具备资格者的生命时，自动吟唱起来的，是向远方的呼唤。这呼唤乘风而去，与风浑然一体，驾云、吸收光，一边给地面上所有的耳朵送去开心的呢喃，一边飞升高空。

“真美……”

米娜悠然仰望天空，嘟哝道。仿佛声音的流动可以看见一样。不，在亘眼里，的确看得见——在幻界空气中，一股纤尘不染、内含强大能量的清风，从平地升起。

即使龙笛离开了亘的唇边，那种感觉仍存留了一段时间。停止了歌唱的龙笛很满足似的沉默着，在亘指间红红地闪亮。

不知等候了多久，人们已忘记了时间。大家只是仰望蓝天，心潮难平。

不久，远方苍穹突然出现一个鲜红小点。仿佛蓝天上出现了另一支龙笛。不过，那颗正午中天的闪闪红星，明显在移动，正在迫近。在一碧如洗的蓝天上，它被引导着、追寻着、回应着呼唤，勇往直前。

鲜红的小亮点眼看着膨大起来，成为一对巨翼。每次有力地扑动，它就扇起一股气流，一边在身后形成彩虹，一边飞来。它过来了。

亘不禁挥起手来。大家也都开始挥手。鲜红的翅膀看得很清楚了。没错，它就是龙。

鲜红的龙展开双翼，在众人头顶上绕一个大圈盘旋，随即悬停在上空。大家一下子散开，让出广场中央。乔佐带钩爪的脚和翼翅灵巧地保持着平衡，慢慢降落。乔佐每次扑动双翼，杂木林和小草都狂摇一番。乔佐扇起的大风，让亘的头发、米娜的耳朵、村民们宽阔的衣袖和下摆都翻动起来。众人欢声四起，拼命摇手。

巨大的火龙双足着地。乔佐小心翼翼，不让自己的翼翅扫着等候的人群。他大而圆的眼睛骨碌翻动一下，找到了亘。

"乔佐！"

亘伸出双手扑过去。火龙扇动翼翅，喉间"咕噜咕噜"，迎接亘。

"哎哟哟，好久不见哩，亘。"

从乔佐巨大的牙齿之间发出了声音。他的身躯比在伤心沼泽时长大了一圈至两圈。双翼雄健，牙齿闪亮，片片鳞甲形成鲜红的鳞衣，覆盖全身。不过，欢快的语调依然如故。

"你一直没有叫我，还想你不知如何了呢。"

"对不起啦。从那以后，发生了许多事情。不过，你还惦记着我呀。"

"当然。"乔佐眼珠滴溜溜转，"你是我的救命恩人呀。"

乔佐在伤心沼泽曾遭怪鱼凯伦噬咬，亘用勇者之剑砍掉了他的尾巴，现在还是老样子。

"尾巴没有再长？"

乔佐摆动尾巴，拍打草地，笑起来。龙翼旁的村民们战战兢兢地接近乔佐，正用手指摸着龙尾，现在则纷纷逃开去。

"即便咱火龙再厉害，也有做不到的事情哩。我挨龙王爷训斥啦，说我就爱玩花样。不过，有点伤疤在身，像个久经沙场的勇士，挺帅吧？"

乔佐歪歪脖子，环顾聚集的人群。"都是你的朋友？"

“对，没错。”

“都是大眼睛、大嘴巴嘛。”

亘笑出声来：“就因为见到你太惊讶了啊。大家是第一次看见龙。”

“是嘛。各位，你们好。”

对于乔佐爽直的问好，村民们嗷嗷地嚷嚷起来。也有的老人家吓瘫了。村长不住地拭去额上的汗珠。

“这可是……可是真龙呀。是活生生的火龙呀。”

“没错，如假包换。”乔佐乐呵呵。

米娜提心吊胆地走上前：“亘、亘……”

“哎，乔佐，这是和我一起旅行的伙伴米娜和基·基玛。”

“您好，猫族姑娘。还有，水人族叔叔。”

“叔、叔叔？”基·基玛畏缩着说，“我可没那么老。”

“哟，是吗？抱歉。水人族的岁数，不易判断呢。”

龙的岁数也不好判断。虽然乔佐这一阵子身体更长大了，但想法好像还挺孩子气。

“亘，你想去哪里？我可比以前飞得更高更快啦。你想去哪里都行。”

亘说明了情况。乔佐丝毫没有吃惊的表现。

“哦，是迪拉·鲁贝西。确实，因为近来安德亚高地的气流变得很怪，所以巨鸟族接近了很危险。”

“你知道？”

“当然啦。幻界的太空属于我们哩，马上出发？”

“好！”

亘他们已经做好了出发的准备。乔佐弯下脖子，基·基玛先爬上去，然后拉米娜一把，最后是亘爬上去。三人跨坐在龙脖上。村民们围拢过来。

“村长先生，给您添麻烦啦。非常感谢！”

“哪里哪里，一点也不费事。”

“范伦先生就拜托您啦。”

“好好，包在我身上。等他恢复好了，我安排他走安全的山路，平安抵达加萨拉为止。”

亘写了信给加萨拉的卡茨。范伦持信到加萨拉去，便能向所属警备所反映利利斯的实际情况了。

“三位怎么样？都坐好了？抓牢了啊。”

乔佐摇摇脖子确认之后，开始扑动双翼。

“好的，出发啦。一开始会有点晃动。起！”

乔佐扇动双翼，随即卷起上升气流。气流惬意地抚过亘的脸颊，让他情绪高涨起来。

“一路上当心呀！”村长大声喊道。

亘挥动手臂。村民们也向他们挥手。乔佐的身躯腾空而起，杂木林退向脚下。亘听着村民们欢呼和安慰的喊声，大声喊道：“再见啦，谢谢！”

转眼之间，乔佐已飞升至空中。他在广场上空滑翔了一个半圆，作告别的致意，然后向着迪拉·鲁贝西，攀升至更高。

送行的达库罗村老人们仰望着天空，直至乔佐重新变成一颗红星，然后消失无踪为止。众人不由自主地嘟哝着同一句话：“这回可是长见识啦……”

三十八　冰封之都

即便对搭乘过巨鸟的亘而言，乔佐的飞行速度、高度都别具一格。更不用说初次飞行的米娜和基·基玛了，二人都被镇住了。尽管如此，米娜俯视地面，惊喜之声不绝于耳，感觉良好。而基·基玛升高不久，原本就苍白的肌肤更是全无血色。

“我、我可能不太适应空中旅行。”

他就惊慌失措地说了这么一句，之后便不再开口，死死搂住乔佐的翼翅不放。

“基·基玛，挺不争气的哩。”

即使米娜讥笑他，他也没有反应。

“虽然空气稀薄了，但看不见下面会更安心，所以穿过这层云到上面去。这样一来，脚下是一片雪白的云彩，就不会那么紧张了吧？”

乔佐说着，飞入头上的云层中，嗖嗖地穿越起来。如他所说，眼皮下的云海（只要忘却是在万里高空）是那么柔软、安全，不安的心情得以缓解。

亘和米娜抱着乔佐的脖子，和他闲聊起来。龙总是飞在这么高的天空中吗？分隔北大陆和南大陆的海在哪里？龙住在针雾之岛的传闻是真的吗？

“对，没错。我就出生在针雾岛上。我们龙族生活的小岛，是龙颈形状的。”

据说，很久很久以前，龙族为数众多，栖身于南北大陆各地。

“可是，据说我们跟你们毕竟难以共存。”

“为什么？”

“因为身躯太大了啊，力气也太大，而且还喷火。”

米娜瞠目结舌，“那么，我们的种族——安卡族也好，兽人族也好——全都驱赶龙族了吗？”

“噢，应该是吧。”乔佐似有难言之隐，“我也只是从龙王爷和父母那里听了一点古时的传说，所以有很多事情还不清楚。”

乔佐也有爸爸妈妈哩。虽然理所当然，还是有点匪夷所思。

“可是，如果是那样，我挺不好受的。”米娜一副歉意的样子，耳朵支棱着，“火龙帮助创世女神，是守护幻界不可缺少的恩人呀。后来出现的我们，却迫害他们的后代子孙……”

“说不上是迫害啦。”乔佐连忙补充道，“嗯，龙王爷说过，幻界本身有如一个生物体，所以，在漫长的历史中不断变化着。他说，像我们这种超强的生物，数目渐渐减少、终归灭亡，也是没有办法的事。”

淡然处之。

“乔佐，你不觉得寂寞吗？”亘问道。

“寂寞？”

“你说终归灭亡啊……”

“嘿，没有切身感觉。我多精神呀，而且，龙岛上还有许多伙伴嘛。”

不过，据说岛上的成年龙绝少离开海岛。他们隐居龙岛，悄然度过和平的日子。外出到幻界中飞行的，都是好奇心旺盛的小龙们。亘邂逅乔佐，真是罕见的运气。

“这也可能是女神的指引吧。”乔佐在云层中眯着眼说。

虽然预计到高空旅行寒冷，三人都多穿了衣服，但接近安德亚高地时，云层渐渐增厚，气温也大降。基·基玛不住地打喷嚏。

“我喷火暖一下？”

“不用！免啦！”

基·基玛慌忙谢绝，说话间差点儿从乔佐背上滑落下来，把亘和米娜乐坏了。

“不用客气的呀。不过，”乔佐透过云层望去，“这些云的模样真的很奇怪。要在平时，飞到这里的话，已经可以从云层隙间看见安德亚高地了。可现在什么也看不见。”

不知不觉间，一行人被原本应在脚下的云完全包裹起来了。乔佐并没有改变高度。

“而且，你们感觉到没有？这云里有悲伤的味道哩。”

“悲伤的味道？”

亘和米娜都伸出舌头，打算尝尝云的味道。可无从做起，毕竟不是舔棉花糖。

“是眼泪的味道。说不定女神正伤心哩。”

乔佐说得挺玄乎。

火龙扑动双翼拨开浓云，继续飞行。不久，右前方的云隙间有东西一闪而过。虽然只是一瞬间，但亘的确看到了。

“应该是吧。该已接近安德亚高地了。稍微下降看看。大家抓牢了啊。”

乔佐嗖地降下高度。像乘坐无形的过山车一样，亘的胃呼地浮起来。基·基玛在呻吟。

“在那边！”乔佐说道，“哎呀，已经来到高地上方啦！”

乔佐双翼扇起的强大气流把云吹向身后。在开阔的视野之下，空中楼阁似的城市蓦然呈现在眼前，亘屏住了气息。

在冰河环绕、大雪封闭的安德亚高地顶端，出现了一个城市。椭圆的双重城墙，高柱林立，回廊环绕。石砌建筑物有许多由台阶连接的高台，宛如迷宫，冷冷地发亮。

最初以为是水晶楼台。不过，凝神细看，就明白并非如此。是冻住了。一切都冰封了。亘回想起以前全家旅行参观玻璃博物馆时看见的东西。

用结晶玻璃制作的大型城堡，就连尖塔上飘扬的旗帜也是精雕细琢的玻璃工艺。

“看呀，那片森林。连树木也冻住了。”

蒙了白霜的枝条垂下无数冰柱，像奇特的果实般闪闪亮。

“所有一切都冻住了哩。”米娜叹着气道，“这么寒冷的地方，真的住着人吗？”

一望无际的大都市里面，看不见一个人。

基·基玛打了个特大喷嚏，弄得乔佐的翅膀一抖。

“噢,亘,正因为这样才求救的啊。希望在大家冻死之前,有人出现吧。”

亘感到耳垂已经冻麻了。

“乔佐，没有步行登上安德亚高地的道路吗？”

“从没见过。”

“因为很早以前起，便被冰河围住了吧。”

“噢。不过，以前飞过这里时，建筑物和树林没有冻住，看见过鲜花盛开和散步的人呢。”

冰封之城的东北城墙旁，有一个平顶的大厅似的建筑物。乔佐在那里着陆。

“哇，好冷！”乔佐收起双翼，大鼻孔不安地耸动着。

“连我都差点打喷嚏啦。亘，怎么样？进去瞧瞧？”

“嗯。”亘从乔佐背上一跃而下，“乔佐，你在这里会冻着吗？”

“不时喷一下火取暖，没问题。不过，别待长了啊。你们也是，会伤身体哩。”

“明白了。我们尽快返回。”

光是从大厅屋顶到地面，已经折腾了一番，在城市里摸清情况，就更得不同寻常地努力了。地面滑溜溜，无法正常行走。尽管如此，三人摔跤了又爬起，想拉一把倒下的同伴，结果自己也摔倒了，狼狈不堪之下，也笑不起来了。

如此严寒、寂静，这个几乎连人的心脏都要冻住的城市，果真还有活着的人吗？在大费周折赶来的同时，那个透过真实之镜呼救的男子，已经耗尽生命了吧？

“有人吗？”

“喂，我们是来帮忙的！”

三人试着大喊起来。没有回音。冻住了的城市连回音都没有，喊声被吸掉了。不，也许喊声刚出口，就被冻住了。

那是很久以前的事了。亘被妈妈带去看儿童剧。那是一出音乐剧，演飞马的孩子是主角，希腊众神都出现了。说实话，亘对那出戏不大感兴趣。只不过，布景很漂亮，吸引了他。大理石造的神殿和围绕神殿的森林。

迪拉·鲁贝西这个城市让亘回想起那出儿童剧的布景。有一幢建筑物，走上缓缓的外阶梯，来到一扇大门前，门上雕刻着花鸟和天使。窗框饰以玫瑰纹的大宅子，门口的柱子上有凯尔伯拉斯（神话中看守地狱之门的蛇尾三头犬）十分称职地守门。

城市面貌井然，划分如同围棋棋盘。建筑物屋顶多是平屋顶，在屋角伸出的挑檐下，装饰了寓意不一的图案。还有一座露天圆形广场，外围是一圈魔导士、骑士、贵妇人的立像柱子，也许是为称颂伟人吧。

表现的是希腊神话中诸神的故乡。作为仿制品，极其认真严谨。

所以，在亘眼中，这一切作为景致完全没有不协调的感觉。不过也难以理解。对于老神教信徒而言，这样的城市面貌，是他们的理想吗？女神管治下的幻界城市，均以自己的产业或在幻界中所发挥的作用而立足。那些城市里，人们得有生计、有生活。这里缺乏这一切。没错，正因为如此，亘不由得联想起戏剧的布景。

露天圆形广场是干什么用的？是赞美谁的雕像吗？谁垂顾过这座城市呢？

这里的居民为什么而流汗、为什么而欢笑、为什么而不安呢？亘像闻到一股气味一样，明确地感受到做作的氛围，因为他实在觉得并非冰霜覆盖一切那么简单。

“哎，基·基玛，”亘问了一句，“在幻界，还有别的城市也像这样子吗？”

基·基玛因严寒而无精打采。

“这么冷的城市，我还没见过哩。”

“不是说寒冷，是说城市建筑。像这样尽是神殿般宏伟建筑物的城市，其他地方还有吗？”

“我觉得没有，”米娜一边说，一边回头看老落在后面的基·基玛，“这座城市挺怪吧？不仅是冻住了这一点奇怪。像商店旅馆这种地方，完全看不到。”

三人来到城市一角、一个类似小公园的地方。中间有个花木围绕的台座，上面装饰着先锋派艺术作品。是一个圆球形。最初以为是地球仪似的东西。不过，即使走近了看，圆球表面也没有任何图案，只是光溜溜的。因为冻得结实，手指不在意触到了，很可能会粘住。

圆球从里面现出裂纹，开始崩坏。裂缝里有白霜。亘打量一番，才察觉它是模仿宝玉制作的雕塑，就是镶嵌在勇者之剑上的宝玉。

不过，要是这样，岂不很奇怪？宝玉是引导旅客的东西。可在老神教，旅客被视为忌讳。将与旅客密切相关的东西作为先锋派艺术作品，是自相矛盾。

“亘，怎么办？瞎逛也不是个办法呀。”米娜两手抱着肩膀，快速摩挲着，“而且，基·基玛眼看要倒下了。水人族不耐寒哩。”

想来蜥蜴是变温动物。当周围寒冷时，蜥蜴的体温也降下来，行动变得迟钝。基·基玛蹲在广场入口，双目紧闭，一动也不动。

二人急忙冲向基·基玛。虽然脚下打滑撞在他身上，但这么一来基·基玛睁开了眼睛。基·基玛睡眼朦胧。

“还好吗？”

“哎哟，不好意思。”基·基玛眨眼也是慢动作，连带钩爪的手指也结满了霜，“没办法，好想睡觉。”

“不行呀，会冻死的。”

“回乔佐那里吧。基·基玛，能站起来吗？”

“我当然可以啦。”他说话也慢吞吞。身体沉重。亘和米娜一左一右抓住他的手，吭哟吭哟地迈开步子。

“没事啦……放心吧……”

基·基玛半睡半醒似的嘟哝着梦话。

一望无际的城市都冻成了苍白色，覆盖洁白的霜。因地面结成几乎可溜冰的厚冰，连足迹也没有。亘沿着棋盘交叉点的道路走，打算顺来路返回，但似乎被没有色彩变化的街市弄糊涂了。即便来到应可看见乔佐的地方，也看不见火龙鲜红的身体。

米娜放开了基·基玛的胳膊，停住脚步。走了两三步远，亘才察觉。

“米娜，怎么啦？”

亘一回头，见米娜瞠目结舌的样子。

“你这是怎么啦？”

“亘，”米娜手一指，“你看，这个！”

二人左手边有灌木丛环绕的广场，灌木都已冻住了，一片白茫茫，仿佛是大雪天的校园。

“‘这个’是什么？”

“看不见？仔细看。”

亘凝神注视。因为寒气冻得他流眼泪。

“你说看见什么……？”

就在他反问之时，他也看出来了。在广场中央，几道冰纹正横过大雪覆盖的广场，形成一个图案。

正是通往现世的那个图案！

“就是说，可在这里使用真实之镜吗？”

如果是这样，就越发不明白了。真实之镜也好，前往光的通道出入口的图案也好，都是旅客使用的。这些非但与老神教无关，应该说是敌对的。

“我们走过去，把它弄清楚。”基·基玛睡眼惺忪地喃喃道，“也可能看错了。假如真是那个图案，也许可以成为线索。”

“不过……”

“我没事、我没事。”

三人横穿过冰封的广场，嘎吱嘎吱地走近雪地上的图案。近前一看，更觉得是那个图案。亘站在图案中心，蹲下来，用手指试着描画图案的纹路。

“只有这里凸了起来。”

“真的。”

米娜也来到亘身边蹲下。她用指尖触触冰面，用爪子抠一下，发出嘎嘎的声音。

“这究竟是……”

米娜刚要说出“怎么回事”时，为避寒而扣好的衬衣内，真实之镜又开始放射出光芒。米娜连忙要取出镜子，但脚下突然摇晃起来，三人都摔了个屁股着地。

“哟，怎么了？”

冻得硬邦邦的雪地震动着。裂纹啪啦啪啦地沿着图案的外沿窜出去。随着龟裂扩展，飞迸起微细的冰屑。

冰面裂开，图案外周明显凸起。咕咚一下震动，地面开始下降。图案部分宛如一架大升降机，载着三人沉降下去。

三十九　教王

图案升降机下到的地方，有与图案形状一模一样的大厅。头顶上方是开放的，冷空气从那里灌入。

即便在大厅里，也跟在室外差不多冷。细粒的粉雪、冻住的雪被吹进来。大厅里没有冻住。类似大理石的石壁。石头走廊延伸至亘的前方。

“去看看。”

三人开始走过去，基·基玛被夹在二人中间。走廊上没有任何松明、烛台之类照明的东西，不过整体上微明可辨。构成走廊、墙壁和天花板的石头光溜溜的，反射出月光般的微弱光线。

走廊转右、转左，长长地延伸。各处或左或右，出现了沉重的门扉。门扉周围粘着冻结的雪，试着推拉一下，纹丝不动，关得紧紧的。

连这里也没有人的气息。

因为紧张和寒冷，三人都没有开口说话。顺着漫长的走廊往前走。走廊尽头是一个烛焰形的拱门，门内更亮一些。三人往里走。

过了拱门，走到伸出的露台。至天花板位置无遮无挡，似乎有三十米高。房间圆形，四壁环绕着台阶。亘往前走，隔着露台的扶手窥探下方——扶手边描有装饰花纹，曲线颇似优美的藤蔓。他发出“啊”的一声。

阶下的圆形大厅中央，放置着一面大圆镜，直径与亘的身高相仿。是真实之镜。镜子旁有一把扶手椅，一名白袍男子——那个召唤亘的男子颓然躺在椅子里。他原先握在手中的槌子，此刻也离开了他那只无力垂下的手，掉在脚旁。

亘跑下楼梯。他一时想不出说什么好，只顾冲上前去，抓住白袍男子的手腕。

“挺住呀！您可要挺住啊！”

亘一摇他，他头上的银冠歪了。与在真实之镜中所见一样，这男子一头白发，眉毛也尽白。但年龄则比当时想的要年轻，像是不到三十岁的样子呢。

男子的脖颈像折断了一样侧向一边，他睁开了眼睛。亘窥探他的脸，然后松了一口气。

男子困乏地眨一下眼睛，想从椅子里欠起身子，却痛楚地呻吟起来。亘扶他一把，让他靠坐在椅背上。

“你是……旅客吧？”

听声音果真很年轻。他的眸子也很清澈，肌肤富有弹性。可就是那么一头白发。

“对。我名叫‘亘’。”

基·基玛和米娜这才下了阶梯，赶上来。男子打量三人一番。

“他们是我的旅行伙伴，陪我来到这里。对不起，我们费了些周折才赶到。”

“你们是怎么……来到这里的？”

“是搭乘火龙过来的。”

男子露出笑容，眼睛也睁大了些。“太好了。你碰见火龙了？我……都没能遇上。他们在幻界里已经很稀罕了。”

之前通过米娜的真实之镜呼唤亘时，此人说话颇生硬。此刻他使用不做作的“我”，亘感觉他更年轻、坦率，同时又更令人费解了。

“总而言之，离开这里吧。脸色很差呀。一定是在这种严寒里得肺炎了。”

亘抬手试试男子的额头。原以为他会发烧，一试却是冰凉。男子的脸呈铅灰色。

“还有其他人吗？一起逃吧。到暖和的地方去。”

男子听了亘的话，缓缓地摇摇头：“已经没有人了。都死掉了。我是最后剩下的，只有我一个。”

他的声调与其说是悲哀，毋宁是一种自嘲的口吻。

“请叫我‘教王’。大家都这样称呼我。我曾是众人的领袖。曾经是的……”

教王。迪拉·鲁贝西曾是与老神教有关的信众的遁世之乡，这倒是一个适合的称呼。

不过……疑窦丛生。

“您这个样子——是怎么回事呢？”

米娜蹲在男子的膝旁：“是瘟疫吗？因此其他人都死了？这里以前也这么寒冷？”

“回头再聊吧。这里还是早走为妙啊。”基·基玛呻吟似的说道。

“米娜，给我搓一下背。这样我就会精神啦。我把这个人背起。”

白袍男子把一只手放在亘手上：“我不能离开这里，这里很快就要毁灭了。我也要死去。我不能逃走。女神不允许这样做。”

女神？亘双目圆睁，轻轻摊开两手，指着四周说道：

“这是怎么回事？可这里——你们是老神教信徒吧？隐居在此的吧？所以，您也被称为‘教王’，不是吗？”

“不、不是的。只是，在地面上就成了那个样子。”

男子淡淡一笑。如同薄冰裂成碎片落下一样，没有感情的笑容从他脸上剥落。

“这也包含在与女神的盟约里面。不在地面上徒劳地闹起事端、断绝与地面上的联系，这样做，从南大陆的政治态势来考虑，是最恰当的。所以我们信守诺言，一直如此。不过毁灭的时候也终于来临。女神早就知道会有这一天吧。人是狡猾的，而且人心脆弱。早晚会出现意志薄弱的人，要背弃曾经宣誓永远信守的盟约。于是大家都得为此遭受惩罚。”

歌吟般的喃喃自语。亘的思路一时没有跟上。

“您在说什么呢！”

白发飘飘的年轻教王看着亘的眼睛。

“我跟你一样，也曾是旅客。”

就是说，来自现世的来访者？

“包括我在内，这里居住着十一名现世的人。他们都曾是旅客。他们期待改变自己的命运，通过要御扉，来访这幻界。”

追怀往昔的眼神。

“但是，我们这十一人都没能实现自己的愿望。大家在幻界的历险征途失败了，选择了放弃旅行。不过，大家也不想在自己的命运一成不变之下，厚着脸皮回到现世……”

亘默然，看着教王瘦得尖起来的下巴。澄澈的眸子里出现一层阴翳，亘颇在意，在他看来，与其说是疲态，毋宁说是无从排遣的无聊。

而且，这个人很像某个人。亘觉得似曾相识。

“所以，你们就留在幻界了？”米娜小声问道，呼出的气白蒙蒙。

“对，没错。”教王点头，“女神为这些遭受挫折的旅客建造了这座城市。而我们就接受命令，在这里过起隐居生活。这是让我们留在幻界的条件。”

米娜深受感动地重新打量起高高的天花板。

“全都关在这里，不许踏出外面一步？”

米娜这张小小的面孔，无法掩饰内心的想法，表情一时一变——它清楚地呈现着：我实在忍受不了这种条件。

亘接过米娜的话头问道：“一直待在这里，不会厌烦……无聊吗？你们需要在这里发挥什么作用吗？”

教王抬起头，瞥一眼身旁那面硕大的真实之镜。

“我们的任务，就是看守着它。”

“这——是真实之镜吧？”

基·基玛向镜子走近一步，想用厚实的手摸一下，又作罢了。

教王点点头。“旅客都会在幻界之旅中找到真实之镜。一人一面，肯定会遇上。在旅行结束时，必须把它归还女神。因为不允许重返幻界，否则很危险啊。”

“危险？”

“对。只要使用真实之镜，就可以往来于现世。”

亘看看米娜的脸。米娜心领神会：

“我从小就被教导说，这面镜子是家里的护身符，切不可离身；但我对镜子的作用一无所知。也许爸爸妈妈也不知道。”

“因为那是禁止传授的。”教王说道，向米娜笑笑，“不过，现在就知道了吧？”

米娜迟疑着点点头，说道：“不过，我并不想用它来干什么。”

“在这个幻界里，并非尽是那样的人嘛。”

教王看见掉在脚旁的槌子，扬一扬尽白的眉毛，缓缓拾起，搁在膝上，似乎直到看见的一刻，才察觉槌子已从无力的手中滑落一样。

“这面真实之镜，是昔日在这里生活的十二名旅客的镜子汇集而成的。真实之镜本身有灵魂，融合之后，成了这个样子。而我们则看守着它。不让人靠近——以防有人来往于现世和幻界，另有企图。”

十二人。刚才说的是十一人。亘心中一怔：不祥的预感。

“人数多了一个呢。”

教王看看亘，微笑道：“对，最近有一个人逃走了。现在仍在逃。他就是逃亡者，撕毁了与女神的盟约、背叛了女神。我们中间出了这样的叛徒，我们就得接受女神的惩罚。”

“还有这个……”话卡在亘的咽喉里，“冰封的城市呢？是女神为惩罚你们，把城市冻住，是毁灭吗？”

教王点头。他的下巴垂至胸前，闭上双眼。

“这有点太严厉了吧？”基·基玛开口道。也许是冻得发麻了吧，他的发音有点怪异，“我们的女神慈悲为怀。为一人背约，就要消灭你们所有人，太过分了。没有弄错吧？”

“神原本就很严厉。”教王闭着眼说道，“而人是弱者。总会为眼前小利所蒙蔽，违背女神的约定。女神很清楚，因为迄今这种情形已重犯多次了。”

十二人中有一人逃走。现在仍在逃。女神为此而动怒。亘的心脏狂跳起来。

“地面上的高地卫士现在收到一项紧急指令。要他们追捕一名逃亡者。”

米娜听到亘的话，眼睛一下子瞪圆了：“对呀！说他盗窃了重大的国家机密，试图偷渡到北方。莫非这个逃亡者是……”

亘作了解释。教王面色凝重。

“发生了这种事情？恐怕……噢，应该不会错的。噢……是女神直接下令？”

那位逃亡者来自何方，这个谜也因此解开了。

他是迪拉·鲁贝西的逃亡者。

“我们也是高地卫士哩。”基·基玛挺一挺胸脯说道。他的眼中这才有了兴奋的神色，“既然逃亡者曾是你们的伙伴，你该知道某些线索吧？将他逮捕归案，也是我们的任务啊。”

教王扶着椅背想站起来。也许是膝下无力吧，他没有成功。他放弃了，坐下来，对亘说道：“既然如此，说起来就简单了。请你帮忙、特地请你过来，就是为了抓捕这名逃亡者。我的确有线索，他身在何处，我可以告诉你们准确的位置。”

“怎么做？”

“在真实之镜上映照出来。来帮我一下？”

因为基·基玛动作迟缓，亘和米娜从两旁扶住教王的胳膊，让他站立起来。教王走近真实之镜，站在镜前，两手轻抚圆镜的边缘。

这样一来，真实之镜上映出的教王便融化似的模糊起来。亘惊讶得直眨眼。接下来的瞬间，镜上映出城市的景色，亘屏住气息。

像是个港口城市。鳞次栉比的建筑物类似仓库，从这些建筑物的隙间可窥见一鳞半爪的大海。仓库墙壁颇为寒酸，木头加薄铁皮而已。上面用黄漆或者绘画颜料画了一个拳头图案。看样子是一个标记。

"这个城市……就是所诺。"基·基玛眯缝着眼睛，小心翼翼地说，"没错。建筑物陈旧、暗淡吧？在阿利基达，它从前作为渔港城市曾很热闹，但阿利基达工业发达之后，大海被污染，不能打鱼，于是就沉寂下来了。虽转为贸易港口，但因为原本是个小渔港，跟哈达耶或达克拉没法比。"

"有开往北方的风船吗？"

"没有大船。只有好几条中型船。"

"逃亡者潜藏在这里？"

白发苍苍的教王扶着真实之镜，肩头耸动着喘息，对亘的提问点头作答。

"一定是等待着风向改变的时机。你们都知道吧，前往北大陆的风船，得由读星人看天测风，预报气候，才能出帆航海。"

"适合出海的风何时吹来？基·基玛，你知道吗？"

基·基玛歪着粗硕的脖梗思索起来："我不知道准确的时间。不过，现在的确是风船出海的时机。这种机会每年有三四次吧。"

"哇，得赶快才行！"米娜的尾巴一弹，"别磨磨蹭蹭的啦。必须通知大家。只要找到有这个拳头标记的船公司，或者商店的船，就行了吧？"

"真实之镜是这样说的。逃亡者企图偷渡，他会让船主把他藏起来，直至时机来临吧。"

基·基玛和米娜恨不得拔腿就出发。不过，亘没有动。他望着教王几乎被白眉毛遮掩的眼睛，提出了问题："那名逃亡者带走的国家机密，究竟是什么？你应该是知道的。"

"抓住他之后问清楚就行了呀。"基·基玛着急了。

教王站立不稳，靠在椅子扶手上。他一动，便显得白袍下的身体瘦骨嶙峋。

"逃亡者——那名男子通过真实之镜返回现世，带来了动力船和发动机的设计图纸。他企图带着这些东西前往北大陆。"

是什么嘛？单纯的疑问浮现在米娜脸上。基·基玛也迷惑不解。

只有亘一人拼命强忍着，不让自己被这个可怕的事实击倒。

"他想卖给北方帝国？"

拥有许多带发动机的动力船的话，针雾也遮挡不了，风向也无足轻重，北大陆随时可以进攻南大陆。

"哎，亘。那是什么东西？你说卖什么？你为什么脸色那么可怕？"

亘转向米娜，告诉她动力是怎么回事，而动力船又是怎么回事。

效果立竿见影。米娜眼里燃起熊熊怒火。

"怎么会做这种蠢事？"米娜嚷道，"曾是旅客的人，为何要给北大陆的侵略提供帮助？为什么？对这个国家、对南大陆的我们，难道有怨仇吗？破坏幻界的和平，会很好玩吗？"

教王回答时不是看着米娜，而是亘："他说，这是幻界的工业革命。"

"工业革命？"

"是现世历史上发生过的事情。"

亘一边向米娜解释，一边细细品味这句话。

动力。不依赖于人力的机械之力。亘也在刚到幻界时，好几次想到这件事。在幻界由人力做的大部分事情，在现世是由动力和机械完成。其中的差异多次令亘瞠目。

"我这样想……"教王自言自语般道，"我跟他经常谈到这个问题，也说了我的看法。工业革命也好，动力开发也好，如果时机成熟，自然会在幻界产生。之所以尚未到来，时机没有成熟而已。"

"现世也是这样的呀。"亘说道，"我在学校里学过的，世界各地产生着智慧，经持续的努力和钻研，就与改变历史的大发明相联系了。所有的一切，都是积少成多的结果啊。”

“他说，这样子慢吞吞的。”教王继续说，“把现世的东西带来幻界有什么不好？他是这样说的：让幻界繁荣、富裕起来，不是挺好吗？”

“有了那个……叫作动力的东西，我们真能繁荣？”

对米娜直截了当的问题，亘无从回答。这个问题因“繁荣”的意思而异。因这个“繁荣”能否引导幻界走向幸福而异。

“他的辩解当然是表面文章而已。”

“那，他的本意是什么？”

教王转而望向米娜。

“北方帝国乐于接受他吧，视之为帝国上宾。猫族姑娘，正如你担心的那样，如果有动力船，北方帝国眨眼间便可征服南大陆。这回才真的建立起幻界的统一帝国了。到那时，我们的逃亡者就是建国大功臣。可以跻身于北方帝国的皇族，君临幻界。”

米娜的眼神黯淡起来：“只是为这样……”

“对。就为了这个，他把现世的知识带进了幻界，为了一己之欲。正因为这样，女神大为恼怒。”

亘瞥了一眼真实之镜。平整的镜面上，此刻只映着白袍男子和他身边的亘等三人的身影。

“逃亡者那么轻易就跟北方帝国搭上关系？只要一说动力船设计图，马上就信了？”

“会相信吧。”教王说道，略为伤感地垂下视线，“就我所知，北方统一帝国很早以来，就一直在收集真实之镜。皇帝一族似乎知道真实之镜的作用。他们知道，如果打开了与现世的通道，将会拥有多大力量。所以，他们拼命想造出像这面镜子一样的真实之镜，似乎曾为此使出辣手。”

亘望向米娜。米娜的小脸面无表情，心思已飞回往昔。

北方帝国的特殊部队“西格德拉”之所以袭击米娜家，目的也在夺取米娜家代代相传的真实之镜。他们之所以将逃往南大陆的人绑架回去，也和寻求真实之镜的活动有关吧。

教王突然双眉紧锁，注视着真实之镜，问亘：

“你们原本就知道真实之镜是怎么回事吗？”

亘困惑不解，他不明白问题的意思。

“怎么回事？——就是打开与现世的通道——的作用吧？”

“这当然是重要作用之一。然而，真实之镜并不仅仅为此而存在。”

教王说，它就是名副其实地掌管“幻界真实”的存在。他用消瘦的手指轻抚真实之镜的边缘。

“幻界之所以成为幻界的要素——世界之本源，它集合了构成世界的正确因素。可以这样说吧。”

世界的本源？还是不明白。亘摇头。

“噢，不可能马上明白吧。总而言之，你还是个孩子嘛。”

教王憔悴的脸颊浮现一丝嘲讽的微笑。

“幻界虽虚而实。虽有而无。虽然存在，却并非实在，是空的世界。”

越发糊涂了。亘感觉是在倾听教王自言自语。

“你也不了解幻界的来历吧？”

亘小声说了个“不”。

“不，我知道。听说幻界是现世人类的想像之源创造的世界。”

“噢……噢，这个说法不能算错。”

“您是说，也不算对？”

“幻界嘛，存在于两面镜子间的狭缝。这两面镜子，就是幻界的本源。”

米娜好不容易从冲击中清醒过来，她慢慢眨巴着眼睛，仰起脸来。

“两面镜子。不用说，其中一面是真实之镜。而另一面镜子，被称为‘常暗之镜’。”

“常暗之镜……”

“若真实之镜是正确因素的累积，那么与之相对的常暗之镜，大概就是邪恶因素的累积了吧。之所以说大概，因为我没有亲眼目睹过。不过，常暗之镜肯定是存在的。我确信这一点。因为幻界正是这一对镜子创造出来的‘虽有而无’。”

基·基玛悄悄窥探一下亘的表情。亘看着教王的脸，他甚至忘记了眨眼。

“真实之镜——掌管幻界真实的集合体，被打碎成无数碎片，散布于幻界各处。而每逢旅客来访，便起着引导他的路标作用。然而，常暗之镜在哪里呢？”

教王自问自答般道。

“恐怕——应该错不了的——就在北大陆吧。南北相对，成就幻界嘛。”

“不过，那样可就奇怪了。”米娜开了腔，“我说过，我的真实之镜得自父母，对吧？我们一家出生于北大陆。这就是说，真实之镜的碎片，不仅落在南大陆，北大陆也有。也就是说，真实之镜的碎片散布于整个幻界。如果是这样，与之成双成对的常暗之镜，也成了许许多多的碎片，同样处于四散状态，这种看法也是很自然的。”

亘略感意外。米娜如此有条有理地陈述观点，这可是头一回呢。他感觉米娜一下子长大了许多。

教王朝米娜微笑。那表情仿佛是开导无知的信徒。

“真实被击碎为无数碎片，散入数不完的人群之中。然而，相对的常暗——邪恶因素，还是一整块的实体，存在于某个地方。这就是今天幻界的面貌吧——不是这样吗？”

基·基玛摇晃着头，仿佛说这些对我是太难了，他的脸色越发苍白。

“所以幻界是幸福的。现在还是。”

教王说一句谜样的话，顾自点头。

“不过，让邪恶因素集中于一处，由某人看守着，这样做，真的是正确的做法吗？”

基·基玛对教王的问题做出反应。虽然寒冷让他说话不利索，但声音洪亮。

"你是说，说不定，北方统一帝国之所以搞种族歧视和大屠杀，就因为那面常暗之镜在北大陆的缘故？"

教王没有回答，他缓缓背过身，面对着真实之镜。

"不知道。不过，我认为常暗之镜肯定在北大陆。而且，对于北大陆而言，这一点已成了沉重的压力了吧。正因为如此，皇帝才以如此残暴的方式寻找真实之镜。为了抵挡常暗之镜的威胁、他们极需要足以与之抗衡的、完整状态的真实之镜。或者，说不定这才是他们迫切的愿望。通过真实之镜获取现世的知识，反而是这个过程中产生的附带因素吧……"

亘因为沉默了好一会儿，双唇紧粘在一起，说话不利索了。这里令人生畏的寒气，再次渗入身体。

"对、对于这一点，女、女神给你、你传授了知识吗？"

教王摇头："对于中止旅行的软弱旅客而言，这本身就是不必传授的无用知识。"他猛一回头望着亘，似乎要重拾话头，"总之，这就是事情的前因后果。如果逃亡者北渡，事情就可能一发不可收拾。逃亡者是距今正好十年前，要御扉开启时，进入幻界的旅客。他对于现世政治形势的了解，比我们新得多。说不定自中止旅行时起，心中便藏有返回的企图，一直在等待机会。"

米娜两手放在腮旁，蹲了下来。基·基玛担心地轻抚着她苗条的后背。看样子他自己情况也很不妙，但他的动作却极为体贴。

"求你了。"教王轻轻碰一下亘的手腕。他原本是想紧紧抓住的吧。可他已经没有这点力气了。侵骨的寒冷和饥饿，恐怕还有绝望和放弃，夺去他的心气和体力。

"希望无论如何要在逃亡者北渡前抓住他，然后拯救我们的灵魂。"

被年长者苦求，是亘承受不了的事情。但亘明白，他必须承受。

"自从出现了逃亡者，我一直通过这面镜子呼唤旅客。我知道此时是要御扉开启期间，有新的旅客到访幻界。期望得到应允。"

"您叫我的时候，说了'你也还是个孩子吧'。"亘说道，"那就是说，在我之前，回应您的呼唤的，是到访这里的‘小孩子旅客’吗？”

教王静静地点点头。

“应该就是名叫美鹤的少年吧？他虽是个孩子，却不像我这种新手剑客，是个很棒的魔导士。”

“噢噢，没错。”教王睁大眼睛，“你知道？”

“对。他是我的朋友。”

“真是意外呀。”

据说，美鹤回应了呼吁，仅仅数小时后，便施行大风魔法到访这里。

“他……比我优秀。”

“可是，他没有接纳我的恳求。”教王摇了摇头，“他只说，自己来幻界是为了见女神。对幻界政情、南北对抗没有兴趣，与己无关。”

可以说，这就是美鹤的口吻。也可以说，想到旅客的目的——改变自己的命运，这是理所当然的反应。但是，亘却感到羞愧，仿佛那是自己所为。他几乎憋不住想替美鹤辩解，但又对美鹤生气。

“当时他说，现在的幻界还来了另一位旅客。那家伙好说话，好管闲事，可能会答应你的请求。可是，从他当时的语气，完全没想到他和你是朋友。”

亘这回替自己脸红了。他为自己被美鹤如此轻视而羞愧。他为自己对此感到羞愧而羞愧。

“美鹤想让亘卷入这件事、绊住手脚，自己抢先前往命运之塔吧？”基·基玛张大了两个鼻孔说道。虽然他生气了，却仍是口齿不清、动作迟缓，挺搞笑的。

亘笑了，让基·基玛的可笑劲儿缓解了自己：“没那回事，基·基玛。”

“难说哩！”

“重要的是弄清楚情况了。我们尽快离开这里，去港口城市所诺吧。”

“没错。待太久的话，乔佐要冻僵了。”米娜霍地站起，说道。她内心的坚强令人不由得赞叹。

“马上出发。您抱紧我们。能走动吗？”

教王缓缓地推开亘伸出的手。

“这是怎么啦？”

“我逃脱不了。说过的吧？”

“可是……您不是对我说‘救救我们’吗？”

“我恳求你拯救我们的灵魂。并不期望幸免一死。”

教王把椅子移动一下，拿起放在椅子旁的木槌。木槌没能举起来，无力地垂至膝部。

“我们当中出了逃亡者，违反盟约惹怒了女神。所以要受惩罚。伙伴们都已死去。我作为负责人，不可苟延性命。女神也不许。”

“可是！”

“如果你们逮捕了逃亡者、粉碎了他的企图，我们的罪也会被免除。于是灵魂得以净化，终可投胎于另一个世界。可如果一直都这样子，我也好，先走一步的伙伴们也好，大家阴魂不散，只好永远飘浮于久远峡谷了。所以才恳求你，请你拯救我们。”

从没想过是这样的意思，听了也难以相信。

“您不想活下去吗？您还很年轻啊。您为何会这么轻易就放弃现世的自己呢？”

疑问脱口而出，亘一时无法自制。教王猛一扭头，气势出乎意料。他的嘴角歪斜：“放弃自己？我？”

“对，没错。”

教王忍不住笑起来：“并没有放弃啊。毋宁说，我想保住自己。已死去的伙伴们也是这样的吧。我至今不愿坠落污秽的下界。无论在现世或幻界，我都不去。我们的无上幸福的世界就是这里。就在这里，只有这里。”

教王摊开两手，指点着周围，仰天转了一圈，仿佛踏着舞步。

“如果要失去这里，这条命已无意义。以涤净的灵魂重生，在下一次新生中找到乐园，是我一直以来的愿望。”

米娜胆怯地挨近亘。

“在现世……”教王用不握槌的手握拳叩击胸脯，“没有一件事合我心思。所有努力都成空，所有梦想都破灭了。没有人理解我，哪里也不接纳我。我的人生不爱我。我的人生没给我任何东西。所以，我来到幻界。”

白袍之下，教王顿足悔恨。

“可即便在这个幻界，我也没有如愿以偿。非但没能抵达命运之塔，连从城市到城市的旅行也提心吊胆。没有一件事情合我心思，跟在现世一样。所以我放弃旅行了。选择与女神做交易。于是，便固守这里了。”

在这个制造出来的神的故乡？在这个欠缺人的温馨、没有生活气息、虽壮丽却空虚如同神殿般的城市？

“女神很清楚我们这种人。这里是隐藏在女神衣下的城市。我们原是选民。因与神订盟而担大任。我们被赋予崇高的职责——与女神约定守护真实之镜，我们终于找到了我们该待的地方。与污秽的下界没有任何联系。这个迪拉·鲁贝西是我们真正的乐园。”

然而，因为一名心术不正者不明事理，不能舍弃卑俗之欲，盟约竟遭破坏——

教王将瘦骨嶙峋的拳头抵住额头。

“我们在这里神仙般度日。较之眼底下的幻界，这里有孤高清净的日子。这才是我所要的东西。正因为如此，我才被称为‘教王’。我是不见容于地面、怀抱着尘世无知者所无法理解的教义的王。明白了吧？”

传授什么？奉何宗旨？司职何事的教王？

“假如您，”基·基玛讷讷地道，“是能带来如此杰出教诲的教王，怎么会出现背叛你们、逃离这里、北渡求荣的利己之徒呢？”

教王没有回答。他的侧脸显示他没有听见基·基玛的提问——不，是没有出现过那种提问似的。

过了一会儿，教王平静地嘟哝道：“不理解我们的人，不是我们的伙伴。那家伙本来就没有资格待在这里。”

“从逃亡者在这里时起，您就这么认为？”这回是米娜问道，“已经看出这一点？如果是这样，为何没有在出事前采取行动呢？”

教王回过头来，嘟着嘴：“你们没有责备我的权利。都是因为那种人才落到了这般田地。你们一点都不理解我被人背叛而受伤害的心有多难受。”

“可是……”

“首先，这样的措辞对于女神的选民，是失礼的。”

米娜看看亘的脸，既困惑又无奈。

亘突然想到：自己好像明白此人为何中断幻界旅行了。

这个人，一定是这副模样：心中只有牢骚；所看见的，也只是自己想看的东西；所求的，也只是自己想得到的东西。受伤的，也总是自己而已。

抛弃不如己愿的东西，远离不称心如意的事物，视而不见，一心只追求一件事——与自己所求相符的事。

于是他自然无处安身。如果感受不到他人的好意，自然也无法感知他人背叛的征兆。

他终于找到的安息之地，是光辉灿烂的空虚——与女神盟约。

我是选民，教王如是说。那是怎么回事？从哪里、以何种理由获选？以成为空皮囊的代价，赢得人家回首一瞥的，就是这样的东西？

他不是教王。是虚王，虚幻的大王。女神果然是明白的。所以女神替他创造出如此一个仿造的神的故乡。

已经冰冷的身体又窜过一道寒气。

想起来了。刚才觉得教王的脸像某人。“他是谁？”的念头一晃而过——这张脸，就是与“路”伯伯外出购物时，在路旁撞到亘，不向亘道歉，甚至不扶起亘，踩着亘的手就要离去的年轻人的。

当时“路”伯伯狂怒起来。看样子，那年轻人也对“路”伯伯很生气，但其实年轻人完全不理解为何“路”伯伯如此暴怒。他很憋气：为何一个毫不相干的人要对他大发牢骚？

那个年轻人其实对亘的存在视而不见。亘并不存在。至少作为人类的小孩子，并不存在。对那个年轻人来说，亘只是阻碍通道的障碍物而已。所以，他就那么踩着亘的手走过。如同踩踏路旁一个饮料罐、一个弃置的商场购物尼龙袋。

如果那个年轻人造访幻界，他也会变成教王吧？他一定衷心认为：那样才最适合自己。

打住。想太多了。

“您的头发……”

亘低声地提出最后一个问题。

“那些白发。是这个城市受女神惩罚、被冻住，您因惊吓过度而变成那样的吗？”

教王的表情，恢复与亘在这里邂逅之初、倦极无聊的神色。他的嘴角疲惫不堪地往下坠，答道：“我想变成这个样子。我不需要年轻。因为与年轻相伴而来的不成熟，与神的选民不相符。”

是吗？既然如此，没有什么要问的了。

基·基玛和米娜一动不动，仿佛连根冻住了的样子。亘定定地看着教王的脸，说道：“我们走吧。”

“不过，亘……”

“没关系，这个人希望留在这里。我们——我，没有权利妨碍他。”

“噢噢，还是走吧。”

教王缓缓地现出微笑，然后吃力地举起木槌，搁在肩头，喘一口气，转身面向真实之镜。

“我最后的工作就是打碎这面真实之镜。我们收集来供奉在这里的真实之镜，将再次回到原来的碎片状态，散落于幻界人们手中。然后，为了发挥各自的作用，等待被新来旅客找到的时刻。女神认为，这才是幻界‘真实’的、更为正确的模样。”

教王祈祷似的闭上眼睛。

“这样一终结，女神的最后惩罚就要降临。你们不愿卷入的话，还是赶紧走为好。”

教王的目光最后一次捕捉到亘的视线。

“走吧。然后，完成你的旅程。我们没有达到的事情，希望你能够实现。”

在那一瞬间，仅仅一刹那，教王的假面具剥落了，微露出其下的真面目。亘心想，我看见了。一个想要改变在现世不如意的命运，怀着坚定的决心和悲壮的愿望，无依无凭直闯幻界的、孤独的旅客。

哀伤之余，亘几乎要哭喊起来。我还是做不到就这样弃你而去。不要让我这样做啊。

然而，教王看出了亘的想法，没让亘把想法说出口。他紧盯着亘的眼睛，命令道：“快走。要留神邪恶之物。”

亘徐徐后退，米娜拉住他的手。教王往精瘦的胳膊上使劲，想要举起木槌。亘像一下子绷断的线似的，跑了起来。他冲上大厅的台阶，在拱门处回头一看，教王正摇晃着身躯，向真实之镜举起木槌。此情此景如此鲜明，亘眼中的教王，与记忆中的年轻人的面孔叠加在一起。不过，二者看起来已不如刚才想的那么相像了。也许是亘的错觉吧。

亘离去的脚步逐渐加快。米娜和基·基玛也都跑起来了。即便这城市没有临近崩塌，是一个安全的地方，他们还是逃跑吧。头也不回地一走了之吧。他们确信，如果不逃走、不离开的话，他们会被弃置物的重量吸住，像被拖入大漩涡的沉船，也将毁灭在此。

“哎，是你们！”

乔佐庞大的身躯跳了起来。

“终于回来了。真担心哩。事情办完了？”

“噢、噢。”

亘无言。在地下的这段时间里，神殿般的城市越发寒冷。是这个原因，并非心理作用，嘴唇又冻麻了，粘在一起。

“我正焦急呢，担心来不及了。马上就起飞啦，可要抓紧了哟。”

“你说‘来不及’——乔佐，发生了什么事吗？”

乔佐用鲜红的翼尖指点着天空的一个点。

“你看那个，它直飞过来哩。”

在笼罩迪拉·鲁贝西的云层里，看得见一颗放射着钻石般硬质光芒的、正午的星星。仔细看，它在动，有翼似的，是眼花了？

“那是女神的使者。一定是把惩罚之风运送到这里来。”乔佐说着，打了个寒战，“我可不想待在那种地方。好，走啦！”

转眼间，乔佐已飞到高空。他一头扎进云里，要远离迪拉·鲁贝西。

在高空的云海里，亘看见了飞近来的星星。它真的有翼。那就是冰。

无数冰块聚集、叠合成一个形状——冰雪神鸟。它比乔佐还大。每扑扇一下翼翅，便刮过来一股难以抵挡的冷气。

冰雪神鸟径直飞向迪拉·鲁贝西。

“乔佐。”

“什么事？”

“可能的话，在这一带盘旋飞行好吗？我挺担心的，不知迪拉·鲁贝西会怎么样呢。”

“算了吧？看着只觉得可怕而已。”

“求你啦。我得看到结果。”

“拿你没办法。”乔佐鼻孔里哼哼着，还是掉过头让鼻尖对准迪拉·鲁贝西，他缓缓地绕大圈子盘旋飞行。

冰雪神鸟降临迪拉·鲁贝西双重城墙的内侧，双翼略停，然后大大伸展双翼，开始拍打翼翅。

拍打一下，卷起了暴风雪。拍打两下，空气冻凝。冻住的建筑物、道路，因超过绝对零度而崩塌。

雪团重新变成自天而降时的微细结晶状。支撑圆形礼堂宝盖的雕像纷纷倒下。回廊垮塌，冰粒飞迸到空中。如同大浪涌过堆沙城堡，一座座圆柱环绕的神殿顷刻瓦解，荡然无存。城墙坍塌，先是外墙，然后是内墙。冰雪神鸟腾空而起，盘旋在迪拉·鲁贝西上空，继续扇动冷气。

“看那边！”米娜指着亘的旁边。

“图案要毁掉了。”

曾搭载亘他们的升降机，构成图案的冰凌一下子凸起，变成深色，在冰凌与地面的缝隙之间，发出冰的咔嚓声。然后缓缓下沉。最初水平地沉降，随即倾侧，出现道道裂痕，一边下沉一边瓦解，不久便化为无数碎冰片，随着地鸣声塌陷入地底。

“女神发怒了。”乔佐说道。他不可能知道真相，但那悟透的眼神，仿佛已洞悉一切，“哟哟，好伤心哩。悲伤味儿很浓。女神伤心啦。这里的人究竟干了什么罪孽深重的事情啊？”

亘紧搂着乔佐的脖颈，感觉双唇已冻僵，他目睹了迪拉·鲁贝西的最后时刻。

空归于空，无返回无。

未几，安德亚高地上，只余下雪和冰，以及实实在在的自然。

冰雪神鸟如飞来时一样，悄无声息地飞走，消失在远方的云端。亘目送它离去。乔佐远远观望着，没有打算靠近神鸟。

静谧的天空。云在流动。

视界渐渐晴朗。惩罚的时刻已结束了。

“该走了啦。”

基·基玛用嘶哑的声音嘟哝道：“我已经……到极限了……咦？”

“对呀，走吧。”亘说着，自己的衣袖被基·基玛笨拙的指头扯着，身体歪向一边。

“你怎么啦？”

“那、那是什么？有东西在闪亮哩。”

基·基玛所指处、此刻已是一望无际的雪原的迪拉·鲁贝西，的确有东西发出红光。小小的，却很亮。

“乔佐，你丢了鳞片吗？”

“才没丢哩。我没那么浪费。”

“那，是什么东西呢？”

亘心跳不已。在这里的几个小时里，这是第一次因吉兆而心跳加速。

“基·基玛，能再忍耐五分钟吗？”

“行、行啊。”

“乔佐，能下降吗？”

乔佐滴溜溜转动的大眼睛往上一翻，看着亘：“真的要？”

“噢，不好意思啦。”

嘿，来了……乔佐鼻孔里哼哼着喷气，一边盘旋一边开始降落。安德亚高地上堆积的雪粒每一颗都已冻至最硬状态，像面粉一样飞舞着，被风刮走。骑在乔佐背上时还好，一降落地面，亘随即被雪粒的面纱蒙住了。

“基·基玛留下，我们马上就返回。”

亘有期待，也有相同程度的把握。他一边拍落脸上、肩头上令人麻痹的寒冷雪粉，一边扒开雪走向那个鲜红发亮的东西。米娜紧跟在身后。

“亘，说不定……”

“噢。我也是那么想的。”

现在，那个台座已消失得踪迹全无。栽种的花木也冻碎了，全归于无。不过，那个先锋派艺术品仍在，是原本大小的约四分之一左右。不过，剩下一部分圆球的轮廓。它像个接盘似的，不起眼地搁在雪原上，红色的光亮闪烁在它中心。

亘走近去，伸出手时，红色的光亮悠悠然飘浮到空气中，不会错了。

是第三颗宝玉。亘右手拔出勇者之剑，举起。

宝玉闪烁。它的光恍如雪原突如其来的小小极光。在这极光的正中央，出现了一位红衣少女，胸前佩戴白银护胸甲。梳好的黑发有一小束乱了，垂在秀气的额前。

等着你呢，旅客。

听见精灵的呼唤，亘当即跪下。

我是保佑今世希望、掌管人们未来的精灵。长久以来，我被封闭在这片高地上，是那些疏远我、害怕我的人干的。谢谢你解放了我。

亘的心中重现了教王的身影——那位咬牙切齿说如何抛弃一切、终于在此地得以安息的教王。他们抛弃希望、封杀未来而获得的一时安稳已消逝无踪。

回头看看吧，勇者。

亘回望身后，雪地上留下他和米娜二人的足迹。

我之所以能够存在，只因人们不倦不懈地跋涉于路途上。在止步的人身边、在断绝的道路尽头，我就不能长久。无论何时，请胸怀希望、憧憬未来、昂首向前吧。那样的话，我就总会跟你在一起。不要忘记，你身后的道路，就会成为你开拓前路的路标。

希望和未来的精灵面露微笑，随即消失了。第三颗宝玉更加光辉耀目了，它像被吸引一样，被勇者之剑的剑锷嗖地吸纳。亘整个身体都感受到勇者之剑再次被注入新的能量，增加了精灵的保佑之力。

他闭目，叉腿站稳在雪地上，高高举起勇者之剑。仿佛早已等待这一刻，一道阳光从厚厚的云层射下来，笼罩着亘，给予他祝福。

余下的宝玉只有两颗。

四十　分隔的心

港口城市所诺。

港口一角，是一座座寂然的仓库，都是旧木板加镀锌铁皮的屋顶。雨水管因海风呼啸而锈迹斑斑，像死虫子般蜷曲着从屋檐垂下，发出哐当哐当的声音。由城市俯视海面，呈蓝黑色，潮水味儿浓重，但港口城市的生气并没有达至这里，人们走在蜿蜒的路上，步伐沉滞。

所诺是个过气城市。它在招徕拥有风船的大商人方面落后一步，那些大商人随着风船航道的开辟而兴旺，富上加富。它只靠小风船商搞中型风船生意，由陆路运入货品。所诺规模小，曾是活跃的渔民市镇。虽然积累了运送鱼和鱼类加工食品的经验，但在经营北大陆想要的和相应返销给南大陆的品种繁多的商品方面，显得办法不多。食品和杂货不能用一个仓库打理。北方帝国的特权阶级通过风船商人卖过来的古董家具，都需要细致的修复或打磨，明知加工之后可卖好价钱，所诺港男子粗糙的双手却力不能及。要弄到别的城市去，又对运出的手续不甚了了，在这过程中，每年要错过好几次商机，嗅觉灵敏的风船商人们就把所诺看扁了，不久便不来问津了。

在所诺谋生的人，与其说是真正意义上的航海男人，毋宁说是打鱼男人。当他们断定不能靠海吃饭了，便纷纷散去，离开所诺。剩下的人便依赖日益贫瘠的所诺镇，过着紧巴巴的日子。

然而，随着时间推移，哈达耶或达克拉这种名声在外的工业港、商业港盛极一时，当然便被联邦政府置于严密监视之下，强化管理。于是，所诺小港便时来运转，担当了一个具有嘲讽意味的角色。搞非法活动的风船商人虽然拿不到营业执照、缺乏资金、在联邦政府那里也吃不开，但渡海的技术和胆量、冒险精神，却不输任何人——所诺满足人们对“地下经纪”这种角色的需要。

做偷渡的中介。

现在，偷渡已成为所诺镇的地下资金源。不知情者无从打听。但是，对于迫切需要知道的人，偷渡中介和船夫则悄然打开后门。说是“副业”，规模实在太大，叫作“产业”，又不能理直气壮，但为了城市的延续，生活在所诺港的人们就只好扮演这个角色。这里面也还有特殊的附加价值：享受一下其他城市、其他方法所不能满足的乐趣，以及一些惊险。

并肩伫立于海风之中的仓库街，显现出一种情调：工人们在路边一边消磨时间，一边等事做。当中有一个握拳标记的小船公司。属于这个公司的唯一一座仓库壁上，同样的标记漆成黄色，虽斑驳仍显眼。在二楼的办公室，壁板发出潮味和霉味，窗框嘎吱嘎吱响，给人极寒酸的感觉，但人人都处之泰然。这个公司的总经理，也就是唯一一条破烂中型风船的船长，是安卡族的老人，他生活在海港雾霭中的船上。这样既节省另外买房、租房的钱，且自己来收搭、看管船只，也省了钱。

而既没有员工也没有客户的办公室，则是藏匿偷渡客——向往北大陆的南方人——的极方便的隐身处，他们可一直待到出航的时候。船长也并非从一开头就这么打算。藏起一个人，这事情实际做起来相当麻烦。有可能的话，最好是谈妥偷渡的事，收下预付款，然后直至会合出海前都不要照面。然而，在出船前放任偷渡客，他们往往在寂寞的市镇上闹出事端，或因举动不慎得咎，被抓到警备所，不但生意告吹，他的行当也几乎败露。出过好几次事之后，船长学乖了：在偷渡客上船被送上茫茫大海之前，把偷渡客置于自己眼皮底下是最安全的做法。

可一年之中，适宜航向北方的时机也就三四次而已。不可能一年到头帮人躲藏。每回让人在办公室住下，充其量是一晚两晚，最长不过四天五天。若接到各地读星人发出适宜出航的指示，就急急把偷渡客往舱底一塞，悄然溜出海上，送到会合的大型风船上即可。就此“拜拜”。

然而，这一次的偷渡客情形略有不同。

这是个年轻男子，他总是急不可耐。他用威胁的口吻越说越来劲，无论如何都想尽快偷渡到北方。他找到船长，是在适宜出航的前几天，却强硬地要求“今晚出船”，到最后把船长也惹火了。

没风就出不了船。即使时机到来，还必须避开负责港口警戒的警备所的耳目，所以出航时机不易确定。船长虽然恼火，还是作了解释；船长打算撵他走，让他找其他中介者。这一来，那男子狂怒，摔椅子踢板墙，最后要离开仓库时，从楼梯上滚了下来。他不是踏空摔倒，而是瘫倒了。看样子是太激动，一时昏厥了。

船长进退两难。就这样把他扔到路旁也可以，但若附近出现怪异的人倒卧路旁，容易吸引警备所的高地卫士们来周围搜索流连。在所诺镇，与偷渡相关的船东或船员都有一套，懂得讨好警备所，使警备所对他们视而不见。但高地卫士里面也有很硬气的，收买不灵，且所诺的警备所也要与其他警备所取得平衡，迫于给首长面子的需要，有时也会冷不防摆出强硬姿态，所以大意不得。

没有办法。船长把昏倒的小伙子拖进办公室，护理一番。男子几乎没有随身行李，只有一个纸筒似的东西，命根子似的抱住不放。此人瘦骨嶙峋，身上的衣服也破烂不堪。鞋底快掉了，脚底满是泡。胳膊上留下许多绳索磨出的伤痕。船长很惊讶，心想他去登山了？

更不可思议的是，这名顾客尚未苏醒过来，已有别的访客上门找他。而且是个小孩。他的装束像个读星人，或者在工矿之国阿利基达难得一见的魔导士。他身披长至脚踝的黑色斗篷，手持镶有大颗宝玉的手杖，可怎么看，他充其量也就是一个十一二岁的孩子。他也说要北渡。

“你跟他是一起的？”

对于船长的问题，那孩子瞥一眼面无血色、躺在一旁的小伙子，答道：“不是一起的。不过，我认为跟他一起，能保证渡海到北边，便跟来了。”

从孩子冷淡的口吻，船长猜他们并不熟识。孩子望那躺卧的小伙子，连眉毛也不动一根。不，这孩子的动静，说他是一根汗毛也没颤动会更准确吧。

像魔导士的孩子说：“我有钱。”船长确认之后，收下预付款，想问他是怎么挣的，忍住了，总感觉有点儿可怕。

像魔导士的孩子宣称和小伙子不是一起的，也不是熟人，却擅自拿过沉睡中的小伙子的纸筒摆弄起来，查看了里头的内容。他“噢噢”地点着头。船长问“那是什么”，答说“与你无关”。船长说“你小子狂啊”，得到的回应是“我付你钱了”。

纸筒里面似乎是什么图纸。至少在船长看来是那样。

不多久，小伙子苏醒了，像魔导士的孩子和他悄声商谈起来。船长送食物和水到办公室时，听见片言只语，基本上是那孩子在说话：

“从教王那里听说你了。”

“镜子被毁掉了吧。”

“我对你的目的没兴趣。”

二人用冷淡的口吻说着些不明所以的话。年轻男子可能由于身体虚弱之类的原因吧，似乎不能与那小孩子一争高下，完全折服。有时点头哈腰地恳求对方，千万要带上自己一道前往。似乎那年轻男子因为向船长支付了预付款，已经身无分文。船长大为不满：我险些白忙活了。

因为这样的经过，船长便比平时更加留神，为将这些客人留在办公室而煞费苦心，目光一刻不离。可是，因为小孩和年轻男子完全不打算外出，倒也不大费事。而且，船长也不愿接近他们。每次跟他们说话，像魔导士的孩子便投过来冰冷的目光，令人很不痛快。

可怕的程度与日俱增。其实，像魔导士的孩子看似很有钱，他的手杖又极漂亮，船长被这两点所吸引，心里头曾动了一下恶念：放倒那小毛孩，夺过他的手杖……

当然，这些思考都是深藏不露的，脸上看不出，别人无从知晓。只是，不知是第几回送餐上去时，船长的目光偶然扫到靠墙支着的手杖时，办公室简陋的用品——木桌子，突然从墙边滑出来，挡在船长与手杖之间。不是有人动它，是它自己动了起来。船长差一点吓瘫了。

“嘿嘿”的笑声传来，船长回头望去，是像魔导士的小孩在笑。他坐在露出弹簧的破沙发上，交叠双腿。

“别瞎打主意为好哩。”像魔导士的孩子说道。

这时，木桌突然又滑动起来，向后退回原来的地方。桌上的旧笔插和墨水瓶倒了，滚落地上。

墙壁边上，镶在手杖头上的宝玉闪烁着变换色彩——先是红色，其次浅绿，然后蓝色，最后是琥珀色，仿佛显示某种意思。

船长在冲出门的同时，口中疾速念叨着女神颂词，几乎咬着舌头。那是真正的魔导士啊，不可捉摸的术士。上天保佑上天保佑。

就这样——连今天在内是第五天了。

船长打开仓库的门入内，仔细上锁。客人暂住期间，总是这样做的。然后走上二楼办公室。

今晚日落后出海，他来通知这个消息。老实说，大松了一口气。那讨厌鬼，但愿他早早离开。另一方面，一想到送那怪异的魔导士少年出海，抵达北大陆前，有近半个月要一起度过，心情又沉重起来。也许，这是个金盘洗手、摆脱这种生活的机会吧……

来到楼梯转折处时，头顶上传来“哇”的一声惨叫。船长当场僵住了。怎么回事？是谁的声音？那个小毛孩魔导士又搞什么名堂？

船长一时犹疑不决：右转身下楼逃掉？抑或冲进办公室臭骂一通？此时又传来一声“哇啊啊”——这次与其说是惨叫，毋宁说是哭腔。办公室上半截镶嵌的磨砂玻璃爆裂成碎片。紧接着门砰地向外打开，撞墙又弹回。玻璃碎片甚至落到船长站的地方。

船长愕然。如果不是从玻璃裂口处吹下来令人战栗的寒气，恐怕他就僵立不动了。寒气拂面而过，这才让船长清醒过来。他爬着上楼梯，一边拂落粘在脸上、发上、胡须上的碎玻璃。

“刚、刚、刚才是怎么回事？”

船长从门口往里面探头，一脸惊魂未定的样子。可他话音未落，就打起喷嚏。因为刀割般的冷气灌进了鼻孔。唉哟，好冷！耳垂几乎结冰了！

魔导士少年靠墙站立，一手叉腰一手持杖，正察看着什么东西。他脚下蹲着一个——冰疙瘩。

冰疙瘩呈人的外形。那形状似是一个人受惊、大喊一声要逃，未果，又举起一只手按在墙上求救，在这种情况下冻住了。

“这是……什么？”

魔导士少年对船长的提问耸耸肩：“你的顾客嘛。”

“那、那、那个小伙子吗？”

“没错。”

船长成了牙牙学语的幼儿，趴在魔导士少年脚旁。

“究竟是怎么回事？为什么冻住了？哪来的冷气？”

船长睁开眼睛，仰望着魔导士少年。

“是你干的？你施了魔法？”

“不是我。”魔导士少年摇摇头，“噢，……说来这就是‘天罚’吧。”

“天罚？”

“噢。一定是在迪拉·鲁贝西的女神下了判决吧。所以，这男子也就无处可逃了。”

魔导士少年一掀黑斗篷的衣裾，从小伙子躺过的床头拿起这个纸筒。

“你要把它……”

“既然是这样，这家伙就是无福消受啦，让我接手吧。”

“孩子，那可是人家的东西呀。”

船长不觉换成了教训小孩子的口吻。可少年魔导士用不像孩子的目光瞥他一眼，扔下一句话：“这家伙，”少年用纸筒一头指指成了冰人的小伙子说，“也是从某个地方偷来的哩。也不是什么光彩的事啦。”

“好啦。什么时候出航？”

“嗯，快啦。”

船长哆嗦起来。因为寒冷和害怕。

“这个……冰块怎么处理为好？”

“管他呢。化了就成水了。”

但是，原本是个人啊。“融化之后，不会流血吧。”

“我认为不必担心。不过，你要是不乐见，我也可以替你收拾一下。”

船长喉间“咕咚”一声，喉干舌燥。他想说“拜托了”，但又觉得一旦说出口，不知对方会干什么。

“不会暴露……给警备所？”

“警备所？就那些叫高地卫士的家伙？”魔导士少年不屑一顾的样子。

“没错。在这里被现场抓住，就不能出海了。小看那些家伙，可要倒大霉哩。”

“不用担心啦。我会弄得干净利索，没有痕迹。”

他笑了一下。船长又觉得寒冷。船长悔恨不已：要是没接这样的顾客就好了。

就在这时，楼下的门被人砸得砰砰响，传来一个大喊大叫的声音：

“喂，船长！在屋里吗？在的话开门！我们是警备所的，有事问你。”

船长望望魔导士少年的神色。他知道自己已可怜巴巴地瑟缩着。然而，魔导士少年却气定神闲。

“好像有麻烦了耶。”船长说着站起了身。

“你的船处于随时可以出海的状态吗？”

“噢，噢噢。已准备就绪。”

“好，那就出门。”

“可是，不可能在警备所追捕之下出港啊。”

"没问题。到海面为止，我包送。"

魔导士少年手按杖头，宝玉又闪烁起来。

亘三人在阿利基达与博鳌的边境、近关的路边树林里与乔佐分了手。乔佐主动提议把大家直接送至所诺镇，曾一度飞越国境，但只通过了几个小镇上空，就发觉下界发生了不小的骚动。龙本身就是稀罕的生物，在工业国阿利基达更是像神话一样。据乔佐说，阿利基达较南大陆其他城市的空气污染严重，所以龙们都不喜欢，他和他的同伴们几乎没有飞越过这里。人们不同寻常地吃惊，也在情理之中。

在人心浮动的日子里，亘一行不想惹起多余的麻烦，也不希望乔佐卷入危险之中。所以他们返回来，让乔佐返回龙岛，然后直奔关口。因为想到把迪拉·鲁贝西的事情从头说起反而费事，便上报了仓库的事，声称来源不明但情报确切，让碰头的巨鸟族火速前往所诺镇警备所，然后他们也紧随而来。

亘一行抵达所诺警备所一看，除了所长和一名联络员在，其余的人都已赶往有问题的仓库。对方介绍说，黄色拳头商标的风船公司是仅有老船长一个人的微型公司，迄今已多次涉嫌介绍偷渡客，亘确认了情况之后松了一口气，却见基·基玛略微皱起眉头。亘悄声问他是怎么回事，基·基玛压低声音告诉他："这里的警备所嘛，迄今为止只要事情不闹大，大概对于介绍偷渡客是放任的哩。表里不一的哩。"

也会有这种事吧。亘在现世时，也从新闻报道中知道有这种事。

"不过，这回得全力以赴啦。首长有令啊，对吧？"

"是吧。噢，是这样。"

没等多久，便有一名前往仓库的高地卫士跑回来了。老船长的仓库空无一人。不过，二楼办公室有人待过的痕迹，而且——

"似乎是难以置信的事情：有人冻住了。说来，是有一块很大的人形冰疙瘩。"

亘三人面面相觑。米娜惊讶得倒退一步，抬手按着心脏的位置。

“是逃亡者啊……”

在女神惩罚迪拉·鲁贝西时，他也承受了。无论跑得多远，都不可能逃过愤怒的女神。

不过，如果能做到这一点，女神又为何特地降临首长梦中，下令追捕逃亡者呢？如果能够惩罚他，应该没有这个必要了吧？

亘胸中翻腾起来。

“在那间办公室里，有没有留下不寻常的东西？图纸之类，可能是纸卷，也可能装在圆筒里。”

“噢……总之办公室里很乱。总之，我们的人已前往港口。既然船长不知所踪，就查一查他的风船。”

“那，我们可以去仓库调查一下吗？”亘恳求所长道。

“哦哦，没问题……”

所长话音未落，整座警备所建筑物突然摇晃起来。这里的警备所也是只用木头加锌铁皮搭建的小屋，已相当老朽。第一下摇晃，墙板已嘎吱嘎吱响起来。摇晃持续，窗框脱落，地板凹凸不平，人也难以站稳。

“这、这是怎么回事？”

以为是地震呢。但扶住窗台看得见外面的米娜发出一声惊叫，告诉大家：“是龙卷风！”

亘等人冲出门外，的确是龙卷风。而且不是一两道。直径五米至十米左右的龙卷风四处都有，如同支撑着天空的风柱子一样，蜿蜒出现在眼前。

众龙卷风向着一个方向缓缓移动，要聚拢起来。风过处，所诺镇粗糙、陈旧的建筑物一间接一间地被摧毁、卷起再丢散。风移动着，向着一个目的地。

是大海。

“那边是大海吧？”

亘指着龙卷风前行的方向，扯着嗓子盖过风声问道。警备所所长用异样的声音叫道：

“对对，没错。照此下去风船有危险啦！”

托利安卡魔医院的情景重现在亘心中。卷走信众、刮倒密集的修罗树、将亘带到伤心沼泽的那次龙卷风。美鹤施行的大风魔法。

是美鹤在港口。

“我得过去！”

就在亘大喊时，警备所的房子轰然倒下。

亘一边冲下所诺镇弯曲的坡道，一边观察。多座仓库及住宅的屋顶被刮跑、柱倒窗碎，雨水管被折断吹走，建筑物东倒西歪。人们从房子里冲出来，抱头逃命。晾晒的衣物连绳索一起刮上天空。有位大婶瞠目结舌目送衣物远去，她像说胡话似的念叨着：“我的围裙……”猫狗也被刮走，盆栽的花草满天飞，灶头带着铁锅横空而去。

风过后的城镇成了废墟，而众龙卷风仍向前进发。亘一行以基·基玛的庞大身躯为盾，追踪着龙卷风。龙卷风过处，只留下瓦砾和茫然的人们，以及静止般的寂静。当他们要稍微接近龙卷风时，被旋风阻挡，连向前一步都觉得不易。尽管如此，基·基玛还是不为所动，他在中途某处捡起飞过来的门板，灵巧地舞动着，挡开飞过来的杂物，开辟前进的道路。

“抓紧我啊！”

基·基玛的吼声清晰地透过狂风。亘缩起身子，两手紧抱基·基玛的腰，头抵着他的后背。米娜也一样。她的尾巴卷住亘的身体。

离港口还有一个街口。从山坡上可以望见码头——

来到这里时，狂风突然消失。所有飞舞着的东西开始在重力作用下坠落。

亘仰望空中，港口的上空。米娜也仿照他的样子。基·基玛仍把门板扛在身前，也愕然望着上方。

十多道龙卷风此刻都在海上，聚集在泊于港口栈桥的风船周围。然后，失去了龙卷风的形状，变成了一团团旋转着的圆形风团，时上时下地悬浮着。

港内风平浪静。风团围绕的风船已经老朽，桅杆侧倾。绘于船侧的黄色拳头标记大半也已掉色，锈迹斑斑。船帆折叠着，帆柱像一根枯叶落尽的树桩，突兀而立。但是，轻摇着快要散架似的船体的，只是缓缓的海浪而已。系在其他栈桥的船桩上的所有风船，都垂下桅杆的旗子，毫无动静。

亘冲向风团紧随的风船，米娜紧跟在后。基·基玛也扔掉了作盾牌的门板，跟在二人后面。

栈桥也旧了，木板之间处处缝隙。从隙间看得见海水。一块因朽蚀而起倒刺的木板绊了亘一下，他摔倒在栈桥中间，一时喘不过气，站住了。

亘竭力呼喊起来：

“美鹤！”

这一来，风船驾驶室后的小门打开了，出现了一个小小的身影。一个人向船尾走来。

黑衣魔导士，是美鹤。他一只手扶杖，一只手搁在船舷，脸上浮现出半是惊讶、半是欢喜的表情。

“嗬，是你呀。”

海浪轻拍栈桥的声音清晰可闻。被龙卷风肆虐时吓跑的海鸟聚拢过来。

“你在这儿干什么？”

“该我问你！”

喊叫着对话之间，看得见驾驶席后晃动着一个脑袋，一定是船长。

“你小子看得见嘛。我搭风船，出海去。”

美鹤没有像亘那样大吼大叫，声音却听得很清楚。

“打算前往北方帝国？”

美鹤没有回答。他环视空中悬浮的风团群，仿佛视察机器的运转情况。刚才仍在肆虐的龙卷风，像被封在透明的球里一样，乖乖地收敛起来，只是骨碌骨碌旋转，连声音都没有。

“还有其他去处吗？”美鹤反问道。

亘迈步走向风船。米娜和基·基玛也要跟上去，被他摆手制止。

“为什么一定要去北方？”

“这还用说吗？收集宝玉嘛。”

美鹤手中的手杖顶端宝玉闪亮起来，仿佛呼应主人的话：“对呀。”最初闪红光，接着是浅绿、蓝，之后是琥珀色。

是四色。已经闪过四色。

亘的勇者之剑和美鹤的杖，在收集宝玉方面的结构不同吧。勇者之剑把收集到的宝玉嵌于剑锷，因而日益强大。不过，似乎美鹤的杖在顶端镶有宝珠，每当美鹤找到新的宝玉，宝珠吸取新宝玉的能量，增强力量。

“只剩一颗而已。”美鹤望一眼杖，说道，“剩下的一颗在北大陆。所以，我非去不可。”

“你是说，因为急于赶路，没有工夫听迪拉·鲁贝西教王的话吗？”

美鹤黑色的瞳仁一下子变大了：“嘿，那么说，你去过迪拉·鲁贝西了？”

“对，去过了。”

“老好人啊。还真去了呀，实在没想到。”

亘不理会他嘲讽的腔调，直视着美鹤。

“迪拉·鲁贝西毁灭了。教王也死了。”

美鹤不作声。

“逃亡者也死了，活生生冻住。你是知道的吧？”

依然沉默。海风吹拂着他的头发——比在托利安卡魔医院见面时更长了。

“你曾跟逃亡者在一起吧？明知他想北渡，打算利用他？”

“只是获取信息而已。”美鹤说道，“还是他再三央求的啦。那小子说，给船长预付款后，就身无分文了。”

亘的视线定定落在美鹤脸上，问道："逃亡者携带的图纸在哪里？"

不知何故，美鹤眯眼笑了起来。亘随即明白了：这就是回答。

亘向风船的船尾伸出右手。"还回来。马上。"

话音未落美鹤便反问道："为什么？"

"如果那东西落在北方统一帝国手上，南大陆便处于危险之中。"

美鹤的微笑漾开来："你小子说话真怪。"

"有什么可笑的呢？"

"动力船的设计图而已，怎么会有那么大危险？"

亘急了："你不知道？不明白？不可能吧？"

"北方统一帝国的事情，我不大了解。"美鹤闪烁其词，"即便是这边南大陆的事情，我也不甚了解。"

他的视线一下子透过所诺镇，投向因他的魔力而七零八落、寂寥的港口城市。

"我并不是来观光旅行的。幻界国家的事，我不可能都放在心上，没有那个时间。因为我要全力以赴实现自己此行的目的啊。"

说到这里，他微微一笑。

"你好像挺能逛的嘛。你那护腕是什么？上次见你就注意到了。那是什么高地卫士之类的标记吧？你在努力地维持幻界治安？挺悠闲的嘛。"

这句话深深地触到了亘的痛处。这一点出乎美鹤的意料，甚至出乎亘本人的意料。亘早就不想再迟疑不决了，所以感觉更是痛切。

"北方也好南方也好，管他呢。我没有兴趣。不过，亘，你想想吧。就算是你所热爱的南大陆，例如这阿利基达——"美鹤两手一摊，像是站在船尾演说，"是个矿山和工业的国家。双方都只是光凭人力，用极原始的方式进行生产。不过，不用多久就有人来发明动力了吧，时间问题而已。幻界也会进步嘛。不，必须进步。为此而提供必需的条件，你为何那么忌讳呢？"

亘毫不犹豫地回答道："假如那是幻界的产物，情况就跟你说的一样。

可是，那些设计图纸不同。那是从现世带进来的。这是不对的！”

“为什么不对？”

对这个快捷的反问，亘答不上来。美鹤似乎早有预料，紧接着说下去。

“算了吧，我没心思辩驳这些。总而言之，我需要这些设计图纸。所以，不可能交给你。”

亘不由得发出恳求的声音。

美鹤的回答颇为冷静：“为了跟加玛·阿格利亚斯七世皇帝做交易。我所要的第五颗宝玉，就镶嵌在北方统一帝国皇室代代相传的皇冠上。”

亘感到血压骤降，血正从脚尖流走。向下望，仿佛看见自己的鲜血正从桥板隙间滴滴答答地流向大海。

“是皇冠啊。光是求人家，才不会给你哩。所以，必须拥有对方求之若渴的交换物。说实在的，被迪拉·鲁贝西的教王呼唤之前，我还毫无着落，一筹莫展。所以嘛，他这是雪中送炭啦。”

亘感觉到，自己对美鹤曾拥有的——理应曾经拥有的信赖和亲切感，像酒精一样蒸发、消散无踪。而内心里，原本由信赖和亲切感占据的空间，正由新生的狂怒取而代之。

“你说有对方求之若渴的东西？”

“噢，没错。北方想进攻南方，对吧？这一点我倒是知道的。”

亘的愤怒爆发了。

“那么说，你为了把第五颗宝玉弄到手，要把南大陆的人民出卖给北方统一帝国？你要做的，就是这么回事啊！”

美鹤脸上嘲讽和自得的表情消失了。他的眼里浮现出怀疑和不安，以及一丝担心亘的神色。

“三谷，”美鹤喊了亘在现世的姓，“你没事吧？”

他真的在担心我。但亘无从猜测，那是为什么。这家伙想说什么呢？

“你在说梦话哩，胡说八道。”

“不是。”

“怎么不是？你忘记了？你为何要通过要御扉来到这里？是为了成为一名高地卫士？是为了和幻界人民和睦相处过日子？不是吧？”

这回轮到亘不说话了。没有出口的抗辩在亘身体里晃动、震荡。

“你是为了改变自己荒谬的命运而来到这里的。幻界并非我们待的地方。不改变命运，返回现世，待在这里毫无意义。最要紧的这一点，你全都置诸脑后了？”

无从反驳。

亘回想起事隔许久的事情，被爸爸责备，自己不能接受，摆出自己的理由反驳时，总是这个样子。爸爸花时间拆毁了亘的立足点，然后告诉亘，错在亘这边。直至亘不得不承认，只因自己在错误中陷得太深，所以连自己错了也不知道。

“我没忘记目的。”

好不容易才小声地说出这么一句。不过，美鹤似乎听见了。应该说，他看穿了亘要这样辩白的吧。

“不，你忘了。你冷静下来，好好想一想。”

美鹤一声叹息，把杖换到左手。

“不好意思，我得赶时间。不能因为你就耽搁下来。如果设计图纸交到北方，开始进攻只是时间问题。虽然南大陆现在也处于混乱中，但变本加厉的躁动将要开始了吧。你收集到几颗宝玉了？大乱——不，战乱一起，会比现在难找得多，加紧为好。”

亘无法控制纷乱的思绪，说道：“如果你先抵达命运之塔，我就失去了寻找宝玉的意义。余下的一人只能成为半身。”

美鹤正在抽身离开船尾，他吃惊似的扭过头来。

“半身？是怎么回事？”

美鹤也有不知道的事情？亘惊讶的同时，感到一种嘲讽的快感。“为了重建大光边界，还需要来自现世的人柱。”

因激动和混乱，亘很难解释得很好，但美鹤理解得极快。

“是这样。”美鹤简捷地点点头，瞪大了眼睛。

极短暂的沉默。海鸟在鸣叫。

美鹤往下说，语气依然如故。“既然如此，就更要赶路了，我和你来到这里，利害明显对立。因为这项竞争注定要分出胜负，所以不可能友谊万岁地同时冲过终点线。没办法，我们都运气不好。”

期待美鹤有怎样的反应呢？亘连自己都不明白。因为亘绞尽脑汁也想象不出美鹤迟疑不决、甚或怯懦的表情。

所以，他此刻的答复，较之任何其他的反应，最适合他。美鹤在幻界之旅变得更强，更像他自己了。

亘几乎热泪涌流，他眨巴着眼睛。不是因为悲伤，而是海风的缘故，是龙卷风扬起尘埃造成的。

“亘。”

亘一定神，发现米娜已来到身边。基·基玛也在。亘虽然回过头来，却未能直视二人的眼睛。

“刚才的话……是真的？”

米娜的声音颤抖着，亘默默点一下头。

“岂有此理。”基·基玛嘟哝道。他那庞大的身躯，为何发出如此细小的声音呢？

“我不信。我不相信，亘。”

基·基玛迈出一大步，扳住亘的肩头，将他的身体转过来。

“我不相信亘要被选作人柱。”

亘仰望基·基玛的大脸，望着他总是和善的圆眼睛。

“可是，你相信幻界的人柱规定吧？如果相信，不就是了？”

“不一样的！”

“一样。不同的只是：在许多人中间选一个或者在两个人中间选一个而已。”

亘握住基·基玛的手。

“萨卡瓦乡下的长老也知道这回事。所以他对我说，不能犹豫不决。”

一下子，基·基玛的身体看似缩小了一两圈，仿佛半个魂魄已出窍。

“长老他……”

亘说不下去了。他从心里觉得歉疚。对不起啊，基·基玛。

“你什么时候知道这回事的？为什么……为什么不早告诉我们？我们——不是伙伴吗？”

“是伙伴。”

“要是知道了这回事，我也好，米娜也好，无论如何也要赶紧上路，让你尽早见到女神……我还可以为你做更多、更多事的呀。”

基·基玛眼睛湿润。亘这回真要热泪盈眶了，他猛然扭过头，望着风船。

“美鹤！”

“还有什么事吗？”

“如果我说……”

为何多此一问呢？回答是明摆着的了。

“现在不是为南大陆的和平，而是为了阻止你获得最后的宝玉，为了在竞争中胜过你，我要夺回设计图纸——那么……”

“那么？”

“那么，你会怎么样？”

美鹤没有任何犹豫，声音凛然如故。

“跟你对决。”

美鹤的目光坚定地直视亘的瞳仁。

“并且取胜。我更强大了，这一点你应该很清楚。”

亘颓然。米娜忍不住冲上来，抱住亘的肩头，怒斥美鹤：

“你这算什么！你还能叫朋友吗？你这人有心肝吗？”

美鹤面无表情，双手持杖不作声。对米娜不屑一顾。

“你说话呀！”

米娜变成了哭腔。亘轻轻推开她。

“不要紧，米娜。”

“可是……”

美鹤一仰头，把杖头宝玉举过头顶，开始念诵咒语。虽然声音很低听不真切，但他的做法非常地道、纯熟。

飘浮在海面上空的风球开始骚动。它们时而松解开来，时而融合为一体，随后变成了一件特大风罩，笼罩了风船。

美鹤乘坐的风船缓缓飘离海面。在大风顶托下，悠然飘升。

亘抬起头，与在船尾俯视的美鹤目光相遇。

“再见。”美鹤说道。

风罩哗啦哗啦响，变成了通往无垠大海远方的风管道。美鹤搭乘的风船轻快地滑入其中。

渐行渐远，越来越小。在海天交接的朦胧之中，风船突然消失了。

消失了。

“出海了……”

基·基玛茫然若失。

“那样子出外海，这边的风船追赶不上。出了大海，即便不用魔法，只要扬帆驾船，就可以一直驶往北大陆。”

米娜颤抖的胳膊紧紧抱着亘。

“再见”。

当说出这句话时，美鹤眸子深处微微闪亮了一下。亘觉得自己看见了，那是火花。无论刚刚了解的半身真相多吓人，无论最终结论多残酷，正因为如此，如果此刻止步于左思右想、穷根究底，就无法行动了。一半心思持这种主张；另一半心思则竭力说服自己留下来，倾听朋友的意见、不要丢下朋友——这两种心思在美鹤身上冲突，迸发出火花。

不，不对吧？也许那不是美鹤眸子深处的闪光。美鹤是对的，我错了。亘认输的半个心思，和坚持自己正确、没有输掉的半个心思搏斗起来，迸发出火花。也许是这种火花映现在美鹤眸子里而已。

四十一　加萨拉之夜

加萨拉镇笼罩在暮色中。

出入该镇的大门紧闭。环镇围墙燃着松明，火星飞溅。与亘离开这里时相比，松明数目增加不少。大概是强化警备的必要吧。

尽管如此，在哈涅拉引发混乱最严重的时期，在贸易之城加萨拉，并没有发生明显的骚乱。城镇依然生气勃勃。其中一个原因是这里总体上比较富裕，很少有那种只能为女神奉献一条性命的穷人。

加萨拉镇多种族杂居，人民致力经商支撑着城市。镇上居民超越了种族樊篱，视自己为加萨拉人。面临危机时，人们都自觉地作为加萨拉市民行动起来。

作为商贸城市，就存在一个悬念：来自北方的老神教教义是否更有机会渗透呢？但是，从另一方面来看，这里更易获悉北方统一帝国的实情。在利利斯镇那边，牢骚话大有市场，说什么“哈涅拉是女神的阴谋，为着抹黑安卡族的救世主。只有老神教才能拯救幻界”。煽动之下，安卡族人头脑发热，酿成非常事态。在这里，北方统一帝国那边现状如何，安卡族人有机会通过逃亡者和商人，接触虽然零碎却活生生的信息。他们真切地了解，在那片奉老神教为国教的土地上，安卡族人并非都过得幸福安乐。

而至关重要的是，这里的警备所有一位硬气的“棘兰卡茨”。这是与利利斯最大的差别。她对于哈涅拉的忠心毫不动摇，也不允许镇上的人动摇。为了保卫幻界，如果女神召唤某个人，为何要抗命呢？被女神召唤的人，是获选肩负使命。荣耀之事，何惧之有？

若仍有诉说不安者，她便一笑了之：

“嘿，不是我夸口哩。女神洞悉一切。那些因不想当人柱、不想死而哭哭啼啼的胆小鬼，才没有机会呢。你这种人根本不予考虑啦，放心吧。”

亘站在瞭望台上。与现世的大楼相比，相当于六层楼左右的高度。亘爬梯上来时，这里的看守给予忠告：

“小朋友，我不知你为何非要爬上去，由得你啦。不过，你一旦上梯子，中途绝不可往下看。”

“好的，明白了。”

“可是，你挺好奇的啊。”

“我喜欢登高。”

亘听从劝告，中途没有往下看。他顺利上了瞭望台，感觉晚风拂面，他伸展开四肢，这才感觉高得晕眩，忙抓稳了扶手，确保安全。

亘身后的看守腰挂绳索，肩挎用敲平的铜板卷成的喇叭筒，双手抱着胳膊。他每五分钟便准时扫视一遍东西南北。一天三班不松懈。这是他们的工作。

加萨拉镇已是万家灯火。旅馆饭店开始传出喧闹声。各家窗户冒出热气，飘来晚饭香味。在达鲁巴巴店，洗脱了长途旅行污垢的达鲁巴巴们，慢悠悠地嚼食饲料。一旁是谈笑风生的水人族，抽着长烟管。某处有人吹响乐器，似是在定音调，是那种十五弦的、琴体圆形的吉他。似乎是流动艺人准备要沿街卖艺了。

视线若转向城外，满眼就是环绕加萨拉的雄伟草原。散在各处的岩场。一簇簇茂密的小树林。所有一切尽染夕阳余晖，显出一天结束时的安闲。鸟群聚成的黑点横空而过，消失在远处森林之中。

亘深深吸入一口气，两肘搁在扶手上，仰望傍晚的天空。

北方凶星。鲜红、闪亮。也许是暮色苍苍的缘故吧，看不出不祥的味道。

伸手从空中摘下来，赠给米娜的话，该是件漂亮的垂饰呢。

亘与星星做起瞪眼游戏，比忍耐力、不眨眼。亘瞪圆双目时，凶星先眨眼了。亘感觉对方投以微笑：认真什么呀，你？

在所诺镇与美鹤分手之后，亘和米娜、基·基玛一起返回加萨拉。用不着多想了。既然注定要成为人柱中的一人，往后就是等待那个时刻而已。既然这样，就在这里等吧——在幻界最初抵达的城市、遇见朋友们的城市、宣誓成为高地卫士的城市。

从所诺过来的路上，米娜不住地哭。基·基玛沉默不语。也许是这个原因吧，达鲁巴巴也无精打采。

亘央求米娜：唱一支歌吧。当初踏上旅程，我们经常在车上摇晃着唱歌的呀。米娜答应了，唱出了悦耳的歌声。不过，一曲未终，声已哽咽。歌声颤抖着跑了调。

此时，亘唱起来了。听米娜唱过而朦胧记得的歌，或者，在现世惯唱的歌。

一回到加萨拉，基·基玛便边给达鲁巴巴店帮忙，边参加高地卫士的保卫工作。米娜做了诊所医生的助手。亘又成为卡茨的部下，像基·基玛那样外出巡视，或协助整理托伦一个人忙不过来的文件。

"近来忙得很，没空理那些文件啦。"

托伦开心地赔着不是，大大咧咧的样子。他好像有点察觉，眼镜后的目光颇为怪异，却不曾出口发问。

亘一回来，便向卡茨一五一十都作了报告。他并不想博取同情。棘兰卡茨大概也不是那种人。亘只想让最可信赖、最有胆量的卡茨了解一切，以免自己被召去做人柱时，周围发生混乱。

不出所料，卡茨完全无动于衷，就一句"明白"而已。又简单地说："住旅馆会有所不便吧，你被召时，周围有人说三道四的也麻烦。警备所二楼有个贮物室，你收拾一下住那里也行。缺东西的话跟托伦说，他给弄。"

"你被召时"——卡茨说出口时，跟说"你出门时"语气并无区别。另外，从那以后，卡淶再无一语涉及哈涅拉或者人柱，亘对此颇怀谢意：这就是卡淶式的关照吧。

之所以想登上瞭望台，是想在尽量接近天空处观察北极凶星。我不是害怕……尽管不是完全不怕，但已做好最坏的打算。很想告诉它，也许是谎言，也许内心是害怕的，自己也不太明白。正因为如此，才想告诉北方凶星。话说出来，心底就踏实了。——亘这样觉得。

自从在所诺偶遇美鹤，到今天已是第八天。美鹤已抵达北大陆了吧。无论如何拼搏，亘都没有法子赶超。二减一等于一，他只想着这一点。不，是努力这样想。因为别无他法了啊。

北方凶星闪烁着。光芒既无变化，亮度也不见衰减。哈涅拉尚未结束？什么时候结束？此外只须从幻界再选一人而已，颇费功夫吧。

“咦。”

瞭望台看守喊了一声，走向梯子，伸出一只手。

“很难得呀。有情况吗？”

是卡淶上来了。离瞭望台还有三级梯子，卡淶没有去接看守的手，一纵身，轻轻跨过扶手。挂在腰间的黑色皮鞭在夕阳下亮晃晃。不知道皮鞭威力的人，只会认为它是配衣服的，算是一件新奇、刺激的装饰品吧。

“欣赏夕阳啊。我偶尔也想浪漫一下。”

亘离开加萨拉期间，卡淶换了发型。原先的短发型，变成了短“娃娃头”，与她颇般配。全黑色时尚款皮衣，加右肘护肘和左手腕的火龙护腕，突出了鲜红部分。

“怎么啦，一副呆样。”卡淶一手叉腰，侧着头，嘲讽似的笑道，“被我迷住了吗？都什么时候啦。”

亘脸红了。的确看入迷了。很不是时候，但卡淶是那么美。亘心想，若非来到幻界，要想结识一位成熟女性，还是个大美人，这机会还早着呢。

卡淶对一起笑的值班男子说：“我跟这孩子说点话，可否借个方便？”

“我很乐意。”值班男子点点头，摘下喇叭筒，递给亘，“那我就把它暂交小朋友啦。”

“好的。我一发现动静，就大声报告。”

“噢，拜托。”

等值班男子下了梯子，卡茨也跟刚才的亘一样，把胳膊肘搁在扶手上。她温柔地眯着眼睛，眺望晚霞中的草原。

“你是头一次上来？”

“对。”

“景色很美吧。我最喜欢从这里远眺。”

“我也喜欢。”

“朝霞也很美，即使是雨天、雾天，也各有情调。”

卡茨晃晃头，扬起额发，手撑扶手，仰望夜空。

“我的家乡，是山里的垦荒小村。周围是梯田和稀疏的林子，村里拥挤着简陋的小屋。来到加萨拉，第一次看见这空旷的草原时，简直惊呆了。啭，世上竟有如此宽大的地方……”

听卡茨说起家乡，可是头一回。是独自一人外出的吗？几岁的时候？是为了明确的目标而出来的？

关于家乡的话没有往下说。卡茨沉默着，亘也不作声地和她并排站着。这是心里很舒坦的沉默。

过了好一阵子，卡茨冷不防开腔了：“不是惹恼了我，也不至于那么干。”

这是说谁呢？亘不明白，心想她是生自己的气？

“什么？”

“就那个嘛。”卡茨指指北方凶星。

“闪得很漂亮，像块宝石。它待在那样的高空，不可能把它抓过来教训一番啊。”

卡茨式的说话风格，亘忍不住笑了：“感觉你的鞭子够得着。”

“试试看？”卡茨说着，手按腰间的鞭杆。然后她笑一笑，看着亘。

她的眼睛没有笑，认真得有些恐怖。亘的笑容也消失了。

“你，真的做好了思想准备？”

语气与其说是询问，毋宁说是确认。仿佛说，早就知道你的回答。

“噢……应该吧。”

“想得开嘛。”

“也许吧，自己也不清楚，也许是无奈的感觉。”

亘耸耸肩，双手插兜，手指头触到龙笛。

“返回加萨拉途中，曾有一两次想召唤乔佐，不管三七二十一地穷追美鹤。乘龙飞翔的话，可达北大陆。不过，即便追上了，也实在没有胜算。美鹤是很厉害的魔导士。”

而且，亘在宝玉的数目上落后。

“哪方面都不占上风。心想就这样吧，下了决定，心里就平静了。”

卡茨双手抱肘。她胸部丰满，皮马甲前胸部分鼓鼓地凸起，感觉像压在手腕上面。亘的视线被吸引，脸又几乎羞红起来。他急急往下说，也是为了掩饰。

“跟幻界选出人柱不一样，并不是在无数人中选一个，是二选一。所以，反而就踏实了吧。”

卡茨无言。她从马甲兜里取出卷烟和火柴，在傍晚的风中灵巧地点燃。

“而且……虽然没有详谈过，但我最初能来幻界，是朋友——另一个旅客美鹤成全的。不仅如此，如果没有他来救助，我早已死了：在现世也曾有过一次这种情况。来到幻界又有一次。我得到他的拯救。”

妈妈在家里拧开了煤气阀之时和在托利安卡魔医院几乎被送上断头台之时。

“如果没有他，我早丢了小命。所以，我觉得，如果给他让路——也不妨吧。”

卡茨慢慢抽着香烟，吐出长长的烟雾。然后，她把烟蒂在扶手上揉一下，弄灭，手指头玩弄着烟蒂。

“我嘛，”她语气略有变化，目光直直地投向草原，“不想听你那样的辩白。”

亘想争辩说不是辩白，是真心的，但被卡茨的语调所慑，未能插话。

“你不害怕被选为人柱吗？对基·基玛和米娜的痛心也不在乎吗？见不到女神就算了吗？这些我都不打算问。你来到幻界，是为了改变自己的命运。如果成了人柱，就实现不了这个目的。我也不打算问你是否这样也无所谓。”

和她挂在腰间的鞭子一样，是直截了当的硬气话。卡茨目标明确地往下说。

“你丢下妈妈在现世。你将再也见不到那位妈妈。她会永远无从得知你的消息。她会一直等待不归的你，在孤寂中白白耗去余下的人生。我也完全没想问你，你怎么可以让妈妈遭这种罪而无动于衷。”

这不正是在问吗？亘的心在痛。

“你很聪明，也有勇气。”

卡茨夸奖的话里带着怒气。

“所以，无论我要问什么，你都可以应付吧。像刚才那样，你能拿出让人信服的、堂堂正正的回答吧。你原本就有这个必要嘛。因为比起说服别人，你更得说服自己。对你来说，这方面更切实。”

卡茨这才略作停顿，但似乎对亘已别无他话可说了，便沉默下来。

黄昏招来暮色，天空的光亮开始让位于蓝色之夜的幽深。到刚才为止，闪亮的只是北方凶星，但此刻其他星星也纷纷出现了。

以这片天空为背景，卡茨转脸正对着亘，直视着亘的眼睛。

“可我呢，还剩下这样一个问题，想问问你。”

亘身子略晃一下，稍稍离开卡茨一点儿。

“你打算对美鹤置之不理？”

“置之不理？

“就是说，任由他胡作非为？”

亘眨眨眼，不得要领。卡茨想说什么？

“这是怎么回事呢？”

“也没什么！”卡茨一只手猛拍扶手，“那个叫美鹤的孩子，不是任意妄为吗？你想想看，他都干了什么？他正在干什么？在托利安卡魔医院也好，在所诺镇也好，他运用魔法杀死、杀伤大批人。在所诺镇也好，港口也好，他招来龙卷风，把当地弄成一片废墟。这些你怎么看？”

亘不知所措。他的心被掀了个底朝天，暴露出破绽。

“可、可是……”

“可是什么？”

“托利安卡那时是不得已的。对方是老神教的狂热信徒，他不那样做的话，我会被杀掉，美鹤也不能冲破那个结界。”

而且、而且……亘在被掀翻的心中左冲右突，寻找辩白之辞。

“他也不光做危害大家的事情。我在马奇巴镇听说，他运用魔法，扑灭了一场大山火。大火再蔓延可就不得了。”

不过，他在冲突之中，也想起美鹤断然拒绝了迪拉·鲁贝西教王的请求——美鹤丢下一句：没空。而且，他追踪了迪拉·鲁贝西的逃亡者，非但没有逮捕逃亡者，反而趁机利用，前往北方……

“他魔法如此高强，在托利安卡魔医院也好，所诺镇也好，自可有更稳妥的办法。他肯定能够在不伤人、不毁城镇之下找到前进的方法呀。他为什么没有那样做？”

在卡茨的诘问下，亘晃晃身子退后一步。卡茨逼近来。

“我来代你回答吧。这是因为，美鹤那孩子认准，什么幻界之类是不足惜的。只要能抵达命运之塔、面见女神、达到目的，那就从此无关了。再也不会涉足此地。所以，他觉得伤人毁城与己无关。在他所过之处，管他尸堆如山、赤地千里，无所谓。他认为，只须选择快捷的方法，一味前进即可。”

卡茨伸出手，扶着亘的肩头。

“你认可这些做法？你认为这些做法是对的？”

是对……还是不对……那种事情……

“美鹤是我的朋友。”亘小声说。搜遍心底，也只找到这个回答。

“我问的不是这个。我问的是，你能容忍美鹤的做法吗？”

卡茨像推亘一把似的放开手，背转身。亘摇晃了一下，后背抵住扶手。

“美鹤这孩子，即便到了北方，还会如此炮制。前进路上有障碍物的话，他会连根拔除打开通道。不惜瓦砾成山、尸横遍地踏过去，直指命运之塔。”

“可、可是美鹤他……”亘断断续续地说着，“他太想改变自、自己的命运了，他不惜那么干的呀。他的命运实在太冷酷无情了，他不惜做出任何事情也要改变。他比我迫切得太多、太多……”

卡茨猛回头，发梢甩动起来，“你是说，那就可以不择手段？那就能容许？为夺回自己遭难失去的东西，可以不管他人死活？再问你一次：你认为那是对的？你允许？”

亘心底里连自尊也没有剩下。他什么也说不上来。

“对现在的我们而言，北方统一帝国的确是威胁。可是，在那个国度里，也生活着许许多多的人。并不是所有的人都赞同皇帝的做法。一定有受压迫、受着苦的人。你刚才说过，在托利安卡是不得已，对吧？因为对方是狂热的信徒。如果适用这条理由，无论北方的人遭什么难，都是不得已吧？可以说对方毕竟是敌手啊。”

暮色渐浓。不知不觉间已满天星斗。苍穹下，卡茨发怒的双眸，也如一对双子星在闪烁。

“美鹤寻找的最后一颗宝玉，在北方皇帝手上，对吧？美鹤看来很聪明，要以动力船的设计图为饵，与皇帝做交易，以实现自己的目的。美鹤、北方皇帝皆大欢喜。可喜可贺。不过，之后怎样？造出动力船，北方进攻南方。战火骤起，死人无数。这是对的吗？你允许这种事发生？在这里不闻不问，抱头假装不知道？”

亘终于仰脸望着卡茨。

“卡莰女士，你告诉我怎么办。”

亘还是承受不了，移开视线。卡莰略感失望。

“你还问我？该问你的心。”

问我的心。答案在我心里——

卡莰仍旧两手扶栏，眺望着远方，说道：“你说美鹤是朋友。可是啊，亘，朋友也好，亲人也好，恋人也好，不对的就是不对的。如果你的心感觉那是错的，你有义务遵从你的心去做。”

卡莰修长的手指握紧着扶手。

“很久以前，我曾经与自己爱的人处于对立面。”

突如其来的自白。垂着头的亘转而看着卡莰。

“那是十年前的事了。有一个男子，是个杀人犯。他为自己的欲望而杀了许多人。可因为此人非常狡猾，没有留下明确的证据。他能言善辩，蒙骗周围的人，所以我们抓不住这家伙的尾巴。”

有一次，卡莰他们获得宝贵的机会，布下陷阱等待杀人犯。

“那是空前绝后，不会再有的机会。我的兴奋之情真是难以言表。”

然而，到了上法庭的阶段，卡莰他们被揭发了，理由是设陷阱诱人犯罪的做法违法联邦政府法律。

“争来争去，最终，那个杀人犯被释放了。唉，就那样。的确，我们是以违法的卧底调查抓住他的。因为要给予杀人犯相应的惩罚，只有那个办法。可是，人家说是错的。杀人犯一边嘲笑我们，一边挥手告别牢房。”

然后，不到十日，又有人遇害。抢劫犯潜入商铺，杀害了那一家人。这回他气数已尽，被当场抓获。

“你猜他怎么了？绞刑。可是，如果他没被释放，就不会有最后的抢劫杀人案了。即便违反了法律，那个时候，那种做法是对的。到今天我也相信这一点。”

亘猛然醒悟：“那么说……揭发你们的是……”

卡莰点点头：“是波里斯·伦美尔。那时候，他跟我一样，是一名高地卫士。他现在已是舒丁格骑士团游击队的队长。你见过面吧。”

托伦说过，卡茨多年前被伦美尔队长甩了。

“波里斯遵守法律。议会也支持他。警备所的首长也接受了他的意见。可我——我认为人命关天。我的确是违反法律了。可并不引以为耻。所以，我无论如何不能容忍揭发我的那个人。而他也没有容忍我。”

所以，二人分手了。

“你那时爱伦美尔队长吧？你们是相爱的吧？”

卡茨转头看看亘，唇边透出一丝微笑。

“是啊。可是，有些事，即使是爱人也不可容忍。直到现在我还认为，他等于杀害了不走运的商铺那家人。他也一如既往，直到今天也认为我做得不对吧。那家伙不会轻易改变信念的。”

可是，直到今天——一定还相爱吧。

“在波里斯看来，我的方法错了。所以他相信自己是正确的。任一方都是真实的。最终，也许只是从哪一方面来看而已。我不退让，波里斯也不退让。我明知他不退让，因为我比谁都了解他。波里斯也了解我，知道我不会退让。正因为如此，他毫不犹豫地揭发我。因为他知道，只有这个办法可以制止我。”

星光下，火龙护腕隐隐发光。也许是心理作用吧，感觉护腕温热。在利利斯的西斯蒂娜教堂，与戴蒙主教拼死搏斗时，也是这样发热。

“你是旅客也好，可能被选为人柱之一也好，美鹤成为你的竞争对手也好，现在已经没有关系了。你是一名高地卫士，既然如此，直至蒙女神召唤为止，直到你生命最后瞬间为止，必须对美鹤穷追不舍。还要声嘶力竭地叫喊，向美鹤呼吁。必须告诉他，他为一己目的漠然地破坏、践踏的东西的价值，还要告诉他：他错了，你不会原谅他的做法。你必须制止他。”

突然，亘回想起一种令人怀念的美妙心情。在鲁鲁德天文台分手时，伦美尔队长也这样说过。当时他和卡茨一样手搭在亘的肩头上，直视着亘的眼睛。

你是旅客。你必须履行你的使命。不要忘记。

棘兰卡茨肯定也持和我一样的意见。她是你的上司。我刚才的话，希望你当作是她的命令。

不一样。卡茨另有想法。因为她直至最终，仍期待亘作为一名高地卫士行动。

你们又擦肩而过。双方都是对的，可正确之下又擦身而过。直叫人莞尔，可又为此而伤感。亘感到眼皮发烫。竟然这般错过，可你们，都以同样的目光询问我。

问题在于，是从真实的哪一面来看。而我，要站在哪一边？

亘仰望着卡茨，用力点一点头，卡茨笑了，点点头。

“和我——和我们一起，渡海北上！”

她说，已有计划方案。

“需要你的力量，帮我们一把。”

四十二　深夜的对话

夜雨中，环绕看门人小屋的树丛被淅淅沥沥的雨水濡湿了。叶片不时被大颗雨粒打中，突然摇晃一下，仿佛在打瞌睡似的。必须还得醒着。树林的叶子就这样东晃一下、西晃一下，陪伴着拉奥导师，直至他睡着。雨声便是摇篮曲。

拉奥导师在桌上摊开好几册厚书，一只手握长杆钢笔，用心地书写着。煤油灯放在他的脑袋旁，他的鼻梁上架着小小的圆眼镜。

安静的小屋里，听得见笔尖在纸上滑动的声音。煤油灯的芯吱吱燃烧着，冒出油烟。

突然间，拉奥导师停手仰脸，仿佛有人向他打招呼。虽是在狭小的屋里，但煤油灯更小。在光圈外，紧靠着明暗交界处，有人站立着。

拉奥导师摘下夹鼻眼镜，凝神注视。

“奄巴大人……”

导师叫出名字，那个“人”微颤一下似的笑了，从光圈边界线上又后退了约半步。

“不必那么惊讶吧？”

是甜甜的少女声音。这是亘联想起的“妖精”。对那个含羞的说话声，他曾有过淡淡的憧憬……

“可是你那副打扮嘛。”

拉奥导师搁笔，拉开椅子站起。

奄巴大人在晦暗的小屋一角转一圈给拉奥导师看。裙裾飘然扬起。

面前的少女的身姿，洋溢着易碎品似的美。从服饰来看，并非幻界里的人。

“就算我，平时也并不想要那副丑样子哩。偶尔也想换换心情嘛。”

“那副少女打扮，是哪里借来的？”

“我曾在命运之塔待过。”

“那么说，是现世的人。”

“对啦。一定是那孩子的朋友。”

奄巴大人说着，抬起此刻的右手，摸摸此刻的脸颊。

“应该算女朋友吧。总而言之，是那孩子——亘牵挂着的女孩子哩。”

拉奥导师不作声，猜不出奄巴大人的心情。

“以这副模样出现在亘面前的话，你觉得他会更加喜欢我吧？”

拉奥导师温和地说：“我不觉得很妙。”

“真的？我只是想让那孩子高兴而已。”

你认为让他高兴，他就会站在自己这边？拉奥导师心想。人的感觉并非如此简单。奄巴大人还不明白这一点。

“我相当满意哟，这副模样。”

奄巴大人又旋转一圈，亮相。裙裾飘起，这回与刚才反方向。然而，拉奥导师并不认为，奄巴大人的心也是同样轻松。

沉默一降临，雨声清晰可闻。

“那孩子，要去北边呢。”奄巴大人说道。

不用别人说，拉奥导师已经知晓。因为整个幻界的小鸟，都分头了解旅客的情况，不断地向他汇报。

“终于来到这一步了啊。距命运之塔，仅一步之遥了。终于要大结局了。”

拉奥导师缓缓应道：“从现在开始的路，才是真正的考验。”

拉奥导师接着说，奄巴大人也很清楚吧。但对方似没有听进去。奄巴小心翼翼避免踏入光圈，在光圈外走着，来到窗边。

“老下雨。我讨厌下雨。”

拉奥导师从微带暖意的光圈内看着奄巴大人的侧脸，心中只涌起伤感和怜惜的波澜。

“你站在哪一边？美鹤？或者亘？你希望哪边赢，导师大人？”

“旅客的征途上，没有胜负之别。”

“可是，得有一人被选为人柱成为冥王才行哩。”

“那也是按女神的裁决而定。”

“总是这样，什么都由那个女人来定。”

奄巴大人说着，以此刻美少女模样的手用力抓住窗框。

“嘿，我是哪边都无所谓。亘赢也好，输也好，我的心情都不变。如果他做冥王，我就做女神吧，然后一起统治幻界。他要回现世的话，我就这副模样不变，跟他去现世也行啦。”

奄巴大人唉声叹气地说，对这幻界已腻透了。

“索性让‘魔界’摧毁这里，岂不挺好？以现世人们多余的想象能量，再造一个新幻界吧。在混沌深渊里，未曾分化的幻界之核还沉埋着许多吧？其中之一成长开放，变成一个崭新的幻界。多美妙啊。”

“你是真心的？”

“嗯，真心的哩。”

拉奥导师缓缓摇着头，坐回椅子。他伸手到煤油灯，要拨亮灯芯时，“别动！”响起一个严厉制止的声音。

“请不要把灯火弄大。”

“你不是很喜欢现在这副模样吗？”

“很喜欢呀。不过，我不想看。”

因为变回原样时，会更加难受。拉奥导师领会了言外之意，他的手离开煤油灯，搁在膝盖上。

“我要战斗哩。这次可要赢。”

在煤油灯灯光不及之处，奄巴大人的眸子闪闪发亮。

“你今天晚上是来告诉我这个意思？”

“对。”

“特地前来说的？”

“没错。我想来告诉你们，这回以你们的力量不能制止我。”

“不可能制止？”

“对。我要和亘携手出击。一定要干。”

“不能考虑美鹤？”

拉奥导师明知故问。如他所料，奄巴大人一听美鹤的名字，便哆嗦一下。

“美鹤无隙可乘，对吧？”

略为停顿了一下，奄巴大人才终于回答：“那孩子不成。”很难受的腔调。

拉奥导师垂下目光。事情经过可想而知。美鹤格外优秀，那孩子目光锐利。

“奄巴大人只是向美鹤打招呼，美鹤便已看穿了奄巴大人的真面目，然后干脆地拒绝了，是这么回事吧？”

奄巴大人没有回应。但是，拉奥导师很明白，他那借助了少女模样的削肩，已经僵硬了。

“……亘是很温柔的。”奄巴大人小声说道，“所以我要和那孩子携手并肩。而且，那孩子的决心之大，是迄今来访幻界者都不可比的，所以一定很可靠。”

拉奥导师拉紧长袍衣襟，抵挡着突然变冷了似的夜气，说道：“有坚如岩石般的意志，并不只有亘。美鹤也一样。为何二人的决心如此坚定，奄巴大人明白吗？”

从灰暗的对面，奄巴大人把目光投向拉奥导师。

“那是因为他们年轻啊，奄巴大人。小孩子们为了抗衡过于残酷的命运，必须拼尽全身心的力量。所以，那两个孩子都很果敢。”

那般果敢，连你也敌不过吧。无论亘多么温柔……导师没有说出后面的话，藏在心底了。

“很棒啊。很棒。”

奄巴大人甩出一句话，言不由衷，仿佛咬着臭东西，一口就吐了出来。

不间断的雨声，诉说着夜阑更深。

“要是亘，就算知道我的真面目也不会拒绝我。所以这次一定很顺当。绝对的。”

拉奥导师端坐在桌前，拿起钢笔。他开始写。未写下几句，窗边的奄巴大人的身影便消失了。

拉奥导师没有抬头,继续写。不过他能感觉到动静。能感到一个沉重、丑陋的活物不喜欢煤油灯的光亮，缓缓离去。

等那个动静完全消失之后，拉奥导师终于再次从椅子上站起，走到窗边，推开百叶门。细小的雨粒飘洒在导师脸上、长长的白眉毛上和下巴胡须上。

树丛摇动。枝叶沙沙摩擦着，晃着头。全都醒过来了啊。

“噢，对不起啦。”导师小声对树丛说。

“该睡啦。没有什么要担心的。这环节不会有什么事，所以，一觉美美睡到明早吧。”

雨继续静静地下。树林子仿佛带着一丝畏怯、伤悼之情，树与树悄悄相挨相偎，沐浴在银粉般的雨粒中，围绕着看门人的村子。

四十三　暗杀计划

一早醒来，昨日与卡茨谈至深夜的一番话恍如做梦。亘在朴素的木床上揉几下眼睛。窗外射入炫目的阳光。

我起床了。睡醒了。新的一天开始了。那事情可不是做梦。

卡茨昨夜向亘表明了一个异想天开的计划。高地卫士的精英分队潜入北方统一帝国，暗杀皇帝加玛·阿格利亚斯七世，希望亘也参与这个计划。

“暗杀计划本身早已在推敲之中，但办法有限。要在交易季节里，混在商人帆船里悄悄潜入。不过，因为这种做法太危险，所以总没有付诸实行。但是，因为你手中有龙笛，情况为之一变。可以乘龙自空中进入北方，而且可以直抵皇帝所在的城市。”

也就是说，需要的其实不是我，是龙。这有点儿令人哭笑不得。

不过，昨天卡茨在瞭望台上对我说的话是对的。我必须对美鹤穷追不舍。

亘迅速更衣，取出藏在枕下的龙笛，悄悄放进衣兜。用它召唤乔佐的机会，还有一次而已。

“做好准备，要随时可以出发。”卡茨这样说，“那名脱逃者逃走以来，南大陆的四名警备所首长聚在一起，一再举行绝密磋商。目前谈到的是，如果最终决定实施暗杀计划，吉尔首长将携带命令书来这里。”

实施就在今明之间，总之数日内进入运作，然后就是启程。

“其他成员呢？”

“当初的计划里，我和其他三名志愿者。也就是说，纳哈托、博鳌、阿利基达、沙沙雅四国各出一名代表。”

“那我就是捎带的了。”

“那就有了强有力的随行人员了。另外三人预计与吉尔首长一起前来。强强联手啊。真是很期待。”

那就是五个人，少而精，听来倒不错……

“顺带说一句，精英分队的队长是我。”卡茨无所畏惧的笑笑，“要问为什么，原因是我最先提出暗杀计划的。指挥和责任，我一手承担。明白？”

“明白了。嗯……这个任务，我明白不能说出去的，可是……”

“托伦知道的。因为他是这里的副手，不该瞒他，他也知道我要带你去。你也不会对基·基玛和米娜不辞而别吧。只不过，绝不可让他们之外的人有所耳闻了。”

亘郑重地点了点头，心里头沉甸甸地带着秘密，躺进昨晚的被窝里。

要说做好出发准备，亘的行李一目了然。到时候拔腿就出发，带上勇者之剑即可。亘重新紧一紧挂剑的腰带，走出房间。

来到楼下的警备所办公室，只见托伦正一本正经地阅读文件。他察觉亘进来后，普普通通地打个招呼：“哎，终于起床啦？大睡虫呀。快去吃过早饭再来。”绝密任务之类他只字不提。如此不动声色，可谓大将之风。在附近旅馆的食堂，亘一边吃着早餐与午餐中间的饭，一边沉思起来。饭本是可口的，他却感觉无味。

这件事，该怎样向米娜和基·基玛解释呢？他脑子里塞满这个念头，以致照顾不到舌头和胃的功能。

不可能带上二人去。太危险了。虽然基·基玛有力能干，米娜灵巧身轻，但这回出击与痛击螺丝头狼不一样。以亘的心情而言，也不希望二人再卷入了。

如果照实说，二人会说跟着一道前往吧，他们绝不言退。必须撒谎，不过，撒什么谎？说不再需要二人出手相助？说是性情不合，不再做朋友了？讨厌这个说法。不能伤害基·基玛和米娜的心灵。

卡茨曾说，如果你说不出口，我来说也行。“我作为警备所负责人，命令二人留在这里。因为哈涅拉的混乱仍在持续嘛。所幸加萨拉是平静的，但各处都乱七八糟，警备所人手不足。他们二人要跑的事情多得很哩。”

即便这样子由卡茨把罪背起来，还是有问题的。此次北渡作战，无论结果如何，亘将不再返回南大陆了吧。

什么结果在等待着自己，此刻亘也不知道。美鹤抵达命运之塔，自己时间用完成为人柱？抑或拼力战胜美鹤，前往命运之塔，面见女神改变命运，重返现世？

或者，作战失败，命丧北方皇帝的都城？

无论等待自己的是哪一种结局，总而言之，与二人都是永别，既如此，无论以何种形式，亘都想向二人道别。希望对他们说出心中的话：他们在身边时，自己心中是如何踏实，自己是如何喜欢他们二人。亘讨厌渐渐疏远分手。

不过，怎样说出口才好呢？无法去想。

正茫然地啃着面包时，旅馆大婶向他搭话：

“哟，今天胃口不行啊，再来一碗汤吗？”

食堂里没有其他顾客的身影，大婶正在收拾碗筷。她说，今早亘来晚了，还捉摸不知是何原因呢。

“不好意思。”

“用不着道歉哩。谁都有起得晚的时候。”

置身加萨拉镇，哈涅拉引发的混乱和骚动，感觉都已遥远。为了保卫南方联合国家的和平而必须暗杀北方皇帝的事，在这间清洁、舒适的食堂里想来，竟如虚幻之事。

食堂窗外人声鼎沸，达鲁巴巴车相错而过。脖子上挂铃铛的报童发出叮叮的声音跑来跑去。报纸这玩意儿在现世毫不稀奇，但在幻界，则是最近的发明，极受欢迎。当鲁鲁德天文台公开哈涅拉真相时，有人不满足于官方的告示，想了解更详细的情况，便到处打听，把情况写成报道，想出了雕刻成版画的样子，印刷出售的办法。这一做法随即引起轰动，短时间内各处出现了好几家报社。报道的内容也不全是哈涅拉了，城市交通消息、各城市发生的事件都被报道。逐渐有旅馆和酒铺在上面做宣传了。

也许现世的报纸起源也一样。这里的报纸不久也会登小说连载或四格漫画吧。如果暗杀计划成功，当然也会被报道。肯定登头条。

现世此刻是什么样子呢？报纸上有什么新闻呢？

妈妈。在食堂温馨的氛围中，亘的心，飘离了身体。妈妈，“路”伯伯，还好吗？我在遥远的地方，还要到更遥远的地方去。虽然保证过一定会回来，但也许一去不复返……

“亘？在这在这！早上好！”

米娜活泼的声音让亘猛醒。

“哟，吃早饭？睡懒觉了吧？”

米娜从门口一蹦，轻盈地落在亘的椅旁，一双明亮的眸子望着亘。这对瞳仁有阳光时呈灰色，从黄昏至夜里是深蓝灰色，它曾给亘多少鼓励啊。亘鼻尖一酸，伏下脸，刚入口的面包胀满两腮。

“别那么急急忙忙地吃呀，会噎住的哩。”

米娜笑出声来，搓着亘的后背。

“噢、噢，米娜，怎么啦？好像很高兴呀。”

“知道吗？”米娜在椅子上小小蹦了一下，“有好消息。卜卜荷团长他们要来加萨拉啦！”

米娜原属的空中飞人马戏团要来加萨拉镇表演，正在途中。

“今早抵达的达鲁巴巴运输商带来了团长给我的信啦，说是已到附近了，今天之内可抵达！”

亘胸中的阴霾一洗而尽。如果卜卜荷团长一行来加萨拉，要留下米娜出发，就轻松多了。假如米娜声称无论如何要跟亘一道前往，卜卜荷团长一定会帮忙说服她。在亘而言，这样一来就可以非常轻松地告别米娜了。

“太好啦，米娜。”

“噢！不过嘛，好消息并不是他们要来。”米娜挨着亘，悄声说道，“哎，之前见团长他们的时候，和老婆婆说过话吧？记得不？”

被称为老婆婆的安卡族老奶奶曾问亘：如果见不到女神，打算怎么办？亘答道，没想过见不到时的情形。这一来，老婆婆说，那就没有可问的了。仅此而已。

“倒是记得的……”

“当时虽然没有详谈，但是亘，老婆婆可是极厉害的占卦师呢。她能看见未来。虽然看得不是太远，还是看得见。因为她有神通力。其实，据说初次见亘那阵子，老婆婆已看见北方凶星，马上就知道哈涅拉要来了。”

是因为已经知道将来，才向亘提出那种问题吗？因为连不久哈涅拉将至、亘可能被选人柱也看见了？

“是吗……然后呢？”

亘还不能够跟着米娜高兴起来。但是，米娜双手拉起亘的手，紧紧握住，身子贴得更紧。

“然后呢，亘。我经历了所诺镇的事情后，写信给老婆婆了。我说，请告诉我亘的未来，然后，如果有办法改变那个未来，请告诉我。老婆婆收到信，看过亘的未来了。她占了卦，映现在大水晶玉上面。她说，这一来，就看见了！看见亘攀登在通往命运之塔的台阶上！”

亘后退一下，定定地看着米娜的脸。“那，是什么意思……”

“还会有什么意思！就是你的未来呀！你可以去命运之塔！不会成为人柱！你会面见女神，实现旅行的目的！”

正因为这样，卜卜荷团长火急来信，告知米娜。然后，为激励亘振作精神，希望老婆婆可亲口对亘说，为此特地前来加萨拉。

“对吧？好消息吧？我太高兴啦！亘没有输给叫美鹤的孩子，亘会赢。因为老婆婆的启示不会错！”

在所诺镇与美鹤遭遇，使米娜和基·基玛都知道了旅客和人柱的真相。

之后，亘和基·基玛之间有过好几次探讨。每次基·基玛都提出，旅程并没有结束，继续寻找余下的两颗宝玉吧。当亘摇头否定时，基·基玛庞大的身躯蜷缩起来，为自己无能为力而伤心。最终彼此都太难过了，二人之间无法谈下去。即使在加萨拉镇安定下来后，基·基玛也每天忙工作，没能与亘从容相对。

但是，米娜不同。她开朗一如往昔，与亘交谈，不离亘的左右，然而当亘把话题往人柱上引时，她不接话头，笑脸下是固执的目光。

原来她的态度背后，隐藏着这样的理由吗？亘再次感叹米娜坚强的内心。

“讨厌讨厌，你怎么傻愣愣的呀。”米娜在亘眼前晃一晃手，“明白我说的话吗？哎，没有比这更好的消息了吧？说是水晶玉还映出另外几个光景。那肯定是寻找后面两颗宝玉的线索啦！我们见老婆婆,听她详细说，然后马上出发。一定找得到的。亘就是要去命运之塔！”

米娜难抑兴奋之情，站在椅子上欢呼起来。旅馆的大婶吃了一惊，从厨房冲过来。

“出什么事了？”

“哎、哎，没有什么，对不起。”亘慌忙把米娜扯下来，双手按住她的肩头，使她蹦不起来，“米娜、米娜，谢谢。”

亘也思绪纷乱，不知从何说起。总而言之，任由话从口中冒出而已。

“你那样担心我，真是非常、非常感谢。”

“你说什么呀，这么见外。我们不是好伙伴吗？而且我决定啦，在鲁鲁德不也说了吗？我，不论亘去哪里，一定紧跟到底。”

米娜几乎要带着亘舞蹈起来，按压不住。

“米娜，安静点。我有话说，明白吗？”

蹦跳着的米娜瞬间停住，瞳仁里闪烁着期待的光辉。她歪着头，一只手按在亘扶着她肩头的手上，问道：“怎么啦，亘？你不开心？”

“很开心。”亘竭力让自己平静，斟字酌句地说话。

“我还有机会呢。老婆婆的启示告诉我这一点。”

“对呀，就是这样！”

“可是，米娜，”亘深深吸一口气，继续往下说，“我已经不能踏上寻找余下宝玉的旅途了。因为另有必须着手的事情。”

米娜的眼神顿时冷凝，仿佛太阳瞬间冻住。

“其他——是什么事？”

“我要去北方。袭击北方统一帝国。”

亘说完，扫一眼食堂。空无一人。大婶也躲到厨房一角。

“作为高地卫士，我接受了一个必须完成的任务。我们将以卡茨为首，乘乔佐前往北方。完成任务能回来固然好，因为难度很大，不知将会怎样。不过，即便那样我也干。因为我下了决心，要干。”

大约有三次深呼吸的时间里，亘和米娜相对无言。与其说望着对方，毋宁说是瞪着对方。紧张的沉默之下，食堂里飘荡的食物香气，竟失去了诱人的力量。

“你要去北方？”米娜小声问道。

“对。”

“不是作为旅客，而是作为高地卫士？”

“对。为了暗杀加玛·阿格利亚斯七世……”

突然间，米娜当面对亘爆发起来。

“奇怪哩。你为什么要做那种事？南方联合国家要向北方挑起战争吗？这是徒劳的。动力船的设计图已落到北方帝国手中。输定了。”

“这是争取时间啊。”亘解释道，“假如皇帝被暗杀，北方统一帝国肯定会出不少乱子。正由于对方是皇帝独裁的国家，在突然失去领导人时，就会成为无人掌舵的航船。据说加玛·阿格利亚斯七世四十岁左右，所以他的继任人，一定还年轻。即使接掌皇帝宝座，一时还使不上劲。如果这样一来对方国内发生动乱，则好一阵子都不能够开发动力船，或者渡海进攻了。在这期间里，南方联合国家可以加强防卫、准备迎击帝国，甚至可以考虑外交谈判的条件。或者说，也许能产生缔结和平的机会呢。总而言之，现在需要时间。”

这番话就是卡茨说过的内容，但亘也颇认同。

“关于这项计划，我也是昨晚刚听说的。但是，卡茨女士说，她需要我的力量。我也觉得是。只有我能召唤乔佐，即使并非如此，既然把乔佐卷入这样的任务，我不可能不参加。”

米娜面无表情。亘觉得，她就像一个刚做出来的、没有灵魂的人偶。以何为心，该呈现何种表情，因为过于唐突，恐怕米娜也不知所措吧。

过了一会儿，米娜还是那样一副表情说：“那么，我也一起去。”

话说出口的瞬间，米娜脸上恢复了生气，目光灼灼。

“我也和你一起北渡。我来帮你。对，就这么办。”

笑容重现。按住亘的手背的手有力起来。

“我说的吧？我决定了。不论你去哪里，我都跟着。噢，就这样，我们去北方帝国吧。这样才好，老婆婆的启示一定包括这一点。亘去北方，追上美鹤，比美鹤早获得宝玉，然后前往命运之塔。好啦，好啦……”

就在话语自米娜口中倾泻而出期间，亘一直在摇头，米娜毫不察觉。她说完了，亘的头还在左右摇晃，米娜迷惑不解地瞠目而视。

“你？”

“不行。”亘说道。声音没有颤抖。这一点让他自己也觉得意外。他像一个成年男人般沉着，用不可动摇的语气说话。

“你不能一起行动。你留在南大陆。”

空白，接着米娜扑向亘。“为什么？凭什么？为什么我不能一起去？你怎么那么坏？”

“我没坏心眼。”

“你有！”

米娜猛撞向亘。亘差点从椅子上翻倒，又被米娜一把拉住了。

“明白啦！是卡茨女士的命令吧？没错，是她说了把我丢下的吧？那好办，我来求她。我要黏住她，直到她说带我走为止，决不放弃！”

“不是啦，米娜。是我决定的。”

米娜揪住亘衣领的手，开始颤抖起来。

“我……”

“对不起。可是米娜，我不想你和基·基玛再身陷险境了。所以你们不能一起去。”

颤抖从手上传至臂，连唇也开始抖动。

“危险……那种事……我并不害怕……”

“是我害怕呀。”亘说道。那是真实的心情，他知道这比说明和辩解都准确。

“带你和基·基玛去，可能会卷入危险而送命，我害怕这一点。它比自己可能会死掉还要可怕得多。假如是自己，可以认命、接受。可是你们不一样。你们是我珍视的伙伴，是朋友，不能因我而送命。”

“又不是注定要死。”米娜嘟哝道。

“也许是，但我得预想到这一点，这种可能性太大。”

亘调整一下呼吸。这一来，他察觉到自己内心藏着一个小小的自己，和米娜一样正在发抖。再等一等，再过一会儿，你才能露头啊。

“说不定会一切顺利，我们干掉皇帝，我抢在美鹤前头先抵达命运之塔。”

“噢噢，对呀。”

“不过，那时候——如果为了实现目的，我让你或基·基玛送掉性命，我要后悔一辈子的。即使能在命运之塔见到女神，如愿以偿地改变命运，回到现世，我也绝不可能幸福地度过余下的人生。”

所以——亘明知是狡辩，还是说道：“正因为是朋友、是伙伴，更希望你们为了我而待在安全的地方。求你啦，米娜。”

米娜双手掩面，无声饮泣。亘再次把双手放在她肩头上。

“还不知道准确的出发时间。不过，肯定很快。等吉尔首长一抵达加萨拉，马上就动身。所以想现在就道别。一直以来都很感谢你。对你的感谢，语言也无法表达。真的。”

米娜的声音从指隙间透出，仿佛呻吟：“对基·基玛……”

“我稍后就跟他说。”

因为米娜不动，亘便轻轻站起身。

“谢谢，米娜。你要永远是开心的米娜。你要成为空中飞人马戏团的明星，为南大陆——不，为整个幻界的人带来快乐。好吗？我们说好了啊。”

米娜没有回答。

四十四　逃出加萨拉

和米娜一番对话之后，亘没有心情马上去见基·基玛。隔上一阵再说吧，好在有事要做。

加萨拉周边，散布着一些比加萨拉小的城镇，是商人的落脚点。这些小镇因为哈涅拉也变得治安混乱，有时还出现拖家带口逃来加萨拉的居民。因为今天也有几小队避难的人来到加萨拉大门口，所以亘便忙于照料他们。

“假如骚乱这般持续，索性我就去做人柱，让这国家尽早恢复和平吧。”

难民男子望着一旁牵着幼儿、疲惫至极的妻子侧脸，嘟哝道。为他们预备的简易住处虽然只有最低限度的设施，但他们已很开心，还说，已经四天没有洗澡，也没吃一顿正经的饭了。

“哈涅拉马上就要结束啦，再忍耐一下就行了。”

对于亘的安慰，男子缓缓地点一下头。

“会吧……”他叹息着，自言自语般说道，“可是，真的非要人柱不可吗？如果女神有力量，即便没有那种东西，也能够重新布设大光边界吧。最近，我感觉女神召唤哈涅拉的真意，好像目的不在这里呢。”

“真意？”

“噢。在这大世界的无数人中，要选一个人作为牺牲——仅此一句话，便让人们骚动不安、吃尽苦头。人，真是弱者啊。最终人们都爱惜自己。为此，社会动乱起来，就可以趁机浑水摸鱼、打击报复了。那也是人欲啊，人欲横流。多么丑陋！不成样子。可平时，我们都把自己丑陋的部分忘干净了。在幻界继续和平繁荣时，更是如此。人啊，真是了不起的生物——几乎可以自负地这样想了。所以，我觉得，女神不时要把我们摇醒，让人们想到自己的弱小和丑陋，为了警戒人们不要骄傲自大下去，特地弄出一个诸如哈涅拉的花样。”

这是亘所意想不到的。

“不过……如果是这样，女神是在捉弄人，或者说很严厉？”

“应该是吧。可神原本并不是这样的呀。她对人好，可人不知错啊。语言是空洞的。无论多好的教诲，在平时的繁荣里，都没有分量了。人是善忘的。所以，女神每隔一千年，就要这样撼动世界，才能让我们回想起教诲吧。”

因为不知不觉谈得太久，亘离开简易住处时，已是下午稍晚的时候。一早起来沉重的心情，又加上几个分量不轻的问题，他返回警备所的步伐颇为沉重。

然而，当他垂着头走在街上时，察觉到异常的情况。路旁和屋檐下聚集着人群，正窃窃私语。人人脸上都显得惶恐不安。怎么回事？

正当此时，在路旁拐弯处，他遇上了诊所医生，他正提着医药包，和镇上人站着聊天。亘随即打声招呼，但医生正说得起劲，浑然不觉。

“哎，发生什么事了吗？”

“哟，是你呀！”医生眨巴着几乎被茸毛遮掩住的小眼睛，“什么事——你一无所知啊？”

“镇上的情况好像不大对劲……”

以医生为首，所有围拢说话的人一脸惊愕。

“那种护腕——你是高地卫士吧？你还满不在乎的哩。从大约一个小时前起，加萨拉被舒丁格骑士团的游击队包围了啊！”

亘大吃一惊。“包围？怎么会有这种事情？门卫和瞭望台的人在干什么？”

“他们干什么都无济于事。眼看着一小队舒丁格骑士团从草原远处过来，以为是路过补给的，醒悟时已被包围啦。”

“现在大门已经关闭了。”医生说道，“一律禁止出入。”

完全蒙在鼓里。亘说道：“之前我一直在简易住处。”

“好个舒丁格骑士团，出手时可真是疾如风、静如蛇啊。”

这可不是唱赞歌的时候，必须弄清楚包围的目的。

“我得返回警备所！”

亘转身要跑，被诊所医生一把揪住后领。

“等一下。还是先了解情况为好。”

“为什么？”

“刚才伦美尔队长率部下闯进警备所了哩。他们的目标，似乎就是警备所。”

亘瞠目结舌。问：“他们是追踪罪犯而来的吗？”

医生摇摇头：“你既是高地卫士，该知道吧？早前有四位警备所首长在没有联邦议会同意之下动用高地卫士，已有问题了。伦美尔队长过来，似乎与此有关。”

亘恍然大悟。在鲁鲁德天文台前分手时，伦美尔队长说过的话。若警备所负责人及其指挥下的高地卫士惹恼了联邦议会，与宣誓效忠议会的舒丁格骑士团之间，今后也许会在某些方面出现水火不相容的局面……

这个警告现在变成了现实。

“伦美尔队长像是来逮捕卡茨的。”医生和蔼的小眼睛看出了亘的惊愕，“说是联邦议会发布命令，要求拘留她送往首都。不知发生了什么事……”

亘知道，是那项暗杀计划。一定是泄漏了消息，传到联邦议会的耳朵里。而议会里有人认为，暗杀北方皇帝的做法不是好主意。

卡茨说过，这个计划是她提出的。她是发起者，如果被逮捕，一定会被严厉追究。可是，吉尔首长呢？原拟一起北渡的其他三名精英呢？

冷气从脚底板往上蹿，亘连骨头也打起寒战。

“管他什么罪名，我们不能轻易交出卡茨所长。”一个镇上的人愤愤不平地说，“所谓舒丁格骑士团，就是政府的鹰犬，信不过的。不就是安卡族的团伙吗？他们从一开始就没拿我们其他种族的人当一回事。跟警备所不一样！”

“没错没错。”聚谈的人群激昂起来，挥动拳头。

“为了保卫卡茨所长，我们跟骑士团干一场又如何！”

诊所医生为难地耷拉着耳朵，说道：“镇民的情绪，联邦政府和骑士团都知道，所以才包围了镇子。如果违抗命令处置不当，加萨拉镇可能不堪设想。”

“医生，那就眼睁睁看着卡茨所长被抓走吗？”

“我没有那么说。”

“那就行动啊！”

就在众人要吵起来时，亘悄悄离去。

亘赶往正门。果然，大门紧闭。骑士们脸色严峻地站成一排。门上贴着布告，是逮捕卡茨的命令吗？几乎要撕咬起来的兽人族居民在抗议，而舒丁格骑士则呵斥着他们。道路的另一边，拉着母亲裙裾的孩子哭丧着脸。

一辆达鲁巴巴车在大门旁边进退不得，似乎是正要出镇的。驾车的水人族与一名舒丁格骑士在对话。虽然他们没有争吵，但驾车者似乎很为难。亘躲进大车轮的背影里，竖耳倾听二人的讨论。

“我是说，我根本没有违抗骑士团的打算。这些货物是最上等的苏苏鱼。骑士兄弟，您尝过吗？苏苏鱼的生鱼片是世上最美味的食物，但新鲜度是命根子。我在这儿傻待着，价钱就会猛掉了啊。”

“我们一完成任务，就会解除包围。并无妨碍加萨拉通商的意图。请少安毋躁。”

“您说得那么麻烦，要是苏苏鱼腐烂发臭了，怎么算呢？”

“大家要抗议的话，请向警备所提出，我们是执行联邦议会指令采取行动的。只要这里的警备所负责人顺从我们的要求，这里马上就恢复原状。”

果然不出所料。卡茨在哪里呢？得潜入警备所探探动静。亘握住勇者之剑。

警备所前形成了两个人圈。外圈是聚集而来的城镇居民。内圈人数少得多，五名舒丁格骑士叉脚而立，站成弧形，远不足一个圈。

托伦应该在里头。亘稍作思考，转到建筑物背后。窗户紧闭。二楼亘的房间，今早自己出门时应是打开的，此刻连百叶窗都关上了。

亘返回警备所正面，混在人群中伺机行动。聚集的人群议论纷纷，或向骑士们抗议、质问，或对保持沉默的骑士嘲笑、怒骂，总而言之，一片吵闹声。

这时，警备所出入口的门开了，站在门前的魁梧骑士往一旁略退一步。有人从里面对他说话。骑士扭转身，探头进门里，“噢噢”地答应着。

亘仗剑作势，集中意念，布下隐身的结界。他就此于人群中隐身，迅速缩起身子，从站在出入口处的骑士两腿之间钻进去。

“咦？”骑士说了一句，“刚才有东西过去了哩。”

他望望自己胯下。那时亘已来到警备所办公室一角了。

卡茨的办公桌前，坐着镇静自若的托伦。他的前面，伦美尔队长叉脚站立。队长的两名部下站立在托伦两侧，成包围之势。他们倒背着双手。

其他高地卫士似乎已成功躲起来了。不见人影。或者都被押走了？

“我最后再问一次。”

伦美尔队长用颇具威力的声音对托伦说道。亘迄今已数次听队长说话，但如此具威胁性的腔调，还是头一次听见。

然而托伦不为所动。他鼻尖架着眼镜，身子斜躺在椅子里，懒懒地向下滑，还要抠抠鼻孔什么的。

“卡茨所长在哪里？我知道她没有出城。”

“没走就在哪里待着呗。我不知道，我又不是她的贴身保镖。”

“即便你不说，也保不了她的。我们必定要找出卡茨，把她带走。”

“咳，那还不赶快去找！我不知道就是不知道。”

“我们如果搜查城内，会给居民带来不安。为了避免那种事态，才希望你配合。”

伦美尔队长的蓝眼睛冷静沉着，不急不躁。只是看上去有些疲惫，眼角的皱纹加深了。

“你是警备所的副所长，卡茨不在时有责任维护治安。你明白自己的立场吗？徒劳地引发加萨拉镇的混乱，我觉得不是卡茨所希望的。”

“要说所长的想法，我清楚得很，用不着你来告诉我。”托伦话中带刺，那副爱理不理的模样，一瞬间闪过凌厉的眼神，“非把所长押往联邦议会不可，这事我不大能接受，这是乱抓乱捕。”

站在托伦右侧的年轻骑士似乎按捺不住火气，砰地一掌猛击桌面。摆在托伦面前的文件蹦跳起来，笔架发出一声响，翻倒了。

“你看不见这张逮捕令吗?!”

年轻骑士从头盔与护颚之间暴露出来的眼部周围涨红起来。伦美尔队长把视线定在托伦脸上,扬手制止了部下。年轻骑士恢复了原来的姿势，脸红得更厉害了。

“所谓联邦政府发布的逮捕令，我是有生以来头一次看到……”

托伦真的开始掏鼻孔了。毛茸茸、圆圆的手指露一下爪子，便灵巧地探入鼻孔里了。

“我还是头一次听说，竟还有所谓叛逆罪的法律。所以，这些文件本身是否真的，也无从判断。万一有假呢？”

连伦美尔队长的眼神也变得可怕起来了：“嗬，有意思。你想说，我们伪造了逮捕令？”

“说不准啊，你们这号人。”托伦露一下一侧的牙齿，嘿嘿笑，“你们在议会里的豢养者，似乎给了你们好吃好喝的吧。养出一帮没心没肺的鹰犬，对主人言听计从。说一声捡东西，你们就算钻粪坑也会去捡的吧。”

你们好辛苦啊——话未说完，刚才那名年轻骑士扑上前殴打托伦。

不轻易动刀剑，似乎是骑士们的修养吧。或者徒手相搏不雅观？伦美尔队长和另一名部下上前制止，出入口的门一开，又冲进来一个人。警备所乱成一团，亘从托伦脚下钻过，藏身桌子下面。因桌腿四围钉有板条，暂可藏身。

因布下结界要消耗能量，亘喘息起来。他双手掩口，注意不泄露出声音，耸着两肩呼哧呼哧喘气。

呵斥声、喊叫声、挣扎声平息了，桌面上咚地落下一个重物。看得见托伦双脚离地被提了上去，似乎他被按倒在桌面上。

“爱怎么往下流的地方想象，随你的便。”

传来了伦美尔队长的声音。平静得像没有发生过任何事。

“我们宣誓效忠联邦议会，按议会总意向行动。”

托伦脸被按在桌面上，但仍意气昂然。“那又如何？”

“我们获悉，四位警备所首长不理会联邦议会的制止，不仅擅自动用高地卫士，且企图对北方统一帝国发动恐怖袭击。吉尔首长现已被拘留。从与他同行的高地卫士那里，了解到关于暗杀加玛·阿格利亚斯七世计划的详情。也就是说，计划已经败露了，托伦。”

伦美尔队长第一次使用说贴心话的语气。亘在桌子下缩起了身子。吉尔首长被捕了？本该一起北渡的成员也都……

束手无策了。总而言之，必须让卡莰平安无事地脱身。

“你和卡莰共事很久了。”伦美尔队长说道，“所以，你也知道她的过去吧。我也曾是高地卫士的一员，是和卡莰彼此信赖的同袍。虽然因为某件事与卡莰不再往来，但我对她的工作态度是很表敬意的，我不希望她处置事情不当。当她走得太远、企图做出背叛国家的行为时，我希望能够制止她。”

托伦不作声。听得见他喘着粗气。

“告诉我吧，卡莰在哪里？我想帮她。如果不在此时此地投降，她真会被盖上反叛者的烙印，连陈述意见的机会也没有，在整个幻界被追缉。

你希望她落到这个地步吗？”

卡茨和伦美尔队长。总是错身而过的一对恋人。亘好不容易平了喘的胸口感觉针扎似的痛。

片刻之后，托伦低声说：“事到如今，卡茨没想过要你帮她什么。”

伦美尔队长的盔甲铿锵作响。

“不管从前如何，现在的你和卡茨，立场与观点已截然不同。愿望也好，主张也好，在乎的事情也完全不一样。卡茨很明白。你——似乎完全不明白。”

托伦加上一句自言自语“男人不外如是啊”，又继续说，“联邦议会那帮胆小鬼。听说因为什么动力船设计图北渡，就吓破胆了。想求个太平无事，在北方统一帝国进攻之前，好歹能签上一份和平友好条约。因为议会原本就是北方统一帝国同情者的老窝，所以他们怎么想的，一眼就能看透。作为相应的回报，你们要送什么给北方的家伙？北方皇帝所作所为，不能说不知道，就是对非安卡族的歧视和杀戮，强迫他们像奴隶一样工作，无人道地榨取他们，你们都该知道吧？”

“我们……”

托伦打断伦美尔队长的话，大叫道：“你们舒丁格骑士团要和北方帝国携手，为恢复暂时的稳定，对南大陆非安卡族要遭受的苦难无动于衷。你们原本就不是为南大陆谋利益的骑士团，你们只为多数民族安卡族卖力！”

“那是误解！”

“误解什么?！看看现在的利利斯吧！想一想你们一伙的赛积克队长，就是打着联邦议会维持治安命令的幌子，干的那一切！”

在咽一口唾沫般的短暂沉默之后，伦美尔队长意外地以平静的语气说：“我跟赛积克不一样。”

“有什么不同?！走狗就是走狗。”

“不，不一样。因为我不是北方统一帝国的同情者。完全无意为实现他们的心思而动用武力。假如议会借和平友好的美名，打算默许北方统一帝国的思想进入南大陆的话，我绝不能允许。对这样的动向，我绝对挺身而出，坚决反对。”

桌面上又咚地响了一下。似乎这回不是骑士把托伦怎么了，而是托伦自己撞上桌子。

“走狗会这么做吗？”

队长冷静地回应道：“有时候，也有违抗主人的狗吧。因为狗也有狗的意愿。”

托伦沉默了。似乎伦美尔队长在等待托伦的反应，紧张的空气，甚至流入亘藏身的桌底。

托伦略带沙哑的声音响起：“即便如此，不必交出任何东西作抵押，要我与北方统一帝国握手，那也免谈。我不能原谅那种奴役我们同胞、把他们弃如敝屣的国家。要是那样，还不如战争。打、战争，奉陪到底。有些东西，我认为不可退让，比生命还重要。我们高地卫士就是这样。你们骑士团真的会这样吗？”

“那么，你们就是为那个比命还重要的、义不容辞的事，要搞暗杀皇帝的恐怖活动？目的真在于此？在我看来，你们要做的，纯粹只是报复。”

托伦呻吟着，不回答。

“拘留他。”伦美尔队长命令道，“把他关进这里的拘留室，让他清醒清醒。”

“卡茨怎么办？”

“分三步开始全镇搜查。若有妨碍搜查的居民，可用妨碍执行公务的理由拘留。增援部队即将赶到。以这警备所为临时指挥部，作好安排。在日落前找到卡茨，押送首都。”

部下们干练地回应着，把托伦从办公室押走。

亘成功地潜入这里了，但最终仍不知晓卡茨所在之处。置身桌底、进退失据的亘，接触到迄今只隐约知道的一些真相，虽然没有布着结界，却感到呼吸困难似的。

在联邦议会里的北方统一帝国的同情者，占压倒多数的安卡族，和其他少数民族，以安卡族为中心构成的“联邦国家之盾”舒丁格骑士团，和在南大陆漫长历史中自然产生的自卫组织高地卫士之间，有着根本性的矛盾……

亘产生了困惑，由此而无法抑制的联想，使他身体发抖。

不能让他们抓住卡茨，得一起去北方。是卡茨正确，还是伦美尔队长的话有理，此时亘无法确定。做出判断所造成的结果，委实太重大了。不过，正因为这样，必须确定事实，眼见为实。

骑士们开始匆匆进出办公室。亘布下结界，从桌底潜出，沿墙壁蟹状侧行，接近出入口的大门。

伦美尔队长站在桌旁。他摊开城镇地图，向部下们发出指示。他的视线落在地图上，侧脸轮廓分明。

亘距门口尚有不到一米，无人察觉。一名骑士冲进室内，彼此差点儿衣袖触碰，好险!

“队长，增援部队传令送到。”

骑士向队长递上信筒。伦美尔抬头要接——

一双蓝眼睛冷不防攫住了亘。四目相对。

为什么这样看我？应该看不见的吧？这个念头刚掠过，接下来的瞬间，队长几步跨过房间，出鞘的剑尖抵住亘咽喉，亘的脸颊只觉刮过一阵风，队长一身盔甲没有发出丝毫声息。简直是在玩魔术。

“刚才就感觉怪异，果然不错。”

他脸上没有一丝笑容。

亘俯视自己的身体。刚才的惊吓让他一愣神，结界自解。

“队、队长大人。”

“什么时候掌握了隐身术啊？这也是旅客之力吗？”

“这叫隐身术吗？我也不知道。”

亘好不尴尬，怏怏笑道。

“队长看见我了吗？或者虽看不见，却能感觉到？厉害呀。”

队长没有笑。剑尖仍直指着亘，没有移开。

“你也曾是卡茨的部下吧。她此刻在哪里？”

“不知道。我连发生了这样的骚动都没有察觉。”

“实在是糊涂。”

“……是。”

伦美尔队长扭头命令部下：“这个少年也是高地卫士。因为要向他查问情况，把他关在托伦旁边。”

“是！”

一名骑士的铁靴子咔嚓咔嚓响着，走近过来。哎呀，万事皆休了。

此时，亘心中一个声音在呼唤。

亘。

宝玉已有三块了。你已掌握新的力量。

哎，你念吧。念：“亚兹罗·罗姆·罗姆，统领大气的风之精灵啊，载我走吧，快于时光！”

“快于时光……”亘应和道。

“什么？”骑士停下脚步。

“载我走吧，快于时光！”

刚抬步从亘身边走开的伦美尔队长回头望来。

来，准备好！

“消失！”

大声念出的同时，亘感到自己的体重消失了。满眼是炫目的光彩。

起飞。上升。脚下是骑士们的惊呼，亘在光中间飞升。他握紧勇者之剑。上升、上升、腾空而起！

紧接着的一瞬间，亘飞向蓝天、如同对空发射的炮弹。

“哇！”

亘身体轻飘飘，静止瞬间。于是周围景色呈现眼前，这是加萨拉的上空。正在飞翔，不，是悬浮。不，开始下落……

“往下掉啊！”

并不是太高的位置。亘咚地屁股着地，眼冒金星。

“这、这里是……”

这是加萨拉镇东头，亘去过几次的一家妇女用品店的屋顶。他正精疲力竭坐在红瓦屋顶上。也许是亘造成的吧，有一片瓦裂开了。

走在路上的人瞠目结舌地仰望着亘，嘴巴张大合不拢。也有人指指点点。店主人从屋里飞奔出来。

“怎么回事，怎么回事?！”

第三个力是宇宙飞行力，瞬间移动。可距离既不太远，这样做还是挺危险的吧?

对不起啦，亘。

听得见宝玉的声音。

以你现在的力量，似乎还控制不灵。

“噢，不过很好，帮了大忙！”

亘在屋顶上站起来。也许已开始搜查全镇了，几名舒丁格骑士觉察到亘的出现，正向这边跑来。怎么办?

“哎，亘！喂！喂！”

是基·基玛。他跟在骑士后头跑过来。

“你在那里干什么？好危险呀！”

“我知道！”亘双手成筒状围在嘴边，竭力喊道。

“基·基玛，小心啊！别让骑士抓走啦！”

“咦？这些家伙要干什么？”

基·基玛边跑边阻截骑士们。被撞开的骑士们倒在路上，撞上墙壁。“混、混蛋！你妨碍执行公务啦！”

“胡说什么，我可是高地卫士！”

“那就更混！连你也逮捕。”

“基·基玛，快逃啊！”

亘从兜里取出龙笛，向着蓝天吹响。乔佐、乔佐，快快飞来！

远处的天空出现一个闪烁红光的亮点。亘挥动两手，然后在屋顶上蹦蹦跳跳，拼命乱喊起来：“卡茨女士！卡茨女士！快出来！我们逃吧！我们搭龙逃走！你在哪里？”

基·基玛爬上屋顶。镇上十字路口，有好几组骑士正冲向这里。有一对人拐过弯跑来，为首的是伦美尔队长。

“抓住那个少年！”

突然，亘的头顶暗下来，是乔佐已飞近，盘旋着下降。

“亘，是你叫我吗？”

“是我。快乘上火龙！”

乔佐双翼扇起的风，差点儿把亘刮下屋顶。亘被基·基玛抱牢，他换个姿势，攀上乔佐背部。基·基玛也跟着爬上来。

不合时宜的旋风如龙卷风似的刮过路口，骑士们也畏缩不前。居民们弓身抱头，一片惊呼，乱成一团。

“卡茨女士！”亘向四面八方呼喊。

“乔佐，在镇上低空飞行！我要找卡茨女士！”

“明白了。不得了呀。这么多人跑出来，是过节吗？”

“没错，要过大节啦！”

乔佐一收翼，贴着加萨拉镇的屋顶滑翔。虽然又引起一阵惊呼，但也听得出一种欣喜的心情在里头。

“哎，是龙呀！”

小孩子从窗户探出身子，挥动手臂。

“妈妈，快来看呀！是龙哩，是真的龙哩。跟图画书上一模一样！”

乔佐挥挥翼翅，说“大家好，大家好”，后面穷追不舍的骑士们被突然而起的大风掀翻了。堆叠在路旁的木桶垮塌下来，与骑士们混在一块儿。

“卡茨女——士！”

龙在一匹达鲁巴巴面前飞过，它吃惊地眨巴着和蔼的大眼睛。驾车人从座位上翻滚下来。

“亘！”

镇子另一头的居民楼二楼，卡茨身体探出窗户，挥动双手。亘一望她，她便点点头，开始爬出窗，沿墙壁攀上房顶。

“是卡茨！她在那里！”

骑士们涌上前来。最接近的一队已冲进民居，哎呀，此刻已从窗户探出头，尾随着卡茨。

“嘿，还挺碍手碍脚嘛。”

卡茨一只手攀住屋檐，潇洒地悬空，另一只手拔出皮鞭。黑光一闪，嗖地一声，骑士发出一声惨叫，从窗口坠下。

“乔佐，载上卡茨呀！”

翼翅扑扇一下，乔佐已飞临民居上方。卡茨在房顶跑过来，几名骑士轻捷地攀上屋顶，顶风歪歪扭扭地追来。卡茨想挥动皮鞭，但龙翼扇起的烈风之下，皮鞭不听使唤。

“乔佐，喷火！”

“可以吗？”

“没问题，这是特许！”

乔佐胸腔一鼓，咽喉里咕噜着，呼地吐出火焰。热风炙人，骑士们“热呀热呀”地逃开去。趁此空隙，卡茨纵身跃上乔佐背上。

“连我的头发都烧糊啦！”不过，卡茨说着大笑起来，“好，走吧！”

乔佐悬空收拢翼翅，头仰向天空。亘紧紧抱住它的脖子。

“亘，等一等，把我带上！”是米娜的声音。亘慌忙回头望去，难以置信地看见米娜从一个房顶跃过另一个房顶，向这边跑来。

“米娜！”

“想撇下我，真是太过分了！”

米娜隔着一家房顶，便鼓足力气一跃。柔软弯曲的前脚划一个弧，攀住了这边的屋檐。可是，下面猛然伸出一只骑士的手，捉住米娜的脚。

“呸，色狼骑士，你要干什么！”

米娜训斥他，抓女士的脚实属失礼，并从腰间的小包摸出一把东西，扬手撒去。

“砰、砰、砰”一阵震耳的炸响，火药味儿四散。各式各样的烟花炸开，在空中形成好看的花样。真不知她何时弄成这一手！骑士被烟花直接击中，不禁松开米娜的脚，双手掩面。

“久等啦！”米娜一跃而上，骑坐在亘身边，“乔佐，飞吧飞吧！高高地飞！”

乔佐腾空而起。加萨拉镇欢呼雀跃的居民、木然呆立的骑士，全都迅速变小、远去。不过，亘依然能感觉到追赶而来的伦美尔队长的视线，是心理作用？

“我说过吧？无论到哪里，我都要和亘一起去。”

米娜喜笑颜开，尽管双颊刚烤了烟火，带着呛鼻的火药味。

“亘你太自作主张啦，明白吗？”

“我、我吗？”

“跟你担心我们一样，我们也担心你呀。一想到因为我们没在一起，你可能在某个我们不晓得的地方丢了性命，我们就无法接受。那太可怕了。我们会坐立不安的。所以，无论有多危险，我们都要在一起。我也要去的。”

亘无言地注视着米娜，然后仰望基·基玛那张大脸盘。水人族小伙点点头。

“我不了解情况，但还是赞成米娜的意见。”

“吵完架了吗？”卡茨说道，“那就走吧。虽然那房子的地下室可以藏身，但躲藏实在不合我脾性。当时正生着气呢。你们看见波里斯那小子的呆样了吗？大快人心哪！”

剽悍难缠的女士啊。亘让高空的风冷却晕乎乎的脑袋，骑坐在乔佐的翼上。

四十五　皇都索列布里亚

美鹤望着天空。

北方统一帝国的皇宫是水晶宫，位于皇都索列布里亚中央。以水晶宫为中心，十余条大道呈放射状延伸，发展成今天拥有百万人口的大都市，其间经历了两百多年。

美鹤站在最高层的客室露台，皇都景观和帝国历史可谓尽收眼底。这里靠近皇帝的居室——水晶宫主城堡。这主城堡由类似大理石的乳白色石头建造，巍峨高耸。索列布里亚城的构成本身，恰好反映了现在北方统一帝国的国民阶层和生活状况。以城为中心的政府办公大街庄严肃穆，其外侧的商业地区热闹繁华。再外围的市民住宅区虽经规划管理，仍充满生气，各具财富和个性。

然而，随着远离这些中心地区，城市渐渐失去色彩。一条深沟成为边界线，分隔开中心地区及其外围。从高处俯视的人，一眼就能看出内外的显著差别。

索列布里亚本身是个要塞城市。从第一代皇帝定都此地时起，一直苦心经营环绕都城外缘的长城堡，再三增修加强，每一个来自南大陆的风船商人目睹城堡都为之震惊。不过，他们只是通过城堡的唯一关卡，从通称“商人隧道”的唯一大道前往商业区，滞留该处而已，他们的眼睛看不到不让他们踏足的皇都其他地区，无从了解长城堡内侧双重构造的皇都真貌。富人和穷人，君临者与服从者，被侍奉者与隶属者，地位关系如此直截了当地呈现的都市形式，是南大陆无法想象的。

距水晶宫最遥远的东北北镇，以北大陆严酷气候下的独特历法看来，是最为忌讳的方位，这里有一座巍峨的监狱，收容企图扰乱皇都治安的人。这所砖瓦建筑物的后面，有一道由长城堡连通外部的关卡。通关者无论是何许人，常常是一去不复返。自关卡再通往东北远方的道路称为“囚人大道”，大道尽处是强制收容所，它并没有出现在皇家地理院发行的地图上。它的规模也不为人知。

幸存者都知道，从前这里曾大肆收容、处决的“囚犯”，唯一的罪名是非安卡族。虽然知道，但不能说出口，也不能反抗。对于过去的恐惧，只能以忘却为对抗手段。地图上的空白，也是其手段之一。若能忘却曾有的事，便等同于没有发生。

尽管如此，真相仍从不知处泄漏。即使人们不说，建筑物也在说。大自然也在说。人们悄悄写下这一切。到今天，在皇都已待了十天。美鹤已相当准确地把握了北方统一帝国的历史和实态。其中大部分，是得自水晶宫里的历史研究所的书本知识。

被皇帝待为上宾的美鹤，可相当自由地在皇宫里走动。他泡在历史研究所里，研究员们也欢迎这位富于探索精神、颇具才识的旅客，告诉他各种各样的知识。美鹤明知这些历史知识已被他们所粉饰，姑且听之。因为如果他应对乖巧得当，可以此为挡箭牌，易于接近自己真想接触的书籍。其实再简单不过，有些历史书是以魔法封印的，这种程度的保密，美鹤毫不费力便解开了，对现在的美鹤而言，不被察觉地重新封印，实在小事一桩。

就这样，美鹤切实掌握了许多情报，这是南方潜入的谍报人员花上五年时间也弄不到的消息。但是，真正想要的情报尚未到手。接近这些资料的方法，只能模糊地推测……

所以，美鹤常常仰望蓝天，把心中所思，映于天空。

北大陆天空，较南大陆天空云淡，显得冻凝、褪色。这个季节，北方虽说严寒已稍缓和，但站在露台上，冷气直往袖口、领口灌。横过天空的鸟群，自南大陆来的数量很少。

严酷的气候，造就了严酷的社会，这是一种恶性循环——美鹤的脸颊上，浮现孩子式的苦笑。但是，没有更多的表情和感慨。

安卡族对非安卡族斩草除根，终于在北大陆称霸，同族聚合了。那么,果真过起了和平的生活吗？非也。这回是在安卡族之间发生同样的事。证据就是这个皇都的双重结构。迫害非安卡族的历史埋入地下之后，人就活得没劲。最终，依着惯性，迫害就这样反复延续下来了。

可笑之极。无可救药的狂妄和愚蠢。

既没有任何共鸣之感，也唤不起任何同情怜惜之心。既不生气，也不想劝谏。不过，这在美鹤是理所当然的，即便北大陆人民并非如此愚不可及，对美鹤而言，也并无区别吧。

在幻界发生的事，都是虚幻的。若返回现世，这些全都消失无踪，不过是一时的梦幻而已。

美鹤在获得旅客资格的瞬间，抛弃了少年这个现世的身份。不，是获准抛弃的。在现世局限美鹤的大网，在幻界便罩不住美鹤了。

美鹤此刻也许连人也不是。唯一的属性就是旅客。而旅客就只有目的而已。同情也好爱慕也好，友情也好义愤也好，多余的东西全都没有。

那么，这片天空下的索列布里亚皇都，是怎么管理的呢？

须有具体的手段。美鹤在冷风中眯起眼睛，思索起来。不能再徒劳地等待下去了……

美鹤迄今走过的路，谈不上有何困难。跨越分隔南北大陆的大海，他只花了三天而已。夺取海图、问清航路之后，风船的船长几乎成了废物。他知道，出海之后，只要抓住距离感，知道方向，运用魔法，就比用风船的物理性移动手段更快更可靠。自那以后，风船的船体，就单纯是一个脚踏板的作用而已。

一抵达北大陆，美鹤便将风船沉于北面近海，只带上船长。他认为船长会有用。跟年龄相反，船长是块结实的“素材”。

到达北大陆后，二人潜入就近的港口城镇恢复体力之后，美鹤随即前往皇都。在大路上，美鹤巧遇税吏一行，他们正将今年征收的年贡运往皇都。美鹤便连问路也省了。顺便也多了几件“素材”。被消灭的税吏残骸，被美鹤以风之魔法扬散为尘土，无人知晓。帝都的税务厅官员也许会为税吏迟返感到不解，那也不算什么大事。

美鹤一抵达皇都，便以隐身魔法进入水晶宫，探明内部情况，直闯皇帝居所。其后就简单了。等到深夜，美鹤出现在呼呼大睡的加玛·阿格利亚斯七世枕边，把事情一说便成了。

皇帝受惊，面露畏惧之色，穿着睡衣趴在美鹤脚边。这可是美鹤始料不及的反应。

在南大陆，美鹤没有机会表明自己的旅客身份，另外，即使不这样做，他也能够轻易继续旅程。所以，身为旅客给幻界人们的冲击，美鹤是与北方皇帝面对面时才切实感受到的。

皇帝说，我们对现世颇为向往。

对我们来说，那里是神圣的地方。我但愿北大陆能够进步得稍稍接近于现世。

美鹤听了这话，不禁笑出声。因为他想——若回首现世历史反复出现的纷争和杀戮，皇帝说的话未必错。

但是，另一方面，美鹤有强烈的不和谐感。虽然只是道听途说、一知半解，他觉得这统一帝国理应是否定创世女神、希企推翻女神、建立老神一统天下、以老神教为国教的地方。此外，在老神教里，来自现世的旅客应是女神仆人，作为“扎扎·亚克”即骗神者而被人们鄙弃，可皇帝却完全没有这样的态度。

美鹤提出疑问，皇帝略微畏缩。

旅客耳朵果然很灵。已经获得我们国教的知识了吗？

皇帝说道：“的确，在我的国家，表面上定老神教为国教。但是，那仅仅是权宜之计。那只是一项凝聚民心、与尊崇创世女神的南方联合国家抗衡的政策之一。”

“那么说，皇帝陛下其实也是尊崇创世女神的吧？”

对于美鹤的问题，皇帝笑了：“不是。命运之塔的确存在于幻界某处，里面住着掌管现世人们命运的女神吧。但是，她不是幻界的神。命运之塔和女神，只对现世的人有神的作用，与我们幻界的人毫无关系。”

这是因为，幻界之神应是“现世”本身。

“美鹤公子知道幻界的来历吧？幻界是现世人们的想象力能量创造的世界。既如此，幻界的创世神便是现世的人。对吧？”

道理上说是这样。

“但是，既然是这样，为何将教义上有迫害来自现世旅客内容的老神教奉为招牌？即使在政策上也是矛盾的。”

皇帝轻易便避开了美鹤的反驳：“美鹤公子，幻界大致每十年一次打开要御扉。每逢此时，从现世会来怎样的旅客，我们全不知晓。来的是优秀人士固然好，但也有可能是邪恶之人、虚弱之人。要判别值得我们真正仰仗的现世旅客——来自现世这个圣地的使者，我们必须设定一个严峻的环境。”

美鹤虽然大感愕然，但还是回想起看门人拉奥导师说过——受挫于严峻旅途的旅客为数甚多。旅行中断，命丧幻界某地，无法回到现世，音信杳然。

“但是，美鹤公子抵达这里了，单身一人闯进我的居室。”皇帝再次恭恭敬敬地行礼，“您力量之大，仅此可想而知。您来得正好。我以您为神的使者，以您为本城市的盟友，首先，还是消除旅途疲劳要紧。”

就这样，美鹤成了水晶宫的贵宾。

美鹤问：迄今与我一样来访本地的旅客有多少人呢？

皇帝答道：在我国历史上，只在统一战争最激烈之时来过一位旅客。

“据说那位旅客也是本领高强的真正使者。他给我国带来了统一种族的思想。和平与繁荣，富裕与力量，在一种血缘之下才能实现。这种思想成为我们立国的根基，带来了统一战争的胜利，不久便奠定了统一帝国的基础……”

怎么回事？北大陆虐杀、迫害非安卡族的原因，竟在于来自现世的旅客。而且眼前这位皇帝还声称：那位旅客很强大，所以是真正的使者，并不是邪恶。

美鹤为自己受到的冲击而吃惊。因为自己在现世被过于残酷的命运蹂躏，所以无论再发生什么，耳闻目睹什么，都会心如止水。

但那只是一闪念，他立即鞭笞自己的心：不能仅仅这样就动摇。幻界发生的事情与自己毫不相干。抵达命运之塔，达到目的便返回现世。目标仅此而已。

为此，不惜采取任何手段。

第二天，美鹤在豪华的贵宾室床上睁开眼，便开始自己的贵宾生活。喜气洋洋的皇帝告诉他，皇帝已与皇族和臣下们谈妥，开始准备一个盛大的欢迎仪式。美鹤被带着参观宫殿，介绍城市的来由，解释统一帝国的历史……

然而，美鹤想要的，并不是这类东西。他难得地耐着性子，再次请求与皇帝密商。

这一次，他开门见山。他解释了自己北渡的原因，点明皇族持有的皇冠上的宝玉，是自己要得到的最后一颗宝玉。只要能拿到手，便可以打开前往命运之塔的道路。美鹤渴望早一刻获得宝玉。

美鹤还解释了在离开南大陆前夕，自己了解到尚有其他必须兼程完成旅行的理由：不用说，就是哈涅拉。

前往命运之塔的竞争，他不担心会输给亘，完全不担心。但是。两个人之中，得有一人被选为人柱，如此高危的选择率正在迫近，所以尽早离开幻界为宜。

然而，皇帝对于美鹤的请求竟报以一阵狂笑。

“哈涅拉之类的事情，在我统一帝国全不知晓。任何一个历史学家都不认为存在着那种事情。说不定那是南大陆联邦政府恶意制造的谣言。美鹤公子受蒙骗啦。”

也许是。可是，也许不是。也许是你们无知而已。美鹤心里头咬牙切齿，费了老大的劲，才没有表露出来。

“那么，皇帝陛下是说，哈涅拉不足为虑？”

“一点不错，美鹤公子。”

“但是，即便如此，我还是想尽快前往命运之塔。”

这一来，皇帝显得很为难。他抬起诸多衣饰掩埋下的身子，手轻扶额头，严肃地宣布：“明白你的心情，但是，除了稍微等待之外，别无其他办法。”

“为什么？”

“美鹤公子想要的宝玉皇冠——毫无疑问，就是我皇族代代相传之宝——‘封印之冠’。”

“‘封印之冠’……”

“正是。要交出来，现在很难。因为我们知道，如果把‘封印之冠’移开，则我统一帝国——不，是整个幻界，必有灾厄降临。美鹤公子所寻找的宝玉，是保卫幻界不受灾厄侵犯的。正因为这样，才把镶有那块宝玉的冠称为‘封印之冠’。”

连美鹤也为之语塞。

“那么，您说怎么办？如果是保护幻界免遭灾厄的宝玉，那就永远都不能据为己有了。”

“不，有所不同。正因为这样，才说‘现在很难’。其实，还有别的方法可以封印那灾厄。但是，为了实施那个方法，很遗憾，光凭我们统一帝国的力量尚不足够，有必要从南大陆收集相关材料。”

那么究竟是什么东西？

“若在不久之前——”皇帝躺进王座，用懒洋洋的声音继续说，“我统一帝国与南大陆相互对抗，处于胶着状态时，要收集那些材料几乎不可能。尽管绞尽脑汁，却不可能指望进展顺利。但现在情况不同了。详情虽不明朗，但据我潜入南大陆的人报告，有迹象显示，某件可导致南北两国力量对比突变的东西，已被人悄悄从南方带入北方。只要能够找出那件东西，我们就可以立即攻入南大陆，即使难以马上平定局面，但可以形成有利于我方的局面。”

关于那件东西，美鹤公子可曾知道……

美鹤抬起头，回应这个问题。这只老狐狸，其实很清楚吧？

故作不知的样子，想试探我吧？

美鹤取出从现世携入幻界的动力船设计图。

“大概说的就是它吧。”

本不该这样子做交易的。

设计图递到皇帝手上。要说他欢喜的模样，却只是淡淡而已。

“来自圣地的使者啊，神的使者啊。只要拥有这张设计图，胜利已在我统一帝国手中。让我们一起分享即将到来的胜利吧。请在胜利到来以前，随心所欲地享受在我帝国、在我皇城的时光吧！”

于是，美鹤便只能干等着了。要一直等到皇帝击败南方联合国家，布置好移动封印之冠的万全之策为止。

失策了，美鹤悔之莫及。自己的失策导致目前的局面。可是，以后就不同了。皇帝呀，如果你以为我在你们攻陷南方联合国家前，会优哉游哉地等待，那就大错特错了。美鹤双手紧紧地握一下露台上的扶手。

假如不立即送来宝冠，不用等什么灾厄降临，我就会把整个皇都给灭掉。我说到做到，让皇帝发抖去吧。管它封印之冠封住了什么东西，这跟我美鹤无关。对策之类，爱怎么想怎么想。

只不过，这样做还得……

“美鹤公子。”

美鹤照样凭靠在露台扶手上，只是向喊声传来的方向扭过头来。

贵宾室向两边开的门打开了，亚珠·鲁帕毕恭毕敬地行礼。他是水晶宫的管理层官员之一，受皇帝敕命，专门负责照顾美鹤。他看上去年近五旬。不能被他的年龄和学者式的稳健作风欺骗，美鹤认定他不是单纯的下属官员。

美鹤在南大陆时已听说过叫作西格德拉的皇帝直属特殊部队。在旅途中顺道歇息的小村旅店里，他听说从前小村曾遭西格德拉袭击，某村长家被烧毁，家人惨遭杀害。

因为当时还不知道关于“封印之冠”的事，所以美鹤觉得不解：既非战时状态，北方统一帝国的特殊部队为何要在南方挑起这样的事端呢？现在就明白了。那就是皇帝说的“收集材料”之类的事，进展颇不如意吧。

告诉美鹤那件事的旅店主人压低声音说：“在北方帝国，派西格德拉将南逃的难民劫持回北方，甚至将人杀害。目的不明，有多种传说，诸如要索回某种东西，或者要杀人灭口。”

听了这话，当时美鹤就想，北渡后要好好注意西格德拉的动向。

亚珠·鲁帕估计是西格德拉的一员，而且不是跑腿，是个大头目吧。皇帝欢迎美鹤，恐怕也是真心的，但并不能因此而放松警惕。既然明白皇帝是要美鹤白等一场，那么在美鹤身边安插得力的西格德拉成员，实属必然之举。

“索菲公主说，如果您方便的话，请到‘战胜庭园’的亭榭处，共进下午茶。”

亚珠·鲁帕郑重其事地报告。

公主索菲是皇帝的独生女。如果顺利的话，现任皇帝去世后，她将作为加玛·阿格利亚斯八世加冕，成为统一帝国第一位女皇。

不过，美鹤已经明白，索菲要走到加冕这一步，道路颇不平坦呢。水晶宫的居民都是多嘴饶舌之人。流言蜚语、嘁嘁喳喳。这是一伙易于操纵的饶舌者，既意识不到自己话多，也不察觉话多有可能泄露重大事件。

“正有点无聊呢，这邀请来得正好。马上就过去。”美鹤答道，随即披上长及脚踝的毛织长袍，以免穿过水晶宫内部到“战胜庭园”时冻僵了。

水晶宫被多个绿意盎然的庭园环绕。各庭园意趣各异，名称不一。大多是为了纪念历代皇帝或皇族重要人物的生日而建，也有些外来者乍一看名字无法了解来由的庭园，像“起源庭园”“服从者之泉庭园”等等。

“战胜庭园”是三百年前，加玛·阿格利亚斯一世经长期酷烈的内战，一一击败北大陆诸多分裂的小国，建立起统一帝国之时，利用原有的堡垒炮台建造的。亭榭的柱子和屋顶，也都是利用旧堡垒的木材砖瓦。美鹤第一次到这里来时，感受得到其中的杀伐之气较之野趣更多一点。

但是，索菲公主似乎偏爱这个庭园。美鹤受邀茶叙已是第四次了，地点都在这里。造园主体是耐得住北大陆烈风严寒的灌木，水晶宫的庭园原本就缺乏生机。不过，也并非没有富于鲜花和色彩的庭园，例如历代皇妃的庭园、被称为“光临庭园”的玫瑰园等。可为何索菲公主尤其钟情于这个煞风景的庭园呢？美鹤真搞不懂。

另外，“战胜庭园”位于水晶宫范围内离城最远的地方。美鹤骑着名为“巴荷”的家畜前往“战胜庭园”，“巴荷”是类似人力车的交通工具。说不定，索菲偏爱这种交通工具，为了制造搭乘它的机会而选用“战胜庭园”。

或者，她可能喜欢操纵交通工具的随从。

这名随从是个红脸年轻人，是个卑贱的人，既非近卫骑士，连士兵都不是。他没有被允许佩戴任何武器之类的东西，只穿俭朴的紧身短大衣，上有象征统一帝国的、模拟太阳的图案。他把公主载到“战胜庭园”，在公主喝茶、散步结束返城之前，退到修整为盾形的树丛下，安静地等待。以美鹤所见，公主从来没有喊过他的名字，他也没有说过话。

然而公主望向他的视线里，不止一次令人感觉到有某些意味。

第一次受邀茶叙，美鹤发现在树丛后行单膝单手触地礼的随从时，心想，他也是西格德拉的一员吧。即便在水晶宫范围里，公主身边也需要警卫以防万一，光有那些在水晶宫范围内巡视的卫兵或近卫兵是不够的。在公主身边派个化装成随从的西格德拉跟着，是很自然的事。

不过，现在还无法确认。美鹤手上的魔导士杖，因杖头所嵌魔石宝玉已有四颗，吸收起力量，已具备各种威力。其中一个方便的用法，是往前一举，便足以透视对象物。例如把杖靠近亚珠·鲁帕，他藏在身上的武器便全部现形，也能大致推断他使用这些东西的本领。杖显示出剑客的本领——变成斗志的灵气围绕其身体，然后根据灵气的色调亮度，了解剑客有多大本领。

然而，就公主这名随从而言，美鹤已好几次以杖测试，既没有找出隐藏的武器，也未能感应到斗志。是他擅长隐藏本性？或者，只是个无害的拉车之人而已？

令人困惑的随从今天也小心等待在树丛后面。他一看见美鹤的身影，便迅速接过巴荷的缰绳，扶美鹤从鞍上下来。

索菲公主在亭榭里放置的靠背椅上坐下，面带微笑。这张椅子原是用堡垒的材料——晒制的砖，堆砌而成，光这样坐起来很不舒适，便加上一个鼓鼓的坐垫。同为砖砌的桌子上铺了四角刺绣的桌布，银器在阳光中闪亮。

公主每次来这里喝茶，茶具点心不用说，煮水工具等一应之物都带来，所以动辄有十余名女官跟随。整个喝茶时间里，她们围绕着公主和她的客人，强忍唾液，勤快地照应，连手上空着的人，也能对公主和她的客人的任何微小要求做出即时反应。最初，美鹤很难在这样盛大的款待中享受喝茶的乐趣。公主自然的举止倒是令人惊讶,那就是所谓皇室吧。生长在从一开头就有许多人服侍的家庭里，谁都能习惯成自然。

闲极无聊——美鹤心底里想。十多人服侍一人，特权待遇。他们完全不觉得，白白浪费着当中一些有用人才的生命。不过，这种情况在现世的历史中也曾有。来到幻界，在此意义上，就等于搭乘时光机器重返往昔——美鹤心想。

“今天似乎格外冷，不大适合在庭园里喝茶呢。”

公主从椅子上站起，迎接美鹤。美鹤也行了个单膝单拳触地的礼——和随从一样，走向女仆引导的椅子。

“不过天空蓝得很特别，美得好像魂魄也被洗净了。”

“您真会说话。您知道吗，我的名字索菲在古语里有蓝色的意思。”

公主高兴地向女官们示意，于是浓香的茶和各式茶点摆满一桌。其间，公主以小鸟鸣啭般的声音继续说话。从早上起来心情好说起，到历史学家的御前讲习总是很难懂，缝制新的舞衣很费时间，向女官们打听皇城里受到好评的新歌剧……

索菲十五岁。即便是公主，也是个与年龄相仿的小姑娘。轻浮且很爱说话，与街边姑娘无异。美鹤则沉默寡言，不时加一两句适当的附和，做了公主闲聊的倾听者。

或微笑或点头，或吃惊或佩服。公主对美鹤的反应很受用，似乎很高兴得到了年少且聪明的谈伴。美鹤也很享受这一刻——他自有绝不能被她察觉的秘密理由。

初遇公主时，美鹤几乎惊呆了。因为公主的脸庞实在太像美鹤熟知的人物了。

是留在现世的女人——小姑，美鹤父亲的小妹妹。

美鹤的父亲因妻子的婚外情而大怒，企图强迫孩子们同赴绝路。结果妈妈和小妹妹命丧父亲之手，父亲逃离家，追随二人自杀。只留下了美鹤活在世上。他是死里逃生的。

美鹤辗转于各家亲戚，最终由小姑收养。不，让美鹤说的话，小姑是“抽王八”[①]的王八。她是个大学刚毕业就进入社会的大姑娘，虽然同情美鹤的遭遇，对面前的情况却不知所措。她想和蔼对待美鹤，但失败了，之后又想控制美鹤，却失去了对自己的控制，哭泣、生气，反反复复。

---

①扑克游戏之一种。按顺序从相邻者手中抽牌，凑成同一数字的两张牌即打出。先出完牌者胜，最后持有“王八”者负。

小姑是个不幸的人，总是一脸悲愁、困惑。

美鹤知道，就是因为自己的存在，让小姑感到不幸。每念及此，美鹤便憎恨让他落到这个地步的父亲，恨不能亲手再杀死他一回。这种念头开辟了前往幻界的道路，使搁置的在建大楼台阶上出现了要御扉。

轻微的举止、表情的变化、说话的腔调。索菲公主的一举一动都让美鹤想起小姑。小姑在无忧无虑的高中阶段，一定也是这样的美少女吧，美鹤心想。

要御扉的看门人拉奥导师说过，美鹤在幻界旅行中间，有可能遇上极像现世亲近之人的人物，在那种时候，绝不能任性吵闹。

无论多么酷似，这个人与现世的人是不同的，没有任何共同点，因为她的模样，只是你的心理能量造成的。

美鹤把这项戒律与导师的其他戒律一样铭记心中。但不知是幸还是不幸，来北大陆之前，他从未遇到与现世某人相似的人。索菲公主是第一个。

而此刻——这样近距离地望着索菲的脸，美鹤在想，其实幻界较之现世人类的剩余想象力形成的世界要高级吧？不是说，现世和幻界是盾的表里、是互补完成的关系吗？

在现世被抛弃的东西，在现世没有成为实体的事物，未能如愿以偿的梦幻，造就了幻界。一定是这样。正因为这样，即便是哈涅拉，也需要现世和幻界各一人作为人柱。

若是这样，索菲那无邪的笑容、那无拘束的幸福，其实原本就是现世中美鹤小姑应有的东西吧？当美鹤抵达命运之塔修正被扭曲的命运而后返回现世的早晨，此刻眼前索菲享受的一切幸福，都将属于小姑。

这些对于美鹤而言，是极易明白的路标。小姑与索菲的关系，说来就是样板。因为这个法则，也适用于妈妈、妹妹和美鹤自己。

在绞尽脑汁争取余下一颗宝玉的局面之下，出现了一个酷似现世亲人的人，其意义也在于此吧。正因为命运之塔在召唤美鹤、要求美鹤奋起作最后一击，才让美鹤邂逅索菲公主的吧。

所以，美鹤每次陪着索菲闲扯，都联想到自己必须实现的目的意义重大，他想象着达到目标时的巨大收获——

“美鹤先生？”

被人喊一声，美鹤聚拢起瞳仁的焦点。索菲在窥探着自己的神色。可能自己耽于沉思，思想没有集中在对话上面。

“抱歉失礼了。因为心情愉快，心思似乎飘荡到天空中了。”

索菲“嘻”地一笑，用银链串起的彩石发饰优雅地摇摆起来。

“请不必介意。我很了解美鹤先生担心的事情。不，我知道担心那些事的原因，就在父皇身上……”

美鹤神色一紧。

索菲转向身后的一排女官，命令道：“我现在要跟美鹤先生谈重要的事，你们退下，没有我的召唤不必过来。”

女官们悄然退下，离开“战胜庭园”。

“屏退众人？”美鹤问，“可以吗？”

“对。虽让女官们退避，但某处总有亚珠·鲁帕的耳目在竖耳探听吧，但也没有关系。而且劝我和美鹤先生商议的，也正是亚珠·鲁帕。”

关于前者，美鹤并不吃惊。西格德拉的眼睛无处不在。但是，后者倒是意外的发展。

“鲁帕大人说了什么？”

索菲轻轻咬一下嘴唇，视线越过美鹤的头顶，望向随从等待的树丛。

“在说这一点之前——美鹤先生，您留意到我拉车随从的真实身份了吗？”

四十六　常暗之镜

因话题急转，美鹤眼望公主，一时语塞。

“亚珠·鲁帕说了。”索菲在美鹤的注视下，露出略显腼腆的微笑，继续说道，“他说，美鹤先生拥有旅客的神奇力量，能看穿人的正身。一定是使用了那支杖吧？”

她说着，瞥一眼靠在美鹤椅子扶手上的杖。

“您也不止一回对我的随从用了杖的力量吧？我看见过美鹤先生感觉奇怪的神色。”

意外地敏锐。美鹤学公主的样子挤出微笑。

“您说中了。公主殿下聪明绝顶，佩服佩服。”

索菲没有高兴起来：“那么，您看见了什么？不，我直说吧。您什么也没看见，对吧。所以，您觉得奇怪。对吗？”

美鹤直率地点点头。公主究竟要说什么？

“看不到东西是理所当然的。因为他——虽然有人的模样，但并不是人。”

索菲说，那名随从是叫作“虚幻”的东西。

“他是没有灵魂的存在。他虽然忠实执行主人的命令，却没有个人的意志，也没有感情、没有痛感。他会患病，杀他会死，算是有生命吧。不过，仅仅有生命，就可以说是活着了吗？”

可悲呀——公主喃喃道。索菲投向那名随从的目光，就是这个意思。

并非什么朦胧的恋情。

“所谓‘虚幻’之物，我是第一次听说。”美鹤说道，“在南大陆从没有听说过。”

“噢，理所当然的。只有北大陆才有。”

“原因是患病吗？”

“不！”索菲猛一摇头，几乎把发饰甩脱。

美鹤眯起眼睛：“那么，是用了药，或者是魔术？或者，施了某种外科手术？”

索菲转向美鹤的目光，第一次夹杂着怯懦之色：“您说了好可怕的事情。”

“一时想起而已。”

公主坐端正，理一理发饰，略略压低她天生的甜嗓子。

“当人看了常暗之镜时，就要变成虚幻。据说原因是常暗之镜吸去了魂魄，或者镜中之像过于恐怖，魂魄从该人的身体逃走了。但不明白究竟。只是，无论多么强悍的人，只要看一眼常暗之镜，都会变成虚幻。”

美鹤的头脑忙碌起来了：此刻索菲似乎是在悄悄揭开她父皇对美鹤隐瞒的事情。这可是美鹤读完图书室资料也不可能知晓的、皇帝一族的秘密。

而且，她说是亚珠·鲁帕的唆使。美鹤在内心的角落里，移动着一把秤：索菲理解这样做的意义吗？亚珠·鲁帕有何企图？

“关于那面常暗之镜，现在我才第一次获悉。噢……”美鹤摇头叹息，“好可怕的镜子啊。它存在于北大陆某个地方吗？”

美鹤虽然表示了好奇，但完全是谈话的继续，问得顺理成章。索菲很紧张，如同听见了捕食动物脚步声的野兔子。她若略为受惊，便窜回巢穴，再也不露头了吧。得小心行事。

不出所料，索菲缓缓地抬起视线，窥探着美鹤的神色。

“父亲——没有对美鹤先生说过常暗之镜吗？那是一面直径足有我身高的银镜。非常美的镜子。”

"嗬。没有见识过。"

"真的？"

美鹤露出笑容："真的。看您那么紧张，是重大秘密吧。"

索菲轻轻叹息一声，一只手抵在喉头。动作虽然有演戏之嫌，但她心中的懊恼似乎不假。

"美鹤先生的目标是前往命运之塔——创世女神所在的地方吧？"

"那是旅客的使命、目标嘛。"

"为此您还需要一颗宝玉，那颗宝玉镶嵌在我们皇族的宝冠上面。"

"对，是封印之冠。"

"您知道了？是那样吗？"

索菲低下长长的睫毛。

"据说那是重要的冠冕，不可轻动。"

"您说得不错。所以父亲——就让美鹤先生等待。"

索菲问，关于等待的理由，您从我父亲那里得到了怎样的解释？

美鹤端正姿势，郑重说明了与皇帝交谈的详情。

这样一来，他又生气了，怒形于色。我已无法忍受你父亲的信口开河、让人白等一场。过来之前我在居室露台俯视城下，想摧毁这个皇都呢——此时此地面对索菲可爱的脸庞，若能这样说出口，多爽啊！

但是，以他的聪明和怒气之大，反而戴上了假面具。索菲专心地注视着美鹤叙述时的柔和表情。当美鹤停止话头，正要喝一口开始变凉的茶时，她小声问道：

"您不觉得有点令人焦急吗？"

"什么事情？"

"因为父亲并没有具体说出封印之冠有多重要，动了它会降下何种灾厄呀。"

"没错。"美鹤斟字酌句地说，"我试问了一下，但没有听到下文。"

公主突然身体前倾，一伸手，按在美鹤手上。

“请原谅。我并不是在辩解。父亲也是以他的方式为您着想，避免谈详情。这是由于与封印之冠有关的事情，是禁忌，是污点。父亲是认为，这种事不该告诉来自现世圣地的神的使者——美鹤先生您吧。”

美鹤让她按着自己的手，用更和蔼的语气问道：

“明白了。但是，现在公主殿下想告诉我那个禁忌。是吗？”

索菲带着思虑过度的眼神点点头，然后，猛然惊醒般地从美鹤手上抽回手，站起身。

“谢谢您的好意。”美鹤低头致意，“不过，我有担心。您那样做，皇帝陛下很生气吧？”

“那……”

美鹤又露出微笑，抓住先机：“您的意思是说，您告诉我的事情，我保守秘密就行，对吧？”

索菲脸上浮现出笑容，仿佛与密友共享心里没数的秘密。她心慌慌，用不习惯的姿势拿起茶壶，要为茶杯加满茶水，结果溢出来了。美鹤用抹布去拭洒出来的水时，索菲小声说：“亚珠·鲁帕说，美鹤先生单独一人时，有时神情很悲伤。”

间谍！美鹤心里头咒骂道。

“那一定是回想起现世时吧。留在现世的亲人们、朋友们——令人怀念的面孔都出现在脑海里，因此心情郁闷吧。”

美鹤不作声，显示承认索菲所说。

“鲁帕说，美鹤先生希望早日抵达命运之塔，达成目的返回现世。我觉得也是理所当然的呀。”

“不过，”她提高了嗓门，“父亲让美鹤先生等待，确实也有他的道理。鲁帕觉得，皇帝陛下的解释不足以让美鹤先生接受。因此——他建议我来劝劝看。”

索菲说，原因都在常暗之镜上面。

“封印之冠加封的就是常暗之镜。只有镶在封印之冠上的、高贵的宝玉能够镇住那可怕镜子的力量。美鹤先生想要的那颗宝玉，我们称之为'暗之宝玉'。"

"暗之宝玉。"美鹤心中闹腾起来。

"暗之宝玉原是由魔界带来幻界的。正因为这样，它才能够镇住常暗之镜。"

美鹤直截了当地提出问题："所谓常暗之镜究竟是什么？另外，什么是魔界？在现世和幻界之外，还有那样的世界吗？"

索菲生动的脸色阴沉下来，语气也变得客气谨慎了。

"虽然事到如今才向美鹤先生解释这些事情挺奇怪的，但请稍微忍耐。现世和幻界，是成一对的世界。然而，幻界是因有现世才存在的世界。因为是现世的想象力能量创造了幻界。而分隔二者的，是大光边界。进一步说，现世和幻界同样为混沌深渊所围绕……"

美鹤点点头。索菲继续说。

"更恰当的说法，是现世也好幻界也好，都仿佛漂浮于混沌深渊之上，像是浮在无边深渊表面的脆弱泡泡。不过，没有比这更美丽的泡泡了。

"刚才我说了，现世和幻界，是成对的世界。虽然这说法没有错，但虽说是成对，却并非一对一。因为现世虽然是一个，幻界却同时存在多个。除了我们生活着的幻界，在我们不知晓的地方，时间流逝着的幻界还有几个。"

虽然拉奥导师没有说过这些事，但美鹤并不太意外。既然是想象力形成的世界，这一点并不出奇。现世有无数人，也就是说，就有与此数目的人相应的想象力——思想、理想、心情。存在多个幻界，反而更加自然吧。

"是'并存的世界'吧。"美鹤说道。他读过科幻小说。

"并……存……"

"啊，没有什么。然后呢？"

索菲心神不定吗？她目光有点游移。她完全不习惯说话中间被打断。

“在许多场合，幻界是和平的世界。”她边想边说，“像我们这样生活着。对吧？”

“对，一点不错。”

“不过，当中也有充满黑暗、充满恐惧的幻界，是充满了敌意和恶意的世界……”

“那就是魔界？”

索菲点点头，说道：“没错。历史学家这样告诉我的，所谓魔界，也就是差一点没能变成幻界的世界。正因为这样，他们憎恨幻界、企图毁灭幻界。笼罩那里的黑暗，总是迫切希望侵入幻界，寻求机会。”

在混沌深渊的底部，沉着许多未分化种子，未能成形为幻界。它们侥幸的话可生长成为健康的幻界，但因为某些错误、歪曲，坠入了魔界。

索菲说这些时，恐惧得几乎要发抖，但美鹤却一点也不怕。因为他觉得既然是现世人类的想象力创造出来的世界，即便全都成了魔界亦不足为奇。反而是这个颇为悠闲的幻界，作为现世人类产生的假想世界，是个“异类”吧。美鹤深知人类的恶意和私欲，他足以做出冷静的判断。

“不过，从根本上说，幻界也好魔界也好，都一样。所以，无论在怎样一个幻界里面，多少都包含着类似魔界的要素。可谓与魔界的接触点吧，那是有的。不存在一个没有敌意、恶意、愚昧的世界。”

“的确如此。深刻的见解。”美鹤说道，把谈话的主导权从索菲手上夺过来，“那么，以我们生活的幻界而言，它的接触点，就是常暗之镜了吧？”

“对。”

“所以，为了防备来自魔界的攻击，必须以‘封印之冠’封镇。这样一来，不能轻易移动‘封印之冠’，就是理所当然之事。”

索菲松了一口气，安心地露出了好一会儿未见的微笑。

“我主观推测：说不定皇帝陛下的家族，自幻界起源时始，便以常暗之镜封堵与魔界的通道，而且常暗之镜起到了至关重要的作用？”

索菲一脸惊喜之色。

“对呀，正是这样！您说得一点不错！所以，不仅仅是北大陆，统一整个幻界达至和平，是我们家族的夙愿。不，是使命。我们一族的远祖在幻界起始之时，便被创世女神委任管理‘常暗之镜’——我们是选民一族哩。”

“了不起的使命。”美鹤断言道，“听您一席话，我另一个小小的疑问也解开了。”

“是什么疑问呢？”

“在南大陆，我一直听说，作为北方统一帝国国教的老神教，被创世女神所否定。所以，我面见皇帝陛下时，立即问及这个问题的真伪。因为在老神教，像我这样的旅客，被视为欺骗神的、卑劣的存在。”

“对不起。”索菲小声说。

“不，没有关系。皇帝陛下马上回答了我的问题。他说，之所以奉行以老神教为国教的政策，完全是为了与绝对信奉创世女神的南大陆对抗。真正信奉的，是幻界之源的现世。”

“对呀，就是这样！”

“不过，那不是要否定创世女神。女神的确存在，住在命运之塔。但是，他还说了，女神对现世人们而言是命运之神，而并非幻界人们的神。对这一点，以前我略有不解。不过，听了您刚才的话，我恍然大悟。皇帝陛下的家族，是被创世女神委任管理幻界的、神圣的管理者。女神并没有统帅幻界，她把职责委托了皇帝陛下的家族，自己安然固守命运之塔。就是这么回事吧。”

索菲两手合掌于胸前，满脸笑意。“美鹤先生凭我刚才笨拙的说明，便理解那些事情啦！太好了。”

“不，全都靠了公主的一席话。”

索菲以这个年龄的姑娘才能做到的角度来耸耸肩，带着有点儿任性的神情。“如果像南方的蠢人相信的那样，真是由创世女神统治幻界的一切，什么常暗之镜，凭她的力量，一下子就封镇住了吧？不过，女神没有那么做。我认为，那不是真神的作为。”

“绝对不是。”

“不过，南大陆的人对这些真实情况一无所知。”

美鹤知道，索菲公主的表情里，存在着所谓的轻蔑和厌恶。

“但是很为难。”美鹤单手扶额，“如果‘封印之冠’是那么重要的东西，我区区一介旅客，如何能把它弄到手呢？”

“所以，那……”索菲又凑上前来，“那很重要。封镇常暗之镜的方法还有一个。美鹤先生知道真实之镜吗？”

当然知道。出发时拉奥导师说了。他说，开始旅行时，美鹤会邂逅持有真实之镜的人。真实之镜是成为旅客路标的重要东西。另外，拥有此物者是旅伴，会帮助美鹤。真实之镜和美鹤陆续找到的宝玉合力的话，可以短暂地返回现世，等等。

的确如拉奥导师所言。离开看门人的村子，美鹤随即在某个地方偶遇持有真实之镜的南大陆居民。

当那个人知道美鹤是旅客，需要真实之镜时，主动提出受雇于美鹤。这是个兽人族男子，似乎是以当保镖为业的人。

美鹤才不要这种人做旅伴呢。本来就不需要什么伙伴，而且对于要求工资的人——他说“雇用我吧”，怎么能够相信呢？

所以美鹤杀死了那个兽人族男子，然后夺取了他的真实之镜，现在还贴身带着。

“是的，我知道。但是，真实之镜与常暗之镜不同，真实之镜没有完整的样子，它是零细的碎片……”

“没错。真实之镜在幻界之初，被创世女神亲手打碎，散置于整个幻界。结果，好多都落在不知其价值的人手上。”

“但是，假如能够把碎片集中起来，重现完整形状的真实之镜呢？”美鹤问道。

“对，以它的力量，可以封镇常暗之镜！”索菲语气有力，“因为常暗之镜通魔界，真实之镜通现世。所以，将二者合二为一，就可以互相抵消。”

据说正因为这样，每一代皇帝都竭力搜寻真实之镜。

“有时不惜动用相当暴烈的手段。不过，幻界很大，自北渡海而去搜求，过去是很难的事情。”

可是，现在不同了。得到了“动力船”的新力量，统一帝国这回可以迈向真正的统一国家了吧。那么一来，搜索和重现真实之镜就容易了。

“若以真实之镜封镇常暗之镜，封印的宝冠就不需要了。就可以照美鹤先生希望的那样随时取出宝玉。所以，父亲就要美鹤先生等待了——您是否能理解不得不让您等待的深层理由呢？”

美鹤站起身，恭敬地鞠了一躬：“明白了。衷心感谢公主宽广的胸怀和深思熟虑，告诉我这样重大的事情。”

一时间，索菲又欢喜又害羞，又拉美鹤的手又按住胸口表示安心，可谓心潮激荡。这期间，美鹤心里头作了冷静的盘算。

这个小姑娘——不，皇帝本身也好，若复活真实之镜，封镇了常暗之镜，女神命令皇家一族看守、管理的特权也就失去了，他们察觉这一点了吗？如果平定了幻界，谁都不会在乎他们，也没有问题吗？

或者，也许皇家一族对于封镇常暗之镜，已经疲倦了，烦透了。也许说起世界的管理者，听起来很棒，其实这份职责意想不到的艰辛。

可是，这一切对美鹤而言无足轻重。

“对了，为了满足我这个来自现世的旅客纯粹的好奇心，再问一下好吗？”

索菲正手忙脚乱地换茶水，欢快的眼神表示同意。美鹤委婉地拦住她。

“我来泡茶吧。噢，大事情谈完了，公主殿下也不必太拘礼了吧。”

“好吧，交给您啦。”

“实际上，所谓魔界的力量，究竟有多可怕呢？关于这一点，统一帝国卓有成效的学者们应该了解吧？”

索菲的嘴角一抿，说道：“仅有一次……这是统一战争的结束阶段。据说在极短时间内，曾解开封印，引入了魔界的力量。”

“那又是……为什么呢？”

“据说是为了击败反抗我帝国的强敌。在平原上过游牧生活的部族集团，因处于野蛮阶段，没有形成国家，总是来缠扰帝国的军队……皇帝决定借助魔界的力量，以免帝国军队徒劳地疲于奔命。”

来自魔界的魔族军通过常暗之镜飞来，眨眼间杀尽了蛮族。

“真可怕……可是，那么一来，也伤及帝国军队吧？”

“据说帝国方面将蛮族吸引到荒野，再将常暗之镜移到附近，小心谨慎地操作，幸运地将伤害控制在最小限度。而且，一扫平蛮族，立即重新加封。其间——据说总共也就一个小时而已。”

据说，一加封印，张牙舞爪地降落在幻界的魔族们一瞬间化作黑尘，消失无踪。

“魔族的模样是怎么样的？”

“不清楚。若查看图书馆的古战史，也许会有一两张图片吧……”

以美鹤所知，并没有那样的图片。它令人恐怖得害怕留下记录吗？

“魔族袭击蛮族的荒野，至今仍寸草不生。因为离这里很远，所以我没看过。”

这时，索菲又提出了岔开话题的问题：“美鹤先生知道这座石头城为什么叫作‘水晶宫’吗？”

美鹤远远眺望着威严的水晶宫，摇摇头。

“一无所知。的确，如您所说，有点匪夷所思。”

“统一战争结束于三百年前，而这里定为帝都，是又过了一百年之后。据说建好城、安置了常暗之镜的瞬间，这座城仿佛全由水晶建成一样，变得透明、光彩夺目。为纪念这一绚丽美景，就给它取名水晶宫了。在征服蛮族的战争中，以及解开封印、重新封印时，据说都曾放射出同样的光芒。那一定是表露常暗之镜意志的吧。”

但是，不料谈话竟转而对美鹤颇有帮助。

“那么说，常暗之镜就在水晶宫里吗？”

“对。”索菲轻松地点点头，也许是怕这点事瞒不过美鹤锐利的眼神，又慌张地摇着苗条的小手继续说，“不过，它放在哪里，我不知道。只有父亲和神宫长知道。”

“不过，该有个放置镜子的房间或教堂那种地方吧？看看城市的设计图……”

“用结界隐匿起来了。所以无论那房间在何处，都被结界挡住了，谁也无法抵达。它原本就是看不见的。”

索菲轻松作答，于美鹤却是沉重的回复。他不觉用力往椅背上一靠，嘭！

结界嘛——不错。所以迄今都没能找出宝冠，也就是最后一颗宝玉的所在之处。

迄今的旅行中，找宝玉并不怎么费事。最初，这根魔导杖告诉美鹤第一颗宝玉安身之处。而一找到第一颗宝玉，它便告知第二颗宝玉所在之处，第二颗宝玉又告知了第三颗……这样接二连三地指示下来，美鹤只需倾听宝玉的声音就行了。就连最后的宝玉在北大陆，也是宝玉说的：“渡海前往北方，见皇帝吧。皇帝全都知道。”

然而，一旦来到北大陆，魔导杖沉默了。就连最后的宝玉在哪里，在皇都抑或其他地方，也不说明。只要知道地点，美鹤好歹可以采取行动。

当中的原因终于明白了。心中的郁闷消失了。

常暗之镜由皇帝一族代代看守。镜子安放地点以结界隐没，应是集中了强大的法力布置吧，就连吸收了四颗宝玉之力的魔导杖也敌不过，这并不奇怪。

“那个结界，是在帝都各处埋置魔法石而形成的。”索菲说着，优雅地端杯喝茶。

“说来，据说这帝都本身，当初就是为如何布置结界以便看守和隐藏常暗之镜而设计的。所以，这帝都的主要建筑物的地基，一定都使用了那些魔法石吧。”

美鹤拼命忍住不笑出来：我什么都没问，她就说出了如此重要的事情啊。多嘴没脑子的公主殿下，多亏有您啦。

也许索菲公主，才是对美鹤此行真正有帮助的人呢。

假如皇都本身就是结界。

美鹤抑制着振奋的心情，轻轻吐出憋在心里的一口气。

只要毁了皇都，结界也就消失了。

破坏皇都不是威胁皇帝的筹码，因为这个行为本身已经产生了意义！

美鹤在心里头对天真地注视着自己的公主说，你真是太好心肠、人太好啦。你一点都不怀疑你面前的我心里头想什么。你也一点不想想唆使你挑明这些话的亚珠·鲁帕的真实意图。

皇帝一族三百年来垄断北大陆财富，繁盛不衰，自然亲戚也众多。当中有旁系之人，本身无望与皇位相关，却对现任皇帝持反叛之心，盯上了皇帝的宝座。索菲迈向女皇的道路看来不平坦，当然也是因为潜藏着这样的伏兵。

西格德拉虽然是皇帝的走狗，但是走狗就有走狗本性。他们倒向更强、更多甜头一方的打算，随时都有。亚珠·鲁帕也是其中一人。他之所以唆使公主挑明真相，是企图以此推动美鹤行动，发生事变时，也许就可以作为皇帝失策的根据。当然，亚珠·鲁帕背后肯定还存在唆使他、给他甜头的人物……

那我就管不着了。

你瞒不过我，鲁帕。不过，还得对你说声“谢谢”。

蒙在鼓里的不仅是公主。亚珠·鲁帕也一样。等美鹤真正动手，那就不是追究加玛·阿格利亚斯七世失策程度的事件了，是你们想象不到的大事！最终，是你们小看我啦。

但是，那是计算错误吧。

“该叫女官们回来啦。起风了。”美鹤和颜悦色地说，“公主殿下伤风的话，我可睡不着了。”

索菲高兴得两颊绯红。她伸手去拿召唤女官的银铃，美鹤示意等一等。

“最后请教一事：假如常暗之镜如此郑重地封镇起来，为何会发生有人偷窥它，变成了‘虚幻’的事故呢？”

一瞬间，索菲露出迄今最为歉疚的表情。脸颊上的红潮骤然消逝。

“那……是……”

“是一种刑罚吗？”

美鹤的问题如同伸出搭救的手，她连忙抓住不放。

“对对，正是这样。这种情况不少。当凶恶的罪犯或政治犯无论如何不肯悔改的时候。”

“是暂时解开结界，特地让那些人去照常暗之镜吗？”

“是的。”公主眼看着垂头丧气起来，“那是很残酷的。可是，没有办法。”

“明白了，好的。”

“而且，贴身照顾我们一族的人，反而是‘虚幻’者更为安全、方便。城里的闲杂人等，总是……嗯……与战士或学者不一样吧。他们是卑贱者。”

她一边辩解，一边说“很可怜”，垂下视线。

“不过，那种事并不常有。而且，要解开结界接近常暗之镜，得父亲和神官长二人都在，举行仪式才行，很费功夫。神官长为宣教和监察教会，很多时候不在皇都。美鹤先生也还没有见过神官长吧？那人比父亲还要忙碌。”

美鹤边点头边想象：戴着手枷脚枷的囚犯队列，在警卫部队的押送下，排成一列，一个接一个来到常暗之镜跟前。

这也是无可救药的狂妄和愚蠢。

“那么说，水晶宫里的下人中，有相当数量的‘虚幻’，是我没有觉察而已吗？”

“是……不过，您也不必找出来。”

“当然，我没这意思。”美鹤笑一笑，“我说过吧。只是出于旅客的好奇心而问的。”

公主召来女官，开始收拾茶席。美鹤以新获得的知识打量女官们。在水晶宫，如果能够分清混在人群中干活的“虚幻”……

可以省去特地出皇都寻找“素材”的工夫。

送走回城的公主后，美鹤在“战胜庭园”伫立了好一会儿，让大起来的风吹拂着头发和长袍的衣裾，两手在身体两侧紧紧地握成拳头。

紧握的手中包含着决断。

皇都索列布里亚命运已定。

四十七　龙之岛

当开始看见前方南大陆的海岸线时，上空的风更冷了，潮水的味道也更浓了。

“那——是博鳌的渔港巴奇斯达。”

米娜伸手越过亘的肩头一指，示意右边远方出现的一片人家。

说是港口，与所诺的感觉大不一样。沿漫长的海岸线，白色的沙滩蜿蜒伸展。小渔船点点漂浮在海面，但都离海岸线不远。沙滩上分散着女人和孩子，正在做什么作业，似乎是晒鱼、采贝。

乔佐没有像去迪拉·鲁贝西时那样往高空飞。与地面的距离，感觉就像现世作新闻报道时搭直升机拍摄的画面。沙滩上的人吃惊地仰望飞越他们头顶的龙。有孩子在挥手，为了显示这条突然出现的龙没有危险性，亘他们也挥手回应他们。

“火龙太有人气啦。”基·基玛感叹道。

“是传说中的事物嘛！”米娜满脸生辉。

“不过，我快冻僵了。”

“再降一点高度吧？”乔佐提议道。他像亘的拳头般大的漆黑瞳仁，闪动了一下，“哎，亘。”

“什么事，乔佐？”亘跨坐在乔佐的脖颈上，窥看一下乔佐的脸。

“终于要到海面上了……不过，刚才的话当真？真要前往北大陆吗？”欲言又止的口吻。

"真的呀。乔佐，有什么不对劲的地方吗？"

坐在最后的卡茨耳朵尖，听见了亘的提问，挺直身子。亘向后瞄一眼卡茨，压低说话声。

"如果有不对劲之处，别客气说出来吧。"

"噢……"乔佐又眨巴眨巴眼睛，"跟你保证过搭你去任何地方的，不好意思了。"

"是去不了北方？或者乔佐的双翼飞不到？"

"没那事儿。只要笔直地飞，两个晚上就送你们到了。"

不过呀——从乔佐已长全的尖牙缝里，看见舌头晃了一下。

"之前我们一起去过迪拉·鲁贝西吧？之后我回了一次我们的岛上。然后，我向龙王报告说，我在迪拉·鲁贝西看见了女神的惩罚之风。"

据说，龙王听了神色为之一变，把岛上的龙都召集起来，严厉地命令道：在目前阶段，任何龙不可擅自远行。要待在海岛附近，以便随时可以集中。

"平时没有这种事。对我们龙孩子来说，平时都说飞到各地去看看各种各样的东西，是好事。当然啦，有规定，不可动辄与地上的人交朋友。我们，就像米娜说的，是长久以来被遗忘的、传说中的事物，有心做某事时很厉害的，所以若被卷入地上人们的争斗，就会很麻烦了。"

亘反省了自己：人家说过可以使用龙笛，自己就不假思索地依赖了乔佐的双翼……

"对不起。既然龙王这样说了，说不定，回应我的笛声到加萨拉来，也不好吧？"

"没、没关系了。"

乔佐连连摇头。这一来有点儿摇晃。基·基玛差点翻倒，抱紧了翼根处。米娜大笑不止，而卡茨依然注视着这边。

"亘是我的救命恩人嘛。龙王也说过，得了地上人的恩惠，一定要表示感谢。所以，是特别的。"

"谢谢啦。不过，龙王有话在先，你挺在意的吧。"

"噢，所以我呀，在北渡之前，想顺路去一下我们岛上。不花多少时间的。路过嘛。然后跟龙王正式提出请求再出发，行吗？"

亘一下子答不上来。他情不自禁地回头望一眼卡茨，见她轻轻站立起来，猫着腰移近亘。

"怎么啦？"

亘作了说明。卡茨皱了一下眉头，但很快就往乔佐的头部探出身子，啪啪地拍一下乔佐的脖子，说道："把你卷进这种事情，不好意思啦。但我们实在很想尽早过北方去呀。"

"你是头儿吧？"乔佐问道，"去北方的目的是什么？我总觉得有危险哩。"

卡茨打算透露到什么程度呢？亘看看她的脸。但在卡茨回答之前，乔佐说话了："亘，把龙笛拿出来一下。"

亘摸摸衣兜。他取出来的龙笛已断成两截。

"你看，已经用不了啦，吹不出声音了。"

"对呀……"

"如果亘他们到北方去做危险的工作，我很担心。如果我放下亘他们飞走，当有困难要召唤我时，已经做不到了啊。我要是为此而在附近盘旋等待，会很惹人注目，给亘他们带来不便，对吗，卡茨女士？"

卡茨苦笑起来。龙翼带起的强风吹动她漆黑的头发，蒙在脸颊上。

"龙先生，脑瓜子很灵呀。"

"我叫乔佐，多多指教。"

"我叫卡茨。说来，还没有自我介绍呢。我是纳哈托加萨拉镇警备所的负责人。我对你们的祖先深怀敬意。"

"哦，看你的护腕就明白了。"

"谢谢你。我明白你的意思啦。我们去一下龙岛吧。不过，带我们地上人去你们的地方没关系吗？事后不会挨骂吧？"

"那没关系。"乔佐担保道，"因为你们是高地卫士。而且，龙王说那些话，一定有他深刻的理由。我希望高地卫士也听一听那些理由，可能是好事。"

"是……嘛。"

"噢。我爸爸和妈妈都这么说：说不定会发生要离开海岛、与人同心合力拼搏的事情呢。"

亘和卡茨对视一下。

"从前有过这样的事吗？"

"那是我出生前的事情啦。约三百年前，北大陆发生了一个事件，据说那时候火龙们都离开海岛，和地上人一起作战了。"

那究竟是什么事件呢？

卡茨小声嘀咕道："要说三百年前，是北大陆结束统一战争的时期啊。"

"那就是说，龙也参与了那场战争吗？"

"不可能的呀。火龙不可能站在地上人的某一方进行战争的，更不用说什么北方统一战争啦。"

的确如此。"乔佐，你爸爸妈妈说，那时候他们跟什么作战？"

乔佐立即答道："是魔族啦。"

魔族？这可是头一次听说。连卡茨也摸不着头脑。

"什么是魔族？"

"我也不清楚。魔族是不可以轻易提起的，因为是禁忌。不过，看来是极强大、可怕的敌人哩。置之不理的话，幻界也许要被毁灭。"

乔佐含糊地补充道，不过，那时的事件在规模上似乎不太大。

"若是北大陆的历史，我们所知不多。看来只能向龙王问问看啦。"

"龙王会告诉我们吗？"

"嘿，那得看我们怎么跟他谈啦。"

卡茨对对方是龙是人，似乎不大计较。

"那就定啦。亘，我把你介绍给爸爸妈妈！我爸可不得了，比我强三倍哩！”

乔佐自豪地眯起眼。对啊，乔佐还是个小孩子，他爸爸妈妈会担心的，亘心里头想。而我们却只考虑按自己的意思行事。

“好啦，我们来到外海了。马上要冲进针雾中了。大家低下头，躲进我的翼间，绝对不能站起来呀。否则针雾会猛扎个不停哩。”

话音未落，龙翼更有力地扑动，乔佐大大提高了飞行速度。

海岛看上去宛如静卧雾茫茫的大海一角的龙。

海岛本身形似龙头，有两只角，大眼睛闭合着，两只圆圆的鼻孔并排朝天，长而突出的下颌，尖锐的牙齿。如果空气不是这般寒冷，大海不是看似冻僵了的青白色，几乎可以形象地说，海岛就是一幅“火龙入浴图”。

“即使不解释，也一眼看明白啦。”

基·基玛从乔佐翼间探头察看，嘴里喃喃道。

“那就是龙岛了吧？”

“对，就是我的家乡！”

因浓雾阻隔，视线模糊，不过，龙岛周围是一望无边的大海，看不见有其他海岛、岩礁。这幅情景原原本本地反映出龙族在幻界的孤独处境。

“大家都那么钻出来可不行啊。”乔佐慌忙出声制止，“我们还在针雾里头哩。”

“真的哩。”米娜边说边手捂着脸，“挨扎了。”

众人一看，米娜右眼下方冒出一颗小小的血珠。卡莰说声“我也是”，抬手按着头发。她额上垂下两道血痕。亘毛骨悚然。

美鹤也要在这团针雾中穿行。以他的魔法，或撑起屏障，或唤起大风，防身之术多的是吧……

照此情景，搭风船从南大陆过海限制在某些时期，乃是理所当然。判断既可回避针雾、又有风吹向北方的时期——读星人的力量是如何重要，真是亲身体会到了。

不被风向左右，不必张帆，关在船室里便可操纵的动力船，在幻界是如何划时代的存在，也可想而知。

说来，乔佐的鳞片够硬的。

“乔佐眼睛疼不疼？鼻孔痒痒吗？”

“算不上什么，有点儿冷而已。不过，到岛上就暖了。”

据说龙岛是火山岛。亘小心地探头观察更大的范围：火山究竟在哪里？噢，他恰好看见了：从龙岛鼻孔的位置，喷出了白色的蒸气！

距离一迫近，这时众人都对龙岛之大瞠目结舌了：嗨，连小孩子的乔佐都有这般身材，成年龙更庞大了吧。若海岛小，挤成一堆，气都喘不了。

在巨大的灰色岩石上一刀刻出的龙头——就是这样一个岛。看不见一棵草木。

乔佐的目标是巨大龙头的两只角之间。虽然为雾气所阻，看不清，但似乎那里有一个圆形广场。可能是龙的升降地点吧。

乔佐缓缓盘旋着，向广场降下。针雾终于稀薄下来，亘发觉广场两端有两头龙等在那里，仰头望他们。与红宝石般鲜红的乔佐相比，那两头火龙色彩较沉，近似深红色或暗红色。

“我回来啦！”

乔佐向地面上的两头火龙欢喜地喊道。

“爸爸、妈妈，我载了亘过来！”

那就是乔佐的父母。亘有点担心：说不准要挨训，说自己对乔佐颐指气使。与乔佐相比，他父母的身材更大两圈，牙齿就有亘的手腕粗。

但是，这些都过虑了。

“你回家啦，乔佐。欢迎欢迎，旅客先生。乔佐能帮上忙吗？”

亘一行人从落地的乔佐背上提心吊胆地下来，乔佐的父母以春日般温暖的言辞迎接他们，虽然他们喘息如热风，说话声如雷。

一行人首先被建议泡温泉，恢复冻僵的身体。四人吃了一惊：“这里出温泉？”

“对呀，有火山嘛，并不稀奇吧。就是有点咸而已。”

不用说因寒冷而动作迟缓的基·基玛，米娜也大喊：“我第一次泡温泉！”大喜过望。但卡莯颇焦躁。理所当然的，这是她去办大事的途中啊。

乔佐的妈妈有说法：

“现在是龙王休息时间，而且要开‘牙翼集会’，也需要准备。大家泡温泉回来时，就该弄好了。”

“‘牙翼集会’是什么？”

这次由乔佐父母作答：“我们龙族的全体大会叫‘牙翼集会’。本岛的自治——不至于这般严重啦，平时由龙王会同各族族长——‘七大支柱’管理，但有重大事情时，则集中岛上每一头龙，全体商议。”

岛上的龙当然都是火龙的后裔，但即便如此，翼的形状和牙齿数目也不一样。据说以此分类，共为七种。这七种便称为“族”，各族族长称为“支柱”，所以就是“七大支柱”了。

此外，年迈的龙王——仅比幻界年轻一点儿——据说一天中的大半时光是打盹度过的，要清醒视事，颇费些功夫呢。卡莯听了这些说明，也就接受建议，享受温泉的款待去了。

龙岛内侧隐藏着错综复杂如迷宫般的洞窟。洞内曲折延伸，分支无数，通向许多空的横穴，成为龙的巢穴。虽大致按族群分开居住，但据说因龙们相处融洽，有一个大巢穴供三个家族居住的，或老龙由其他龙来照料等等，来来往往，很是热闹。

虽然岛外侧尽是岩体，但洞窟内则草木繁茂，到处有小片的树林。既有开花的树，也有结果的树，果实看上去美味可口。虽然龙的主食是海里的鱼，但在洞窟里头，几乎感觉不到鱼腥味。洞里充满新鲜的绿叶气息，只夹杂着一点潮水味儿。

温泉是露天池子。因位于洞窟上部，等于没有了天花板。热腾腾的水，加上冷浸浸的风。草木扎根在环绕露天浴池的岩隙，隔着热水汽摇曳。

“哎呀，上天堂啦上天堂。”

亘情不自禁地哼起日本老头泡温泉的老调调，基·基玛笑道：

“你说什么？‘上天堂’是什么？”

“噢，是神仙待的地方。现世都这么说的。”

“那么，类似命运之塔？”

基·基玛刚反问一句，随即觉得尴尬。大概担心让亘联想起种种事情吧。

亘佯装不知：“有点不同吧。也是死了的人去的地方哩。”

“谁死了都能去吗？”

“不。做了坏事的人去不了。因为做了坏事得下地狱。”

那么说，幻界的死人会去哪里呢？迄今还没有问过呢。

基·基玛连下巴都浸到热水里，舒坦地半闭着眼说：

“要是我们都死了，就会变成光。”

“光？”

“对。变成阳光，照耀土地。然后依次投胎。只不过，要是活着时候做了坏事，就变不了光，会沉入‘混沌深渊’底部。那么一来，就完全不可能投胎啦。”

亘想起迪拉·鲁贝西的教王也说过同样的话。教王说，毁了与女神的盟约，未净化灵魂便死去的话，我们便不能投胎另一个世界……

“幻界人再投胎时转为现世人，这种事情没有过吗？”

亘自言自语般喃喃道，过了一会儿，基·基玛回答了：

“要是有这种事就好了。这样就可以在现世跟亘做朋友，太好玩啦。”

亘答道“对呀对呀”，嘿嘿笑着。在现世，让基·基玛去做邮递员吧。个头大，有精力，精力充沛，和蔼可亲，一定是个受欢迎的邮递员。

同一时间，卡茨和米娜在另一个凹岩温泉泡着。二人都身心舒坦，但温泉泡得很透的同时，被针雾所伤处也开了口子，又流起血来了。

“挺疼的哩。”卡茨皱皱眉头。

“刚才乔佐妈说有特效药膏，我们稍后去要吧。你眼下的伤肿起来了。”

是温泉的咸水渗进去了。

“哎，卡莰女士。”

“什么事？”

“刚才听说的——龙族族长有七大支柱。”

“哦。”

“‘支柱’的称呼挺少见的。和重修大光边界的人柱，有没有关系呢？”

卡莰沉默了一下，才答道：“因为龙与幻界创世相关，所以有也不奇怪。不过，还是不要多想为好吧。”

“对。”米娜答道。也许是泡温泉松开了绷紧的神经，米娜无来由地变得郁郁不乐，眼泪几乎夺眶而出，她慌忙洗一把脸。

大家泡过温泉起来，乔佐已在等着。

“准备好了的话，请前往集会的洞窟。”

一行被带到迄今所见到的最大的洞窟，大概有机场上的喷气机机库般大吧。虽然各处燃烧着松明，但整体上是昏暗的，因为洞顶实在太高，望不到顶端。之所以不时感觉到寒冷的气流，是因为洞壁上有透气的小洞穴吧。

各处岩壁、岩突处，被数十头龙挤得满满的。龙的颜色和大小各异。仔细观察，它们的翼形和尾长都有些微的差异。

他们的大黑眼珠一齐望向亘一行，一齐喷出鼻息。

“我有、有点怕。”米娜喃喃道，摸到亘的手，握紧。

龙王高坐洞窟一头的岩突上。不，也许该说是半躺着。他收敛双翼，悬着双脚，尾巴吊着。亘一行被引至洞中央开阔处时，龙王吃力地抬起了头。可眼皮还是半边耷拉着。

龙王的身躯与乔佐父母差别不大，红色已几乎褪尽，近于斑驳的紫色。鳞片也干瘦，失去光泽，脖颈和手脚根处，叠起好几层皱纹。他两只角之间，戴着闪亮的王冠。

龙王座位的左右，坐着七头龙，就是被称为“七大支柱”的族长们吧。他们暗红色的身体上，各佩戴着不同颜色的首饰。

“欢迎到来，客人们。”

一头龙站起来，注视着亘一行，然后扫一眼聚集起来的龙们。

“遵照规则，我们集合在龙王御前，举行‘牙翼集会’。”

众龙一齐俯首叩拜。比乔佐小的小龙们也模仿父母的举止，像模像样。

在父母陪同下的乔佐，首先向前迈一步，向大家报告已带客人来到。接着，亘也上前说道：

“冒昧造访，得到大家的欢迎，衷心感谢。谢谢龙王陛下和岛上各位。”

全场寂静无声。亘心脏猛跳起来。

“凭乔佐处得到的龙笛，我迄今已两度在危险之中获救。这一次又需要借助乔佐的力量，搭乘他的双翼飞翔……”

龙王抬起头，对亘说道：

“旅客呀。”

“是，我是！”

“请在这里出示你是旅客的证据吧。”

亘解下腰间的勇者之剑，恭敬地送到龙王跟前。

龙王依旧眼皮耷拉着，不过，验剑顺利完成，勇者之剑交还亘手上。

“看门人拉奥导师还好吗？”

龙王突然以随和的口气问亘。看清它的表情很不容易，但似乎龙王嘴角含笑。

“是，他精神健旺！”

“你来幻界时，导师送你项链了吗？”

一直挂在颈上，反而忘记了。应该用它证明自己是旅客。亘慌忙拉出项链，正要从脖子上取下时，龙王轻轻示意不必。

“行啦行啦，就那样。明白了，你的确是旅客。”

“是。”亘端正姿势站立。因过于紧张，差点失去平衡，众龙见状纷纷窃笑起来。

“旅客啊，还有高地卫士们啊。”

龙王的声音庄重严肃。卡茨昂起头。

“我们火龙自幻界创世便已存在。现在，偏安于大海一角，安静度日。”

龙王既是对亘一行说话，也是对聚集的龙们说话。

“但是，作为幻界的守护神，我们的任务并没有消失。在必要之时以必要的手段，化为女神的剑和盾保护幻界，是我们的使命。这一点没有丝毫变化。”

众龙一齐颔首。也许是心理作用吧，亘觉得“七大支柱”的目光变得锐利起来。

“旅客啊。什么都不必说，我也知道你们要北渡的目的。人们争执有其根源。”

怎么知道的？就在亘畏怯不安之时，卡茨紧张的声音响起：“您说得对，但我北渡，是为了根除人们的争执。”

龙王的嘴角更加和缓了：“勇敢的高地卫士啊，你很有抱负。但是，要根除人们的争执，人自身做不到。”

“不，我……”

龙王打断她，平静地说下去。

“憎恨呼喊憎恨，悲伤召唤悲伤，死亡招致下一个死亡。憎恨深深扎根大地，悲伤如大海汲之不尽，死亡喜欢找同伴，这是没有意义的、严酷的真实。”

卡茨紧咬嘴唇。

“我们龙族原本不得加入人与人的争执。但是，旅客啊，高地卫士啊，我们知道你们要到访本岛，还有，必须帮助你们前往北方。”

亘抬头说道：“我问了乔佐。他说龙王之前已察觉幻界的异常变化。龙王在思考，事态也许要求龙族必须离开海岛，与人们携起手来。”

龙王缓缓地点了两次头。

“那是怎样的事态？我们能够制止吗？正因为这样，龙王是说，要帮助我们吗？”

龙王再次点一下皱纹纵横的头。

“旅客啊，在幻界，有一面与真实之镜配对的常暗之镜。它此刻掌握在北大陆皇帝手上。我已感觉到，‘常暗之镜’的封印快要被解开了。这个预兆不会错。因为感觉这一点，防范这一点，就是我们的任务。”

于是，亘终于获悉关于最后的宝玉的情况——常暗之镜和魔界，以及封镇常暗之镜的封印之冠。

听完龙王的话，亘被温泉浸暖过来的手脚变得冰冷。不是洞窟寒冷，而是因为恐惧。

是美鹤。美鹤想要解开常暗之镜的封印，为了将宝玉拿到手，仅仅如此而已。

紧握拳头的亘望向卡茨。卡茨的担心说中了。美鹤真的不理会幻界将会如何。

“北大陆的皇帝，在三百年前，为了增强己方力量，硬要解除封印，召唤魔界大军助阵。”

“可悲呀，”龙王继续说，“当时，我们龙族也飞往北方，为击退魔界大军，加入人群中战斗。那时候，北方皇帝虽然依赖魔族的力量，但对其真正可怕之处实属无知。他以为解开封印让魔族歼灭敌军之后，重新加上封印即可了事。多么愚蠢呀！大海也洗不去他的愚蠢行为。”

龙王说，如果不是龙族迅速察觉封印已解开，立即出动，今天的幻界已荡然无存了。“七大支柱”也颔首同意。

“不过，三百年前那一次，常暗之镜被解开封印，只是极短时间。但是，这次可不会简单了结。封印将完全解开，没有办法重新加封了。即使集合整个幻界的军队，也阻挡不了魔族。”

“如果挡不住……”米娜颤声问道。

亘站起身：“绝不允许出现这种情况。我要制止它。想解开封印的人是我的朋友。他是另一个旅客。我绝不能让他做这种事！”

龙王脑袋转了一圈，望一遍身边的“七大支柱”。他们也都站起身来。

“旅客啊，你和‘七大支柱’一起去吧。他们一定能帮助你。人世有限，幻界却无限。不能以人有限的力，毁灭幻界的生命。”

“我向你保证！”

当亘斩钉截铁地宣布时，传来乔佐稚气的声音：

“我呢？龙王，我也可以一起去吗？”

亘慌忙去按乔佐的脑袋：“不行，乔佐！你可不行。”

“为什么？你去的话，我也去。”

“你爸爸妈妈担心你。”

乔佐的父母伤心地眨巴着眼睛。乔佐看见了，溜圆的眼睛湿润起来。不过，他尾巴一扫，固执地声称：

“我还是要去。我载亘去嘛。可以吧，爸爸妈妈？”

乔佐妈垂下了头。乔佐爸说道：“假如龙王允许的话。”

“什么呀！”

亘转头仰望龙王。龙王一直耷拉着的眼皮睁开了一点儿，看着乔佐。

“乔佐啊，不是轻易的战斗哩。”

“是，我知道。”

“我感觉到，就在此时，已接近封印解开的时刻。危机正在迫近。魔族很可怕，很厉害。你还是想跟旅客同去吗？”

乔佐浑身一颤，答道：

“亘救回了我的生命，我要跟他走！”

“好吧。”龙王的眼皮又耷拉下来，说道，“火龙身为守护神，一旦与旅客结缘了，后代的宿命也就如此了。”

龙王昏睡般的眯缝眼望过来，亘分明感受到一道强力的目光。

“旅客啊，让乔佐来帮你，有可能的话，你要把他送回龙岛。”

一定、一定！亘握紧拳头发誓。

“愿你所向无敌，愿命运女神保佑你！”

众龙附和着龙王的话，声浪很快变成响彻洞窟的有力的祈祷声。

四十八　毁灭皇都

“七大支柱”编队如候鸟般飞行，有力的翅膀顺着海岸上的气流攀升。领头的龙脖子上坐着卡莰，搭载亘三人的乔佐排在最后，为了不掉队而奋力振翅。

目标是北方统一帝国皇都索列布里亚。龙王说，常暗之镜安放在索列布里亚的中心——皇帝居城。

“统一帝国的皇帝为了保护常暗之镜，不仅仅使用了封印之冠，恐怕还有其他魔法措施。安置地点也严格保密、不为人知。外来者不能直接下手。但是，旅客啊，假如你的朋友、另一名旅客是出色的魔导士，一定能解开那道魔法。当他找到常暗之镜安放之处，就要接近常暗之镜时，正是制止他的唯一好时机。”

龙们疾速飞行，稍不小心就会摔下。亘抱紧乔佐后背，心里头希望：快呀，再快点！飞到美鹤所在的地方！

看得见北大陆的地平线了。风平浪静的大海和大地的颜色，都与南大陆一样广阔、恬静，只有天空的色调像冻结起来似的显得很薄，是因为切身感受到的严寒吗？

“那……那是什么？”

飞在前头的卡莰指着遥远的前方喊道。

几道黑色烟柱升上天空。

“是皇都索列布里亚的方向。”“七大支柱”齐声说道。

“是大火！发生了火灾！”

“七大支柱”飞得更快了，不久，大家眼中开始呈现难以置信的景象。巨大的要塞城市——大墙环护下的百万人口城市索列布里亚发生了异常变化。城门已烧毁，从中逃出的人群远看如同一队小蚂蚁。城墙内有着各式各样屋顶的城楼，正升腾起尘埃和黑烟。

“怎么回事？这是怎么啦！”

卡茨咒骂着，探出身子，头发纷乱。龙们伸开翼展，开始俯冲下降。随着距离接近，皇都索列布里亚展现在亘的眼底。

整片建筑物倒塌，烈焰肆虐。黑烟笼罩，阻断人群的退路。这头是城墙崩掉一段，那头是住房倒下一片。震耳欲聋的声响和热风中，夹杂着人们凄惨的哭叫声。

“究竟是……”

亘从乔佐的翼端伸出脑袋，俯视视界不能尽收的广阔的索列布里亚。他赫然发现了几个庞然大物——没错，是人的外形——不过，比人大得多、比龙还大……灰色的东西在横行霸道。

那是——什么？简直就像石头造的机器人。

圆头、宽肩、粗腿粗臂，动着无骨的手脚。它每踏出一步，便房倒屋塌，路上的人趴倒一片躲避。刚换一口气工夫，倒塌的建筑物里便冒出火苗。被大火追赶、盲目逃窜的人群又处于那巨蹄的践踏之下。叫声哭声混杂，震耳欲聋的爆炸声掩盖了一切。

“这是戈列姆！”

基·基玛庞大的身体颤抖着喊道。他和亘一样目瞪口呆地俯视着地面的情景。

“戈列姆？”

“是魔导士制造的石头巨人！制造它们的魔导士是它们的主人，可以随意操纵它们。”

“我听说过……这种东西。”米娜脸色苍白，颤声说。

“难以置信，竟然是真的。”

“我也是。可此刻它们就在这里横冲直撞！”

石头巨人的脸平板而无表情，看不出鼻子眼睛的痕迹。它们胡乱破坏前进，不时机械地左顾右盼一下。难看的两只手几乎没有手的形状，只是石块而已。石臂劈砍着，带着轰然的脚步声一路破房毁屋。

“是美鹤。”浓烟刺眼，亘流着泪水，“美鹤制造戈列姆，操纵着它们！”

他要破坏索列布里亚。美鹤在哪里？

乔佐身边“呼”地窜起火柱。乔佐受热浪直接冲击，一下失去平衡，右翼几乎刮到建筑物残骸。米娜差点被甩下，发出惊呼。

“有多少石头巨人？数不清哩！”

“看那边！数量还在不断增加呢！”

戈列姆遍布全城。东西南北，每个方向都有。任意破坏、肆虐之后，有的甚至互相碰撞，对打起来，即使打掉了胳膊或者缺了半个脑袋，它们照样毫无感觉地左冲右突。正如龙们叫喊的那样，从破烂、混乱的街巷里，东一具西一具地，新的戈列姆带着轰鸣声冒出来，挥舞着两只手，接二连三。

“快干掉它呀！打呀！”米娜叫着，捶得乔佐后背咚咚响。

“我们该怎么办呢？”乔佐带着哭腔说道，他张口想喷吐火焰。亘慌忙抱紧乔佐的脖子。

“不行！喷火的话，街上的人也会中招！”

龙们降下高度，左右盘旋，巨翼的影子投在地面上，看得见鲜红的火焰。看见头顶上飞来飞去的龙，索列布里亚的居民惊慌地四散逃开。但是，前面等待他们的是戈列姆。

“救命啊、救命啊！”

“妈妈，你在哪里？”

因超低空飞行，亘耳中已能辨别一声声悲惨的呼喊。乔佐刚刚掠过一所三角屋顶的房子，一名年轻男子抱着烟囱求救。“乔佐，回来！”亘反射般喊道，向烟囱伸出手。年轻男子转动着恐惧的眼睛，还是松开一只抱烟囱的手，伸向亘。手指和手指在接近，再近一点点，亘的手就可以抓住年轻男子的手腕了——正当这样想时，走近来的戈列姆一下撞击，三角屋顶随即坍塌，烟囱缓缓倾侧。年轻男子目瞪口呆，抱着在空中画个半圆倒下去的烟囱，在接下来的一瞬间消失在地面的瓦砾堆里。

在轰然而起的尘土中，亘茫然地大喊："为什么、为什么、为什么！"

"旅客呀，镇静点。它们似乎是冲皇宫而去的。"

身边飞过的"七大支柱"之一向亘喊话。卡茨骑在上面，她手执拿手的黑皮鞭，叉腿站立在龙脖上。

"看仔细，亘！"

戈列姆们围成一个圆圈，围绕着索列布里亚继续着破坏性挺进。随着它们的前进，圆圈在缩小。这个圆圈的中心，是皇都索列布里亚的核心——乳白色的大宫殿。

"那是皇帝的居城，水晶宫！"卡茨一只手挡在嘴边，大声喊道，以免被火灾引起的强上升气流刮走声音，"你的朋友美鹤一边蹂躏皇都，一边攻击水晶宫！"

"戈列姆操纵者若远离它们，就控制不了。他一定就在附近。""七大支柱"说道，"我们设法拖延一下戈列姆的步伐，其间你去找出叫美鹤的旅客朋友。只要击败戈列姆的操纵者，戈列姆们就会归于泥土！"

"明、明白！"

亘模仿卡茨站在乔佐背上。很快，他就被强风吹得摇晃起来，被烟呛得直咳。基·基玛为亘作盾，米娜则紧紧抱住亘的腰。

"美鹤！美鹤，你在哪里？"

乔佐擦着瓦砾山飞，在戈列姆们的鼻尖上掠过。他咬牙控制着翅膀，避开戈列姆砸来的拳头。亘继续呼唤着美鹤。

"美鹤！"

此时，亘透过烟尘，看见步步迫近水晶宫的戈列姆圆阵的一角——

美鹤伫立在一个戈列姆的肩头！他一手按戈列姆头顶，一手持魔导杖，漆黑的法衣迎风飘飘。

“在那边！”

亘手一指，乔佐径直飞去。美鹤的身姿迅速拉近。当近在眼前时，亘毫不迟疑地从乔佐身上纵身一跃，跳到美鹤站立的戈列姆肩上。

“亘，小心！”

亘因惯性差点从戈列姆肩上栽下来时，传来了米娜担心的喊声。

亘好不容易站直了，一旁是美鹤事不关己的、近乎冷漠的目光，一如在学校走廊偶遇那次。就这样，夹着其实是块大石头的戈列姆的脑袋，戈列姆两肩上的两个旅客视线汇合了。

“你在这儿干什么？”

美鹤慢悠悠问道。多少有那么一点儿自鸣得意，不过，也多少有一点儿吃惊——对于亘追踪而来。

“那你又在这儿干什么呢。”

“你都看见了。”美鹤两手一摊，“很好玩吧？”

亘觉得双膝在哆嗦。不是恐惧，是愤怒。

“好玩？就这样？这种情况？”

“皇帝陛下的神圣的皇都索列布里亚。”美鹤拿腔拿调地说，“坚如磐石的都城也太不堪一击啦。”

身边的一个戈列姆撞垮了一所大房子。从倾倒的建筑物中，撞击使一件东西像魔术般直飞起来，掠过空中掉下。亘没有看错的话，那是一个大灶，连着一人合抱的大锅飞起来。

戈列姆们带来的破坏和它们庞大的躯体移动时的振动，几乎使人站立不稳。而美鹤竟满不在乎，拥着魔导杖，双手抱胳膊。

“这样的破坏和屠杀有何意义？得马上停止。求你了，快停止！”

“意义？说到意义，有啊。很大很大的意义。”美鹤说道。他的头发也粘了许多瓦砾中蹦出的碎石、尘埃，“因为非这样做不可，就做了。”

“为了宝玉到手？想解开常暗之镜的封印吧？”

美鹤的表情这才有了变化：“你连这个也知道？”

“假如解开常暗之镜，魔族攻进来的话，明白会发生多么严重的问题吗？就在北大陆，三百年前……”

“我知道。”美鹤打断他的话。亘张口结舌。

“你——知道？”

“噢。第一代皇帝为收拾讨厌的蛮族，打算借助魔族的力量。据说立竿见影。”

亘一下子光火：“什么立竿见影！如果没有龙族赶来，幻界可能就毁灭了！”

美鹤烟幕迷眼般地眯起眼，望一眼在戈列姆群中飞来飞去的七头火龙。

“是他们吗？你何时跟龙搭上关系的呀？”

“那无关紧要。是他们告诉我的。三百年前，解开封印只是短暂的一刻。但是，危险极了。现在你要做的，有过之而无不及啊！”

“应该是吧。”

“那是为什么？”

美鹤所乘的戈列姆，可算作司令部吧。它自身纹丝不动站着，任凭周围呼天抢地。不过，由于地面摇摇晃晃，热风劲刮，亘无法越过它的大脑袋，接近美鹤。

击倒操纵它们的魔导士，戈列姆便归于泥土。打败美鹤，这场惨剧便告结束。然而，亘拔不出勇者之剑了——握剑柄的右手抖个不停。

美鹤定定注视着亘的动静。在他身后不远处，又一座大屋倒塌下来。

“你好像还不大清醒嘛。”

美鹤说道，一副没脾气的腔调，仿佛说：如此简单的计算题都做不出来？

“在所诺港听过吧？你来幻界，是为了跟这里的人交朋友？是为保卫幻界和平而来？”

亘心中想回忆起在加萨拉与卡茨的对话。我必须说明，即便是朋友，错了就是错了。

“不，我是为改变自己的命运而来幻界的。不过，我不认为为此就能不择手段。不能那么想。”

美鹤摆出平时那个姿态——在现世的学校、神社，亘见到他时都是这副模样，双肩略缩，下巴微翘，眼望别处。

“我能。所以我干了。”

再也说不下去了……

“你错了。”

亘只能小声说出来，仿佛自己也非常可怜。也许声音被噪音掩盖，传不到美鹤耳中。

“美鹤你错了。不能干这种事。皇都索列布里亚的人也都是活人，不能由我们生杀予夺。”

美鹤猛一回头：“那是作为高地卫士的意见吗？”

在亘回答之前，美鹤轻轻踏一下戈列姆的肩头。

“这家伙是什么做的，你知道吗？”

突如其来的问题，他想问什么呢？

“是、是岩石吧？就是用魔法制造的戈列姆吧？”

“对。是我用泥土和岩石捏合制作的虚拟生命。但材料不仅是泥土和岩石。”

美鹤说，自己需要作为“素材”的人。

“每一个戈列姆都要用一个人。无论魔法多棒，这一点没办法。你以为我是怎么弄成的？这样大的数目哩。”

亘无法从美鹤脸上移开视线。他在说什么事情啊？普普通通的语气，表情像在听一堂不感兴趣的课。

亘硬是挪开视线，眺望此刻陷于烟云火海的皇都，戈列姆的数目数不胜数。这些原本都是人？把他们都变成了戈列姆？

“窥看了‘常暗之镜’，人就变成了‘虚幻’，是没有灵魂的空壳。皇帝一族不时按自己的方便，把人弄成‘虚幻’。他们强迫别人看常暗之镜，把人弄成‘虚幻’，做仆人使唤，或者在边地劳作。对政治犯和犯罪的人也如法炮制。比起在监狱收容改造，这样做更爽快嘛。”

“真的？”

“亲耳听公主说的，不会有假吧。现在，这些‘虚幻’都变成优秀的戈列姆啦。”

“水晶宫里头，有大批‘虚幻’。”美鹤补充道。

“作为制作戈列姆的素材，人是不可缺少的。可是，人有灵魂。无论多么低下的奴隶，也有灵魂。所以，原样的人实在做不了言听计从的戈列姆。太啰唆啦。可是，在这里就简单啦。那边闲逛的‘虚幻’，原本就没有灵魂，最适合作为素材。”

美鹤盯视着脸色发青、无话可说的亘，说道：“你说我在做残酷的事情。不过，制造‘虚幻’的并不是我哩，是皇帝。作为高地卫士，你怎么看？觉得难以容忍吗？如果是，这种皇帝治下的皇城，毁了它岂不是很好？索列布里亚的市民也都——不，全体北方统一帝国的国民都同样有罪。他们默许了一代代皇帝的所作所为，有时甚至给予支持。因为对他们有好处，或者因为他们要自保。这种家伙理应受到惩罚。你作为高地卫士，觉得如何？”

视线模糊，是因为烟雾。头脑混乱，是由于不停的振动。耳朵几乎听不见，是因为毁灭中的索列布里亚悲怆的哀鸣。

哪一方是对的？什么是正义？

“你说要爱惜幻界。可这个帝国并不比南大陆的联邦国家美妙。南大陆该谢我才对吧。我消除了北方侵略进攻的危险。”美鹤缩一下脖子，笑道，“皇都变成这副模样，即便造了动力船，也不是向南方挑起战火的时候吧。”

亘没等感情上做出反应，身体一歪就要扑向美鹤。

就在此时——

突然迸射出一道耀眼的白光，笼罩了地面、天空。飞来飞去的龙和戈列姆的巨大身躯变成了显眼的黑影。

亘反射般弯下腰，以手护眼。迸发的白光和产生时一样一瞬间便消失了。

“很好。”美鹤点着头。

亘抬起头。白光虽然消失了，但周围的情景似乎有了某些变化。明亮。与太阳不同的其他的光源——

是皇帝的居城水晶宫。整座雄伟的城堡，从中央尖塔到稳固的台基石，甚至延伸出去的装饰性翼廊，仿佛都用水晶雕琢而成，因内侧透射的光而熠熠生辉。

“皇都的崩塌，”美鹤仰望着光辉灿烂的水晶宫，说道，“也就是结界的消失。”

“就这么回事儿。”美鹤简单说一句，唰地挥一下魔导杖。他的身影从亘眼前消失了。

这是瞬间移动的魔法。美鹤前往水晶宫！

四十九　镜厅

“亘，这边！”

乔佐呼啸着飞向呆立的亘身边。米娜伸出两条手臂。

在美鹤消失仅隔了一瞬间的空白后，迄今起着司令部作用的戈列姆便挥动双臂加入战斗行列。亘向侧面跃出去，抓住米娜的手。戈列姆的拳头仅以毫厘之差没有击中乔佐的翅膀。乔佐一时失去平衡，但仍惊险地避开攻击，飞升起来。

“美鹤呢？”

卡茨搭乘的龙追上了乔佐。龙的身体映着逐步吞噬索列布里亚的火焰红光。卡茨的脸被烟灰弄得漆黑。

“到、到水晶宫去了……”

“追呀！可不能磨蹭啦！”

卡茨抓牢龙角，俯低身体。人龙合为一体，龙收起翼，直向着水晶宫滑翔而去。

“乔佐，可以吗？”

“看我的！”乔佐咬紧牙关，紧跟其后。但他已伤痕累累，可能是烧伤的原因吧，鳞片东掉一片西掉一片。

包围索列布里亚的戈列姆依然朝着水晶宫缩小包围圈。亘回头望去，一眼可见索列布里亚已变成壮观的瓦砾场，野火四窜，迷宫般狭小空间里，好不容易活下来的人被大火追赶着寻找躲避之处，有人蹲下不走了，有人迷失了方向不知所措。亘对周围飞翔的龙大声呼喊。

“请把皇都的人带离水晶宫，引到城墙外面去！”

“明白！”

走在前头的卡茨和龙，看上去只有亘的拳头大小了。他们如同一颗红色的陨石，向着水晶宫笔直落下去。

这时，亘感觉到“气”，似乎只能说是魔法的气息，在托利安卡魔医院、在所诺港，美鹤驱动大风魔法时的那种气流。

“卡茨女士，当心！”

在亘叫喊的瞬间，水晶宫的轮廓似被阳光包围般整个一歪，紧接着的瞬间，以宫城深处的一点为中心，升起一股巨大的龙卷风。急流般的旋风呈涡形，画着螺旋迅速膨胀，亘眼看着搭载卡茨的龙直接受到袭击，如同被扼杀般突然进入失速状态。

“危险……”

乔佐也被龙卷风外缘的风弹开。亘的声音消失在空中。他如同洗衣机里的小手帕，咕噜咕噜旋转，不辨上下左右，被甩到远远的天边。

基·基玛和米娜的喊声里，还夹杂着乔佐的惊叫。天空和地面，都像拼花般视界转换。连巨大的戈列姆，也被龙卷风刮得踉踉跄跄。倒塌的建筑物瓦砾飞舞起来，将要倒塌的建筑物被刮走。石砌的房子完完整整一栋栋飘浮到天空中，如同玩魔术，一点点地分解着，然后被刮走。也许着火的是瞭望台吧，隐约看得见内部柱子结构的巨大火球，在无奈被吹走的乔佐上方飞过，撞在城门旁的城墙上，和火花一起消失。

“抓紧！”

乔佐喊道，几乎要哭出来了。基·基玛一只手抓住米娜，一只手吊在乔佐的翼上。

“亘，加油啊！”

亘双手抱住乔佐伸出来的脚。他腰部以下在空中晃悠，往下坠落，快速逼近地面。坠落、再坠落……

就像被一只大手捞起一样，亘的视界掠过地面上升了。是乔佐恢复状态了。广阔天空，实在是危险万分，过于可怕了吧，乔佐发出狗吠般的哭声，同时吐出一团火。

“还好吗？还好吗？大家都在吗？”

“在哩，乔佐！”

一看，才知道已经被刮到城墙边上了。龙们也在龙卷风外围拼命扇着翼，亘数了一下“七大支柱”——都在。卡茨平安无事吗？在哪里？

“卡茨女士！”

喊声也被风吹散了。

“我在这里，在这里呢！”

卡茨的龙也许是伤了一只翅膀，飞得很吃力，在比亘他们还低的地方摇摇晃晃。乔佐降下高度。亘爬到龙头，在乔佐的大脑袋上探出身子，看见乔佐眼泪盈眶。

“可、可怕呀！”乔佐说道，“刚才是怎么回事？”

“是大风魔法哩。美鹤为了不让我们靠近，用龙卷风罩住水晶宫。”

亘拼命抚摸着乔佐的头。他一不留神，自己也几乎哭起来了。

乔佐好不容易保持平衡，与卡茨的龙并排飞行，这才发现卡茨也受了伤。她浑身焦黑，因右眼下方开了口子在流血，只有那里的黑灰被冲开了。

“浑蛋，那可就无法接近了！”

她紧握鞭子的手也有血迹。

“有什么办法可以对付那种魔法？”

“我的力量不行。”亘拼命喘气，“只有使用瞬间移动魔法了。试试看！”

卡茨忍痛把那只负伤的眼也瞪圆了：“有那么一招，为什么不早早使出来呢！”

“我没把握。我不像美鹤那样能控制好！我会飞向哪里，自己也不清楚。”

“就算那样也得干吧！”

卡茨说着，轻轻一跃，跳过来落到乔佐身上。

“好，走吧。”卡茨用力抓住亘的手腕。

“走——去哪里？”

“一起去啊！我抓住你，也能瞬间移动吧？”

亘回头看看基·基玛和米娜。米娜摇晃着要站起来。

“亘——”

“你们两人救助皇都的人。”亘迅速而决然地说道，不给米娜提出异议的空隙。

“美鹤由我和卡茨女士来想办法对付。所以，这边就拜托了，好吗？”

米娜的青灰色眸子里，映照着此刻染红皇都上空的火光。

“明、明白。”

“小心呀，”基·基玛成跪立姿势，“好吧，乔佐，等亘他们用魔法消失之后，我们就巡视皇都，从上空引导走投无路的人！”

乔佐伸翼振翅，应声：“噢！”

亘拔出勇者之剑。用心，集中精神，回想在加萨拉做瞬间移动时的情况。应该行得通，一定行。水晶宫，前往水晶宫。

集中三颗宝玉的力量。

亘闭目念动咒语，身体突然变轻。视野一片光明，火焰的热和风力之大，都感觉不到了。是魔法的炮弹发射向空中，上升、上升，划一条弧线飞过空中，掠过戈列姆头顶、皇都索列布里亚上空，向着水晶宫——

“啪”,返回到现实。亘飘在空中。和卡茨一道。二人飞在空中。脚底下，壮观的水晶宫在迫近。宽阔的露台，有装饰的岗楼环绕的石扶手。中央尖塔反射着亮晃晃的阳光。

就那么一瞬间，在露台各处，在通往城堡内部的拱门后，看得见倒下的骑士们。到处鲜血飞迸。为什么那种地方只扔着银白的头盔？为什么另一处又只丢下铁靴？七零八落。骑士们躯体支离破碎地死了，是死在大风魔法的利刃下……

“降落啦！”卡茨喊道。二人像石头一样掉下来。下面是一摊摊血迹的石露台。

但是，正当此时——

“别碍我事！”

美鹤的声音震响。亘的眼底一闪亮。正要着地的身体像撞在看不见的墙壁上弹开来。魔法与魔法激斗之下，围绕亘的世界扭曲，爆发了。

卡茨发出愤怒的尖叫，抓住亘的手腕！

咚一声响，二人掉下来。是落在地面上，腰部着地，脑袋晕乎乎的。

“这，这里是……”

卡茨精疲力竭地坐着，环顾四周。亘双手抱头，双目紧闭，想止住天旋地转的感觉。

稍后，亘抬头，睁开眼睛，终于明白自己落在绿地里。是哪里?

刚才的确在迫近水晶宫，虽然还有一点距离，但闪亮的尖塔和城堡，比在皇都时看得真切。可见从城堡的几个窗户里，冒出来几缕轻烟。

“这里……是庭园啊。”卡茨发出沮丧的声音。

好多个美丽的庭园围绕着水晶宫。二人降落到其中一个庭园来了。由粗俗的石基支撑的亭榭和炮台遗迹。这里是“战胜庭园”，是美鹤会见索菲公主的那个园子。亘当然不可能知道。

“好安静啊。”卡茨站起来。心烦地拭去流入右眼的血，“连一个骑士都没有。”

“都进入大风魔法里面了。”

亘想站起身，但膝盖像散掉一样。卡茨搀住了他。

“那，这里是什么事也——”

卡茨刚要说出“没有发生”，中途闭上了嘴。庭园一团糟，强风刮过的痕迹触目皆是：倾倒的树木、散落的花瓣、垮塌的栅栏。

树丛后倒着两名卫兵似的人，手脚摊开。他们身上流出的血染黑了一片砂土。

龙卷风外围的风刮过时，在城堡周围的人们被它镰刀般的利刃断送了生命。

“刚才没有看见吗？”亘问卡莈，“我们曾有一次飞近城堡的露台。仅仅一瞬间，我看见了城堡内的情况。骑士的脑袋掉在地上，到处是飞迸的血迹。在城堡内，风过的瞬间也发生了和这里一样的事情。”

美鹤要直取封印之冠，阻挡去路者——无论是骑士还是官员，毫不留情地以大风魔法之刃砍杀。

亘背向城堡，四下里眺望皇都。大风魔法扇起的巨型风圈完全包住宽广的水晶宫。烧毁索列布里亚的大火，像鲜红的极光一样摇摆着，肆虐在大风范围外。

“为什么不能直接降落在露台上呢？”

“被美鹤反推出来了。那家伙知道我搞瞬间移动，用魔法把我们弹开了。”

亘一说话，嘴角便哆嗦。卡莈脚下滴落一滴滴血。

“卡莈女士，得处理伤口。流血很厉害。”

“这点伤不算什么。”

虽然说得强硬，但血几乎已模糊了右眼。

“再试一次。还行吗？”

“你问谁？”

卡莈理一理皮鞭，扎牢腰间，然后握紧着亘的手腕。

亘闭眼。用不着太担心，以我拥有的三颗宝玉之力，飞向封印之冠——隐藏宝玉的地方。不是以我的意志，而是以宝玉的意志为引导。

“拜托了，带我去吧。”亘喃喃道，“这次看你了！”

亘和卡莈的身影从“战胜庭园”消失了。

变为无，化为光，时间停止，掠过天空——

这次下落时间很长。是头朝下还是脚朝下？两手无意识地在空中划动。

亘和卡孜茫茫然地着地了。卡孜的脚比落下的冲击慢一拍，咚地砸在亘后背上。

有两三秒工夫，二人背过气去了。清醒过来时，亘趴倒在滑溜溜的地板上。怎么回事，如此苍白、透明的地板？迪拉·鲁贝西？怎么跟那冰封的城市如此相像……

亘一惊，双臂一使劲支撑起身体，一下子看清楚了。

这是一个大圆柱围绕的厅。每一根圆柱上都有人的浮雕：头戴宝冠、身披沉重的法衣。这不是历代皇帝的像吗——亘正这样想时，看见了美鹤。

他孤零零地站在大厅中央。

这是一个四处苍白、透明的大厅。美鹤的魔导士黑袍，映照在脚下的地板、高高的天花板、圆柱间光滑的壁面上。镜子——这是放射出苍白、洁净的光的镜子。

这是一个镜厅。

“亘、亘。”

卡茨伸手搭在亘的肩头，只一瞬间突然无力地靠了一下，就努力站好了。

二人的视线被美鹤所吸引，被美鹤和他完美的侧脸所仰望的东西吸引。

常暗之镜。

常暗之镜安置在大厅北端，左右夹着两根圆柱。直径超过亘的身高，是无可挑剔的完美的圆形。镜子略为倾斜，竖立着朝向上方，镜子里是——

黑暗。

充满了黑暗。黑暗一直满溢至银白色圆边上，无声无息地煮沸着，翻滚沸腾。

轻轻一晃——美鹤跨出一步，接近常暗之镜。此时，亘注意到了：常暗之镜台座处画着小小的星形图案。图案中央是一个简单的环,带有波纹,图案上方放置着嵌有宝玉的宝冠。

是封印之冠和黑暗宝玉。

黑暗宝玉也和常暗之镜内充满黑暗一样，闪烁着漆黑之色。

美鹤抬眼望向封印之冠，又向前迈出一大步。这时，迄今躲在他身影里的人，跃入亘的眼帘。

是一个女孩子。优雅的白色长裙，编好、带着装饰的黑发。她侧坐在地上，把倒在地上的一个人的头抱在膝上。

那——不就是皇帝加玛·阿格利亚斯七世本人吗？他那带刺绣的豪华长袍，破烂不堪，手脚完全失去力气，耷拉在地上。

少女满脸泪痕。仔细看，她的长袍沾满了血。是她的血？或者是皇帝的血？

“美、美鹤先生。”

女孩子颤声喊着美鹤。但是美鹤连眼皮都不眨一下，仿佛被封印之冠和黑暗宝玉迷住了。

那少女的脸——亘觉得似曾相识。亘用因为瞬间移动而昏沉沉的脑袋思考：她像某个人，是谁呢——

“别缠着我。”美鹤说道。他虽然脸仍朝着正面,但声音是冲着亘而来。

“这可是常暗之镜。”

像回应美鹤的话一样，满溢至镜边的黑暗喧哗起来。

“而它，就是最后的宝玉、我所需要的黑暗宝玉。”

美鹤缓缓弯下腰，单膝跪下，手伸向宝冠。

“求求你,不要动它、不要！”白裙少女放声大哭,恳求道,“求求你了,不要解开常暗之镜的封印。”

少女身体一晃，皇帝的头颅从膝上滑落，发出难听的咕咚一声。纯粹一件物件而已——他已经死了。

未等亘有任何动作，卡茨已拔出鞭子扑向美鹤。她的靴子后跟一蹬地面猛跃起来。黑发飘扬，双肩后剪。

美鹤依然正眼也不望一下，只将握魔导杖的手随意向卡茨一指。仅仅这一下子，卡茨便像球一样在空中弹回，越过亘头顶飞开去。

“我叫你别捣乱。”

卡茨呻吟着。亘拔出勇者之剑，迅速射出魔法弹。美鹤一挥魔导杖，魔法弹变成了火花，火星溅向周围壁面。

“住手！”

亘举起剑冲上前去。他在光滑的地面奔跑。接下来的瞬间，他又无奈地被弹飞。他前滚翻地画了一道弧线，飞过大厅，脑袋着地摔在白裙少女身旁。

“解开常暗之镜的封印会发生什么事，用不着你现在教我我也知道。”

美鹤的视线终于落在亘身上。他的目光在笑。他嘴角扭歪的样子，之前从未见过。

“为什么？”少女抽抽搭搭地哭着说，“你为什么要这么做？”

“我是旅客呀，公主。”美鹤俯视着少女，答道，“只要这最后一颗黑暗宝玉到手,前往命运之塔的道路便敞开了。我就是为此来到‘幻界’的。你要我说几遍才满意？”

卡茨欠起身，拼命想摆开挥鞭的架势，她的视野模模糊糊，焦点时准时不准。猛摔在地板的撞击使手脚都像是分了家。亘用尽力气才用勇者之剑支撑住身体。卡茨也同样吧，过于焦急，没抓住皮鞭。她流血更严重了，满脸鲜红。

“为了改变命运？”少女脸颊上落下泪珠，问美鹤道。

“没错。”美鹤语气温和。那一刹那,他眸子里闪过对少女的一种亲情，“索菲公主，请允许我把您身边那个毫无道理地弄歪的幸福天平扶回正确的位置。”

谜语一般的话。少女哀痛的表情又增添了困惑。

这张脸——的确像某个人。我认识她。

记忆的片断降临亘触手可及之处。

“是小姑。”他情不自禁地说道，“是美鹤的小姑。她跟小姑好像好像！”

“我也只有二十三岁。我承受不了啊，这种事。”她含泪喃喃道。

美鹤目光锐利地回望亘。

太不公平的命运。飞来横祸。就为了改变它，才跋涉在幻界之中。

怎样才能制止命运？谁有制止它的权利？亘心中只有一瞬间，却是无可挽回的一瞬间，产生了莫大的动摇。

美鹤伸手去触摸封印之冠，然后轻轻捧起。那动作是从未有过的轻柔，恐怕比触摸自己魂魄时还要庄重。

“住手！”

亘的喊声在空旷的大厅里引起回声。美鹤一手持宝冠，一手握魔导杖。他终于完成旅客使命了，他猛地将魔导杖向空中一举，念动咒语。

“最后一次尽朋友之谊了。走，快逃吧！”

轰然卷起的大风，把亘等人罩住。双脚离地，身体悬空。亘拼命划动双手，紧紧抓住身边少女的白裙。

“抓牢！”

大厅一瞬间消失无踪。

五十　分手

烈火焚城、土崩瓦解的皇都索列布里亚，死者已被吞噬。少数侥幸者的行列，正从溃塌的城墙缺口，像伤口淌血一样向外流动。

皇都中央是静寂无声的水晶宫。

此刻，塔尖升起一道光柱，直指苍穹，向上，向天空，远离污浊的地面。

这就是前往命运之塔的道路，只有收集齐五颗宝玉的旅客才能踏上这条通道。

黑袍披身的美鹤冲上光柱。谁都无法妨碍他，任何人都不能阻拦他的去路。

活下来的人仰天抬头，遥望着光柱。不一会儿，冲上光柱的小小黑影像被苍天吸收一样消失了。

与此同时，风止了，龙卷风消失。拥挤在索列布里亚的戈列姆们一下子停止了动作。

极小的振动从内部撼动戈列姆们。驱动它们的美鹤的魔力开关关闭了。它们在自己搅起的漫天尘土中沉默了。

戈列姆们开始重返泥土，它们像海浪冲刷堆沙之城般瓦解，有的从头上开始，有的从肩头开始，有的从腹部开始，泥土的流动眼看着越来越厉害，逐步吞噬掉戈列姆。

它们单膝跪地，脑袋在肩头上溃散。拳头消失了。无声息地瓦解，混于瓦砾中，踪迹全无。

当戈列姆们消失，在它们待的地方只留下了泥土和岩石碎片的小山时，除了火焰仍执拗地舔噬着皇都的废墟，没有活动的东西了。曾经熊熊燃烧的烈焰，也渐渐丧失了力气，变成一截红红的舌头，带着饥饿一摇一摆地爬动着，探寻何处有可供吞噬之物。

一场破坏盛宴之后的空虚——

但是，人们不久便感觉到脚下开始震动。类似脚步声的轰鸣自地底如波浪般气势汹汹地迫近。

水晶宫又一次放射出名副其实的、硬质的光芒。

光芒一消失，城堡的形状开始变化。四角突出的屋顶垮塌。正门的拱形歪斜。尖塔倾侧。露台扭曲。

人们怀疑起自己的眼睛。原以为再置身何种险景都已不足为奇。冲击超过了接受的极限。沉默的人群，心灵麻木得身边失去至亲都仿佛是遥远的事了，现在却被眼前呈现的光景震撼。

水晶宫在瓦解。并不仅仅是坍塌瓦解。在它的内部——城堡深处，知情者明白那是皇帝宝座所在的房子——以那一点为中心，正在收缩。乳白色的巨石之城，被收叠起来，被吸收掉。无数的窗户，是无声惨叫的嘴巴。水晶宫被吞噬。

仅仅数十秒钟，水晶宫从地面消失无踪。

取而代之——从刚才城堡被吸收的中心点，冒起一股浓黑色的烟雾。烟雾像微小的鸟群蠢动着扩大，眼看着笼罩了原先水晶宫所占的空间。

黑雾的天空中，出现一对漆黑的翼。翼缓缓扑动，浮起，将地面沉睡的某个东西带往上空……

是常暗之镜。

出现在天空中的常暗之镜，看起来如同并悬着的另一个太阳。它与仍斜照着废墟的太阳相反，是一个充满黑暗的、异样的太阳，其中孕育着无限的黑暗。

常暗之镜的表面喧哗着，仿佛从漫长的封印中解放出来，不胜惊喜。

同时，它开始倾泻出黑色的洪流。

此时，在鲁鲁德国营天文台的研究室里，帕克桑博士挂着夹鼻眼睛，目光落在一本厚书上。他孤零零地坐在他习惯的木头靴子上，在周围埋头工作的弟子们的说话声中，小手中的羽毛管笔飞快蠕动着，正要解读意味深长的一段话。

突然，像被人敲了一下似的，博士抬起了视线。他一下子脸色煞白。

“怎么啦，博士？”罗美察觉到了，问老师。

帕克桑博士张口结舌，目光游移着望向窗外。

“不、不行。”博士喃喃道。未等罗美抱住他，他已从木靴子上滚落下来。

空中飞人马戏团滞留在加萨拉，他们是在舒丁格骑士团的戒严令下来到这里的，此刻正为傍晚的公演忙碌着。在吉尔首长被捕、警备所失去控制的加萨拉，不但进出受到限制，连在镇上走动也受限制。人们都垂头丧气、忐忑不安。卜卜荷团长打算利用有限的时间和材料，尽量表演开心的节目，为加萨拉的人们鼓鼓劲。

团长正在指导帕克等人练特技，一名团员慌慌张张地来找他。

“老婆婆说，请团长马上过去。”

团长感到诧异，匆匆前往老婆婆的帐篷。团长撩起垂帘探头一看，见老婆婆坐在占卦的水晶球前，眯缝着双眼。

“老婆婆，怎么啦？”团长这一问，老婆婆睁开眼睛。

“封印已被解开了。”老婆婆的瞳仁里，映照着水晶的微光。她的声音带着颤抖，“那是常暗之镜啊。噢噢，魔族来了！”

与此同时，在龙岛上，龙王从洞窟的裂缝仰望着针雾笼罩的天空。他看见了任何人都看不见的印记。

恐惧和决心的震撼掠过龙王老迈的躯体。

“你们大家。”

龙王缓缓站起身。

“封印被解开了。常暗之镜出现在地面上。战斗的时刻到了。现在来祈祷女神保佑我们的钢翼、保卫幻界吧！”

龙们愤怒、叹息、义无反顾的咆哮从岛上轰然迸发，隔海连针雾也被震撼。

这是——在哪里？

脸颊紧贴着地面。尘土的气味。

亘睁开眼睛。平坦的地面，摆在眼前、沾满泥土的两只手。不过，右手还紧握着勇者之剑。

用肘部支撑着，抬起头。身边躺着那位白裙少女。她像摔坏的人偶似的趴着，一只靴子掉了，裙子脏得面目全非，像亘一样一身尘土。

他们被美鹤从水晶宫的镜厅弹开了。亘尝试跪立起来。视线打着转，他腿一软跌坐地上。亘晃一晃脑袋，再次跪立起来。

索列布里亚的城墙隐约可见。被弹飞至如此远的地方，实在难以置信。环顾周围，是零散的树林。草原上植被干枯、暴露出地面，处处是突出来的岩石。

寒冷。北大陆的风扑面而来。但这是自然风。

水晶宫怎么样了？美鹤怎么样了？在我昏迷期间，发生了什么事？

看不见卡茨的身影。她被弹飞到哪里去了？

白裙少女痛苦地呻吟起来，手脚动了一下。亘拐着脚跑过去，扶起她。

“挺住啊。还好吗？”

少女茫然地睁开眼睛，费了老大的劲儿，目光才聚焦在亘的脸上。

“这、这是哪里？”

“是在索列布里亚附近。不过，是在没有路的树林和草丛中间。”

美鹤在最后一刻喊道：“逃命吧！”那是怎么回事？

“常暗之镜……”

亘向皇都索列布里亚方向一望，倒吸一口凉气。那些黑雾是什么？哄哄然蠢动着，聚集在索列布里亚上空。

龙们还在索列布里亚上空飞来飞去。他们在与黑雾搏斗——被黑雾缠身，眼看着一头龙抵敌不住地掉在地面上。

亘不顾一切地向索列布里亚冲去，他将勇者之剑对准天空发射魔法弹。

“乔佐、乔佐！你在哪里？”

连发数弹之后，低空处出现了一个鲜红的点。是乔佐，正向这边飞来，疾速而来。在他身后，一团黑雾紧追不舍。

“乔佐！我在这里！”

亘挥舞双手边跑边喊，但紧接着的瞬间，他愕然地停下了脚步。随着乔佐接近，追逐他的雾团呈现出面目。

是翼。它们长着漆黑的翼，多不胜数！一个个大如成年人、手脚长着尖利的勾爪，骨瘦如柴的躯体，全身无一不是漆黑。

这些家伙就是魔族吗？

“亘！”

乔佐直飞过来，降至贴着地面的高度。

“上来、上来、快上来！”

亘在要撞上乔佐翅膀的前一刻，向乔佐身上一个鱼跃，触到乔佐的同时，抱紧了翼根。猛烈的冲劲让乔佐身体摇晃起来，龙脚差一点触地。

“把她、把她也带上！”

白裙少女仍精疲力竭地坐在原处。亘探出身子，当乔佐擦着她飞过时，双手把她抱起。

少女的上半身靠在乔佐背上。此时，追上来的一头魔族伸出丑陋的手抓住了少女一只脚，向前倾倒的亘与魔族打了个照面。

是骸骨。黑透骨髓的骸骨。嘿嘿笑着的骷髅头，该有眼睛处空着两个洞，该有嘴唇处爆突出异样煞白的两排牙齿。手指与其说是皮包骨，简直就是骨头本身。骸骨一边扑翼，一边发出金属刮擦的尖声。被抓住脚的少女被猛一拉，回头望去，这才发现了魔族，发出惨叫。亘一只手拉着她，拧着身子举起勇者之剑，照准魔族脏兮兮的肋骨处捅下去。

魔族发出呕吐似的沙哑声，放开了少女的脚。亘把少女拉到乔佐背上，对仍要紧追不放的魔族再砍一剑。

“乔佐，上升！甩开它们！”

乔佐猛地爬升。他的尾巴在伤心沼泽被亘削去了，长度有点儿不三不四，此刻被两头魔族咬住不放。亘挥舞勇者之剑将其斩落，然后向后面的魔族群发射魔法弹。光弹一命中，魔族们哇哇怪叫着炸了群。拉开了一点距离。

“乔佐，喷火！”

乔佐一张翼，扭头向着魔族群，喝一声：“亘趴下！”

烈焰奔流着从亘侧脸窜过，被直接击中的魔族成了火球，带着一股烟坠落。大群魔族畏缩着退开去。

“乔佐，大伙儿在哪里？”

“米娜、基·基玛和头领们在一起。”乔佐狂喘着，“我累坏了，要摔下去了。亘，该怎么办呀？”

“七大支柱”仍在索列布里亚上空。刚才眼看着一头龙掉下来了，是怎么回事？

乔佐精疲力竭，身上各处流血，眼中含着泪水，飞得也不平稳，时高时低。

白裙少女因过于恐惧而全身僵硬，只有嘴角在哆嗦，发不出声音。

“乔佐，带上这女孩到那片林子里去！”亘指向右前方一片葱郁的树林，“降落在树林里，可以避开魔族。在我和大伙儿汇合之前，你们在那里别动，好吗？”

乔佐泪水扑簌簌而下。“噢、噢。亘，对不起，你要怎么办？”

“我没事。好，快躲起来。”

亘再次向勇者之剑祈求：到米娜处，将我带到搭乘米娜的火龙背上！

瞬间移动成功了。亘一回过神，自己落在“七大支柱”之一的龙背上，这头龙头顶戴了一顶类似鸡冠的帽子。米娜紧抱着这头龙的脖梗子，发觉亘回来了，一跃而起扑了过来。

“米娜，受伤了吗？”

“没有，我没事！”

米娜脸色发青地笑着。

“看那里，亘，快看！”

亘望过去，只见有一对巨翼的常暗之镜飘在空中。从镜里涌出黑色的魔族军团，永不枯竭的罪恶之泉。恶魔军团覆盖了索列布里亚的上空，向东南西北飞去。

飞向整个幻界。

搭载亘等人的火龙族长勇敢地尝试冲击常暗之镜。他喷吐烈焰，猛力振翅，击落冲上来的魔族。但是魔族多得数不胜数。

“这样赢不了。接近不了常暗之镜！”

“但是——必须给它狠狠一击！”

龙族长一甩强韧的长脖子，把扑上来的魔族抖落。

“先躲开吧。寡不敌众。保护下面的人不要被魔族伤害，叫他们逃进树林里去。我们也躲进森林！”

“真遗憾！”

龙族长龇牙咧嘴怒吼着，不断地吐出大火球逼退魔族们，然后改变了飞行方向。亘站在他背上，用尽力气喊道：

“大家往森林跑！快撤退！这样下去都完蛋！”

“亘！”

靠近来的龙的背上站着基·基玛，他抡着大斧，哑着嗓子大声应道。来到这里第一次听见他如此无精打采的声音。基·基玛身后，搭载着几个受了伤的索列布里亚人。基·基玛挺身保护着瑟缩的伤员，斩落死缠不放、飞扑上来的魔族，嘴里头恶狠狠地骂道：

“你们这些废物！就这样收拾你们！这样、这样、就这样！”

“哎呀！”一声哀嚎，一头魔族被从头劈成两半，但仔细一看，基·基玛的肩头和上臂都伤痕斑斑。

“去森林！快到树林里去！”

“明白！”

满眼无尽的魔族飞来飞去，遮天蔽日。亘边飞边呼喊着卡茨的名字。一头又一头撤出来的龙背上，看不见她的身影。

亘焦虑万分地扫视着，担心自己看不到她。镇定、要镇定！亘用魔法弹击退扑上来的魔族，米娜给龙指示方向。

嘿，前方瓦砾沟中，看见了卡茨挥鞭的身影。她在掩护索列布里亚的人。一个倒下了，另一个蹲着，都是孩子！

“卡茨女士，我们来了！”

龙一边滑翔前去，一边由亘发射魔法弹助阵。卡茨冲上瓦砾堆，一边跃下一边挥鞭狂抽。由四面八方涌来的魔族遇上卡茨的鞭子，纷纷头破翼折。

龙低空悬停，亘一跃跳到卡茨身旁。米娜敏捷地将尾巴绕紧龙翼，倒悬着身子伸出双手抱起一个孩子，一骨碌返身将孩子送到龙身上。接着又一个。

“孩子没事了，拉上来啦。”

听了米娜的话，亘回头对卡茨说：“卡茨女士快走！”

“我把这一片收拾掉再说！”

卡茨唰地平抡皮鞭，将面前的魔族扫倒在地。她的右眼已完全血肉模糊，而且左手也不行了，几乎动不了。可能被美鹤施魔法从镜厅弹飞时受了重伤。

“交给我！您快登上龙背！”

亘揪住卡茨马甲后背猛一拉。

“干什么！”

“快上龙背！”

亘用勇者之剑对付龇牙咧嘴扑上来的魔族。龙族长喷出烈焰，逼退面前的魔族群。

卡波为攀上龙背，把鞭柄衔在嘴里。左手用不了，她用一只手拉起身体。亘驱开魔族的同时，全身冷汗淋漓。

“挺住，卡茨女士！抓紧！”

米娜拉住卡茨的手。此时，米娜身后的孩子们发出了惊叫。两头魔族从死角偷爬上龙背，露出脸来。

“米娜，看身后！”

卡茨大叫一声，皮鞭从嘴边掉下。她已来不及捡起，一跃而上龙背，徒手扑向魔族。一头魔族被她踢翻，滚下龙背；另一头扭成一团。魔族被卡茨推开，但仍龇牙咧嘴，利用一瞬间的空子，咬住了她的脖子。鲜红鲜红的血噗地喷出。

“混账，竟敢胡来！”

卡茨大怒，右手掐住魔族的脖子。米娜也猛踢魔族，用爪子狠抓它的脸。卡茨失去平衡仰倒，魔族更是把身体压上去。

“色鬼！”

卡茨大喝一声，凭一只右手拧断了魔族的脖子，把骷髅头揪在手里。无头的魔族躯体从龙身上滑落地下。亘向逼近龙周围的魔族群连发魔法弹，然后一跃跳上龙背。

“好了，起飞！”

龙腾空而起。米娜搂紧两个哭叫的孩子。亘爬近仰倒着的卡茨身旁。

卡茨仍抓着揪下的魔族脑袋。她把那骷髅提到面前看一眼，“呸”地骂一句“瞧你那邋遢相”扬手甩了出去。

“敢吻我的脖子，真是不知天高地厚。”

卡茨脖子上的伤口很深，血流如注。亘脱下外套，团起来按住伤口。

沾满尘土、烟屑、汗水的外套被鲜血浸染变色。与此同时，卡茨的脸颊变得苍白。

“没事，别那副表情。”

卡茨说着，笑了一下。她带着无所畏惧的笑容，一下子失去了知觉。

“七大支柱”已变成了五头龙。乔佐侧躺着，睡着了，呼吸颇为不易的样子。

亘等人避入的这片树林里，也有索列布里亚的人在藏身。救回了多少人呢——只能数出二三十人而已。其他地方也有逃出来的人吧。

拥有百万人口的要塞城市，半日间成了这个样子。

无人身上不带伤。既有连坐也不易的人，也有茫然望天、谁搭话都不理的人。一些孩子在哄其他哭着的孩子。

即便要处理一下伤口也没有药。龙们浑身创伤，只好舔伤口止血。他们伏地放松脖子和双翼，闭目休息。

黄昏已过，夜幕降临。只有细如丝线的月牙是光源。树林里笼罩着深海般的宁静和令人动作迟钝的、水压般沉重的哀伤。

北大陆的针叶树在寒气中紧挨着并肩而立，披一身深绿色的尖叶子。只从上空俯视的话，与南大陆丰饶的森林景色相比，北大陆的树林缺少色彩和趣味，显得冷漠疏远。但是，此时此刻枝枝杈杈的树林，却给人尽展双臂，庇护众人的感觉。仿佛寒冷之国的沉默哨兵，以其怀抱掩藏起逃难而来的人们，若无其事地、沉静地面对天空。

魔族振翅飞过树林上空的声音时而传来，但那是零散的，它们的进攻似已终止。那些异形怪物们在黑夜里不便行动吗？它们需要休息吗？或者，它们隐身于黑暗中，窥测着行动时机吗？

“休息好，恢复力气之后，暂时返回龙岛吧。”

龙族长向亘建议道。

“封印被解开时，龙王一定已察觉，做好了战斗准备。也许已有伙伴向这边出发了。”

“总而言之，目前寡不敌众，不能成事啊。”

米娜和基·基玛到伤员中跑了一圈。返回来的米娜说，当中有人对地形比较了解。

“他说附近有水源。穿过树林往西的话，有一座岩山，隐藏在那里的洞窟，应该比这里更为安全。可以设法让大伙儿黎明前转到那里去吗？”

若要移动，且不说理由，时机上以此时为宜——魔族已沉静下来。说不定这是树林里的人活下来的唯一机会。

“对呀。把这里的人平安送到洞窟里后，我们也返回龙岛，还得回南大陆。必须尽早报告消息，让大家做好迎击魔族的准备啊。”

亘对基·基玛的话表示同意。不过，他心里怀疑是否来得及。算了，管他呢。即便来得及，又将如何？即便集中整个南大陆的高地卫士，集中所有舒丁格骑士团，就可以跟魔族一决胜负吗？

一切都完了——这句话在口腔里震荡。没能守住常暗之镜的封印，失败了。

一切都结束了吧。亘背倚树干，感觉绝望从内部渗透全身。

丢下一切,逃吧。真想挖个地洞藏起来。无论怎么做,都已经没时间了。

输给美鹤了，这回是决定性的失败。

“哎——”

有人小心翼翼地打招呼。亘一抬头，见是一位小个子老人看着他。老人衣衫褴褛，头发烧糊了。

“有什么事吗？”

“那边的、你的伙伴——”

老人回头望望另一边的草丛。卡茨躺在树下杂草上。

“她说请您过去。”

亘手扶树干，挣扎着站起来。他身体晃了一下，老人扶了他一把。

“谢、谢谢。”

“哪里哪里。你能走吗？”

亘自己也身负无数小伤。左脚踝一跳一跳地疼，是扭伤了吧。

老人压低声音说：“我虽然不是医生，但年轻时曾在帝国军队任卫生兵，大致能明白伤员的情况。”

亘望着老人。

“你的伙伴情况不好。照此下去，大概……”

亘不禁拉住老人的手，停住脚步。老人无言，轻轻拍着亘的手背，安慰他。

“想想办法吧，我很想救活她呀。”

“伤太重了，出血过多。无法可想啊。她本人似乎也察觉了。”

所以才叫亘过去？

只要可能，都不想面对这一幕。不想知道。亘本已拖着腿，步履迟缓。

即便如此，一步一步地，卡茨躺在杂草上的身影呈现在眼前。

她身上盖着一件不知谁人的衬衣。伤口处扎着撕开衣服做的绷带。身边有一位老妇人看护着她。

“这是内人。”老人说道，“全靠你们，我们俩才能逃到这里来。”

卡茨的脸色比月亮还要苍白。亘轻轻凑近来，拉起她的手。她的手比树林里的露水还要冰凉。

卡茨睁着双眼。她眼珠子一动，看着亘。仅此就几乎让亘哭出来。

“你，没事吧？”是卡茨一向的口吻，但有气无力。

“噢，我还行。”亘说着，挤出笨拙的笑容。

“你也是呀。虽然受了伤，不过会好的。”

“呵呵。”卡茨被逗乐似的笑了，“这个嘛……这回倒像是不行了，我自己明白。”

淡淡的语气。不仅仅是身体衰弱，她很平静。她永远是——即便是一动不动之时，即便只是坐在警备所的椅子上，她都是热血奔腾的。她本应是那样的人啊。此刻她沉静了。

“别说泄气的话呀。”

亘有意岔开她的话头。

“休息一晚就有精神了。我们返回龙岛，料理好伤口。明白？忍耐一下而已。”

卡茨挣开亘握住她手指的手，抬起手，抚着亘的脸。

“抱歉啦。”她和蔼地喃喃道。

“我说了那么勉强你的话，把你带到这种地方。可是，却成不了任何事。”

“不是你的错。”

亘无法抑制声音的哆嗦，眼底发热。

“事到如今，先离去的我……看来没有资格请你原谅了……”

“你别说这样的话！”

卡茨微笑着，望着亘，缓缓地抚摸着他的脸颊。

听见踏草而来的脚步声，亘以为是米娜，扭头一看，是那位白裙少女。她双手抱肩站在一旁。

“皇帝，死了吧？”卡茨声音沙哑。

“噢。”

皇帝倒在美鹤身边，在常暗之镜的镜厅。的确已经死了。

白裙少女在亘身后低着头。

“可是，我的计划……不能说是成功了。而且丢了皮鞭。”

卡茨的手指触摸着亘的脸。那种柔滑的触感。她的手是如此温柔、如此漂亮，原先竟一无所知。

“说不定，我也许犯了天大的……错误。不单是这一次。一直、一直、好多次。”

亘想说“不是的”，但没有开口。她不是对亘说话。她是对心中的另一个人说话。她望着远方，心思已经回到了南大陆。也许她耳畔听见了令人怀念的、加萨拉镇的喧哗。

“卡莎女士是我的警备所长官。”亘说着，把自己的手按在卡莎手上，“她是杰出的高地卫士。她恪尽职守，一直都是幻界的护法卫士。”

卡莎微笑道：“谢谢。”

她的瞳仁里映着亘的面容。

“亘，你要想方设法……活下去，不能死。”

亘点点头，眼泪夺眶而出。

“因为，你的旅途还没有结束。”

“不能放弃！”卡莎说道。话尾已近于喘息声，几乎听不见了。

刚才的老人和护理卡莎的老妇人并排跪地，静静地弯着腰。

“我们夫妇是你们救助的索列布里亚人。你听得见吗？”

卡莎微微动了一下头，将视线转向他们的脸。

“你将被女神召唤，至再次投生时，将成为照耀幻界的光。”

卡莎闭上眼睛，做一次深呼吸之后，用沙哑的声音喃喃道：“噢，我已经准备好了。”

“在离开地面之前，你想做赎罪的祈祷吗？如果需要，我们想协助你。”

卡莎点头。她嘴唇嚅动，似乎是说“拜托了”，但没有变成声音。

老人托起卡莎的一只手，然后自己一手按胸口。老妇人也一样一只手按在胸口，空着的另一只手抚慰似的放在卡莎额头。

“我们，神赐之子，此刻将远离尘土，重归于神。”

平静的祈祷之声从老人口中汩汩而出。

“我先祖根源之清净之光啊，引领她吧。照亮这位上路者晦暗不明的脚下吧。迎接她去除污秽、洁净无瑕之魂到上天吧。”

老妇人抚好卡莎的乱发。

“孩子啊、地上之子啊，你忏悔曾经违逆神的意志吗？”

卡莎闭着双眼，下颌一动，微微点头。

“你忏悔与人争执口角、为虚伪愚昧心动、屡犯人子之罪吗？”

卡莎再次点头。

“你忏悔听信谎言、屈从己欲、不能面对神赐之人子荣光吗？”

第三次——卡莎点了头。老人也予以回应，鼓励地用力点头。

“你已深深忏悔，在此赦免地上的你的罪。安心吧，人子啊。永恒的光与平和将围绕蒙召的你。维斯纳·埃斯达·荷里西亚。人子寿命有限，而生命永恒。”

从卡莎眼中淌下一串泪水，流到眼角，落入黑发之中。

在亘手中，那只曾抚摸亘脸颊的、卡莎的手一下子失去了气力。

卡莎咽了气。她脸上带着浅浅的笑意，虽伤痕斑斑仍如睡眠般安详。

老人的眼泪湿润了。老妇人哭着，一直轻柔地抚着卡莎的额头。亘也跟着他们的祈祷声，喃喃道：

晚安，人子啊。晚安。

五十一　旅客之路

不想看别人的眼泪，也不想被人看见自己流泪。亘独自步行到树林的出口，在树丛后面躲过月牙的目光，放声大哭了一小会儿。

心如刚洗完的湿衣衫，虽然两手拼命要绞干，但泪水总是汩汩而出。好沉重好难受，几乎难以支持，却无法中途放弃。

究竟悲从何来？

和离家出走的父亲在公园里再见面时，确实很伤心。妈妈和那个叫理香子的女人吵架、自己逃离现场、藏到床底时，非常悲痛。之后，"路"伯伯找来了，他想要安慰自己，却大哭起来，当时伤痛得以为如此悲伤再也不会有了。

对。自己是因为已经讨厌了悲伤，要改变命运，才来到了幻界。可在这个幻界，令人心碎的伤痛，此刻是这样让自己放声哭泣。

既然如此，当初什么都不干不更好吗？在现世默默忍受，结果是一样的吗？无论到哪里，悲伤都随之而来。无论经过多少时间，悲伤都不消失。心只有一颗，与生俱来，既不能替换，也无从修理。说不上来自何方，补充的只是悲伤而已吧？它们都储存在心中的某个角落吧。

亘哭了一阵，呼吸困难起来。他两手环抱着树干，把脸贴在粗糙的树皮上，静待呼吸平复。

我的命运。

尝试改变，又遇到新的悲伤。如果要改变它，前面又有什么等待着自己呢？

该改变的、该改变的，是我的、我的……

究竟是什么？

在这要被魔族荡平的幻界一角，我该怎么办？

轻轻的脚步声踏草而来。亘抬起头，慌忙用手背擦拭眼睛。

是米娜。她也脸带泪痕。

“你在这里呀。”

大概怕一出声又因此而抽噎起来吧。米娜只是小声招呼道，仿佛是在叹息中加一点发音而已。

“噢。”

“我也……也向卡莰女士告别了。”

米娜的眸子是黑夜森林的颜色，亘心想，此刻我的眼睛一定也是同样的颜色吧。我们失去卡莰的伤痛、一切以失败告终的败北感，森林都帮我们掩饰了，让我们在彼此眼中看不出来。

“大家呢？”

“在休息呢。”

“那就好了。”

亘突然想借故离开。

“在送索列布里亚的人到洞窟之前，我去侦察一下。也许还有幸存的人，把他们撇下太可怜了。”

米娜摇头：“没有其他人了。”

“可是，得确认才行啊。”

“你说去侦察，到哪里为止？返回皇都太危险了。”

“我会很小心……”

话未说完，基·基玛庞大的影子悄然出现在米娜背后。他一张冻僵的脸尽显疲态。蜥蜴般的水人族皮肤上，看得见类似皱纹的东西，他本不该有的。

亘心想，卡茨的热情永远给予我们鼓励。能做到这一点的人绝无仅有。没有人能够取代她。

但是，基·基玛有话说。

“你们在说侦察？那，我也去。”

耳朵好尖。亘吁了一口气。

“我想回到皇都城门一带看看。也许有走不动的人。”

“那倒是。”

基·基玛伸手握住背上的大斧柄，卸下大斧。他瞥一眼米娜，说道：“我们是高地卫士，即便在北大陆，我们的任务也没有改变。”

米娜垂着头。

基·基玛又说：“要是卡茨，肯定会这么干。她会说，去看看有没有人来不及逃出。所以，我……”

霎时间米娜泪水盈眶。基·基玛把他的大手掌放在她肩头。

“你怎么样？留在这里警戒，也是不错的。”

“我们一起去。”米娜毅然昂起头，说道。与此同时，几滴泪水滚下她脸颊，晶亮晶亮。

“好吧，我们小心出发。虽然现在很安静，但魔族有翼，不清楚它们会从哪边警戒，我们得挑黑暗处走，低下头。”

“基·基玛目标最明显，个头太大。”

“我知道、我知道。”

月牙微弱的光，在亘三人观察周围时露头，在三人藏身灌木或草丛时闪入云后，一片晦暗，似乎是有意为之。仿佛说，虽然帮不上忙，至少站在你们一边。

皇都崩塌的城墙，似变成了一排巨石海浪，划出一条弯曲的线。崩塌造成了奇特的再生。亘以爬动的速度接近城墙，看着这个情景，他甚至觉得，皇都一开头就是以这副模样设计的。

“看不见常暗之镜。”

米娜眯着眼睛，喃喃道。

“它应该是飘浮在那片天空——原先水晶宫所在之处。”

的确如米娜说的。也许连月牙也不愿意照出那种晦气东西。

“隐藏在黑暗之中吧？”

四周飘荡着焦糊味。火熄灭了，夜风中感觉不到热气。只是冷飕飕的，夹杂着令人恶心的恶臭。

恶臭的原因之一，是尸臭吧。瓦砾山之下，火灾的废墟之下，有多少遗骸呢？

美鹤一人便夺去了数不清的人的生命。他明知会这样，却一意孤行，不择手段。

哗啦哗啦，脚下的枯草发出声响。

“因为被美鹤弹飞而昏倒，所以我没有看见。”

亘突然说出这么一句话。基·基玛和米娜止住脚步。

“没有看见什么？”

“刚才听索列布里亚的人说了，在常暗之镜现身之前，从水晶宫的中央尖塔，笔直地向天上升起一道光柱，说是看起来像柱子，有一个小小的人影冲上去了。”

米娜逃避般背转身，望向树林。已经走出好远了。草丛和灌木，在夜风下摇曳。

“那——你们俩看见了吗？”

基·基玛迈出步子，在亘前头观察了周围之后，答道：

“我看见了。”

“噢，是这样。”

“看上去的确就像升天了。”

基·基玛说完，像要甩掉什么东西似的挥一挥斧子。

“虽然是这样，还是不知道美鹤是否已顺利抵达命运之塔。要我是女神，就拒绝这种家伙。教训他：把幻界弄成这样，就为了一己之愿？”

这句话激起了亘的记忆片段。萨卡瓦乡下的长老说过，未必跑得快的人，便先抵达命运之塔。

此时此地回想起来，也许只是徒然的安慰而已。

亘抬头眺望夜空。网一样透明的薄云，在月牙前缓缓流过。

然后，那红红的闪亮的北方凶星，它还在那里，没有消失。哈涅拉没有结束，因为人柱尚未确定。

事到如今，那是更为残酷的拖延。

突然，米娜压低声音喊起来：

“是谁？在那边的是谁？”

亘和基·基玛都摆好架势，回头望去。亘拔出勇者之剑。

在三人身后，离基·基玛不到十步之处，长着一棵寒酸、扭曲的树。树的阴影里露出了瑟缩的白色裙裾。

“是那女孩。”亘用手按住基·基玛，向白裙喊道，“你在干什么？”

少女露出惊慌的面孔，她双手掩口蹲在那里。亘跑到她身边。

“为什么离开树林跟着我们？”

“你、你们是去皇都吧？”

少女浑身哆嗦着。她一身连衣裙，抵挡不住寒冷。牙齿在咯咯发抖。

“带上我吧。也许——城里有幸存的人。”

亘犹豫了一瞬间之后，脱下自己的上衣递给少女。要给她披上的话，她比亘高太多了。

“我们先到城墙附近看看而已。如果没有可能进入城里，就只能放弃。”

“就那样也好。”

少女一边哆嗦着，一边把亘的上衣披在肩上。虽有绅士之风，但只剩一件衬衣的亘这下子却有冻僵之虞。

“在树林里听大家说了吗？水晶宫已消失了，被常暗之镜吞没了。城堡里的人不可能幸存了吧。”

少女发青的脸颊因寒冷、恐惧和孤独而起了鸡皮疙瘩。不过，当亘返回基·基玛和米娜中间时，她也跟着迈步。

四个人的小队，米娜走在最后。她一直注视着白裙少女，米娜边走边从后搭话。

“你，是城堡里的人？”

少女有点畏缩，没有答话。

“好昂贵的裙子。你是贵族？”

还是沉默。也许感觉到米娜的问题尖酸带刺吧。

“是身份高贵的人吧，不能说？皇都一塌糊涂时，皇帝的军队怎么了？此刻在哪里？不打算保卫人民？”

未等亘来调停，基·基玛插话道：“戈列姆肆虐时，我看见城堡里出来几队骑士哩。不过，一点也抗衡不了，马上被粉碎了。即使有剩下守城的部队，在常暗之镜出现时，也都……”

米娜紧逼不放。

“那么，其他军队呢？北方皇帝直属的西格德拉呢？在哪里？在干什么？你知道吗？”

由在镜厅所见的情景，亘已察觉少女的身份。这个人大概是皇帝加玛·阿格利亚斯七世的女儿，称公主比较准确吧。

而且，她长着与美鹤在现世的、不幸的年轻小姑一模一样的面孔。

正如亘遭遇了与爸爸和理香子长得一模一样的人，美鹤也邂逅了自己现世亲人的分身。美鹤离去时给公主丢下的话，亘还是不解其意。倾斜得太过分的幸福天平？这是什么意思？亘在伤心沼泽遇见了婚外情男女，他们以相同理由做出了与现世爸爸和理香子做的事，不过，不存在哪一方幸福或不幸的事。美鹤在美鹤的幻界见到了什么人？听说了什么？是如何考虑的呢？

“西格德拉不是军队。”公主终于回答了，声音有气无力，“所以，在这种时候……”

“——不起作用？哼。”

米娜怏怏地插嘴，嗤之以鼻。

公主嘴唇发抖，缩着身子，像要躲进基·基玛身影里似的。

“守城的近卫骑士团如果像这位先生所说，应该是早早被全歼了。亚扎将军率领的帝国军精锐部队不凑巧离开了索列布里亚。也许此刻正急驰增援这里。但若在途中遭遇魔族，一定会展开战斗……”

“你想说，他们会为保卫人民开战？”米娜语带刻薄，“等索列布里亚毁灭才开战？等皇帝死了才开战？今后，谁来管治统一帝国？谁给帝国军队下命令？”

以血统而言，这位公主理应继承这个位置。

“别说了，米娜。”

基·基玛委婉地劝道。

“我明白你的心情。不过，现在算了吧。”

“什么算了？我只是提问题而已。”

“我是说，就别问了。你大声说话，要惊动魔族啦。”

城墙残骸呈现在眼前。它挡在前方，妨碍了视线。有城门的地方应更靠东面——因为连着大路，所以马上就能明白了吧。但是，他们不想贸然出现在类似大道的开阔之地。

“不好攀爬过去吧。我们沿城墙走一阵，找找能进去的地方。”

这回是基·基玛断后，亘走在最前头，公主紧跟在亘身后。也许因为这一点，从米娜身上对她发出的敌意，连夜间的寒风都被驱逐，直达至亘那里。

“刚才……为卡茨女士祈祷的那对夫妇。”

米娜开口道。基·基玛和亘正从瓦砾隙间窥探、倾听，寻找人的动静，米娜却似乎忘记了自己的任务。那张苦思冥想的小脸盯紧了公主苗条的背影。

“说是约十年前，儿子们带着孙子逃亡到南方去了。而他们夫妇也一直在寻找南逃的机会。因此我明白了，那祈祷词是女神祈祷的一段。因为并非北方老神教信徒念诵的，所以自己曾觉得奇怪。”

“跟我家一样。”米娜的声音一下子低了很多。

“生活在统一帝国的人们，即便有幸住在皇都索列布里亚，也是很艰难的。春风得意的，只是皇帝一族和向他们献媚的人。国民都在受苦。这次还雪上加霜，连常暗之镜的封印都解开了，不但北大陆，连整个幻界也处在危急中。这破皇帝，真是不顶用！事到如今，自己逃之夭夭，藏起来了吧？”

公主忍无可忍地回头对米娜说：“父亲死了！”

“父亲？”基·基玛瞠目结舌，“那么，你就是……”

“我是加玛·阿格利亚斯七世的女儿索菲。”

少女哆嗦着，仍毅然正面对着基·基玛和米娜，看着他们二人。

“我是皇位继承人。此刻父亲亡故了，保卫国民、指挥军队的责任，就在我身上。”

事情大出意外，米娜张口结舌。不过，她立即摆开架势，眼中斗志更旺。

“既然如此，你在这里干什么！马上干你该干的事！”

亘站到二人中间。

“别争了。”

“可是！”

“那样说话，不像米娜你呀。”

仿佛浇了一盆冷水，米娜的表情没有那么张扬了，眼中的怒火消失了。

“即便贵为公主，这时也是孤身一人啦。无能为力也是没办法。不是吗？”

基·基玛小声附和着。米娜粗鲁地转身，尾巴打在亘的侧腹。

基·基玛抬头望向如波浪般起伏的城墙残骸。

“不如说说，我们走到何处为止？我还是觉得进里面去有危险。”

“能不能爬上去看看里面？窥探一下也好。”

“这么高的地方不行。找个塌得更厉害的地方吧。”

四人又沿着城墙走，不一会儿，传来了萧萧风声。瞬间还以为是人的哭声，但侧耳倾听，似是风鸣。

“声音奇特。也许什么地方形成了风洞吧。”

是那个吗——基·基玛指着前方。曾经崩塌下来的瓦砾在前面形成一个山包。烧焦的残柱如剩饭中的鱼骨，支棱着叉出来。也许因此而形成空隙，风从中吹过。

“踩着那些枝杈能爬过去吗？”

走近去试爬，一下子就垮下来了，仿佛在爬一个大沙堆。

“好奇怪呀……”

如果是房子或建筑物的残骸，应该更结实点吧。咦，这些沙土和碎岩的团块——

亘猛然省悟：是戈列姆。这一座山是一个戈列姆，是它被解除魔法之后不再动弹的遗骸。

美鹤的话清晰地回响起来：每一个戈列姆，需要一人做“素材”。破坏了皇都的石头巨人，原本也是被美鹤利用的牺牲者而已。

“亘，”米娜拉拉亘的袖口，“那里头……有东西在闪吗？”

仔细观察米娜指示的方向，在戈列姆的砂土块隙间，的确有小小的光在闪亮。

说不定有人？不，不可能。迟疑之间，亘伸手去摸勇者之剑的剑柄时，那个光点更加闪亮，照着他的脸。

光点悄然浮起，向亘而来。

确定无疑。亘这回镇定地拔剑在手，举到齐眼的高度。

藏身宝玉中的精灵的声音，在亘心中说道：

在漫长的牢狱中，我一直孤独地等待。旅客啊。

亘面前展开了一道洁白的光帷。帷幕打开，飘然出现一名高个男子，他身着银白色长袖袍，以同色的薄纱拢发。

是第四颗宝玉。如此万般无奈的状况之下，在无底的绝望之中，宝玉却没有抛弃亘。

我是尊崇人类真诚、掌管互惠友爱的信义精灵。在北方大地上，虽有热血之士，而互相敬重的正道却久已被遗忘。我被冻土埋没、被岩石拥抱、被强制入眠。

亘向精灵表示敬意，他单膝跪地，仰起脸。

不要轻易豁出性命。不要轻易夺走性命。有信义处，就有亲情连同宽恕；有宽恕处，才有难得的真正平等。陷于私欲、追求安乐、偏离为人之道是轻易之事。人们软弱，许多人不知不觉就走错路。然而，鼓吹“万人堕落处乃天堂”之说，是极大的虚假安慰。旅客啊，凭着信，宽恕阻挡你前进道路的人吧。但是，如果那个人的步调违背了真，你就凭着义阻拦他。

第四颗宝玉飘然降临，收纳在勇者之剑的剑锷。勇者之剑霎时闪亮一下，强力的波动传到亘身上。

“这、这是……”

基·基玛喘息般深呼吸，徐徐匍匐地面，垂下头。

“是宝玉的指引！”

然后他蹦跳起身，双手抱起亘，高举起来。

“看见了？看见了吧？女神还等着你呢！旅行并没有结束！”

那样拼杀之后，他怎么还有那么大劲？亘被晃了几下，几乎头晕眼花。

“明、明白了，基·基玛！放我下来！”

连卡茨死时也强忍着的泪水濡湿了基·基玛的脸颊。大块头水人族的眼泪是如此温暖，一瞬间击退了北大陆寒冷的夜风和魔族的不祥气息。

“你也是旅客？”

索菲公主盯着亘，瞳仁震惊得几乎无法聚焦。

“是的。美鹤和我——来自现世的同一地方。我们是朋友。”

“那么，你也是以命运之塔为目标？要追随美鹤先生而去？”

高昂的情绪突然冷却下来。

要前往命运之塔，还缺一颗宝玉。勇者之剑尚未完工。

美鹤的最后一颗宝玉是黑暗宝玉，收藏在水晶宫的镜厅。那么，亘的最后一颗宝玉在哪里呢？还有时间去寻找它吗？

风鸣又萧萧……

米娜猛一惊，竖起耳朵。

“这是什么声音？”

哔噜噜噜噜……

“这次不是风声，是什么东西的叫声。”

各人做好戒备，确定这个奇怪声音传来的方向。众人环顾四周：城墙上？瓦砾对面？黑黝黝的远方草原？

此时，遮挡月牙的一片云彩移开了，亮一些了。一个小而快速的东西横越皎洁的月光，直飞过来。

疾风穿空。

振翅声已近在眼前。眨眼之间，一只洁白的鸟轻轻降落在亘左肩上。

“喂喂，不必慌张。”鸟儿红嘴一动，说道。

“这、这、这——鸟怎么回事？”

米娜一时忘记了环境，发出一声惊叫。索菲躲到张口结舌的基·基玛身后。

“是我啦，是我。”

鸟儿应声道，同时噗地笼罩在白色烟幕中。亘不禁向后一跃闪避。

跟前站着拉奥导师。

足足几秒钟之间，没有人说话。拉奥导师也一脸严肃地沉默着，好像在等别人先开口。

万籁俱寂。

“怎么了？不说话？”

亘徒然地张了几下嘴巴。拉奥导师把长眉毛撑起又拉下，说道，“我难得登场，也不动动心思搞一下气氛吗？”

“搞、搞、搞气氛？”

语气完全相反，因为心情完全相反。

亘等人一齐开了口：

“拉奥导师大人！为什么来到这里？”

“亘，这位爷爷是导师大人？”

“指引旅客的导师大人，就是这位老爷爷？”

索菲则无言。

拉奥导师举杖，笃地敲一下亘的头。

“你问我，为什么到这里来？因为你喊我，所以我才来的嘛。没事的话，我就回去了。”

“我、我喊您了？”

“喊了吧？不是挺想知道你的最后一颗宝玉在哪里吗？”

就这么一句话，松弛下来的心情又激动了——倒不是拉奥导师期待的“气氛”，而是紧张。

“您会告诉我？”

亘的声音走了调。心脏颠倒过来又复位，却仍不肯平静下来。

“如果你还有心思继续旅行，就告诉你。”导师不慌不忙地说着，向黑夜的远方瞥一眼，“不赶紧的话，魔族已嗅出你们的气息了。不能太悠闲了哩。”

亘突然回到现实之中，后背掠过一道寒气。

“告诉我吧！求求你！”

拉奥导师定定地看着亘的脸。明明是他说要赶紧！亘回想起在看门人村落首次见到导师时的情景。那时候，导师也是这个样子，把亘置于看不见的秤上，一副估算斤两的眼神。

不，跟那时不一样。此刻导师的目光更加严峻。是秤的种类不一样了。因为亘变得分量更重了？因为以前的秤不能使用了？

“你，还要追赶美鹤吗？”

“咦？”

“我问你：打算追踪美鹤，与他对峙吗？”

亘回望米娜的脸，仰头看看基·基玛的眼睛，然后终于答复道：“是。之前我一直是这么做的。”

“今后，会跟之前的原因不一样。”

拉奥导师说着，杖头咚地撞一下地面。

“原因就是，你的第五颗宝玉——将勇者之剑完全变成降魔之剑的最后一颗宝玉——也是黑暗宝玉。即使有两位旅客，最后的宝玉还是只有一颗。”

那么，不是已经得不到了吗？因为美鹤已走在前头了。如此重大的事情，为何不早告诉我？

拉奥导师已读出了亘反问的心思。他又用手杖轻轻捅一下亘，和在尝试洞窟一样。

“对我这个看门人，你不能摆出那样没礼貌的面孔。不错，最后一颗宝玉现在是在美鹤手上。也就是说，你要拿到它，就要从美鹤手上夺取。明白吗？要夺取。”

迄今虽曾与美鹤抢时间，但没有争过宝玉。没有跟他争抢过任何东西。

到了最后的最后，面临最大的困难。

“我必须跟美鹤战斗，我必须战胜他。”

亘一半是发问，一半是告诉自己。但是，拉奥导师没有回答。

你能赢他——有人说话了。最初不知道是谁的声音。因为第一次听见如此激昂的声音。

是米娜。她的眸子映着月光，晶亮晶亮。

“能赢的。你能赢他。一定赢。所以，一定要去。”

这信心来自何方？亘气馁的心在收缩。站在那头戈列姆身上对决时，自己在美鹤面前无论如何也不能拔剑。连驳倒对方也做不到。

米娜没有看见那一幕啊，她没有看见软弱的我吧。

“赢不了也要去，必须去。没有这样的决心，我不会打开道路。”

拉奥导师说话了，亘抬起了头，导师的眼睛，是老爷爷的眼睛——睡眼惺忪无精打采。可那目光为何直刺我的心？

导师虽已闭上了嘴，但询问之声可闻。

你去命运之塔求什么？此时此刻，你最想达成的愿望是什么？

我最想达成的愿望？

卡茨的话清晰可闻，仿佛此刻她就在身边。你是高地卫士，发过誓要保卫幻界的和平。如果你毁弃这个誓言，你就没有资格佩带火龙护腕。

亘的目光落在左手腕上的护腕，他用手指头轻轻触摸它一下。

现在我最希望达成的愿望？

抓到导师发问的意思了。明白自己在追寻什么了。

不明白才是奇怪的。因为这是不可能错的、唯一的路啊。

不过，选择这条路的话，不能再改变。这样行吗？不会后悔？

这次旅行的目的实现了吗？

将慈悲和睿智、勇气和信义集中在这把剑上。

应该改变的不是我的命运——

是我自己。

亘正视导师的双眼。

“我要去。我要追上美鹤，一定把黑暗宝玉拿过来。我必须前往命运之塔。导师大人，请为我打开道路。”

五十二　亘独闯前路

一道光柱直上夜空。

连月牙也仿佛受了惊，更加眯缝着眼。云彩的移动也放慢了脚步。只有北方凶星事不关己地、冷静地泛着红光。

亘面前有一个清净的光环。踏出一步，便能进去了，进入拉奥导师为自己开辟的道路。

导师退到一旁，倚杖而立，静观亘的举动。

“那么，要去了？”

亘点点头，然后，回头看米娜和基·基玛。

二人超越种族、超越年龄、超越性别，只为是“亘的朋友”而走到一起，脸上是完全一样的表情。

虽然已接近无限期分别，但在微小的一点上，与分手不同。

“你一个人去啊？”

米娜问道。亘不禁笑了一下。

“哦。只有这回，无论你如何发火、如何闹，都不能带你一起去了。”

“我，有那么发火、闹过吗？”

“不对，米娜是教训我。”

“我也常挨训。”基·基玛认真地说，“不过，我感觉米娜总是对的。”

“我也那么看。”

亘交替看看二人，觉得时候已到。这不是出发，是告别。从此以后是自己一人了。无论什么结果在等待，此时此刻必须与伙伴们分手了。

亘伸手握住二人的手，原想说声“谢谢”，但临时又放弃了。还早！感谢二人并道别，必须是我完成了自己的任务之后。

即便这番感谢和惜别再也不能以语言直接传达。

在这里，该说、可说的只有一句话。

“我出发了。”

突然，米娜扑了上来，紧紧拥抱亘。她全身颤抖。

“多加小心，好吗？要小心啊。”

“噢。”

亘也抱紧了米娜温暖、柔软的身体。基·基玛走上前，把二人紧紧拥在自己胸前。

基·基玛没有说话。他在哭泣，小小一滴眼泪落在庞大的身躯上。

“对不起，帮不上你。”

“不，那不对。”亘嘭地敲一下基·基玛的前胸，“在我抵达命运之塔、如愿以偿之前，大家不是还有为保卫幻界而战的使命吗？我们从现在起各自完成不同的任务。那也是互相支持的事情。”

米娜瞪大了泪眼，说道：“亘……你，对女神要求什么……”

亘微笑着打断了她的话，仿佛不让她全说出来：“那是秘密。看我的吧，米娜。”

亘从二人的拥抱中松开，端正姿势。

“基·基玛！”

“哎，在！”

“对于水人族来说，我还是‘幸运的标志’吗？”

“噢噢，当然是啊！”

亘笑得更灿烂了：“好，那么，我授予基·基玛幸运。我要他在任何战斗中战无不胜。”

基·基玛握紧双拳：“交给我吧！凡是我看见的、我这双手够得着的，我要把他们保护到底，不受魔族侵害！”

索菲公主独自远离亘等人，冷清而孤独。但是，当亘望向她时，她突然说话了：“请原谅我。”她勾着手指，垂着头，“是我告诉美鹤先生黑暗宝玉所在之处，我说出了解开隐匿常暗之镜的封印就可以接近宝玉的事。结果就是——这个样子。”

因心中充满苦恼和伤痛，她声音沙哑。越倾诉，说出来的冲动越是煎熬着她。

“根本就没想过会变成这样子。我只是——只是想安慰美鹤先生。他被留在水晶宫里，是那么伤心、寂寞，我不忍心袖手旁观。”

拉奥导师缓缓开口道：“美鹤欺骗你啦。他利用你了吧。”

索菲激烈地摇着头：“我不觉得是这样。不过、不过，结果是一样的。我不明白他的想法。我是自作聪明，以为理解他而已，其实，我一点也不明白！”

亘没有打算宽慰、安抚她，只是说了这样的话：“你跟美鹤在现世的小姑长得很像。”

拉奥导师应该明白这句谜一样的话的意思。亘抬头望望导师瘦削的脸庞，导师静静地点头。幻界反映着走过那里的旅客的心思，改变自己的面貌。

“我见到美鹤的话，一定告诉他你被伤害了。具体经过如何，我们不知道。不过，你很伤心是确实的。他必须知道你的丧父之痛，我觉得。”

索菲双手掩脸。

亘笑着又一次轻柔地拉拉米娜和基·基玛的手，然后什么也没说，迈步踏入光环之中。

令人目眩。

光柱升起，高不可测、远不可测。最初什么也看不见。但就在心脏怦怦乱跳之中，出现了通往天上的阶梯。是产生于光、由光形成的阶梯。

攀登上去。一步、又一步。不久便跑起来，呼吸急促，亘已不再回头张望。

亘和美鹤当时一样，既不停留也不迟疑，一个劲地向上冲。云彩落在脚下，超越了月亮，一副不理不睬模样的北方凶星也抛到脑后。亘的背影越来越小。

亘消失在遥远的夜空。

“他走了。”

米娜的自言自语随风飘散。

“从此分别了吧。”

“不，不会的。”基·基玛摇摇头，“你忘了亘说的？我们出发去完成各自的使命。虽然天各一方，但不是从此不相见。”

但是，仿佛失去了支撑似的，米娜开始心慌意乱：“那是骗人的！嘴上怎么说都行。可我们已经见不到亘了。不论他发生什么事，我们连知道都不可能了！”

拉奥导师走向米娜，说道：“猫族姑娘呀，你真是那么想吗？”

光环的轮廓开始模糊。仿佛从下开始溶入黑夜似的消失。

“如果亘抵达命运之塔，向女神提出的愿望如愿以偿的话，你一定会知道的。亘不是跟你说好了吗？”

“说好了？”

看我的吧，米娜。

那么，亘还会——米娜和基·基玛抬头仰望天空中残余的、光柱的最后光环。

“好啦，幻界的孩子们，走吧。考验正等待着你们呢。”

当二人因拉奥导师的话而省悟时，导师已消失无踪。和他出现时一样突然，只留下鸟儿微小的振翅声。

五十三　可以取回的东西

这样奔跑、登高，却一点也不累。虽然气喘吁吁，但心情振奋、精神抖擞。

亘在光柱里一门心思向上猛冲，亮晃晃的梯级快速流过脚下。

终于来到一个宽阔的空间。亘停住脚步，调整呼吸。

我来到天上了吗？

亮度没变，只是白晃晃的雾在周围流过。伸出手拂一下，雾乱了，并且围绕着手，在指尖和手掌上留下柔软的感触。

头顶上被烟雾笼罩。脚下也弥漫着雾，连自己的脚趾头也看不见。一走动，便似徜徉在雾的小河里，带起微波涟漪。什么都看不见，空无一人。置身无边的广漠，却有一丝温暖的安心感，心跳也平复下来。

突然，从某个高处传来了鸟儿的鸣啭。

来者何人？

亘惊讶得瞪大了眼睛。

来者可是勇者？

拜访拉奥导师的看门人村落时，曾听过同样的鸟鸣。

来者何人？

这回是从后方传来的。亘猛回头，向流动的雾对面答道。

“我的名字叫亘。我在幻界旅行，收集了四颗宝玉，在拉奥导师指点下来到这里。”

看不见的鸟儿在雾中七嘴八舌起来：

亘、亘。

来到此地的亘。

带着勇者之剑。

欢迎你，亘。

亘，来得太好啦。

鸟儿的声音仿佛是个讯号，开始雾退天晴了。烟雾升腾，被天空吸收消失。视界随之大开。

亘屏住气息。

他站在天上一个全新世界的入口。

是个水晶之城。一切都透明、晶亮，宽阔无比。无数建筑物挤满的城市。一间间屋檐相接、屋顶倾斜、窗户大开，简直就是一块极品大水晶矿雕刻成的巨型城市模型。

在亘的正前方远处，以蔚蓝、静谧的天空为背景，立着一座美丽的塔，令人联想到站姿优雅的贵妇人。优美的高塔诞生于水晶之中，以水晶之都为裙摆，塔尖是个祈祷的人形，合掌对着天上之天。

那才是命运之塔。

在那顶上——合掌的手指尖上，命运女神在等待。

好一会儿，亘仰望宝塔，连眨眼都忘记了。它美得难以靠近，但亲切的造型又召唤着亘。哎，过来这里。这里就是你要去的地方。

迈步，开始慢慢走。亘的身影在对面的水晶房子、身边的水晶墙壁、脚下的水晶路，纷纷映出无数个分身。分身也和亘一起前进。

在城里走不多久，亘察觉了。回想起来了，这种房子的屋顶似曾相识，这个街角我见过。

啊，这里是令人怀念的加萨拉镇。而那边一连串平屋顶，不就是提亚兹赫云镇一排排的房子吗？一旦觉察，亘便不顾一切地跑起来。那边呢？右手边前方，是一排小巧的房子，与看门人村的拉奥导师住处一模一样。

那座仓库吊着折断的雨水管——是所诺港。有马奇巴的马棚。远处与鲁鲁德天文台一模一样的建筑物，环绕着读星人的学校。连那座不祥的托利安卡魔医院，经透明水晶美化，竟也漂亮得令人入迷。

天上的这个城市，是把亘迄今走过的村、镇集中起来，组合重现。不同之处只是由水晶造成，除亘以外别无他人。

要穿越这个水晶城市，要再现亘自己的旅行线路。

提亚兹赫云的房子墙壁上，映着亘。回忆起与莎拉说话的情景。走在令人想起所诺港的斜坡上，联想到海风的气味。哎呀，这里是利利斯的砖匠大道！范伦工作室的门依然紧闭。

道路就一条，不会走错。亘肃穆地走在充满回忆的水晶物体上。越走越深入城市里面，但却没有稍稍接近命运之塔一些。无论何时抬头，孤傲的宝塔充满视界，与亘之间的距离保持不变。

从小小的天桥下通过。前方变成了提亚兹赫云独特的“通道房子”。待人亲切的镇长带亘第一次通过这里时，因房子里没有家具，亘莫名其妙。一连串只为通过而修建的房间。

穿过一个房间，再进入下一个，又进入一个。如此这般，来到莎拉的母亲萨达米病床前探视——

那里不是病房，只是个空旷的方形房间。不，有些东西，在房间一角，立着烛台似的东西。

是鸟笼。赫然悬挂着一个水晶鸟笼。

一只洁白的小鸟侧着小脑袋停在横木上。亘走近去，轻轻摸一下笼边。

小鸟如金丝雀般大小，双翼纯白，没有一根杂毛。溜圆的瞳仁是令人心醉的海蓝色。

吱吱吱……小鸟鸣叫起来，飞到亘手指触摸的地方来。它定定看着亘，歪着脖子，又振翅。这次是想停在亘的手指上。

“想出笼子吗？”

“吱吱吱。”小鸟应道。它是在回答。

“好，放你出来。等一下。”

鸟笼门口挂着一把亘的指甲大小的搭扣。用指尖一按，小门无声地打开了。白色小鸟轻轻一飞，停在小门上。接着向上一蹿，绕着亘的头顶转圈子飞，然后若无其事地降落在亘右肩上。

亘微微吃了一惊，向后一退。他几乎感觉不到小鸟的重量，但小鸟的体温留在肩头。

就在此时——小鸟瞳仁的深处展开了一幅幻景。

是现世的情形。亘站在夜深的幽灵大厦前面。出现了大松父子的脸，他们身边有轮椅，上面坐的……坐的是——

大松香织。

黑色的瞳仁。她的目光聚集在某件东西上，但除了她自己，没有任何人。一个真正漂亮的女孩，皮肤光滑、头发黑亮，说不了话，断了与外界的联系。

小鸟一振翅，幻景消失了。小鸟的眼珠看着亘。

这只白色小鸟——是大松香织的心吗？

“你一直都在这里吗？”

亘小心翼翼地抬起手，试着摸一下小鸟的小脑袋。

“你被禁闭在这里吗？”

小鸟被亘抚着头，闭上眼睛。

“就是那么回事儿。香织姑娘的心离开了身体，被囚禁在这里了。”

就连“为什么”的疑问也搁下了，被解放的小鸟的喜悦传递到亘的心上。这样已足够。

“那就跟我一起走吧。一起回到现世。”

亘右肩载着白色小鸟，开始迈步。然而进入下一个房间，里面又有鸟笼。又有一只小鸟被禁闭起来！

这只小鸟是纯黑的，连鸟喙也是黑色，只有眼珠是红色。

亘呆立片刻，思考起来：这次是谁的心？

黑色小鸟张开嘴，用出格的沙哑声嘎地叫起来。它还只有金丝雀般大，叫声却跟大鸟一样。

像开关啪地打开了一样，识别的灯亮了。啊啊，原来如此！

“是石冈！是石冈健儿。”

在幽灵大厦里面，石冈和他的伙伴打了美鹤，美鹤召唤了巴尔巴洛奈——据说其后石冈便丢了魂。对，大松香织也一样。

“原来在这里。”

亘急急打开鸟笼。黑色小鸟像子弹般窜出，在方形的房间里绕着飞，往墙上、天花板上乱撞。黑色的羽毛飘落下来。

“嗨，这样子行不通，到这里来。”

亘示意左肩。黑色小鸟飞到亘头顶，拨乱了头发，嘎嘎地大叫几声，好不容易才站到他左肩上。

“很费事啊。”亘不禁嘟囔道，黑色小鸟冷不防啄一下亘的耳朵，“好痛！别乱来啊。”

亘忍不住笑出来，真的是石冈。

“再不老实，不带你回去。”

黑色小鸟无精打采地眨巴眨巴眼。亘小心地抚着它，感觉到它在哆嗦。

“经历过可怕的事了吧。”

它的瞳仁深处一瞬间又重现了现世发生的事情。是美鹤，他咬紧牙关，面色涨红，注视着自己唤来的、漆黑的巴尔巴洛奈。石冈健儿畏缩着，脸上变得皱巴巴。

“没事啦。你也一起回去吧。”

命运之塔下面的水晶之城里，禁闭着两个本该属于现世的灵魂。此刻，它们就站在亘两边的肩头上。

再往前走，穿过了提亚兹赫云的建筑物，来到利利斯的住宅区。亘回想起，由帕姆所长带领着参观这里时，利利斯根深蒂固的歧视非安卡族人的偏见，让他心情恶劣。

来到小公园似的广场。有长椅和栽植的花草树木。这里也是利利斯吧，全都变成了水晶，就连树丛中开着的一朵花儿也是。

亘无意中看了一眼脚下，停下来。

有图案，微微地闪烁着。水晶地面似乎被尖硬之物刻画过，越看轮廓越清楚。

可以从这里返回现世？对呀，已经得到了第四颗宝玉。

不过，现在只有亘一个人，带着真实之镜碎片的米娜不在身边。尽管如此，当踏上图案时，仍会产生光的通道吗？

吱吱吱——白色小鸟在右耳旁鸣叫，对亘说话呢。

“啊啊，是吗？原来是这样。”

亘点点头：“可以让你们先回去，对吧？”

在城市的尽头处，与美鹤的对决等待着自己。必胜——虽然非胜不可，但输了呢？虽然想都不愿想，可输掉呢？跟随亘的两只小鸟，又要被抛弃在这个城市里。

那么，去见谁呢？亘已时间无多。就在这一会儿，魔族的进攻可能已遍及整个幻界了。细节且不说了，紧急找到一个可以拜托两只小鸟的人——

亘面露喜色。哎呀呀，一直忘了他，一直没想起他。肯定要生我气了。

阿克，我的好友，我现世最铁的朋友。就去他那里！

现世似是黄昏。

阿克在二楼的房间里，面桌而坐。两脚晃悠着。桌上摊开着教科书和笔记本，但他似乎并不在用功。他在托腮沉思。

看得见窗外的暮色和暗红色晚霞的最后一抹光彩。阿克妈似乎已收回晾晒衣物，晾衣处空空如也，飘荡着闷热的空气。

楼梯下传来小村酒馆忙碌的声响。

“来了，来了，生啤两瓶！”

是阿克妈的声音。哇，还是很有干劲！亘面带笑容。

亘走出光的通道，来到阿克身后。有一小会儿，他望着想念的好朋友晒得乌黑的颈脖子。暑假天天都泡泳池了吧。

“阿克。”

亘喊了一声，但阿克并没有马上回头。阿克频频晃荡着腿，陷入沉思。

“阿克。”

亘又喊了一声，把手放在他的肩头。

阿克从椅上蹦起。因为势头太猛，亘向后踉跄几步。

阿克的眼睛成了两颗错季节的橡子，滴溜溜地瞪着，张口结舌。

“抱歉吓着你了。”

一听见亘的声音，阿克的脸顿时没了血色。晒得这么黑的脸，脸色还是会变的。

“三、三谷？”

他反复念叨着：“三谷？你是三谷？”

“对呀，是我，”亘答道。

阿克扑过来拥抱亘。亘自己也没想到会哭了出来。

“你怎么啦？在干什么？发生了什么事？去哪里了？”

阿克抓住亘的手腕摇晃着，连珠炮似的发问。

“那、那是……”

“我多担心啊！真是担心死了啊！我爸妈也担心，去找你妈，可是、可是……”

语无伦次的阿克流下了眼泪。

“对不起，阿克。现在没有时间详细说这件事。”

“咦？咦？你说什么？”

“哎，阿克，”这回是亘抓住阿克的双手，“我有事求你。这两只小鸟——”

两只小鸟扑动着双翅，努力站稳在亘的肩头。爪子抠进皮肤里，有点儿针扎似的疼痛。

“可以帮我从窗口放掉它们吗？那样就行。这事只能托给你。可以帮我吗？”

阿克目光游移，并不是因为突发性的流泪，他要昏厥过去了。

“阿克，挺住啊。”

阿克的脖子摇摇晃晃，问起话来颠三倒四：“你是弄了一副怪模样吗？”

亘笑了：“对。”

“那是角色扮演吗？《浪漫辛格斯顿·萨加》吧？”

“就是。以后跟你说。我正式回来后，都告诉你。但现在很急。抱歉抱歉。”

亘先轻柔地捧起白色小鸟，递给阿克。喜欢动物的阿克一定莫名其妙吧，不过，他可比亘更擅长照料小鸟。

“在哪儿抓的、这鸟？”

“它被人抓走了，我们来救它。”

阿克的手也晒得很黑，只有指甲呈粉红色。阿克用这只手轻抚着小鸟，喃喃道：“我是在做梦吗？”

“你这么想也行。打开窗，快。”

阿克像个梦游患者，晃晃悠悠地站起来往前走，右手背上托着白色的小鸟，左手小心地打开连着晒衣台的窗户。

他轻轻伸出手臂，白色小鸟扇了几下翅膀，啪地飞起来。小鸟掠过晒衣台的扶手，消失在夜空之中。

“还有这只。”

亘递上黑色小鸟。小鸟挣扎着，不肯停在阿克的手指上，却去啄阿克的脑袋。

“怎么回事啊，这小子！”

阿克慌忙用手遮挡，猛然用力抓住小鸟。

“哇！小心点，捏死它啦。”

亘觉得太滑稽了。

“不过，给它一点厉害看看也好。这小子迄今也烦得我们够呛。”

“这只鸟吗？烦我们？”

阿克的眼珠子又滴溜溜转起来。

“是啊。不过，还是放掉它吧。”

黑色小鸟笨拙地拍打翅膀，撞一下晒衣台扶手，又撞一下晒衣竿，实在狼狈。阿克隔窗探出身子，挥动两手把小鸟赶飞。

黑色小鸟终于飞走了。

“这样行了？”

“噢。”

亘松了一口气，心情爽朗。他深深吸了一口气，回味着小村家阿克房间的熟悉气味。

“三谷……”

阿克哧溜地吸一下鼻涕。

“谢谢啦。咳，我得走了。”

光的通道深处传来了钟声。

“走？去哪里？你是怎么回事呀？”

对不起，现在只能说这些。亘重新下了决心。即便为了向阿克解释，为了告诉他幻界冒险的一切，我也非回来不可。

“不用太长时间，我就能回来了。我一定会回来的。到时告诉你，等到那个时候吧。”

亘退向光的通道。阿克一瞬间要伸手抓住亘，但那只手无力地垂下来。

“三谷！”

跑回光的通道期间，一直听见阿克的呼喊。

回到图案上时，还是置身水晶之城。亘又回到彻底的孤独之中。

好吧，走。去见美鹤。

五十四　决斗

亘走在幻界村镇粘贴画似的水晶之都，不久来到一片无边的废墟。

是皇都索列布里亚。

崩塌的城墙、倾倒的房屋。断垣残壁的瓦砾之中，混杂着戈列姆的残骸。因为都是水晶之物，残柱断面、缺瓦的屋顶等折射的光芒，反而形成比迄今经过的任何一个城镇都美丽的景观，令人匪夷所思。

若通过水晶造型加以抽象化，废墟就成了最美的景观。亘虽然没有对这一点出言讽刺，但颇为伤感。地面的索列布里亚的毁灭和那场战斗的严酷结果，在亘心中尚未能简单变成一件记忆往事。即使透明水晶冲淡了瓦砾山的惨状，却不能减弱当时亲历的恐惧、愤怒和悲伤。

地面上，此刻米娜和基·基玛在干什么？平安返回龙岛了吗？在南大陆，已经察觉魔族要入侵了吗？

亘低头跑起来。跑啊跑啊，一直跑，突然，一件庞然大物赫然挡在眼前。

差点儿撞个正着。亘一边喘息，一边仰望那个障碍物。

是一扇大门。大概是水晶宫的大门吧。索列布里亚的仿制品没有保留任何原来的东西，只有正中间通向皇帝居城的两扇大门坐镇。

一瞬间，亘想起了要御扉。不过，这里的规模小多了。与望不到顶的、巨大的要御扉相比，这里只属袖珍版。

左右两边门扉中央的浮雕，大概是皇帝一族的徽章吧。周围是纤细的图案，看来是众星运行的图案，搭配着剑与盾、骑士与龙以及宝冠的图案。

无论是推还是拉，大门纹丝不动。走到尽头了。

看看四周。晶亮的瓦砾海洋中，完全看不见捷径似的地方。不通过这道门，就不能前进。

得攀爬过去？滑溜溜的没有扶手。必须设法打开大门。

这是怎么回事嘛。

亘挠着头徘徊。生气之余，朝大门踢了两脚。

哎哟，痛！亘蹲下身捂着脚趾头，却发现门扉前的地面上，有一些模糊的图案似的东西。

形状类似形成光的通道的纹路。不过这个就小多了，比现世的下水道入口还小两圈。

一个、两个……共数了五个，并排成半圆形。

亘试着向其中一个图纹踏上一只脚。

一下子，亘的心中产生了喜悦，耳中迸发出笑声。谁在笑？这是什么？亘大吃一惊缩回脚，笑声于是消失。喜悦之情消失无踪。

再试一次，还是出现同样现象。于是，亘在旁边的图纹上尝试。这一回他勃然大怒。同样，一脱离图纹，怒气便消失了。

再旁边一个。一踏上第三个图纹，心中充满悲凉。踏上第四个，当场开心得蹦跳起来。

第五个图纹什么事也没有发生。

亘小心地保持与五个图纹的距离，抱着胳膊思索。

喜怒哀乐。一个图纹一种心情。

他眼前一亮。

哦，是看门人的村落，拉奥导师所住的小屋！拉奥导师说过，愤怒小屋就发怒，悲伤小屋就伤心，笑的小屋便露出笑容，不能以一己的心情影响来访的旅客。

就跟那个一样吧？这是在暗示：在承载喜怒哀乐的各个图纹上，带着你与之相应的情感吧。

喜。亘双脚站在第一个图纹上，闭上眼睛，心中追寻在幻界邂逅的高兴事。

浮现出基·基玛的面容。离开看门人村落，在广阔的草原上第一次偶遇他的情形。

“喂！喂！那边的人！”

他精神十足地打招呼。他扬尘疾驰的达鲁巴巴车。告诉自己吃桑果过多会坏肚子。

然后，当知道亘是旅客时无所顾忌的狂喜。旅客对我们水人族而言，是幸运的标志啊！他抱起亘，庞大的身躯蹦蹦跳跳。这是基·基玛的喜悦，毫无疑问也是亘来到幻界第一次感受到的喜悦之情。在令人担心的旅途之始，一下子让亘心里亮堂起来。

唰一下，脚下的图纹消失了。亘眨眨眼。与此同时，从水晶宫的大门那边，传来什么东西嘎啦地脱落似的声音。

是说已过第一关吧。

其次是怒。一踏上图纹，不费事便怒气冲冲。两名安卡族少年欺骗米娜，让她协助偷窃，还潜入米娜休息的诊所，威胁她。一想起那个情景便光火。当时，自己为保护米娜，不顾一切地从诊所窗户跳进去。

唰。图纹消失。又传来嘎啦的声音。

第三个。悲伤呢？喜怒哀乐的“哀”。完全不用细想。还历历在目、伤口仍在流血的记忆。是卡茨的死。到最后一刻，她还安慰、鼓励自己——那只手温柔地抚着自己脸颊的触感。

第三个图纹也消失了。亘转到第四个图纹上。

乐。呵呵，多得数不过来。在达鲁巴巴车上听米娜唱歌。在萨卡瓦乡下与水人们欢宴。在旅馆围坐吃美味的饭。就连休息时东拉西扯的闲话，全都妙不可言。

在那些事情当中，亘回想在马奇巴镇郊外观看高空飞人马戏团表演时的情形。总是活蹦乱跳的米娜，在舞台上才真正大显身手。与帕克搭档表演的种种特技、令人窒息般的高空翻筋斗。完场时，米娜撒花高歌一曲，她那张本已熟悉不过的脸，亘难为情地看得出了神。他鼓掌把手都拍痛了。

回想起来，悲也好喜也好，都是和伙伴们一起度过的。

唰。第四个图纹也消失了。第四次传来嘎啦声，原先关闭的大门响起振动亘五脏六腑的厚重声音，从里侧徐徐打开。

成功了！

亘紧握拳头，当场情不自禁地蹦跳起来。试解一下谜，题目很简单吧。

不过，还剩下第五个图纹。

为谨慎起见，再次踏上这个图纹。还是没有任何感觉。这只是为了迷惑自己的圈套吗？

大门又打开了……

亘虽心存疑虑，又想起自己已时间无多。亘向门内迈步走去，心中忐忑不安。

仅仅通过大门的期间，周围变暗一下，几步之遥而已。不过，视界再次明亮起来时，周围情景大变。

这里是伤心沼泽。

以水晶重现的伤心沼泽全景。平滑的水面，其下并不是静谧，而是隐含阴郁的不安。那也是理所当然的，水中有怪鱼凯伦藏身，露出锯齿般的牙齿，等待着猎物。湿地周围长满茂盛的草，不小心靠近了，尖尖的叶片会刺伤人的手。走得不稳倒在沼泽地上，身体就会被湿泥冻僵。而且伤心沼泽里满满的黑水，可麻痹人的身体，使人动弹不得，是可怕的毒水。

要我走过沼泽吗……

亘小心翼翼地试着迈出一步，沼泽水面实实在在地承接住他的脚，像冰封般结实。没错，无论怎么像，这里终究是水晶仿制品。不过，亘还是每走一步都战战兢兢，谁知这隐含蓝光的沼泽水下，怪鱼凯伦是否仍在逡巡呢？也许这水晶水面随时会裂开，蹦出凯伦来哩。

没事没事，不会的。笨拙地往前走了好一会儿，亘终于确信了。赶紧走完，到了对岸便可了事。

在地面上的伤心沼泽，自己被可怕的幻觉攫住。实在无法忘怀。从亘身上分出另一个亘，杀害了父亲和与父亲的情人相貌一模一样的一对男女——雅哥姆和莉莉·恩娜。而这另一个亘，则被死于亘手中的黑衣女子的亲生婴儿穷追不舍。

那也是沼泽毒水造成的吗？邂逅与爸爸和理香子一模一样的人，而他们在幻界也做出了与爸爸和理香子一样的举动，同样振振有辞地说着只顾自己的道理。是这样的冲击造成了心灵的空隙，使黑水渗透进来，产生了那样的幻觉。原以为没有机会再见伤心沼泽了，却不料要以这样的方式再次通过。

赶快走完吧。闭上心中的眼睛不去想起萨达米和莎拉的脸。婴儿爬行着诉说对亘的怨恨，无论亘怎么逃都甩不掉的记忆，也不要再翻出来。

为了甩掉已回忆起来的事情，亘停住脚步，用力晃一晃头。他正好来到沼泽中间的地方。

这里若是地面上真正的伤心沼泽，实在不堪入目。而这样子由湿地和繁茂的草丛镶边，伤心沼泽的形状看起来，几乎是一个完美的圆。

突然，亘想到一件奇怪的事。这岂不像是一个圆形舞台吗？自己宛如唯一的演员，站在这个舞台上。

观众呢？是阴郁的湿地空气和晦暗的草丛吗？很不起眼嘛。

这时，不知从何处传来了呼喊声。

旅客啊。

亘立即做出戒备架势。

小小年纪的旅客亘啊。

是一个无生命、无感情的声音。如果水晶开口说话，一定是这种声音吧。

如果你真想来到我的膝下，你必须亲身证明，你是一个勇者。

我的膝下？那么，这是命运女神的声音？

如同启明星将野地里玩耍的孩子交回母亲手上，将分隔开的灵魂、将彷徨的人召唤回故乡吧。带回到你的身边吧。

要我带回什么？要我证明什么？

女神的声音发出宣言，没有给亘迟疑的时间：

来，跨越吧！

呆立的亘看见了。

从伤心沼泽对岸有东西接近这里。

一个小小的人影。步行而来。一步又一步，确实无疑。他的走路姿势似曾相识。头的形状、肩的角度——见惯的、有点令人生畏的身影。

因为那是镜子反射的像。

是另一个亘。

脱去了上衣、麻腰带上挟着剑，就连旧鞋跟的磨损程度也一模一样。

不同的只有表情。无所畏惧地咬着嘴唇、两只炯炯发光的眼睛。突兀的颧骨和瘦削的脸……哎呀，仔细看，胸前的衬衣上飞溅着点点血迹。

这是在伤心沼泽的幻觉里出现的亘的模样。杀人、杀婴的亘的模样。

那些应该是幻觉。不是真实的。是一个噩梦。没有发生过。是假的、假的、假的！

亘哆嗦着一点点倒退。另一个亘则步步进逼。到了彼此近得连脸上睫毛的影子都看得一清二楚时，另一个亘以果决的动作一下抽出勇者之剑。

另一个亘开口说话了。冲口而出的，是在伤心沼泽追逐亘的那个婴儿的声音。

“杀人犯，我等候多时了。”

亘不寒而栗，马上明白了：这个再现的沼泽并非舞台。绝不是那么回事儿。

是决斗场。亘必须在这里战斗，与阻挡去路的另一个亘、幻觉的分身战斗。

跨越吧!

另一个亘的脚踏入沼泽。

什么都不能想。连用手去摸勇者之剑也做不到。紧接着的瞬间，分身迫近了，他手中的勇者之剑在亘的下巴下划过。亘吓瘫了，后仰倒下，身体顺势滑开。

连调整方向也不成，只是向前滑行，手脚乱舞挣扎时，撞在抢得先机的分身脚上，停住了。剑眼看着直接扎下来。亘含混地惊呼一声，向旁边滚开。分身的剑尖插在沼泽表面，水晶碎片四溅。

亘连滚带爬地站起来，这时分身已在身后。剑刺过来带起的风，仅此便锐利得几乎要削去亘的耳朵。鲜血飞溅。

连痛都感觉不到了。脸颊上有血珠子的温暖感，衬衣溅上点点红色，亘和分身、分身和亘、谁为主谁为从、谁是本体谁是镜像，在亘因混乱和恐惧而飞旋的脑海里，连自己也分不清了。

亘正要逃走，被分身一把揪住衬衣后背。亘被扯回去的瞬间，就势将体重压向分身，二人相撞倒下。

分身和亘拉扯着一起倒下，压在一起时，亘惊愕地发现分身的身体冰冷。这家伙是什么？冰做的？

虽有实体、虽能动作，却并非生物，也不是幽灵。

分身抬起手腕，用剑柄猛砸亘的头。亘正要站起来，被打得眼冒金星，步履踉跄。

“我杀了你！”

分身用亘的声音、用亘的措辞咒骂着。骂声中包含的憎恨，让亘浑身打战。

亘抓住勇者之剑。他说不出话，只是心中祈愿：飞！

启动了瞬间移动魔法，眨眼之间被送到沼泽边上。亘背部着地，他挣扎着站起来。

他终于能够拔剑了。膝盖以下哆嗦着，几乎站不稳。手颤抖着，耸动双肩狂喘。

分身站在沼泽中央，很爽的样子惹人生气。坏笑也没有消失。嘿嘿地几乎笑裂了嘴。我为何会笑成那副模样的？

“你、你……”

亘吃吃地说话。他两手紧握勇者之剑，不是准备战斗。他小心抱紧勇者之剑，如同抓住救生索。

“你不是我。才不是我呢。你并不存在。你是幻觉！”

亘射出魔法弹。分身轻轻地避开拖着一道道发光轨迹飞过来的魔法弹。最后一颗光弹被分身的勇者之剑拨开，像盲目的流星一样飞过沼泽上空。

“你是幻觉！”

亘用尽力气喊道，向分身冲击。分身也向他冲过来。

就在以为剑尖要刺中分身时，分身纵身一跃，一只脚踩在亘握剑的手上，从亘头顶跃过。

糟糕，腹背受敌！亘刚冒出这个念头，后背已挨了狠狠一脚，向前摔了个嘴啃泥。

真是闪电速度！照这样可奈何不了他。亘现在连哆嗦也打不动了，取而代之的是绝望、无力感和恐惧。接下来怎么办？怎么办才好？怎么做才能打得过他？

结界！

总之要隐身。亘强忍着气喘，念起咒语。即使不结界，亘已剧烈心跳，而维持结界就更加重负荷，他的心脏和肺发出惨叫。

亘的身影一消失，分身便一手叉腰一手提勇者之剑，眯着眼露出满意的微笑。

亘隐身结界，一步一步移动。如果能这样接近分身，猛刺他一剑就好了。

体能在消耗。憋闷得眼球几乎爆出。脑子里一片空白。意识仿佛飞得没了踪影。

原先戏弄人似的、无所谓地站立着的分身，背向着亘。因为自己已隐形了嘛，亘心想，千载难逢的机会。加油、加油啊！

还有三步、两步。还有一步，剑尖便够得着分身的后背。

亘举剑之时，分身一回身，满脸坏笑。

“白费劲！”

随着嘲弄的话，利剑疾刺过来。亘双手紧握勇者之剑高举，胸口全无防护，被分身的剑深深刺中。

亘一下子张开了嘴，憋住的一口气泄漏出来。他两手仍高举着，目光缓缓落在刺中自己的剑上。

鲜血慢慢渗出，染红衬衣。分身的勇者之剑插入亘的胸膛，没入剑柄。

感觉不到疼痛。只不过，好冷。仿佛分身的剑尖刺中了亘的心脏，冰凉的分身把寒气直接灌入亘体内。

我要死了。

很没劲儿的结论。在这里败给自己的分身，流血而死。

力气消逝，两膝跪地。膝盖抵着沼泽水面，亘瘫坐下来。双臂垂下，虽仍握着勇者之剑，但剑尖无力地耷拉在两膝之间。

利剑从胸膛的伤口处粗鲁地抽出。反作用力使亘咚地歪倒下来。

传来哈哈大笑的声音。是分身。最初是笑得打战，不久便忍耐不住地捂着腹部笑弯了腰。

“可怜的家伙、可悲的家伙。你要完蛋啦。”

分身一转身，背向亘，开始走回对岸。他轻快的步伐舞蹈般拾级而上。

他一只手握着勇者之剑，剑尖滴下亘的鲜血。

亘。

嵌在亘的勇者之剑上的宝玉在呼唤。

要挺住啊，亘。

回忆起女神的声音吧。

不能打。

那分身就是你自己。

回忆起女神的话吧。

亘拼命伸手去，要在淡薄起来的意识中，在滑落黑暗深渊之前，抓住意识清醒的边缘。

召唤回来吧。

召唤那分离的灵魂，那彷徨的人。

那充满仇恨的、亘的分身。

在伤心沼泽看见的幻影。那是亘的一部分。当时，亘的确憎恨像父亲的男人和像父亲情人的女人，以及他们要生下来的婴儿。然后，自己亲手杀了他们。

只是，自己不去面对这一事实而已。

召唤回来吧。

召唤那分离的灵魂。

召唤那仇恨之余夺人性命的分身?

对，没错。因为那就是亘。

抬起头，嘴角淌着血。用不上力。啊啊，周围已是血海。

不过，亘仍支起手肘、撑起身体。宝玉们在呼唤:亘、亘，你不能死。你不能放弃。

你不能丢下你的分身孤零零不管。认可他吧，接受他吧。

好不容易在沼泽边坐下来。分身几乎要消失在对岸湿地繁茂的草丛中了。

“喂！”

亘呼喊道。他集中余下的全部力气喊出声来。

分身站住了，随即回头，像蛇改变身体朝向一样轻灵。

“我还……没有输给你哩。”

亘的话让分身脸上的一丝笑容消失。分身把剑一横，一边冲上来一边自得地高叫道：领受吧！

接近了。疾风般的速度。剑尖闪亮。

亘闭目，向分身平静地摊开两手。吸一口气。又是鲜血喷溅。

但是亘没有畏缩。他向分身呼吁。心情平静。没有什么好害怕的。因为只是召唤他回来而已。

召唤从自己身上分离的灵魂。

来呀，归来吧！

分身撞在亘身上，一瞬间消失无踪。他被吸收到亘里面，与亘成为一体。

分身带来的冲击波哗地弄乱了亘的头发。冲力使亘仰面倒下。

伤心沼泽恢复平静。

一睁开眼，亘正躺成一个大字，仰望着天上的天空。身体下面，感觉得到伤心沼泽水面坚硬的触感。

轻轻抬手摸一下胸口。衬衣干爽。仰起脖子看看，找不到一处伤口。

血泊也消失了。

试站起来。两腿有力地支撑着自己。

我活着。

笑容浮现在亘的脸上。温暖的感激冲刷着身体内部。把一只手按在胸口，感觉着心脏的跳动。

自伤心沼泽分别以来，一直出走在外的亘的“憎恨”归来了，终于返回故乡——亘自身了。

亘终于理解了。为了来这个决斗场，必须通过大门。作为打开大门的钥匙的五个图纹，除喜怒哀乐四个之外，没有任何反应的第五个图纹原来是“憎恨”。

一直以来，亘都远远避开。自己欺骗自己说：那不是我的东西。

因为不希望承认自己憎恨爸爸的事实。因为无论如何不能接受自己有那样的心情。自己欺骗自己。

不过，这个谎言产生了充满“憎恨”的分身，独来独往。

“欢迎回家。”

亘对着自己的心亲切地喃喃自语。

他一声叹息，站起来，声音里带着震颤。把勇者之剑别在腰间。

这时，亘留意到流过的雾气。刚才还没有雾的呀，从哪里冒出来的呢？雾完全覆盖了伤心沼泽的水面。雾潮乎乎，如同微微闪亮、悄然下坠的眼泪。

亘瞪圆了双眼。

在伤心沼泽中央、流动的雾中，遗下一件黑袍。皱巴巴的法衣。法衣一角露出靴尖。一头乱发出现了。

是美鹤。

亘冲上去。如同在梦中奔跑一样，总是不能前进。两腿在光滑的水晶上面不听使唤。亘心急如焚，两手划动雾气，如同游泳。

“美鹤！”

亘边喊边扑出去，跃向倒地的美鹤。最初毫无感觉。两手只是搅动着雾，没有接触到任何东西。虽然的确看得见黑袍，却像要抓住一个影子。

“美鹤、美鹤！”

亘边喊边摸索。此时，美鹤的实体清晰起来了。原来只是映像的模样，现在有了血肉。聚焦成形了。

不久，亘双手抱起了美鹤。

美鹤脸色苍白，双眼紧闭。他满脸伤痕，手臂无力垂下。两腿胡乱伸着。左脚踝扭向奇怪的方向，可能骨折了。

“美鹤，挺住呀。美鹤！”

亘晃一下美鹤的身体，从黑袍底下滚出折成两段的魔导杖。

这张没有血色的脸，这具瘫软无力的身体，被可怜地折断的魔导杖，比亘手臂中美鹤的惨相更使亘确信摆在眼前的事实。

美鹤败了。

美鹤也在对他而言的伤心沼泽里，与自己的分身大战。美鹤战败了。

“美鹤……”

事到如今，亘也明白了。虽然是不想知道的事，但他无可逃避，明白过来了。

美鹤那独行的憎恨，成长得比美鹤自身远为强大。所以，美鹤已不能将他召唤回来。憎恨打败了美鹤真身。

我管它幻界会怎样?

能去命运之塔就行。

为此不惜采取任何手段。

坚定的决心。坚强的意志。赋予旅客的宝玉之力产生的强大魔力，美鹤在旅途中运用自如。伤害了许多人，破坏了城镇，留下了叹息，最后，终至解开常暗之镜的封印。

原以为那都是美鹤所为。不仅是亘，美鹤也是那样想的。但事实却不是这样。破坏也好，杀气也好、践踏他人的、毫无顾忌的傲慢也好，都不是美鹤的东西。是背负着美鹤的憎恨的分身所为。只是由于这些憎恨实在与美鹤的心情太相同了，不，是因为美鹤欺骗自己：自己只有憎恨，除此之外一概不需要，所以，不知不觉中，美鹤已区别不出憎恨的分身与自己本身了。

像亘最初做过的那样，美鹤也想要击败自己的分身吧。但是，那只能是自己打败自己。

亘眼中冷不防掉下眼泪，滴在美鹤瘦削的下巴上。

美鹤眼皮颤动，睁开眼睛。

亘说不出话，用尽力气强忍着不哭出来。

美鹤的黑眼珠费了不少功夫，才忍住痛苦集中起意识，好不容易聚焦在亘脸上。

“是……你吗？”

亘点头。不住地点着头。每低一下头都落下眼泪。

“你怎么啦？”

语气就像被老师罚留堂、发牢骚一样。这就是美鹤的风格。

“都来到这里了……怎么会变成这样呢？真不像话。”

美鹤声音沙哑，原以为他只剩下一口气。他的目光向着天空。

“看得见命运之塔了的。已经走到这一步了，却……”

亘说，不能说话了。亘抱着他，很清楚美鹤的身体已受重创，没有办法恢复了。

“三谷，”美鹤说道。亘看着他，窥看着另一名旅客澄澈的瞳仁。

“哪些地方不对头？我在什么地方做错了？”

并不是跑得快就先抵达命运之塔。萨卡瓦乡下的长老这样说过。面对那片索列布里亚的废墟，基·基玛也鼓励自己，女神还等待着你。

“不论亘去哪里，我都跟着，绝不让他孤独一人。我已经决定了。”说过这番话，并顽固的陪伴在自己身边的米娜，终于要分手时，紧紧拥抱着亘，祈祷般念叨着：小心呀，一定得小心。

我有伙伴们。照亮我前路的光在保佑我。

可美鹤是单身一人，孤独的旅行。即使他走岔了路，也没有人告诉他。

即使美鹤愿意这样，也是太不幸了。岂不是太残酷的结果吗？

“对不起。”此刻我只能这样说。不是要请求原谅、而是让自己认识到，没有和美鹤一起走是犯了大错。即便这样做违抗拉奥导师的指示。

“你为什么道歉？”

美鹤想笑。想做出对亘不屑的、好强的笑容。

“你赢啦。高兴点吧。哭什么？一直到最后的最后，你……真的是好好先生啊。”

“什么最后，别、别那样说。”

“我不撒谎。”

美鹤突然变得亲切起来。

“我输了。要死在这里。没能改变命运。”

他小声喃喃道：自作自受吧。美鹤肯定也和亘一样洞察这一切。

“可我，曾想去命运之塔。”

无论如何、无论如何、无论做什么，都想去。

“我知道。”亘说道，“即使其他人都不明白，我明白，美鹤。”

美鹤闭上眼睛，面露微笑。

“你走吧。带上宝玉，丢下我，走吧。”

“不、不行。我不要丢下你一个人。”

“笨蛋，别犹犹豫豫的。”

美鹤的身体痉挛起来，呼吸困难、急促。

“……我自己待着，就行。”

不是赌气。只因他是美鹤，直至最后一刻，都要保持美鹤的风格。

即使赴死。

亘尽量不晃动美鹤的身体，轻柔、小心地在伤心沼泽放下美鹤。美鹤失去支撑，闭目躺在地上，看起来越发接近死亡。

亘已经无能为力。美鹤希望独自待着。

就在此时，亘心中浮现另一个情景：与卡茨分手时、在那寂静的树林里——

“美鹤。”

“什么事？”

“最后可以让我为你祈祷吗？”

“什么祈祷……不必。”

“我希望你让我做。”

美鹤睁开眼睛。瞳仁捕捉住亘。求求你，亘说道。

“噢，看你喜欢吧。”

亘伸出右手，拉起美鹤的手。他的左手按在美鹤额头上。

记得祈祷词吗?

亘隐约记得。

“我们是神赐之子。此刻即将离开地上尘芥，来到您的身边。”

美鹤又闭上了眼睛。亘抚着他的额。

“我们先祖之源——清净之光啊。引导这位踏上旅途的人吧。”

亘紧握美鹤的手，十指相扣。

“小小人子啊、地上之子啊。你忏悔违背神的意旨吗？”

亘嘴唇颤抖，语不成声。话一旦说出，咽喉深处便发热。他拼命控制住自己:不能又哭出来！中间停顿。

只听见亘纷乱的呼吸声。漫长的沉默。这时，美鹤的嘴角动了。

“是。”他说道。他回应了祈祷词，说“是，我忏悔”。

亘热泪盈眶。他压抑着呜咽,继续祈祷词。“你忏悔犯了多种人子之罪:时而争执、时而口角，做出虚伪之事、为愚昧所蒙蔽吗？”

仅仅稍停一下，美鹤便答“是”。

“你忏悔听信谎言，顺从一己之欲，违背女神赐予人子的荣光吗？”

“……是。”

再也抑制不住了，泪水夺眶而出。

“你已忏悔，你地上的罪已被赦免。人子啊，安心吧。蒙召的你将被永恒之光环绕。”

泪水潸然而下。亘一边哭一边结束祈祷。

“维斯纳·埃斯达·荷里西亚。人子寿命有限，而生命永恒。”

美鹤瘦削的双颊缓缓地绽开微笑。

“最后的……”

“嗯？”

“维斯纳·埃斯达·荷里西亚。你知道……是……什么意思吗？”

亘摇摇头。

“它的意思是……‘直到再次相遇’啊……”

美鹤喃喃道，双目紧闭。

“再见。”

这是第几次说再见？

这次是真正的永别。

美鹤的身影渐渐模糊。雾气又聚集了，将他慢慢笼罩，他仿佛被拥抱起来。美鹤融入雾气之中。与此同时，雾气亮度渐增，将美鹤的生命吸收、净化。

亘无言流泪，跪着，注视着美鹤的轮廓变得模糊稀薄，此时，他留意到一道光从头顶上方缓缓射来。是巴掌大的、手电筒似的光。光圈闪耀着淡淡的金色，如同一只伸出的手，极温馨地降临溶入雾气中的美鹤。

美鹤也察觉到那道光了。他处于雾中的头动了一下，脸稍稍抬起。似在睡眠中的眼睑微微张开，小小的光圈像窥看他的眼眸似的温柔地照射着。

这道光——这是——这是，说不定……

一瞬间的洞察，让亘不禁屏住气息，他感到自己的嘴角微笑。创伤的心顿时充满了喜悦和宽慰。

人死之后会变光。变成光照射地上。直至不久转生之时。

这道光一定是美鹤的妹妹。此刻美鹤年幼的妹妹来到他身旁。那个他无论如何也想带她回到现世的妹妹、他祈求即使命运扭曲也想挽回她生命的妹妹。

前来迎接他。

美鹤也明白了。他浅浅微笑着。无力的手指向着小光圈移动，仿佛要去牵小妹妹的手。

“和哥哥一起走？”

亘对光圈小声说道。金色的光一瞬间闪烁一下，仿佛在点头。

未几，美鹤的身影完全消失了，变成了一团光灿灿的雾。金色小光圈将它围绕、引导着它，开始静静地上升。

亘跪立着，摊开手掌像守护一只无力地振翅的小鸟，目送兄妹俩的光魂向着上天飞升、再飞升。

当一切完结时，覆盖伤心沼泽的雾也消失了。最后一颗泪珠从亘下巴滴落。

亘捡起脚下的魔导杖，杖头的宝玉闪烁着淡紫色光。不一会儿，宝玉出现了一点、两点、三点、四点——四个光点，升上高空，仿佛追随美鹤而去。

最后剩下的一个光点飘浮在亘齐眼高的地方。亘拔出勇者之剑。

勇者啊，黑暗也好，光明也好，都与你同在。

黑暗宝玉深藏的力量对亘窃窃私语。

最后一颗宝玉收纳到勇者之剑剑锷星纹上。

强大的能量顺剑身冲向剑尖，通过亘的手臂直抵心头，给予亘力量。

勇者之剑收集到五颗宝玉，完成了“降魔之剑”。

亘扬起脸。渡过伤心沼泽时，他明白那里将出现什么。

命运之塔敞开胸怀，静静地召唤他:一道螺旋阶梯的入口呈现在眼前，阶梯长长地延续，直达天顶。

五十五　命运之塔

沿中间空洞的巨塔壁面，一条螺旋阶梯无尽地扶摇直上，幅度仅容亘一人走动。

亘回想起在科学图鉴上见过的某种 DNA 双重螺旋模型。这里的阶梯虽然只是单重的，但当高得令人目眩时，看起来便恍如二重，越看越像。

命运之塔也像迄今经过的城镇粘贴画一样，以内部放射蓝光的通透水晶造成。没有扶手的阶梯处处透明，一不留神就几乎失去距离感。亘右手摸着壁面向上登攀，以免弄错时失足摔下。

虽属冷光，接触起来却微温。亘望一眼，上面映着自己的脸。

不……不仅是亘的脸。它的旁边、水晶壁面的深处，有一张笑脸？

是妈妈。亘停住脚步，妈妈的模样映在上面。

比现在的妈妈年轻,发型不同。她穿着粉色毛衣,抱着婴儿笑。婴儿?是谁?

是我。我自己。脖子刚竖得稳的哺乳婴儿。小手要摸妈妈的下颌。“看不见看不见，来啦！”婴儿让人逗弄着，乐不可支。

上面几级的壁面上，隐约浮现别的映像，开始动起来。亘跑上去。这次是谁？是爸爸。在夏日的公共游泳池里。正要教亘游泳。他伸出双手握住亘的手，鼓励亘双脚打水，弄得水花四溅。爸爸慢慢后退，——对啦，再加把劲就能横渡泳池啦。亘，加油！

往昔的映像连续不断地呈现在壁面上。仿佛是一家专为亘一人准备的上映回忆片断的电影院。亘视线无法离开壁面，眼盯着一个又一个映像，登上螺旋阶梯。

不久出现了阿克。他穿着和亘一样的幼儿园服，肩挎黄色书包。坐不安生的阿克捉弄亘，挨了他妈妈训斥。记得这个情景。在幼儿园入园仪式后，就在幼儿园大门处拍的纪念照。

重现的昔日旧事。

雨天的远足。运动会的盒饭。冬日里，钻进阿克家的暖炉一起做作业。拾了小猫带回家，遭到“家里养不了”的训斥，抽泣着去公园里丢弃，抱着个纸板箱。那天晚上爸爸回来晚了，他同意了亘的想法：“如果亘能够正经照料小猫，养着也行。”于是二人一起到公园里寻找。可是，装小猫的纸板箱已经不见了。当时，爸爸背着亘，说：有人拾去啦，放心吧。

因为总是淘气，被妈妈禁闭在阳台，呜呜地哭。患感冒转为肺炎，半夜被急救车送入医院。当时的情景变成了鲜明映像不断呈现。看护自己的妈妈脸色苍白。阿克和他妈妈一起来探病。阿姨不住地道歉，说我家小子壮得像头牛，连累亘哥儿受苦了。对了，是雨天踢足球闯的祸。

在公寓楼中庭和爸爸玩投棒球练习。正遇上妈妈手提购物袋走过。亘接过爸爸投出的球，说声“让我试试”，一下就扔飞了。打破了一层靠后的住宅的玻璃窗。三人点头哈腰地上门道歉，一向被爸爸取笑的妈妈这回生气了一整天。爸爸和亘避开妈妈的视线悄悄地打眼色，好辛苦才忍住没有爆笑……

亘才活了十一年多一点点，那些岁月里已经挤满如此多的回忆。人心真是神奇、无底的储物箱。什么都能装下，可以随时取出。

继续登上阶梯，出现了美鹤。在神社见面时那副板着的面孔。他一副大人口吻地对亘说：“这是神社的范围。”

咦，看见了神主爷爷的身影。亘向神主爷爷越说越激昂，然后拎起书包跑出来。对了，那是自己说“真的有神吗？如果真有，都白吃饭的吗”

的时候吧？

看见了。是美鹤小姑的脸。记得她手腕上戴着细细的银手镯。她虽然担心美鹤的安全，却像个迷路小姑娘一样束手无策。如此看来，的确很像索菲公主。

命运之塔通透的壁面，还映出了“路”伯伯的身影。是在千叶奶奶家院子里一起放烟花时的情景。“路”伯伯久经日晒置身黑夜中，几乎搞不清他在哪里。只是他嘿地一笑时，两列结实、雪白的牙齿悠悠浮动着，亘被这怪模样笑弯了腰。此刻都几乎忍不住要笑起来。

可接下来的映像里，“路”伯伯的脸歪了。他在召唤躲入床底下的亘。他喊道：“出来呀。”唤起了亘心中的痛楚。我那时候，让“路”伯伯如此悲伤啊……

谁在上面摇摇晃晃？是亘。亘紧紧抓住巨鸟族的后襟，危险万分地悬吊着。那时对幻界知之不多，是亘置身螺丝头狼的老巢——不归沙漠时的情景。

基·基玛坐在驭座。达鲁巴巴车奔驰在草原上。亘坐在基·基玛身边，车子眼看就要把他晃跌下来。亘也在阶梯上疾跑，追赶着壁面上奔驰的、回忆中的达鲁巴巴车。

此时，壁面突然变暗。不是黑暗，只是无数漆黑的东西在蠢动，飞来飞去。

是遮天蔽日的魔族群。丑恶的脸上尖牙暴突，令人想到骷髅，仿佛连咔嚓咔嚓的勾爪碰擦声也清晰可闻。

这是——此时幻界的情景。

因恐惧和憎恶，亘两手无力地垂吊着，茫然地要退离壁面，靴跟踩在阶梯边上，身子猛一晃，一瞬间回过神来。

不知不觉间已登上如此高度。命运之塔的入口已不可见。俯视下界，遥远朦胧，只有微微吹上来的风，说明了之间的空间和距离。

亘重新开始登塔。再现记忆的映像也伴随着他向上走。

是加萨拉镇。四处的家具、木桶、酒桶之类构建成难看的街垒。瞭望台上站着值班员，神色紧张地仰望着天空。舒丁格骑士团冲过大街，最前头的是伦美尔队长。

环绕加萨拉的草原远方，出现了一大团黑云。眼看着黑云越发膨胀、接近而来。队长们拔剑。松明同时点燃。基·基玛叉腿站在屋顶上，持斧戒备。米娜，那就是米娜。她引导老人和孩子们躲避到安全的地下室。

壁面摇晃，映像模糊。咦，这次出现了龙岛。众火龙从龙首状火山岛起飞。火红的身体，燃烧着斗志，喷吐着灼焦天空般的火焰，突入“嘎嘎”怪叫声窜动着的魔族军团之中。

在所诺镇，人们驾船逃往海中。被美鹤的魔法破坏的街市上，魔族如丑陋的蚂蚁般聚于一处。每一条船连船头都是人、人、人，爆满！

亘所了解的、怀念的幻界村镇，遭到魔族的侵略。此刻，就在这一瞬间，这个村、那个镇，都进行着无望取胜的殊死战斗。命运之塔的壁面，将这一事实推至亘眼前。

得赶紧！亘的心被漫长持续的战斗牵挂着，脚下仍在螺旋阶梯上冲刺。

突然，阶梯中断了。这里是终点？是塔顶？

来到那个连接幻界和现世的图案的大厅。星形顶点闪烁着各不相同的色调。亘来到大厅中央。

星形图案顶部指示着一个形态优美的拱门。仔细一看，这是一个模拟人手合掌形状的拱门。这里是接合部，通过这里，即可前往女神所在？

刚要迈步走向拱门，背后传来一个声音。

“亘。”

是一个甜甜的声音。女孩子的喊声。亘瞬间身子一僵，随即回头望去。

她究竟从何而来？星形图案顶端站着一名少女。

“亘，终于见到你啦。”

亘记得这个声音。它多次对自己说话。无论是在现世，还是来到幻界之后。亘之前认为这甜甜声音的说话人是妖精。不过，亘并没有忘记，就是这个友善可爱的声音，曾在萨卡瓦乡下的波涛声中，挑唆亘“推翻女神”。

是敌是友？这个不明正身、不明目的、一直纠缠着亘的声音——

亘吃惊之余，连眨眼都忘记了，他屏息看着少女的面孔。

因为这少女酷似大松香织。

纤细的手脚，苗条的颈脖，大大的黑瞳。美丽的脸上微笑可人。

“我等得很值得呀。太棒啦！我相信既是你，一定能走到这一步。”

少女亲切地说着，走近来。亘警惕地后退，和她保持距离。

少女止住脚步。她像是新勾的、曲线很美的眉毛抬了抬。

“怎么啦，怕成那个样子？”

亘从各种问题里挑了一个，抛出去：“你是谁？”

“我？”少女两手一摊，一副搞笑的样子。

“这模样——你不喜欢？我还以为你会高兴哩。”

她手捏裙裾，单膝轻屈弯一弯腰。如同盛装出席舞会的少女，向跳第一支舞的舞伴致意一样。可这里并不是舞会的会场。少女也没有穿礼服。亘隐约记得，这是第一次在大松大厦前相遇时香织穿的服饰，是整洁的初中女生日常打扮。现世的香织就这副模样坐在轮椅上。她的瞳仁失去了焦点，连周围有什么人都觉察不到。

那也是理所当然的。因为香织的魂被禁闭在这天上的水晶之城里。直至不久前亘才解放了它。

眼前的大松香织轻盈地旋转一圈给亘看。裙裾飘起，圆圆的膝头雪白。亘第一次看到这种举止。

实在太像香织，却绝对不是香织。她是谁？

真身是什么？

“你跟我说过好多次话吧？”

少女高兴地窃笑着，害羞起来：“你真记得呀？好开心哟。”

“不可能忘记。”

最初觉得喜欢，也感觉可靠。一心以为她是妖精。但是，现在完全不同。

“你目的何在？为什么接近我？你想让我怎么样？”

“你的话很情绪化嘛。”

“当然。”亘握紧拳头，“你装成香织的样子出现，真是恶心！”

“哎呀，你讨厌啊？可你心上总有这女孩子呀。你不是总在乎她吗？”

是这样？总在乎香织？我？不可能的。我忘记了——或者，只是没有意识到而已？

“被夺走的无瑕之魂。”少女随即敛容正身，宣布似的念诵，“无辜受到伤害、被扭曲命运的牺牲者。对了，和你同样身世的，现世的这位少女……”

所以，总把香织放在心上。

亘做出戒备，调整呼吸。一直成谜的声音终于现身了，尽管是假借他人，无论她多么敏锐地解读亘的心思，脸上浮现出多么甜蜜的笑容，她绝不是亘一类人。

“再问一次。”亘加重了语气。

“你目的何在？还想挑拨我推翻女神吗？”

少女像忍受寒冷般抱紧自己苗条的身体。浅浅的笑容尚未从她脸上消失。

“你想知道？”

“对，我想知道。”

“想我说出来？无论如何都要？”

“无论如何都要。”

“那么，你得做出保证。”

黑色的瞳仁在燃烧。

“你得保证：即便看了我的真身，也不能讨厌我。你得保证：不会只是看了我的模样，就疏远我。”

她的话听来并不是恳求，而是带着威胁的味道。少女不等亘回答，缓缓地伏下脸。

少女的身体开始快速收缩，香织的样子迅速消失。亘瞠目而视，发觉刚才少女站立的地方，只遗下一个小小的、扭曲了的圆形影子。

那影子伸出滑溜溜、黑糊糊的手，粗细如原木。先是右边，然后是左边。团扇似的手掌在空中软塌塌地挥动。不是人的手，虽然形状相似，但那难看的指尖吸盘，绝不是人手有的。

伸出的两手往地板一撑，好像要做俯卧撑的样子。

“这是我的脸。”

从影子里头扬起一个鼓眼的脑袋。

亘不禁倒吸一口凉气，后退几步。

“这是我真正的脸。不合你意？”

只有甜甜的声音依然如故。但是，发出这个声音的是——

一只大癞蛤蟆。张大的嘴巴，两只鼓突的眼睛，青绿的肌肤上，浮现点点难看的疙瘩。

“怎么啦？回答我呀。”

癞蛤蟆继续说着，手上再一用力，全身从影子里脱出。粗大的后腿沉重地耷拉到地上。覆盖全身的斑驳图案，颜色和形状，都让亘联想起某样东西。

魔族的模样——有翼的骸骨。这样一只巨蛙，以魔族的模样作为身上花纹。

这就是妖精的正身吗！

“大吃一惊的样子啊，可爱的亘。”

癞蛤蟆说道。咽喉处的皮肤松垮垮，颤动不止。

“好歹这是你要的答案，是你所追寻的真实。好啦，仔细看吧。这可是我的真模样。”

“你……”

“拉奥导师没有把我的存在告诉你吗？在这幻界里，有我在回味你在现世遭遇的相同噩运、相同悲哀？”

我的名字是奄巴，巨蛙继续说道。在少女甜甜的声音里，不和谐地混杂了粗野沙哑的成分。

“当初幻界诞生时，我被创世女神割弃，视为无用之物，是要扔掉的所有‘负因素’的化身。”

负因素的集合体——

“年纪小小的旅客啊，你既已抵达此地，应已明白‘负因素’的意思了吧。‘负因素’，就是所有对这世界贪得无厌的东西:渴望美而不得的丑，企求幸运而不得的不幸,要求平等而不得的不平等。追求无法满足的东西，痛悔无法做到的事情，这一切的愤怒和欲望，就是我的真实模样。”

亘定定地望着奄巴大人，一边步步后退，一边摇头。

“我不明白！”

“不，你该明白！”

在不和谐的声音中，粗鄙沙哑的部分取得胜利。这才是奄巴大人的真实声音。

“可怜的人子啊，我知道你在现世遭遇不幸。所以，我才亲近你。就因为我知道，你即将被不合理的命运摆布，你会诅咒现世的面貌前来幻界。”

的确，那个甜甜的声音第一次向亘搭话时，亘还对爸爸和田中理香子的事一无所知，过着安稳日子。那时的亘做梦也没有想到，日常生活的某处地方已经出现了破绽。

“你，你真的好可怜。所以那时我想帮你。”

突然，奄巴大人的声音恢复了甜甜的少女之声。那个听过好多次的、令人愉快的声音。

“不要！”亘喊到，“不要用那种声音对我说话！”

奄巴大人开始笑了。由玉珠滚动似的声音，变回原来的真实声音。

不久，她张开大口，一串哄笑从中冒出。

“你该明白，为什么一些人得天独厚，另一些不幸？为什么只有你被双亲失和所苦？为什么是你？为什么不是其他孩子？你肯定生气。你就该愤怒地祈求推翻这种不公平！”

亘只是继续摇头。奄巴咚地向前迈出一步，逼近亘。

“渴求他人有自己无的东西，为得不到而生气；痛恨从自己身上夺走拿去给他人的东西，因渴望和嫉妒而怒火中烧。那才是人的本性。说来，原本‘负因素’也和真实之镜一样，打碎后散落于整个幻界，变成一片一片轻薄无害的碎片，在人海中找到安身之地。然而，愚蠢的人不愿接受‘负因素’为其自身一部分，试图远离它。将‘负因素’的存在作为不该有的东西，视而不见。人们还要模仿创世女神所为，企图驱逐‘负因素’！”

说话声音如同吠叫。

“无处可去而彷徨的‘负因素’无奈只好堕入魔界。然而，魔界赋予‘负因素’力量，产生了我的化身。于是我返回到幻界。”

原来奄巴也来自魔界？来自那个仇恨、嫉妒幻界，一有空子就要吞噬一切的黑暗世界。

“既如此，我要找人。对于原本居于人们心中的我而言，人们的心，是我的故乡。”

奄巴大人侧着大而无当的头，窥探亘的瞳仁。

“你，不也曾对我很友善吗？你应该没有忘记，我曾经帮助过你吧？”

亘无法抑制地哆嗦着。是恐惧还是悲伤？若是悲伤，为何悲伤？心里明白却无法言喻。牙齿打架。拼命晃脑袋，双眼紧闭，握拳。

“我不知道你的真身。也不知道你的目的。”

“我的真身？”奄巴大人小声喃喃道，“那就是你。因为你身上的‘负因素’也是我的一部分。你之所以能够和我对话，看到我的真正样子，只因我存在于你身上。”

亘身上的“负因素”。

从没有意识到。没有从容思考的余地。但“负因素”确实存在。这是理所当然的——在希求改变命运的心愿中，有着悲惨的呼喊：为什么只有我这样倒霉？

与憎恨变成分身独自走开一样，不知不觉间，亘身上的“负因素”呼唤着奄巴大人。所有“负因素”的化身接近了亘的心。

“来，睁开眼。推翻那个使你如此伤痛的现世吧。改变你一人的命运，是多么微小的愿望啊。此刻既已来到命运之塔，你能够亲手抓住你所企望的世界了。”

那么，推掉悲苦的命运，制造一个自己随心所欲的世界？

“那也是你的愿望？”

对亘的提问，奄巴大人深为首肯。

“那才是我的胜利！是所有‘负因素’的胜利！”

恶狠狠的语言和黑浊的舌头从要滴下黏液的嘴巴窜入窜出。

“我追求我的世界。在我追求的世界里，我就是神，所有对我避之不及的东西，都要跪倒在我膝下。”

目的就是这样？所以她要劝导亘、鼓动亘，甚至挑拨亘去推翻女神……

“旅客啊，现在我问你一句话：你希望推翻创世女神，和我一起君临这座命运之塔吗？你希望自己一手掌握幻界和现世吗？”

亘虽然怕得发抖，却毫不迟疑。

“不希望。”

回答的声音没有任何哆嗦。意志力战胜了掠过身体的寒战。

“你的期待错了。”

奄巴大人的大嘴张得更大，几乎占了半张脸，她自得地一笑，喉间咕噜咕噜作响。

“乖孩子旅客啊，你明白我在给你最后的机会吗？你只需在这里答应我，你就不是向女神下跪，而是坐在命运之塔的顶点。”

“我不愿意。”亘大声说道，“我不会站在你那边。”

奄巴大人眨眨眼，吐出舌头，舔过了整张脸。

“多愚蠢的选择啊。”

她挪动青肿的手，滑溜溜地接近亘。亘闪身避开。

“为什么？为什么拒绝我？因为样子丑吗？长相这种空的东西，对你而言，难道比神的宝座更重要吗？”

“不。”亘摇摇头，“不是因为你丑。是因为你打算欺骗我。”

如果一开头挑明就好了。让我看见真面目就好了。如果正式说明“丑”的化身的苦处就好了。若能够这样互相理解了，也许就能够携手一起攀登这里。

对于亘的话，奄巴大嘴一张说道：“嘴巴上说得轻巧！如果我一开始就用这副模样接近你，你连听都不要听我的话就逃掉了！”

“我的确很吃惊啊。不过，如果能够更早、更早就听取你的真话，感觉到那些想法的分量，我不会逃的。”

“你撒谎！”

奄巴大人一口咬定，两手拍打地面。

“背叛我的旅客啊，你的气数已尽！你心中有数好了，此刻你落在我手里，化为魔界尘埃，就是你最好的下场！”

奄巴大人一边怒吼，一边抬起怪诞的巨体，向亘猛扑过来。覆盖她濡湿皮肤的魔族形状图纹，仿佛有生命似的乱动起来。

亘拔出勇者之剑，向旁一跃避过，转到奄巴大人的侧面。

剑尖迸射光芒，一瞬间亘感到目眩。如此耀眼！而且，剑身轻如羽毛。

奄巴大人扭过身子，张开大口呼出腥臭气味。突如其来的吹气令亘踉跄几步，几乎窒息。他的脸和手脚都像火灼般辣辣地痛。奄巴喷毒气！

“迄今为止，你都是这样诱惑旅客的吗？”

亘翻滚在地，边起身边喊道。

“你一而再、再而三地说着同样的话，在命运之塔的这个地方，挡住旅客们的去路吗？”

这是多么徒劳的反复呵！是令人痛心的、错误的历史吧。

“你真是可悲！”

“卑微的人，还要来怜悯我吗！”

被奄巴大人猛力一击，亘弹到另一侧。呼吸困难。连睁着眼也难受。照此下去，可要被它毒倒了。

“你的小命尘埃不如，让我一口吞掉你吧！”

长舌头像活物似的蠕动着，唰地腾空飞过来，想要卷住亘的身体。亘一挥勇者之剑，奄巴大人“嗷”地发出一声惨叫。

剑的鲜明轨迹带着一道光。降魔之剑的力量引导着亘。

直到此时，亘才知道了真相。登塔见女神，为何需要降魔之剑。就为了拒绝这个魔头的诱惑，她会挡在旅行的终点。

也是为了跨过“负因素”——奄巴唠叨着：假如具备了改变命运的资格，不如索性夺过女神的宝座，完全按自己的意愿重建各个世界好了。这就是最后的考验。

既如此，没有什么可怕的。亘一跃冲到奄巴大人跟前，叉腿仗剑而立。

“你赢不了我。你不可能战胜这把剑。”

奄巴大人发出兽类的呻吟，皮肤上的魔族图纹乱七八糟。

“别盛气凌人！”

毒气带着咒骂一起喷吐出来。

“心灵不能沟通之下，你一再重复错误，现在正是改正的时候。奄巴大人。”

勇者之剑——“降魔之剑”强有力地闪烁。

“你已无处可去！既回不了魔界，也不能随意逗留，这个幻界才是你待的地方。和创世时一样，你要变成尘埃回归人群之中！”

亘冲向怒骂着扑上来的奄巴大人，降魔之剑直指奄巴大人眉心——燃烧着怨恨的两眼中间。

有刺中的感觉。剑深深地刺入。奄巴大人的惨叫声震天动地。

一瞬间，奄巴大人如太阳般炫目地闪耀起来。闪光中，覆盖皮肤的魔族图纹在临终的痛苦中扭动。

接着，奄巴大人爆炸了。化为无数尘埃飞散，如同漫天飘飘的小雪。原形已无迹可寻。溶入空气中，消逝。

只有哀鸣尾音，长长地拖到最后。

亘收剑入鞘，用一只手拭去额汗。

“谢谢。”

没有寻找听众，这句话自然就从嘴里冒出来。

亘横穿大厅，站到星形图案的顶点闪烁之处，从最后的合掌形拱门中间穿过。

五十六　亘的心愿

又是一段长长的阶梯。但这次并不是螺旋式攀升，而是在每一个拐弯平台折返上升。

终点出现了。

周围展现的并不是塔内的情景。映现昔日情况的壁面也消失了。浅蓝色的空间如黎明前的天空，悠悠悬浮着透明的阶梯和终点——圆形的女神宝座。简直是置身宇宙。浮在空中的阶梯勾画出未知的星座形状。

跑上去，跑啊。在视界里，女神之座在接近，看得见女神之座中心，有一个默然端坐的身影。亘做好心理准备。怦怦跳的心深处，已下定不可动摇的决心。

终于——登上最后一段阶梯的时刻来到了。

女神之座。

在水晶圆盘中央，坐着一名少女。她身着纯白裙子，长裾优雅下垂。她双目俯视，双手恭谨地置于膝上。长发整齐地盘结于头顶，从耳垂到下颌、颈脖的优美线条清晰可见。整个苗条的身体笼罩于清净的光环中。

少女一抬头，一缕黑发从曲线柔和的白净额头垂下。

竟然又是大松香织。

“亘。”少女呼唤道。她樱唇微启，面带喜色。

“你终于来到了。这里是你旅行的终点。你已经抵达啦——命运之塔的顶点。”

亘一时驻足不前，既不想后退，也怯于上前。他感觉混乱。

也许明白亘内心的动摇吧，大松香织端正的脸庞光彩照人。

“和奄巴大人一样，我这副姿容也是借用的。从存在于你心中的现世人们中，我借用了这位少女的外貌。不过，我和奄巴大人不一样。既没有要算计你，也没有打算害你。请放心吧。”

我是命运女神。

虽然是少女的声音，却充满凛然的威严。

“为什么……”亘发出声音。仿佛自己的魂魄已经溶化，变成水银般凝滞沉重，坠积在脚跟处。这样一来，才好不容易系留住要轻轻飘走的身体。

“为什么……是香织呢？”

女神又露出微笑：“答案你不是已经知道了吗？奄巴大人已经说过了吧？”

“因为我，”亘一只手按在胸口，“一直把香织放在心上吗？”

女神点头：“因为她也跟你一样，天真幼小的灵魂被残酷的命运伤害，是一名牺牲者。你通过完成这次旅行，在拯救你自己的同时，也企望拯救所有和你一样受苦的人。这就成为你的目的。”女神温和地问，“你没有察觉吗？”

“那些牺牲者中，也包括美鹤吗？”

“当然包括。因为他也存在于你身上。”

从一开始——女神喃喃自语般补充道。亘听不清楚。

“现在，如果你说出你心中的愿望，我可以让你如愿以偿。我在这里，就为了这件事。明白吗？”

我明白——回答的声音跑调了。亘脸热身颤。

这个时刻终于到来了。实现我愿望的时刻。

“请到这边来。”

命运女神吩咐道。

“请拉着我的手，说出你的愿望。把你的愿望传递到我手上。”

少女纤细柔和的手臂、大松香织的手臂，向亘伸过来。

完美的宁静降临了。多么纯净、惬意的沉默啊。只有亘终于镇静下来的呼吸声，细数着时间逝去。

一下、两下、三下，呼吸连着心跳。活着的亘，身在此地的亘。

所有不在这里的人们。

亘向前迈出一步。一动起来，就是一个流动过程。不曾学习过这套做法。即便拉奥导师也不曾指示，见到女神应如此这般。而亘却自然地做了：跪在女神膝下，右手恭敬地托起女神的手，左手放在胸口，垂头。

“我的……心愿……”

“你的心愿是什么？”

温柔的催促声抚着亘的头发。

把心愿……说出来。

从远未察觉这就是自己的真正愿望之前，亘的心早已在顽强地等待着这一刻。所以，要说的话仿佛是开头便已确定的一样，没有丝毫迟疑和障碍便已现成，从亘内心流泻出来。

“女神大人，请以您的力量击碎常暗之镜。让常暗之镜也如真实之镜一样，变成人手一块的小碎片，遍撒人间。请求您了，毁掉常暗之镜吧。我希望以此断绝魔界入侵之路，拯救幻界。”

在亘手中，女神白皙的手指一动不动。

“那就是你的心愿吗？”

“对。”

“你明白那是怎样一种心愿吗？”

“是的，我明白。”

“我让你如愿以偿的机会，只有一次，并没有第二次。”

“我知道。”

“你不会后悔吗？实现这个愿望的话，你在现世的命运，就一成不变了。你来到幻界，以命运之塔为目标，克服了许许多多艰难困苦，真的就是为了实现你刚才所说的心愿吗？”

女神提出疑问，仿佛一圈圈轻柔的布把亘卷起来。亘用心灵去承受这一切。

“行吗？救得了幻界，便救不了你自己了。”

亘扬起脸。微笑从女神美丽的脸庞消失了，她带着严肃、真挚的表情，黑眸子定定地注视着亘。

“不，那不一样。女神大人，如果幻界得救，我也就得救了。”

女神缓缓地侧过头。

“你来这里之前，看过了幻界的悲惨状况。你看见了袭击你旅行伙伴的魔族群。所以，现在只有这件事深深铭刻在你心上，你就觉得救助伙伴们、保卫幻界，是超过一切的大事吧。但是，亘，你想想吧。你已无须返回幻界。幻界不是你生活的世界。跟伙伴们也不会再相见了。你从这里返回现世。你一回去，就会清醒过来。你就要面对并咀嚼与在幻界时极不相同的、围绕你的残酷命运，你岂不要顿足后悔了吗？那时悔之晚矣。”

连亘自己都颇为吃惊——他可以对女神微笑了。

“正如您所说，我最初为了改变自己在现世的命运，来到幻界。即使开始旅行后，我也下了很大很大的决心。我要前往命运之塔，改变在现世的不合理命运。”

不过，现在不同了。一切都不一样了。亘看得很清楚。

“那是我想错了。是我错了，女神大人，因为这个幻界是我的幻界。我在幻界旅行过了。与此同时，我是边旅行边创造了幻界。我的幻界。”

从魔族手中保卫这个幻界，纯粹是亘要保卫自己的心灵。

“若返回现世，等待着我的艰辛命运，将与我离开那里时一成不变吧。这我很清楚。不过，已经和以前不一样了。来幻界前的我与现在的我不一样了。”

“你是说，你变得强大了？”

亘摇摇头，继续说道：“我不认为我变得强大了。现世的我，是个不能独自活下去的孩子。所以，只能为艰辛的命运哭泣。因为自己软弱无力。”

现在也是这样。一个人什么也做不来。因寂寞而哭泣，因恐惧而哆嗦。害怕被夺走重要的东西，害怕受伤。

“来访幻界之前，我在现世悲伤欲绝，以为一生中再没有更伤心的事了。心想再没有这么憎恨人的了，再没有比这更不幸的了，所以，就想要改变自己的命运。”

“在幻界旅行中，我遇到了许许多多快乐的事情。遇上了很棒的人。开心事之多，有时几乎要忘记旅行的目的。但另一方面，毕竟也有过悲愤填膺的事情、恐惧得要死的事情。我因悲伤而哭泣，放声大哭。我因恐惧而发抖，也曾害怕得站立不住。可我不能逃走。因为我希望继续旅行。因为我想抵达命运之塔。

“此刻我终于抵达了，就明白了：幻界之旅，意义并不在于抵达命运之塔这一终点。这次旅行本身，对我而言是不可替代的东西。这次旅行教育了我。凭借女神之力得以改变命运，终究只限于一时而已。今后，我也像经历许多快乐和幸福一样，也要遭遇许多不幸和悲伤吧。那是不可避免的。况且也不可能每次遇上悲伤或不幸，就要求改变命运。”

钻进自己房间床底哭泣时，心想这么痛的饮泣再不会有了吧。可是，亘为卡茨的死而哭。送别美鹤时，亘哭了。

别离、丧失、受伤害，今后也将反复出现吧。无论多少次想改变命运，从中逃脱，被改变的命运前头，以及那命运中的丧失和别离都等待着你。

有快乐就有悲伤。有幸福也有不幸。

“幻界之旅给了我许多快乐和悲伤，由此让我明白了这一点。告诉我不可徒劳地依赖改变命运，以致失去重要的东西。真正的东西，存在于连女神之力都不可改易的东西之中。能够改变的，只有我。我如果不开拓、改变自己的命运，无论经过多少时间，我都只是在同一地方重复同样的事情，终其一生而已。”

正因为这样，亘要保卫亘的幻界。不能让亘的幻界覆没于因憎恨而产生的魔族手上。

“对力量薄弱的我——我们而言，不可能以自己的力量击败魔族。照此下去，幻界要被魔族吞噬掉了吧。所以，求求您。请拯救我的幻界。请让我的幻界远离憎恨，请给它一个未来。请给我的伙伴们一个未来！”

亘说毕闭上嘴，注视着女神的脸。女神眼睑微微颤动，令人觉得她马上就会瞪大眼睛，回视着亘。

可女神还是紧闭双眼。女神交给亘手中的白皙的手，也没有传递出任何情感，如同人偶的手一样没有动静。

“即便在此清除了来自魔界的进攻，幻界未必就有未来。”

女神说着，缓缓地摇摇头。

“你也很清楚吧。北方统一帝国和南方联合国家，不可能轻易就和解。争执将会持续。根除种族歧视也是很难的。尽管如此，你仍想为了幻界的人，将足以改变自己现世命运的唯一机会让出来吗？”

亘没有任何犹豫不决。

“是的，我希望这样。”

争执不休的不明智也好，心中只有自己的狭隘也好，只顾得眼前快乐的性急也好——包括所有这一切，就是亘的幻界。

因为这些就是亘本身。

“即便再犯错误，就退回来重新思考，活下去、拼命地活下去，重新开拓自己的道路，这才有意义。求求您，把这个机会给予我的幻界吧。”

亘的心很平静。要对女神说的话都说出来了。他胸中已不再翻腾，得以沉浸在卸下重担般的安详寂静中。

亘再一次深深地低下头。

不久，感觉到女神娴雅的手指用力握住了亘的手。

“我知道了。”

女神向前倾身，抚着亘的脸颊，让他抬起脸。微笑回到女神脸上了，围绕女神的光环令人目眩。

“批准你的请求。站起来吧。”

亘起身，来一个标准的立正姿势。

“把你的剑、你所完成的‘降魔之剑’给我。”

亘从腰间解下剑，双手捧着递给女神。

女神轻盈无声地站起。

“请看脚下。”

亘看脚下，吃了一惊。女神座的正圆形呈现出映像。

曾为水晶宫的地方，有一面常暗之镜，在漆黑的雾翼支撑下悬浮着。从它溢出黑暗的边缘，接连不断地涌出魔族军团。即便只是映像，也令人触目惊心。亘慢慢后退，目光却不能脱离映像。

女神一手拔出降魔之剑，一手挽起纯白的裙裾，向前走去。她双手平伸，恭恭敬敬捧起降魔之剑，置于脚下映现的常暗之镜正上方。

“旅客亘啊，此刻，从命运之塔，将你找到的答案归还地上。”

女神将降魔之剑剑尖朝下，轻轻放手。剑落下。穿过女神宝座下坠，坠向幻界，朝着常暗之镜。

那一瞬间——

君临昔日皇都索列布里亚中心的常暗之镜，为从中汹涌而出的魔族而瑟瑟发抖的人们看到——

一道光从天而降。是笔直落下的光剑。光芒拖着尾，一闪而过将天空分为两半。

光剑被吸入常暗之镜中。

承托着常暗之镜的漆黑雾翼大力振翅。踉跄般在空中划动了两下，然后开始从边缘消失。失去承托的常暗之镜倾斜了，仿佛要将漫溢的黑暗倾倒到地上，这时，镜中心如闪电般掠过光的龟裂，仿佛要将黑暗拨开。

常暗之镜开裂了。二变四、四变八，炸裂引来炸裂，碎裂下去，粉碎下去，化为微尘。

正要冲出常暗之镜的魔族群，在镜子损毁的同时撤回魔界，支支棱棱地乱伸出来的手或翼，一瞬间化为黑色尘埃。

无论是北大陆还是南大陆，在常暗之镜粉碎的瞬间，遮天蔽日袭向村镇街巷的魔族们，如同被巨人之手扼烂一样，发出爆炸似的声音，瞬间化为黑尘。举起武器要迎击魔族的人、要逃离魔族的人、因恐惧而号哭的人，眼看着眨眼间就杀到的对手消失了。眼看着追逐着自己的魔鬼化身消失了，惊叫号哭声戛然而止，人们目瞪口呆，魔族残渣化作黑尘，唰地从头撒下来。

人们面面相觑，个个一脸黑垢。

消失了。彻底消失了。魔族没有了。

不一会儿，爆发出欢呼声。

此时的加萨拉镇，基·基玛在警备所房顶上，正要对付扑上来的三个魔族。一个要来抓他的头，一个要来咬他的喉，一个要扑到他的背上。米娜手握平底煎锅从旅馆厨房冲出，赶来支援以一敌三的基·基玛。

“滚开！讨厌的家伙！基·基玛，要挺住！”

“好磨人的家伙哩！”

伤痕斑斑的基·基玛依然斗志昂扬，用他突出的牙齿轻易就咬下魔族的手指。

“我怎么可能输给你们呢！”

一个魔族被基·基玛甩到地上，米娜用平底煎锅砰地狠敲一下。

一瞬间——那家伙消失了。

全都消失了。数不清的、袭击加萨拉镇的魔族们消失无踪。基·基玛和米娜披着一身黑尘呆立。

“这……是什么？”

基·基玛正要回答米娜的问题，一块乌黑的魔族残渣钻进嘴里，他“呸”地把它吐掉，才说出话来。

二人面面相觑，不约而同仰望天空。仰望更高的天上。天上的命运之塔。

“是亘……”

舒丁格骑士团的骑士正拼死守卫着加萨拉镇大门。体弱的老人和孩子们避往镇地下室。奋力击退这次攻势，在下一次攻击到来之前，必须让他们逃往安全的岩场或树林。为此，必须死守大门。

有骑士丢下折断的剑，挥舞松明应战。在街垒的背后，躺着身披甲胄、力竭身亡的战士。铠甲和头盔滚落一旁。

“不要怕！顶回去！”

队长的声音激励着部下。无人不带伤。魔族人数、力量占优势，一名又一名骑士倒下。

“队长，危险！”

伦美尔队长连斩数名魔族，他抬手要去擦拭流入眼中的汗水，魔族趁这微小空隙向他猛扑。队长背后遇袭踉跄几步，冲过来要帮忙的骑士被俯冲下来的魔族撞翻，摔倒在街垒上。魔族群一阵喧嚣，夸耀般刮响利爪，满天扑动不祥的双翼，震耳欲聋。

“队长！”

骑士挣扎着要从街垒站起，因用力过猛甩脱了头盔，头、脸一下子暴露了，骤然开阔的视野里，只看见漫天黑尘。

这是什么？

魔族群消失了。仿佛整个加萨拉镇，不，整个幻界的村和镇，同时进行了烟囱大扫除，煤屑漫天飞舞。

不是煤屑——这是魔族的残骸。

骑士们对突如其来的胜利难以置信。担心着队长安全的骑士发狂般用双手扒开街垒。

“队长、队长！”

找不到了。队长踪影全无。幸存的骑士伙伴们个个黑尘遮面。银盔银甲也不成样子。众人无言地仰望天空，目光逡巡着，挥手赶开飘浮的尘屑——刚才对战的魔族就在那里。

人人鼻头、额头漆黑。个个像滑稽演员。不过，浴血拼杀的决绝表情，正慢慢缓和下来。

结束了吗？结束了。如同开始时一样突如其来。

有人开始念女神的祈祷辞。众人随即附和。

不过，看不见伦美尔队长的身影。撞向街垒前一瞬间，骑士脑海里烙下了亲眼所见的情景：魔族啃咬着队长没有防护的颈项，喷出的鲜血染红了魔族的獠牙。

魔族消失了。各处都有骑士们开始发出喜悦之声，胜利的欢呼呐喊传来了。然而，他仍在搜寻伦美尔队长。

魔族消失了。不过，伦美尔队长也消失无踪。

亘平静地看着常暗之镜化为尘，魔族化为灰，被幻界的风一刮，纷纷扬扬散入整个北大陆、南大陆原有的人群之中。

皇都索列布里亚恢复了蓝天。亘看清楚后望向女神。

女神面带微笑。

亘也带着笑容。

亘再次捧起女神的手，单膝跪下。

“蒙女神允准我的心愿，衷心感谢。”

突然，本该只是借姿现身的女神，似乎完全成了少女之身，她轻盈地躬身屈膝，双手扶起了亘。

“谢谢。”

用香织的声音——噢噢，这一定是大松香织的声音——一句轻声细语，使亘的心松弛下来。他忘记了礼仪，抛掉了害羞，也忘记了对方是命运女神——以紧紧的拥抱回报香织。

好长时间，就这样相拥。在女神温暖的手臂上，亘加上许许多多人的温暖。妈妈。米娜。基·基玛的肩膀。卡茨抚过脸颊的手指。在最后的祈祷时紧握过的美鹤的手。

“旅客啊，返回现世的时刻已到。”女神轻柔地推推亘的肩头，劝说道。

“是。”

“由来路返回吧。退下女神之座，走下阶梯，拉奥导师会等着你。”

亘站起身，理一理乱了的衣服。女神用指头梳理一下他的头发。

“再见，亘。”

亘向那温柔的笑脸用力点点头，兴奋的思绪未能化为言辞，他转身离去。

亘觉得心中空荡荡的。

虽然很开心，虽然安心得飘飘然，但好伤心，分离好难过，而这一切感情，感觉好像不属于自己。

一步一步、一级一级往下走，仿佛腾云驾雾，轻飘飘。睁着两眼，却什么也看不见。只是在蓝蓝的虚空中游向前。

所以他没有立即察觉，直至垂下的视线里出现满是泥污的银靴，直至咔嚓咔嚓的脚步声传入耳鼓。

在下一个拐弯平台，站着伦美尔队长。

他望望已发现自己的亘，点一点头，又缓缓地走上阶梯。走近来。

银盔夹在腋下，金发粘结了血和泥，变得乱而硬。甲胄的胸板上有无数长长的抓伤。步伐疲乏沉重，右肩略低。脖颈上有个大伤口，凝着快干的血。

“队长先生……为何来到这里？”

伦美尔队长登上亘所在的拐弯平台，停下。

“为什么来到命运之塔？”

伦美尔队长眨一下眼睛，轻轻呼一口气，答道：“因为我已获选。”

不明白意思。亘的心刚刚卸下重负。

“被选中了。作为半身，作为人柱。”浑厚的声音继续说。

“我将与另一名人柱、剩下的半身一起，变为冥王，重新布置大光边界。在今后漫长的一千年，将起守护幻界生命的重大作用。”

人柱——哈涅拉。

“另、另一个人呢？半身？”

伦美尔队长将大手放在亘肩头，手上戴的手套已损坏、弄脏了。

“你完成了旅行。既然如此，答案自明。”

是美鹤吗？

“我要上去到女神身边。在这里遇见你太好了。若能获得为离开幻界的旅客送行的特权，做人柱也不坏。”

伦美尔队长嘴角微微一翘，向亘笑笑。

失去了的感觉，仿佛通过伦美尔队长搁在肩上的手的感触被唤醒过来。脚下也有力了。心中的焦点对好了。

“不能哭。”

被抢了先手。伦美尔队长的蓝眼睛严肃地注视着亘。

“这不是令人悲痛的事。所以，你不能哭。”

因为发不出声，亘抿着嘴，只是点点头。

“是你为我们打碎了常暗之镜吧？”

亘又点点头。

“谢谢。我代表幻界的所有人，为你献上感谢之辞。”

亘想起了该说的话。虽然有许多想说的话，但该在这里说的话冲口而出。

“队、队长先生。”

不能哭。

“我——我，没有保护好卡茨女士。我让她死去了。”

队长眉毛一扬，又垂下视线。

“是吗？”

“她保护了索列布里亚的孩子。仓促之间……卡茨女士的皮鞭丢了，但她还是徒手迎击魔族。”

“很像她。”

亘点点头，为了压抑住涌上来的呜咽。

“在幻界，人死了变成光。”

“噢，我知道。基·基玛告诉过我。”

“是吗？那么，不久就要转生也知道？”

“对。”

队长的眼角变得柔和，笑容重现。

“我会看护着幻界——她转生后下一次生命度过的地方。这也不坏。越来越好了嘛。”

这不是硬充好汉。

“但愿千年之后我完成任务，化为光，然后转生时，与已多次转生的她待在同一个地方。因为我跟她的争论还没有了结。”

逞强。

“其实我并不想争论。”

队长扬一扬下巴，简短地笑一笑。

“你走吧。让我为你送行。”

亘没有抗拒。他应一声，突然盯着队长。

“勇敢的旅客啊。”

伦美尔队长握拳置于胸前，行骑士礼。

“愿现世的你，也蒙命运女神保佑。”

“谢谢。”

亘回一个骑士礼，迈步。他感到队长的视线推着他的后背。

所以，他没有回头。

走完阶梯，见拉奥导师站立一旁。他双手扶杖，仿佛等待亘出门办点小事就回来——就那么一副满不在乎的模样。

“那就走吧。”

他只说这么一句，先迈开了步子。

伤心沼泽也好，村镇的透明粘贴画也好，都消失无踪。亘只望着导师的后背默默地走，走在浮在宇宙的广漠空间，如同通往女神之座的阶梯。脚下有没有路？就连这一点也不明白。

心又重回空白状态。

要御扉出现了。顶上云遮雾绕——现世与幻界的巨大边界。

从这里走过仿佛已是千年旧事。

距大门稍远，拉奥导师便止住脚步。他歪着头，仔细打量亘的脸。

“降魔之剑，已还给女神了？”

“是的。”

“那么，把旅客证明——垂饰还给我吧。”

亘摘下垂饰，轻轻放在导师枯瘦的手掌上。导师把它放入怀中。

“你的旅行很精彩。”

“对。”

“你走的路是你的，任何人都拿不走。”

“对。”

长须摇晃，也许导师在笑。不过，只是极短时间。之前那位苦口婆心的老爷爷拉奥导师。像是换了一个人。

因为我要回去了。因为我已经不是幻界的人了。必须想到，自己和拉奥导师之间有了不可逾越的隔阂。

导师瘦如枯枝的手放在亘头顶。

“生于现世的小小人子啊。我们再也不会见面了吧。祝愿你现世的旅行，也像这次精彩的旅行吧。”

“好。”亘应声道，仰望着拉奥导师。

“导师大人，我有事相求。”

导师眉毛一扬，问道：“事已至今，尚有何求？”

亘摘下火龙护腕，递给他。

“我想把它……交回去。他们看见它，就会放心，知道我已平安地结束旅行，返回现世。”

见拉奥导师脸一沉、皱纹纵横，亘有点儿慌了。

“不好办吗？很过分吗？”

“事情并不难。但是，即使不做这事，你旅途的伙伴们，也都很明白你已达到目的、返回现世啦。”

“不过我还是想交给他们，求您了。”

亘郑重行礼，拉奥导师不为所动。

头上传来了带着叹息的声音：“哎，算啦。接受吧。那就是所谓的心意吧。”

亘从心底里感激。

“咦，”拉奥导师仰望头顶，意外地说道，“噢，从这里可以，看得见了。”

亘追踪着导师的视线，抬眼望。

广漠的空中，高处有一块闪亮的光幕，优美的裙裾飘忽着，拖曳而过。仿佛满眼是放射的极光。柔滑的曲线温和地抚着天空，如同母亲的手指轻抚幼子头顶。

“这是新的大光边界。”拉奥导师平静地说。

保护幻界的光幕，以自此辉耀千年的新鲜光明荡涤天空，眼看着远去。

“你明白无误地看见，哈涅拉结束了。”

亘点头，伸手紧握拉奥导师的手。无言地紧握着。

然后一旋踵，仰望要御扉。

要御扉无声地打开。送走亘又关上的话，再次打开将是十年之后。

亘已无从知晓。下一位旅客将带着怎样痛切的愿望来访。

“亘，”导师喊道，“你不久就会忘掉幻界。忘掉这次旅行。但是，真实会留存心中。”

“真实……”

亘抓住的、旅行的结论。

“你，只在离开时获得真实。”

拉奥导师庄重地说，往旁边一退，仿佛让开道路。

“回去吧，旅客啊。你有义务作为一个现世的孩子活下去。”

亘一步一步向前走，迈着永不回头的步伐。要御扉迎接了亘。

什么事情在现世等待着自己？在现世感受如何？今后在现世如何生活下去？

一切都视亘的心思而定。

来这里时，亘是一个人。现在不是一个人，大家在一起。有美鹤、有卡茨，还有米娜和基·基玛。

命运女神的美丽形象，也在心中。

在鲁鲁德国营天文台，帕克桑博士拘谨地坐在木靴子上面。木靴子放在最上一层的研究室窗边，罗美陪伴在旁。

“博士。”罗美招呼道。

“我明白你要说什么。不过，你且等一下。”

博士在想，我那些不肖弟子们都在兢兢业业观测吗？

“渐渐消失啦。”

博士没有回答罗美的话。二人沉默地注视着天空。

过了一会儿，博士开腔了：“要御扉也到关闭的时候了。”

说话的同时，博士打了个特大喷嚏。罗美慌忙揪住博士的衣领，以免他跌下木靴，甚或摔出窗口。

靠近加萨拉镇边上，空中飞人马戏团支起大帐篷，打算作为临时医院兼避难所。

诊所医生忙个不停，只恨分身乏术。刚才高举平底锅战斗的米娜，此刻承担起护士的责任，和医生一起，在伤员中间奔忙。

她害怕安静下来后会思索问题。她只想忙碌眼前的事情，但愿接连发生的紧急情况缠住自己不放。那边孩子在哭。这边伤员在呻吟。绷带有吗？药品呢？

“米娜！”卜卜荷团长在大帐篷入口处喊道，“到这边来。听说老婆婆在找你。”

米娜钻过伤员的行列，时而从他们腿上跨过，终于来到团长身边。

“真希望有三头六臂。老婆婆有急事吗？”

“你自己去问她吧。”

卜卜荷团长目光温柔。

“然后你歇一下，即便只是做一个深呼吸的工夫。别一副只认一条道的眼神。”

米娜出了帐篷。

老婆婆在靠近大帐篷处摆开了小桌小椅，桌上放置了水晶球，自成一格。这里与周围的喧闹截然分开，如果只看老婆婆的背影，就好像幻界也好加萨拉也好，什么事情也没有发生过。

忙碌之中，已值黄昏时刻。暗红色的天幕展开在头顶上。魔族可憎的翅膀，连影子、碎片都没了踪迹。

亘救了我们。他求了女神，击退了魔族。

“看我的吧，米娜。”

在崩塌的索列布里亚城墙边，亘最后说了这样一句话。

那是他的诺言。他履行了。

可亘的心愿呢？亘的旅行，这样结束也行吗？曾经坚决不去想的疑问，总是不肯罢休地一再涌现心头。

于是米娜自责起来，而压倒一切、最让她心弦颤动的念头是——

已经见不到亘了吗？

就是这样一种哀伤。其实只是我的任性。因为亘是现世的人。因为亘是旅客。

老婆婆听见米娜的脚步声，回过头来，她拱起的背部更圆了。

“噢，来了啊。”老婆婆摸摸光滑的水晶球，再将手伸向米娜，“不用水晶球都能看见了。来帮婆婆一把。”

米娜握住老婆婆的手，老婆婆带她远离大帐篷，然后抬头仰望。

“哎，看吧。”

米娜照她说的做。然而美丽的夜空并不能让米娜的眸子生辉。

“老婆婆，什么也没有啊。就是一片天空而已。”

“开始消失了。”

老婆婆指向天空的某一点。

一个扎眼的红色亮点，总是能看见的，不想看也能看见。对于米娜来说，它的光芒有时比魔族更加可恨。

北方凶星的光亮在减弱。眼看着被吸收到夜空之中。

哈涅拉走向终结。

幻界的下一个千年要开始了。

人们在看它。大家目送着它。直到最后。

在伤心沼泽池畔，辛·申西摘下眼镜，砰砰地敲几下酸胀的肩膀。在提亚兹赫云，看门人停下清扫魔族残骸的手，仰望天空。陪在萨达米床边的莎拉，把小手指搭在窗框上。

众火龙也要返回龙岛了。受了伤的乔佐自在地钻过父母亲中间，看看岩缝间露出的天空。

索菲公主终于与亚扎将军的部队汇合，她在驻地撩起沉甸甸的帐篷，看着天空。她的脑海里呈现出美鹤在水晶宫的寂寞神色。

在曾经是托利安卡魔医院的修罗树林，缓缓的夜风吹过横卧的树木，小动物们往前蹿。在赶路的达鲁巴巴车的驭座，水人们仰望傍晚的天空。

哈涅拉结束了。

大光边界已重新设置。女神的统治啊，千秋万代。

米娜、米娜！这回是帕克在喊。米娜一回头，帕克在大帐篷边上蹦跳着。基·基玛和他在一起，但脸色疲惫、伤感，粗犷的身体看起来缩小了一圈。

米娜心中忐忑。

“帕克，怎么啦？”

基·基玛抬起大手挠挠头，有点儿尴尬，像为自己那副表情感到羞愧。帕克轻松地翻一个筋斗，跑向米娜。

“刚才飞来一只白色小鸟。”

“白色小鸟？”

“噢。停在俺肩上啦。以为它站在肩上，却又没有了，然后有这个东西落在手上。”

帕克打开手掌。

掌心里是一个火龙护腕。

是亘的护腕。米娜一下子抬手掩住嘴。

“这是见过面的、米娜的朋友戴的护腕吧？是高地卫士的护腕吧？”

“是亘的。”基·基玛说道，“他是向我们道别。亘平安地到达命运之塔了。他见了女神，挽救了我们幻界。然后回去了——回到他的世界。为了告诉我们这些情况，他留下了火龙护腕才走。”

“明知是这样，明知是值得欢庆的事，可为何自己这么伤心呀？”基·基玛说道，然后一个劲儿地擦脸。

米娜拿起护腕，把它贴着脸颊。眼泪夺眶而出。

“米娜，你为什么哭？为什么要哭呀？”

帕克慌了。米娜缓缓地屈膝蹲下，双手捂脸。

亘走了，离开了幻界。

旅行结束了。

“应该说什么好呢？”

基·基玛眼睛湿润。大个子水人族全身都在哭泣。

“这时候该怎么说？还是‘再见’吧？我们还没有向亘说‘再见’吧？”

米娜紧紧抱着基·基玛。

“我就是不说‘再见’！”

帕克这回一转身，倔强地嘟起嘴说：

“米娜,你不是教过我吗？你教过我们的呀。你说分手时不可以说‘再见’。”

米娜擦去眼泪，抬起头说：“是吗？那我有没有教帕克，这时候应该说什么？”

帕克自豪地挺胸答道：“要说多多保重！”

米娜和基·基玛对视一下，微笑了，带着泪痕的笑脸映着夕阳。

“对呀，这一句正合适。”

黑下来的加萨拉镇夜空之上，北方凶星已完全消失了踪影。夜幕上，群星马上要熠熠闪亮了。为了装扮夜空，为了让幻界温柔入眠。

米娜和基·基玛紧紧拥抱着仰望天空，各自在心中念叨着。亘一定能够听见的。

我们的旅客。我们旅行的伙伴。亘，像你为我们做的那样，我们也祝愿你幸福。

多多保重。

终章

浓烈的煤气味儿。

从一个遥远的地方回来了。飞过了极远的距离。亘带着这势头跳起来。

是在自己房间。堆着笔记本和参考书的学习桌。弹簧稍微不济的座椅上，放着妈妈缝制的格子坐垫。铁书架上摆着字典和科学杂志。书背后有游戏的攻略手册和漫画书，还藏着他的秘密钱盒，里面存着为购买《浪漫辛格斯顿·萨加Ⅲ》而攒起来的零花钱。

是我的房间。我的家。

可是，煤气味儿刺鼻。空调停了，这气味混杂在夏夜混浊的空气里，令人难受且危险。

煤气泄漏的警笛声开始尖锐地响起。

亘一下撩起被子，从床上一跃而起。

“妈妈！”

亘大喊着冲进起居室。母亲寝室的门开着。从厨房透出强烈的煤气味。妈妈有意打开门，让煤气容易灌入自己房间。

憋住气进入厨房，想去开灯，触到开关时猛然醒悟：不能开灯，危险！出现火花会引起爆炸。他缩回手，摸索着找到煤气栓，用力一下子拧紧。

然后返回起居室，打开所有窗子。呱嗒呱嗒地冲进母亲的寝室，看见妈妈昏睡中的脸苍白、憔悴。妈妈仰面躺着，枕了枕头。虽然只盖了夏天的薄被，却几乎显示不出被子下的身体曲线，短短时间里就瘦下来了。

因为难过，因为伤心。

可是，不要死。想死是不对的。

寝室窗帘很重，不好对付，心急如焚的亘拉不开。亘飞扑过去悬吊在窗帘布上，哧溜一声连同窗帘滚落地上，缠在一起。不过，亘心中发出欢呼。他挣扎着站起来，打开窗户。

来得及！妈妈安全了，我救的！我可以救妈妈！

从幻界返回现世，正是这个节骨眼上。是美鹤最初帮助亘的这个节骨眼上，美鹤最初帮助了亘。

煤气味儿稀薄多了。不过，亘还是万分小心，身体与墙壁和家具左碰右撞之下，穿过了漆黑的房间和走廊，冲出家门口。邻居会闻声起床吗？

“对不起，请借我电话！对不起，我是邻居三谷！我要叫急救车，请借一下电话！”

现世的这个夜晚，月亮没有出来。公共走廊的荧光灯静观亘的奋斗。

“路”伯伯从千叶的家驱车赶来。凌晨之时，二人并坐在急救室外的走廊。

医生说，因为发现得早，情况还好。

“在患者恢复意识之前，还要小心观察。不过，没有生命危险了。小朋友，是你的功劳。”

医生很年轻。急救车从急救入口直入时，他还是一副睡眼蒙眬的样子。不过，他一看见担架，随即振作起来。医生和高地卫士都一样，亘心想。

亘也看了医生。眼睛刺痛吗？不。感觉胸闷吗？一点也不。头痛吗？不痛。

我没事。可以在这里等妈妈醒来吗？

然后就跟伯父二人一直这样坐着。走廊长椅是为成年人设计的，靠里一坐，亘的脚就吊起来了，晃悠悠。我可是个出色的高地卫士，怎么会坐得像个小孩？

想起来了。我已经不是高地卫士，也没有勇者之剑了，宝玉的力量也消失了。

我又是三谷亘了。

“城市煤气死不了人的吧。”

“路”伯伯突如其来嘟哝一句。他耷拉着两肩，大手垂在两腿之间。

这句话曾经听过的。对了，是美鹤这样说的。城市煤气死不了人哩。不过爆炸起来就不得了。

美鹤——他已经不在了。真的不在了吗？没有返回现世？

“亘，不困吗？”

“路”伯伯问道。因长着髭须，下巴和嘴巴周围青黑色。双眼皮的眼睛伤感地眨动着。

跟沮丧时的基·基玛一模一样。大个子、婆婆心，都一样。

“我不困，没关系。”

“撑不住的话，靠在伯父身上睡也行。”

“噢。”

虽然不累，但突然被无法控制的强烈情感吞没了，亘靠在伯父身上。伯父伸出手臂揽住亘的身体。

好一会儿，就这样不作声。

“对不起呀。”伯父说道，“大人的任性尽让你难受。太过分了。真是太过分了。”

沙哑颤抖的声音。伯父的心在身体里面哭泣，那哭声没有带出泪水，混杂在伯父没有泪容的、大人的声音里。

“伯父。”

“嗯？”

“我，见过伯父了吧？”

伯父转过头，从上窥探亘的脸。

“从何说起？”

伯父疲惫青肿的脸茫然若失。他真的摸不着头脑。

啊，对了，得到第二颗宝玉时，我穿过光的通道返回现世时，来到妈妈住院的房间。要离开的时候，伯父来了。所以，那些都是今后要发生的事情。

可是，我已经返回现世了，所以，那些事情已经不会发生。

时光已返回。在幻界度过的时间，并没有作为现世的时间计算。这一点终于产生了实在的感觉。返回“煤气之夜”的节骨眼，就是这么一回事。

若是这样，有更牵挂的事情。芦川美鹤在哪里？大松香织怎么样？说来，还有那个石冈健儿……

伯父用厚实的手掌摸着脸。亘想安慰伯父。我已经没事了——亘想让伯父知道超过了“没事”意思的“没事”。

可是，亘不知从何说起。一下子甚至有想哭的冲动。虽然不是悲伤，但拥有了大得毫无办法的感情，就会哭出来。因为亘还是个孩子。

因为亘已不是勇者。

亘舒服地倚着伯父，整个人靠着。伯父的身体温暖，有洗液的香气。

“伯父。”

“嗯？”

“我一放心，就有点想睡了。可以睡吗？”

“当然可以啦。”

亘闭上眼睛。一进入浅睡，立即进入梦乡。是乘坐达鲁巴巴车的梦。驭座上有基·基玛，正用劲头十足的声音催促达鲁巴巴。

这时流下了眼泪。返回现世终于流出的泪水，带着令人怀念的味道。

等到天亮最终也没能见到妈妈，亘和伯父暂且回家。

早餐用麦当劳搞定。早晨的麦当劳店空空如也，一名坐在吸烟区的西服男子边读报边吐烟圈，烟雾飘到吞咽薄饼的亘身边。

“亘。”

“噢？”

伯父一手端着塑料咖啡杯，微侧着头。

“什么事？”

伯父将杯子放回托盘，为难似的皱着眉头。

“你，嗯。”

“噢。”

“你好像一下子坚强了。”

虽然是平静的口吻，却包含着惊讶。伯父看亘的目光里，包含着“观察”的因素。

亘微笑起来。心中像温水漫溢一样，感觉温情和感激以及不可名状的闪光之物在扩展。

并不是“一下子坚强了”啊，伯父。我一直在旅行，刚回来。

“我觉得妈妈活着，真是太好了。”亘说道，“不能死呀，对吧？”

伯父点点头，代替了“是的”。他的眼睛湿润了。

学校已放暑假。去学校也见不到人。亘直接前往芦川美鹤和小姑的公寓楼。

早上，管理员正往推放点运送垃圾。亘通过自动门跑进大堂时，他并不理会，到亘气喘喘地走出来时，他停下手上的活儿，奇怪地望着亘。

“什么事，小朋友？”

“那个、那个……”

芦川的名牌没有了。信箱的那个门牌号上，挂的是一个崭新、雪白的名牌。

“请问，芦川一家搬走了吗？”

“芦川？”

“一个年轻女人和一个跟我这么大的男孩的家庭。我跟那孩子是朋友。”

管理员以手扶额思索起来。“噢噢，”他拍一下脑门儿说道，“搬走啦。”

“什么时候？”

“就是最近。学校开始放暑假那天吧。”

“您看见他们二人走的吗？是两个人吗？有那男孩子吗？”

管理员对亘的追问招架不住了。不过他好歹是个老练的大人，马上以攻为守，反过来瞪着亘。

“你问这些干什么？你要跟他是朋友，不是早该知道了吗？”

“你说实话，你到这里来干什么？咦，好像见过你嘛。”——管理员两手叉在腰间，开始要动用他的权威时，亘已无影无踪了。

该问谁？虽然想早点见阿克，但他不熟悉芦川。

找宫原。宫原祐太郎。他们同为尖子生，宫原与芦川很铁。还是同一个班的。噢，宫原家在哪里？

宫原祐太郎在旧木房子的园子里，正和弟弟妹妹一起照料牵牛花和向日葵。走路摇摇晃晃的妹妹拿着一把可爱的红色喷壶。宫原正为长得比他还高的向日葵加支撑的木杆。

亘手搭在庭园的铁栅上，打声招呼：早上好。宫原猛然回头，似乎颇为吃惊。

“咦，不是三谷吗。早上好。一大早要干什么？”

宫原也走到铁栅边来，亘磨磨蹭蹭地找理由。宫原的弟弟妹妹对亘不感兴趣，正兴高采烈地数着盛开的牵牛花。

“哎，那个——宫原。你知道芦川的情况吗？”

“芦川？我们班的？”

宫原随口应了一句。对了！芦川在，芦川美鹤在的。

“那家伙怎么啦？”

“你知道他现在……在哪里吗？”

“在哪里？”宫原眨巴着眼睛，“搬走啦。”

哎呀，还是那个回答。

“不是转校生吗？又搬家了？”

“噢。实在是折腾。不过家里有事，也没有办法吧。”

满不在乎的口吻。

“没错……芦川这人，你看怎么样？”

宫原这才莫名其妙起来，他仔细看亘的脸，上下打量，仿佛自己是跟一个打扮成三谷亘的宇宙人对话。

“你要问他是怎么样的人……”

然后笑了起来。

“奇怪。不过三谷不认识芦川吧？不同班嘛。”

“我们上同一个补习班。”

“是吗？可是，没说过话吧？那家伙不爱说话。”

芦川家发生的事情引起议论了吧？母亲们议论纷纷吧？与石冈健儿事件加在一起，芦川没被当成“问题儿童”吗？

很想问。可是，看来怎么问都不会答到点子上。

亘归来的现世上，亘所知道的芦川美鹤已不存在。没有了。

已消失无踪，仿佛当初就不存在。

“三谷！”宫原喊道。这回他把一只手搭在铁栅上，搁在亘的手旁边。

“那个呀。”

他话刚出口，弟弟大嚷起来：“哥哥！真由美捣乱，我数不了牵牛花！”

小妹妹哇地哭起来。宫原在亘和弟妹之间迟疑不决：是做哥哥好，还是顾着亘这位朋友呢？

“小不点儿在哭呢。”亘催促道。

“哦、哦。”

宫原从铁栅收回手，身体转向弟妹。此时又有点迟疑，快快地说出一句话，仿佛在未改主意之前一吐为快。

“同学的妈妈爱闲聊。”

“噢？”

“暑假前有过家长会，还有好打听的阿姨，所以我妈听说了一点……”

宫原想说什么，亘明白了。一瞬间他想，开煤气自杀未遂的事情已传开了吗？实在太快了吧。宫原妈妈听说的，应该是之前的传言吧。

亘住的公寓楼里虽然没有同班同学，但有同年级的孩子。大概是他们或他们的家长有所听闻，传说开来的吧。

千叶奶奶的嗓门也实在太大了。

“说是你家出了大事？”

“噢。”亘坦率地点头。对方是可以放心交往的人。而亘也变得坚强了，足以平和地接受事实了。

“我家嘛，你看。”宫原不好意思地摸着鼻子下方，“因为父亲再婚，所以乱七八糟的。”

妹妹的大哭止住了。两人在牵牛花根部蹲下来，好像在挖掘什么。

“我也……觉得很烦。那阵子。”

“噢，我明白。”

宫原现出笑脸：“可现在也不太坏。弟弟妹妹都挺可爱。虽然很吵。”

这回是弟弟哭起来。他被小不点儿用红色喷壶击中了。

“噢。”亘说道。他胸口热乎乎的，说不出更多话来。

“所以嘛，”宫原自己弄得自己有点狼狈，“那个什么……怎么说呢？”

“加油吧。”他说道。因为找到了正确的话而松了一口气的样子。

“噢。”

“哥哥、哥哥！”弟妹同时放声大哭。宫原“来啦来啦”连声跑过去，还是一副不亦乐乎的样子。

嘿，牵牛花究竟开了几朵呢？

回家路上，亘脑海心头一片空白，想到的只是芦川美鹤不在所造成的空白和宫原给予的温暖。

所以，连走在哪里也没有意识到。从马路另一边，阿克边打着哈欠边走过来。脖子上挂着广播体操的出席卡。亘却视而不见——到反应过来还有时间差。

“早上早哇……好。”

阿克向亘挥手。他想说的似乎是“早上好”。

亘停下脚步，定在那里注视着阿克。

小村，记得转校生芦川美鹤吗？

“什么？一大早在这里干什么？广播体操不在这边做吧？”

“阿克。”

“什么嘛？”

阿克下巴一收：用功啊，三谷，大清早的。

“你帮我放飞小鸟，谢谢。”

“嗯？”

无须看清阿克的反应了。那件事也是没有发生过的了。从时态来看，那也是未来才发生的。

“没什么。”亘笑了。

“还没洗脸吧？应该是没睡觉吧？”

在亘回答“没错”之前，阿克精明的脑瓜子骨碌骨碌转起来：

“莫非是，”阿克显出忧虑的神色，“家里出了什么事？你爸爸吗？”

不能瞒阿克。不过，也不要此时此刻说出来，让他担心。等再平静些再说吧。

“阿克。”

“啊？”

“六年级的石冈怎么样了？”

“石冈健儿？那家伙？”

“对。”亘字斟句酌，“他没有……丧失记忆？他下落不明，好不容易找到之后，好像丢了魂似的？”

阿克靠近来察看亘的脸。然后凑上前，把手放在亘鼻尖前晃一晃。

“看得见吗？这是多少？”

“当然知道。”亘大笑起来。但阿克并没有停下。

“你昨晚之所以没睡，是在玩《侦探梅德乌斯系列之委托人消失》吧？作为推理冒险游戏，被誉为该系列最高杰作。据说一着迷肯定熬通宵。三谷，快醒醒吧。在我们的现实生活中，并没有任何一个人失踪啦。”

亘笑疼了肚子。阿克揪住亘，一边摇晃一边嘴里喊“三谷三谷挺住啊”，一边笑一边继续摇。

“石冈没有失踪哩，也没有丧失记忆。不过，听说他最近变得老实了。也许有人抓住那家伙，把他教训了一顿。”

听见这些已经足够。

当天午后，医院来了电话。那时千叶奶奶已经来了，但只有亘和“路”伯伯二人去了医院。

进入妈妈病房时，亘请伯父在走廊等待。

妈妈哭了，亘也哭了。妈妈道歉，亘也道歉。

二人终于止住了泪泉时，重要的话才从妈妈嘴里汩汩而出。

“昏迷的时候，妈妈一直……在做梦。”

“什么梦？”

亘只看一下妈妈的瞳仁，便明白了。因为那梦的碎片依然残留。

“是个不可思议的梦。是另一个世界的梦……跟你喜欢的游戏一模一样。你在里头旅行。为锻炼自己成为勇者而旅行。你和一个大个子蜥蜴人男子、一个猫耳朵女子一起快乐地旅行。”

“妈妈，您记得是怎样的旅行吗？”

如果不记得，让我告诉您。毫无保留地告诉您。可能还有我从此次旅行带回来的收获。

“记得。我都记得哩。”妈妈说道，“亘，你是个出色的勇者。”

“那么，妈妈，”亘说道，“我们不必担心什么了。”

与其叹息已失去的东西，折磨自己，我们不如珍重此刻的自己。

“即使爸爸……不回来？”妈妈小声问。

“噢。”亘点点头，“因为世界照样存在嘛。”

我的幻界。我的现世。

妈妈的瞳仁里，看上去叠印了米娜的蓝灰色眸子，到最后一刻仍激励亘的棘兰卡茨的瞳仁也隐约出现，还映现了伦美尔队长的蓝色瞳仁，队长行骑士之礼为亘送行。

妈妈紧紧拥抱了亘。

数日后。

妈妈出院了，她和亘二人要前往千叶的奶奶家暂住。奶奶虽觉别扭，说“邦子真正想去的该是小田原的娘家吧”，但听妈妈说“求您了，想和奶奶从容谈谈以后的事”，便松了一口气，紧绷的脸缓和下来，兴冲冲先回去了。

爸爸也来了几次电话。妈妈说了很长时间，不过，已经不再又哭又喊了。

亘对爸爸说，我没问题的。

“对不住邦子啊。”

奶奶的这种说法偶尔传入耳中。

首先得告诉阿克。如果阿克的父母允许，阿克稍后也来千叶老家玩。“路”伯伯说，待整个暑假都可以。

“作为交换，二位得好好帮我干活。”

阿克当然是高兴极了。

“‘路’伯伯难对付哩，要斗‘劈西瓜’。”

“这是怎么回事？”

“就是切西瓜。蒙眼持棒的不是一个人，是所有人。”

"嘿嘿嘿！"

要离开阿克家时，亘想邀阿克去一个地方。他没有勇气独自前往。

可到了分别时，亘下定决心，自己一个人去。

然后，他迈向大松先生的幽灵大厦。

那个地方怎么样了呢？至今没有勇气亲眼看一看。大概什么也没有变吧。没有理由改变。不过，很怕确认这一点。在建中搁置的钢筋结构，在褪色的蓝色防水布包裹下矗立着。

"建筑计划公告"的牌歪了，化了水的字有点模糊。如果看到这样一副情景，真的、真的一切都结束了。

魔法解开了。

好怕真实地感受到这一点。

所以亘慢慢走。视线不自觉地低垂下来。

不过，听见有声音。

是重型机械的轰鸣。亘一抬头，看见推土机和吊车正在幽灵大厦前的路上忙碌。

防水布已拆开，幽灵大厦裸现。吊车的吊臂前端，挂着锈蚀的钢筋。

幽灵大厦正在拆卸。亘跑起来。

那道铁阶梯，亘遇见拉奥导师的地方、引导亘走向要御扉的通道——正被拆离大楼本体，缓慢地移开、运走。亘注视着这一切时，有人从后拍了一下他的肩头。

"哎，三谷。"

亘一回头，见大松社长笑嘻嘻地俯视着自己。

"您好。"

"吓了一跳吧？"社长朝着正在解体的钢筋结构挥一下手。

"废掉了呢。"

"对。雨打日晒的，完全损坏啦，干脆拆掉重建吧。资金终于筹到了，这回可要建一栋很棒的大楼。”

幽灵大厦要从地上消失了。

视界略感模糊。重型机械的吼声掩盖了亘的叹息。

再见。

此时，大松社长突然走向一旁，俯身，向一个人亲切地附耳说话。亘发觉有人藏身社长另一侧，被社长遮住了。

“哪有什么不好意思的呀！”

社长高兴地笑道，手绕过“那人”肩头。

“三谷是以前见过的，你可能记不得了。”

是大松香织。

她没有坐轮椅。苗条、漂亮的腿。及膝的洁白无袖连衣裙。肌肤白得耀眼。扎成马尾的辫子乌亮，反射着夏日强烈的日照。

“最近她身体情况好起来了。”

大松社长像触摸珍宝一样轻抚香织的肩头。

“今天也想散散步，就出来了。哎，香织，说‘您好’。”

少女着迷似的凝视着亘。似曾相识，但又想不起在哪里见过。虽记得说过话，内容却忘掉了。

努力回想仍抓不住头绪，不过我确实认识你。她乌黑的瞳仁这样说。

虽然记忆很稀薄。

“我……”

灵魂已回到你身上。的的确确已经回到你身上了。

站在我这边肩头的白色小鸟。

“我曾经偷偷钻进这栋大楼里，摔了一大跤。结果在社长家里护理一番。”

亘一回过神，嘴里滔滔不绝起来。仿佛不是自己的声音。

大松社长笑了：“对对对，有过这事。”

亘目不转睛地看着大松香织。香织也凝视着亘。

“您好。”她说道。

把你的降魔之剑给我。是那时的声音。将苗条的手伸向亘——当时就是那样。

那只手臂激励着将要离开幻界的亘，亲切地拥抱着亘。这些，绝不会忘记。

你曾是我的命运女神。

“初次见面打招呼嘛。三谷，对吧？”

大松香织回头仰望父亲，笑容灿烂。那笑脸比盛夏的太阳还要明亮，映照着大松社长的脸。

“您好。”亘也说道。

维斯纳·埃斯达·荷里西亚。

直到再次相见。

在幻界，在现世。

人子寿命有限，而生命永恒。

图书在版编目(CIP)数据

勇者物语/〔日〕宫部美雪著；林青华译.－海口：南海出版公司，2014.6
ISBN 978-7-5442-7097-7

Ⅰ.①勇… Ⅱ.①宫…②林… Ⅲ.①长篇小说－日本－现代 Ⅳ.①I313.45

中国版本图书馆CIP数据核字(2014)第069928号

著作权合同登记号 图字：30-2013-194

勇者物语

〔日〕宫部美雪 著
林青华 译

出　　版 南海出版公司 (0898)66568511
　　　　 海口市海秀中路51号星华大厦五楼 邮编 570206
发　　行 新经典发行有限公司
　　　　 电话(010)68423599 邮箱 editor@readinglife.com
经　　销 新华书店

责任编辑 张 锐
特邀编辑 黄莉辉
装帧设计 宋 璐
内文制作 田晓波

印　　刷 三河市三佳印刷装订有限公司
开　　本 890毫米×1270毫米 1/32
印　　张 26.5
字　　数 687千
版　　次 2014年6月第1版
印　　次 2014年6月第1次印刷
书　　号 ISBN 978-7-5442-7097-7
定　　价 98.00元